唐栋 蒲逊 著

爱人·同志

上

 中国友谊出版公司

图书在版编目（ＣＩＰ）数据

爱人·同志 ：全2册 / 唐栋，蒲逊著. —— 北京 ：
中国友谊出版公司，2017.10
　　ISBN 978-7-5057-4206-2

　　Ⅰ．①爱… Ⅱ．①唐… ②蒲… Ⅲ．①长篇小说－中
国－当代 Ⅳ．①I247.5

中国版本图书馆CIP数据核字(2017)第230569号

书名	爱人·同志
著者	唐栋　蒲逊
出版	中国友谊出版公司
发行	中国友谊出版公司
经销	新华书店
印刷	北京文昌阁彩色印刷有限责任公司
规格	880×1230毫米　32开
	26印张　791千字
版次	2017年11月第1版
印次	2017年11月第1次印刷
书号	ISBN 978-7-5057-4206-2
定价	68.00元（全2册）
地址	北京市朝阳区西坝河南里17号楼
邮编	100028
电话	（010）64668676

序

　　《爱人·同志》这个戏，算是我拍戏生涯里迄今为止最为曲折和漫长的一段经历。

　　编剧蒲逊和唐栋也是一对爱人·同志，在他们还是同志的时候，我爱人介绍他们成了爱人，因此拍这部戏便成了我义不容辞的事。

　　他们最初打算写陈铁军和周文雍烈士，那一幕刑场上的婚礼早已广为人知。为此他们夫妇俩下生活、做采访，准备了数年。大约在2010年的时候，剧本初成并交到了我手里。我很喜欢这个故事，小时候看过的《苦斗》《三家巷》等小说人物、情节迅速浮现脑海。我随即开始了项目筹备工作，看景、选演员、查资料。可是不久拍摄资金就出现了变化。的确，那个时候中国电视剧开始了迅猛无比的商业化浪潮，这种传统的革命题材受到了市场的质疑。但我始终认为它的故事和人物一定会有观众喜欢。在漫长的等待期间，这对编剧的爱人·同志反复修改剧本。当我再次看到剧本定稿的时候，我认为它已经升华成为中国共产党的青春史。但它仍然需要等待市场的青睐。

　　在这个漫长的等待回春期间，我陆续拍摄了《战旗》《十送红军》《平凡的世界》和《怒火英雄》四部戏，时间也一晃过去了5年。其间我们幸运地遇到了著名制片人——曾经拍摄过《士兵突击》和《军歌嘹亮》的张谦先生。在他的穿针引线和运筹帷幄下，在原制片人朱川女士的长期坚守下，一个具有良好审美判断的投资人韩非先生携强视公司强势介入了，适逢《平凡的世界》取得成功，市场开始重新审视和接受这个题材。

　　2016年，我们终于开始拍摄这部戏。较之前期的曲折，拍摄过程就显得波澜不惊了，尽管我们遇到了广东百年不遇的大雪和60年一遇的暴雨，但并未给我们的拍摄工作造成太多的障碍，而我们的作品却更加精彩纷呈了，因为又一对英雄的爱人·同志——这部戏的男女主角王雷和李小萌——加入了我们的创作团队。当然他俩和我们的故事需要用另外的篇章来书写，在这里只谈一点：他们当初为了这个戏推迟了要孩子的计划，不过当这个戏播出的时候，可爱的小宝宝已经满月。

总之做这样一个题材是非常艰难和痛苦的过程，但这 7 年我们没有退缩。

我最后想用这样一段话来解释我们为什么要坚持拍摄这部片子：

"人民有权得到艺术，艺术就是民主，而最民主的艺术就是能使人民认同的电影。"

这是电影理论史上第一位马克思主义理论家巴拉兹·贝拉在 1924 年提出的。

我们的作品里也许会有卑微如蝼蚁的小人物。但却从来没有轻薄如纸的人生。

毛卫宁（电视剧《爱人·同志》导演）

芳草已经碧连天
——《爱人·同志》创作始末

从北到南，从东到西，这几年去了不少地方，拍了不少剧目，但我印象最深的是《爱人·同志》。如今回眸，竟瞬间有了苍茫感。

五年前的 2012 年的 3 月，我正在深圳拍摄根据慕容雪村小说《天堂向左，深圳往右》改编的电视剧《相爱十年》，与此同时，北京的剪辑棚里正在后期制作《孤军英雄》，在山东沂南我担任总制片人的电视剧《战旗》已经开机拍摄，以至于我每天每次接到电话都要转换思路，想明白这是哪个剧组的事。

当我正打算从深圳转往山东沂南《战旗》拍摄地的时候，接到《战旗》导演毛卫宁的电话，让我去趟广州，说有个电视剧项目要跟我聊聊，编剧唐栋、蒲逊在等我。唐栋是军内非常有名望的老作家，担任广州军区文工团团长很多年，蒲逊是他夫人，也是耳闻已久的著名编剧。我于是从命，在广州见到了很快成为无话不谈的好朋友的作家夫妇。

这之后一晃就是三年。三年内我和项目的发起人朱川女士在广州、上海、成都，北京召集了多次剧本讨论会和拍摄筹备会。这期间我建议将剧本由原名《芳草碧连天》改成了《爱人·同志》。因我觉得在剧本所描写的大革命的艰难岁月中，其主要人物关系有的成为爱人但成不了同志，有的只能成为同志却无法成为爱人，有人牺牲，有人叛变，只有男女主人公经历生死磨难走到了最后，真心相爱且志向坚定。同时我感觉《爱人·同志》这个片名对观众也更有吸引力。

原投资方出了变故，于是又寻找新的投资方，我把这个项目推荐给上海、北京等数家影视投资公司的老总们。他们普遍觉得这么个大革命题材，不是所谓的大IP，无时尚感，也不可能找来大明星，拍摄难度又相对较大，婉言谢绝了我。我跟他们说，这部剧讲的是中国共产党的青春期，那代人的理想信念坚持和他们的风采，对当代人来说是陌生的，我们会用精良的拍摄制作品质，拍出那个年代的青春偶像剧，从我们以往的作品来看，我们有这个能力和充分的信心。在当前的社会形势下，我们的媒体和观众需要这么一部剧。老总们听我说完都是笑着摇摇头，我每次也是笑着摆摆手说再见。

2015年的夏天，北京百子湾路旁的烧烤摊上，喝着啤酒吃着烤串，我跟曾在传媒大学一起读制片人研修班的同学韩非讲起这个项目。他刚到强视影视公司当总经理，我了解强视公司是广东省的影视企业，《爱人·同志》讲的正是广东的历史和人文风情，强视公司的董事长游建明在业内享有盛誉，应该会感兴趣。韩非同学说，明天上班跟董事长商量商量。说完继续喝酒撸串。

事情就这么成了。2015年12月28日，经过紧锣密鼓的筹备，《爱人·同志》正式在广东省佛山市西樵镇开机拍摄。我们来到这里拍摄的主要原因是，之前这里因拍摄电影《叶问》搭建了一个影视景区，有民国时期的香港街和广州街，正好符合我们的剧情需要。西樵山曾经是佛教圣地，山顶上的观音菩萨像高高耸立，方圆十几公里都看得见。热闹的南方小镇的喧嚣与西樵山沟壑中读书院的幽深，相映共存。

关于主演的人选，颇费了一番周折。我们从角色和表演能力考虑提出的人选因各种原因都被资方否定了；资方提出的一些人选我和毛卫宁导演又觉得不太合适。还有十几天就要开机了，男女主演还定不下来。我不由得焦急起来，还向韩非同学发了脾气。突然间就有了转机，毛卫宁导演联系上了正在欧洲拍摄《最后一张签证》的演员王雷，请他来演男一号麦秋实；紧接着，他的夫人李小萌也顺理成章地答应来演女一号梦苏。我问毛导演是怎么做到的，他说王雷和小萌已经计划要孩子了，若拍完《爱人·同志》再要孩子时间上会更好，而且作为女演员趁年轻留下一部担纲女主角的作品是很必要的。我直夸毛导演会做思想工作。

拍摄期间有几件事：一是赶上了广东省六十年不遇的降雪，雨水也很大，山洪差点冲毁了我们花了一百多万搭建起来的村落。二是赶上春节，剧组人员的家属从四川成都、天津、大连等地赶来过节，全剧组热热闹闹地办了联欢会，毛导演、韩非同学、美女老总朱川都贡献了不菲的奖品——苹果手机。三是唐栋、蒲逊夫妇来剧组探班送来了广州军区最有名的"老班长"包子，全剧组上下欢腾，共享美食。

而在这期间，我的老母亲一直在天津第一中心医院ICU病房抢救治疗，之前2014、2015年的春节我都是在医院陪老母亲度过的，每当看着病床上羸弱的母亲，内心都充满了伤痛和苦楚。这一次我陪剧组过完大年三十后，正月初一从广州乘飞机赶到了天津，陪母亲度过了她一生中最后一个春节。2016年的3月18日，《爱人·同志》还未关机，我慈爱的母亲告别了人世，与我在天堂的父亲相聚去了……

《爱人·同志》最后在上海松江结束了全部拍摄，旋即进入后期剪辑制作。剪辑师李渊与毛卫宁导演合作多年，很是默契。作曲胡小鸥写出了恢弘动人的音乐。片花打动了很多电视台的朋友和媒体人，都一致称赞。

诚如我开始寻找投资时遇到的阻力一样，发行工作一直不太顺利。我从始至终认为，好东西自然会有好的结果，与那些风过无痕的剧相比，《爱人·同志》更有社会价值，同时也会给投资方带来经济价值。邀请专家、权威开研讨会的时候，我讲了两句话：一是做这部剧的初衷，中国共产党走过无数血雨腥风，多少先辈奋斗牺牲，到了今天，我们千万不要忘了当初是为什么出发的。二是最近看到了习近平总书记的一幅题字："不忘初心，继续前进"。而《爱人·同志》便是用电视剧的方式诠释中国共产党人的初心。

2017年7月底，《爱人·同志》终于在江苏南京地面频道首播了，在没有任何宣传（俗称"裸播"）的情况下，播出成绩为第一名。紧接着，上海、成都闻风而动相继播出，中央电视台也确定于10月份在中共中央十九大召开期间在央视黄金档播出。

回顾这么多年来完成的电视剧项目，让我感慨莫名。真是一个剧一个命，猜得中结尾，猜不中过程，其间五味杂陈。但大家的努力、那些一起奋斗的日日夜夜、那些美丽的风景，那些酒桌上的笑语、那些分手时的握手拥抱都成为了我们一段抹不去的人生经历和共同记忆，而且历久弥新。

《爱人·同志》发轫于蒲逊、唐栋，项目发起者朱川、毛卫宁，拍摄前的剧本修改工作由周宇、张婵娟完成，韩非代表强视公司负责了大半投资以及制片和发行工作，劳苦功高。郭宏作为制片人负责剧组管理和生产，导演张彤负责所有的拍摄实施，美术指导王刚，摄影指导王逸伟、俞波，录音师毛勤若，灯光师宋光辉。感谢所有为此剧做出贡献的领导、朋友和同仁们！这部电视剧是大家共同心血的结晶。

　　此时窗外秋高气爽。衷心希望《爱人·同志》不会让读者朋友们失望，谢谢您的阅读！

张谦 （电视剧《爱人·同志》总制片人）

2017 年 9 月 6 日

目录

引子

　　碧青在花轿里一眼扫见"恕我今天不能与你成婚"几个字，脑袋嗡嗡直响，失态地惊叫了一声。

　　舅翁闻声问道："青儿，你怎么了？"

　　碧青将纸扇从帘缝递给舅翁。

碧青小姐：

　　　　你我素昧平生，却被父母从小定亲，此乃封建宗法之陈俗也。纵观今日之中国，大浪淘沙，革旧除弊，"五四"新潮风起云涌，我们各自皆应珍惜青春，寻找真正属于自己的爱情，创造光明美好之新生活。恕我今天不能与你成婚，我已在返回广州途中。故以此书明示心志，望深切鉴谅！

　　　　　　　　　　　　　　　　　　　　　　——麦耀棠

　　舅翁看过之后气得两手发抖："这、这不是休书吗！"

　　伴娘吃惊地问："啊，休书？"

　　碧青跳下轿子："舅翁，我、我们回去吧。"

　　伴娘跟着从轿上下来："回去？这可不行！出门的时候你阿妈交代过了，一定得把你送到麦府。"

　　"不，我不去他们麦家了，我要回去！"

　　舅翁拦住碧青："孩子，不能回去！你出了沈家的门就算是麦家的人了，他就是休你，也得有一个正式的休书吧，这半道上差人送来一把折扇，在扇子上写那么几句话算什么事？再说了，他写的是'今天不能与你成婚'，那是不是明天、后天就可以了呢？"

碧青说："他人都跑回广州去了，哪还有什么'明天''后天'呀！"

舅翁安慰道："跑去广州又怎样？跑得了和尚跑不了庙，他老子、祖宗都在这里，跑到哪儿他都得回来。"

碧青摇摇头："这个人……不能来接我也罢，可他又写这样的话来，我受不了，我不能再到他们家去……"

碧青一把从舅翁手上拿过纸扇，转身就往回走。

"回来！"舅翁喊了一声，走到碧青跟前，"你舅我活到这么一大把年纪，还没听说过有哪家新娘抬到半道又给堵回去的。你是他麦家提亲、行聘、明媒正娶的媳妇，咱不能凭他写在扇子上的这几句话就自甘受辱。想想看，你已经是出了娘家门的人了，还没进婆家的门，就这么着折回去，镇上人的唾沫星子都得把你淹死，你爸妈还怎么做人啊？"

想起了临上轿前母亲叮嘱的那番话——青儿，开弓没有回头箭，一坐上花轿，你就生是麦耀棠的人，死是他麦家的鬼……碧青抽泣着不知如何是好……

坐在青衣轿上代新郎来迎亲的后生跑过来问："什么事？出什么事了？"舅翁没好气地说："什么事，回头问你们麦家人去！"后生一愣，感觉不宜多嘴，打了几声哈哈跑回迎亲的队伍。

"青儿，别使性子了，上轿吧。"舅翁给伴娘使了个眼色，伴娘连拉带推地把碧青弄进了花轿；碧青也没有挣扎，只是默默地流泪。

轿夫问："往哪儿抬啊？是去公婆家还是回娘家？"

"废话！去塘西麦府。"舅翁高声喊道，"走啊，吹打起来！"

迎亲和送亲的队伍在唢呐声中继续前行。轿子里，碧青紧紧攥着那把扇子，嘴角咬出了血……

迎亲的唢呐声传进了麦家宅院，也传进了麦老爷的卧室。麦老爷动了动身子，他显然是听到了。

大叔公小跑着进来，犹豫了一下，弯下腰小声问麦老爷："新娘马上就要抬进门了，怎么办？"

麦老爷嘴唇颤抖着，吃力地说出几个字："办……办……麦家……不能垮！"

大叔公还想听麦老爷再说什么，麦老爷头一歪，咽了气。

家人们慌成一团，哭声四起。

大叔公知道麦家的这一摊子事都落到自己身上了，他定了定神，把家人、亲戚们招呼到一起，说：

"今天，红、白喜事都让我们麦家遇上了，这是吉兆，吉兆啊……老爷临走时说了，麦家不能垮！虽然没有新郎，但婚事还是要办，少爷他迟早还得回来……花轿马上就要抬进门了，谁都不许再哭，不要叫沈家送亲的看出什么来。等忙过了红事，再来料理白事，给老爷发丧……"

"哼，什么吉兆！"表姨说，"老爷本来好好的，一听到迎亲的唢呐声就过去了，这新娘准是个丧门星！"

"可不是嘛！"表姑说，"今天，迎亲的人一上路，少爷就中了邪了，又烧地契又领着那些穷鬼来挑走了仓里的稻谷，少爷人也跑了，你们说晦气不晦气呀！"

"唉，这会儿说这些还有什么用？快想想办法吧，新娘进了门，跟谁拜堂呀？"大叔婆冲着大叔公问道，"老鬼，你说，跟谁拜堂呀？"

大叔公擦着脸上的汗："拜堂的事我已经安排好了，就拿公鸡……拿公鸡代替。"

家仆早有准备，拎着一只大花公鸡跑了过来："大叔公，你看这只行不？从赵老爷家借的，它已经代替别家新郎拜过一次堂了。"

大叔公看了看那只公鸡："行，行，去给洗一洗，再系上大红绸子。"

尽管用公鸡代替新郎拜堂是这一带乡里曾经有过的事，但麦家人一个个还是惊讶不已。大叔公顾不得这些了，大声说道："都把眼泪擦干了，到外面去，迎接新娘进门！"

炮仗声、唢呐声立时大作，大叔公领着麦家人拜过门神，然后将花轿迎进了院内。

碧青从帘布的缝隙里偷看着外面的情景。

大叔公满脸堆笑，与新娘家送亲的客人打着招呼；而麦家的其他人则站在一旁，脸色冰冷，目光怪异，在他们眼里，此时抬进来院子里来的大红花轿就是一个晦气的邪物。

唢呐声停止了，碧青被迎下花轿。她发觉院里一片沉寂，四周充满敌意的气氛，心里不禁打了个寒战，感觉自己如同一只掉进了狼群的羔羊……

　　这是沈碧青的新婚之夜，新房是麦耀棠以前的卧室，房间里冷冰冰的，死一般沉寂，只有悬挂在床头的两只大红灯笼泛着一丝暖光。碧青蜷缩在床角，眼前一直晃动着刚才与公鸡拜堂的情景，禁不住一阵阵恐惧……她环顾房内，似乎想找出一点"丈夫"留下的痕迹，可是什么也没有。

　　一个丫环轻轻进来，把一盆热水放在地上，说："少奶奶，我叫阿凤，是侍奉你的，有事你就唤我。"说罢轻轻退了出去。

　　第二天一早，阿凤又来送水，见她还是那样在床角蜷缩着，不禁一愣："少奶奶，你一宿没睡啊？"

　　碧青说："阿凤，带我出去走走吧。"

　　阿凤带着碧青刚走到后花园，就迎面遇见一个人。阿凤介绍说："这是三叔。"

　　碧青恭敬地弯了下腰："三叔……"

　　三叔却像没有听见，扭脸快步走了过去。

　　迎面又遇到一个女人。阿凤说："这是表姑。"

　　碧青轻声叫道："表姑……"

　　表姑站下，用刻毒的目光盯着碧青："别叫我'表姑'，晦气！"表姑临走，还往地上狠狠唾了一口。

　　碧青呆呆地站着，整个人都僵住了。阿凤安慰她："别往心里去，少爷临走烧了家里的地契，把仓里的粮食分给了佃户，老爷活活地给气死了，他们都恨少爷，当然也就恨你。"

　　碧青闻言吃了一惊，心下狐疑这麦家少爷打小就熟读圣贤之书，又出洋万里喝了多年洋墨水，怎么竟做出这些忤逆不孝的行为；想起自己的这位"丈夫"给她这新娘子"一纸休书"的见面礼，这等薄情寡义的人，做下些禽兽不如的勾当，也是不难想象的。她不好意思跟侍女打探讯息，兀自伤心，默默地跟着阿凤来到大门口。阿凤已经跨出了大门，走在后面的碧青却被看门的家仆拦住："少奶奶，你不能出去。"

　　碧青问："为什么？"

　　管家跑过来说："少爷出门在外，少奶奶最好不要去外面抛头露面。"

见碧青一副不解的样子，管家接着又说："大叔公有交代，现在到处兵荒马乱的，出了门万一遇到点什么事，以后少爷回来了不好向他交代。阿凤，带少奶奶回房休息去吧，别到处瞎跑！"

阿凤只好拉起碧青的手："少奶奶，我们回去吧。"

一连数天，碧青都被麦家的人看着不准出门，就连麦老爷出殡也不许她露面。

这天，阿凤刚来到碧青房间，就听见一个女声在外面扯着嗓子叫骂："

"该死的，好好的一个家，让你一来，给败成了什么样子！你这个扫把星，还有脸待在我们麦家？我要是你，早一头撞死了……"

阿凤小声告诉碧青："这是表姨，准是她那个赌棍男人又输了钱，就跑到这儿来找碴儿骂人。哼，拐弯抹角、八竿子才打得着的亲戚，还真不把自己当外人。"

碧青问："阿凤，昨天老爷出殡，他们为什么不让我去？"

阿凤说："他们说你晦气。唉，真是瞎说！他们家的那些事跟你有什么关系？反倒是你冤呢，跟公鸡拜堂，孤零零独守空房，还要受这些人的闲气……"

远远近近的爆竹声噼啪作响，昭示着过年的气氛。碧青独坐于暗烛之下，心境凄怆地吟诵着一本诗集，阿凤慌慌张张地跑了进来，喊道："少奶奶，不好了，惠平镇你娘家那边来人了！"

碧青应声小跑了出去，还没闹明白娘家来人怎么就不好了，就见娘家的用人阿财披麻戴孝地正跪在门口。阿财一见碧青大哭道："大小姐，太太她……走啦！"

碧青心里一惊，连忙问道："怎么回事，我娘怎么了？"

阿财抹着眼泪说："自打你出嫁遇到这么多倒霉的事故，太太又气又急就病倒了，整天以泪洗面，絮絮叨叨为小姐担忧，说你年轻不懂事，刚进麦家新妇难为，怕你为她牵挂，一直不让告诉你。前天，醉月楼的金香抱着个婴儿打上门来，说她给沈家生了小少爷，逼老爷赶紧给她赎身迎娶；催太太立刻给她收拾新房、置办家私，好好安顿她这新人和少主。太太的病就加重了……"

碧青奔丧料理完母亲的后事回到麦家，把自己关在屋里，目光呆滞地盯着地面。过了一会，碧青推开窗户，茫然地望着外面。大叔公好像就在窗外等着似的，从窗口闪出半个脑袋。碧青不由一颤，正要转身躲开，大叔公却主动跟她打起了招呼。

"碧青啊……"

"大叔公。"

"都怪我太忙了，一直没顾上来看你。怎么样？来到家里后一切都好吗？"

碧青搪塞着："嗯，还好"。

大叔公一反常态地对碧青满脸堆笑："好就行，好就行。呵呵，碧青啊，今天家里来了几个亲戚，他们想见见你。"

碧青一怔："见我？"

"走吧，大叔公带你去。"

碧青不明白大叔公今天为何对自己如此亲切，迟疑了一下，走出屋子。阿凤跟在碧青后面，却被大叔公拦了下来："我们麦家的事，你就别去了，啊？"

阿凤站下，一脸的狐疑。

碧青跟着大叔公来到麦家客厅，客厅里烟雾缭绕，男男女女的，有人在喝茶、嗑瓜子，有人推着牌九。

大叔公喊了一声："来了，来了。"

碧青立即吸引了所有目光，这让她感到局促、惶恐。

"你就是碧青啊？来来来，挨着我坐。"一个正在推牌九的浓妆艳抹的中年妇女一把将碧青拉到她身边坐下，"一块儿玩吧。"

碧青说："我不会。"

"这不难，玩一把就会了。"

"对不起，我真的不会。"

"哟，这么本分啊？"中年妇女打量着碧青，说，"眉眼还真不错，就是瘦了点，脸色也不太好。"

一个瘦得跟麻秆似的男人瞄了碧青一眼，怪声怪气地说："新媳妇刚嫁过来，男人就跑了，夜夜要受煎熬，能不瘦吗？哈哈哈……"

其他人一阵哄笑。碧青涨红了脸，站起来想要离开。

"别理他们！"中年妇女一把拉住她的手，"狗嘴里吐不出象牙，男人没一个好东西。来，吃，吃，这是南洋人生果，这是日本奶糖……"

中年妇女一边把糖果、点心不停地往碧青面前拿，一边继续暗暗打量着碧青……

有人这么照顾自己，碧青心里暖暖的，却又感到莫名的不安。坐了一会儿，她借口头晕，要回房间去，中年妇女热情地给了一包吃的让她带上。

碧青刚一进屋，阿凤就急匆匆走来，把门关上小声说："少奶奶，不好了，他们要把你卖到老举寨去！"

碧青一怔："卖我到老举寨？什么叫老举寨？"

"就是……就是妓院呀！"阿凤说，"大叔公房里的丫环阿莲告诉我的。阿莲听见他们商量说，反正少爷不要你了，留在家里早晚是个祸害，还不如把你卖了换点银子……对了，说是老举寨的龟婆今天要来看你。少奶奶，你赶快跑吧！"

碧青眼前浮现出刚才的场面和那个异常热情的中年妇女，禁不住浑身颤抖起来，手里那包吃的东西噼里啪啦散落在地……

启 ^{第一章}

广州，海关大钟发出响亮、悠长的报时声。

碧青和陈桂紧紧地拉着手，生怕走丢了。陈桂是碧青生死之交的闺蜜，她是个"自梳女"，因为跟同村青年阿生相好私奔触犯了族规被双双"浸猪笼"，是碧青以拼死相救，加上他父亲沈老爷在族长面前求情，才勉强保全了陈桂的性命。那一夜，碧青在阿凤的帮助下偷偷逃回娘家惠平镇，她不敢进家门，溜到镇外去找在瓜棚里栖身的陈桂求助。两人商量了半夜，最后决定相伴逃往传说中的美丽新世界——广州。

两人在繁华的广州街头新奇地四处张望。大新公司楼顶上的广告牌五颜六色，"大新"二字拼出一副对联："大好河山四百兆众；新开世界十二层楼"；一道环形通道从楼底一直盘旋至顶层，汽车、人力车沿道盘旋而上，络绎不绝；大楼前人来人往，摩肩接踵……碧青和陈桂看傻了眼。

一支奇异的队列走了过来，只见在两个身穿旗袍、梳着齐耳短发、精神十足、风姿绰约的女青年身后，是几十个着白色西式婚纱的年轻女子，她们看上去是那样美丽和自信。碧青和陈桂被吸引住了，情不自禁地跟着走去。

在一座礼堂前，乐声高奏，一队身着礼服的男青年和穿婚纱的女子在傧相和花童的引领下，一对对幸福地挽手步入礼堂。

陈桂问身旁一个围观者："这是在干什么呀？"

"是集团结婚。"

"集团……结婚？"陈桂碰了碰碧青，"这广州真有意思，连结婚都不一样……"

碧青没有反应，呆滞的眸子里闪着泪光。

"喂，你怎么啦？"

"我……想起了自己与公鸡拜堂的婚礼……"

碧青突然转身跑开，直到跑不动了，碧青才停住，弯下腰吁吁喘气。陈桂急忙跟上，抱怨地说："你可真会触景生情，我们都到广州了，还想那只该死的公鸡干什么！"碧青摇摇头："不想了，再也不想它了……"

一位短发女子手持喇叭筒在街边高声喊道："姑娘们，小姐们，太太们，快来呀，剪去封建羁绊，剪去精神枷锁，做新世界的新女性……"

碧青和陈桂回头一看，她们身后是一处简易的理发摊，十几个年轻女子排队坐着，等着让理发匠剪去长长的发辫。

陈桂摸着自己的头发，忽然把梳起的发髻放了下来，说："碧青，我想把这头发剪了，看谁再让我梳起！"

"好，我和你一起剪，把身上的晦气全都剪掉！"

两人手拉着手，走进等候剪发的排队行列，立即引来一阵掌声，她们不禁都红了脸，但觉得自己正在做一件了不起的事。

不一会儿，碧青和陈桂就剪成了齐刷刷的短发，两人你看看我、我看看你，开心地咯咯大笑。

碧青问陈桂："我们现在算不算是新世界的新女性？"

陈桂说："头发都剪了，当然应该是了。"

"那我们再改个名字吧，跟以前一刀两断！"

"改名字？怎么改啊？"

碧青想了想说："我就改叫……'梦苏'吧。"

"什么什么？"

"做梦的'梦'，苏醒的'苏'，从噩梦中苏醒过来！"

"嗯……好听，洋气，意头也对。碧青，还是你……"

"记住噢，我叫梦苏，沈梦苏！以前那个'碧青'已经连同我的长发一起剪掉了。"

"对对，梦苏，还是你肚子里墨水多，张口就来。"

"那你呢？"

"我……"陈桂叹了口气，"算啦，头发已经剪了，要是再把名字改了，我怕以后到了那边，阿生一点都不认识我了……"

说完这话，陈桂蹲下哭了起来。

梦苏和陈桂悄声趴在一所女学堂的窗台上，透过玻璃朝里面观望，她们要找一位名叫欧阳春晓的女学生。数月前那个欧阳春晓带领一群女学生下乡宣传妇女解放来到惠平镇，还曾数度登门鼓动碧青反抗包办婚姻，动员她到广州洋学堂接受新式教育呢。

教室里正在上美术课，一个男模特半裸着身子坐在中间，一群女学生围着他画写生。

陈桂差点叫出声来："妈呀，那么多女孩子围着一个光身子男人猛看，羞死人了！"

"嘘——"梦苏急忙让陈桂轻点声，"看清楚了吗，有没有春晓？"

陈桂又朝里面瞄了几眼："没有……没有。"

她们又走到另一间教室跟前。教室里正在上音乐课，一位女老师拉着手风琴，教学生们用英文唱《可爱的家》。

陈桂问："唱的什么呀？一个字都听不懂。"

梦苏羡慕地说："我也不懂，但真好听。"

陈桂翻了梦苏一眼："听不懂还能好听？看把你迷的……"

她们又看了一间教室，都没有春晓的影子，两人便来到了操场。上体育课的女生们身穿一样的运动服，叽叽喳喳地叫着，有的在跳鞍马、踢毽子，有的在打羽毛球，还有的在列队练习武术。

陈桂一屁股坐在石凳上："这个欧阳春晓，没对我们说谎呢。"

梦苏说："但是四处也没看见春晓，她可能是……还没有转过来吧。"

"那我们咋办啊？这么大一个广州，一个认识的人都没有……"陈桂想了想说，"要不，我们去找份工，挣点钱，不然连饭都没得吃。"

梦苏像是没听见陈桂的话，出神地望着操场上活蹦乱跳的女生们。

陈桂站起来："哎哎哎，有什么好看的！那些女学生，一个个长得倒是文文静静、细皮嫩肉的，可玩起来这么野，还不如我们乡下的粗人呢。"

梦苏仍没反应。

陈桂拉了梦苏一下："跟你说话呢，听见没有？我看这学校不考也罢，把人教得不是疯疯癫癫，就是伤风败俗！"

梦苏突然回过神来对陈桂说："阿桂，我喜欢这个学校，我一定要考上它！你在这儿等等我……"

梦苏转身往办公楼跑去。她跑上楼梯，正逢骆品超下来，她气喘吁吁地在骆品超面前站住，深深鞠了一躬："老师……"

"哦，你们是从哪里冒出来的？"

"老师，我喜欢这学校，我要报考。"

"我们学校的大门任何时候都是对有志青年敞开的。但是，今年已经招满了，真想考，就明年再来吧。"

"老师，我明年不知道还能不能再来，求求你给我一次机会！"

骆品超倒是很耐心说："学校有学校的规矩，对你破了规矩，对别的学生就不公平。你想想，今天我让你考了，明天再来一个还让不让考？后天又来一个呢？这学校还怎么管理？还怎么维护正常的教学秩序？噢，你叫什么名字？"

"梦苏，沈梦苏……"

"沈梦苏小姐，请你理解。"

骆品超说罢走下楼去。

梦苏紧跟几步拦在骆品超前面，哀求的目光里倏然多了几分固执和决绝："老师，你一定得想办法让我考，这对我很重要！"

骆品超没办法，就转头向身旁的一个男老师问道："麦主任什么时候回来？"

"不清楚，好像还要过段时间吧。"

"去，通知招生组的老师到教务处开会，商量件事。"

"现在都开学了，招生组已经解散了呀。"

"这我知道，我现在不是招生组的副组长了，但还是教务处的副主任，麦主任回来之前由我主持工作！"

"好，好吧，我去通知他们。"

骆品超回头，发现梦苏还在用一双倔强、渴望的眼睛看着他……骆品超动了恻隐之心，或者说他是彻底被梦苏的执着打动了，在招生组会议上，他说服大家给沈梦苏一个例外，专门为她进行一次考试。

梦苏一个人孤零零坐在贴有"考试"字样的教室里，尽管早有心理准备，还是紧张得心怦怦跳。她向窗外瞟了一眼，看见陈桂隔着窗户玻璃对她做了一个鼓劲的手势，才稍稍沉下心来。

梦苏打开试卷，仔细看着试题："试以自身之经历论述中国妇女命运之改变"……

看着，想着，像有无数只虫子爬上心头，梦苏不禁浑身颤抖起来……显然，这个题目触动了她刻骨铭心的痛处，她经历过的那一幕幕往事在眼前浮动起来——陈桂被装进猪笼扔进水塘，自己在迎亲途中收到"休书"，花轿抬进麦府时四周射来的冰冷目光，婚礼上与那只系着红绸的大公鸡，那个老举寨的龟婆，那群淫笑的男人，躺在冰冷的棺木里的母亲，藏身货船出逃时与陈桂在寒风中缩成一团的身影……梦苏再也无法控制自己，失态地叫了一声，呼地站起。

趴在外面窗台上的陈桂急得直敲窗户。一名监考老师过去将陈桂驱离。

骆品超走到梦苏身边问："有什么问题吗？"

梦苏这才回过神来："啊，没、没有……"

骆品超说："那就抓紧时间。"

梦苏点点头坐下，让自己平静下来，思索了一会，拿起笔刷刷地写了起来，文思如江水奔涌，一泻千里……

梦苏交了试卷后，骆品超立即组织老师们进行评议。梦苏和陈桂在教务处门外走廊上，紧张地注视着教务处紧闭的门。

陈桂小声问："你感觉考得怎么样？"

梦苏摇摇头："谁知道啊。"

陈桂说："你哪能不知道呢？我看你是吓蒙了……别怕，你读私塾的时候，师爷不总是夸你的文章做得好吗？"

教务处的门开了，梦苏猛地站了起来。一个送茶水的阿姨提着暖瓶从里面走出，门又紧紧地关上了。

办公室里面，几位老师就梦苏的试卷争论得面红耳赤。

"这篇文章感情真挚，层次清晰，描写生动，语句也很通顺，就连字也写得漂亮。我看这个叫沈梦苏的女孩颇具才气！"

"我不同意！这篇文章虽然洋洋洒洒地将自己身边最为熟悉的两个女人——母亲和阿桂的命运写得很是感人，但没有写出如何才能改变她们和千千万万中国妇女的命运。只能说，试题只答了一半。"

"你未免过于苛刻了吧？一个女孩子，能写出这样的文章实属难得。而且看得出，这名考生受过比较好的启蒙教育，文字功底很不错……"

"请你注意，她显然接受的是旧学教育，而我们坤雅女师是新式学堂，培养的是追求新知识、追求救国救民之道路的新女性……"

"此言差矣！什么叫培养？培养，不就是要通过我们的教育，让她们从旧学的窠臼中走出来，接受新知识、新思想吗？"

"那我们也得培养考试合格的人呀，不能谁想来就来，降低标准，砸了我们坤雅女师的牌子……"

等老师们逐一发表完意见，骆品超说："大家坦诚地表明了自己的看法，有分歧，很正常，这恰恰是严谨的治学风气之体现！但是，我需要各位有个明确态度，对沈梦苏，是录取还是不录取？现在，我们进行表决，同意录取的请举手……"

过了许久，办公室的门终于打开了，老师们一个个闷头走出。看得出，双方对表决的结果都不满意。

梦苏和陈桂急忙站起，惴惴不安地看着疾步而去的老师们的背影。

陈桂一步跨到骆品超面前问："怎么样？她考上了吧？"

骆品超对梦苏说："你的试卷，得到了部分老师的肯定……"

陈桂叫着跳起说："哎呀太好了！"

"但也有部分老师持否定意见。"骆品超接着说，"这样的话，你能否入学只有等麦主任回来方可决定。"

"麦主任是谁？"陈桂急了，"你不也是主任吗？这事你为什么就不能定？"

"他是教务处主任，我是副主任。沈梦苏同学，你就再等几天吧。"骆品超说罢也走了。

陈桂鼻子一哼："搞了半天，原来他是个副的……"

"骆老师已经很帮忙了，那就再等等吧。"梦苏说，"闷了两天了，走，我们去街上转转。"

梦苏和陈桂背着简单的行李，在人流如织的街道上漫无边际走着，看着，依然是满眼新奇的感觉……夜幕降临，华灯初上，两人累了，在街边坐下。

陈桂说："我饿了，你饿吗？"

梦苏点点头："有点。"

"你呀，从小不缺吃不缺穿，就知道捧着书啃，哪知道挨饿是什么滋味？现在尝到了吧？是不是感觉肚子里的东西被掏空了，前心贴着后心？"

"你别这么说了，越说越觉得饿。"

"唉，光饿也罢，天都快黑了，今晚住哪儿呢？总不能去坤雅的大楼里待一晚上吧？那个石板窗台，把我的骨头都快硌断了。"

"也是，出来时只顾着逃了，我怎么就没想着带点钱呢？要是手上有点钱，我们就不愁吃住了……"

"你呀，太实心眼儿了。换成我，不光要抓几大把钱，还会一把火烧了他麦家的房子……"陈桂边说边看着周边，突然把梦苏的手一拉，"走！"

"唉，去哪儿？"

"你看，那不是一家客栈吗？我们去那儿住。"

"你、你闹着玩吧？我们哪有钱住店？"

"活人还能让尿憋死？你看我的！"

陈桂拽着梦苏走进那家客栈，说要住宿，客栈老板娘满脸是笑地说："两位小姐来得可真巧，就剩下一间房了。"

陈桂说："我们要先看看房间。"

"好啊好啊，保你们满意。"老板娘带着梦苏和陈桂走进二楼一间吉屋，"这可是不少达官贵人住过的房间，南北通透。"

陈桂环顾了一下，放下行李："嗯，还行。"

梦苏使劲捏了一下陈桂的手，显得忐忑不安。

老板娘说："那就请二位小姐到下面交钱吧。"

陈桂把脸一扬："交钱？我们还没住呢怎么就要交钱？"

"小姐，我们这里是先交钱，再住店。"

"这样啊……"陈桂说，"老板娘，咱们商量一下，能不能让我俩先住下，过几天再交钱。"

"哟，这可不行，我们这里没有这个规矩。"

陈桂说："老板娘，你看，我俩从老家出来走得急，身上忘了带钱，你就容我们几天，我们一定会把钱……

老板娘上上下下打量着陈桂和梦苏，脸沉了下来："你们把我这儿当什么了，慈济会啊？想白吃白住，害我关门啊？"

陈桂说："老板娘，你看看我俩长的这样儿，哪像是骗你来的？"

老板娘把嘴朝梦苏一撇："她不像，但我看着你像！别啰唆了，请你们走吧，我要关门了。"

梦苏怯生生地说了："阿姨，你就先让我们住下，钱，我们一定会想办法给你的……"

老板娘哼了一声："你说也没用！交钱住店，没钱滚蛋，走吧走吧！"

"哎哎，什么'滚蛋'？你嘴巴放干净点！"陈桂指着梦苏说，"你知道她是谁吗？去打听打听，在我们惠平镇上，要说谁家的房子和地最多，她们沈家要说第二，就没人敢说第一！"

老板娘嘲讽地说："哟，原来是个千金大小姐啊！既然有那么大的家业，怎么连住店的钱都付不起？"

陈桂说："凤凰还有落架的时候呢，谁没个难处急处啊？老板娘，你就行个好吧，我们两个女孩出门在外不容易……"

"你们不容易，我这混口饭吃的小本生意就容易吗？"老板娘说，"上个月有一对小夫妻就求我先住店，后付钱，结果住了三天偷偷跑了，我不会再上这个当！"

梦苏的脸早就挂不住了，悄悄扯了扯陈桂说："算了吧，我们到别处去看看。"

"身上没有一文钱，到哪儿都没办法。行了，你就在这儿待着！"陈桂走到老板娘面前，"这样吧，我现在就出去找工，一挣到钱就马上过来给你。你尽管放心，她人在你这儿押着，跑不了！"

老板娘狐疑地看着陈桂。

陈桂说："你别不相信我。我在老家的纱绸厂做过，好几百女工里面我的手艺是最好的。我已经打听过了，这广州城里有好多缫丝厂、纺织厂，我要找份工，也就分分钟的事。"

"阿桂，我和你一起去找工吧。"梦苏说。

"行了吧，你肩不能挑手不能提的，出去找工还不够给我添乱的呢。

你哪里也别去，就在这儿待着等坤雅的消息，我一拿到工钱就回来！"

陈桂说罢，拎起自己的行李飞快地跑下楼去。

"哎哎，谁答应你啦！"老板娘追到楼下门口，这才反应过来："追她干吗？把楼上那个赶走不就行了？"

老板娘回到二楼，叫梦苏赶紧离开。梦苏还想解释，老板娘干脆拿起梦苏的行李直接从窗口扔了出去，凶巴巴地说："什么挣了钱再来给我，哼，骗鬼去吧！想跟我要花招，老娘什么人没有见过……"

梦苏强忍着泪水，无奈地走出客栈。她身后"哐当"一声，老板娘重重地关上了大门。

梦苏从地上捡起自己的行李，在幽幽夜色中伫立了一会，茫然地、漫无目的地走进了就近一个小巷。这条小巷狭窄而又阒寂，前后见不到一个行人，只听见榕树的叶片在风中沙沙作响。梦苏不由地紧张起来，停住脚步，想着要不要从原路退回……这时突然从阴暗处蹿出两个大汉，一人从梦苏身后一把将她扼住，梦苏刚要惊叫，另一人将一团东西塞进她的口中，随即一个布袋落下将她罩住。

两个大汉抬起使劲蠕动着的布袋，消失在漆黑的小巷里……

梦苏渐渐清醒过来，发现自己躺在一个房间的地板上，房里有宽大的双人床，有红木带镜面的梳妆台，空气中弥漫着一股异样的香粉味道……她定了定神，听到从窗外传来的粤曲声，还有男女的调笑声。

她忍着浑身的疼痛，爬起来靠在窗口。窗户用木窗花封死了，但透过花色玻璃，可以看到楼下女人与男人打情骂俏、迎来送往的情形，院子门口的牌楼上，"春香楼"三个字在灯光下十分醒目……梦苏心里一惊，意识到自己落入了妓院虎口，顿时瘫软在地。

她告诉自己："必须尽快逃离这儿，必须逃离！"

可是房门从外面扣住了，她拼出全身力气也无法拉开。恰巧丫鬟抱着一摞春香楼的衣服进来让她更换，她趁机跑了出去。不料刚跑下楼梯，就被一个龟爪发现了，那龟爪祖露着大肚子，一把将她像拎小鸡似的抓住，骂道："婊子，想跑？你也不打听打听，进到这儿的花姑，有哪个能跑得了？"

梦苏挣扎着大喊："放开我，我要出去……"

这时，梦苏身后传来女子的哀叫声，一名年轻女子被另一个龟爪一边往楼上拖，一边撕扯她身上的衣服，女子惊叫着、哀求着，但衣服还是几下就被撕光了；梦苏听见，楼上的房门被使劲关上，房内传出那名女子受辱的惨叫声……

大肚龟爪说："看见了吗？这就是想逃跑的下场！"

梦苏吓得脸色惨白，浑身颤抖。

一个光头龟爪走来，托起梦苏的下颚看了看，淫笑着说："一颗鲜桃啊，让我尝尝她，也让她尝尝我，她尝到了'甜头'，就不会再跑了。"

大肚龟爪眼睛一瞪："你老母的想得美！要尝鲜也是老子先尝，你就喝二啖汤吧。"

光头龟爪说："那是那是，大哥先上，大哥先上。"

梦苏恐惧地后退着："你、你们要干什么……"

"干什么？给你开苞呀！这你都不懂？"

两个龟爪架起梦苏往楼上拖去。梦苏拼命地挣扎喊叫，一点用也没有。两个龟爪将她摁在床上，开始扒她的衣服……绝望中的梦苏不知哪来的力气，连推带蹬地将两个龟爪甩开，跳下床去一头撞向墙壁……

两个龟爪望着倒卧在地的梦苏和墙上的一抹血迹，被吓呆了。

这时，鸨母顺姑推门进来，见状大惊："啊？她怎么这样了？"

大肚龟爪支吾道："这……老板，她……想跑……我们……"

顺姑看着梦苏身上被撕开的衣服，马上明白了是怎么回事，指着两个龟爪骂道："你们是畜生啊？见了母的就想上！她可是我花了大价钱的，要是有个三长两短，老娘非把你们两个阉了不可！"

顺姑用手在梦苏嘴边试了试，还有呼吸，这才松了口气，对两个龟爪说："还愣着干什么？快去请师爷来！"

两个龟爪连忙跑去。不一会儿，师爷来了，看过后给梦苏敷了药，用纱布在头上裹了一圈，说并无大碍，但需卧床休养几天。

等梦苏好一些了，顺姑上来坐在床边，用手帕轻轻揩着她的脸颊："那些个男人真不是人，我一会儿没有看住，就把你逼成了这样。"

梦苏闭着眼睛，泪水哗哗地溢出。

"看你这姑娘，眉清目秀、文文静静的，想必是读过书的吧？"

梦苏没有吱声。

"唉，被那伙人盯上了，该你倒霉。那伙人专门寻找从乡下出来的年轻靓妹，掳到这地方来卖钱。"

梦苏一下睁开了眼睛，惊愕地看着顺姑。

"我啊，看你模样好，身条好，付出的银子可要比别人多得多……人都说红颜薄命，真的是啊。不过，既来之则安之，女人嘛，天生就是伺候男人的，伺候谁还不一样？"

"不，我不！我要离开这里，求求你放我出去……"

"你出去去哪里？掳你的那伙人跟我是订了契约的，一个月内人要是跑了，他们就得加倍退还我的银子，所以他们的人还在外面守着呢。就算你跑得出我的院门，也跑不出他们的手心。要是落到那一帮龟爪手里，你的下场就更惨了……"

梦苏禁不住浑身哆嗦起来。

顺姑接着说："你是个聪明孩子，一看就和那些满身柴火味的乡下妹仔不一样，是做这一行当的好坯子。只要你听话，我就能把你培养成春香楼的红人，过上风风光光的阔绰日子，到时候只怕你感激我还来不及呢！"

梦苏摇着头喊道："别说了，我死也不会去做那种事！你让我死，我现在就死……"

梦苏欲翻身下床，却发现自己的双手被缚在床沿，于是她决然要死的样子把头一下一下往床背上撞。

顺姑从来没遇到过这样刚烈的女子，吓得一时束手无策，连忙说："好了，好了，不做，不做，既然你不愿意，我就不难为你了。"

梦苏戛然而止，怔怔地盯着顺姑。

"你别这样看我，我说话算数。来这里的女子，也不一定都去接客呀。"顺姑面带笑容，轻轻拍了拍梦苏的脸颊，然后走了出去。

这儿是广州有名的义昌缫丝厂，是欧阳启泰诸多实业中的一个。

中午工休时间，工人们在车间外坐在一起，一边吃着简单的午饭，一边听广州工会代表古大章站在凳子上慷慨激昂地演讲。

"……工友们，眼下最重要的是团结，钢铁一般的团结！不久前，驱逐桂系莫荣新，广州的学生罢课，粤汉、广九铁路工人罢工，轮机工人拒绝为他们运兵，多带劲啊，这就是团结！但是，在我们的工人队伍里，组织纷杂、自立帮派、自由涣散的情况越来越严重，这样很不利于团结……现在，国共合作了，搞‘劳工统一运动’，组织统一的广州工人代表会，油业工会、理发工会、茶居工会、人力车公会，等等，都参加进来了，就剩下我们缫丝工会……”

一位像是缫丝工会负责人的男工插话："没问题，我们缫丝工会也参加的！"

"好，这就对了！"古大章提高了嗓门，"各行各业的工友们都应该团结起来，捏紧我们的拳头！"

一位中年女工指着旁边一群男工说："他们啊，本来就结成一团了，抽一根烟都嫌长，穿一条裤子都嫌肥呢！"

男工那边有人回应道："我们也想和你搞团结，和你穿一条裤子，你愿意吗？"

"来呀来呀，老娘正好裤腰肥，装你两条腿还有富余！"中年女工说着就要解自己的裤带，那男工吓得抱头鼠窜，工人们笑成一团。

古大章喊道："哎哎哎，正经点，正经点！我在讲团结，这是个严肃的问题……"

"我们咋不正经啦？"中年女工冲着古大章说，"要论团结，这个厂的老工人那是没有说的！就是个别新来的女工，怎么都团结不起来。"

古大章问："谁？"

中年女工往车间里一指："陈桂！工会搞的什么活动她都不参加，给资本家干活倒很卖命。这不，中午工休时间，谁不出来吃口饭喘口气啊？她却不吃不喝，也不歇着，一个人还在车间里干，晚上还老是加班。你呀，你应该去向她好好宣传宣传！"

"陈桂？"古大章跳下凳子，大步往车间走去。

偌大的缫丝车间里，只有一台机器还在转动，身穿工装的陈桂一个人在缫丝机前忙碌地工作着。她从那家客栈跑出来后，一路打听着找到义昌缫丝厂，经过考试，她熟练的缫丝技能征服了工头，立马把一台最好的机器分给她用。

古大章来到陈桂身边，机器隆隆声中，他只能大声地说话："喂，你怎么中午不休息啊？"

陈桂头也不抬："你说什么？"

古大章提高嗓门说道："歇会儿吧，别太累了！"

"噢，不累，不累，要多挣钱就得多干活啊。"

"他们说你一天干十五六个小时的活，这是在受资本家的残酷剥削呀！"

陈桂看了古大章一眼说："什么？剥削？"

"对，干活越多，受的剥削就越大！"

陈桂摇摇头说："不懂。我多干活就是为多挣钱，要是干得动，我巴不得每天干 24 个钟呢！"

"你……你叫陈桂是吧？你参加工会吧，加入了工会，和大家团结起来，就能保护自己的正当权利。"

"参加工会？和那些人一起去罢工游行？"

"对，对呀！"

"你们给工钱吗？"

"这要什么工钱？那是咱们工人自己的组织，罢工、游行是为了向资本家讨还公道！"

"没钱，那我不参加。"

"你、你怎么就想着钱……"

陈桂几乎是小跑着在机器前面来回走动，差点撞在古大章身上："哎，让开让开，别在这儿挡手挡脚的……"

古大章碰了一鼻子灰，只好走出车间。

傍晚时分，陈桂拖着疲惫的双腿，往工人们居住的破烂、拥挤的棚户区走来，古大章早就在那儿等着她。

"陈桂，你回来了……"古大章迎上去。

"你？"陈桂愣了一下，说："还是参加工会的事？我说过了，我不参加，你就别再烦人了好不好？"

"不不，不谈这事。我是想问问，你是不是最近遇上了什么事？"

陈桂看着古大章："你怎么知道？"

"我猜的，你那么需要钱，一定是遇到了什么难处。"

陈桂点了点头。

古大章从身上掏出准备好的一小袋钱说："你看这些钱够吗？"

陈桂诧异地说："你、你这是……"

"你先拿去用吧。我没别的意思，大家都是工友，有了难处就应该互相帮忙。"

陈桂盯着古大章手上的钱袋，想了想，一把抓过掂了一下，竟然问："还有吗？"

古大章急忙摸了摸自己空荡荡的口袋，说："你等等，你等等，我马上就来！"

古大章拔腿跑向棚户区，跟几个迎面走来的工人说着什么，只见他们这个掏一点，那个掏一点，纷纷将钱递到古大章手上。

古大章跑回来，将捧着的钱交给陈桂。陈桂感激地说："谢谢，谢谢！我一定会还给你的……"

陈桂拿着钱转身跑去。她一口气跑到那家客栈，推门冲进，把柜台后面的老板娘吓了一跳。

"你数数，这些钱交你的房费，够不够？"陈桂将带来的钱哗啦一下全部倒在柜台上。

老板娘结结巴巴地说："这、这……和你一起的那个女仔……早就走了……"

"她走了？什么时候？"

"就是……你走的那天晚上。"

"啊？是不是你赶她走的？"

"我……我怎么会赶她走呢？明明是她自己要走的嘛……"

"那她有没有说去哪儿？"

"没说，我还以为她找你去了。"老板娘盯着那一堆钱，"要不你先住下，我这就去给你开房……"

"住你个头！"陈桂忍不住骂了一声，收起钱走出客栈。

外面下起了细雨，昏暗的街灯变得像萤火一般。陈桂不知去哪里寻找梦苏，走着走着，竟然走进了梦苏被掳走的那条小巷。她下意识地感到一阵恐惧，停住脚步，大声地呼喊着："梦苏……梦苏……"

梦苏额头上的伤口愈合了。一早起来，她就被带到春香楼的一个水榭，顺姑已经等候在那里。

顺姑笑吟吟地问道："昨晚睡好了吗？"

梦苏点了下头。她不知道他们带她来这儿做什么，仍然是一脸的惊恐。

顺姑说："做这一行的女人都得有个艺名，你来以后，咱春香楼就有了'梅兰竹菊'四大头牌，我把你排在第一位，从今天起，你就叫梅儿。"

梦苏往后退着："不，我不要什么艺名！你答应过我……"

"看把你吓的，不是要你接客。"顺姑说，"来，走几步，让我看看。"

梦苏不知顺姑为何要叫她走几步，站着不动。

"这姑娘……"顺姑有些不高兴了，"走啊，往前走啊！"

光头龟爪在一旁重重地哼了一声，搓弄着手中的皮鞭。

梦苏勉强地、不明所以地朝前走了几步。

"你怎么连路都不会走啊？直通通的，像军爷操练。"

梦苏扭过脸去。

"脸转过来，看着我！"顺姑按捺着火气，"女人嘛，走起来身段要像摆柳，脚下要小步轻盈，神态要妖媚娇柔，眼睛里要有水波，还要带着钩子，把男人的心一下子钩住……兰儿，走给她看看。"

叫兰儿的女子便像顺姑说的那样，无比妖娆地在梦苏面前走了个来回。

梦苏低下头，并没有看。

顺姑一拍茶几："梅儿，你怎么这么倔啊？要知道，我这可是为了你好，我要把你练成才艺超群的红牌阿姑！"

梦苏抬头看着顺姑，不明白她说的"红牌阿姑"是什么意思？

"你不是不愿意接客吗？红牌阿姑，就是春香楼最好的艺女，只卖艺，不卖身。从明天开始，你每天六点钟起床，有师傅教你四种才艺。记住：教是教，苦练还得靠你自己。要是两个月内练不出来，那你就只有去卖身接客了！"

顺姑说罢，让兰儿把梦苏带到厅堂去拜师。

那几个师傅，有教她弹琵琶的，有教她唱粤曲的，有教她学茶艺的，有教她写毛笔字的。这四种才艺，除了琵琶梦苏没有摸过外，别的她都会，尤其是唱粤曲，她一开口就把师傅镇住了，说不用再教了。这样，梦苏就把精力放在了学弹琵琶上。她天资聪颖，加上早起晚睡，勤学苦练，不到两个月就能弹奏出优美动听的乐曲了。

又是一个傍晚，夜幕下的湖畔灯火阑珊。梦苏坐在水榭，怀抱琵琶自弹自唱着粤曲《黛玉葬花》，顺姑远远地听着那犹如玉珠落盘的琵琶声和委婉动听的醉人唱腔，禁不住面露喜色。

而在春香楼前庭的天井处，兰儿倚着栏杆，正在透过窗户往梦苏那儿窥探。

菊儿气鼓鼓地从楼上下来。兰儿回头叫道：

"哟，太阳从西边出来了，今天起这么早啊？"

菊儿骂了一句脏话："那个臭男人，昨晚说好多给一点的，今早提上裤子就又不认账了。妈的×，我这几天怎么尽倒霉啊！"

"嗨，这种德行的男人多了！昨晚我那个温客焗房，开始设烟局的时候还财大气粗的样子，可到了半夜我向他'丁娘十索'，他竟死活不答应，气得我一甩门就出来了。哼，我让他吃'独睡丸'，受'煎鞑沙'之苦！"

"怎么，你走鸡了？"

"对，老娘走鸡……哎，咱春香楼将来最红、最火的鸡可是在那儿呢——"兰儿妒恨地朝窗外努了努嘴，"你瞧瞧，你听听，她多下功夫啊！顺姑喜欢她，一心要把她培养成春香楼的头牌。她呢，为了能不接客，就上了心地学这学那，把这儿当成大学堂了！"

菊儿把嘴一撇说："哼，别管头牌尾牌，到头来不都是做婊子吗？往后也就是卖得贵一点而已。"

兰儿说："诶，她会不会抢了你我的生意呀？"

菊儿瞪起眼睛说："她敢？看我叫人怎么收拾她！"

兰儿双手一拍说："对呀，找大天二出头啊……"

每当夜幕降临，这里便是广州城里最热闹、最流光溢彩的去处。珠江江面上，豪华大舫灯笼高悬，张灯结彩，垂饰飞舞，笙歌喧哗，一艘艘精致的花艇往来穿梭，桅顶不时喷出烟花，窗口里散发出暧昧的微弱灯光，时而流泻出呕哑的音乐声；沿着江堤马路，一辆又一辆小轿车接踵驶来，黄包车川流不息。从车上走下来一个个衣着入时的男女，迎客的伙计殷勤地往来穿梭，不时听到高声喧喊："吴大官人到……何公子到……"这样的喊声一站一站接应传送，给这灯红酒绿的奢华景象更增添了热闹气氛。

这是春香楼位于江边的一座花舫。在花舫的贵宾套房里，大天二叼着雪茄，派头十足地坐在沙发上，眯眼瞅着顺姑带到他面前的一排女子。

大天二挥挥手说："换，换，再给我换！"

顺姑为难地说："春香楼的姑娘都带过来让您看了，再没有了。"

大天二吐出一串烟圈说："顺姑啊，你对我大天二也留一手？"

顺姑忙说："哪敢，哪敢呀，您可是我们春香楼的贵人，您来了，哪能不把最好的菜送上？"

"不对吧？听说你藏了一个18岁的小女娃，琴棋书画样样都会的……什么梅儿，这盘菜你怎么不端出来呀？"

"噢，是有个梅儿，可她刚来，还没有调教好。"

"那就交给我来调教吧，我就喜欢吃青涩的果子。"

"这、这怕是不行，这姑娘不接客，我也想把她培养成卖艺不卖身的名伶。就请贵人另选吧，这里的兰儿、竹儿、菊儿都很不错……"

"我就要梅儿！明天晚上若是不把她给我送来，你这个春香楼就别想再开下去！"大天二恶声恶气地甩下这句话，扬长而去。

顺姑回到春香楼，把这事告诉了梦苏。顺姑说："那个大天二，是广州城里有名的恶棍，心狠手辣，什么事都干得出来。孩子，你就逃走吧，今晚就走，千万不能落到他手里。"

梦苏诧异地看着顺姑。

顺姑叹了口气："实话说吧，我这么费心地调教你，的确是想用你多赚些钱。可这些日子下来，你越来越招人喜欢，越来越叫我心疼，你又学会了那么多本事，就像是一支含苞待放的花骨朵，我真不忍心让人给糟蹋了。"

梦苏感激地说："顺姑，谢谢你。可是……我要逃走了，大天二是不会放过你的。"

顺姑叹了口气说："我这辈子……干了这龌龊营生，早晚是不会有好报应的。要是能放你一条生路，倒是能赎回一点罪孽。孩子，你就走吧，他大天二要杀要剐，我随他去。"

梦苏摇摇头："不，顺姑，你对我这么好，我不能连累你。"

顺姑急了："那怎么办？总不能叫顺姑把你往虎口里送吧？"

梦苏想了一会儿，平静而又决然地说："顺姑，你明晚就把我送到他那儿去吧，我有办法。"

顺姑一愣："你能有什么办法？孩子，那可是虎口狼窝啊！"

梦苏低头不语。

"你这个倔姑娘！"顺姑一把拉住梦苏的手，"你倒是说话呀……"

第二天晚上，大天二又登上了春香楼的花舫。顺姑颠着碎步迎了上去说："大贵人，春香楼正等着伺候您呢。"

大天二哼了一声说："那个梅儿给我准备好了？"

顺姑满脸挂笑："正要给您说呢，你昨晚走了以后，又前后脚来了两个阔佬也要梅儿……"

"两个阔佬？谁？"

"想必您都认识，一个是洪码头，一个是罗公子。"

"妈的，跟我抢食！先来后到的规矩都不懂！"

"说的是呀！可我一个黄脸婆，得罪不起您大天二，也得罪不起他们啊！我看这样吧，在梅儿身上我已经花了不少钱，她又是个黄花姑娘，她的第一次给谁，今晚就在咏春台定吧，自然是谁出的价高就给谁了。您这么有钱有势，还怕谁呀！"

大天二把烟头往地上一吐："在这块地盘上，老天第一，我就是第二，怕他个谁？走，去咏春台！"

咏春台就设在连接花舫的一条游船上，船上酒家、茶房、歌台等应有尽有。夜色中，"咏春台"三个字霓虹闪烁，格外醒目。

此时，在咏春台上的"流觞阁"厅房内，坐在主位的欧阳启泰正在和他的几个行业朋友饮酒畅谈。欧阳启泰说：

"真没想到，巴黎和会竟激怒了国人，各地抵制日货、提倡国货的势头愈演愈烈。加之欧美酣战，来货甚少，前些年销路甚畅的日本棉、法兰绒，而今几乎断绝了啊……"

他的朋友附和着：

"是呀是呀，国人多购用土布，倒是让我们的织造业乘机兴盛起来了，连棉纱的行情都跟着一路看涨。"

"好啊，这下泰公的生意又要火起来了。泰公近两年在广州、汕头、潮州连开了好几家织造厂，无论在境内还是在香港、新加坡、曼谷，销路都很好啊。"

"织造厂，那对泰公的生意来说只是小意思了！谁不知道他的银号、洋行实力雄厚，在整个广州商界都屈指可数，连花旗人都很佩服。泰公最近又当选为全市商会的副会长，可谓众望所归，可喜可贺。来，我们敬泰公一杯！"

欧阳启泰站起来，与几个朋友举酒碰杯："多谢各位，大家同喜、同发财！"

蓦地，他们几个不约而同地都愣住了，从厅房外面传来了凄婉优美的琵琶弹奏和粤曲声。欧阳启泰问进来倒茶的伙计："外面是什么人在唱？"

伙计兴奋得有些结巴："啊，是、是春香楼新来的一个红牌阿姑，她今天晚上就……就要被人买走破身了，这是在亮她的身价。"

"走，看看去。"欧阳启泰和几个朋友走出了厅房。

咏春台已经被看客们里三层、外三层围得水泄不通，欧阳启泰他们只能站在外面。梦苏怀抱琵琶，自弹自唱着粤曲《黛玉葬花》，她那冷傲的美艳与周围纵情声色的喧闹显得格格不入。大天二坐在离梦苏最近的位置，叫作洪码头和罗公子的两个阔佬就紧靠他旁边。

一曲唱罢，看客们发出疯狂的叫好声和口哨声。大天二和洪码头、罗公子更是为梦苏所倾倒，那失态的样儿像是要流出口水。

顺姑起身，向看客们深鞠一躬，说："谢谢各位贵人前来捧场。你们都看到了，这就是我们春香楼的红牌梅儿。梅儿本来是只献艺不献身的，可是难却几位贵人的再三盛情，今晚她这朵还没有开放的梅花就只好献给你们其中的一位。当然，一分钱一分货，还望各位能出个好价钱，别亏了梅儿和我们春香楼，也别低了各位的身段……"

顺姑话音未落，便响起一片起哄声。大天二叼着雪茄，扭脸看看洪码头和罗公子，不动声色。

洪码头把手一举："梅儿是我的，我出三百！"

罗公子站起说："我出五百！"

洪码头乜斜了罗公子一眼："那……我出六百！"

"我八百！"

"我九百！"

看客们鼓噪叫好，喧声一片。

梦苏仿佛置身事外，只管悲声弹唱，更显冷艳动人。

洪码头气势汹汹地走到罗公子面前："跟我抢啊？我出一千！"

罗公子毫不示弱："不跟你抢，能喝到头啖汤吗？我出一千五！"

洪码头恼羞成怒，一把揪住罗公子的衣领说："你他妈的靠着老爸那点钱，存心跟我作对呀！"

罗公子也抓住对方衣领："你不就有两个码头吗？我们罗家拔一根汗毛都比你腿粗……"

"别闹了！"大天二大喊一声，一脚踩着椅子叫道："我出三千！"

顿时鸦雀无声。洪码头和罗公子看着大天二，各自松开了对方。

大天二接着说："图个吉利，我再加几个数，三千八百八十八！"

看客们爆发出一阵欢呼声。洪码头和罗公子悻悻地挤出人群，不见了踪影。

大天二走到顺姑跟前，将一张银票扔给她说："现在没什么说的了吧？这朵梅花，我可就摘走了！"

顺姑手拿沉甸甸的银票，却看不出有一点儿欣喜，倒显得有些揪心和紧张。

大天二满脸淫笑，朝梦苏走去。

这时"嘣"的一声，梦苏手中的琴弦断开，她的唱声也戛然而止。就在人们愣怔的时候，梦苏飞身翻过船栏，一头扑进了珠江。

大天二和看客们都惊呆了。

欧阳启泰冲过去望着江水中的梦苏，本能地脱掉外衣欲下水救人，被他的一位朋友一把拉住："你看，她水性不错……"

顺姑扑到船栏上呼天抢地地哭喊："梅儿你这是为什么呀……我在你

身上花了那么多银子，现在全都打水漂了呀……"

顺姑边哭边偷偷地瞄了大天二一眼，而她的这个眼神恰巧被大天二发现了。

大天二顿起疑心。

尽管梦苏水性很好，但游到岸边时也已筋疲力尽。

她回头望了一眼对岸的阑珊灯火，正思忖着该去往哪里，不料大天二和他的两个手下突然出现在面前。

梦苏大惊失色。

大天二一声冷笑："你戏演得不错啊，竟敢跟老鸨合起来耍我？现在落到了我手里，看老子怎么把你这朵梅花一瓣一瓣地撕下来！"

大天二让两个手下拖起梦苏就走，却被欧阳启泰和他的几个朋友挡住了去路。

"等等，这个女仔你不能带。"

大天二指着欧阳启泰说："你狗抓耗子多管闲事！她是我花钱买的，我不带走，你带走啊？"

"对，我带走。"欧阳启泰说，"从现在起，她不是你的了。"

"你他妈是什么人？敢跟老子作对！"

大天二做了个手势，他的两个手下就凶猛地扑向欧阳启泰；欧阳启泰身子一闪，脚下一扫，那两个打手便趴在了地上。

大天二吐掉嘴上的雪茄，挥拳向欧阳启泰打去，欧阳启泰的一个朋友一把死死地抓住了大天二的手腕，说："兄弟，太岁头上动土，你不想在这地头上混了？"

大天二一愣。

"这是欧阳启泰先生，你不认识吗？"

"欧阳……启泰先生？"大天二立时松软下来，连声道歉，"欧阳先生，小弟有眼不识泰山，请多多包涵……既然您想要她，那就给您了，给您了……"

大天二欲走，欧阳启泰拿出一张银票给他。

大天二看着银票说："五千？我、我没花这么多呀？"

欧阳启泰说："多出的，拿去喝茶吧。"

凭直觉，梦苏感到这个叫欧阳启泰的先生不像坏人，而且来头很大，但她还是禁不住地恐惧和疑惑。

一辆黑色轿车开了过来，欧阳启泰叫梦苏别怕，跟他走就是了。梦苏经过这番折腾，浑身没有了一点气力，而且又无去处，心想就听天由命吧。

上车后不一会儿，她竟昏昏然睡着了。

天蒙蒙亮，梦苏就醒了。她发现自己睡在一张松软的床上，房间里有淡淡的檀香气味。她刚一开门，使妈就进来了，抱着一叠新衣服让她换上——这让她想起了过去在老家时的情形。

梦苏想看看这是一个什么样的地方，便轻轻往外面走去。经过了一个又一个房门，经过数不清的厅堂和天井，经过雕梁画栋的九曲回廊，从一重院落进入另一重院落……梦苏自己也出生在乡下数一数二的富庶人家，也见识过麦家宅院的浩大显赫，但眼前这样的大宅她却从未见过——中式的建筑风格，中西杂糅的装饰和摆设，既有高档的红木、酸枝家私，也有华丽、舒适的西洋沙发；既有青铜器、瓷器等中国古董，也有天鹅绒地毯、自鸣钟、钢琴等西洋玩意……这一切令梦苏瞠目结舌，新奇不已。

她来到后院，这是一个很大的花园，园内有小桥流水、高高低低的树木、五颜六色的花卉，还有一座漂亮的鸟舍和一个宽大的长方形水池。

梦苏好奇地来到池边。池里的水很蓝，那蓝色有一种说不出的美丽；她看着看着，感觉自己要被融化在里面了，禁不住自言自语道："哇，多美的鱼塘，要是养上鱼儿……"

旁边突然传来一阵笑声。梦苏回头，见是一个身材挺拔的青年，低头在一块板上画着什么。

那青年说："这是游泳池，不是鱼塘。"

梦苏的脸一下子红了："这是游……游泳池？"

"当然，也可以让它变成鱼塘。你要是跳下去，有了美人鱼，不就是鱼塘了吗？"

梦苏觉得被捉弄，窘迫地想要跑开。

青年说："别动！"

梦苏站下。

"请回到刚才那个位置……来呀！"

梦苏不知什么意思，身不由己地回到原处。

"再站过去一点……还是刚才那个姿势，肩膀是这样的，手放在这儿……朝那边看……对，脸朝这边再侧一点，对，目光放低一些，看泳池……好，很好，就这样！"

梦苏这才明白，他是在给自己画像。

青年边画边问："你叫什么名字？"

"梦苏，沈梦苏。"

"梦苏？"

"做梦的梦，苏醒的苏。"

"哦，这名字有点意思！自我介绍一下，我叫袁昌，袁世凯的袁，昌盛的昌，不过我跟袁世凯没有任何关系……好了！"

袁昌将画好的像拿给梦苏看，梦苏接过画板，情不自禁地叫道："像，太像了！"

袁昌说："仔细看你的眼睛，我发现你的眼睛里有一种说不出的忧郁，对不？"

梦苏一怔，将画板还给袁昌。

袁昌看着梦苏说道："当然，忧郁是一种美，而且是一种富有内涵的美，这种美必然来自经过风霜沐浴的心灵深处……"

梦苏不禁打了个寒战，急忙低头走去……

中午吃饭的时候，梦苏跟欧阳启泰、欧阳夫人，还有袁昌坐在一起。欧阳启泰看出梦苏有些拘束，对她说："梦苏姑娘，今后这儿就是你的家了，随便一些，啊？"

梦苏感激地点点头。

袁昌说："对了，我这次来还没有见到表妹呢。"

欧阳夫人叹了口气："你那个表妹呀，越来越没有一点大家闺秀的样子了。昨天又说学校搞什么活动，到现在还不回家。唉，我都烦心死了。"

欧阳启泰说："也不知道这是不是你们年轻人现在的时髦，整天把'主义'呀、'信仰'呀挂在嘴上，动不动就跑出去游行，搞演讲。我最近在想，我给她的成长环境是不是过于宽松了？这对她究竟是好还是不好？"

欧阳夫人说："你现在明白了？以前我说什么你都不听，把孩子惯得不成样子，后悔都晚了……"

梦苏边吃饭边听着他们的谈话，总想做点什么。她看见谁的碗空了，就立刻过去给加汤添饭，看见谁的茶杯干了，就马上去给斟茶，弄得用人都插不上手。用人怕受到主人的怪罪，便去与梦苏争抢。欧阳夫人看不下去了，说："梦苏姑娘，行了，交给她们做吧。听说你上午还帮着扫地、洗菜什么的，那都是下人干的粗活，你怎么能去干呢？"

梦苏说："我就是觉得老爷救了我，不知道怎样才能报答你们……"

袁昌说："三姨，我认为梦苏做得挺好，没有什么粗活必须是下人干的而我们就不能做。'劳心者治人，劳力者治于人'之类的阶层划分是社会的悲哀，革命的目的就是要消除各阶层的差异，让劳工成为社会的主人。现在不是讲'劳工神圣'吗？从这个意义上说，梦苏是在真正地实践着自己的革命行动。"

欧阳夫人一笑："你这张嘴可真会说，再说下去梦苏都要被你说成革命家了。"

梦苏一时局促起来，不知说什么好。

又一个早晨，梦苏到后院清扫树叶，发现游泳池里竟然有人正在游泳，她不禁打了个激灵——这早春的天气寒意未尽，自己穿着夹袄还觉得凉呢，是谁这样的不怕冷？

梦苏走近池边，在池中游泳的是一个女子，那女子穿着她从没见过的薄薄的紧身泳衣，白花花地在碧波里出没，身材是那样的美……

梦苏给看呆了！

待到那女子从水中抬起头时，梦苏一下认了出来，正是那个鼓动妇女解放的欧阳春晓！

"春晓！春晓……"梦苏连蹦带跳地叫着。春晓也认出了梦苏，大声喊着"碧青……"，飞快地从游泳池里爬上来，与梦苏紧紧抱在一起。

梦苏问："春晓，你怎么会到这儿来？"

春晓诧异地说："你不知道啊？这是我的家呀。"

梦苏一愣："这是你家？那……欧阳先生……"

"他是我爸爸呀。"春晓也觉得好生奇怪，"你怎么会在我家呢？"

"太巧了，太巧了……"梦苏激动得不知从哪儿说起，眼泪扑簌簌滚落下来，"可见到你了……"

春晓给梦苏擦着泪水："陈桂呢？她在哪儿？"

"不知道，我们一起来的广州，后来就失散了……"梦苏百感交集，忍不住放声哭了起来。

"别哭，别哭，我们现在不是见面了吗？这多好！"春晓不知如何表达此时的心情，干脆搂着梦苏一同跳进了泳池。

梦苏忘记了寒冷，钻出水面抹着脸上的水珠，笑了——这是她这些日子以来，第一次真正开心的笑……

春晓和梦苏换了衣服，坐在客厅一边品茗，一边述说着各自这些日子的经历。

"你这个名字改得好！"春晓说，"梦苏——说明你到底还是摆脱了那个封建包办婚姻，清醒过来了，我真为你高兴！"

"这……也是给逼的。"

"有逼迫就有反抗，这就对了！"

欧阳启泰得知女儿与梦苏原来早就认识，便拉着太太过来一起喝茶，直说这是缘分、缘分！

春晓问："表哥呢？叫他也过来呀。"

欧阳启泰说："一大早就到长洲岛去了，军校这几天考试。"

"太好了！"春晓说，"表哥要是能考上，就可以待在广州了。"

欧阳夫人用手在春晓的额头上点了一下说："家里已经有一个瞎折腾的，还不够？又来一个舞刀弄枪的，真不知道会乱成什么样子。"

"爸，妈，你们老说我在外面搞演讲是瞎折腾，可眼前就是活生生的例子——"春晓搂着梦苏的肩，"她就是在我们演讲的启发和教育下，勇敢地挣脱封建婚姻的枷锁，获得解放的。这是我们女子教育宣讲团取得的又一个成果！"

"你先别自鸣得意了。"欧阳启泰满脸不悦，"我问你，好好的国立中学读了没多久，听说你又要换学校了？"

"哦，我不喜欢那个国立中学，死气沉沉的。而坤雅女师刚刚创办，一派新气象，我觉得那儿更适合我。"

"你呀，太任性了！做什么都是热情有余，恒心不足。"

春晓撒娇地偎在父亲怀里："爸，这次转到坤雅女师去，我一定好好读书。对了，还有梦苏，和我一起去上这个学校。"

欧阳启泰说："梦苏也去，那我支持。"

梦苏说："我已经考了，还不知道是什么结果，说是要等一个姓麦的主任回来再定。"

"麦主任？不就是教导主任麦秋实吗？"春晓说，"我认识他，他肯定会帮忙的。"

梦苏高兴地说："真的？这太好了！"

春晓对梦苏说："我前些天不在广州，就是和麦先生，还有各校的学生骨干一起去了外地做社会调查。麦秋实的名字我早就如雷贯耳，这次才真正接触到他，发现他是个很有魅力的人，特别有才华；他外表看起来温文尔雅，内心却蕴藏着巨大的能量和激情，好像胸中有一座火山，随时都会喷发出耀眼的光芒……噢，明天上午甲种工业学校的礼堂有他的演讲，我带你一起去听！"

欧阳夫人说："看看，又是演讲！"

"妈，你们就别管我的事好不好？"

"不管？你还不上了天！"欧阳启泰说，"你呀，要向梦苏学习，我看她身上有很多好的东西都是你所欠缺的……"

"爸，你一有机会就教训我！"

梦苏慌忙说道："不不，我哪方面都比不上春晓，我太笨了，我要向春晓学习……"

欧阳夫人说："你们两个，往后就是亲姐妹了，在外要互相照应。"

"梦苏要是能考上坤雅女师，学费我出了。"欧阳启泰说，"只要你好好用功，将来考上大学，费用也都包在我身上。"

梦苏感激得不知说什么好，一个劲地抹着眼泪。

欧阳夫人说："这孩子哭什么，应当高兴呀！"

春晓说："她这人，我知道，感激别人的方式就是落泪。"

梦苏站起来给欧阳启泰夫妇鞠了个躬："伯伯，伯母，你们救了我，现在又资助我去上学，这么大的恩德我这辈子都报答不完……"

春晓把头一扬："那我呢？你能来广州可是我指的路；你最终能不能被学校录取，恐怕还得靠我呢！"

梦苏愣了一下，正要也给春晓鞠躬，欧阳启泰大笑着说道："别、别上她的当……"

坤雅女师，麦秋实在他的办公室里听骆品超汇报工作。

骆品超最后说："就这些了。你不在的情况下，我擅做主张，破例答应沈梦苏的考试请求，实在是被这女孩逼得没办法了，你不答应，她就天天站在学校门口不走啊！"

麦秋实沉默了一会儿说："有这么执着的考生，说明我们坤雅女师还是很有吸引力的。骆副主任，你这件事做得并无不妥。"

骆品超说："原来想的是一个乡下女孩，能考出什么呀？应付她一下，她也就不再纠缠了。可是没想到她的文章竟然写得……起码有一半老师认为她很有才气，这就麻烦了，对于要不要录取沈梦苏入学，招生组老师的意见分成两派。这事啊，还得您来最后敲定。"

"那你的意见呢？"

"我……听你的。"

"你这叫什么意见！"

这时门外一声"报告"，门被推开，欧阳春晓站在门口。

"老师，我能不能发表一下自己的意见？"

麦秋实诧异地看着春晓说："你……指什么事？"

"就是沈梦苏入学的事，我想我对她的情况最为了解。"

麦秋实与骆品超交换了一下眼色说："好吧，进来说。"

"谢谢老师！"春晓走到麦秋实面前，"我不知道沈梦苏的试卷答得怎么样，也不知道老师们是什么态度，我想说的是，半年前我参加女子教育宣讲团，在乡下遇到了梦苏，是我鼓动她从旧的封建桎梏中走出来，来广州寻求新的知识、新的生活。但她在考完坤雅女师等候结果的这些日子里，无处落脚，流落街头，差点被逼良为娼，最后冒死跳江才得以脱身……我希望学校能录取她，拯救她，以此来改变她的命运……"

春晓说着，泪水湿了眼眶，麦秋实和骆品超都被深深打动了。

"欧阳春晓同学说得很好！我们坤雅女师的办学宗旨，就是培养健康、独立、有知识、有抱负的新女性，改变她们的命运。沈梦苏的试卷我仔细看过了，正如部分老师所见，思路清晰，文笔优美，生动感人，字里行间蕴含着自己的真情实感，非常难得！我想，如果我们将沈梦苏这样的考生拒之门外，有悖于我们学校的宗旨。所以我的意见是……"

不等麦秋实话完，春晓已经高兴得不能自制，连连鞠躬说："谢谢老师！谢谢麦主任！谢谢……"

18 岁的梦苏正式被坤雅女师录取了，而且和转学过来的春晓编在一个班。国文、数学、外语、物理、手工刺绣、服装剪裁……每一课都令梦苏感到新奇和兴致勃勃。下课以后，她和春晓与一群身穿旗袍、青春洋溢的女生意气风发地走在校园林荫道上，有一种想飞起来的感觉……

这天下午，上体育课，内容是学滑旱冰，代课的是位女老师。

女子滑旱冰，是件很新鲜的事。女生们第一次穿上溜冰鞋，东倒西歪地根本站不稳，一会儿这边摔倒一个，一会儿那边趴下一个，吱哇乱叫，十分狼狈。

"同学们，"老师讲道，"今天这节课，先从学'站'开始，只有站稳了，适应了我们脚上这双溜冰鞋，才能为滑行打下基础……"

老师话音未落，春晓已经滑了出去；她显然是在有意表现自己，滑行得稳健而又飘逸。

"春晓同学，回来！"老师喊道，"我说话你没听到吗？今天的内容是学'站'……"

春晓回头："我不用学，我十岁就会滑了。"

"那你也要'站'在这儿。回来，回到你的位置上！"

春晓很不情愿地滑了回来，把手一举说："老师……"

"说，什么事？"

"下次我能不能带自己的溜冰鞋来？那双鞋是我爸爸从德国买回来

的，踩在脚上的感觉完全不同。学校这一双我穿着很不舒服。"

老师板起面孔："你在家睡的床舒服，是不是也要把床搬到学校来呀？"

有同学"吃吃"地笑，春晓不屑地把脸扬起。

这时，老师发现梦苏紧紧抓住身边一道栏杆站着。

"梦苏同学，你这样站有什么意义？把手松开。"

梦苏手一松开，整个人当即摔倒在地。

春晓上去将她扶起："我妈可真是说对了——互相照应，我都快成你的保姆了！"

梦苏显得很不好意思："我、我怎么就这么笨……"

旁边嗵的一声，又有一个叫师郁的同学摔倒了。

老师这才发现了她："师郁？不是说了你可以不上滑冰课吗，怎么还是来了？"

师郁说："老师，早操跑步我都坚持下来了，这个我应该也行。"

师郁在同学的搀扶下刚刚站起，脚下一滑又倒了下去，而且溜冰鞋从她脚上脱落下来——原来她是个小脚！

同学们静静地看着师郁，没有人嘲笑。

老师说："师郁同学，你还是回宿舍休息去吧。"

"不，我再试试，我再试试……"师郁说着掏出一块手帕，刺啦一声撕成两半，将两只溜冰鞋紧紧绑在脚上，艰难地重新站了起来。

同学们一阵掌声。梦苏感动而又钦佩地看着师郁……

晚上回到宿舍，女生们有的洗漱，有的收拾床铺准备睡觉。师郁坐在下铺，一双脚泡在冷水盆里。

春晓已经钻进对面下铺的被窝，她侧过身来说："师郁，你天天这么泡，脚真的能变大吗？"

师郁摇摇头："不知道，我也是听别人说这样管用。"

一个叫潘如梅的同学说起话来总是娇滴滴地说："为什么要用凉水泡呢？我觉得从理论上推断应该使用热水，物理课上不是讲'热胀冷缩'吗？"

"是啊。"师郁说，"可是我真的听人讲用凉水泡脚，脚就可以长大哎。"

一个叫季维礼的同学探出脑袋："这种天气，看着你把脚泡在冷水里，我身上都直打哆嗦。"

师郁一笑说："我不觉得冷啊，习惯了。"

梦苏趴在春晓的上铺，一直往下看着师郁泡在水盆里的小脚。看着看着，眼前不禁浮现出自己小时候被母亲和老妈缠脚的情景，她仿佛看到自己被按在一张凳子上，双脚浸在热气腾腾的水盆，一件件裹脚用的东西重重地落下——长长的蓝色裹布、缝裹布的针线、垫脚的棉花、修剪脚趾的刀片、小小的尖头平底布鞋，还有手拿竹条站在一旁随时准备抽打自己的父亲……

梦苏突然"啊"地大叫一声，把宿舍里的人都吓了一跳。

春晓一骨碌坐起："梦苏，你怎么啦？"

梦苏急忙掩饰道："哦，没事，没事……"

春晓朝梦苏翻了个白眼，遂又躺下。

师郁已经泡完了脚，拎起溜冰鞋往外走去。

春晓问："哎，你去哪儿？"

师郁说："去练滑冰。"

潘如梅说："你疯了？马上就要熄灯，要是被舍监抓住，还不给她骂死啊！"

季维礼说："骂算什么？违反校规那是要给处分的！"

"没办法，我这情况，要是不加把劲练，下次上课肯定还过不了关。"师郁说罢走出宿舍。

梦苏一骨碌从上铺跳下说："师郁，我陪你去！"

春晓坐起说："梦苏，你发什么神经？"

"我也要练练。"梦苏从床下拎出溜冰鞋，追了出去。

春晓叹了口气，下床穿衣。

潘如梅问："怎么？春晓你也要去？你滑得那么好……"

春晓说："我不去，谁教她们？"

潘如梅说："嗨，要是打羽毛球，我倒愿意教教她。"

第二天，一张处分春晓、梦苏、师郁三人的通告贴在学校的布告栏上，引来同学们的围观。

梦苏和师郁闻讯跑来，看了一眼通告匆匆走开。师郁说："梦苏，都是我连累了你……"

"看你说的，那是我自愿的呀。"

师郁站下看着梦苏："你……我觉得你人真好！"

"你人才好呢！你练滑冰的那股劲，真叫人感动，我能从中看到你对生活是多么的充满热情和希望。这让我想起一个诗人说的——'没有希望的心田，是寸草不生的荒地'……"

师郁惊讶地说："惠特曼的诗，你也喜欢？"

"喜欢，很喜欢……其实，我小时候跟你一样，也缠过脚，不过只缠了一个晚上，就让我拿剪刀剪开了，这是我长这么大，最成功的一次反抗。"

师郁哀叹了一声："我小时候什么都听父母的，哪知道反抗啊？现在明白了，可惜晚了……"

师郁还想说什么，被一个同学叫了去。春晓跑到梦苏身边，说："看见了吗？为了你，我都跟着上'光荣榜'了，而且打头！说吧，怎么办？"

梦苏连声说"对不起"。

"就会说这三个字！"春晓一把拉起梦苏的手，"走，现在是课余时间，跟我练滑冰去；你只有练好了，才对得起我，才不枉被通报批评了一回！"

梦苏和春晓回宿舍拿了溜冰鞋来到操场，操场上已经有其他同学在练了。春晓一阵风似的滑进场内，来了个漂亮的急转骤停，立刻吸引了大家的目光。

"来呀，过来！"春晓示意梦苏大胆地往前滑。

可是梦苏两次出脚两次摔倒，只好抓着栏杆不敢松手。

春晓滑到她身边："怎么搞的，昨天晚上不是已经能站住了吗，怎么又不行了？"

"我也不知咋回事？昨晚学的……全忘了……"

"你把手放开……放手啊！"

见梦苏不动，春晓上去拽开了她紧抓栏杆的手。梦苏一慌，脱离了支撑的身子立刻东倒西歪，她惊叫着，一把抓住了春晓。

春晓哭笑不得："你这叫放手吗？你抓我还不如抓住栏杆呢！"

梦苏松开春晓，还真摇晃着重新抓住了栏杆。

"你、你简直要急死我了！好吧，你就一直这么抓住栏杆站着，永远都别放手！"

梦苏快要哭了："你别急呀，你说说我这问题到底出在哪里？"

春晓故意不理梦苏，转身就走。这时她突然发现麦秋实不知什么时候出现在操场边上，正在往里走来。

春晓紧张而又兴奋，故作随意地翩翩滑行起来，身姿飘然优美，时而还做出一些高难动作，赢来阵阵喝彩声。

然而麦秋实似乎就没有注意到她的"精彩表演"，而是径直走到了梦苏面前，这让春晓感到失落。

"沈梦苏同学，我刚才看了你很久，你急切地想要学会滑冰，却又一直抓着栏杆不敢松手，知道这是为什么吗？"

"老师，我……"梦苏低下头，不知如何作答。

"我看出来了，你是不能战胜自己，你害怕，怕自己摔倒，对不？"

梦苏下意识地点点头。

"其实，越怕摔倒，就越摔倒；越摔倒，就越害怕。所以，我送你三个字——不、要、怕！"

梦苏抬头看着麦秋实说："不要怕？"

"对，胆怯是前进的绊脚石，只有将这块绊脚石踢开，勇敢地迈出去，摔倒了再爬起来，就一定能战胜困难……来，试试看，放开栏杆，注视前方，大胆地走……走……"

麦秋实就像大人教小孩走路似的伸出双手。梦苏刚走出两步，一下子失去平衡往地上倒去，麦秋实飞步向前一把抓住了她，她在惯性的作用下倒在了麦秋实怀里。

春晓见此情形，心里很不是滋味。

梦苏一阵慌乱，急忙推开麦秋实的搀扶；这一推使她脚上的冰鞋失去了控制，她快速地冲了出去，随后重重地摔倒，而且倒地时还一连绊倒了好几个正在滑行的同学，场上一片混乱。

麦秋实发现，梦苏的脚踝流血了，立时目瞪口呆……

梦苏躺在宿舍床上，右脚踝缠着厚厚的纱布。

麦秋实敲门进来说："梦苏同学，脚好些了吗？"

"噢，老师，我好多了。您请坐。"

麦秋实在梦苏对面坐下："真对不起，我本来是想帮帮你，没想到反而让你受了伤。"

"老师，你千万别这么说。这都怪我自己，我胆子太小，太笨了。""不，你敢于跨出去第一步，尽管摔倒了，也是个了不起的进步！"

"老师，你说我有进步？"

"当然！不怕摔倒的人，最终才不会摔倒。"

梦苏受到鼓励，心情一下好了许多。

"梦苏同学，今后在学习和生活上有什么困难，你就说出来，老师和同学们都会帮助你的。"

第二章

长洲岛

一转眼，三年过去了，梦苏、春晓都褪去了一些青涩，愈发亭亭玉立了。入夏之初，听说长洲岛成立了黄埔军校，女生中的话题三句里就有一句是在谈论那个新开在江对岸的学校。

　　一天，麦秋实对梦苏说："我们师生相处快三年了，我发现梦苏同学除了春晓之外，跟别人不怎么交往，好像有什么心事。当然，这可能与你以前的经历有关，我听春晓说过一些。如果你愿意的话，跟我聊聊好吗？"

　　梦苏一时无语，神情变得黯然。

　　麦秋实接着说："梦苏同学，坤雅女师是一个开明、包容的集体，希望你多和老师和同学们交流，打开自己的心结，融入这个温暖的大家庭中来……噢，对了，我看了你的入学登记表，你老家是兴仁县的？"

　　梦苏点了下头。

　　"我也是兴仁县的，我们还是同乡呢！"

　　梦苏一怔："麦老师你也是兴仁的？我家在惠平镇上，你家在兴仁哪个地方？"

　　"哦——那我们就更近了，我家离惠平镇不远……"

　　就在这时，春晓和师郁、潘如梅等同学闯进宿舍。

　　春晓说："麦老师，我们到处找你，原来你在这里。"

　　"你们找我……什么事？"

　　春晓说："我们想听你讲惠特曼的诗……"

　　师郁说："或者讲讲普希金……"

　　"我可不想听这些，老是诗啊诗啊的，酸不酸呀？"潘如梅说，"麦老师，我想听你讲讲巴黎。我哥哥和你一样，在法国留学多年，每次回来都给我带巴黎时装。他说法国是一个特别浪漫的国度，他在那儿就留下了一段令人唏嘘的浪漫史，那么你有没有什么罗曼蒂克的经历呀？"

春晓拍手叫道："好呀好呀，那就讲讲你以前的罗曼蒂克！"

除梦苏外，几个女生哈哈大笑。

麦秋实也笑了说："我是去法国勤工俭学的，哪有闲情逸致去搞什么罗曼蒂克？那时，我住在贫民窟里，在工厂做工，一天才挣十个法郎。后来遇上经济危机，工厂紧缩，我和许多工人一样被抛到了街上……我过去在家也是个少爷，饭来张口，衣来伸手，是这段在法国勤工俭学的经历让我感受到了无产阶级遭受的压迫、剥削和生存的痛苦，才开始接受马克思主义的思想……"

麦秋实后面还讲了些什么，梦苏已经无心再听了，她怔怔地望着天花板，满脑子都是麦秋实刚才说过的一些话——兴仁县……离惠平镇不远……法国勤工俭学……少爷……

梦苏心里五味翻陈，突突直跳，暗暗用异样的目光打量着麦秋实……

等麦秋实走后，梦苏把春晓叫到身边小声地说："春晓，你能不能帮我一件事？"

"什么叫能不能啊？说吧！"

"你去找麦主任……问一问他……"

春晓敏感地问道："问他什么？"

"问问他老家……究竟是兴仁县什么地方的？"

"你问这干什么？认同乡啊？我最讨厌用同乡拉关系、套近乎，这太庸俗了！"

"你就去问问吧，我求求你了。"

春晓想了想说："好吧，我找时间帮你问问。"

"别拖久了，最晚明天就去。"

"最晚明天？这么急吗？"

"哎呀，你最好今晚自习课就去！"

春晓奇怪地看着她说："梦苏，今天不就麦主任来看了你一下吗？你就神经兮兮地了……"

晚自习时间，麦秋实在他办公室的书桌前埋头工作，春晓出现在敞开的门口。

"麦老师……"

"春晓同学，有事吗？"

春晓点点头说："嗯！"

"进来吧，请坐。"

春晓进屋环顾了一周："麦老师，我上次来你这儿没注意看，原来你把房间收拾得很整洁、很温馨哦。"

"噢，我喜欢整洁。春晓同学，找我什么事？"

"我……我来想问你一下，你老家是粤东兴仁县的？"

"是啊。"

"兴仁什么地方？"

"塘西。干吗问我这个？"

"人家想了解你嘛，怎么，不许问啊？"

麦秋实笑笑说："当然可以。如果你想了解我的过去的话，我愿意如实地全部告诉你。"

"真的？说话可要算数！"

"不过，今天不行，太晚了。"

"这才几点？还没下自习课呢，麦老师的意思是不是撵我走啊？"其实，从进屋见到麦秋实开始，春晓就心猿意马起来。她很想跟麦秋实多待一会。

"没、我没这个意思……"麦秋实一拍脑门，"想起来了，有件事我正要找你。关于你和师郁提出加入社会主义青年团的申请，我已经转交上去了，组织上让我分别找你们两个谈谈话，了解一下你们的入团动机。"

"动机？"春晓眼睛一眨不眨地看着麦秋实，"我的动机就是想跟你一样参加共产党；听说参加了团组织，以后再参加共产党就容易了，是这样吗？"

麦秋实说："社会主义青年团是党组织的后备力量，因此可以这么理解。"

"太好了，以后我就可以和你在一起工作了！"春晓说，"上次参加学生运动考察活动，和你在一起工作的感觉真是太美妙了……"

麦秋实怔了一下，他从春晓的话里似乎听出了某种别的意味，于是严肃地说："春晓同学，入团的动机，你应该从当好党组织的得力助手、努力宣传马克思主义方面来认识……"

春晓打断他的话说："对啊对啊，我就是想当你的助手！"

面对春晓毫不掩饰的表达，麦秋实很是尴尬。他想了想，说："春晓同学，要不我们改天再谈吧，今天真的太晚了，你也早点休息吧，明天还要上课呢。"

春晓嘟噜着嘴，极不情愿地站起，欲走又止："麦老师，我最近按你的推荐，读了好多普希金的诗，越读越喜欢，越喜欢就越能理解你让我读普希金诗的用意……我想给你背诵一首，然后再请你辅导一下，好吗？"

麦秋实一愣说："现在？"

不等麦秋实反应过来，春晓便开始了背诵，麦秋实慌忙将门关上。

春晓声情并茂，仿佛在给麦秋实作专场演出——

假如生活欺骗了你，

不要悲伤，不要心急！

忧郁的日子里需要镇静；

相信吧，快乐的日子将会来临。

心儿永远向往着未来，

现在却常是忧郁；

一切都是瞬息，一切都将会过去；

而那过去了的，就会成为亲切的怀恋……

春晓回到宿舍时，大家都已经就寝了。她轻轻摸到床边，在黑暗中看到梦苏在床沿端端正正地坐着。她小声问："梦苏，你怎么还不睡？"

梦苏说："我在等你。春晓，你问到了吗？"

"问到什么？噢，问了，问了。"

梦苏一把抓住春晓的手说："他家在兴仁什么地方？"

"是……是……"春晓极力回想着。

"你快说呀！"

"你看我这脑子，怎么一下子想不起来了呢！"

梦苏急了说："春晓，你到底问了没有啊？"

"不给你说我问了吗？可是，一听麦老师讲普希金的诗，就给忘了……你别催我，让我想想……"

春晓真的是想不起来了，只记得好像有个"塘"字；见梦苏急切而又抱怨的样子，就说："好像是……新塘吧。"

"新塘？"

"对，新塘！"

"新塘在哪儿啊？没听说过这个地方……"

"你们兴仁县大了，你哪能每个地名都知道呀！"

梦苏似信非信，但还是轻轻舒了口气。

这一宿，春晓没有入眠，躺在床上，眼睛睁得大大的，一直沉浸在兴奋之中。

梦苏也没有睡着，春晓问来的结果，让她难以释然……

春晓和师郁接到通知，叫她俩到学校议事室去一趟，说是有人要见她俩。麦秋实和一个工人模样的人已经等候在那儿，身材矮胖，30岁上下。麦秋实正要介绍她俩，那人制止住，瞪着小眼睛用极夸张的语气问道："让我猜猜——你是欧阳春晓，你是师郁，对不？"

其实那人是从她俩的脚上看出来的。那人让春晓和师郁坐下，说："你们带手绢和钢笔了吗？借我用一下。"

春晓和师郁不知所以，一个拿出手绢，一个拿出钢笔。那人用手绢将钢笔盖住，说："看好了，我吹一口气——变！"

手绢拿开，钢笔不见了。

春晓惊叫："啊，钢笔哪儿去了？"

师郁说："怎么回事？太奇怪了呀！"

"看好，我再把它变回来。"那人用手绢盖住一只手，又吹了一口气，拿开手绢，钢笔又出现了。

春晓和师郁向前探着身子，想从那人的手上看出个究竟。

"好了，你们学习紧张，玩个小魔术，让你们放松一下。"那人将钢笔和手绢分别还给春晓和师郁，从包里拿出一份文件，"现在说正事。经过组织研究，批准欧阳春晓同学和师郁同学为社会主义青年团团员，同时组建坤雅女师团委，由欧阳春晓担任团委书记，师郁任组织委员。"

春晓和师郁对此都感到突然和吃惊，迷惑地看着麦秋实。

麦秋实说："没看出来吧，这位是区委组织部的区达铭同志，专门为你俩加入青年团的事来的。"

"啊？"师郁惊讶地说，"真没看出来，我们以为区委的领导都很严肃呢，没想到这么随和，这么有意思。"

区达铭把手一扬说："列宁同志说过，我们共产党的干部就是从群众中来的嘛……对了，给你们介绍一下麦秋实同志——你们的麦主任、麦老师，不光兼职于中共广东区委宣传部，从现在起还兼任广东社会主义青年团的工作，今后他就是你们坤雅女师团委的直接领导。"

春晓兴奋得几乎跳起来说："我们的直接领导？太好了！那我算不算麦秋实同志的助手啊？"

区达铭说："当然算喽！"

春晓看着麦秋实，眼睛里闪动着异样的亮光说："老师，请给我们任务，我们团委开展的第一项工作是什么？"

麦秋实说："目前要开展的工作很多。在国共合作的大背景下，很多学校都建立了团委。我考虑，应该组织一个全市范围的'学生联谊会'，把各个学校的进步师生——不分政党、派别，尽可能地联合起来，使大家能更好地交流思想，沟通感情。"

春晓把手一举说道："麦老师，这个联谊会就由我们坤雅女师团委来发起吧！"

区达铭哈哈大笑："秋实同志，你的学生真是可爱啊！"

坤雅女师礼堂门前，挂起了"广州学生联谊大会"的横幅。春晓和麦秋实在门口忙碌地迎接着各个学校的师生代表，然后让梦苏和师郁引导他们入场。

一队身穿军装的青年英姿勃勃地走来，春晓一眼看见领队的袁昌，急忙迎了上去。

"表哥，在这儿见到你太让我高兴了！来，我带你认识个人。"

春晓将袁昌等人领到麦秋实面前说："麦老师，这是我表哥袁昌，是黄埔军校的学生。"

"袁先生，您好！"

"您好！"袁昌握着麦秋实伸出的手对春晓说，"麦先生到我们军校讲过课，他的课大家都特别爱听。"

麦秋实笑笑说："过奖，过奖。希望通过今天的联谊大会，我们加强联系，增进了解，共同为革命而努力。"

"哦，原来你们认识呀。"春晓说，"现在国共合作了，麦老师经常去你们国民党省党部商谈工作，今后来往的机会就更多了。"

袁昌点点头，带着他的队伍走进礼堂，忽然看见梦苏的身影一闪，他正要喊她，她又立即被人群淹没了……

春晓作为联谊会的组织者，宣布大会开始。等会场安静下来，麦秋实讲话说："

"同学们，老师们，朋友们！当今革命潮流滚滚向前，国共两党精诚合作，为我们青年人提供了施展才华和实现抱负的难得机遇。今天，为奉行国共两党的合作精神，我们在这里举行全市学生联谊会，把不同政党、不同派别的青年师生联合在一起，共同为国家的前途发挥我们的力量……"

在热烈的掌声中，麦秋实看了看春晓，接着说："在此，我特别要向各位说明的是，今天这个学生联谊会，是由坤雅女师团委发起的。她们的团委书记欧阳春晓同志，为联谊会的筹备做了大量烦琐、细致的工作，让我们衷心地感谢坤雅女师团委，感谢欧阳春晓同志！"

又是一阵更为热烈的掌声，所有人的目光都投向了站在麦秋实旁边的欧阳春晓。

春晓没想到麦秋实会这样当众表扬自己，一时手足无措，慌忙说道："不不，我只是作为麦老师的助手，做了一点自己应做的工作，没什么，没什么……"

春晓立时被大家围住，各种邀请接踵而来。

"欧阳春晓同学，我们开办了个机器工人补习学校，有100多人参加，既上文化课，也讲革命学说，你能来给工人们上上课吗？"

"春晓，你是各学校中第一位女团委书记，能不能给我们学校的《劳动与妇女》写篇文章，我们想给你开辟一个专栏。"

"春晓同学，中央正在筹办农民运动讲习所，有大量的准备工作要做，急需政治觉悟高、有能力、笔杆子又好的工作人员，我觉得你很合适……"

这样的众星捧月场面，令春晓得意而又陶醉，一种从未有过的满足感让她兴奋不已。她回头对麦秋实说："麦老师你看看嘛，有这么多事情邀请我去做，加上学校团委的工作，把我扯成几瓣都不够呀，怎么办？"

麦秋实对来自各校的学生代表说："这样吧，我来协调春晓同学的工作，争取让她满足大家的要求；如果她实在忙不过来，我可以代替她做一部分。"

大家这才渐渐散去。麦秋实小声对春晓说："看到了吧？这就是联谊会的作用。"

春晓感激而又温情地朝麦秋实一笑。

这时，一位显瘦的青年挤到春晓跟前，哇哇啦啦地说了一阵，春晓一句都没听懂；那青年又在纸上写下一串字母"ruan-wen-hong"，春晓还是不知何意。

旁边一位学生说："他讲的是安南语，说他喜欢你，叫你记住他，他叫阮文宏。"

"噢，"春晓终于明白了，"你叫阮文宏，我记住了。"

阮文宏高兴地连连点头，紧紧抓住春晓的手握了握，然后转身跑开，差点撞到梦苏身上。

梦苏默默地穿梭于人群之中，给大家端茶送水，忙得脸上沁出了细细一层汗珠。她给春晓递上一杯茶，说："喝口茶吧，看把你累的。"

春晓接过茶杯，本想说"谢谢"，可当着麦秋实的面，又改口责怪道："梦苏，你怎么才冒出来啊？对联谊会的活动一点都不积极！"

梦苏不语，去给别人添水。

麦秋实走过去从梦苏手里拿过水壶说："看你，都累出汗了，让我来吧。"

春晓见麦秋实给梦苏帮忙，顿时不舒服起来，于是她忽然冒出个愈加表现自己的方式，站上凳子对一群黄埔军校的学生喊道："青年军人们，拿出你们的威风，给大家唱一首军歌吧！"

"好，团委书记下令了，我们执行！"袁昌对一个叫黄启的同学做了个手势，黄启走到队前起了个头，军校生们斗志昂扬地唱起了黄埔军校校歌。春晓站在凳子上为他们打着节拍，会场上的气氛顿时更加热烈。

袁昌没有唱歌，他拿着速写本溜达到梦苏身边，像是自言自语地说："我这个表妹呀，把这里当成她的客厅了，还真以为自己是大家的主人呢。"

梦苏看见袁昌，一怔："啊，你、你怎么……"

袁昌说："你在这儿，我能不来吗？哦，我考入了黄埔岛上的陆军军官学校。"

梦苏欲低头走开，袁昌叫住她："别动。"

梦苏见袁昌又对着自己在速写本上画，忙说："哎呀今天不行，我正忙着，我不能让麦老师替我工作……"

袁昌说："他替你一会又怎么样？你也是坤雅女师的学生，别把自己弄得像个服务生似的。"

这时，春晓见麦秋实还在替梦苏添茶加水，不再打节拍了，跳下凳子朝梦苏喊道："喂，你怎么还让麦老师为你代劳啊？像话吗！"

"对不起！"梦苏慌忙离开袁昌，跑去夺过麦秋实手中的水壶。

袁昌斜了春晓一眼，无奈地放下画笔……

入夜，阮文宏和几个青年同伴喝得醉醺醺地走在坤雅女师女生宿舍楼的围墙外面。

阮文宏站下，对着楼上大喊："chun-xiao……chun-xiao……"

喊了一遍又一遍，楼上都没有任何回音，阮文宏对一个中国同伴说了几句什么。

那位中国同伴接着朝楼上喊道："春晓——阮文宏说他喜欢你；春晓——阮文宏说他喜欢你……"

宿舍内，女生们听到外面的喊声，纷纷从床上探出头来。

梦苏低声叫着说："春晓……春晓……"

春晓的床上毫无动静。女生们急了，师郁、潘如梅又接着喊了几声，才听到她悠悠的声音说："干什么呀？"

师郁说："外面有人在喊你呢！"

春晓懒洋洋地说："听见了。"

潘如梅说："听见了你怎么不答应人家？"

春晓说："答应他干吗？他愿意喊就让他喊去吧。"

梦苏着急了："不能叫他们再喊了，都熄灯了，舍监要是听见……"

春晓翻了个身："舍监听见了也干瞪眼，他们又不是坤雅女师的，又在围墙外面，坤雅的校规管得了他们吗？"

围墙外面，阮文宏借着酒劲唱《国际歌》，完了又唱他们国家的经典歌曲。唱了好久楼上还是没有什么动静，阮文宏着急起来，又对那位中国同伴说了几句什么。

中国同伴再次扬起脖子高喊："春晓——阮文宏问怎样才能追到你？你出来呀……你不出来他今天就不走……他就要你一句话，怎样才能追到你啊……"

喊声传进宿舍。

"烦死人了！梦苏，你到阳台上去给那个安南人传话！"春晓说罢用被子把头一蒙。

梦苏答应着从床上下来。

"梦苏，别去！"师郁说，"我就看不惯有人动不动就把你使来使去！"

潘如梅接上说："我也看不惯！你哪一点比别人差啦？干吗总是给人跑腿！"

春晓呼地坐起说："怎么？你们嫉妒我呀？"

梦苏急忙圆场说："别、别……你们看，这事叫春晓出去直接对话不大妥当，可是如果没人出去劝他们离开，他们老在楼下喊叫，影响大家休息，所以还是我去吧。"

师郁和潘如梅躺下钻进了被窝。

梦苏贴着春晓耳边小声地问："哎，你叫我传话，说什么呢？"

"你就说……'要想追我，得有革命的行动'！"

"就这一句？"

"对，就这一句。"

梦苏犹豫起来："可是……你不是喜欢麦主任吗？怎么还答应别的人来追？"

师郁和潘如梅憋不住笑出声来。

春晓气恼地说："梦苏，你瞎扯什么呀？快去！"

梦苏慌忙跑向阳台。

围墙外面的阮文宏模模糊糊地看见有个人影出现在阳台上，以为是春晓，激动地招手喊道："chun-xiao！ chun-xiao……"

梦苏扶着栏杆大声对下面说："我不是春晓，我是她的同学……"

阮文宏用半生不熟的中国话回应道："你不是chun-xiao？我要chun-xiao！"

梦苏说："春晓让我传话给你——'要想追我，就得有革命的行动'！"

阮文宏的中国同伴朝梦苏喊："追你？你是谁呀？"

"噢，不对不对！"梦苏急忙纠正，"春晓说，要想追她，就得有革命的行动……我就出来替她说这句话，你们回去吧，别在这里吵了……"

阮文宏的中国同伴将梦苏的话翻译给他听。阮文宏迷惑地自语道："ge-min-xing-dong？"

这时，一束手电光射向阳台，正好照在梦苏身上，舍监厉声吼道："这么晚了，谁在那儿喧哗？"

梦苏吓得赶紧跑回宿舍。阮文宏和他的同伴也撒腿跑开了，远远地还能听到他带着醉意的喊声说："ge-min-xing-dong……

校园布告栏里，贴出了一张最新通告："关于沈梦苏同学违反校纪的处分决定"……

麦秋实看了公告，刚回到办公室，春晓就出现在门口。

"麦老师……"

"春晓，我正想找你，进来吧。"

"麦老师，我是来说明一个情况，昨天晚上是我叫梦苏到阳台上去给阮文宏传话的。阮文宏来找我，在楼下大喊大叫，梦苏出去替我解围，结果让她背了黑锅。应该受处分的……是我。"

麦秋实一怔，转而欣慰地说："你能如实说明情况，这很好。事实上，我也听到了一些议论，说你对梦苏同学……"

春晓并没听麦秋实的话，自顾自地问道："老师，你是不是不高兴了？"

"我？没什么不高兴啊！青年人嘛，谁无过错？这件事要说起来，我这个做老师的也有失职之处……"

"老师，你为什么就不能表露你的真实感受呢？"

麦秋实有些莫名其妙说："感受？什么感受？"

"你……是不是看到那些男孩拼命追求我，心里有点不舒服？"

麦秋实一下愣住了。

"其实，我也不想他们这样，可那些人就像蜜蜂似的嗡嗡叫围着我转，轰都轰不走，特别是那个阮文宏……"

麦秋实总算听明白了，哭笑不得说："春晓同学，你这种想法……"

"我想，我这种想法应该让你知道……"春晓依然沉浸在自己的思维里，"拒绝他们吧，又怕对他们打击太大，尤其是怕打击了他们的革命热情。我敢说，我的精神很纯洁，我只想鼓舞他们更加勇敢地投身革命……"

麦秋实一看无法再说下去，急忙收拾桌上的东西："对不起，今天就这样吧，我还有事。"

麦秋实逃也似的走了出去。

春晓委屈、气恼地望着他的背影……

新年将至，学校采纳了麦秋实的建议，决定举办一场新年晚会。女生们对此很是期待，在宿舍里谈论着晚会上穿什么衣服。

潘如梅说："哎呀，终于有一天可以不穿这身校服了，天天都是黑裙子、黑鞋子，搞得像个修女似的。"

季维礼说："这下你那一大柜子巴黎时装可就派上用场了。"

"这也愁啊，那么多，究竟穿哪一件好呢？"

"流行什么，就穿什么呗。"

"可巴黎时装每年流行的款式都不一样啊。"

"那就穿时下最流行的那一件。"

"可我发现，最新流行的时装又回到了几年前的样式……"

春晓听不下去了，说："这有什么？你就每隔半个小时换一套，估计新年晚会上也得换个七八套，多风光啊！"

潘如梅听出春晓的话里带着挖苦，便反唇相讥道："我的衣服再多再漂亮也不能跟你比呀，你们家是开缫丝厂和织布厂的，又有洋行可以直接从国外进货，你完全可以把新年晚会变成自己的时装展览！"

春晓正要回敬潘如梅几句，师郁插进来说："对了，春晓，你向来都喜欢引领潮流，到时候你穿什么呀？"

春晓说："保密！"

"这也要保密？"师郁又问梦苏，"你呢？到时候穿什么？"

梦苏说："我从家里出来时没带衣服，就穿校服吧，我觉得校服也挺好看的。"

"穿什么校服！"春晓对梦苏说，"我们两个的服装一起由我来设计，然后在我父亲的工厂里定做。"

师郁啧啧着嘴说："设计？定做？春晓，能透个风吗？你要给你和梦苏做什么样的服装？"

春晓眉毛一扬说："不是说了吗？保密！我要全面考虑我们两个人的气质、形象，两套服装从样式、色彩、风格上既要有很大的差异，又要在一个系列。总之，我要的效果是与众不同，独领风骚！"

春晓这番话把女生们唬得都不敢说什么了。季维礼小声对潘如梅嘀咕说："还'独领风骚'呢，说得那么玄乎，不就是衣服吗？穿上还能浑身长出美丽的羽毛变成孔雀啊？"

潘如梅抿嘴一笑说："那就看吧，看她们到底能'风骚'出个什么样儿来！"

彩灯高挂，霓虹闪烁。一群一群的学生欢笑着往新年晚会的会场走来。那些平日里一身黑白校服的女生们今天换上了各种样式、各种色彩的服装，变得千娇百媚，婀娜多姿；男老师们则身穿西式或者中式礼服，显得温文尔雅，风度翩翩……袁昌和黄启等黄埔军校的学生也被邀请来参加新年晚会，他们虽然全都脱下军服换上了中山装，却依然精神抖擞，行走如风，一看就是军人。

梦苏在会场一侧焦急地等候春晓，她此时身上穿的还是那套校服。看见春晓手上拎着两袋衣服气喘吁吁地跑来，她赶忙迎了上去说："你怎么才来呀，急死我了。"

"还不是为你这套衣服耽误了一会。时间来得及，走，找个地方换上！"

春晓拉着梦苏跑向旁边一个空置的门房，把门关上，拿出一套黑色的裙服说：“我给你设计的这套，可是我祖母穿过的。”

梦苏一愣说：“你……祖母穿过的？”

“看你这表情，我祖母就这么让你害怕？我给你说，我祖母年轻时就是穿着它征服我祖父的，这套衣服已经成了我们家的宝贝，要不是我死磨烂缠，我爸爸还不让我拿出来呢！”

“我……穿你祖母的衣服合适吗？会不会太老气、太陈旧了呀？”

“这就是我给你的设计，越是老气的，就越有可能是新鲜的；越是陈旧的，就越有可能是时尚的。而且你穿的这套正好与我形成反差，这样的话，我们两个都将会给大家留下深刻印象，让潘如梅她们在我俩面前相形见绌。快换上！”

春晓边说，边忙着穿自己的服装……

会场内欢声笑语，灯火璀璨。

麦秋实走到袁昌面前说：“袁先生，我们又见面了，欢迎你们！”

“谢谢麦先生邀请我们。”袁昌巡视着周围，“一会儿能看到沈梦苏……还有我那个表妹吗？”

“能！为了今天这个新年晚会，我们坤雅女师的学生在学校团委的倡议下，都特意换上了她们最好的服装，以表达对新年的美好祝福。各位就等着瞧吧，一会儿准能看到她们的美丽风采！”

站在袁昌身边的黄启兴奋得双手一击说：“是吗？我们可以一饱眼福了！”

有人将麦秋实喊了过去。

这时，会场入口处突然响起了掌声，只见潘如梅走了进来，她身穿流行的巴黎时装，略施粉黛，光彩照人。

接着又是一阵掌声，季维礼走了进来，她独出心裁地一身男装打扮，显得另类而别有一番韵味。

接着进来的是师郁，热烈的掌声已经蔓延到全场，不少人涌向门口去看。师郁穿的是花色旗袍，一双小脚此时成了绝妙的配搭，走起路来柳腰轻摆，雍容典雅，女性十足。

黄启紧盯着师郁，看得发呆；袁昌用手在他眼前晃了晃，他竟毫无反应。

"哎，小心眼珠子掉出来！"袁昌捅了黄启一下，黄启这才缓过神来，连声说："美！太美了……"

袁昌笑道："噢，原来你喜欢这号的！"

随后进来的是欧阳春晓。她果然与众不同、艳惊全场——贴身的"孔雀衫"勾勒出曼妙腰肢，黑色薄纱上绣着五彩的孔雀翎，头上还插着数支翠羽，美艳高贵如宫廷王后……在近乎狂热的欢叫声中，春晓边走边用眼睛的余光寻找麦秋实，她发现麦秋实正在兴奋地朝她鼓掌，不禁暗暗心喜。

已经入座的潘如梅明显感觉到春晓的风头盖过了自己，显露出不悦的神情。

黄启用胳膊肘捅了捅袁昌说："这是你表妹吧？"

"她要是穿得不怪，那就不是我表妹了。"袁昌说着，探头向入口处张望。

黄启怪怪地一笑说："等沈梦苏啊？"

袁昌头也不回说："明知故问！"

春晓走过去，与师郁、潘如梅、季维礼坐在一起。师郁问道："梦苏怎么还没有来？"潘如梅说："她不是跟春晓在一起吗！"春晓这才发现梦苏没有跟上，站起望着入口说："见鬼，她就在我身后，怎么不见人了？"季维礼说："哎，她不会出什么事吧？"

春晓觉得蹊跷，正要离开座位去往入口处，梦苏匆匆跑了进来。大家眼前一亮，袁昌带头鼓掌，全场立即响起雷鸣般的掌声，照相机的镁光灯闪个不停。

梦苏被这突如其来的情形吓了一跳，甚至不敢往前走了；看见春晓在向自己招手，她才鼓起勇气继续往前走去。

无数双眼睛注视着梦苏——穿在梦苏身上的春晓祖母的那件裙服虽然样式老旧，但质地精良，梦苏恰到好处地用夹子在后腰两侧一夹，使原本臃肿肥大的衣服勾勒出梦苏精致曼妙的体形，看上去就像是一件样式特别的短款旗袍，再搭上一条梦苏自己刺绣的淡雅的丝巾，竟有一种意想不到的奇妙效果，使她淳朴自然而又美丽俊俏的模样平添了几分妩媚，引起了一片赞叹声；她呢，有些害羞地微笑着，越发显得娇柔可爱……

麦秋实远远地看着梦苏，也被梦苏那种朴素而又与众不同的美打动了，禁不住把双手举过头顶使劲拍着。

春晓悄悄注视着麦秋实，好像特别在意麦秋实这时的感受……她没想到梦苏穿上这身衣服会是这种效果，比自己还要出彩，心里很不是滋味。

等梦苏过来，春晓问道："你不是跟着我吗？怎么这么久才来！"

梦苏捂着咚咚乱跳的胸口说："我……我感觉衣服的腰身太宽松了，就到一边用发卡把后腰夹了夹。"

春晓板起脸说："你挺会打扮自己的嘛！"

"怎么，不好看吗？"

春晓没好气地说："好看，好看，好看得都快让这些男人疯了！"

潘如梅瞥了一眼梦苏身上的衣服说："我说现在的人都什么眼神啊？就这身行头还发了疯地拍手叫好。"

春晓冲着潘如梅说："说什么呢？不懂欣赏就别乱嚼舌头。"

季维礼说："我们是不懂欣赏啊，可我怎么看都觉得这身衣服就像是我姥姥过八十大寿时穿的寿衣。"

潘如梅跟着季维礼笑了起来。

春晓说："你们知道什么呀，这是我祖母当总督夫人时穿过的衣服，她最喜欢这一件了！"

季维礼吐了吐舌头说："哟，你祖母当总督夫人时穿的衣服？现在也算是古董了，那你自己为什么不穿呢？"

春晓说："这你就外行了。从人的形象和气质上看，梦苏穿上比我更为合适。"

潘如梅鼻子一哼说："凭什么说你的形象气质就是'王后'，梦苏就是'祖母'？"

季维礼说："这还看不出来？她呀，本意就是想让梦苏出丑，好衬托出她自己很美。可没想到弄巧成拙，让梦苏抢了风头。"

潘如梅说："那也是因为梦苏天生丽质，跟穿什么无关！"

春晓被气坏了，指着潘如梅和季维礼说："你们……你们这样说太无聊了，简直就是小人之心！"

梦苏连忙说："你们别这样讲，春晓一直都对我很好，我、我也很喜欢这身衣服……"

"好啦好啦，这是在什么场合呀，大家都看着我们呢。"师郁在一旁小声劝道。

潘如梅做了个怪脸。

袁昌走了过来，春晓站起说："表哥……"

袁昌却看着梦苏说："请允许我说一句，你今天晚上太美了！"

"啊……你……"梦苏窘迫得不知说什么。

"表哥，你怎么不说我给她设计的这身服装美不美啊？"

袁昌轻轻一笑说："服装与人，人是本质，服装只是表象，所以我注意的只是她这个人。春晓，你表哥不是傻瓜，你这次有些过分了！"

春晓一怔说："表哥，你、你什么意思啊……"

袁昌转身走开。

一曲苏格兰风味的音乐响起。麦秋实走上简易舞台，请大家安静下来，高声说道："同学们，朋友们——噢不，此刻应该称女士们，先生们！在新年钟声即将敲响的这个夜晚，大家欢聚一堂，相互之间可能还有些陌生。我想，跳舞也许是这个晚会上解决陌生、加快沟通的一种最好方式，所以我想请大家跳舞，跳苏格兰土风舞……"

台下有人叫喊："我们不会——"

"不会可以学，我来教大家！"麦秋实说，"这土风舞就是苏格兰乡下的一种民间舞蹈，我在欧洲的时候学过。但是有一点啊，这个舞对服装有一定的要求，今天在场的女士们，有的穿的是旗袍之类的中式服装，有的是西洋款式，都太贵族化，需要对着装做一点改造……"

潘如梅大声地问："怎么改造？难道要脱下来重新剪裁吗？"

场上一片笑声。

麦秋实也笑了说："不不，这个改造呢，很简单。大家听我的，先把装饰会场的这些彩带取下来——春晓，师郁，这些彩色皱纹纸你们团委还有吗？"

师郁说："有，好多呢。"

春晓问："要拿过来吗？"

"都拿过来，我教大家怎么做……"

春晓和师郁立马跑了出去。

袁昌小声对黄启说："看见了吧，这个麦秋实也是个善于表现的人，而且很有共产党的那一套煽动能力。"

黄启说："是发动能力，发动群众是我们共产党的法宝嘛！"

袁昌哦了一声说："我忘了，你就是个共产党呀……"

女生们三五一堆，在麦秋实的指导下用折叠、拼贴而成的皱纹纸装扮着自己，有的把纸折的裙子套在外衣上，有的在裙子外面垂着一条条彩练，有的将五颜六色的纸团当成花朵戴在头上……只有梦苏没有用彩纸装饰自己的那身服装，春晓朝她看了一眼，当作视而不见。

师郁走到梦苏身边说："你折叠的东西呢？"

梦苏说："给别人用了。"

"你自己干吗不用？你这身衣服最该改造一下了。"

"我……我又不跳舞，用不着。"

"你不跳舞？为什么……"

麦秋实来到梦苏跟前，也不问梦苏愿不愿意，就将自己亲手做的一件彩纸百褶裙套在她身上，接着又将一个彩环套在她脖子上，她那身"祖母服"立刻有了色彩与生气，整个人显得更加美艳靓丽。

麦秋实退后几步打量着梦苏，然后伸出手去说："来吧，梦苏同学，我们先给大家做个苏格兰土风舞的示范。"

梦苏吓得像羔羊似的往后退着："不不，不行不行……"

师郁将梦苏往前一推："怕什么呀，别人还求之不得呢！"

梦苏的身子几乎缩成一团："我……我真的不行……"

麦秋实转向大家："同学们鼓励一下！"

在一阵鼓掌中，梦苏终于没有再往后退；麦秋实拉起她的手，她紧张、羞怯得满脸绯红，浑身都在哆嗦。

"梦苏同学，你肯定会跳得很好！来，注意节拍，跟我走——"麦秋实一边哼着苏格兰舞曲，一边牵着梦苏的手跳了起来。

学生们没想到这位平日里一脸严肃、斯斯文文的教导主任跳起这种土风舞来竟如此飘逸潇洒、激情洋溢；而梦苏起初虽显笨拙，步子错乱，但在麦秋实的带动下，很快就进入状态，基本跟得上节拍了……渐渐，两人越来越配合默契，全身心地沉浸在舞蹈之中，引来师生们阵阵喝彩。

春晓在一旁看着，难受得脸色发白。

不远处，袁昌的目光一直在盯着梦苏；而黄启根本就不往那儿去看，他只顾不停地瞄着旁边的师郁。

师郁眼睛一眨不眨地看着梦苏和麦秋实跳舞，激动得大声喊道："麦老师，你太帅了……梦苏，你真可爱……"

春晓忍不住瞪了师郁一眼。

场内不适合那么多人同时跳苏格兰土风舞，麦秋实便让大家转移到外面操场上。几堆篝火在熊熊燃烧，夜空被照得通亮。一对对男女学生伴随着热烈奔放的苏格兰乡村音乐翩翩起舞，操场上一片欢腾。

麦秋实穿梭于人群之中，指导、纠正着一些学生的舞姿。春晓上前，挡在麦秋实面前。

"麦老师，我能请你跳舞吗？"

"春晓，你看，我正忙着……"

"你能指导别人，就不能指导指导我吗？"

"其实……我舞跳得并不怎么样。要不，我给你找一个比我跳得好的舞伴……"

"不，我就要和你跳！"

麦秋实愣了一下说："我、我真的怕跟你跳不好。"

"刚才跟别人跳得不挺来劲吗？怎么换了舞伴就不想跳了？麦老师，你这样对我不公平。"

"春晓同学，你想多了……如果我跳得不好，请多包涵。"麦秋实与春晓手拉手跳了起来。春晓一扫此前的不快，一双火辣辣的眼睛注视着麦秋实，满脸洋溢着陶醉与幸福；麦秋实回避着她的目光，却看见袁昌拉着梦苏在翩翩起舞，他顿时真的有些不会跳了，舞步显得生疏而又笨拙……

袁昌边跳边对梦苏说："这个麦秋实，可真够胆，竟然敢教大家跳苏格兰土风舞！"

"怎么，他跳得不是很好吗？"

"呵呵，蒙别人可以，我这一关他过不了。"

"你去过欧洲？学过他们的这种舞？"

"那倒没有。不过，我经常去惠爱路清风桥旁边的通灵台影院，看苏格兰的歌舞电影。"

"看电影？"

"很有意思！下次我带你去看，好吗？"

梦苏不知该不该答应……她感觉袁昌一直看着自己的目光里有一种异样的东西，慌忙把脸转向一边……

在舞场的一个角落，黄启与师郁在一起，他俩并没有跳土风舞，而是完全不按音乐节奏跳着交谊舞——其实连交谊舞也算不上，黄启搂着师郁的细腰，师郁双手勾着黄启的脖子，几乎是脸贴脸地轻轻移动着步子，彼此都听得见对方的心跳。

黄启说："师郁，你今晚太美了！"

师郁羞涩地一笑说："太美，有多美啊？"

黄启想出一个成语说："闭花羞月！"

"你骗我，你忘了我是小脚……"

"我不嫌。俗话说，情人眼里出西施，你就是我的西施。"

"谁是你的西施啊？自作多情。"

师郁嘴上这么说着，双手却把黄启抱得更紧……

当——当——海关大楼上浑厚的新年钟声敲响了！钟声在夜空久久回荡，把操场上那股热潮搅动到沸腾的地步，大家互相击掌、拥抱、欢呼、跳跃……这时春晓猛地扑到麦秋实的怀里，紧紧拥抱住他；麦秋实懵了，不知如何是好。

"春晓同学，我要去主持了！"麦秋实挣脱出来，快步走到操场中央站上一把椅子。他一眼就瞥见了梦苏，梦苏挤到最前面看着他。

"各位同学，各位同仁！新年的钟声响了，这是呼唤春天的钟声，也是祝福未来的钟声……"麦秋实一手掐腰，一手挥舞，饱含激情着说道，"纵观今日之中国，大浪淘沙，革旧除弊，'五四'新潮风起云涌。我们青年人，皆应珍惜自己的青春，投身火热的社会变革中去，创造光明美好之新生活……"

操场上篝火跳跃，一片欢呼。

只有梦苏，一下子呆住了！她脑袋嗡嗡袭鸣，神色错愕而又恐慌——

麦秋实的这些话，几乎跟那把扇子上的"休书"一模一样——她清楚地记得那"休书"上的每一个字、每一句话……怎么会如此巧合呢？莫非他就是……

麦秋实后面再讲些什么，梦苏根本就听不清了，她浑身一软，差点瘫坐在地；袁昌大步冲过去将她扶住说："梦苏，梦苏，你怎么了？"

旁边的人都扭头看着梦苏。

梦苏推开袁昌，直端端向麦秋实走去；麦秋实也停止了演讲，跳下椅子惊诧地看着梦苏。

"你……说过……和我是同乡，请告诉我，你家究竟在兴仁县的什么地方？"梦苏问道。

麦秋实迷惑地说："梦苏，你现在为什么问这……"

"我想知道。"

春晓从人缝里挤过来说："梦苏，你也不分个场合……我不是告诉过你了吗，麦老师的家在兴仁县的新塘……"

"不，我家是在塘西。"麦秋实说。

梦苏又是一阵晕眩说："塘西？"

"对，塘西镇上。"

梦苏只觉得天旋地转，她呆呆地看了麦秋实一会，失魂落魄地拼命跑去……

春晓狐疑地看着麦秋实说："麦老师，你和梦苏之间……发生什么了？"

袁昌也问："怎么回事？她刚才还好好的！"

"我、我不知道啊……"麦秋实纳闷地望着梦苏跑去的背影。

春晓突然似有所悟，慌忙对麦秋实说，"不好，快去叫住她！"

梦苏已经消失在黑幽幽的林荫深处。麦秋实、春晓、袁昌、师郁他们分头找遍了学校内外、大街小巷，就连春晓家里也去看过了，都没有找到梦苏……

此时，天色放亮，梦苏来到了沙面。她想去找陈桂，可又不知道陈桂现在何处……她沿着珠江北岸茫然地、漫无目的地走着，仍然没有从那巨大的刺激中舒缓过来，神情恍惚……坤雅女师是不能回去了，她相信麦秋实就是那个逃婚的麦耀堂，她不想再见到他，她不知道自己今后该怎么办……

梦苏实在走不动了，无助地在江边一张石凳上坐下。江面上帆影点点，不时有轮船响起沉闷的汽笛声缓缓驶过。旁边，就是有名的维多利亚饭店，饭店门前的那条路上车水马龙，人来人往。

突然，从饭店门口传来"砰！砰！"两响，梦苏看见那里一片混乱，在急促的警哨声中，一伙租界巡捕和警察追赶着从饭店跑出来的两个人。

那两人一路狂奔，其中一人边跑边将手上一个黑乎乎的东西朝珠江扔去，结果没有扔进水里，而是落在了梦苏脚下，梦苏一看，竟是一把手枪，顿时吓坏了！那人飞快地跑到梦苏跟前，捡起枪扔进江里，正要离开时瞥了梦苏一眼，突然停下，用半生不熟的中国话对梦苏说道："嘿，我们……见过，你……还记得吗？"

梦苏不敢看那人，紧张地连连摆手。

那人指着自己的胸口说："我——阮文宏，我——喜欢你的朋友春晓……"

梦苏这才认出他就是那个安南人阮文宏，点点头："你……这是在干什么？"

阮文宏激动地比画着："春晓……鼓励我……提前采取了……革命的行动……"

巡捕和警察发现了阮文宏，几个人去追他的那个同伴，几个人朝他扑来，阮文宏慌忙夺路而逃，巡捕和警察紧追不舍；阮文宏跑出不远，就被围困在江边，走投无路之下，他纵身跳进了珠江，巡捕和警察朝江中开枪射击，江面上顷刻浮起一片血水。

梦苏吓得脸色苍白，正想赶紧离开这里，几个巡捕和警察过来抓住了她；她挣扎、叫喊着说："你们抓我干什么……放开，放开我……"

但巡捕和警察不由分说，将她扭住胳膊带走了。

沈梦苏以涉案发生在沙面的法属印度支那总督遇刺事件而被捕的消息，通过《广州民国日报》迅速传播开来，坤雅女师的师生都大为震惊，谁也不相信她会与这件事有关。麦秋实更是疑惑而又焦灼不安，立即展开了对梦苏的营救。

麦秋实赶到关押梦苏的沙面英法租界巡捕房，要求与梦苏见面。值班的法国督察说："现在案件还没有调查清楚，你们中国人谁也不能去见嫌犯，不管你是中国的官员还是新闻记者。"

"我不是官员，也不是记者，我是老师，我要见我的学生！"麦秋实拿出他在坤雅女师的工作证件。

"哦——老师？你是她的老师……"法国督察想了想，耸耸肩膀说："你的学生什么都不说，这样对她很不利。好吧，我破例允许你进去，好好劝劝她……"

监室的门被打开。坐在墙角的梦苏抬起头，看见进来的是麦秋实，不由浑身颤抖了一下。

麦秋实走到梦苏身边，不知从何说起："你……还好吧？"

梦苏将脸转向一边，既不吭声，也不看麦秋实。

麦秋实蹲下："你能告诉我昨天晚上在沙面发生了什么事……还有，你为什么突然跑出了学校？"

梦苏依然沉默不语，但泪水却涌了出来。

"别哭……我知道你害怕，我们会尽快把你救出去的。不过，你一定要把真实情况告诉我，这一切到底是怎么回事？"

麦秋实说着掏出手绢递到梦苏面前，梦苏看也不看；麦秋实的手悬了一会，只好尴尬地将手绢收回。

"梦苏同学，看得出你心里有事，痛苦也罢，委屈也罢，你都说出来吧，说出来会好一些……你可以不对别人说，但要对我说，我是你的老师，我想帮你，你要相信我……"

这一说，梦苏的泪水流得更厉害了。

麦秋实束手无策，着急起来说："梦苏，你别的可以不说，但你必须要告诉我，你昨天为何去了沙面？为何偏偏那个时候出现在凶案发生的地方？你认识那个凶手吗？是怎么认识的？如果不认识，又为何跟他说话？你们之间说了些什么？我只有先把这些搞清楚了，才能想办法救你呀……"

梦苏摇摇头，表示什么也不想说。

麦秋实叹了口气说："梦苏同学，昨天的新年晚会上，我们俩一起跳土风舞时你是多么开心啊，怎么现在变成了这样？你忘了，我们还是同乡呢，你家惠平离我家塘西那么近，小时候我去过惠平，说不定那时就见过你，你就是在巷子里玩耍的一个小女孩……你看，这么近的同乡，你为什么就不信任我呢？"

梦苏突然抬起头来朝麦秋实大喊："你走！我不要你管，走开……"

麦秋实愣住了，他发现梦苏的目光里充满了怨恨和愤怒……

法国督察听到梦苏的喊声，推门闯进："你的学生在喊什么？她……她说了吗？"

麦秋实看了看梦苏，转身走了出去。

麦秋实从梦苏那儿回来，叫上春晓，又来到省国民政府主管外事的官员办公室。结果话不投机，那位官员说这件事很麻烦，梦苏很可能与刺杀案有关。春晓的脾气一下子上来了，把桌子一拍。

"哎，你怎么向着洋人说话呢？说梦苏刺杀案有关，简直是天大的笑话！你们可以到我们学校去问问，她这个人对政治一点都不感兴趣，平时连蚂蚁都不敢踩，见了蟑螂、老鼠都吓得半死；她要是能当刺客，那帝国主义、反动军阀早就被消灭了！"

那官员也把桌子一拍："你嚷嚷什么！人又不是我们抓的，她是英法租界巡捕房抓的，你找他们去呀！"

春晓毫不示弱说："你这儿是省国民政府，政府就应该保护自己的公民，出面向租界当局施加压力，要求他们放人！"

"向他们施压？租界当局还在向省政府抗议呢，看看吧——"官员拿起一张报纸摔在桌上。

春晓一把推开报纸："他们还抗议？哼，难道他们一抗议，你们就害怕了、屈服了？"

官员恼火地转向麦秋实："麦老师，你教的学生，怎么如此无礼？"

麦秋实说："我的学生讲真话，真性情，这没有什么不好。请你想想，如果我们不能保护弱小无辜的沈梦苏，眼看着她在自己的国家蒙受洋人的冤屈，那我们中国人的尊严何在？政府的脸面何在？正义与公理何在？"

春晓见麦秋实护着自己，气更足了，索性一屁股坐在桌沿上，说：

"要是这件事不能得到妥善解决，我们将联合全市学生游行抗议！我们还要联络各个报馆，在报纸上揭露这件事情，包括你们政府这种助纣为虐的态度！"

官员气极了，从椅子上蹦起说："放肆！你想造反呀，啊？还拿报馆唬人，你以为报馆是你们家开的！"

"是不是我们家开的又怎么样？回去我就让我爸爸将全市的报馆都买下来！"

官员一怔，忽然想起刚才麦秋实在介绍的时候说她叫什么欧阳……春晓，便问："难道你是……欧阳启泰的千金？"

春晓把头扬起。

官员的态度一下变了，笑道："我和你父亲是多年的老朋友了，请相信我说的，这件事情没那么简单，政府方面也很头疼。根据租界警方的调查，当时从维多利亚饭店跑出来的刺客有两个，其中一个拿枪的男子在跳江前和坐在江边的沈梦苏说过话，这起码说明他们相互认识……"

春晓说："没有道理！说过话就是同伙、就是刺客吗？我现在还在和你说话呢，我和你是同伙吗？"

官员又是一笑："这孩子……你们想啊，在那么紧张的情况下，凶手不赶紧逃命，还和沈梦苏在案发现场附近说话，这里面能没问题吗？"

春晓看看麦秋实，一时没话说了。

"所以，警方怀疑沈梦苏是在江边接应刺客的同伙。"

春晓说："这我死都不相信！"

麦秋实沉思着说："看来，这里面肯定有什么原委。"

"问题就在这里。只有让沈梦苏如实说出她所知道的一切，才有助于使这个案件真相大白。"

麦秋实摇摇头说："我去见过她了，她什么也不说啊。"

官员一脸凝重："她不说出真相，租界当局就说是华人策划和行刺了他们的总督，甚至怀疑背后有中国政府在指使，频频抗议和施压，估计他们下一步很可能还有其他动作。事情发生在租界，调查也不由我方进行，在搞清楚真相之前确实无法做出回应，顶多只能斡旋一下，人家是不会买账的……唉，那些个洋人，谁惹谁倒霉，得罪不起呀！"

这时，春晓也意识到了事情的复杂性……

麦秋实带着春晓，又来到了巡捕房监室。

蜷缩在地上的梦苏看见春晓，抱住她就哭了起来："春晓，你怎么才来呀……"

"不哭，不哭，同学们都很想你……"春晓说着自己也哭了起来。

麦秋实说："梦苏，我和春晓来，还是希望你能说出自己知道的一切。你知道吗？这件事已经不仅仅关系到你个人的命运，现在租界当局利用这件事在玩弄阴谋、大做文章，你只有尽快说出真相，我们才能救你出去，才能有力地同他们进行斗争。"

春晓说："对，梦苏，赶快告诉我们吧，这非常重要！"

梦苏嗫嚅着说："春晓，我……"

"梦苏，你怎么啦？有什么不能说呢……"春晓急得来回走了几步，"你还记得当初我鼓励你逃婚的时候，给你背诵的那首诗吗？来，看着我，我给你再背诵一遍……"

春晓轻声地——

"你要真静定，须向狂风暴雨的底里求去；

你要真和谐，须向混沌的底里求去；

你要真平安，须向大变乱、大革命的底里求去；

你要真幸福，须向真痛里尝去……"

梦苏抬起头来说："徐志摩……"

"对，徐志摩的诗。"春晓说，"你不就是在这首诗的鼓舞下，冲破封建婚姻的囚笼逃出来的吗？为什么现在又要把自己的心囚禁得这么紧？"

梦苏沉默了一会说："可我现在……只有暴风雨，没有真静定；只有真痛，没有真幸福……"

"别怕，梦苏，等这件事情过去，一切都会好起来。"

这时，麦秋实显出一副惊愕的神情说："梦苏，你是逃婚出来的？我也是啊……"

春晓看着麦秋实说："啊？麦老师也逃过婚？你不是很小就出来参加革命了吗？"

麦秋实说："一言难尽啊，我有这个体会，敢于逃婚的人，一定是很勇敢、很坚强的人。梦苏同学，拿出你的勇敢和坚强来，跟租界当局斗争！"

梦苏像是很害怕的样子看着麦秋实，突然又神经质地哭了起来。

"梦苏，你究竟怎么了……那好吧，我和麦老师先出去一下，你一个人再想想。"

梦苏一把抱住春晓说："不，你别走，别走，我要跟你一个人说……"

春晓看看麦秋实，麦秋实只好走出了监室。

梦苏小声地对春晓说了在沙面江边遇到阮文宏的事，春晓大吃一惊："啊？阮文宏……那个安南人……刺杀的事是他干的？"

梦苏点点头。

"他当时跟你说些什么？"

"他说他喜欢你，还说，你鼓励他提前采取了革命的行动……"

"我鼓励他……这什么意思？"

"你忘了，那天晚上他喝多了，在围墙外面喊你的名字，问怎样才能追到你，你让我到阳台上去告诉他……"

"哦，想起来了，我说过'要用革命的行动'……"

"我当时能感觉到他是为了你，为了向你证明他对你的爱，至少也是你这句话刺激了他原来就有的想法。"

"天呐！他怎么这么傻……"

梦苏抓住春晓的手："我一闭上眼睛就想起水面上的那摊血，我好害怕，我要出去，快救我出去……"

春晓抱住梦苏："别怕，我们在想办法，一定尽快让你回到学校。"

"不，我要离开广州！"

"什么？你不上学了？"

梦苏使劲地摇着头说："我只想走得远远的，永远都不回来了！"

春晓一脸愕然。

麦秋实和春晓离开英法租界巡捕房，沿着路边慢慢走着。

"看来，梦苏不愿说出她知道的真实情况，是为了保护你。"

春晓不解地说："保护我？"

"你想想，梦苏只要向巡捕房说出阮文宏在江边对她说的你那句话——不管你那天晚上让梦苏对阮文宏传递这句话的用意是什么，都势必会引起租界当局对你的怀疑和调查。"

春晓倒吸了一口凉气。

"租界当局正在想方设法将这一刺杀事件往华人身上扣，以便寻找借口，制造事端。一旦把你扯到这个案件中去，你那句'要用革命的行动'，就很容易与阮文宏的刺杀行动联系在一起，你就会被租界当局定为这起凶杀案的参与者，事情就更复杂了。"

"这么说，梦苏是在帮我？"

"她是在帮所有的华人！"麦秋实感叹地说，"真想不到，梦苏同学在这样的情况下竟然能顶得住；这个看上去那么脆弱、胆小的女子，内心却是如此刚强……"

麦秋实对梦苏的由衷称赞，令春晓感到很不自然。她说："是啊，梦苏这次是很了不起。可刚才在监舍里，她为什么那么害怕？为什么不停地哭……你记得吗？在新年晚会上她的表现就有些反常，后来还莫名其妙地跑了。凭我的直觉，这很可能与你有关。"

"与我有关？这话怎么讲？"

"问你呀！你想想，刚才你在的时候，她什么都不说，情绪那么激动，还要你出去；你一走她就好多了，才跟我说了那些情况。"

麦秋实琢磨着说："是啊，这是有点蹊跷……"

"她还说，她要离开广州，永远都不回来了。"

"噢？为什么？"

春晓站下，看着麦秋实："你真的不知道啊？"

麦秋实愣怔着："我……我知道什么呀？"

第三章

工贼

针对法属印度支那总督遇刺事件，租界当局颁布了《新警律》，规定从即日起，凡是华人进入沙面必须出示通行证，而且晚上 9 点以后只能持证"入境"一次。

　　几天后，与阮文宏一起行刺的那个同伴被抓，"刺杀案"终于真相大白说："两个刺客都是安南人，与华人无关。然而，租界当局重申《新警律》不会解除，长期有效。这一歧视和侮辱华人的法案激怒了华人劳工。麦秋实、区达铭、古大章他们一边与巡捕房交涉让沈梦苏早日出监，一边按照区委的指示组织沙面的工人罢工。广东国民政府也支持这一行动。

　　在沙面，拥有工人最多的是欧阳启泰的怡丰洋行，只要怡丰洋行的华工罢工，沙面就瘫痪了一半。古大章主动要求去那里做动员工作，他首先想到了陈桂，他知道，陈桂前些日子离开义昌缫丝厂，去了怡丰洋行做工。

　　古大章瞅准下班时间，在怡丰洋行的出入口等候到了陈桂。他把陈桂叫到一边，对她说了罢工的事，希望她能带头。不料陈桂连连摆手说："

　　"不行不行，老板就是看我在缫丝厂干活好，人勤快，才把我调到他这个洋行来的，工钱涨了好多呢。欧阳老板心又不坏，我哪能罢他的工？"

　　古大章说："不是要你罢欧阳老板的工，这是在和帝国主义做斗争！"

　　"那……还不是罢工吗？"

　　"眼下只有罢工，才能维护咱们的尊严。帝国主义太霸道了，弄个《新警律》专门限制华工、欺负华工，你咽得下这口气吗？"

　　"你说的也有道理，可道理不能当饭吃呀。我要是听了你的话去罢工，把我的老板给得罪了，你给我开工钱？"

　　不时有华工从身边走过，陈桂热情地与他们打着招呼。

　　古大章问："你和这一片的华工都熟吗？"

陈桂说："当然熟了！这地方的法国领事馆、英国领事馆、蚬壳洋油公司、沙甸洋行……里面的厨师啊、洗衣工啊、搬运工啊的都和我很要好，他们有事都爱来跟我聊。"

"好，好，看来我来找你是找对了！"

"啥？"

"我是说，你会很有号召力，希望你动员他们一起参加罢工！"

陈桂瞪了古大章一眼说："你没长耳朵呀？我不是说了吗，我都不愿意去，他们哪会去呀！"

"你……你和他们……真的都不愿去？"

"傻啊？我每天在洋行也就是动动扫帚，使使抹布，汗都不出就把钱挣了，你叫我把这金饭碗扔了呀？再比如我有几个姐妹，她们干的就是在法国领事馆服侍领事夫人，一个管梳头，一个管衣服鞋子，一个照管小孩；那个管梳头的，她每天就担心一件事——领事夫人掉了几根头发……没到这儿以前，打死我都想不到世上还有这么好的差事，工钱不低，活还轻松。你说，我和她们谁愿意去罢工？"

古大章一脸的无奈说："陈桂同志，那你就再想想吧，我非常希望你能与我们一起战斗……"

这天，通往沙面的西桥增设了一道岗哨，去沙面上工的华人排着长队，一个一个将通行证交给卫兵查验合格后才能进入。而旁边的通道上，欧洲人、日本人、印度人等所有外国人则畅行无阻。

轮到陈桂了，陈桂把刚刚领到的通行证递上去，卫兵看了看说：

"你不能过去！"

"为啥？"

"你的护照上没有照片。"

"有我名字还不行吗？照相片的钱抵上我一个礼拜的工钱了，叫我饿肚子啊！"

"证件不合格不能过，你到一边去！下一个……"

"哎哎，凭啥不让我过？我在里面上工，马上就到时间了，晚到要扣我工钱的！"

陈桂说着就往里闯，卫兵用枪口对准了她。陈桂一点也不害怕，用身子顶着枪口："咋？你还想开枪啊？我去里面做工，又不是去杀人放火！我天天都从这里过，为啥今天就不行了？"

又过来两个卫兵，二话不说架起陈桂就把她拖到了一边；陈桂毫不惧怕，与两个卫兵吵嚷起来……

一个大腹便便的英国军官走过来，用半生不熟的中国话对陈桂说："你的手……举起来！"

陈桂说："叫我举手？举手拍你个蚊子啊！"

"我要检查！"英国军官说着，就动手从陈桂的肩部往下捏摸起来。

"啊，臭不要脸的咸猪手！"陈桂惊叫着，一巴掌扇在英国军官的脸上，转身就跑。

英国军官和一个士兵欲追，被排队过关的华工队伍挡住了去路，只能看着陈桂跑远。

陈桂跑了一阵，见没有人追，回头跳着脚骂道："丢你个老母，太欺负人了……好吧，本来我不想罢工的，是你们逼我……"

陈桂又悄悄回到排队的华工队尾，小声对几个她认识的人说："都别去上工了，来，我有事跟你们说……"

租界巡捕房，麦秋实在几份文件上签完字，将笔重重地搁下。

法国督察拿过签字看了看，示意旁边的巡捕带梦苏过来，然后指着桌上一个包裹说："这是她的东西。"

麦秋实拿过包裹："是这些吗？"

梦苏点了下头。

法国督察对麦秋实说："先生，把你的学生管严一点，以后别让她再到处乱跑，老老实实地待在学校里，不然，说不定哪天又要来这儿了！"。

麦秋实说："我倒是认为你应该好好训练训练你的手下，如果长眼睛的话就睁大一点，别再乱抓无辜！"

麦秋实带着梦苏走出巡捕房大门，招手叫过来一辆人力车，正要坐上去时，梦苏却突然朝相反的方向跑去。

麦秋实边追边喊："哎，梦苏……梦苏……"

梦苏头也不回地拼命奔跑、奔跑，跑进了一条小巷……直到前面没路了，她不得不站下，靠着墙大口喘息。

麦秋实追上来，也累得气喘吁吁。他向梦苏举起手里提的包裹说："你的东西……"

梦苏这才发觉，巡捕房发还给她的衣物还在麦秋实手里；她一把抢过包裹，又向朝巷口跑去。

麦秋实担心再追下去会把她累坏，只好无奈地望着她远去的背影，百思不得其解……

参加罢工的工人们聚集在沙面附近的一块草坪上，区达铭正在对他们发表演讲。劳工出身的区达铭没有多少文化，但他头脑灵活，能说会道，能够大段大段地背诵"马列"经典，对任何事都能用自己的逻辑滔滔雄辩，很有煽动力，因此得到了众多工友的崇拜和拥护，成为工人运动的领导者。

"工友们！"区达铭讲道，"列宁同志——列宁，我刚才已经给大家介绍过了——列宁同志说过，我们要对世界强盗们宣布战争，不得胜利，誓不罢休……请大家看看这沙面吧，英、法、德、日等外国资本家在我们的土地上开办商埠，欺辱华人，耀武扬威，这就是帝国主义列强侵略、剥削我们的铁证……"

区达铭声音洪亮，语气抑扬顿挫，手势坚决有力；劳工们群情激愤，"打倒列强！反对剥削！"的口号声此起彼伏。

陈桂伸长脖子望着区达铭，听得全神贯注，以至于古大章连着喊了她几声，她才听见。

"陈桂，谢谢你听了我的话，带了不少华工来参加罢工斗争。"古大章朝她竖起大拇指，"你很了不起啊！"

陈桂一门心思在听区达铭讲演，生怕漏掉了哪句，对古大章说什么根本就没在意，反而很不耐烦地摆摆手说："别吵别吵，我都听不见了！"

区达铭待口号声稍稍平息，接着往下讲："大家知道吗？共产党的第二次全国代表大会宣言说，'帝国主义的列强历来侵略中国的进程，最足表现世界资本帝国主义的本相。中国因为有广大的肥美土地、无限量的物产和数万万贱价劳力的劳动群众，使各个资本主义的列强垂涎不止，你争我夺，都想夺得最优越的权利……帝国主义的列强在这80年侵略中国时期之内，中国已是事实上变成他们共同的殖民地了，中国人民是倒悬于他们欲壑无底的巨吻中间'——这个'巨吻'的吻，是什么意思呢？就是亲嘴的意思……大家别笑，别笑，这里所说的'吻'可绝不是亲嘴，这个'巨吻'就是帝国主义那张贪心的大嘴、那张血盆大口，想把我们中国吃进去，想把我们中国人民都吃进去，大家说，我们能答应吗？"

"不答应！不答应……"

劳工们的喊声刚落，陈桂独自大声地说："想吃我们？把他那个'巨吻'的牙给崩了！"

区达铭用目光在人群中找到陈桂说："好，这位年轻的女劳工说得好！想吃我们？就把牙给他崩了！"

掌声夹杂着笑声。陈桂因为受到区达铭的注意和表扬，兴奋得满脸通红；而区达铭那口若悬河、一呼百应的气势更使她对眼前这个人的崇敬之情油然而生。她不由自主地往前挤去，想离区达铭再近一些。

"哎，陈桂……"古大章想叫住她，但陈桂已经挤到了前面，几乎就要贴着演讲台了。

区达铭看见了陈桂，弯下腰问道："请问你叫什么名字？"

陈桂紧张地回答说："我叫陈桂。"

"陈桂……"区达铭起身朝人群挥了挥手，"工友们，不能只我一个人在这里讲，现在，我要请一位女工友上来说几句！"

区达铭朝陈桂伸出手去说："来，上来……"

"啊？我……"陈桂还没反应过来，区达铭已经拉住她的手把她拽上了讲台。

面对黑压压的人群和无数目光，陈桂一下慌了神。区达铭对她说："陈桂同志，你很勇敢！你心里有什么话想说，就对大家说出来，互相交流，互相鼓励嘛。"

见区达铭这样重视自己，陈桂很是感动。她渐渐平静下来，想了想，看着台下说："

"我……我没有读过书，不会说话……我就是想说，那个帝国主义实在是太可恶了，我们进沙面还要排队让他们检查，那个通行证上还要贴相片，还要在你身上……太坏了，太不讲理了，难道我这一张活人的脸还不如相片管用……"

陈桂说着说着，不再拘束，嗓门也越来越大。

"我想不通！凭什么那些外国鬼佬鬼婆大摇大摆，想去哪儿就去哪儿，想干啥就能干啥，而我们长着中国人的脸却进不了中国人的地方？还要低三下四地服侍他们……这是欺负我们啊，把我们不当人呐……"

"好，讲得好！工友们，她讲出了受帝国主义欺侮的真实感受，很朴实，很勇敢！这位女工叫陈桂，让我们记住她，向她学习！"区达铭说着带头鼓起了掌，台下随即响起一片掌声和欢呼声。

区达铭朝陈桂伸出手去，"陈桂同志，你很了不起，我们就是需要像你这样有头脑、有觉悟、有胆量的华工！"

陈桂握着区达铭的手，激动得差点掉泪。她没想到自己的几句话竟然会引起这么热烈的反响，不仅受到了区达铭的夸奖，而且台下那么多工友都认识了她，这是自梳女出身的她连想都不敢想的。

人群中，古大章有点失落地望着陈桂……

草坪上，罢工集会的华工越来越多。为摆脱麦秋实而一路奔跑的沈梦苏不知不觉地也来到了这里，此刻她只想把自己严严实实地藏在陌生的人群之中，让麦秋实无法找到她，便使劲地往前挤，直到再难以挪步。

这时，陈桂正要走下讲台，梦苏一抬头，一下望见了她；梦苏以为自己看错了，揉揉眼，啊，那就是陈桂！

梦苏一边往前挤去一边大声地喊："阿桂……阿桂……"

嘈杂的喧嚣中，陈桂听到有人在喊她名字，往那儿一看，看到了梦苏！她又惊又喜，跳下讲演台朝梦苏跑去。

"梦苏……梦苏……"

"阿桂……"

两人紧紧地抱在一起……

在草坪外一个稍微清净的地方，听梦苏说着她们分别后这些日子里的一些遭遇，陈桂哭得稀里哗啦，她拍打着梦苏说："你这个死鬼，离开我咋就这么倒霉呀，往后我可得看着你……"

梦苏两眼发呆地望着地面。

"你也是命大，麦家人没能害死你，这回又被欧阳启泰救了，他可是我们那个洋行的老板呀……你说这巧不巧，他还是春晓的父亲！"

"欧阳伯伯是个好人。"梦苏抬头看着草坪上黑压压一片罢工集会的人群，"你们这样……是在罢他的工吗？"

"也包括他……噢，也不光是罢他的工，这是在和帝国主义做斗争。"

"可他不是帝国主义呀，他也是华人。"

"我……我开始也这么想，可区先生说了，说他和帝国主义穿一条裤子。"

"区先生是谁？"

陈桂往演讲台那儿一指说："区达铭啊，就是刚才在台上讲话的那个领导，他太有水平、太有魅力了……"

梦苏又无语地低下头。

"好啦，不说这些了。今天总算老天有眼，让我们又见面了。你也进了坤雅女师，终于遂了愿。往后，你就安心读书，我努力做工，挣了钱补贴你……"

梦苏打断陈桂的话说："阿桂，我不想上那个学校了，我也想找一份工做。"

陈桂一愣说："你不好好上学，做工干什么？"

"我想挣点钱，然后离开广州。"

"说啥？你想离开广州？"

梦苏一把抓住陈桂的手说："阿桂，你和我一起走吧，我们一起离开这儿！"

"为什么呀？"

"你就先别问了，以后我再告诉你。"

陈桂甩开梦苏的手说："你不说清楚，我就不跟你走！"

"那……我就一个人走！"

"看看，你那犟劲又上来了！你想想啊，我们从惠平逃出来，吃了多少苦、遭了多少罪呀，命都丢过好几回了，好不容易在广州落下脚，广州又这么热闹、这么好，咋能说走就走呢？"

梦苏说:"广州好,你就在这儿待着吧,我是一定要走的。"

"不行!我不走你也不能走,我们是一起逃出来的,到哪儿都得在一起!"

"你罢你的工去吧,别管我!"

"哎?由着你了?"陈桂双手往腰里一插,"我陈桂在这儿,看你能走得了!"

这时,一个女工跑了过来。

女工说:"陈桂姐,你刚才在台上讲得太好了,说出了我们女工的心里话;姐妹们都在那边等着呢,想听你再讲一讲。"

"这……我现在有点事,过一会儿吧。"

女工说:"是区达铭先生让我来叫你的,他叫你马上就去。"

"区先生叫我去?好,我这就来,这就来!"陈桂满脸喜色,对梦诉说,"梦苏,你也去讲讲吧,我来向区先生介绍你;他要是知道你就是被巡捕房抓去的那个女子,一定会让你也登上讲台……"

梦苏扭头就走。

"哎,梦苏!梦苏……你回来,在这儿等着我!"

陈桂顾不上去追梦苏了,整整头发,跟着女工往区达铭那儿跑去……

梦苏走出没多远,蓦地停下了;麦秋实像是从地上冒出来似的,照直站在她的面前。

"沈梦苏同学,我想和你谈谈。"

梦苏想从一旁绕过去,麦秋实拦住她。

"你先别走。"麦秋实说,"我弄不明白,自从新年晚会之后,你为什么总是躲避我?那天在巡捕房也是,在我面前你什么话都不说,但春晓去了你就跟她说了很多情况。是不是我有什么做得不好的地方?请你能告诉我。"

梦苏把头偏向一边,冷冷地说:"麦先生,我以后不上学了,你们也别再找我了。"

"为什么?"

"不为什么。"

"不对,我们之间……是不是有什么误会?"

“我跟你没什么误会。”

“那……你是不是在学校有什么不顺心的事？或者在学习上、生活上有什么困难？或者……家里出了什么事？”

梦苏不语。

“梦苏同学，我是你的老师，你应该告诉我到底发生了什么？”麦秋实有些急了，“是不是……我说错了你别生气啊，你是不是有些自卑？觉得自己是小地方来的，周围的同学大多数家在省城，家里都很有钱……如果是这样的话，那就大可不必。你知道，我们是同乡，我也是从小地方走出来的……”

梦苏再也忍受不住，一跺脚，发出歇斯底里地嘶喊：“你让我走！”

麦秋实吓了一跳，急忙退到一边，看着梦苏疯跑而去……

梦苏跑回坤雅女师，校园里一派冷清，林荫道上积着厚厚一层落叶，踩上去沙沙作响。她生怕遇见熟人，低着头匆匆走向宿舍。

宿舍里只有潘如梅和季维礼，两人惊叫起来。

“梦苏，你可回来了，快把人吓死了！”潘如梅说。

“没事吧？在巡捕房里他们有没有打你？”季维礼上下察看着梦苏。

梦苏说：“让你们担心了，我……还好。”

潘如梅说：“真想不到，你平时不显山不露水的，这一次竟然和行刺总督那么惊天动地的事情扯上了关系。”

季维礼说：“那几天的报纸都登了你的照片，你可是出大名了。”

潘如梅说：“出这种名有什么好？梦苏那是受了冤枉！”

梦苏看了看寝室说：“怎么就你们两个在？”

季维礼说：“学校这几天罢课，好多人都去沙面声援工人罢工了，麦老师、春晓、师郁他们也都去了那里。”

梦苏一怔说：“春晓和师郁也去了沙面？”

“这种时候欧阳春晓怎么会待在学校呢？”潘如梅说，“只要是出风头的事她最积极了，而且她肯定又要在麦老师面前使劲表现了。哼，我都能想象出她那个样子！”

季维礼说：“我看，这回春晓小姐恐怕要坐蜡了，她老爸就是跟洋人做生意的，他们家的洋行就在沙面，打倒帝国主义就得打倒她老爸，看她还怎么表现！"

"别说她了，咱们该走了。"潘如梅拍了一下季维礼，"快把你那双高跟鞋换上。"

梦苏问："你们也要去沙面？"

潘如梅说："我们才对罢工不感兴趣呢！这一罢工，学校不上课了，大新公司楼上新开了个舞厅，我们现在跳舞去。"

季维礼说："梦苏，你想不想跟我们一起去？"

梦苏摇摇头说："不了，我很累。"

潘如梅说："梦苏的眼圈都黑了。你就在宿舍好好休息啊，我们回来给你带好吃的……拜拜！"

潘如梅和季维礼兴高采烈地走出了宿舍。

梦苏独自静静地坐了一会儿，开始收拾自己的东西——几本诗集，一套课本，洗漱用具，单薄的被褥……全部塞进一个袋子里还没有装满。她环顾着这间马上就要离别的宿舍，女生们所有的东西都摆放得整齐有序，显示出学校严格的管教，又不失女孩子温馨、别致的生活气息；这里曾有过她的笑、她的哭、她的快乐、她的伤感、她的憧憬、她的体温……这一切都如梦如幻，如雾如烟，在一场雷雨的荡涤下随风而去，她不禁泪流满面……

梦苏拎起行李正要走出宿舍，这时响起急促的敲门声，她急忙揩干眼泪，将门拉开，陈桂一头闯进。

"阿桂……"

"梦苏……"陈桂擦着头上的汗，"估摸你就会回学校收拾东西，我进了校门逢人就问，才找到这儿。"

"你……找我有事？"

陈桂突然哭了起来："梦苏，你得帮帮我，只有你能帮得了我……"

梦苏一惊："阿桂，出什么事了？"

"我……我被开除了……"

"开除？谁把你开除了？"

"是欧阳启泰董事长……"陈桂哽咽着说，"我就搞了一下演讲，马上就传到欧阳董事长耳朵里去了。他说洋行里的工人罢工是我串通的，是我领的头，他要枪打出头鸟，就把我给打了……"

"哦，这事呀？"梦苏松了口气，"你不是说……欧阳先生和帝国主义穿一条裤子，你要和他做斗争吗？"

"这……裤子是裤子，斗争是斗争，可我这份工作不能丢啊！说老实话，欧阳先生给的工钱比别的地方算是高的，他对底下人也不错。我参加罢工，那是叫洋人给逼的，也不完全是冲着他……梦苏，你去给欧阳老板说说吧，让他把我留下，别开除我。"

"我？我说能管用吗？"

"当然管用了！他救过你，还帮你出学费，把你当女儿一样看待，你和春晓又是好朋友，你说话他一定会听的。"陈桂拉起梦苏的手，"现在就去，他这会儿就在沙面的洋行里。"

"不不，我不去，我不去沙面……"

"不去沙面，怎么见欧阳老板？"

梦苏退后两步说："我……我好不容易才从那儿跑回来。"

"你是不是因为在沙面的巡捕房关了几天，害怕了，就不想再去那个地方了？"

"不，倒不是因为这个。"

"那是为什么呀？那儿有人要吃你啊？"

"阿桂你别问了，我就是不想到沙面去。"

"你不去，那我的事怎么办呀？"

"要不，我去欧阳伯伯家里，等他从沙面回来……"

"他哪儿回得了家呀！罢工的事搞得沙面那些洋买办一个个像热锅上的蚂蚁，整个沙面又都被罢工的人围着，欧阳老板只能天天守在洋行里，连大门都出不了。"

"啊？欧阳伯伯他……他没受罪吧？"

"他这叫受罪啊？现在受罪的是我呀……"陈桂又哭了起来，"欧阳老板势力那么大，要是叫他开除了，事情传出去，别的工厂、洋行什么的谁还会要我？没有工做，我往后可怎么办……"

"阿桂别急，你让我再想想，看有没有别的办法……"

"你还想什么呀！不就是去趟沙面吗？又不是让你上刀山、下火海，看把你难为的！"

梦苏背过身去："阿桂，你不知道……"

陈桂生气地说："你怎么想的，我是不知道。可我知道那会儿他们浸我的猪笼，你跟着一块儿跳进水塘，就是因为你把自己的命豁出去了，才把我这条命救了下来……梦苏，我真搞不懂你今天是怎么了，让你帮我去说个情都不愿意！"

"阿桂，我不是不愿意……"

"那是啥？我看得出来，你读了几天洋学堂就变了，变得瞧不起我了，变得好像不是和我从小一起长大的那个好姐妹了！"

"阿桂！"梦苏含着泪说，"你就别戳我心窝子了……"

麦秋实走进沙面的怡丰洋行，前台部长礼貌地迎上说："先生，请问您找谁？"

麦秋实递上名片说："我要见欧阳董事长，已经电话约过了。"

"噢，麦先生，请跟我来。"

部长将麦秋实带进欧阳启泰的办公室，然后把门拉上。

欧阳启泰站起来与麦秋实握手说："麦先生，久闻大名，果真是青年才俊！"

"欧阳先生过奖了。"

"小女春晓经常给我提起你，话里话外都是对你的崇拜啊。春晓这孩子自小任性，想必在学校给你添了不少麻烦。"

"哪里哪里，春晓聪明活泼，积极上进，是一个很优秀的学生。"

欧阳启泰请麦秋实坐下，双手一摊说："你看，洋行里的文员、杂工都罢工了，连茶都没人来上。"

"没关系。"麦秋实说，"我今天就是为一件与罢工有关的事情，受'各界反对沙面苛例罢工委员会'的委托，来打扰欧阳先生。"

"麦先生请讲。"

"我就直说吧。您开除女工陈桂的事，在工人中影响很大，望欧阳先生能三思而后行，收回成命。"

欧阳启泰的脸色一下凝重起来："麦先生，这件事情，就没什么好谈的了。你知道这几天罢工给我造成的损失有多大吗？四百万呀！我了解过了，我的洋行里就是这个叫陈桂的女工带头闹的事，她还串通周围几家领事馆和洋行里的华工一起闹，对这样的人如果不加以惩戒，那以后我的生意还怎么做？我的洋行还如何办得下去？"

麦秋实说："我理解欧阳先生的心情。但先生应该知道，这次事件的起因是英法租界当局颁布歧视华人的苛例，激起了中国人的义愤。现在罢工的是沙面几千洋务工人，全市的工人和学生都在进行声援。你想想，这是一个普普通通的女工闹事能达到的吗？"

"别的我不管，但我这儿有我的规矩。作为董事长，开除一个不尽职守、惑众滋事的工人是我的权利。麦先生，对不起，我现在事务繁多，如果你没有其他事情的话，就请……"

欧阳启泰站起，做了个送客的手势。

麦秋实却没有要走的意思，笑了笑，说："欧阳先生，我听说您父亲白手起家，靠自己的智慧和勤力创造了显赫的财富。1842 年，第一次鸦片战争期间，英军勒索广州当局缴交赎城费，您父亲慷慨解囊，捐出五十万两白银；他还捐助抗英军饷，支持城郊的乡绅百姓反对外国侵略者进入广州城的行动。而您不仅继承了巨额家产，更继承了先辈'为国为民，毁家纾难'的精神，曾数次为同盟会和孙中山先生捐款；1911 年广州'三·二九'起义，您也曾筹资相助……"

欧阳启泰惊讶地看着麦秋实，没想到这个年轻人如此了解自己并赞誉有加，顿时消了许多气，遂又坐下。

"1911 年啊，那时您应该只有十几岁吧。真是惭愧，那些都是过去的事了。现在，我成了过街老鼠，每天都有人冲着我喊'打倒买办阶级！打倒洋人走狗'……"

麦秋实说："这要客观地看，在买办阶层中确实有人和帝国主义沆瀣一气，狼狈为奸，但爱国的开明人士也是很多的。欧阳先生，我认为您就是这样的开明人士，您开办的实业和从事的贸易活动为民族经济的发展做出了很大贡献。"

欧阳启泰苦笑一下说："年轻人，你就别给我戴高帽子了。要是再这样罢工下去，什么实业呀、贸易呀我看都得完蛋。"

"欧阳先生大可不必悲观泄气。"麦秋实说，"这次沙面罢工，势在必行！租界当局颁发的《新警律》是对所有华人的莫大侮辱，事关同胞的权益和民族尊严，是关乎民族大义的大是大非问题。希望欧阳先生能认清形势，看远一点。"

欧阳启泰点上雪茄，用力吸了一口，慢慢吐出一团烟雾……

就在这时，外面楼道响起一阵嘈杂声，接着，门咚的一下被推开，区达铭带着几个工人气势汹汹地闯了进来。

麦秋实诧异地站起说："达铭……"

区达铭看也不看麦秋实，直指欧阳启泰说："你就是怡丰洋行的欧阳大董事长？"

欧阳启泰点了下头说："请问你是……"

"罢工委员会的，区达铭！"

"哦，又来一个。请坐。"

"对不起，我从来不坐洋人买办的沙发！"区达铭把双手往后一背"咱们长话短说，我是为你开除陈桂的事来的！"

"这事，麦先生已经说了，你们得容我考虑考虑……"

"考虑什么？我今天来不是求你，也不是要和你商量，我是来下最后通牒的……"

"老区！"麦秋实急忙制止区达铭，"你这是干什么？没看我正在同欧阳先生谈这事吗？"

"这有什么好谈的？他必须马上收回开除陈桂的决定！"

欧阳启泰语气强硬地说："我要是不收回呢？"

区达铭说："那你就是铁了心要当帝国主义分子的帮凶和走狗，你要考虑后果！"

"你……威胁我啊？告诉你，君子一言九鼎，我做出的决定，从来都不会改变！"

"那我也告诉你，我虽然是穷苦劳工出身，但对那些高高在上、以势压人的老爷从来就没有怵过！我们工人阶级会和你这种代表帝国主义利益的资产阶级买办斗争到底！"

欧阳启泰气得浑身发抖："我、我和你没什么可说的了，请你马上从这儿走开！走开……"

麦秋实见事情突然闹成这样，无法再谈下去了，只好对区达铭说："走吧，我们一起走。"

临走，麦秋实回头说了声："欧阳先生，对不起。"

区达铭的眼珠子都要瞪出来了："什么？你对他说'对不起'？"

罢工委员会临时驻地。

区达铭对着麦秋实嚷嚷道："……你还怪我把事情搞砸了？可你去谈了半天，他答应了吗？"

麦秋实也是满脸的怨气："他虽然没有马上答应，可他已经在考虑了。欧阳启泰先生向来都很强势，要让他改变自己的决定，需要有一个过程。可你一去，那么激烈的态度……"

"我看你是犯了革命的幼稚主义！欧阳启泰生意做那么大，心眼绝对不是一般的多。他看你是个文人，就跟你磨磨唧唧绕圈子，你根本不是他的对手，他是在耍你呢……不行，我还得去，我要叫他知道工人阶级的厉害！"

"你不能再去了，再像你那样去跟他硬碰硬，只能使事情变得更糟！"

"事情本来就糟得很！你也听见他了说：'我做出的决定，从来都不会改变'——这就是他的真面目。所以对他这种资产阶级买办就得来硬的，不能抱任何幻想！"

"他那还不是在你的刺激下，说了句气话。"

"哎哎，可不能这么认为！那是他资产阶级本性的大暴露，资产阶级买办和帝国主义穿的是连裆裤……而你，居然还对他说'对不起'。我得提醒你，立场，立场，要站稳立场……"

春晓从门外进来。

"说谁呢？别人要么跟帝国主义穿的是连裆裤，要么没有站稳立场，感情就你革命啊！"

"噢，春晓……"区达铭并不觉得尴尬，转而对春晓说，"你来得正好，快给我和秋实同志出出主意，拿什么办法才能让你那顽固的洋买办做出让步？"

"老区，你也别给春晓出难题了。"麦秋实说，"我看这事还是先缓一缓吧，要是逼得太急，会使矛盾激化，现在需要先冷静下来……"

"冷静？"区达铭不以为然地连连摆手，"我们可以冷静，就算欧阳启泰也可以冷静，可沙面那些罢工的工人冷静不了！只要欧阳启泰不收回开除陈桂的决定，就会动摇一部分罢工工人的信心，后果是很严重的！"

"多大个事啊，看把你愁的！"春晓转身对麦秋实说，"麦老师，我去年在乡下认识个女孩也叫陈桂，不过她是个自梳女；巧了，这个女工也叫陈桂。如果你同意的话，我可以去试试，看能不能帮到她。"

"你……怎么个帮？"

"你忘了，我是欧阳老板的女儿呀。"

区达铭高兴地一拍桌子说："对呀，咋就没想到这个秘密武器呢！"

麦秋实点点头说："我看，可以试试。"

春晓用热乎乎的目光看着麦秋实说："那好，我听你的，现在就去……"

"哎，等等！"区达铭叫住春晓，"你光听麦老师的不行，还得听听我的——告诉你父亲，罢工委员要再补充两个条件：第一，除了不能开除陈桂外，还要允许陈桂和其他工人继续参加罢工；第二，陈桂和其他工人罢工期间的工资必须照发！"

春晓皱起眉头说："你……以为我父亲就那么好说话吗？"

麦秋实说："老区，春晓如果能说服欧阳先生不开除陈桂就很不容易了，其他的以后再说，慢慢来。"

"秋实同志，革命怎么能慢慢来呢？你想想，如果不用这两个补充条件去约束他，他即使今天答应不开除陈桂了，明天看她还在参加罢工，又开除了怎么办？"区达铭举起紧握着的拳头，"革命，就得坚决、彻底，来不得半点妥协！春晓，这是你发挥青年团员作用的时候，也是考验你的时候……"

麦秋实和春晓都愣住了。

怡丰洋行，被罢工闹得心急火燎的欧阳启泰坐在办公室的沙发上闭目养神。

春晓偎依在父亲身边，找着话说："爸，几天不见，你白头发又添了这么多。"

欧阳启泰说："那还不是为了你？你呀，越来越让人操心了。"

"才不是呢，你是为做生意赚钱才白了头发的。"

"做生意赚钱，为谁赚钱啊？还不是为了你，为了咱们这个家！"

"噢，对对，为我、为了我们家，我感动得都要哭了。"春晓说着，给父亲揉捏起了肩膀，"咋样？舒服吧。"

"算了吧，你这小手，跟猫挠似的。"

"别动。"春晓加大手劲，边捏边说，"爸，我想求你一件事。"

"说吧。"

"嗯……你这儿有个叫陈桂的，就别开除她了吧，她不就是一个小小的清洁工吗！"

"看看，你今天一来，我就知道是为了这事。"

"那你就答应我嘛，爸！"

"我可以答应你……"

"啊？你真是我的好老爸！"春晓兴奋地在父亲脸上亲了一口。

"我话还没说完呢，你得先答应我一个条件。"

"条件？跟自己女儿还讲什么条件？"

"那也得讲！"欧阳启泰站起来，"你要答应我，从今以后不许再和那些搞政治、搞罢工的人混在一起，不许再在外面瞎闹，回学校去老老实实读书！"

"为什么呀？"

"这还用问吗？看看你们闹革命闹成了什么样子，罢工都罢到你老子头上来了！"

"爸，这次罢工是冲着租界当局去的，又不是冲你。"

"可你看看我这儿，工人没了，机器停了，生意也没法做了，连垃圾都没人清理了，一切都乱了套！"

"爸，这都是暂时的，是会过去的。你就支持支持这次罢工吧，只要我们的斗争取得胜利……"

"你们胜利了，那我的洋行就完了！叫我支持工人罢我的工，砸我自己的生意？这是什么逻辑！"

"革命的逻辑呀！麦老师说了，你是爱国的开明人士，他看好你，对你寄予很大希望。"

"他看好我？"欧阳启泰来回走了几步，"你那个麦老师我见了，彬彬有礼，很会说话，不像那个区……区什么……"

"区达铭。"

"那简直就是个土匪，野蛮，野蛮！"

春晓见父亲这么称赞麦秋实，心中甚喜："爸，你不喜欢区达铭，可以不去理他；那你就给麦老师一个面子嘛，他那么尊重你……"

"我怎么给他面子？"

"不要开除陈桂啊。"

"又绕到这儿来了。我不讲了嘛，你得先答应我的那个条件……"

"条件，我也有两个，还没说呢！"春晓抱住父亲的一只胳膊摇晃着，"你先答应我，我再答应你。"

"哎哎，现在是你在求我呢，还给我提条件，有道理吗？"

"你是我老爸，我是你掌上明珠，这就是道理呀！"

欧阳启泰无奈地笑笑说："行了行了，把我都晃晕了。说吧，我听听你的两个条件是什么？"

"说了，你可一定得答应我啊，亲爱的老爸……"春晓双手吊在父亲的脖子上，"第一，除了不能开除陈桂外，还要允许陈桂和其他工人继续参加罢工；第二，陈桂和其他工人罢工期间的工资必须照发！"

"什么？"欧阳启泰将春晓的手从自己脖子上拿开，恼火地说，"这、这简直是得寸进尺！"

"爸，这是我们的合理要求！"

"'我们'？'我们'指谁？是那个罢工委员会让你来说服我的？你去告诉他们，这绝不可能！"

"爸，你别这么固执嘛，你应该成全我完成革命的任务，这才是对女儿的爱。"

"爱、爱、爱……"欧阳启泰气得快要说不出话来，"我就是以前太溺爱你了，对你采用开明、包容、甚至纵容的教育方式，才把你娇惯得这

第三章 工贼

091

么任性、这么不明事理，哪里还有一点大家闺秀的样子！你……你太让我失望了，我这是自食其果啊……"

春晓不愿意了："爸，你这样说，言过其实了吧！"

"言过其实？看看你现在，学业荒废，言行无度，我的话你一点都听不进去，整天跟那些共产党混在一起，搞宣传，闹罢工，跟自己的父亲作对，简直是无法无天！"

"爸爸，不是女儿要跟你作对，而是你在跟广大劳工作对！"春晓一步也不退让，"你看看外面，罢工热潮一浪高过一浪，就连国民政府都站出来支持沙面工人的罢工行动，你却……"

"住口！"欧阳启泰几乎喊了起来，"我就是不支持他们罢工，我也不允许你跟着胡闹！"

"爸，你……我不求你了！"春晓拉开门就要出去，却发现梦苏站在门口。

梦苏说："伯伯，您别生气，春晓这样做，她不是胡闹。"

"梦苏？进来吧。"欧阳启泰压了压火气，"在这个时候，你不该到这儿来。"

梦苏说："伯伯，我是答应陈桂来见您的。"

欧阳启泰的脸又倏地沉了下来说："又是陈桂，这个陈桂是个什么人哪，怎么都来为她求情！"

梦苏说："伯伯，陈桂是跟我从小一起长大的好姐妹。当初，我和陈桂就是听了春晓的宣传，才从乡下老家逃到广州来的……"

"什么？"春晓一把拉住梦苏，"你说这个陈桂……就是你那个自梳女姐妹？"

梦苏点点头。

春晓惊讶得合不拢嘴："啊？我、我还以为这是同名同姓，是另一个陈桂……"

梦苏接着对欧阳启泰说："陈桂特别可怜，从小就没了父母，被逼得做了梳起的姑婆。后来她喜欢上一个后生仔，被人发现了，族人就把她和那个后生仔抓去'浸猪笼'；那个后生仔淹死了，陈桂差点也没了命，是我以死相拼，她才活了下来。"

欧阳启泰哦了一声说："这个陈桂，还有如此经历……"

梦苏说："伯伯，要不是遇到春晓，我和陈桂就不会逃出来，不知道还能不能活到今天……"

春晓说："爸，陈桂好不容易才从封建宗法制度的压迫下逃脱出来，您可别又给她新的打击，让她变得无依无靠。"

"嗯？怎么是我让她变得无依无靠呢？明明是……"欧阳启泰显然被陈桂的悲惨身世所触动，长叹一声，"不说了！既然这个陈桂是你们的姐妹，那就另当别论吧。"

梦苏朝欧阳启泰深鞠一躬说："伯伯，我替陈桂谢谢您！"

春晓说："爸，现在你知道我宣传革命的作用了吧？看你以后还说不说我这是胡闹？"

欧阳启泰鼻子一哼说："你得意什么？我这是看着梦苏的面子！"

梦苏和春晓走出怡丰洋行，见到了不安地等候在楼外的陈桂。陈桂跑上去紧紧抱住春晓，呜呜直哭说："可见到你了呀，都快把人想死了……"

春晓也忍不住湿了眼眶："梦苏说，到了广州就和你失散了，原来你到了我爸爸的洋行，我们可真是有缘啊……好了好了，哭多了脸上会起皱纹，就不好找男人了。"

陈桂扑哧一笑，用手捶着春晓的肩窝说："你可千万别把我当梳起姑婆的那些事说出去啊，不然我以后就真不好找男人了。"

"放心吧，在这儿可没人再浸你的'猪笼'了，你尽可以自由地恋爱！"

"自由……恋爱？"陈桂的脸上泛起一片红云。

"对，想爱谁就爱谁，看上了谁就大胆地去追！"春晓一手拉住梦苏，一手拉住陈桂，感叹地说，"我们三个，从惠平镇相遇，到广州重逢，真是恍如做梦啊！怎么样，我当初说的没错吧？你们来到广州，改变了自己，过上了一种新的生活，这是多么大的变化呀！"

陈桂说："春晓，你没有骗我们，广州真的是好，我喜欢这里。"

"喜欢就好，咱们三个姐妹往后就一起奋斗了！"

春晓说她现在要赶紧去罢工委员会汇报情况，便匆匆离开了。

春晓一走，陈桂急忙问梦苏说："我的事情……怎么样？"

梦苏说："春晓都出马了，还能有问题？"

"真的？"陈桂高兴地跳了起来，"我该咋样感谢你们两个……"

梦苏说："阿桂，我们姐妹之间，就别说感谢的话了。刚才，我在欧阳伯伯那儿看见到处都是灰尘和垃圾，房子里也乱糟糟的，没人搞卫生，你快去打扫一下。"

陈桂说："这……我不能去。"

"为什么？你不就是欧阳伯伯那儿的清洁工吗？"

"现在，是在罢工啊。"

"你就去扫扫地，搞搞卫生，跟罢工有多大关系？"

"关系大了！你看那个法国领事馆，那里面的花工、洗衣工，还有给领事夫人梳头的杂工都不干了，连华人巡捕都参加了罢工，我怎么能跟他们不一样？"

"可是……欧阳伯伯已经答应了不开除你。"

"你不知道吧？他不光答应不开除我，应该还允许我继续参加罢工、还不能扣我的工钱，这是罢工委员会给他开出的条件！"

"什么……"

"你就别刨根问底了，其实这里面的事情我也不大明白，不过所有的劳工都罢工去了，去了肯定没错。你也跟我一块儿去看看吧，挺好玩的。"

"好玩？"梦苏想了想，"好吧，既然你不去给欧阳伯伯搞卫生，那就我去。"

陈桂一把拉住梦苏说："你也别去。"

"楼里实在太脏太乱了，我看不下去。"

"你……你不是说要离开广州吗？不走了？不走那可就太好了！"

"不，我是不忍心欧阳伯伯待在那么脏的地方。等打扫干净，我就走。"

梦苏说罢，就往怡丰洋行的大楼里去了。

飘着英国国旗的兵舰在白鹅潭江面上游弋，英、法、印警察和士兵也在沙面租界开始了武装巡逻。

在离沙面不远处的江边长堤上，区达铭站在凳子上，又在给参加罢工的洋务工人和声援群众进行演讲。

"……看啊，帝国主义的军舰开进来了，他们的海军陆战队，还有他们组织的义勇团也派过来了！但是这些威胁吓不倒我们，英勇的为民族与自由而战的中国工人阶级是不会屈服的……孙中山先生说了，工人此次因争人格发生合理循轨的罢工，政府实不能加以取缔，苟或有之，即为剥夺人民自由之违法行为……"

陈桂在人群中眼睛一眨不眨地望着她所仰慕的区达铭，跟着人们一起使劲鼓掌。

"现在，所有的华工都从沙面撤了出来，不管是厨工、清洁工、洗衣工、还是华人巡捕……只要租界当局一天不取消《新警律》，全体华工就一天不返回沙面复工！"区达铭讲到这里，高高地举起拳头，"我要强调说："现在谁要是不撤离沙面，谁要是胆敢继续为他的主子卖命，谁就是在破坏罢工，他就是工贼，就是人民的敌人，就要受到革命的惩罚……"

人群中爆发出一片喊声："罢工到底！""打倒工贼！"……

陈桂忽然想到了梦苏，不禁一阵寒战，原本兴奋的神情凝固在在脸上。

区达铭讲完后从凳子上下来，麦秋实接着站上去讲道："同胞们，既然帝国主义者公然歧视和侮辱我们华人，那么就让他们感受一下没有华工的生活会是什么滋味吧，让他们看一看华工离开以后，曾经美丽的沙面会变成什么样子……"

陈桂愈加不安起来。她一扭头，看见春晓在旁边就像她刚才看着区达铭那样出神地看着麦秋实，急忙过去叫道："春晓，春晓……"

春晓回过神来说："阿桂……"

"快，快去劝劝梦苏！"

"梦苏？她怎么啦？"

"她……她去了沙面，正在你爸爸的洋行里干活呢！"

"啊？是吗？"

这时，陈桂身后突然响起一个严厉的声音："谁？谁还在沙面洋行里干活！"

陈桂回头，看到了满脸愠怒的区达铭，吓得拔腿就往沙面跑去。

陈桂跑进沙面岛，看见各个楼前都停着汽车，那些外国男男女女带着他们的孩子，将大包小裹装上汽车，一辆接一辆地向岛外驶去；道路两旁，垃圾堆成了小山包，空气中弥漫着刺鼻的异味，整个沙面真的变成了死岛、臭岛。

陈桂跑进怡丰洋行楼内，梦苏正在卖力地搞着卫生，楼道里已经收拾得明净如初，干干净净。

"梦苏！"

"阿桂……"

陈桂一把按住梦苏手上的拖布，"快别干了，马上跟我走！"

"我不能走，这儿的卫生还没做完呢。"

"做完？做完要到什么时候啊！"

"嗯……差不多后天吧。可是做完卫生我也不能马上就走呀，我得等欧阳伯伯离开这儿，或者等洋行里的杂工们回来，总得有人给他做饭吃啊。现在岛上也没有卖东西的了，买米买菜还得出西桥到城里去买……"

陈桂急了说："我的沈家大小姐啊，你知道吗？现在整个沙面岛上的华工都走光了。罢工委员会的人说，现在谁要是不离开沙面，继续在这里干活，谁就是破坏罢工，就是工贼，就要受到革命的惩罚！他们要是知道你还在这儿照顾怡丰洋行的老板，肯定会把你当成工贼……"

梦苏一脸的迷惑："工贼？工贼是什么是呀？"

"我也搞不太懂，好像就是……就是大家的敌人吧。"

"敌人？"梦苏愣怔了一下，"可是……欧阳伯伯救过我的命，又资助我上坤雅女师，要是连我都走了，欧阳伯伯孤零零地在这地方没人照顾，怎么生活？"

"春晓还是他女儿呢，怎么不来照顾？"

"春晓是学生代表，每天忙得哪里有空。"

"不全是吧？春晓在外面风风光光地搞罢工活动，你却在这儿背着骂名照顾她爸，这算什么事啊？"

"伯伯和春晓都对我有恩，我为他们做什么都是应该的。"

"你呀，就是心肠好。我也打心眼里感谢欧阳董事长，可是你不知道，那边罢工集会上的口号震天响，大家最恨工贼了，你可千万别……"

"我不就是搞个清洁、做个饭嘛，怎么就成工贼了？"

"哎呀你就别啰嗦了，我可是为了你好，赶快跟我离开这儿！"陈桂夺下梦苏手中的拖布扔到地上，拽着她就往外走。

"不，我不走！"梦苏挣脱陈桂的手，回头捡起拖布又使劲地拖起了地。

陈桂气得直跺脚："梦苏，你怎么这么傻啊……"

罢工委员会的临时驻地，区达铭把麦秋实叫来，商量如何处理沈梦苏的事。

区达铭说："沈梦苏是你的学生。现在，全国人民都在支援沙面罢工，可是你这个学生竟然跟我们对着干，明目张胆地破坏罢工，她这就是工贼行为！"

麦秋实说："没这么严重吧？她也就是在那里面搞搞卫生，做个饭什么的……"

"你别袒护她！"区达铭瞪起眼睛，"她要在别的地方，我不管！但是在这个时候，在沙面，在怡丰洋行里为资产阶级买办服务，事情的性质就不一样了。你想想啊，今天去一个人搞卫生做饭，明天再去一个浇花剪草，后天又去几个接送孩子，这还罢什么工啊？要是传出去，那些本来就有点动摇的工人很容易受到影响，我们的罢工队伍就会从内部遭到瓦解，帝国主义者才高兴呢，他们派军舰威胁、向国民政府施压都没解决的事，让这个沈梦苏给办到了！"

麦秋实越听越觉得不对劲："老区，你这个逻辑不对吧，好像沈梦苏在沙面欧阳启泰的洋行里搞个卫生做个饭，就能把罢工给破坏了，有这么大的作用吗？"

"你少用'逻辑'这种字眼来压我！别看你留过学，读的书多，但要用马列主义论起理来你未必说得过我。总之，这个沈梦苏的行为就是在破坏罢工，对这样的人绝不能讲客气，一定要严厉惩处，不然，就不能起到稳定罢工队伍、教育他人的作用！"

麦秋实说："老区，沈梦苏是我的学生，我了解她不是你说的那种有意破坏罢工的人。你先别急，我去找她谈谈，把事情搞清楚再说。"

区达铭想了想说："好吧，我可以再等一等。"

麦秋实从罢工委员会的临时驻地出来，直奔沙面。在怡丰洋行的一楼大厅，正好碰见梦苏站在凳子上擦门窗玻璃。

"梦苏，你停一下，我有话要和你说……"

梦苏见是他，一言不发，提上水桶就上二楼去了；麦秋实跟着也上了二楼说："梦苏，你听我说……"

梦苏并不想听他说，走进一个房间开始拖地，麦秋实就站在门口说："这事很重要，我无论如何要和你好好谈谈。"

梦苏从房间出来，又提上水桶去拖楼梯。因为心燥情急，桶里的水漾到了楼梯上，跟在后面的麦秋实脚下一滑，重重地摔倒了；梦苏听到身后的响动，回头不由惊叫了一声。

欧阳启泰在他的办公室听到动静，走出来察看说："谁呀？什么声响？"

麦秋实急忙坐起说："欧阳先生，是我，麦秋实。"

"哦，是麦先生啊，你怎么坐在楼梯上？"

"我……不小心滑了一下，没事，没事。"

"梦苏，你看看，楼梯上不要搞这么多水嘛。"欧阳启泰上前握着麦秋实的手，"是来找我的吧？我正好有事要找你呢。麦先生，走，我带你去一个地方。"

麦秋实看看梦苏，只好跟欧阳启泰下楼去了。

梦苏头也不抬，继续干她的活。

这里是怡丰洋行的货仓，巨大的货仓内堆满了各种货物。欧阳启泰领着麦秋实穿过货架之间的通道，边走边说："麦先生你看，这些是桐油，那些是茶叶，外面露天货场堆的是矿砂……它们早就应该装上货轮，此时正航行在大海上，可现在它们还在这儿躺着……请往这边。"

欧阳启泰领着麦秋实走到货仓的另一处说："这些是来自德国的颜料；那些是来自印度、埃及的棉花、黄麻，还有羊毛、花纱，它们本来也早该发往省港一带的多个织造厂、缫丝厂，可是……"

欧阳启泰无奈地摇摇头，领着麦秋实来到露天货场，冷冷清清的露天货场上同样堆满了各种货物。欧阳启泰说："过去这里车水马龙，昼夜不停地装货、卸货，每天有数不清的大车往返于各个车站码头。但自从货仓工人参加你们的罢工以后，就再也没有一根纱线、一包棉花从这里进出过……"

麦秋实看着、听着，显得十分认真。

"麦先生，"欧阳启泰忧心忡忡地说，"我们商人讲的是'货如轮转'，这么多货物运不出去，挤压的货款加违约罚金，足以卡住一个飞转的巨轮，从而使一台庞大的商业机器成为一堆废铁。"

麦秋实点点头说："我完全理解欧阳先生此时的心情。但众所周知，先生实力雄厚，生意兴隆，下面又有不少子公司，不至于被眼下这些损失难住吧？"

"但有一种损失，对我来说是致命的！"

"什么？"

"信义！"

"信义？"

"是啊！我从商几十年来，可以说从没失过信义。如果这次这些货物不能按时发出去，那将是我这辈子第一次失信于人；而仅仅这一次，就足以毁掉我一辈子的清誉。"

"噢？欧阳先生，问题有这么严重？"

"此乃其一；其二，我是广东商会的副会长，所以我的失信也是广东商人的失信，中国商人的失信！麦先生，我很少求人，但我今天要请求你一次，求你和你的同志帮我一个忙，让我的货仓工人回来一天，就一天，只要把这些货发出去，他们再继续去罢工我都没什么说的。"

"这……"

"麦先生，"欧阳启泰恳切地看着麦秋实，"我期待你能答应。"

麦秋实迟疑片刻说："好吧，欧阳先生，容我回去和其他同志商量商量……"

麦秋实回到罢工委员会临时驻地，对区达铭说了欧阳启泰的请求，区达铭听罢一拍桌子站了起来说："

"你说你，不是找沈梦苏谈话去的吗？啥结果也没有，反倒接了欧阳买办的一个屎盆子回来！什么'信义'？狗屁，他还不是心痛自己亏了那么多钱……这说明什么呢？说明那些买办阶级开始慌了，他们慌了，帝国主义也就快撑不住了；说明我们的罢工起作用了，戳到了他们的腰眼上……

好，太好了！”

麦秋实忍受着区达铭的粗鲁，说："欧阳先生那里的情况，确实很糟。他毕竟也是华人、是个民族资本家嘛，他的这一请求，我看……是不是可以向区委和罢工委员会汇报一下。"

"别搭理他！他想得倒好，让他的货仓工回去，他的工人回去了，别人的让不让回？货仓搬运工回去了，清洁工回不回？厨子回不回？华人巡捕回不回？这显然又是一个瓦解罢工队伍的阴谋，咱们千万不要上了那个欧阳老狐狸的当！"

"你说这是欧阳先生瓦解罢工队伍的一个阴谋？我不同意。欧阳先生在同盟会时期就支持过革命，这一次在陈桂的事情上他最终表现得也比较开明，而且他还是春晓的父亲……"

"你们这些秀才呀，就是心软，就是磨不开面子，容易轻信他人，这怎么能干成革命？这一回你就听我的，坚决拒绝他！"

"拒绝就能解决问题吗？我们罢工的目的，是反对歧视华人，反对《新警律》，而不是跟像欧阳先生这样的民族资本家过不去……我在想，有没有什么办法，既不破坏我们的罢工原则，又能帮助欧阳先生度过他现在面临的实际困难……"

"呵呵，甘蔗哪有两头甜的？你就别再想这事了，反正欧阳启泰的那些财富——列宁同志说了——都渗透着剥削的罪恶，损失一些也是活该！"区达铭夹起皮包，"我到区委去一下。别忘了，沈梦苏的事还没有处理呢，该怎么办，我们回头再说。"

区达铭走后，麦秋实正梳理着自己纷乱的头绪，春晓推门进来。

"春晓……有事？"

"没事我就不能来见老师呀？"春晓娇媚地一笑，"到罢工委员会帮助做联络和文员工作好些天了，我想听听麦老师对我的评价。"

"哦，很好，很好。你工作积极，富有革命热情，帮罢工委员会做了好多事，充分发挥了学生骨干的作用。"

"是吗？"春晓双手捂住发烫的脸，"老师这么评价我，我太激动了！以前，我有些看不起工人，觉得他们又脏又穷、愚昧粗鲁，但这些日子跟他们战斗在一起，我才发现他们是那样的淳朴、可爱、无私无畏，为此我常常感动得热血沸腾，我真的感受到了工人阶级的力量，革命真是太伟大了！"

麦秋实有些惊讶地看着春晓说："能有这样的认识，说明你进步很大呀。希望你继续努力，在革命斗争中锻炼成长。"

"嗯！"春晓点点头，"麦老师，现在就有一个锻炼的机会，我想请你允许我……"

"哦？什么机会？"

春晓说："我都知道了，我爸对你提出要让他的货仓工人回去搬运货物，这不是给你出难题吗！我不能让他为难你，我想去阻止他，叫他放弃这种不切实际的想法。"

麦秋实一愣说："不切实际？你认为父亲的想法不切实际吗？"

"那当然！眼下正是罢工的关键时候，他提这种要求，不是跟我们唱反调、跟罢工运动拧着来吗？"

"可是……他是你的父亲呀。"

"那么老师，你对你的父亲呢？"

"我？"

"麦老师当初在家乡闹革命，就敢于和父亲斗争，把家里的地契烧了，把仓库里的粮食分给了穷苦农民……"

"你……你怎么知道这些？"

"刚才听罢工委员会的人说的。麦老师，你太了不起了，这么令人敬佩的事情怎么从来没听你讲过啊？"

"哦，这都过去的事了，没什么，没什么。"

"不，这对我来说很重要，我要以你为榜样，同父亲的错误行为做斗争！"

"春晓，你父亲那儿我去看过，他眼下真的很不容易，我觉得你完全可以换一种方式……"

"老师，为了能帮到你，我愿意做我想做的一切！"

春晓意味深长地看了麦秋实一眼，转身走去；麦秋实愣怔地站在那儿，不知如何是好。

在怡丰洋行，春晓已经同父亲呛呛了许久，欧阳启泰都有些累了，靠在椅背上，点上烟斗不再理她，而春晓依然情绪激动地在他面前走来走去。

"爸，我说了这么多，你怎么就无动于衷呢？不就是一些货发不出去吗，你挣了那么多钱，现在损失这一点算什么，何必给麦老师和罢工委员会出这么大的难题！"

欧阳启泰闭目不语，狠劲地抽着烟，那一缕缕烟雾里分明蕴含着难言的怒气。

这时，助理匆匆进来递上一封电报；欧阳启泰看过后，脸上一阵抽搐，把电报摔到沙发上朝春晓吼道："你还跟我闹？看看吧，香港催促发货的电报，那些货要是再积压两天，你老爸就没法在生意场上混了！"

春晓拿起电报瞄了一眼说："这算什么，革命是要付出代价的。那么多仁人志士抛头颅、洒热血都在所不惜，我们难道就不能放弃一点个人利益吗？"

"怎么？难道你想让你的老爸也去抛头颅、洒热血不成……"欧阳启泰气得手直发抖，"你……自从跟着那些人上街以后就变了，变得没有了亲情！你看看我这里，不管是洋人还是华人、文员还是侍仔都走了，就我一个人在守摊子；那几天整日没吃没喝，喉咙肿得要冒火，多亏梦苏来了，给我做饭、搞卫生，我才好过一些。可是你，作为我的女儿，为什么就不来帮我，还一个劲地添乱！"

"我是全市学生声援团的负责人之一，还要帮罢工委员会做联络和文员工作，每天忙得脚都沾不了地……再说了，革命高于一切，我哪能把自己降低到梦苏那种觉悟啊。"

"觉悟？我看你是怕我这个资产阶级买办的父亲影响了你，给你革命、进步的形象抹黑吧？"

"哼，谁也影响不了我！别看你是我的老爸，在这场事关劳工权益和民族尊严的罢工斗争中，如果你非要坚持自己买办资产阶级的立场，站在帝国主义一边，我就会和你进行斗争！"

"和我——你的老爸进行斗争？"欧阳启泰突然苦涩地笑了起来，"这么多年，敢和我斗的人不多，你是一个！好，好……不过我要告诉你，斗争讲究的是知己知彼，方能百战不殆，那么你了解爸爸吗？懂得爸爸吗？"

"爸，看你说的，我从小在你身边长大……"

欧阳启泰连连摇头说："你不懂，你不懂，你哪里懂得爸爸的这番苦心……"

这时电话铃响了，欧阳启泰拿起话筒接听了一会，大声地说："知道了，请相信我，我一定会想办法克服困难，践行合约，尽快把货发给你们……"

放下电话，欧阳启泰焦灼地来回走了几步，穿起外套冲出了门。春晓在后面跟着说："爸，你干什么去？"

欧阳启泰没有理会春晓，大步疾风般来到货场，望着眼前的一堆堆货物，泪水在眼眶里打转。他回头看了看春晓，说："

"既然你跟过来了，那我就让你了解一下你这个资产阶级买办的爸爸……你看，那堆包装箱的货物是一个美国客商发过来的，当年他运了一大船水银过来，谁知船到码头的时候，水银的价钱突然跌了一大半，根本卖不出去。那时还没有预收按金的规则，很多买家一看行情不好就毁约不要货了，但我坚持要了那船水银，而且按照最初约定的价格付了全款。虽然那次我赔了很多钱，但我恪守信义的名声却从此传开了，那个美国人也成了我十多年的好朋友……"

欧阳启泰往前走了一段说："你再看那一片，篷布下面盖着的是五十吨棉花和羊毛，如果不能赶快发出去，那些等着这些原料的工厂就得停工，将来即使生产出产品也会错过销售旺季，造成滞销跌价，有些小工厂就会亏本倒闭，工人失业……还有，你看这儿，这全是发往粤北、粤西等地的稻谷，这些粮食要是长时间积压在这里，赔钱事小，要紧的是恐怕那边就得有人挨饿，甚至饿死人都很难说……"

"噢？有这么严重啊？"春晓瞥了一眼父亲，发现父亲骤然间好像苍老了许多，禁不住一阵心悸。

"这当然是很严重的事。"欧阳启泰说，"我刚跟着你爷爷学做生意的时候，他老人家就教诲我，无论是在商场上打拼，还是在社会上处事立身，一要靠从最基础做起，二要靠讲信义……这些日子，我天天都在想如何把这些货尽快发出去，天天都睡不好、吃不下啊！否则的话，你说，我怎么向客户交代？我还有什么信义可讲……"

春晓的心情渐渐沉重起来。

欧阳启泰走过去掀开篷布的一角，用手捏了捏装稻谷的麻包，说："我年轻的时候，像这样的麻包，一百来斤，一次能扛两个；如今老了，两个扛不动，扛一个还是可以的。"

欧阳启泰说着脱下外套，抓起一个麻包就要往肩上扛。春晓急忙拦住说："爸，你要干什么？"

"搬运工全都罢工去了，又不让他们回来。那好，我就自己搬，能搬一点是一点。只要能对得起我的客户，我就是累趴下了，也值！"

"爸，你都这么大岁数了，就别逞强了……"

"你让开！"

欧阳启泰一使劲，将一个麻包扛上肩膀，颤颤巍巍地朝停泊在岸边的货船走去。

春晓一时慌了手脚，紧张地跟在父亲后面，声音都在发抖说："爸，停下，你停下……"

欧阳启泰咬紧牙关，步履艰难地边走边说："爸爸不求你们，谁也不求了……当初，我就是这样扛着麻包一步一步走过来的，没什么能难倒我……没什么……"

突然，欧阳启泰身子一歪，栽倒在地，麻包滚出去好远。

春晓惊叫着扑过去说："爸爸……"

好在货场就在怡丰洋行的旁边，春晓将父亲背回洋行。

欧阳启泰的手掌上、膝盖上的皮肤都蹭破了，梦苏用热毛巾为他擦去伤口处的灰土，抹上碘酒，然后又换了一条干净毛巾为他擦脸；他躺在床上双目紧闭，只是急促地呼吸。梦苏用手试了试他的额头，一下惊叫起来说："啊，这么烫，伯伯发烧了！"

春晓也用手一试，果真烧得厉害。

"快，快请医生来吧！"梦苏对春晓说。

春晓拔腿就往外跑。

梦苏打来一盆凉水，将毛巾浸湿、拧干，敷在欧阳启泰的额头上去热降温；她发现欧阳启泰的脖子上沾着几根细小的草渣，用手轻轻地捏去。然后，她就静坐在欧阳启泰身边，用蒲扇为欧阳启泰缓缓地扇着，驱赶着几只总是飞来飞去的苍蝇……

不一会儿，春晓气喘吁吁地跑了回来。

梦苏站起说："医生呢？"

春晓摇摇头说："沙面的两家诊所我都去过了，全关门了，一个医生都见不到。"

"这、这怎么办？"

"只有把他送出沙面，去市里的医院。"

"那好。"梦苏伏在欧阳启泰的耳边，说，"伯伯，您起来一下，我们送你去外面的医院。"

欧阳启泰长长地吁了口气，声音微弱却很坚定地说："货不发走，我哪儿也不去。"

春晓说："你都病成这样了，还管什么发货啊！"

"当然要管，这是我的原则！"

"爸，你就别固执了，何必这样跟自己过不去……"

"你……你给我出去！"欧阳启泰用力地吼道，"我说了，哪儿也不去，就是死，也要死在这儿！"

"爸爸，你……"

梦苏把春晓拉到一旁，小声说："既然伯伯不愿意离开沙面，那我去外面请个医生来，你在这儿守着。"

春晓叹口气说："只能这样了。"

梦苏拢了拢头发，立即往外跑去。

梦苏快步穿过骑楼下鳞次栉比的街铺，边走边寻找着街道两边的诊所招牌。已至傍晚，密密麻麻、五颜六色的各种广告在灯光下争奇斗艳，而回头看，往日里灯火璀璨的沙面却是一片漆黑。

走着，走着，梦苏眼前一亮，她看到了一家诊所，连忙进去。当班的医生倒是十分热情，但一听要去沙面出诊，便说："对不起，我们不去那里，你找别的诊所吧。"梦苏问为什么？那医生不吭声，进屋把门关上再也不露面了。

梦苏又找到一家医院，同样，人家一听说是去沙面，连连摇头说："沙面我们是肯定不去的，你可以把病人送到这儿来嘛。"梦苏无论怎么哀求，都没有用。

她只好心急火燎地继续寻找别的医院，心里默默地说着说："快点，快点……

忽然，梦苏看到了一副用中英文写的"卓南诊所"的招牌，她闯进去时，一位身穿白大褂的青年医生正在给一个患者写着处方。

等那个患者拿上处方走了，梦苏急忙坐到医生面前，说了欧阳启泰的病情，请求医生赶紧去给看看。

青年医生在一张病历上写着什么，头也不抬地问："就这些？病人还有哪些情况？"

"还有……还有就是他在沙面。"

"我问你病人的情况，越详细越好。"

"详细……他是怡丰洋行的老板，人在沙面。"

"你怎么总说沙面，这和病情有关吗？"

"有关啊，沙面的劳工正在罢工，你知道吗？"

"知道，我看报纸了。"

"那……你敢去那儿吗？"

"病人在哪儿，我就应该到哪儿去，这是医生的本分。"

梦苏快要哭了，连声说："谢谢，谢谢你……"

"不用客气。"青年医生站起，对梦苏说，"咱们现在就走……"

突然，青年医生的目光在梦苏身上凝固住了，他说："哎，好面熟啊，我们在哪儿见过吗？"

梦苏迷惑地摇摇头说："没……没有啊。"

"哦，想起来了！"青年医生从抽屉翻出一张照片，指给梦苏说，"看看，中间这位像不像你？"

梦苏看着照片，不由惊叫起来说："啊！这就是我呀……这是春晓、师郁、季维礼、潘如梅我们几个同学的合影……你怎么会有这张照片？"

"我是潘如梅的哥哥，潘卓南，这张照片是妹妹寄给我的。请问你叫……"

"梦苏，沈梦苏，潘如梅我们几个住同一宿舍。"梦苏激动地说，"真想不到，你就是潘如梅的哥哥，阿梅给我们说起过你。"

"哦，梦苏。阿梅也时常给我讲你们学校的事，你们这几个名字我都听她说起过。走吧，别耽误病人。"

潘卓南拎起诊包，出门叫了辆人力车，跟梦苏来到沙面。春晓已经急不可待地等候在怡丰洋行的大楼门口。梦苏对潘卓南介绍说："她就是照片上的欧阳春晓，生病的欧阳先生是她的父亲。"然后对春晓说："这位潘医生，你知道他是谁吗？他是潘如梅的哥哥！"

春晓一愣说："潘如梅的哥哥？就是在法国留学的那个……"

"你好，我叫潘卓南。"潘卓南与春晓握了下手，"走吧，快带我去看令尊大人。"

欧阳启泰依然烧得更厉害，迷迷糊糊像睡着了一般。潘卓南检查过后给他注射了一针，走到桌前开具处方。

"怎么样？不要紧吧？"梦苏担心地问。

"急火攻心，加上湿热、着凉，所以体温显高。不过没有大碍，打了这一针，再吃上这些药，会好起来的。这几天我还会再来。"

梦苏舒了口气说："谢谢你了，潘医生。"

"不用客气，记着按时服药。"

春晓从潘卓南手上接过处方，惊讶地说："潘医生的字写得可真漂亮！"

"哪里哪里，到国外待了几年，汉字的书写能力退化了许多。"潘卓南看着春晓，"我想问一下，是不是你们学校现在停课了？"

春晓说："是啊，为了声援沙面工人罢工，我们学校和全市其他学校一样，停课好些天了。"

"难怪呢，我那个妹妹天天往外跑。她可不是去声援罢工，而是白天转商场、逛食肆，晚上去跳舞。"

春晓说："阿梅呀，她就喜欢玩，还喜欢时装。我们都知道，你在法国的时候经常给她买一些巴黎时装寄过来，我们都羡慕死了。"

梦苏也说："阿梅还爱运动呢，爱打羽毛球，她说以前和你对打时总是你输，你就找碴子欺负她。"

"对了！"春晓双手一拍，"她还说你在法国的时候，追求你们学校的校花被拒绝了，差点去跳塞纳河……"

"别说了，别说了。"潘卓南哭笑不得，"我这个傻妹，她怎么什么都往外广播啊……"

107

不知区达铭从哪儿知道了梦苏请医生给欧阳启泰看病的事，大为光火，他把麦秋实和春晓叫到罢工委员会临时驻地，一顿嗷嗷吼叫。

麦秋实说："老区，你先冷静一下……"

"沈梦苏又干出这样的事，我能冷静吗，啊？"区达铭满脸涨得通红，"这个沈梦苏，先是和行刺法国总督案牵连上，尽管那事已经扯清了，可没少给我们添麻烦；现在呢，全沙面的劳工都在罢工，她反倒去那儿给怡丰洋行的老板去做饭、搞卫生，这还不够，她竟然从外面请医生到沙面给欧阳启泰看病，这不是存心跟我们对着干吗？依我看，干脆把她抓起来！"

春晓吓得脸色发白说："啊，抓起来？"

"对这样的人必须严厉惩处！"区达铭看着麦秋实，"你同意我的意见吗？"

麦秋实说："我不同意。沈梦苏还是个学生，她没有你想的那么复杂，问题也没有你想的那么严重。"

"麦秋实同志，你说你去做沈梦苏的工作，到现在毫无作用，反而让她在错误的道路上越走越远。眼下帝国主义还在顽抗，斗争形势非常严峻，你这个学生却一而再再而三地破坏罢工，我说你就不要再袒护她了！"

春晓说："麦老师这不是在袒护梦苏，梦苏也不是有意要破坏罢工，她是因为……因为我父亲救过她、帮过她，她知恩图报，所以才……"

"春晓同学，给你父亲请医生这件事与你也有很大关系！你是一名社会主义青年团团员，怎么还是改不了小资产阶级那一套？知恩图报，那要看报谁的恩？像沈梦苏这样为了报资产阶级买办的恩，就不顾罢工运动的大局，这是很危险的……看看你们的麦老师，虽然他身有不少知识分子的弱点，但他的觉悟是很高的，为了革命可以大义灭亲，把自己家的粮食和财产分给穷人……"

麦秋实猛地站了起来，显得十分激动说："老区，请你不要再提我分自己家粮食和财产的事好不好？"

区达铭一怔说："怎么，那件事……你后悔了？"

麦秋实脖颈上的青筋都鼓了起来说："那件事，我从来就没有后悔过，但我也不想把它像勋章一样整天挂在胸前！对革命，此时的我和那时一样虔诚，也许现在还多了几分成熟。今天的我认为，革命的坚定，并不意味着完全不顾亲情和人伦。所以我的态度很明确，沈梦苏不是敌人，不能抓！”

区达铭没有想到，平时一向温文尔雅的麦秋实突然间情绪会如此激烈，他一时说不出话来，抓起鸭舌帽走了出去。

麦秋实沉默着。

“老师……”春晓轻轻叫了一声，“真看不出来，你平时那么温和，突然会来这么一下，把老区立马给镇住了。”

麦秋实抬起头来说：“没什么镇不镇住的，工作嘛，同志之间有争论这很正常。”

“可是，为什么说起分自己家产的事你就那么激动？”

“这个……我也说不清楚。”

“是吗？这让我觉得你身上还有很多我不了解的东西。”

“噢？”

“不过这更让我感觉到了你身上的魅力，比起那些一览无余的乏味男人，一个有经历、有沧桑感的男人要磁性得多。”

“磁性？”

“就是吸引力呀！”

麦秋实迈过脸去说：“你父亲病了，我现在想去看看他。”

“去沙面？你最好别去。”

“为什么？”

“我不想让别人说你什么。”

麦秋实转身就往外走，春晓只好跟上说：“那……我陪你去。”

他俩刚要出门，区达铭又匆匆回来了，老谢、古大章同他走在一起。

老谢是区委派到罢工委员会的最高领导人之一，几乎每天都穿一件蓝布长褂，头戴礼帽，一脸的络腮短须，显得老成持重。

区达铭神情严峻地说：“秋实，老谢有重要事情！”

春晓见气氛异常，对麦秋实说：“那我走了。”

老谢说：“春晓同志，你是学生代表，也参加一下。”

这时又来了几位罢工委员会的人。区达铭把门从里面插上，大家围拢在老谢身旁。

老谢说："你们都看到了，沙面劳工罢工以后，那些洋人的日子就乱了套，特别是各个洋行货仓的运输工人加入罢工，整个沙面的商业活动全部瘫痪，这种打击对帝国主义和买办阶级是致命的。加上全市各行业的声援，以及来自国民政府和民间的压力，现在沙面当局终于扛不住了，派人出面调停，要跟我们谈判。"

"跟他们谈判？那我们的罢工运动不就半途而废了吗？"区达铭插话说。

"不，这恰恰说明沙面罢工取得了阶段性的成果，这是在共产党领导下，工人阶级与帝国主义进行斗争赢得的初步胜利。"老谢说，"现在，上级要求各罢工组织在工人中推选出谈判代表，组成一个强大的谈判小组；区委经过研究，确定了几位同志，老区，你是实打实的工人出身，有你一个，并且担任谈判小组的负责人。"

区达铭喜滋滋地说："老谢这一讲，我心里一下就亮堂了，我愿意当这个代表，愿意负责！"

古大章拍了下区达铭的肩说："老区，你行啊！"

区达铭说："本来嘛，还有谁会比我更合适？"

有人轻轻笑出了声。

"麦秋实同志，"老谢说，"你的任务是负责罢工委员会和谈判代表之间的联络工作。"

麦秋实点点头说："明白！"

"春晓同志，你们学生暂时还没有什么安排，但要做好随时接受任务、发挥作用的准备。"

春晓说："好的。"

老谢神情凝重地转向区达铭说："这次谈判，要把握住三个原则，第一，租界当局必需彻底取消《新警律》；第二，不能开除任何罢工工人，包括参与罢工的华人巡捕，而且罢工期间他们的工资必需如数照发；第三，取消限制华人的租界通行证，华人和洋人一律平等，可自由出入！"

区达铭攥起拳头，"请组织放心，我一定完成谈判任务！"

工人谈判代表一进入沙面，沙面岛内的道路上就增设了岗亭，摆起了路障，周围还拉起了铁丝网，荷枪实弹的军警和巡捕昼夜不停地来回巡逻。

　　谈判一开始，双方就陷入了僵局。对于工人代表提出的三个原则问题，租界方面丝毫不做让步。消息传出，人心惶惶，沙面岛上的兴盛、隆昌两家洋行接连关门，老板带着家眷去了香港；另一家恒泰洋行也停止了运转，积压在码头上的货物都没人管了，任由盗贼随便豪取……这种情况下，那些罢工的工人根本不可能拿到工钱，而且许多人会失去工作、丢掉饭碗。

　　工人们纷纷向古大章诉说这一担忧，古大章觉得这是个大问题，急忙去罢工委员会找老谢，老谢也正在为这事找他和麦秋实。

　　古大章将情况汇报过后说："现在，有一种悲观情绪在工人中间蔓延，有人开始埋怨罢工委员会，说我们只想着跟洋人作对，不顾工人们的死活。"

　　麦秋实说："我了解的情况也是这样，斗争越来越复杂，沙面岛上的洋行一个个都撑不住了，再这么下去，工人们就要失业，以后的生路恐怕都成问题。我请求组织上重新考虑一下谈判的策略，不能最后搞得个鱼死网破。"

　　老谢点头说："我同意你们的看法，区委也已注意到这一问题，今天上午几个主要领导开会分析了形势，认为想要让租界当局全面妥协，目前看来是没有可能了，所以决定调整我们的谈判条件，做出一些让步说："只要废除《新警律》，其他的可以放一放，以后再逐步争取。这样的话，秋实，请你尽快将区委领导的这一决定传达给在沙面的区达铭同志，让他按照区委的最新指示，力促谈判成功！"

　　"好！"麦秋实立即起身，去往沙面。

　　在戒备森严的沙面西桥入口处，麦秋实被军警拦住了。他拿出通行证，军警瞄了一眼说，除了沙面居住证外，持有其他证件者均不得出入沙面！

　　麦秋实感到事态严重，马上返回罢工委员会去见老谢。春晓也在那儿刚刚让老谢审阅完几份宣传材料，看见麦秋实神色匆匆的样子，她也不走了，问："老师，你怎么……"

　　麦秋实顾不上向春晓打招呼，一口气对老谢说了去沙面被阻的事。老谢沉思片刻，说："

　　"事情很清楚了，他们不让其他证件持有人出入沙面，就是要切断谈判代表和罢工委员会的联系。他们已经知道，洋行一家家倒闭，工人一定会因为自身利益受损而产生动摇。所以，他们想拖延时间，好让我们的罢工斗争从内部瓦解……看来，只有启用我们在沙面的秘密联络点了，那个联络点区达铭同志知道，我已经嘱咐过他，要他每天都去那里看看，以防万一有什么变化，好及时掌握情况。现在，关键是要有一个能够进入沙面的人，把区委的指示送到那里。"

麦秋实沉吟着说："能够进入沙面的人……"

"我们罢工委员会的人肯定是进不去了，恐怕连普通工人也很难进去。"老谢把目光投向春晓，"如果派一名女学生去执行这个任务，也许不大会引起他们的注意……"

麦秋实说："行，这倒是个办法。"

春晓把手一举说："我，我去！"

老谢点点头说："嗯，欧阳启泰的女儿，出入沙面应该不是问题。"

"当然不是问题了，沙面的每一条路、每一幢楼我都熟悉，我去最合适。"

"你看呢？麦秋实同志。"

"不，不行。"麦秋实说，"春晓对沙面熟悉，但沙面的人也熟悉她；她又是学生领袖，整天抛头露面，租界的人不会不认识她，就算她能进去，也很可能会被盯上。"

老谢一想说："这倒也是。你的学生中还有别的人选吗？"

"有，我看沈梦苏比较合适。"

"梦苏？"春晓吃惊得瞪大了眼睛，"麦老师，你在开玩笑吧？"

麦秋实说："我很严肃。"

春晓说："梦苏太不合适了，她对各种活动从来都不积极，你看看她最近的种种表现……"

老谢皱起眉头说："对呀，我听区达铭同志说，她一直跟大家拧着干，在拒绝罢工、破坏罢工？"

"不不，不是这样。"麦秋实说，"她只是因为感恩于欧阳启泰先生，才甘愿背负'破坏罢工'之名留在沙面，这恰恰说明她是一个知恩图报、有情有义的人。"

春晓说："那这也是两码事啊！她和这样的行动太不沾边了，就是把我们全校的同学都筛一遍，也轮不到她！"

麦秋实说："正因为这样，才需要给她一个锻炼、改变的机会。更重要的是，她这些日子每天都要进出沙面照顾欧阳先生，听说欧阳先生还给她办了沙面居住证，租界方面对她应该不会有什么戒备。"

老谢忽然想起了什么说："对了，这个沈梦苏，上次在巡捕房关了好几天，什么都不说，表现得很坚强。凭这一点，让她来完成这个任务还是叫人放心的。麦秋实同志，这件事由你负责，就由你来定吧。"

"哼！"春晓呼地站起，"我把话放在这儿，即使你们派她去，她也不会愿意！"

麦秋实说："我去找她谈谈，我想她会答应的。"

麦秋实叫了辆人力车直奔沙面。到了怡丰洋行的楼前时，正巧看见梦苏从楼里出来，去附近小树林里倒垃圾。

突然，麦秋实看到了意想不到的一幕，只见一伙人从小树林里冲出，对梦苏拳打脚踢，梦苏双手抱头蹲在地上，发出一声声惊叫。

麦秋实立即冲了过去，大声喊道："你们干什么！住手……"

那伙人并不理会麦秋实，对梦苏越打越凶。麦秋实无奈对方人多，只好把梦苏紧紧护在怀里，左躲右闪，用自己的身子遮挡着雨点般的拳头和脚踹……直到有几个路人见状跑了过来，那伙人才一哄而散。

麦秋实松开梦苏，吓坏了的梦苏抱住树干呜呜直哭。

"梦苏，你没事吧？"麦秋实看了看梦苏头上、脸上，并无伤痕，问道，"他们是什么人？为什么对你下手？"

梦苏摇摇头说："我不知道……"

蓦地，麦秋实发现了那伙人遗落在地上的一顶帽子，捡起一看，是工人们常戴的那种鸭舌帽，上面沾满了油污和汗渍。麦秋实联想到他前几天曾听见有工人说要教训教训沈梦苏，便明白了是怎么回事。

这时，梦苏一回头，看见麦秋实的额头、鼻孔、嘴角都在流血，失声叫道："啊，你受伤了……"

麦秋实用手抹了一下脸，看着满手的血迹，这才感觉到了疼痛。

"你、你到楼下厅堂等着我，在那儿别动，别动……"梦苏说着，拔腿就跑开了。

麦秋实也不知道梦苏干什么去了，就按她说的走进怡丰洋行大楼，在大厅一角的沙发上坐下，用手绢捂着还在流血的伤口。

大约过了半个时辰，梦苏气喘吁吁地跑回来了，她请来了潘卓南医生。

在来的路上，梦苏已经向潘卓南介绍了麦秋实。当潘卓南见到麦秋实时，仿佛一见如故，他一边给麦秋实处理伤口一边说："

"你的学生潘如梅是我妹妹，她经常给我提到你，麦先生的大名我早就耳熟能详了。"

麦秋实大为惊喜说："你是潘如梅同学的哥哥呀，幸会，幸会！不过，我们第一次见面，我就如此狼狈，实在是麻烦你了。"

"哪里哪里，麦先生这是英雄救美，令人钦佩。"

梦苏本来在一旁默默地看着，听到潘卓南这话，马上走开几步。

麦秋实说："潘先生留学归来，为国效力，这才可赞可嘉呢。医病如医国，相信潘先生会大有作为。"

"医病如医国？没敢往那儿去想；身为医生，能做到认真对待每一个患者就算是有作为了。"

潘卓南处理完伤口，又给麦秋实全身检查了一遍，说："还好，没有伤着骨头，也没伤到内脏，就不用去医院了。但是伤口不能见水，不要触摸，防止感染。"

麦秋实握住潘卓南的手说："谢谢，谢谢你！"

"我妹妹的老师，也就等于是我的老师，何必客气。告辞了。"

梦苏走过来说："潘医生，我送你一下吧。"

梦苏去门外送潘卓南。麦秋实等了许久，却不见梦苏回来。他走出去一看，梦苏躲在墙角，面向墙壁，呆呆地站着。

麦秋实走过去说："梦苏，谢谢你为我请来医生。"

"不，你为了我被人打成这样，应该是我感谢你。"梦苏说罢就要走开。

"等等。"麦秋实叫住梦苏，"作为老师，我应该了解自己的学生。可是我不知道你为什么突然对我表现得这么反感，不愿意见我，不愿意听我说话，这让我很是纳闷……"

"你就别问了，我现在什么也不想说。"

"看看，又是这样……当初招你进校的时候，我还没觉得你有什么特别的地方，也就是一个平平常常的女孩。没想到你现在竟会接连闹出这么多动静来，让学校和罢工委员都很头疼……其实，我发现在你看上去柔弱而又含蓄的外表下，潜藏着一种超乎寻常的倔强个性，这种个性也许连你自己都没有意识到。"

梦苏低头看着地面说："如果说……我有什么个性的话，那就是恨……恨一个人。"

"恨一个人？恨我？"

梦苏不语。

"那天你说，你不上学了，要离开广州，也是因为恨我吗……这究竟是为什么？你得让弄个我明白啊！"

梦苏紧紧咬着嘴唇，还是不语，

"那好，不说这些了。"麦秋实看了看周围，压低声音，"梦苏同学，我今天是专门找你来的，有个重要的事情……"

麦秋实走近梦苏，说了派她去执行秘密联络任务的事。

梦苏干脆地回绝说："我不去！"

"为什么？"

"我要照顾欧阳伯伯！"梦苏说罢扭头就走。

"站住！"麦秋实拦住梦苏，满脸怒气，"这是组织决定，你去也得去，不去也得去！"

梦苏头一回见麦秋实对她这么凶，不由站住了。

麦秋实厉声说道："听着，你可以对罢工不感兴趣，也可以莫名其妙地恨我、抗拒我，但是，你总不想永远被人骂作'工贼'、不想再有人随时都可能跳出来打你一顿吧！"

"啊？打我的人是……"

"你就别问是谁了。你与罢工运动相背而驰的行为，确实在工人中造成了很不好的影响，有些领导同志也坚持要追究你的责任。我希望你能通过完成这次重要任务，一来锻炼自己，二来也好转变大家对你的看法。"

梦苏低下头，显然在琢磨着麦秋实的话。

麦秋实接着说："眼下，罢工行动遇到了困难，我们也想在达到一定的目的后结束罢工，可是租界当局切断了我们和谈判代表之间的联系，现在能把区委指示送到联络点的只有你；如果不能尽快送达区委指示，两边再这么僵持下去，洋行会一个接一个地倒闭，工人们也就没了饭碗，罢工行动就会适得其反，以失败收场！梦苏，在关乎我们华人利益的关键时刻，我相信你一定会勇敢地站出来……要知道，这个任务还是我为你争取来的，你只要把这件事做成了，今后我不会要求你再做别的什么。等罢工结束，如果你确实想好了要离开学校，我也不会阻拦，想去哪儿就去哪儿，那是你的自由……"

梦苏仰脸望着天空，看得出，她已经无法拒绝。

梦苏在罢工委员会受领了具体任务，老谢、古大章和麦秋实反复对她叮嘱了注意事项和如何应对意外情况。她闭目静静地想了一会，然后长长地吁了口气，戴上遮阳帽往外走去。

"等等！"麦秋实喊住她，把帽檐向上扶了扶，"帽子压这么低，一看就是在故意遮掩自己……出去后走路一定要自然，不要慌张，不要东瞅西望。"

梦苏刚走两步，麦秋实又跟了上去说："我再说一遍，进入沙面后，先找到一座拉小提琴雕像的丁字路口，从丁字路口往右拐，路两边都是白玉兰树，你数到右边第四棵树，树干侧面有个洞，那就是我们的秘密联络点。记住啊，是第四棵树，不是第十棵。你不要急于靠近那棵树，先在附近观察观察，看看周围有没有什么可疑的人，确信没人跟踪和注意你，再过去把密信迅速放进树洞……"

梦苏抬头看了麦秋实一眼，那眼神说不出是感激他的细心呢，还是嫌他太婆婆妈妈，一扭脸走了出去。

梦苏跟往日一样，凭着沙面居住证顺利地通过了西樵岗哨，站岗的英国士兵还笑着对她点了点头，一直看着她走远。

前面差不多就是那个拉小提琴雕像的丁字路口了，梦苏不由得紧张起来；她默默地告诫自己"别慌，别慌"，可心还是突突跳个不停。这时有几个外国士兵从对面走来，她仿佛觉得那几个士兵就是冲她来的，紧张得腿脚都僵硬了，眼睛左躲右闪地不知道该往哪儿看。

好在那几个士兵并没有在意她异样的神情，嬉笑着对她哇啦了几句就走了过去。她暗暗松了口气，却没注意到已经错过了那个丁字路口。

沙面岛上的丁字路口有好几处，梦苏来回走了几趟，都找不到那个拉小提琴雕像的丁字路口。那个路口她曾经走过，多少还有点印象，应该就在这一块，可怎么就不见那座雕像了呢？她茫然四顾，周围一幢幢巴洛克式和新古典式的欧陆风格建筑，以及遍布路径的紫铜雕塑和绿肥红瘦的精致园林，就像是一座巨大的迷宫，让她困顿其中，不知去往何处……她正在迷惘、焦灼之时，几个巡逻的外国巡捕朝她走来，她一下子慌了神，急欲躲开，可这回就没有那么幸运了，巡捕一拥而上，将她团团围住。

"喂，你在这里干什么！"巡捕头儿大声喝问。

"我、我是怡丰洋行欧阳先生家的，干了一天活儿，出来走走。"梦苏按预先想好的说。

"欧阳先生家的？证件！"

梦苏慌得手直发抖，摸了好一阵才从口袋里掏出沙面居住证递上。巡捕头儿仔细看过证件后还给她，说："现在是非常时期，没事请不要出来。你走吧。"

梦苏收起证件急忙走去。

"站住！"巡捕头儿又大喊一声。

梦苏吓了一跳，回头不知所措地望着巡捕。

巡捕头儿指着梦苏说："那边，不能去！"

梦苏慌忙点点头，转身往怡丰洋行方向走去。走出没多远，一辆人力车从她身边快速经过，她蓦地发现，车上拉的就是那座拉小提琴的雕像，车后跟着两个洋人。

梦苏约莫，这些洋人是在撤离沙面时要把一些雕塑艺术品也带走。她朝人力车来的方向看去，看见了一排像白玉兰的树，那儿，会不会就是她要找的丁字路口？

此时那几个巡捕已经不见了踪影，梦苏急忙掉头去往那里。果然，那儿有一个丁字路口，而且明显的有雕像搬走后留下的痕迹；再一看，路口朝右那两排大树就是白玉兰！她惊喜得差点瘫坐在地上……

梦苏让自己稍稍平静了一下，开始数右边那一排树说："一……二……三……四……"这时，她脑子突然一阵发蒙，耳边响起了麦秋实的两个声音，一个声音说："你数到右边第四棵树……记住啊，是第四棵树，不是第十棵……"另一个声音又说："你数到右边第十棵树……记住啊，是第十棵树，不是第四棵……"

两个声音在她头脑里打架，她竭力回想着说："到底是第四还是第十啊……对了，麦秋实说，树干侧面有个洞，找到那个洞不就对了吗？"

梦苏在第四棵树的树干一侧，找到了那个洞。就是这里！她一阵欣喜，正要将密信放进树洞，又似乎不太放心，便数到第十棵树，不想这棵树的树干侧面竟然也有一个洞！

梦苏脑袋嗡嗡直向，急得快要崩溃了，天哪，究竟是第四还是第十棵树啊……

第四章

三年之秘

麦秋实在罢工委员会的办公室伏案写着什么，却完全没有心思，他把钢笔一掷，心神不宁地来回踱着步子。

　　春晓抱着一摞文件进来说："老师，宣传文稿印出来了，请你看看。"

　　"哦。"麦秋实接过文稿看了几页，忽然抬起头来，"春晓，你说她会不会找不到地方啊？"

　　"谁？"

　　"梦苏呀。"

　　"我就知道你在想着她！"

　　"我是担心这件事……你说，我会不会是犯了个错误啊？"

　　"你不听我劝告，这回肯定是犯了错误，而且是个大错误。沈梦苏那么胆小的人，你却把这么重要的任务交给她。"

　　"也许，是我过于担心了，她应该不会出什么岔子。"

　　"但愿如此。假如……万一呢？我知道你想帮助她、锻炼她，可要是她把任务弄砸了，不是反而害了她吗？"

　　"现在，全靠她自己了，但愿一切顺利。"

　　麦秋实掩饰着内心的不安，继续看着文稿。春晓似乎从他的神态上捕捉到了什么，说："老师，我有一种奇怪的感觉，可以说出来吗？"

　　"说吧。"

　　"我总觉得……你和梦苏之间是不是以前发生过什么啊？"

　　"可笑。在学校里你和沈梦苏天天在一起，你是最了解她的，我和她接触又少，能发生什么？"

　　"那……在她进学校之前呢？"

　　麦秋实看了看面前的春晓，喝了口热茶。感觉没有必要和一个女学生说太多私事，就找借口搪塞了过去。

春晓显然对他的这种不真诚的态度非常不满，但碍于师生的身份，虽然不甘心，但只得作罢。

梦苏左思右想，依然确定不了到底是第四棵树还是第十棵……不远处响起急促的哨音，那是巡捕在驱赶沙面上的行人。梦苏情急之下，决定就选第四棵树了。她向四周看了看，见没有人，赶紧从贴身处掏出那封密信，放进了第四棵树的树洞。

梦苏走开几步后又站住了，她疑神疑鬼地感觉自己好像放错了地方，又折回去，从从第四棵树的树洞里掏出密信，数到第十棵树，犹豫片刻，将密信塞进了这个树洞。

她离开后还是放心不下，便躲在一堆矮树丛后面，等着取信的人来，想知道自己是不是没有放错……

不一会儿，有个人影朝这边走来，梦苏认出他就是演讲的那个区达铭！

区达铭叼着烟卷，边走边用脚踢着地上的石子，显得吊儿郎当、若无其事。当他走到那排白玉兰树附近时，朝四周警惕地巡视了一眼，然后走到第四棵树跟前，将手伸进树洞。

梦苏见状倒吸了一口冷气，她太懊悔了，怎么自己左思右想、反反复复，最终还是弄错了！

区达铭不甘心地围着那棵树打转，似乎在寻找树干上有没有别的缝隙可能放东西……这时，不可思议的一幕发生了，梦苏忽然从矮树丛后面冲了出来，直奔第十棵树，从树洞里取出密信飞快地跑到区达铭面前，直接交到了他手里。

区达铭猝不及防，大惊失色！

这一幕被那几个巡捕发现了，他们拉动枪栓，喊叫着围了过来。区达铭反应极快，对梦苏说了声"快跑"，拔腿就钻进了树丛。梦苏愣了一下，慌忙跟在区达铭身后，穿过树丛，一路狂奔。

巡捕边追边喝令"站住"，随即枪声响了起来，子弹在梦苏身边嗖嗖飞过。梦苏吓得浑身发软，渐渐有些跟不上区达铭了；区达铭回身拉了她一把，吼道："快啊，不然就死个球了！"

梦苏一咬牙，拼尽全身的力气紧跟着区达铭奔跑。巡捕在他们身后紧追不舍，枪声更加密集。

　　他们跑进一条曲里拐弯的小巷，区达铭边跑边用眼睛睄溜着两旁，他发现一幢私家洋楼院里的草比较深，判断可能无人居住，便一把拽住梦苏跨过低矮的栅栏，跑到洋楼背面，那儿有一个放置杂物的窝棚，两人刚躲进去，巡捕就追进了小巷，吼叫着经过这幢洋楼往前面去了。

　　区达铭舒了口气，一屁股坐在地上；梦苏只觉得浑身像要散了架，想吐又吐不出来。

　　"啊，血……"梦苏突然指着区达铭的胳膊，区达铭这才发现自己的左胳膊被子弹擦破了皮。梦苏慌忙逃出手绢要给他包扎，他一把推开说："我自己来！"

　　区达铭把扎在裤腰里的衬衣扯出来，从底边撕下一溜，一头用嘴咬着，一头用手缠住伤口。

　　"是谁派你来的？"区达铭问。

　　"是……是麦老师。"

　　"狗日的，麦秋实你害我啊，派这么一个什么都不懂的生瓜蛋子来送信，搞得老子差点连命都丢了……"区达铭骂罢麦秋实，又数落梦苏，"你说说你，有你这么干的吗！把密信放错了地方不说，还直接跑过来塞到我手里，这是做秘密工作吗？你怎么不把密信贴在脑门上在沙面岛转一圈啊……你叫什么名字？"

　　"沈……沈梦苏。"

　　区达铭一愣说："什么？再说一遍。"

　　"我叫沈梦苏。"

　　"你……就是在沙面照顾欧阳启泰的那个沈梦苏？"

　　梦苏点了点头，不敢去看区达铭。

　　区达铭一下跳了起来："好啊，原来那个破坏罢工、给买办资产阶级充当走狗，给帝国主义充当工贼的沈梦苏就是你！现在你又差点把这么重要的事情搞砸，你是故意的吧？"

　　梦苏害怕地缩成一团："不，我不是……"

　　"你还敢说不是？你一而再，再而三地犯错，就是对革命的犯罪，而且是罪上加罪！这次不能再放过你了，一定要新账老账一起算，对你进行严厉的惩处……"

梦苏像寒冬里的一只羔羊，战抖着孱弱的身子，眼泪哗哗地流了下来。

区达铭这时想到了那封信，急忙从裤兜里掏出，看过后立即用火柴烧成灰烬，又用脚踩着，使劲碾进了泥土里。

"太重要了，这么重要的情报要是落到他们手里，后果简直不堪设想……"区达铭本想再训斥梦苏几句，却一下卡住了声音——他看到了梦苏的面容——梦苏在极度不安和紧张中随手取下了帽子，就像是掀起了新娘的盖头……

"噢，小沈，梦苏……"区达铭立时变得温和起来，"当然了，我批评归批评，年轻人嘛，难免犯一些错误，这很正常。作为领导，我们不会不给你改正的机会，也不会轻易处罚一个追求进步的青年，我们会耐心地帮助你，关心你，让你不断成长……好在情报也送到我手里了，巡捕也没有认出我，总算化险为夷了嘛。"

区达铭这几句话一说，梦苏心里有了些暖意，顿时轻松了许多。

海关大楼的钟声响了，天色渐渐暗淡下来。区达铭把脑袋伸出窝棚观察了一番，对梦苏说："我还要回到谈判代表的住处，咱们以后再好好交流交流思想。你从这儿出去后不要再走这条巷子，对面有一条小路，走到底就出了沙面岛。"

梦苏点点头，戴上遮阳帽站起；区达铭却把帽子从她头上拿下，说："你来的时候戴着它，出去就不能再戴了。"

区达铭将帽子塞进窝棚里的杂物缝隙，又关切地轻轻嘱咐了一声："小心啊……"

也许是侥幸吧，梦苏按照区达铭指的那条小路，平安地走出了沙面。像热锅上的蚂蚁一样一直等候在罢工委员会的麦秋实看见她回来，扑上去就问："东西送到了？"梦苏点点头。麦秋实一颗悬着的心总算落了下来，连声说道："梦苏同学，我没看错你，没看错你……"他激动得不知如何表达自己的心情，顺手端起桌上的两只茶杯，把一只递给梦苏说："来，祝贺你完成任务……"

"哎哎，这是我刚刚用过的。"春晓不知从哪儿突然冒出，拿过梦苏手上的茶杯，"你给她另外倒一杯吧。"

"噢。"麦秋实赶紧给梦苏重新倒了杯茶，说，"为祝贺你顺利完成任务，干杯！"

三只茶杯相碰——实际上只是麦秋思在主动碰击着梦苏和春晓的茶杯，春晓只是跟麦秋实碰了一下，而梦苏端着茶杯的手就没有动，她还惊魂未定，沉湎于沙面历险的恐惧之中……

区达铭将梦苏送来的密信内容传达给其他几位谈判代表，遵照区委的最新指示，他们调整了谈判策略，经过几番激烈交锋，租界方面见罢工委员会做出了一些让步，最后只好签署了取消《新警律》的协议。

取消《新警律》，也就达到了此次罢工的主要目的。劳工们欢欣鼓舞，聚集在长堤江边，围着区达铭和其他几位谈判代表欢庆胜利。

区达铭站在临时搭起的简易讲台上，同以往一样富有感染力地高声讲道："工友们，同志们，罢工胜利了！我们胜利了！帝国主义投降了！这显示了我们工人阶级的力量，显示了中国人民团结的力量……我作为谈判代表和谈判小组的负责人，为此感到无比光荣……"

在热烈的掌声中，区达铭振臂高呼口号："劳工神圣！劳工万岁！国民革命万岁！民族自由万岁……"

陈桂、春晓等学生和工人骨干纷纷跳上讲台，与区达铭一起领呼口号，台下万众呼应，气势如虹。

梦苏也来了，她是被陈桂硬拉来的。虽然她远远地站在人群边上，但还是被区达铭的演讲和会场气氛所感染。这时区达铭在人群中看到了她，挥手让场上安静下来，大声地说："工友们，同志们，我要向大家介绍一位女同学，她在最关键的时候，不顾个人安危，进到沙面戒严区给我们谈判代表送去了重要情报，今天的胜利也有她的功劳！现在，就让我们把这位女同学请到台上来，跟大家见一见。"

顺着区达铭的视线，大家的目光纷纷落到梦苏身上。梦苏见那么多人都在回头看她，这才意识到区达铭说的是自己，一下慌乱起来。

麦秋实朝她走来说："说你呢，快去。"

"不……我不……"梦苏吓得直往后退。

"别怕，这是很光彩的事情。来，我带你去。"

大家让开一条通道，朝梦苏鼓起了掌，梦苏只好身不由己地跟着麦秋实往前走去。陈桂嫌她走得太慢，从台上跳下来，拉着梦苏小跑着上了讲台。

梦苏朝台下只看了一眼就赶紧把头低下，那无边无际的黑压压的人群让她感到恐慌；她生平第一次面对这么多人、这么多双眼睛，还有这么热烈的掌声，心咚咚直跳，满脸涨得通红。

"梦苏同学，你好！"区达铭抓起梦苏的手握了握，对台下说："大家看到了吧，这就是沈梦苏同志！她虽然还很年轻，虽然还只是个学生，但她在革命最需要的时候完成了一项了不起的任务，她是我们的英雄！"

欢呼声像潮水一般涌来，梦苏平生第一次感受到了一种从未有过的鼓舞和势不可挡的伟大力量，心中的胆怯也随之减轻许多……她抬头看了看区达铭，区达铭如此赞扬自己，却一字不提自己送密信时几乎酿成的大祸，这让她感激而又不安。

台下，麦秋实欣慰地看着梦苏。

台上，春晓悄悄注视着麦秋实的神情。

沙面，怡丰洋行，欧阳启泰亲手将两道封条交叉贴在关闭的大门上，伫立了一会，在助理的搀扶下走向停在楼前的轿车。

结束罢工回来的一些员工站成两排，默默地为他送别。梦苏走过来，把一包药交给助理说："这些药，每一种吃法我都写在纸上了，别忘了让伯伯按时服用。"

欧阳启泰回过头来说："梦苏，谢谢你这段时间对我的照顾，有空的话常回家，我和你伯母都会想你的。"

梦苏鼻子一酸："嗯，我一定会去看您和伯母的。"

春晓和麦秋实、陈桂从远处跑来，欧阳启泰看了他们一眼，坐进车里，对司机说："开车。"

"爸……"春晓扒住缓缓开动的车，"你别走，别走，麦老师来找你……"司机把车停住，摇下车窗。

麦秋实喘着气说："欧阳先生，所有的华工都复工了，沙面的商业活动很快就能恢复正常了，可您为什么……"

欧阳启泰摇摇头说："晚了，已经造成的损失无法挽回了。"

"欧阳先生，几家领事馆都重开了，好多洋行和公司都在重新开张，你也可以重新开始，从头再来。"

"我跟他们想的不一样。我已经关闭了沙面的这间洋行，不会再回到这个伤心之地了。我这辈子从来没有认输过，但这次我承认自己输了，不光输了财产，更输了信义，输得很惨……开车！"

汽车鸣了声喇叭，缓缓驶离。

"爸……"春晓追出几步，但车子已经绝尘而去。

麦秋实看着怡丰洋行大门上的封条，对春晓说："要不，你回家去陪陪你爸，等正式复课的时候再回学校来。"

春晓想了想，说："你看我爸那样子，我回去也没用；我们现在一见面就吵，没办法，谁让他是买办资产阶级呢！"

麦秋实说："阶级是阶级，父女是父女嘛。"

"不，我是站在劳工阶级一边的，我们父女谁都不会轻易向对方妥协。但我不怕，只要有你……有你在一起，我就有勇气和力量。"

春晓用她那一双黑幽幽的眼睛看着麦秋实，麦秋实只好把脸转开，却发现梦苏不见了。

"哎哎哎……"陈桂突然反应过来，在一旁叫喊道，"不是说他们答应了不开除工人吗，怎么就把我们甩在这儿了？"

怡丰洋行的员工都围拢到陈桂跟前，一位工人说："是啊，没开除你啊，人家老板关门了，买卖不做了，你有什么脾气？"

陈桂一跺脚："我们又上当了，资本家就是狡猾！我们以后咋办啊？上哪儿挣钱吃饭去……"

员工们都跟着嚷嚷起来，一个个叫苦不迭。

麦秋实走过去安抚道："大家别着急，都别着急，工会会替大家想办法的，一定能把你们的工作安排好。"

陈桂说："对呀，古大章是管工会的，走，咱们找古大章去！"

坤雅女师的学生们今天就要返回学校了。最感到遗憾的是师郁，她前段时间因奶奶过世回老家去了，昨天一返校就放下行李，来到罢工委员要求参加工作，不想罢工已经结束，她直后悔错过了一个这么重要的革命斗争机会。春晓安慰她说："没关系啊，只要你有一腔革命热血，还愁没有地方播洒？"她引用鲁迅的话说："那好吧，'我以我血荐轩辕'，看下一次！"

梦苏也来了，但她不是要返回学校，而是来为同学们送别的。

师郁拉住梦苏问："为什么呀？你为什么不跟大家一起回学校？"

梦苏说："不为什么，我就是不想回去。"

"那你要去哪儿？"

"不知道。"

"你这话多吓人啊！就这么跟大家分开，我们怎么能放心……"

其他同学也都七嘴八舌地劝她，看得出梦苏的心里很不好受。

"都别劝她了，让她走，赶紧走！"春晓走过来拉着脸对梦苏说，"既然你这么信不过我，那就走你的，全当我们压根就不认识！"

梦苏一怔说："我、我怎么信不过你了？"

"你几次说要离开学校、离开广州，我问你原因，你总是哼哼唧唧地不告诉我为什么，这不就是信不过我吗？"

"春晓，你别误会，不告诉你是因为……因为……"

"你就别'因为'了，装在自个肚子里发霉去吧！反正你本来就是个懦弱、胆小的人，不敢和同学们一起参加斗争。虽说你去沙面送过一次情报，那也是麦老师逼你去的，算不了什么。你走吧，以后咱们谁也不要再见到谁！"

春晓说完，大声喊道："坤雅女师的同学，集合！"

同学们呼啦一下面朝春晓列队站好，把梦苏晾在一边。

麦秋实走到梦苏跟前，说："梦苏同学，你别往心里去，春晓这是关心你，为你好。你应该看得出来，同学们、特别是春晓，都很舍不得你离开这个集体，我也觉得你不应该离开坤雅女师，当初你为考这个学校，多难哪，怎么说走就走？到底是为什么？"

梦苏侧过脸去，声音不大、却很凌厉地说："为什么，为什么，我也想知道为什么……"

麦秋实被她这话搞蒙了，不知说什么好。

"出发！"春晓带着坤雅女师的学生，唱着歌儿往码头走去。从这儿回坤雅女师，要坐船渡过珠江。

一张张熟悉的面孔从梦苏身边经过，她难过地低下头，不敢抬眼去看。只有麦秋实还站在她面前，说：

"梦苏同学，你可以不告诉我，但我要提醒你——也许你自己都没意识到，在这次罢工斗争中你虽然饱受指责，但最后有了很大的进步；我看到一条道路已经在你的脚下铺开，这条路走下去也许会经历许多坎坷，却能改变你的一生，带给你一个光明而美好的未来……再见！"

麦秋实跟着学生队伍走了。梦苏独自站在那儿，望着麦秋实和同学们走向码头，然后一个个登上了船……然后那只船就要离岸……

突然，梦苏拔腿朝同学们追去，连她自己也说不清这是为什么。师郁第一个发现了她，大声地喊："梦苏，快来——"船上的同学们接着一齐朝她喊了起来。麦秋实急忙叫船停下，船停住了，但离岸却有一条缝隙。梦苏跑到岸边，同学们喊着说："跳，快跳啊！"麦秋实连连朝她摆手："别跳，别跳，等船再靠一靠……"

梦苏就像没听见麦秋实的话，眼睛一闭，飞身往船上跳去；麦秋实一个大步冲上，伸手拉住她，她一头栽到同学们中间，差点把春晓撞倒。

"梦苏，你要撞死我呀！"春晓捂着胸口，"刚才说你懦弱、胆小，你马上就来个野蛮动作，你这是报复我啊！"

师郁说："报复你一下也是应该的，谁叫你刚才把梦苏说得那么狠！"

春晓一把拉过梦苏："我不说狠点，她能回来吗？"

师郁又一把将梦苏拉了过去："人都是有自尊的，梦苏是你那么随便呵斥的吗？"

"哎哎……"春晓一把又将梦苏拉到自己身边，"我和她认识的时候你师郁在哪儿呢？你问问她，我对她说什么话不可以？"

梦苏被春晓和师郁扯来扯去，同学们也都围着她嬉戏打闹，船上一片欢声笑语。

麦秋实也显得很是开心，他走近梦苏说："梦苏同学，你有没有觉得，你已经和大家融为一体了……"

坤雅女师复课后，经历了沙面罢工的同学们追求新知识、新思想的愿望更加强烈，每天都有不少人挤到学校团委的活动室借书看，这里的几排书架上，摆满了麦秋实通过各种渠道弄来的进步书刊。

这天下午，麦秋实正在活动室教春晓如何对这些书刊分类管理，梦苏、师郁和一群女生嘻嘻嚷嚷地借书来了。看见麦秋实在这儿，梦苏立刻收敛住笑容，不知道该进还是该退；麦秋实显然注意到了梦苏的这一反应，便有意离开了活动室，临走，拿起两本书对同学们说："我建议你们多看看最近出版的几期《新青年》，这一期是'马克思主义研究专号'；这一期上面有'关于社会主义的讨论'……如果遇到什么问题，欢迎来找我，我们可以共同探讨。"

女生们哗地涌上去翻阅那些书刊。

师郁说："春晓，我借这两本。"

梦苏一下选了四本《新青年》说："春晓，我借这些。"

春晓说："梦苏，你一次借这么多，别人怎么办？"

"我看得快，三天保证还回来。"梦苏说着，抱上书跑了出去。

每天一下课，梦苏就坐在教学楼旁的大榕树下看那几本《新青年》，她看得那样专注，仿佛忘记了一切，仿佛这世界上的一切喧嚣都不能对她产生干扰……

三天后，梦苏将几本书放在春晓面前。

"都看完了？"

"嗯，可里面有些文章太深奥了，看不太懂。"

"麦老师不是说了吗，不懂，可以去问他……"

春晓刚说出这句话，急忙改口道："噢，你把不懂的问题写下来，我去麦老师那儿换书的时候帮你问问他。"

"我都记下了。"梦苏把一张纸片交给春晓，"那就谢谢你了。"

"我们俩，你觉得有必要说这个'谢'字吗？"

梦苏一笑，又借了几本书，走了。

春晓拿着梦苏记下的几个问题去见麦秋实，麦秋实一看，连连点头说："能提出这么几个问题，说明她把书看进去了，而且动脑筋思考了，很好，

第四章 三年之秘

很好！"

"什么问题呀？你这么夸她。"

"你看——'马克思主义哲学与无产阶级革命之间是一种什么关系？''今日之中国为什么要选择社会主义？'……这些问题都是很深刻的。"麦秋实一边在梦苏的那张纸上作答案一边说，"下次，最好让梦苏同学当面来问我，我就可以解释得更详细一些。"

"噢，你这么忙，要是同学们都来当面向你请教，那就太打扰你了，还是我来替她们转达吧。"

就这样，梦苏每读完一批书，总能提出几个刁钻古怪的问题，春晓照例拿来麦秋实解答，直到有一天，春晓思来想去总觉得有些不对劲，突然发起了莫名大火，在宿舍里把脸盆踢得咣当响；师郁抱着一堆晾干的衣服推门进来，见状问道：

"春晓，你怎么了？"

"气死我了，气死我了！"

"谁呀？把你气成这样。"

"我替她向他借书，她有不懂的问题，我去替她问，他解答了我再转述给她；他有了新推荐的书刊，我又转交给她……现在我才反应过来，我成什么了？成他们的联络员了！"

"说些什么呀？乱七八糟的。"

"哼，平时看着不哼不哈的，好一副老实的样子，竟然把我都利用了，我长这么大还从来没被人利用过呢！"

"你到底是在说谁啊？"

春晓欲言又止。

"你不说我也知道。"师郁在床上折叠着自己的衣服，"你是在说麦老师和沈梦苏吧？"

春晓一怔说："师郁，你有没有觉得……麦老师和沈梦苏之间有些不正常？"

师郁说："没有啊。如果说他们之间有什么不正常的话，那就是梦苏好像挺排斥麦老师的，总是在回避他。"

"是啊，麦老师那么优秀，要是没有什么事情的话，梦苏怎么会排斥他？为什么不能有师生之间的正常交往？"

"你和梦苏关系那么好，为什么不直接问问她？就说你替梦苏找麦老师解答问题这事吧，你就让梦苏直接去问麦老师好了，干吗要在中间当联络员？"

春晓不吭声了。

"你呀，其实就是不想让梦苏和麦老师接触，对吧？"

"喊，我心眼有那么小吗？"

"春晓，我这人心直，有什么说什么，你别不高兴啊。你从小就被宠坏了，太要强了，你不能容忍别人接近你喜欢的东西——尤其是你向往的那一份感情，或者你喜欢的那一个人……"

春晓呼地站起："师郁，你胡说些什么！"

"我胡说了吗？你以为我看不出来呀。"

"你、你就是胡说！"春晓一摔门，走出了宿舍。

春晓神情郁闷地在校园里走着，有同学向她打招呼，她也不理人家，弄得同学莫名其妙。

不知不觉，她走出了学校大门。去哪儿呢？她想到了表哥袁昌，好久没见他了，对，到他那儿散散心去。

她叫了辆人力车，来到黄埔军校，一打听，说袁昌他们正在礼堂排练话剧，这让她很是好奇，便直奔礼堂。

舞台上，袁昌正在给黄启说戏；黄启扮演的是一个女性角色，不伦不类地穿着一件粗布旗袍，脸颊上还涂了两团胭脂。

袁昌说："……你要明白，这是一出反抗包办婚姻、追求女性解放的话剧，要带着感情演，同其他演员要有交流，不能像木头桩子似的戳在那儿……你是女主角，从表情到一举一动，都要有女人味儿……"

黄启说："班长，噢不，导演，女人是什么味儿？"

"回家问你嫂子去。"

"我没有嫂子啊。"

"问你女朋友更好。"

"女朋友……我也没有啊！"

"敢说没有？坤雅女师那个……"

"哎哎，八字还没一撇的事，这可不能瞎说！"

"那就到坤雅女师随便找一个女生问问去。"

学员们一阵哄笑。

袁昌对台上的演员拱手说道："弟兄们，就这么一点戏，我上蹿下跳，来回都八趟了。你们用点心，争取这次过了，啊，再来一遍！"

袁昌敏捷地从舞台上跳下，发现了坐在后排的春晓。

"咦，你今天怎么有空到我这儿来了？"

春晓说："来看看你不行啊？"

"你整天忙着参加各种运动，还有工夫想起我呀！"

"今天就想起你了，怎么？"

"不胜荣幸！"袁昌一笑，"我这儿也忙，好久都没回去看望舅父舅母了，家里都好吧？"

春晓迟疑了一下说："还行吧。"

"什么叫'还行吧'？"

春晓岔开话题说："我以为你们军校整天就是打打杀杀呢，居然搞起话剧了，你还能当导演，真看不出来。"

"别以为我们当兵的都是粗人，其实黄埔军校里多才多艺的人很多。有时间来看看我们血花剧社的演出吧。"

"血花剧社？"

"革命之血，主义之花，宣扬我们的黄埔精神。"

"这名字既暴力，又浪漫，有意思。"

袁昌回头指着台上说："哎，你们自己先走一遍。注意调度，别跟沙丁鱼似的挤成一堆！"

袁昌接着转向春晓说："对了，那个谁……最近好吗？"

"谁呀？"

"就是……沈梦苏呀。"

"表哥，你太过分了，我专门来看你，你怎么不问问我好不好？"

"你还用问吗？谁不好你都不可能不好。"

"哼！"

"哎，说真的，梦苏最近怎么样？"

"你自己问她去吧！"

春晓忽然想到什么，眼睛一亮，态度一下子变了说："哎，表哥，我问你，你对沈梦苏感觉如何啊？"

"你问这话是什么意思？"

"你快说嘛，要讲实话。"

"她……挺有意思的一个女生。"

"什么叫有意思啊？"

"就是……就是有意思嘛。"

"那你是不是对她有点意思呀？"

"看你，问的也太直接了吧。"

"我要你说实话嘛！"

袁昌回头看着台上说："哎，不对不对！黄启，你那几步是怎么走的……"

袁昌说着跑上舞台，对黄启纠正道："女人是你这么走路的吗？外八字，撇着腿，快赶上蹲马步了，生怕别人不知道你练过功夫是吧？再走一遍。"

黄启又走了一遍。

袁昌还是不满意："忸怩一点好不好！没做过女人还没见过女人吗？走路的时候把腰身放软，像柳条一样款款摇摆。来，重来！"

黄启退回去，再走出来时样子更加僵硬、别扭，大家都笑翻了。台下的春晓也笑得前合后仰。

袁昌绝望地一拍脑门："天哪，你可真是个棒槌呀！照你这样扮演女人，把猪八戒都能吓跑！"

黄启终于忍无可忍，把身上的旗袍一脱吼道："老子本来就不是娘儿们，不演了！"

"哎，你……"袁昌见黄启真的撂挑子了，只好宣布休息十分钟，沮丧地回到春晓跟前，嘴里嘟囔着："棒槌，真是棒槌啊！我就奇怪了，这么简单个事，他怎么就学不会呢……"

春晓还在一个劲地笑。

袁昌说："笑，你还笑，后天就要演出，我都快急死了！"

"表哥，为什么不找一个女的来演呢？"

"我们军校都是清一色的爷儿们，哪有女的？我总不能弄一个长官的家属来演吧。"

"我有个主意，我们坤雅女师和你们军校联合起来演这出话剧，这样就不用男扮女装了，时下又很流行女人演文明戏，保证能引起轰动。"

"这……我倒没有想到。"

"可以的话，我给你推荐一个。"

"你不是毛遂自荐吧？赶时髦的事情你从来都不会错过。"

"这回你错了，我给你推荐的是沈、梦、苏！"

"沈梦苏？开什么玩笑！她平时见了人话都不敢说，上了舞台那不又是一个棒槌。"

"那是以前，人家现在改变多了。再说，你是导演，你可以调教她呀，在台上给她讲戏、启发她，下来后再单独辅导她，陪她练习……"

"春晓，我怎么听着你这话……有什么意思在里面啊？"

"有意思还不好？这不正是你想要的吗？"

袁昌挠着后脑勺说："可是……这行吗？"

"怎么不行？你们这出话剧讲的是反抗封建包办婚姻，梦苏自己就是从老家逃婚出来的，有亲身经历和真实感受，她演最合适了！"

"嗯，有道理。"

春晓抱住袁昌的胳膊说："怎么样，你这个表妹善解人意吧？"

"善解人意？"袁昌用手指在春晓额头上一弹，"我看你是又精又坏！"

麦秋实很赞同由黄埔军校和坤雅女师合演这出话剧，并让春晓所在的学校团委具体负责这项工作；按照袁昌的提议，春晓还兼任场记。

春晓领着袁昌，把正在午休的梦苏叫出宿舍，说了要她演话剧的事，梦苏一听，把头摇得像拨浪鼓似的："不行不行，这事我不行……"

春晓说："试试嘛，不试怎么就知道不行？"

梦苏说："我从来没演过话剧，我都不知道话剧是什么……"

春晓指着袁昌说："有人教你呀，我这位表哥可是个大才子，你们又互相认识……"

梦苏还是摇头说："我真的不行，我不去。"

袁昌说："梦苏，你就帮我一个忙吧，我们军校的血花剧社后天就要演出了，时间很紧。"

春晓说："话剧就是文明戏，现在女性演文明戏是很时髦的事。你本来就很漂亮，再化上妆，往舞台中间一站，那就是万人瞩目的名角，多难得的机会呀！"

梦苏说："我不想叫人瞩目，也不想当什么名角。比我漂亮的同学多的是，还是找别人去吧。"

袁昌说："我是导演，我反复考虑过了，请你去不光是因为你形象漂亮，主要还是因为你很适合那个角色。为了你方便，我们可以把排练放在你们学校。"

春晓说："看看，我表哥想得多周到啊。梦苏，你就别推辞了。那次麦老师让你去沙面执行任务，你一开始吓得要死，可你不但把任务完成得很好，还得到了锻炼，连区达铭都一个劲地表扬你；这一回，也是个锻炼的机会，不光在他们军校是第一次，在咱们坤雅女师也是第一次，别的同学不知道有多羡慕你呢！将来，若干年后，回想起这段独一无二的经历，那该是多么美好的回忆啊！"

梦苏在春晓和袁昌的劝说下，不知如何是好。

袁昌说："要不，咱们换个地方聊吧，在这儿影响宿舍里的人休息。"

春晓也不问梦苏还想不想聊，拉上她就和袁昌往花园那边去了。

宿舍里，除了师郁在呼呼大睡外，潘如梅和季维礼一直竖着耳朵在听外面说话。潘如梅朝季维礼挤挤眼说："听见了吗？他们要让梦苏去演话剧，而且还是个主角。"季维礼说："梦苏能演话剧？这简直就是个笑话！"潘如梅说："我感觉叫梦苏去演戏不过是个幌子，很可能是春晓想把梦苏介绍给她表哥。"季维礼问："春晓的表哥是谁？"潘如梅说："就是那个导演，黄埔军校的，他早就在打沈梦苏的主意，上次新年晚会的时候我就看出来了。"季维礼长长地"噢"了一声："原来是这么回事呀！"

这时陈桂走来，见宿舍门虚掩着，便一把推开。潘如梅惊叫道："你谁呀？怎么不敲门就进来了！"

陈桂说："这门没关。"

季维礼说："关没关都要敲门，让你进你再进，这是起码的教养，懂吗？"

陈桂只好退出去，在已经打开的门上敲了敲。

潘如梅问："你找谁？"

陈桂说："我找沈梦苏。"

季维礼说："她出去了。"

陈桂问："去哪儿了？"

潘如梅说："被一个男人叫走了。你今天怕是见不着她了，想见的话明天再来吧。"

季维礼说："明天你就直接到学校礼堂找她吧，她很可能在那儿排练话剧。"

陈桂一愣："礼堂……话剧？"

潘如梅说："对呀，她马上就要成为名角儿了。"

陈桂自语道："话剧是个鬼呀，她啥时候会演话剧了？"

季维礼不耐烦地说："我们要休息了，把门关上！"

陈桂把门拉上，回头朝门口"呸"了一口，小声骂道："两个丑八怪，长得还不如梦苏的一根脚趾头，嚣张啥呀！"

梦苏架不住春晓和袁昌的轮番"轰炸"，只好硬着头皮答应先去试试。有了梦苏演女主角，黄启就改演剧中的少爷了。

排练挪到了坤雅女师礼堂，春晓也陪着梦苏来了。袁昌向大家介绍过梦苏之后讲道："今天，由于坤雅女师的沈梦苏同学是第一次参加排练，有必要将这出话剧的剧情再简单地说一下。这出话剧的名字叫《逃婚》，表现一位叫秋的女子挣脱封建枷锁，勇敢地逃离包办婚姻的故事……"

原本专心听袁昌说戏的梦苏刷地变了脸色。

袁昌没有发现梦苏的异样，继续讲道："秋的母亲很看重门当户对，把秋从小就许配给了一个富庶人家的少爷为妻。这少爷游手好闲，吸食大烟，很快就家产散尽，为了能有钱买得烟土，少爷便想将秋卖给人贩子，秋得知消息后逃了出去，不料半路上遇到两个龟爪，龟爪见她貌美如花，就将她掳到了一家妓院……"

梦苏突然站起，飞快地往外跑去。

大家都惊住了，袁昌连问："怎么回事？怎么回事……"

"梦苏！梦苏……"春晓喊着，和袁昌一起追了出去。

袁昌跑得快，在礼堂外面拦住了梦苏："你为什么这样？你是女主角，你走了这戏怎么演啊？"

"我不演了，你们换人吧。"

春晓追上来说："梦苏，你答应得好好的，怎么又……"

"你们开始没说……是这样的故事！"

袁昌说："正因为是这样的故事，才适合你演啊。听春晓说，你就是从老家逃婚出来的，与女主人公秋很像……"

这话让梦苏再次受到刺激，她又要跑，被袁昌一把拉住。

这时，陈桂跟着麦秋实走了过来。其实陈桂找梦苏也没什么事，就是多日不见，想梦苏了。她在校园正巧碰见麦秋实，麦秋实就带她来到礼堂。看见梦苏与袁昌、春晓之间正在争论着什么，麦秋实和陈桂便停住了脚步。

"梦苏，你为什么就不能接受这个故事呢？"袁昌还在做着他的导演阐述，"秋为了争取自由，用了种种办法抗婚，即使被卖到妓院，也没有放弃反抗，她用反抗保住了自己的清白……终于有一天，她留下一封信逃走了，那封信是一个新女性的革命宣言！"

春晓在旁边说："对呀，这多像你呀，你不也是为争取自由，从老家逃到广州，又从春香楼逃出来的吗？"

梦苏脸色苍白，浑身都在发抖。

袁昌还在说："你看，多好的结局——秋逃出来了，挣脱了封建枷锁，来到一片新的天地，获得了自由和幸福……"

梦苏再也承受不住，摇摇晃晃地就要倒下，陈桂急忙跑上去将她抱住，她伏在陈桂肩上失声哭了起来。

陈桂瞪着袁昌说："你跟碧青说什么呀？碧青差点让那一家人给害死，你现在又拿锥子戳她的伤疤！"

袁昌一愣："碧青？谁是碧青？"

陈桂说："就是她呀，她以前叫沈碧青，到广州后把名字改成沈梦苏，就是想忘了以前的那些糟事！"

春晓也说："对对，她以前叫沈碧青。"

"碧青……"麦秋实震惊地看着梦苏。

梦苏看到麦秋实，浑身一软，跌坐在地上……

第五章

旧梦

麦秋实把梦苏叫到他的办公室，闷着头来回走了十几圈才停下来，诚恳地说："梦苏，我现在向你，还有你的家人道歉……"

梦苏坐在椅子上抹着眼泪说："我现在……哪儿还有家人。"

"我对不起你。现在无论我说什么都表达不了对你的愧疚……不过，那时候我真的不知道你就是沈碧青……"

"你是不知道，你只想着自己要这样那样，哪里想过别人！"

"当时，我心想自己都参加革命了，必须树立新风，解除家里的封建包办婚姻，确实没想到会给你和你的家人造成那样大的伤害。"

"你反封建，你拯救穷人，你做了轰轰烈烈的事，你很了不起。可你一逃婚，却毁掉了我的一切，妈妈没了，家没了，我什么都没有了……"

"对不起，实在对不起！"麦秋实揪心地说，"我不知道现在该怎么做，才能给你一些弥补……"

梦苏擦了擦眼泪说："不用了，你以后不用再说什么对不起、不用再说什么抱歉了……你应该还记得那把扇子。"

"扇子？"

"你在上面写得很明白了，我们已经没有任何关系！"

梦苏说罢站起来，拉门走出，发现春晓就站在门外，从她的眼神上可以看出，她听见了他们的谈话。

"梦苏……"

梦苏对春晓点了下头，默默离去。

春晓把麦秋实堵进办公室，震惊地看着他："我现在明白了，为什么梦苏前些日子说要离开学校、离开广州，为什么见了你总是情绪异常，原来你们之间有过那样一段经历……"

麦秋实狠狠在自己头上砸了一拳："我对她伤害太大了，真是该死！"

春晓说："你也别这样自责，什么事情都有它发生的原因，我完全能理解你。你当初的逃婚在我看来就是一个英雄所为，你在我心目中的形象比以前更完美、更让我崇拜了。"

春晓这番话令麦秋实感到很不舒服，甚至有些厌烦。他摆摆手，说："我现在想一个人安安静静地待一会儿。春晓，你有空的话去陪陪梦苏，去吧，最好现在就去，她需要安慰。"

"……好吧，我听你的。"

春晓虽然很是失落，但还是去了。

梦苏坐在宿舍床沿，手里拿着那把折扇呆呆地看着，见春晓进来，她将扇子塞到枕头底下。

春晓沉默片刻，说："我想起来了，你是在新年晚会上发现麦老师就是那个人的，怪不得从那以后你就一直在躲避他。"

梦苏的泪水又涌出了眼眶。

"别哭了，啊，别哭了。"春晓用手绢给梦苏擦了擦泪，"已经这样了，你以后打算怎么办呢？"

梦苏哽咽着说："我不知道……"

"唉，这抬头不见低头见的，两个人每天都要互相面对，是挺别扭的……你要是实在受不了，我可以联系，帮你转一所学校，对你来说这也许是目前最好的办法，只要不再跟他见面，慢慢就会把以前的事情忘掉。"

"春晓，谢谢你。关键时候你总是帮我，要没你这个朋友，我真不知道该怎么办……"

"怎么，你同意转学？"

梦苏缄默了一会，摇摇头说："离开、找工、转学，这些我都不止一次地想过。可我现在决定哪儿也不去了，我就留在坤雅女师，面对一切。"

"啊？为什么呀？"

"我想起那次去沙面送信，巡捕在后面追着，子弹在耳边飞过，每一个瞬间都有可能被子弹打死，但我挺过来了……我再也不怕任何事情了，天塌下来我都不怕，我能熬过这一关！"

"可是……看你刚才伤心的样子……"

梦苏拉住春晓的手说："我只是难受，心像被人偷走了一样，太难受了……"

春晓把手抽出，退后几步错愕地看着梦苏，像不认识她似的……

由于梦苏拒演这出话剧，春晓给他推荐了潘如梅来顶替梦苏的角色，潘如梅欣然同意。另外，扮演少爷的黄启死活不愿意与男扮女装饰演他丈母娘的人搭戏，说："既然与坤雅女师合作，女师有那么多女生，为何不再换一个女的来演丈母娘？"袁昌说："你小子，不就想叫师郁来吗？好，成全你！"黄启嘿嘿一笑说："这可是你媒婆决定的，啊？"

所谓"媒婆"，是袁昌在剧中新加的一个角色，由他亲自扮演。

春晓和潘如梅都还没有到场，袁昌坐在观众席上，望着空荡荡的舞台发呆。黄启则走到坐在幕侧的师郁身边，找话与她搭讪。

黄启说："哎，喜欢演话剧吗？"

师郁说："喜欢谈不上，反正觉得挺好玩的。"

"知道是谁推荐的你吗？"

"不知道。"

"是我。"

"你？你为什么要推荐我？"

"因为……因为在新年晚会上，我觉得最漂亮的女生就是你了。"

师郁做出害羞的样子说："不会吧，你是不是在挖苦我呀？"

"不不，情人眼里出西施嘛，我真的认为你很漂亮……"

"谁跟你是情人啦！"师郁朝黄启嗔怪道，"再说了，演个丈母娘，有必要漂亮吗？"

"当然有必要了。"黄启挨着师郁坐下，"从遗传的角度讲，丈母娘长得好看，她女儿好看才具有合理性；而且你的这一双脚……"

师郁立时变了脸色，瞪着黄启说："我脚怎么啦！"

黄启急忙解释说："我是说，你的小脚很美。我的妈妈、奶奶、外婆也都是小脚……"

师郁转身去，不想再搭理他，可他还在说："我以前嘛，觉得小脚好难看哦，简直就是畸形，但自从认识了你，就改变了对小脚的……"

"你再说小脚……"师郁呼地站起，两眼冒火，"我真想抽你一个嘴巴！"

"我……我没贬你的意思啊。新年那天晚上，你穿上旗袍，高贵而又典雅，跟这双脚简直就是绝配！当时我觉得你幸好是小脚，如果是大脚可就……"

黄启话音未落，师郁就给了他一记响亮的耳光。这一幕恰巧被袁昌看见，他大声问道："喂，你们两个怎么回事？"

黄启捂着发烫的脸颊说："导演，我……我们在研究戏呢。"

"研究戏？"

"啊，我们设计了一个动作，我未来的丈母娘发现我在抽大烟，就狠狠地打了我一巴掌。"

"嗯，这动作设计的好，打是亲、骂是爱嘛，还可以打得再狠点！"袁昌显然不相信黄启说的，嘴角挂着一丝诡笑。

师郁回头看着黄启脸上那记明显的手印，有些懊悔地捂住了自己的双眼……

春晓来了，在袁昌旁边的座位坐下，问："怎么还没有排练？"

袁昌说："等你这位大场记啊！还要等潘如梅，你们这位潘小姐，可真够磨蹭的！"

"她呀，不化好妆是不会出门的。"春晓心情烦躁地叹了口气，"你说这事……我安排得好好的，创造机会让你和梦苏发展发展，结果刚刚开始，就让你的一个剧情翻出了他们这么多陈年旧事，刺激得她差点发疯。"

袁昌看着春晓说："他们？他们是谁？"

春晓欲言又止，说："这你就别管了。他们这出戏的剧情，比你的话剧《逃婚》可要复杂得多。"

"这我就更想知道了，你告诉我，那个人究竟是谁？他现在在哪儿？"

"你要干什么？"

"我要废了他！"

"表哥，已经够乱的了，你就别再火上浇油了……"

一阵高跟鞋敲打地板的声音在礼堂里响起，潘如梅终于来了，她粉黛扑面，口红鲜艳，一身最新款的巴黎裙装显得富贵而又时尚，卷曲的烫发上还扣了一顶扎有紫色丝带的窄檐毡帽，惹得大家的目光都向她看去。

"乖乖！"袁昌咂咂嘴，"她这是来排戏呢还是要去教堂举行婚礼啊？"

"她就是这样，每换一身行头都会吓人一跳。"春晓站起跟潘如梅打了声招呼，又坐下小声对袁昌说，"表哥，我有一种预感，潘如梅很可能上不了这个戏。"

"噢？为什么？"

"如果梦苏回来，要求继续演她那个角色呢？"

"喊，你又在摆八卦。梦苏为拒演这出戏都闹成那样了，怎么可能回来！"

"那不一定，我可是最了解她的人了。"

黄启在台口喊道："导演，人到齐了，开始吧。"

袁昌跳上舞台，把演员们拢到一起说："今天，我们这出戏又换女主角了；来，我给大家介绍一下……"

袁昌把潘如梅拉到中间，忽然发现演员们的目光齐刷刷投向了礼堂入口；他转身看去，惊愕得瞪大了眼，沈梦苏果真来了！

梦苏径直走上舞台站在袁昌面前说："导演，我来排练。"

袁昌像是刚从睡梦中醒来，拍打着自己的脑门说："我、我这不是在做梦吧？"

梦苏说："这是真的，我真的要求继续参加排练，我还演那个角色。"

春晓夹着场记本跑到台上说："梦苏，这回你可得想好，不敢再有什么变故了。"

梦苏点点头说："我想好了，我再也不想逃避，我要面对一切，把命运掌握在自己手里，过自己的人生！"

袁昌愣怔片刻，把双手举过头顶使劲地鼓起了掌，舞台上跟着响起一片掌声和叫好声。

梦苏见大家这么欢迎她，脸上泛起微微红晕，说："导演，我有个建议，剧本里秋在妓院卖艺那场戏，应该给秋安排一段展示才艺的琵琶弹唱，因为秋只是卖艺，绝不卖身。"

袁昌一想，竖起大拇指说："好，这个建议好！春晓，记下来，给秋加上一段弹唱！"

春晓看着梦苏说："琵琶弹唱……你会吗？"

梦苏说："我试试吧。"

这一会儿，潘如梅几乎被大家忘掉了，她脸色变得苍白，走到袁昌面前说："那我怎么办？这不是要我吗？"

袁昌歉意地说："对不起，潘如梅同学，如果你愿意的话，可以给你安排一个别的角色。"

梦苏这才发现潘如梅，知道了已经安排她接替自己，便忙不迭地说："导演，导演，那就让如梅演吧，我不上这个角色没有关系，我可以演别的，可以打杂、搬道具……"

袁昌说："不，你演这个角色最合适，就不要变了。"

潘如梅气得一跺脚："太欺负人了！不就是个破戏吗，有什么大不了的！"

"阿梅……"梦苏还想说什么，潘如梅一把将她推开，噔噔噔噔一路跑出了礼堂。

布告栏里，贴出了晚上八点在坤雅女师礼堂演出话剧《逃婚》的海报，尤其是"主演说："沈梦苏"几个字用了不同的字体，显得格外引人注目。

潘如梅看完海报，扭头就走，季维礼追上她。

"阿梅，今晚我们去看啊。"

"哼，我才不看呢！"

"干吗不看？今晚是首演，黄埔军校、岭南大学、国民大学都组织了学生来看，一定非常热闹。"

"它热闹关我啥事？我才不去给她捧场呢！"

"谁说去了就是捧场？"季维礼诡秘地挤挤眼，"我跟你说，今晚的戏有看头，你可千万不能错过。"

"什么意思？"

"记得不？以前给你说过我有个远房哥哥在黄埔军校……"

"噢，有点印象，叫穆……什么……"

"穆非！我这位大哥呀，脾气冲，讲义气，爱打抱不平，跟那个黄启一直就不对付。"

"黄启？就是在追师郁的那个吗？"

"对。黄启是'青年军人联合会'的，跟我大哥不是一路，他们只要碰到一起就干仗。我已经把沈梦苏撬你角色的事跟我大哥说了，让他给你出出气！"

"什么？给我出气？维礼，千万可别闹出事来啊。"

"你就别管了，我不能看着你被人欺负。今晚礼堂见噢……"

坤雅女师礼堂被灯火照得通亮，前来观看演出的各校学生列队走进礼堂。这出话剧的策划者——黄埔军校政治部的高副主任也来了，他与在门口迎接他的麦秋实热情握手说道：

"我代表军校政治部，感谢坤雅女师的大力支持。两校联袂，男女同台演出，这很有意义啊！"

麦秋实说："是啊是啊。这出话剧宣传了革命的进步思想，我们坤雅女师的学生能参与其中，是很难得的一次锻炼机会。"

"看看，今晚来了这么多观众！这是在国共合作的大背景下，军校、女师的一次联合，象征着革命青年的广泛团结。"

"团结就是力量嘛。这次两校合作演出话剧，在广东学界引起了轰动，一定会使革命文艺产生积极的社会影响……高副主任，开演时间快到了，请里面入座。"

麦秋实和高副主任进入礼堂，在主宾席坐下。近千人的座位已基本坐满，只有前排几十个座位空着，显然预留给什么人的。

潘如梅和季维礼就坐在这些预留座位的后面。季维礼不时回头张望："他们怎么还不来呀？"潘如梅说："不来也好，我真怕他们把事情闹得不可收拾。"季维礼说："放心吧，我大哥会掌握好分寸的。"

此时，已经化好妆的袁昌在台口将大幕悄悄拨开一条缝朝观众席看了看，对在旁边做着上场准备的黄启说："这家伙有准吗？穆非说他要带二三十个人来看戏，叫我一定要把前面的好位子留给他，我给他留了，已经到开演时间了怎么还不见人来！"

黄启一怔："穆非要来看戏？他不会是来捣乱的吧？"

"看你想到哪儿去了！我知道你们合不来，但毕竟都是同学，没必要事事都用敌意去揣摩对方。"

"敌意？那也是他先用敌意对待我的啊！比如上一次……"

"黄启，过去的事就别再提了。大家同在黄埔求学报国，应该精诚团结，就像这台演出一样，要互相补台，不要拆台。"

"袁昌，你这话没错，但应该对穆非说去！"

黄启转身走到一边。

一名佩戴"舞台监督"胸牌的学生跑到袁昌跟前说："导演，时间过了，还不开始啊？"

袁昌又从大幕缝隙朝观众席看了看，说："再等等，再等一小会。"

稍许，观众席上渐渐骚动起来，有的学生拍打着椅背，有的还吹起了口哨。袁昌急得直挠头："这个穆非，怎么回事啊！"

舞台监督说："导演，不能再等了，下面还坐着两个学校的领导呢。"

袁昌正犹豫着，高副主任和麦秋实从后台急匆匆走来。

"袁昌，怎么还不开演？"高副主任问。

袁昌立正敬礼说："报告长官，还有一些同学没到，在等他们。"

"他们是哪个学校的？"

"是我们军校入伍生总队的。"

"这么多观众在等着。他们身为军校学生，太没有时间观念和纪律意识了！"

观众席上再次响起一片不满的掌声和叫喊声。麦秋实说："我看，就不要再等了，马上开演吧。"

"立即开演！"高副主任像下达作战命令似的把手一挥，同麦秋实回到观众席上。

场灯熄灭，大幕缓缓拉开，观众马上安静下来，而前排那几十个座位依然空着……

最先上场的是扮演媒婆的袁昌和扮演烟鬼少爷的黄启，他俩夸张的造型和表演，一出场就赢得了满堂喝彩。下面就该梦苏了，春晓和舞台监督陪着梦苏在幕侧候场，她眼睛看着地面，全身心地默默背诵着台词，略显有些紧张……渐渐，这种紧张感越来越强烈，她双手交叉紧紧抱住自己，蓦地又想起自己在春香楼和"咏春台"学艺卖艺、跳江而逃的心酸往事，不禁触景生情，浑身战栗。春晓发觉了她的异样，小声问道："梦苏，你没事吧？"她一把抓住春晓的手说："我冷……我怕……我不知道还行不行……"春晓在她胳膊上拧了一把说："你开什么玩笑？这时候了还说这种话！"

该梦苏上场了，她恍惚中刚走出几步，一看到台上那炫目的灯光，眼前一阵晕眩，又退了回来。

春晓催道："梦苏，你快上啊！"

"不行，我腿都软了……"

"你爬也得上，台下有近千观众呢！"

春晓说着将梦苏推了出去，梦苏看到台下黑压压的观众，就像看到了珠江船舫上的那些看客，惶惶地又缩了回来。

春晓急了："梦苏，怎么搞的？你要把演出搞砸吗！"

后台的工作人员都围了过来。台上的"媒婆"袁昌和"少爷"黄启迟迟等不到梦苏出场，只得编着台词拖延时间。一些观众似乎有所觉察，开始窃窃议论。

麦秋实大步跑上来说："梦苏，你怎么了？"

听到麦秋实的声音，梦苏愣怔地看着他……这时奇怪的一幕发生了——梦苏像被什么逼迫着似的，后退着走到了舞台中央。这种出场方式让观众对戏剧故事的潜在内涵和不可捉摸的人物命运产生出无尽的想象力，竟激起了全场热烈的掌声。

这让梦苏受到鼓舞，那些背诵了无数遍的台词脱口而出，戏顺利地演了下去。

在幕侧候场的师郁轻轻碰了碰春晓说："哎，看到梦苏刚才的眼神了吗？她好像真的很恨麦老师，到底为什么呀？"

春晓心事重重地说："你觉得那是恨吗？"

"这还看不出来啊？"

"你听说过那句话吗——对于女人，恨和爱有时候处于水火不容的两极，有时候却合二为一，爱得越深，恨得越狠。"

春晓说罢转身走开，师郁愣怔地看着她的背影说："哟，还挺'哲学'

的，什么意思啊？"

舞台监督在一旁催促说："师郁，发什么愣呢？该上场了！"

黄启在台上随机应变地叫道："丈母娘怎么还不来呀，你女婿都等不及了……"

师郁急忙喊着"来了来了"，颠着碎步跑上场去……

演出进入高潮，到了秋被卖到妓院后求生卖艺的那一段戏。梦苏怀抱琵琶，自弹自唱着《黛玉葬花》，她那凄婉优美的唱腔、娴熟动听的琵琶弹奏、以及俊俏端庄的扮相，深深地吸引住了观众，就连春晓都看得目瞪口呆。

春晓在幕侧向台下寻去，只见麦秋实痴迷地盯着台上，一副无比赞叹的神情，这令她心里很不是滋味。

观众席上，潘如梅则满脸妒火："哼，难怪她要求在戏里加上琵琶弹唱，原来她是想显摆自己！"季维礼说："让她显摆吧，等会儿看我大哥怎么砸她的场子！"

季维礼话音刚落，礼堂入口处响起一阵嘈杂声，只见一群头戴礼帽、身穿黑色中山装的男子，每人手里拎着一根手杖，大摇大摆地涌进礼堂，故意弄出很大的声响。观众纷纷回头去看他们，剧场顿时乱了起来。

季维礼眼睛一亮，对潘如梅说："来了来了！你看，前面那个就是我大哥穆非。"

穆非冲到台前大声吼道："哎，这么多人还没有到，你们怎么就开演了？拿我们不当回事啊！"

演出无法进行了，正躺在床上吞云吐雾的黄启气得扔下烟枪，跳起指着穆非一伙说："你们捣乱啊？出去，都出去！"

穆非一声冷笑说："黄启，瞧你装扮的这模样！是你们发了布告邀请我们来看演出的，凭什么让我们出去？"

穆非的一伙也跟着嚷起来。

黄启说："你们迟到了还大喊大叫，扰乱演出，太不守规矩了！"

穆非用手杖指着黄启说："谁定的规矩？你吗？演了个破戏，有什么了不起！"

袁昌闻声从后台跑到台前说："穆非，你们干什么？来砸场子啊！"

穆非说："他黄启说我们不守规矩，他们'青军会'在黄埔搞地下活动守规矩吗？他们共产党借我们国民党的名义搞党团、搞扩张就守规矩吗！"

黄启说："你猪八戒还倒打一耙了是不是？看看你们这些'斯的党'的面目，就知道究竟是谁在拉帮结派、另立山头，是谁在破坏孙总理联俄容共的政策！"

"好，老子今天就破坏你一下了，怎么着！"穆非气急败坏地蹿上舞台，用手杖砸向布景、道具，他的同伙也冲上去跟着一通乱砸。

人们一时都懵了。春晓想去劝阻，碰到穆非手中胡乱挥舞的手杖，惊叫着倒在台上。这时，梦苏突然大喊一声"住手"，冲上去一把抓住了穆非的手杖。

穆非见是这么一个文弱、美丽的女子，一下子愣住了；梦苏趁机用力，将手杖从穆非手中夺下，还差点把穆非带倒。

"穆非，放肆！"高副主任一声呵斥，同麦秋实快步走到台上。

穆非一伙见到高副主任，急忙立正。

高副主任恼怒地扫视了他们一眼，厉声训道："你们身为黄埔青年军人，野蛮寻衅，破坏演出，违反本校风纪和团结奋斗之精神，成何体统！尤其是你，穆非，带头滋事，挑动派别纷争，败坏学校声誉，当严肃惩处。我责令你，还有你们，每人都写出书面检讨，诚心思过！"

穆非答道："是！"

高副主任一挥手："都给我回去，马上回去，别在这里丢人现眼！"

穆非又说了声"是"，却站着没动。

"嗯？怎么还不下去！"

穆非看着梦苏拿着的他那根手杖。

梦苏反应过来，将手杖扔到穆非脚下，穆非弯腰捡起，带着他那一伙人在哄笑声中溜出了礼堂。

季维礼和潘如梅也悄悄离开座位走了出去。

大清早，春晓一起床就发现不见了梦苏，梦苏的被子已经叠起来了，从来没见过她把床铺收拾得这么规整。

"哎，梦苏呢？"春晓问。

潘如梅说："她呀，演了个女主角，就烧得不轻，像梦游似的半夜就出去了。"

"半夜出去？干什么？"

季维礼说："我猜她演戏还没有演够，一定是在操场上独自继续表演呢！"

春晓匆匆洗漱完毕，跑到操场一看，梦苏果然在那儿练习滑冰。因为她刚刚主演了那出话剧，名气一下子就在学校传开了，引来不少学生聚集在操场边上围观。

梦苏还没有完全掌握滑冰的要领，但她敢滑；只见她滑几步就摔倒，爬起来又滑，接着又摔下去……

春晓跑过去扶起她说："梦苏，你这是干什么呀！"

梦苏气喘吁吁地说："就要……毕业考试了，可我的体育课……"

"体育课的毕业考试也就那么回事，学校总不至于因为你滑冰不及格就不发给你毕业证书吧？"

"同学们都能及格，我没有理由不……"

梦苏话音未落又摔倒了，春晓对她说："我觉得你还是放弃吧，我十岁的时候学滑冰，不到半天就学会了，你这都三年多了还学不会。人各有所长，你呀，就不是这块料！"

"我、我不想放弃。"

梦苏站起来，摇摇晃晃地，春晓急忙将她的手放在栏杆上："抓住，别再摔倒了。"

梦苏把手从栏杆上拿开："不能抓栏杆，这是你说的，不然永远都学不会……"

"那你就去吧！"春晓赌气地把梦苏一推，梦苏一下子滑出很远，咦，竟然没有摔倒！

梦苏就这么滑着，滑着，越来越流畅自如，她禁不住兴奋地喊道："啊，我会了，我会了……"

春晓惊讶地瞪大了眼。围观的学生们连声叫好……

区达铭来到坤雅女师，让人将春晓叫到麦秋实的办公室。

"春晓同志，我今天代表组织，与麦老师一起找你谈话。"

春晓感到气氛严肃，不知道要跟她谈什么，心里惴惴不安。

区达铭翻着手上的小本说："我们当前的重要任务是挖掘矿石、提炼生铁，铸造马克思主义世界观以及与这一世界观相适应的上层建筑的纯钢……"

麦秋实见春晓一脸迷茫，解释道："这是列宁说过的一段话。"

"对，列宁同志说的。"区达铭将小本合上，看着春晓，"前一阶段，青年团的工作，尤其是沙面罢工斗争的锻炼，把你已经提炼了，从一块矿石提炼成铁疙瘩了，哈哈哈……现在呢，又要把你送进一个更加火热的熔炉里去，要把你锻造成纯钢——欧阳春晓同学，组织上已经正式批准你加入中国共产党了！"

春晓一愣，不敢相信自己的耳朵说："真的？我由青年团团员成为共产党党员了？"

区达铭点点头说："从现在起，对你的要求就更高了，你必须更加努力，随时准备为革命挑起重担！"

"没问题，多重的担子我都挑得起！"春晓很是激动，转身看着麦秋实，"这么说，我们以后可以有更多的机会在一起工作了……"

麦秋实不自然地笑了笑。

区达铭说："那当然了。你要当好麦老师的助手，特别是学生工作这一块，要协助他做得更好。对了，同学中还有哪些积极分子，也就是说，还有哪些好矿石啊？"

春晓说："师郁，师郁是我们学校团委副书记。"

麦秋实说："师郁同学的表现一贯优秀，我们正在考察，准备把她作为下一步的发展对象。"

区达铭眯缝着眼说："师郁？好……哎，那个沈梦苏怎么样？在上次沙面罢工中，她有错也有功，但总的来说她功远远大于错，最终经受住了严峻的考验。最近，听说她还演过一个革命话剧，表现出色。我觉得这个同学也可以培养培养，说不定也能炼成一块好钢。你们看呢？"

春晓看着麦秋实，麦秋实沉默不语。

"秋实，说说你是怎么想的？"

"我……让我考虑考虑。"

"还还用考虑吗？沈梦苏是你的学生，你应该很了解她呀。"

"这……怎么说呢，也算了解，但是……女孩子嘛，不可能了解得那么透。"

"春晓，我知道你和沈梦苏有一种特殊的关系，你们相处得又很好，你的意见呢？"

春晓支吾道："我……我主要看麦老师的意见……"

区达铭不满地站起来说："你们是怎么啦？态度都怪怪的，是不是还揪住她在罢工前期的那点错误不放？青年人嘛，正因为有缺点、有不太成熟的地方，才需要组织的帮助啊……这样吧秋实，你找沈梦苏谈谈话，动员她先参加青年团，看看她的表现，然后再引导她向党组织靠拢。"

麦秋实想了想说："好吧。"

送走区达铭后，春晓跟着麦秋实又回到办公室。

"麦老师，你刚才为什么不帮梦苏说话？"

麦秋实静默了一会说："沈梦苏最近各方面进步确实很大，理论学习也很努力。我担心的是，她本人愿不愿意参加青年团……"

"她……应该愿意吧，革命潮流滚滚，谁不想靠近组织啊！"

"对于梦苏来说，也未必……要不，按老区说的，你先同她谈谈，叫她写份入团申请书。"

"好，我找她谈。"春晓看着麦秋实，"老师，我有句话，不知该不该说……"

"说吧。"

"我一直觉得你走南闯北，见多识广，为什么就不能面对你和梦苏的那种关系，拿出果断的处理办法呢？"

"我……不是不想面对，而是想不出有什么办法。作为老师，又是领导，我和沈梦苏的关系实在是太尴尬了。当时，我给她和她的家人造成了那么大的伤害，真不知道该怎样弥合她的伤口……一想起这些，我的头脑就一片混乱，没法梳理清楚。"

"那也不能就这样没头没尾地拖下去，你打算怎么办呢？"

第五章　旧梦

153

"不知道。以前遇到任何问题，我从来都没有这么无助过。"

"我……能帮你什么吗？"

麦秋实苦笑一声："谢谢你，这事谁也帮不上，还是让时间来解决吧。"

熄灯铃声响过，女生们准备就寝了，唯有师郁还倚在窗边，静静地眺望着外面的暮色。

春晓问："师郁，你还不睡，傻愣在那儿想什么呢？"

师郁叹了口气，悠悠地说："春花秋月何时了，往事知多少……"

女生们都笑了起来。

春晓说："还'春花秋月'呢，你说你酸不酸啊！"

潘如梅说："一定是在想军校的那个黄启呢！师郁自从演了那出话剧，想黄启都快想神经了。"

师郁说："尽瞎猜，谁想黄启啊？我是在想……"

季维礼插进来说："想黄启就想吧，又不是偷鸡摸狗，还不敢承认？"

师郁回过头来说："我真的是在想咱们以后的事……一眨眼都快毕业了，算起来我们在学校的日子没有多少天了。"

一句话使大家沉默下来。

一直没有说话的梦苏也忍不住感慨道："是啊，时间过得太快了，'林花谢了春红，太匆匆'……"

"啧啧！"季维礼砸吧着嘴，"又一个念唐诗的……"

"人家说的不是唐诗，是五代十国南唐后主李煜的词。"潘如梅小声纠正道。

"管它是什么呢，看人家多有学问啊！"季维礼说。

"梦苏就是有学问，要不怎么能在话剧里又弹又唱，演得满堂喝彩呢。"潘如梅不无挖苦地说。

梦苏并不生气，也不还嘴，继续借着微弱的光亮看书。

"你们别瞎扯了，听我说。"师郁走到宿舍中间，"咱们是坤雅女师的第一届毕业生，我有个想法，能不能由团委发起一个活动，号召每个学生毕业时给母校留下点什么，作为纪念。"

春晓双手一拍说："这个想法太有新意了，我支持！"

潘如梅马上说："那我就穿上新年晚会时穿过的那身礼服照张相，把这张照片留给学校，怎么样？"

师郁说："我想好了，我要做一套手工艺品留给学校，让后来的师弟师妹了解我们家乡的民俗文化。春晓，你呢？"

春晓说："看看学校缺什么了……对，实验室缺一些设备，我让我爸的商行从国外进口一些，送给学校。"

"哦——到底还是有钱啊！"季维礼吐了吐舌头，"那我留什么呢……让我想两天再说。"

大家看着梦苏。

梦苏望着黑魆魆的窗外说："我要给学校留下一个有生命的东西，等我们都离开了，它仍然能扎根在这校园里，沐浴着阳光雨露，聆听着周围的琅琅读书声，在清风明月下自由地呼吸、生长……"

春晓说："梦苏，你就别故弄玄虚了，说明白点！"

师郁也说："这么神秘，到底是什么呀？"

梦苏欲言又止："明天吧，明天你们就知道了。"

第二天一早，春晓她们起床后发现梦苏的床铺又空了。"你们看，她在那儿！"师郁指着窗外说。

梦苏在宿舍后面的山坡上，正栽种着一棵竹子；那棵竹子青翠欲滴，在晨风中发出沙沙声响……春晓她们跑到跟前一看，不由惊住了。

"梦苏，原来这就是你要留给学校的……太有创意了！"春晓说。

"这有什么？"潘如梅鼻子一耸，"想种东西，那还不如种一片花呢，姹紫嫣红，比这好看。"

师郁说："当然是竹子好了。还记得我们学过的郑板桥那首诗吗？'一节复一节，千枝攒万叶；我自不开花，免撩蜂与蝶。'多风雅啊！"

季维礼怪怪地一笑："还'免撩蜂与蝶'呢，谁知道在这儿种棵竹子有什么特殊含义啊！"

不管别人说什么，梦苏就像没听见似的给种好的竹子一勺一勺地浇水。等人都走了，春晓留下来对梦苏说："来，坐下，说个事。"

梦苏在春晓身边坐下。

"根据你最近一个时期的表现，组织上准备把你作为培养和发展对象，你写个入团申请书吧。"

"入团？"梦苏摇摇头，"我不想写这个申请。"

"为什么？"

"我……我还没有想好，我还需要学习……"

"你学习已经够好的了，你读的马列主义的书在同学中是最多的，比我都多。"

"我喜欢看马克思、列宁、李大钊、陈独秀、毛泽东的书和文章，看看他们对历史的解释、对社会的分析，觉得解开了自己心里的很多疑惑。但这并不代表我一定要加入哪个组织。"

"我看你这是在找借口。给我说实话，你不想加入青年团，是不是因为麦老师在区委里分工负责青年团的工作，害怕跟他……"

"你别提他！"梦苏打断春晓的话。

"梦苏，我理解你的心情，可毕竟你是学生，他是老师，还是学校的领导，你们这样别扭下去，何时是个了啊？"

"再熬一段时间吧，反正很快我们就该毕业了，以后就谁也见不着谁了。"

"看看，你们的话都差不多，他也说，'让时间解决一切吧'……"春晓停顿了一下，"梦苏，我们姐妹说句实话吧，你也看得出来，我很喜欢麦老师，我虽然明明知道你们之间不再有可能了，但还是有些不安，生怕他被别的人抢走。"

梦苏心里咯噔一下，随即苦涩地笑笑："你提防别人可以，提防我可就荒唐了。要按我们老家的说法，我和他肯定是命理相克，他把我的家都克没了。"

"噢？你不是在看唯物辩证法吗，怎么还迷信？我也学了一点哲学，相信事情没有绝对，相克和相生是相互关联的，而且是可以相互转换的。"

梦苏一愣。春晓也愣住了，不知道自己怎么会说出这样的话……

两人的谈话就这样匆匆结束了。春晓来到麦秋实的办公室，汇报她与梦苏谈话的结果。

麦秋实站在打开的窗口，朝远处眺望着什么。春晓走到他身边说："麦老师，我跟梦苏谈过了，她现在还不想入团……"

麦秋实哦了一声，头也不回地依然望着远处。春晓顺着他的视线看去，赫然看见了梦苏在山坡上种的那棵竹子，那棵竹子正对着这扇窗户，风儿吹过，那竹子轻轻摇曳，像是跟站在这扇窗户后面的人打着招呼——不，是遥相呼应，是搔首弄姿，是暗送秋波……

春晓不由想起了季维礼那句阴阳怪气的话——"还'免撩蜂与蝶'呢，谁知道在这儿种棵竹子有什么特殊含义啊！"

春晓脑袋嗡地一下，转身就往外走。麦秋实这才回过头来说："哎，春晓，怎么走了？你刚才说什么来着？"

"我什么也没说！"

春晓甩下一句，跑了出去，弄得麦秋实莫名其妙……

是夜，宿舍里一片宁静，不时响起女生们沉睡的轻微鼾声。

春晓合衣躺在床上，辗转反侧，难以入眠……她终于躺不住了，翻身下床，轻手轻脚地走出宿舍，来到梦苏种竹子的那面山坡。

月光下，那根竹子显得婀娜多姿，在地上映出一道长长的斜影。春晓抬头望去，一下就看见了还亮着灯光的麦秋实办公室的那扇窗户……倏然间，一股恶气在春晓心中蔓延开来，她抹了抹快要流出来的眼泪，双手拽着那棵竹子，用力将它拔起；拔起了似乎还不解气，又用脚踩住根部将它折断……

天亮以后，梦苏站在被拔起折断的竹子跟前，很是难过。女生们也都围了过来。

"这是谁干的？太可恨了！"师郁看了一圈，"季维礼，是不是你和潘如梅……"

"你胡说！"季维礼瞪起眼睛，"凭什么怀疑我们？"

潘如梅指着师郁说："你拿出证据来！"

师郁说："昨天梦苏刚种下这棵竹子的时候，你们俩说话就阴阳怪气的！"

"你太会诬蔑人了，我和如梅打死也不会干这种龌龊事！"季维礼吼着说，"谁干的谁站出来啊，不敢承认就是王八蛋！"

春晓也走了过来，她站在一边，默不作声。

梦苏制止住大家："都别说了，这说不定是风刮倒的，被谁不小心碰断了。"

师郁说："这是竹子，不是草，哪能一碰就断！看看这上面的痕迹，明明就是故意弄断的嘛！"

潘如梅夸张地倒吸了一口凉气："啊呀，想不到朝夕相处的同学里竟然有这样的人，真是太可怕了！"

季维礼说："这个人的心理够阴暗的，一定要把她揪出来，看看到底是谁，不能把这口黑锅让我和阿梅背上！"

师郁说："就是，不能就这么算了。春晓，我认为我们团委应该出面做这件事，查它个水落石出。"

春晓不知如何应对，含糊其辞地支吾道："这个……不算什么大事……但也可以……就看梦苏……"

梦苏说："算了，算了，不就一棵竹子吗，我再种一棵……"

师郁说："梦苏，你别太善良了，太善良了就有人当你是傻子。再说，这竹子是你留给学校的纪念，不能就这样叫人毁了！"

这时，麦秋实走了过来。他仔细看了看那根被折断的竹子，又在周围转了转，说："以前怎么没发现啊，在这个地方种上竹子真的是很好。从近处看，竹子和这面草坡很协调，显得气韵生动；从整个校园的视野看，这里原本有些空旷，有了竹子，就丰富多了。"

麦秋实的这番话，让梦苏很不自在，让春晓很是不爽。

麦秋实拾起那根断竹说："不管何人所为，这种行为是非常不应该的。不过没关系，学校后面的河涌旁不是有很多野生竹子吗？"

师郁说："这棵竹子就是梦苏从那儿挖的。"

"那我们就再挖一些回来，补种在这儿。"麦秋实说，"种一棵太孤单了，还容易被风刮倒。我看，干脆就多种一些，种它一片。"

师郁拍手叫好说："麦老师说得对，在这儿种上一片竹林，象征着我们这个集体，大家说好吗？"

春晓心情复杂地点点头说："啊，好，好。"

梦苏情不自禁地看了麦秋实一眼，正好与他的目光相遇，梦苏急忙转过脸去……

第六章

红浪

讨伐叛军陈炯明的东征之战出师告捷，广州城外还能听到零星的枪声。

身着戎装的袁昌和黄启从一辆人力车上下来，走向坤雅女师的大门。袁昌看着停靠在校门外的一长溜小轿车问："今天是什么日子啊？"黄启说："今天是……嗨，这段时间打仗打得晕了头，日子都记不清了，好像是……礼拜六吧，这些车子肯定都是那些有钱人来接女生出去玩的。"袁昌骂道："妈的，老子豁出性命跟叛军打得稀里哗啦，这些公子哥在城里享受着灯红酒绿，太不公平了！"

由于战事发生，学校管理比以前严了，大门每天紧闭，只留下一个小侧门供人出入，而且凡来探访者必须先到校门旁边的接待室填表登记。

接待室里，已经聚集了不少油头粉面、西装革履的青年男子，有的在填写会客单，有的在焦急地等候着。守门的校工见袁昌和黄启进来，警惕地问："你们找谁？"

黄启说："我找四年级的师郁。"

校工推过一张纸说："先填单。"

袁昌说："给我一张，我是四年级欧阳春晓的表哥。"

校工看着袁昌，一副洞悉世事的神情："呵，又一个表哥。"

袁昌问："怎么了？"

校工指指身后说："来这里的大多都说自己是某某女同学的表哥。"

袁昌不屑地瞥了那些人一眼："别把我跟他们扯在一起，我真的是欧阳春晓的表哥。"

校工撇着嘴说："在这里，没有谁说自己是假的。"

"哎，你这话怎么听着那么不顺耳啊？刁难吗？找碴子吗？老子不填这个狗屁单子了，走！"袁昌拉起黄启走出接待室，从侧门大步闯进了校园。

校工急忙追过来拦住他俩："哎哎，现在还没有放学，你们又没有填单，不能进去！"

袁昌往他面前一横说："看清楚了，我们是黄埔军校的，刚刚从东征前线回来。棉湖之战，黄埔教导团一千多人与林虎近万部队交战，我们谁都没有含糊，个个奋勇向前，最后大败敌军！你说，就凭你这道防线能挡得住我们两个吗？"

校工被吓住了，但又不敢放他们进去，说："不是我要挡你们，是学校有规定……"

黄启说："规定嘛，理应遵守。可现在是非常时期，肃清叛军的战斗还没有完全结束，我们只有这半天时间休整，明天就又要提着脑袋上去了。"

"别跟他啰嗦了！"袁昌指着校工，"你听见这枪声了吗？广州城里到处都是零零星星的战斗，交通阻断，我们从长洲军校过来已经费了两个钟了，可不想为你们学校的什么规定再浪费时间，知道吗！"

校工不再阻拦他俩，眼睁睁看着两人往里走去。突然，校工在他们身后喊道："哎，等一等！"

袁昌回过头来，不由两眼冒火："怎么，还想找麻烦吗！"

校工说："我哪敢呀！我想起来了，师郁和春晓她们那个班这会儿不在学校。"

黄启问："她们去哪儿了？"

校工说："麦先生带着她们到学校后面挖竹子去了。"

"挖竹子？"袁昌说，"去那儿怎么走？"

校工用手比画着说："出大门往东，一直走到个十字路口，往南拐，过了一座石桥就看得到。"

学校后面的这条河涌两边，野生着一丛丛茂密的修竹。麦秋实把女生们分成几组，分头挖着竹子。

潘如梅一锄头下去，挖在了石头上，震得双手发麻，她一屁股坐在地上，双手抱在一起连连喊疼。

师郁闻声过来说："阿梅，没事吧？"

"我的手……疼死了！"

师郁抓住潘如梅的手看了看说："这不好好的嘛！你呀，太娇气了。你看看梦苏，已经挖出好多棵了，就没有歇过。"

潘如梅瞥了一眼不远处的梦苏："哼，这事就是她挑起来的，害得别人跟着吃苦！就应该叫她多挖，叫她一个人挖……"

"看哪，我挖出来一棵！"师郁在一旁叫了起来，"多好的一棵啊，我还以为很容易挖呢，谁想到地下的根又多又硬。"

季维礼则绝望地说："我们可是要挖一片竹林的，这简直比愚公挖山还难，要挖到什么时候啊……"

这时响起一个声音："别怕，都包在我们身上！"

女生们回头一看，是袁昌来了，还有黄启。大家欢呼起来，潘如梅、季维礼争相把锄头往袁昌和黄启手里塞。

袁昌问："哎，我那个表妹呢？"

"春晓啊？"潘如梅说，"她说肚子不舒服，请假没来。"

袁昌哦了一声说："她可真会生病。"

黄启径直走到师郁面前，一把拿过她手里的铁锹说："让我来！"

师郁猝不及防，只好在一旁看着，眸子里洋溢出一片柔情。女生们嘻嘻哈哈地围着师郁哄闹，黄启则充耳不闻，只顾甩开膀子干活。

麦秋实过来热情地与袁昌握手说："欢迎欢迎！此次东征，你们人还在前线，但辉煌的战绩早就传回广州了；黄埔教导团和学生军打出了光彩，打出了威名啊！"

"革命军队嘛，当然与军阀不同。同志们个个不顾生死，慷慨壮烈，焉能不大获全胜……"袁昌边说，边四处张望着在寻找什么人。

黄启回过头来说："这个不同之处，在于受了主义的训练；周恩来主任携学校政治部干部随军出征，沿途做了大量的政治宣传工作。连蒋校长都说，这是真正的革命军。"

麦秋实朝黄启打了打招呼："你说得对。官兵们懂得他们进行战争是为了推翻帝国主义列强和军阀的压迫，解除人民的痛苦，并且一路都受到民众的支持和援助，当然斗志非凡了。"

"哦，是啊是啊……"袁昌的目光扫来扫去，终于在一丛竹子后面看到了梦苏的身影；他走去拿过梦苏手里的铁锹，"来，我帮你挖一会儿。"

梦苏又一把将铁锹夺了过去："还是我来吧，我自己挖的竹子种下去才有意义。"

袁昌略显尴尬地笑笑："想帮你个忙，还帮不上啊。"

麦秋实跟过去说："袁昌，难得你和黄启今天过来，要不我们现在回校，把同学们集合起来，请你们给大家作个报告，讲讲这次东征的经历，怎么样？"

袁昌说："免了免了，不就是打仗嘛，血淋淋的，有什么好讲。"

黄启边挖边说："麦先生，你还真找对人了。从打淡水城，到棉湖大捷，再挥师收复潮梅地区，然后在石龙和滇桂军进行决战……这一路上所有的激烈战斗，袁昌都是团里的奋勇队员，每次都冲在最前面……"

袁昌说："黄启，见了师郁还不够你忙的，有工夫说这些闲话？"

麦秋实说："这怎么是闲话呢？如此英勇的行为自然应该让人们知道，你就不要推辞了，给同学们讲讲吧。"

潘如梅惊讶地看着袁昌说："我最崇拜英雄了，原来英雄就在眼前呀！"季维礼也跟着嚷嚷："讲吧讲吧，我想听打仗的故事嘛……"

袁昌将麦秋实拉到一边："麦先生，我和黄启只有半天假，不，现在只剩下小半天了，我们放下枪弹，洗把脸换了衣服就往这儿跑，就为一个事……"

"什么事？"

"不瞒你说，黄启是为了师郁……"

"噢？黄启与师郁……"

"两人那么大的动静，你不会不知道吧？我呢，跟黄启一样，也是为看一眼自己心仪已久的她……"

麦秋实一怔，似乎明白袁昌指的是谁。

袁昌望着梦苏，感慨地吁了口气："上过战场的人，在阎王殿里转了几个来回，最大的感悟就是世事无常、生命脆弱。别看我今天还在和你说着话，明天一上战场你可能就再也见不到我了。一切美好的东西，包括自己心仪的女子在内，真的是看一眼少一眼啊……所以，你就别让我去做什么报告了，让我和黄启在这儿待一会，看一会，享受享受那种美好的感觉吧……"

麦秋实不知该说什么，默默地转身走开。

山坡上，耸立起一片茂密的竹林，看上去的确是一道美丽的风景。梦苏和同学们看着自己的劳动成果，显得兴奋而又满足。

春晓站在宿舍窗口，远远地望着那片竹林，满脸郁闷……

傍晚，麦秋实浑身疲惫地回到宿舍，掏出钥匙正要开门，发现旁边黑暗处站着个人，仔细一看，是欧阳春晓。

"春晓，找我有事？"

春晓低头不语。

"你不是身体不舒服吗？好点没有？"

春晓还是没有应声。

"有什么事进来说吧。"

麦秋实打开房门，春晓跟着进去；麦秋实打开灯，看见春晓满脸是泪，不由吃了一惊。

"春晓，你怎么了？"

春晓一下爆发起来说："你为什么羞辱我？"

"你说什么？"

"你明明知道那棵竹子是我弄断的，却帮着梦苏在那地方又种了一大片，这不是对我的羞辱是什么！"

"啊？原来那棵竹子是你……"

"你别装糊涂！"

"我真的不知道。这是为什么？"

春晓抽泣着只顾说自己的："你为了取悦沈梦苏，就不顾我的感受，就不惜伤害我的感情……"

"真是莫名其妙！你能说明白点吗？"

"这还用说吗！沈梦苏把竹子种在那个地方，正对着你的窗户，她要让你每天一看到那棵竹子就想起她。那竹子就像是沈梦苏的化身，将来她毕业了，只要你还在坤雅女师，她无时无刻都会出现在你的视野里，陪伴在你的生活中……"

麦秋实又好气又好笑说："春晓，你都想到哪儿去了！你知道沈梦苏和我以前的关系，她肯定不是为了瞄着我的窗户才有意把竹子种在那个位置；再说，即使她想让我想着她，那也只会是让我的良心时时刻刻受到谴责和折磨。你应该知道她有多恨我。"

"我当然知道，一个女人恨一个男人，就表示她还在乎他，就有可能还爱着那个男人。"

"你越说越离谱了，这怎么可能呢？"

"世界上没有什么不可能的事。你这么呵护她、体贴她，说不定什么时候就把她的心焐热了。"

"春晓，我要严肃地对你说，对于这些捕风捉影的事，你就不要再胡思乱想了……还有，我怎么都想不到那棵竹子是你干的，这太过分，太不应该了！"

"怎么，你为了梦苏就这么指责我？你是不是想与她重温旧梦？早知如此，当初又何必逃婚……你、你还严肃地对我说呢，先对你自己严肃去吧……"

麦秋实忍无可忍，猛地一拍桌子说："够了！"

"啊，你……"春晓哭着，转身跑了出去……

1925 年 5 月 30 日，"五卅"惨案在上海爆发。上海工人、学生为抗议日本纱厂资本家枪杀工人顾正红，举行示威游行，英国巡捕开枪镇压，造成数十人死伤。这一惨案激起了全中国人的愤慨，为支援上海工人的反帝斗争，广州和香港工人举行了震惊中外的省港大罢工。

这场省港大罢工从春天一直持续到了冬天，搅动了全广州城。11 月份的黄埔军校校园里，东征归来的军人都行色匆匆，只有袁昌在操场上悠闲地练着双杠。

黄启从旁边经过，看见袁昌，拐到他跟前说："喂，明天广州各界和省港罢工工人在东校场集会，会后要举行大规模的示威游行，本校入伍生和党军各派都有人参加。我刚开完联络会议，赶回来传达，你来听听吧。"

袁昌说："哎，我先声明，别拉上我，我是不会去的。"

"你怎么这态度啊？'五卅'惨案让全国人民都愤怒了，各地都在声援。宣统皇帝被赶走后故宫开放参观，冯玉祥把门票收入全都捐给了上海工人；香港从海员开始，十五天之内有二十五万各行业工人参加了罢工，其中十多万已经乘火车和轮船来到了广州……"

"你不用给我讲形势，对'五卅'惨案我也很气愤，我只是不想参加你们组织的活动，不想被挑动和左右。"

黄启很是震惊："这么说，你终于和穆非他们搞到一起了？"

"我也不喜欢他们孙文学会以党阀自居、经常搞事的那种做派，但是……黄启，我和你个人是朋友，恕我直言，我也不接受你们共产党的一些做法。"

"噢？看来你是要和蒋校长保持一致了。"

袁昌继续玩着双杠："蒋校长主张调和各派纠纷，达至精诚团结，我赞同。"

"是调而不和吧！"

"你这话什么意思？"

"……算了，我没时间跟你争了。我要告诉你，省港罢工是中共广东区委直接领导的，但这不是共产党一家的事，还得到了广东革命政府的支持，全国人民、世界各地华侨和国际无产阶级都在支持我们。明天的游行，全市工农商学军各界都要参加，广东省省长公署已经通告下属机关停止办公，上街参加游行。"

"学生也要参加吗？比如……坤雅女师？"

"当然了，坤雅女师的学生肯定参加。"

"那……我倒要重新考虑考虑了。"

"是因为那个沈梦苏吗？"

袁昌从单杠上跳下说："明知故问。"

声势浩大的游行队伍沿着通往沙面的马路滚滚而来，旗帜、标语林立，口号声、呐喊声此起彼伏。

古大章和陈桂并排走在工人队伍里。陈桂边走边和古大章说着话："那天我去参加查封妓院，妈呀，你没见那些婊子穿的什么衣服啊，上身刚刚及腰，下身的裤子连膝盖都遮不住，两条腿和一双腕子白生生的扎人眼睛……"

古大章拉了拉陈桂："你走我里边来吧。"

陈桂没有理会古大章，继续说着："听人讲她们冬天也这样穿衣服，冻得像灌了血的羊肠，图的就是好勾引男人，真不要脸……"

古大章又拉了陈桂一把："哎，你还是走到里边来吧。"

陈桂不耐烦了："你干什么！"

古大章说："帝国主义改变不了凶残的本性，他们能在上海杀人，就有可能在广州开枪，走里边安全一些。"

"怎么，你害怕了？你要是怕死的胆小鬼，就别来参加游行。"

"我、我不是怕，我是担心你……"

"担心我什么？我最烦男人像你这样婆婆妈妈的了。你看看人家老区，说话一句是一句，讲的都是大道理，多有水平啊，怪不得能当领导呢……"

区达铭恰在这时走了过来，向他们打着招呼："你们好啊！"

陈桂又惊又喜，一时竟找不出能表达自己心情的话来。

区达铭问："老古，看见麦秋实了吗？"

古大章说："后面，跟学生在一起。"

区达铭转身向队伍后面走去。

"老区……"陈桂喊着追上去，"我想向你汇报一下工作，请你指导指导。"

区达铭"哦"了一声，只管埋头走路。陈桂跟在后面说："这些天，我跟工人纠察队去查封了好多赌馆、烟馆、妓院，又跟着妇女联合会的同志过去搞卫生，扫啊、洗啊、抹啊，总算把那些又脏又臭的地方收拾干净，全部改成了宿舍，从香港来的工人就有地方住了。"

区达铭听后淡淡地说："好啊，国民政府也刚刚拨了专款作为罢工工人的伙食费，这么多人吃的、住的问题总算都解决了，有你们一份功劳啊。"

陈桂受到区达铭的夸奖，喜不自禁说："老区，还有什么任务交给我啊？"

区达铭加快脚步："以后再说吧，我现在有事。"

陈桂紧随在后："我能跟你去吗？我想多有机会跟你学习。"

古大章回头望了望陈桂，继续往前走去……

游行队伍浩浩荡荡地行进着，因不时有路人的加入而声势越来越大，漫天飘飞着红红绿绿的传单。

袁昌和黄启走在参加游行的军人队伍中，黄启边走边领喊口号，袁昌则使劲地朝人群张望。

"哎，我这瞅了一路，怎么连一个坤雅女师的学生都没看见啊？"袁昌捣了捣黄启。

黄启说："按照指挥部的安排，游行队伍依工、农、学、商、军的顺序排列，我们和学生队伍中间隔着几千人的商团呢。"

"不合理，你们这样安排太不合理了！军校也是学校啊，为什么不和别的学校走在一起？"

"我知道你是想找沈梦苏。告诉你，就是和其他学校走在一起也没用，今天参加游行的有五、六万人呢，要想找到沈梦苏，无异于大海捞针。"

"那我就捞捞看！"

袁昌离开队伍往前面挤去。黄启喊道："哎，不行，都像你这么跑来跑去，游行队伍还不得乱套啊！"

袁昌回过头说："我瞅一眼就回来。要不，我也帮你去看看师郁？"

"我们是来示威游行的，不是来看女人！"

"你少给我唱高调，你以为你是谁啊？"

"我们代表的是黄埔军校，应该最讲纪律、最有秩序！"

"我去前面看看就不讲纪律了？这是你们共产党的规定吗？"

袁昌根本不理黄启的劝阻，闪身消失在了人流中……

沙面东桥，桥头的铁闸紧闭，铁闸内和桥栏两旁堆放起沙包，一个英军军官在沙包后面走来走去，不时用望远镜观察前方。随着越来越近的愤怒声浪，游行队伍出现在沙基大街上。英军军官脸上的肌肉一阵抽搐，惊慌地发出了准备射击的口令。趴在沙包后的英军士兵子弹上膛，一排排黑洞洞的枪口对准了沙基大街。

游行队伍情绪高涨，口号声如同滚滚春雷，震撼着天空和大地，却全然不知前面等待着他们的是何等凶险！

学生队伍在麦秋实的指挥下走了过来，梦苏、春晓、师郁和同学们手挽手，喊着，唱着，斗志昂扬，群情激愤。

区达铭大步走来，后面跟着陈桂。

"秋实同志！"

"老区……"

"我过来看看，这边的情况怎么样？"

"你瞧，同学们的情绪多么高涨！"

"好，很好，让敌人在这滚滚洪流面前发抖吧！"

梦苏看到陈桂，喊着扑上去；陈桂高兴地拉住梦苏的手说："你也来参加游行，真是太棒了！"

"梦苏同志，你好！"区达铭挤到梦苏跟前，"还记得我吗？"

梦苏不好意思地笑了笑说："你胳膊上的伤……"

"好了，好了！"区达铭捋起左胳膊衣袖，"你看，找得见伤口吗？"

梦苏惊讶地看着区达铭的胳膊："啊？连一点疤痕都没有。"

"我不是会变魔术吗？一变，疤就没了。"

"你还想骗人啊？魔术是假的，肯定不是这只胳膊，是那一只。"

"哈哈哈，当初你记不住把密信是放进第四还是第十棵树的树洞，现在却能识破我受伤的不是这只胳膊，有长进啊，看来我这枪子儿没有白挨。"

麦秋实说："确实，梦苏的进步很大。"

梦苏扭脸避开麦秋实的目光。

区达铭说："梦苏，你今天能来参加游行，这又是个很大的进步。希望你在革命斗争中不断锻炼自己，变得更加勇敢，更加坚定，能做到吗？"

梦苏点了点头。

区达铭把手一挥说："好，有志气！"

陈桂憋不住了，一步跨到梦苏前面说："我们都有志气，我一定做到勇敢、坚定，为革命拼命！"

陈桂话音刚落，古大章飞跑过来，接连撞到了好几个人。麦秋实感到情况不妙，忙问："怎么回事？"

古大章上气不接下气地说："不、不好了！前面的东桥桥头有英军埋伏，朝我们架起了机关枪；停在白鹅潭的几艘外国兵舰也都将炮口对准了沙基大街……"

"啊……"区达铭还没反应过来，枪炮声就响了，东桥桥头的机枪、步枪喷出串串火舌，白鹅潭江面上的英、法、葡萄牙军舰同时接连开炮，瞬间子弹像雨点般射向人群，炮弹震得沙基大街两旁的楼房都在摇晃。

群众一片一片地倒下，游行队伍大乱。麦秋实高声喊道："同学们别慌！快躲到楼房里去，快，快……"

黄启带领黄埔军校的同学，帮助游行的群众往后撤退。人们四散奔逃，喊叫声与枪炮声震耳欲聋……突然，黄启感到后背被什么东西猛地砸了一下，转身一看，是一名中弹的学生贴着他倒在地上，鲜血从胸口汩汩涌出；他想把他背到一边，却发现已经停止了呼吸……黄启惊呆了，忽然间想起什么，脱口叫了声"师郁"，拔腿往坤雅女师的游行队伍那边跑去。

袁昌也在疏导群众，他一边利用地物隐蔽自己，一边飞快地将摔倒的人拉起，叫他们躲到枪弹打不到的地方。

一片混乱中，区达铭岿然地站在街道中间一块炸塌的楼柱墩上，怒目圆睁，挥手喊道："狗日的帝国主义，真的下毒手了啊！大家不要怕，不要乱，听我指挥……"

一排子弹"啾啾啾"地呼啸着打在区达铭脚下的楼柱墩上，冒起团团火花，吓得陈桂尖声惊叫："老区，小心……"

区达铭却毫不畏惧，接着高喊："列宁同志说，'长空的雄鹰，决不因暴风雨而收起它的翅膀'！同志们，我们要让帝国主义偿还血债！大家跟我冲上去，夺过他们的枪，和狗日的拼了！"

区达铭跳下，带头向前冲去。

游行群众被重新凝聚起来，巨龙般的队伍沸腾着，汹涌澎湃地迎着炮火涌向沙面东桥。

麦秋实觉得这样会牺牲更多的人，想去阻止区达铭；刚跑出几步，一发炮弹呼啸而来，他奋不顾身地将从他身边跑过的一个学生扑倒在地，随即炮弹在他身旁炸开，掀起冲天气浪。

麦秋实慢慢爬起，抖抖身上的泥土，发现自己护在身下的竟是梦苏！梦苏也看清了保护自己的是麦秋实，猛地一怔，站起来就走。

"别往前去了，危险！"

麦秋实边喊边追了上去。不等他靠近梦苏，又有一发炮弹飞来，在梦苏前面爆炸了，一大片人倒了下去，梦苏也倒在地上，一片殷红的血在她身下蔓延开来……

麦秋实脑袋嗡地一响，几步冲到梦苏身边，疯了似的喊道："梦苏！沈梦苏……你醒醒呀，你醒醒……"

梦苏睁开眼睛，面对麦秋实声嘶力竭的呼唤，她愣怔着，感觉像是做梦。

麦秋实一下松了口气："梦苏，你伤在哪儿了？"

梦苏挣扎着爬起，活动活动身子，竟一切如常。

春晓跑了过来，上下地打量梦苏说："你没受伤啊，吓死人了！"

梦苏说："我……我好像被谁猛推了一把，然后就什么都不知道了。"

麦秋实说："是炮弹爆炸的气浪把你冲倒的，你被震晕了。"

梦苏把脸转开，脚下有一种异样的感觉，低头一看，发现一摊鲜血正在自己脚下洇出，越洇越多……她尖叫一声，一下瘫倒在地。

"啊，梦苏！"麦秋实急忙去搀扶她，但因她浑身瘫软，怎么都扶不起来。"这……怎么回事？"

"我知道了。"春晓指着地上那摊血，"你这么关心她，不知道她有晕血的毛病啊？"

"晕血？这是哪来的血……"

麦秋实和春晓顺着血迹看到了一个趴在地上的穿着坤雅女师校服的女生，女生的一双小脚让他们心里一震。

"啊，师郁……"

春晓扑过去，将女生的身体翻过来，果然是师郁！师郁的胸口还在冒血，白色的校服已经染成了红色。

春晓失声惊叫："师郁……师郁……"

麦秋实看着师郁灰白的面容，泪水模糊了双眼。

黄启跑来了，他抱起师郁想将她唤醒，师郁凝滞的目光仰望着天空，像是在追寻自己远去的魂灵……黄启亲吻着她的脸颊，绝望地顿足痛哭："师郁啊，我来晚了，我来晚了，我没保护住你呀……"

枪炮声愈来愈烈，昔日繁华的沙基大街已被炸得面目全非……

山坡上，那片竹林旁边隆起了一个土堆，土堆前矗立着一座石碑，上刻着"师郁同学之墓"。

在麦秋实和春晓两人的主持下，坤雅女师的师生们与黄启、袁昌等黄埔军校的同学依次走到墓前，献上一束束鲜花。

梦苏站在墓前，没有哭泣，没有眼泪，只是喃喃地说："师郁，你是为了我，我永远忘不了你推我的那一把，今生今世都会记着你……你就好好休息吧，我们一起种的这片竹林陪伴着你……"

那片竹林好像听懂了梦苏的话，向师郁低垂下头，轻轻摇曳。

黄启在师郁的墓前坐下，用颤抖的手抚摸着墓碑上师郁的名字，眼眶里满是泪水："师郁啊，你怎么不打声招呼就走了？你知道我有多么爱你吗？我为你把我们十年、二十年、三十年以后的事都安排好了，把我们一辈子的事都安排了，可一切还没有开始，你就抛下我去了，连给我向你表白的机会都没有……"

黄启说到这里，号啕大哭。黄启心碎的样子刺痛了梦苏，她终于忍不住哭出声来。

袁昌走到梦苏身边，小声说："别哭，你一哭，他就更难受了。"

梦苏点点头，竭力克制着自己。

天色已晚，大家逐渐散去。麦秋实还要赶往医院看望几名受伤的学生，拍拍黄启的肩，匆匆告辞；春晓作为学生代表，也跟着麦秋实去了。

袁昌对梦苏说："我们也走吧，让黄启一个人好好同师郁说说话。"

梦苏回头注目了一会，和袁昌走了。

"看你，眼睛都哭肿了……"袁昌一副关切的样子，边走边说，"我知道你很善良，对谁都心好，可是在这种时候还必须坚强。人生就是这样，什么事都可能随时发生，必须学会面对一切。"

梦苏忧伤地低着头："真没想到，现实会这么残酷，一个活生生的人，转眼就没有了……"

"我理解你和师郁的感情，这是人与人之间最珍贵的东西。但我不赞同师郁就这样把生命献出，这太可惜了，真的，太可惜了！"

梦苏吃惊地看着袁昌："怎么，你认为师郁的牺牲不值？"

袁昌说："我觉得政治啊、革命啊、社会改良啊，包括打打杀杀、金戈铁马之类的，都是我们男人的事情，女人最好不要沾边。"

梦苏站下："为什么啊？我一直以为你是革命军人，是反帝反封建的新青年，就连你导演的话剧都是宣传妇女解放，鼓励妇女争取自由，你怎么会说出这样的话呢？"

袁昌面对着梦苏说道："妇女确实应该冲破封建礼教去追求自由，不过这要看是什么样的自由。其实，女人只要能保持自己的天性，自由自在地享受生活就行了，我就不主张女性参与什么政治活动，整天在外面东奔西跑，更别说钻进枪林弹雨，师郁这样的就是悲剧……"

"你……"梦苏后退一步看着袁昌，"师郁是我们学校的骄傲，是我们心目中的英雄，我不许你这样说她！"

袁昌见梦苏生这么大的气，忙说："梦苏，我这是担心你……"

"我不要你担心！"

梦苏转身跑开了，袁昌想喊住她，可她连头也不回。

春晓正在学校团委活动室里整理书籍杂志，梦苏进来，将写满字的一页纸放在春晓面前。

"这是什么？"

"我的入团申请书。"

"噢？"春晓惊讶地拿起那张纸，"你现在想通了？"

梦苏点点头："这些日子我每天晚上都睡不好，闭上眼睛，脑子里全是师郁的样子……那天要不是她把我推开，现在躺在竹林边的可能就是我了。"

"这么说，是师郁激励了你？"

"我觉得师郁是替我去了另一个世界，以后我就要替她活在这个世上。这几天我总在想，她会希望我成为一个什么样的人呢？"

"师郁是学校团委副书记，她曾经代表团组织找你谈过话，动员你入团，但当时你就像拒绝我一样拒绝了她。你现在这样做，认为是对她的一个弥补，对吗？"

"这……有这个意思吧。"

"如果是这样的话，我劝你再好好考虑考虑。加入组织是一件慎重的事情，必须真心信仰，不该受个人情感的左右。"

"这不是个人情感，这就是我的信仰，我想成为师郁那样的人。"

"你……真的想好了？"

"我想好了。这一年多来，我读了一些书，更经历了不少事，这让我越来越相信走上革命之路是一个正确的选择，从心里愿意成为革命的信徒。以前之所以在加入组织的问题上还有些犹豫，原因……其实你也知道。"

"是因为某些人而产生顾虑？"

"是的。"

"那现在呢？这种顾虑还存在吗？"

"你刚才不是说了吗，只要真心信仰，就不该被其他因素所左右——不管是出于个人感情，还是个人恩怨。"

春晓笑了："了解你可真不容易啊，刚刚形成一种印象，你又变了，变得我都快不认识了……好吧，我代表学校团委，接受你的入团申请。"

"我就知道你会的！"

梦苏激动地与春晓抱在一起……

坤雅女师礼堂的主席台上方，悬挂着"毕业典礼"的横幅。

在《送别》的乐曲声中，毕业生一个个走上台去，从校长手里接过毕业证书，向校长和老师鞠躬致敬，气氛隆重，激动人心……看着眼前这些身着素净校服、温良隽秀、亭亭玉立的青春少女，坐在主席台上的麦秋实和老师们甚感欣慰。

轮到梦苏上去了，她接过证书，同主席台上的老师们逐个握手，到麦秋实跟前时，她犹豫了一下，但还是伸出手轻轻握了握；麦秋实握住她的手时小声说："祝贺你毕业，同时祝贺你加入青年团。"梦苏没做反应，转身向台下的同学们深深鞠躬，等她抬起头来，眼睛里闪烁着晶莹的泪花。

麦秋实的眼眶也禁不住湿了，他注视着梦苏，在心里默默地说："她不再是刚入学时那个青涩和孱弱的女孩了，她已经成长起来，而且是这么美、这么迷人……可她竟然就是当初被我拒绝、被我抛弃、被我伤害的那个女子，她能不恨我吗？其实我更恨我自己，我不知道该怎样去面对她，这真是老天对我的捉弄……现在，她毕业了，她会去往哪里？我还能再见到她吗？最重要的是，她会原谅我吗……"

毕业典礼结束后，麦秋实回到办公室，拿起笔来想给梦苏写几句话。

可是写什么呢？忏悔？道歉？解释？祝愿？恐怕无论写什么，都难以平复她心灵上那道深深的伤口，难以熄灭她那从心底喷向自己的怒火；刚才在毕业典礼上，她虽然跟自己握了手，但谁都看得出来，那是众目睽睽下的一种无奈，或者仅仅是出于礼貌而已……想到这里，麦秋实把笔重重地搁下，心乱如麻，坐立不安。

有人敲门，谁？会是梦苏吗？麦秋实怀着某种希冀走过去把门拉开，门外站着的却是春晓。

"春晓，有事吗？"

"我来向你告别。我的东西已经收拾完了，一会儿家里来车接。"

"哦，代我向你父母问好。"

"你……不打算送送我？"

麦秋实一愣："我已经和每个毕业生都告别过了；再说，我今天还有事，脱不开身。"

春晓低头沉默了一会，突然扬起脸说道："老师，有一句话在我心里已经憋了几年，现在我就要离开学校、离开你了，我想来想去，在分别之前，一定要对你说出来……"

麦秋实似乎感觉到她要说什么，试图把话题岔开："春晓同学，你虽然毕业离校了，但将来组织上的很多工作我们还要一起做，还是会经常见面的……"

"麦老师，你让我说出来！"春晓用火辣辣的眼神盯着麦秋实，一字一字地说，"我喜欢你！"

面对春晓终于按捺不住的表白，麦秋实愣怔着半天说不出话。

"老师，"春晓向麦秋实走近一步，"难道你要永远生活在那件事的阴影里吗？有一本书上说，忘掉过去的最好方法，就是开始一段新的恋情。"

"生活，哪会像书上说的那么简单……"麦秋实回到桌边坐下，"春晓，你也知道我的情况，现在我实在没有心情考虑这方面的事情，希望你能理解。你是个好女孩，将来一定会找到属于自己的幸福。"

春晓明白了麦秋实的意思，难过地把脸扭向一边……须臾，她吁了口气，显出若无其事的样子说道："其实，我都想到了……难道你心里对我真的就没有一点感觉？"

麦秋实说："我必须真实地面对自己的内心，我已经伤害了一个女孩，不能再伤害另一个。"

"可是你知道吗？你的拒绝就是对我的伤害。"

"噢，对不起。"

"没关系。你这人心事重，别又往心里去了。"

"能没关系吗？这下，我觉得自己对你好像又欠了什么……"

"真的和你没关系，我爱你是我的事，不管你接受还是拒绝，所以，我将一直追求自己的爱情，没有任何力量能够阻挡，就是麦老师你也挡不住。再见！"

春晓转身走了出去，麦秋实望着她的背影，目瞪口呆……

春晓从麦秋实那里出来，郁闷、焦躁而又漫无目的地走着。校园里已经很少看到行人，只有最后几个毕业生搬着行李准备离开。

她狠狠地将脚下一块石子踢飞。

一辆黑色轿车在她身边停下，潘如梅、季维礼和潘卓南从车上下来。

"春晓！"潘如梅张开双臂给了她一个拥抱，"刚才和同学们都告别了，我们还去竹林看了师郁，就是找不到你。"

季维礼说："我们就要分别了，怎么也得跟你说声再见呀！"

"哦……"春晓压抑着伤感，把目光投向潘卓南，"潘医生，你是来接阿梅的吧？"

潘卓南点点头："是的。"

春晓问潘如梅："你出国的时间定了吗？"

潘如梅说："大概是年底吧，就等法国那边学校的录取通知书了。"

春晓说："到时候我送你。"

潘如梅说："我好感动啊！"

春晓有点调侃地问季维礼："维礼，你也跟到法国去读书吗？"

季维礼说："我才不读了呢。我能把女师读完，我们家祖坟上已经冒青烟了。潘大哥给我介绍了一份工作，我马上就可以挣钱了。"

潘如梅拍了一下春晓："听说你和梦苏已经被高等师范大学·预科录取了？"

"哎哎，怎么还改不了口？"潘卓南插话说："报上都登了，咨议局开会议决，为纪念大总统孙中山先生，高等师范已经改名为中山大学了。"

潘如梅说："管它叫什么名字，反正以后我们就天各一方了，我会想你们的。"

潘卓南笑着说："想？忘了你们以前吵架、打架的时候了？"

春晓一吐舌头："潘医生都知道啊？阿梅是不是经常向你告我们的状？"

季维礼说："我曾想让潘大哥来教训教训你们，可他就是不肯。"

潘卓南说："你们女孩之间的事，我怎么能瞎掺和呢！"

春晓看着潘卓南："哦，忘了你是个法国绅士了！"

潘如梅叹了口气："想想以后，我们再也没有机会在一起吵吵闹闹了，心里还挺难受的。"

春晓说："以后别断了联系啊，回国的时候一定来看我们。"

潘如梅说："那当然了！你也要给我写信啊，找我哥哥就能要到我的地址。"

"好。"春晓看向潘卓南，发现潘卓南也正看着她。

"伯父的身体还好吧？"潘卓南问。

"还好，上次多亏你了。"

"应该的，以后有什么需要我的地方，尽管吩咐。"

"谢谢，以后肯定少不了麻烦你……"

又有一辆小轿车驶来，欧阳家的司机从车上下来对春晓说："小姐，太太让我来帮你搬行李。"

"那我们就走了。"潘如梅又与春晓拥抱了一下，然后和季维礼、潘卓南上了车；潘卓南从车里伸出手挥别："春晓，再见！"

"再见……"

春晓望着潘卓南的车子渐渐远去，心情又倏地坠落下来。司机问她："小姐，现在就搬吗？"她烦躁地挥挥手："你先把车开到宿舍楼下去等着。"

这时春晓一抬头，看见陈桂正匆匆往宿舍楼走去；她望着陈桂的身影，忽然动了什么心思，便大步跑向陈桂。

"阿桂……"

"春晓！"

"我猜你来是帮梦苏搬行李的吧？"

"是啊，她这个人丢三落四的，我先帮她收拾收拾东西。"

"我家的汽车已经来了，就让梦苏先到我家去住吧，反正再过两个月，我和她就要一起去中山大学预科报到了。"

"这回呀，就不用麻烦你们家了，我有很多工友，给梦苏找个暂时落脚的地方是不成问题的。她在宿舍里吧？"

"她……应该在吧。"

"那我去了。"

"阿桂，你先别走。"春晓一把拉住陈桂，"有一件事，我想……我应该告诉你……"

麦秋实站在办公室的窗口，静静地望着草坡上那一片竹林，心里在想：她就要离校了，我多想去送一送她，多想一百次、一千次向她道歉……可她就是不愿意见我，我如何是好？勉强去了，又会出现怎样的难堪局面呢？

忽然"咚"的一声，办公室的门被撞开了，陈桂怒冲冲闯了进来，指着麦秋实，气愤得一时说不出话来。

麦秋实挪过一把椅子："陈桂，别急，有话坐下慢慢说。"

陈桂一脚将椅子踢开："姓麦的，你有学问，留过洋，又是教书先生，又是革命领导；我、我陈桂是个粗人，不识字，可我就是要替碧青出这口气！"

麦秋实已经明白陈桂这是为什么了，说："陈桂，你先冷静点……"

"冷静你个鬼！"陈桂甩开双手，将桌上的书本、文具哗啦一下全扫到了地上。

麦秋实急忙弯腰去捡："哎哎，你别拿我的书撒气啊……"

"没想到那个人竟然是你！你把碧青害得生不如死，你害了她全家……你还有脸为人师表，满嘴的大道理，装他娘的什么大头虾……"陈桂边骂边发疯般满屋转着，将凳子踹翻，将挂衣架推倒，又狠劲将脸盆踢飞，脸盆在地上咣咣当当地滚着圈……

隔壁办公室的骆品超闻声跑过来，被眼前的情形惊呆了："麦主任，出什么事了？"

麦秋实掩饰道："哦，没什么，没什么。"

骆品超认出了满脸怒气的陈桂："噢，是你？"

麦秋实说："我老家来的，是老乡，给我说点儿……家乡的事。"

骆品超狐疑地看着满地狼藉："可这……"

"真的没什么事，我会处理的。不好意思，惊扰到骆老师了，你去忙吧。"

骆品超看出麦秋实不想让别人介入其中的隐情，只好退了出去。

麦秋实把门关上，转身对陈桂说："请继续吧，看看还有什么可以拿来出气的……"

"啊？你还死猪不怕开水烫了！"陈桂喊着，又顺手抓起桌上的水杯摔到地上……

办公楼楼下，春晓听着从二楼窗户传出的陈桂的叫骂声和打砸声，心里并不好受……

女生宿舍，潘如梅、季维礼等同学的床铺都空了，只剩下春晓和梦苏的行李。梦苏还在收拾东西，她慢腾腾的，看上去满腹心事。

陈桂一阵风似的进来。

"梦苏，我把他的办公室砸了！"

梦苏一愣："你把谁的办公室砸了？"

"那个姓麦的呀，春晓都跟我说了。"

"啊，你怎么能这样呢？阿桂……"

"我得替你出这口气呀！我还要说你呢，为啥不早告诉我麦秋实就是那个人？不然我早就收拾他了！"

"你把他……怎么样了？"

"哼，我恨不得宰了他，可惜没带刀子！"

梦苏想了想，放下手上的东西往宿舍外走去；陈桂拦住她："你去哪儿？"

"我去看看。"

"看什么看，你还去见那个人啊？"

梦苏说："阿桂，谢谢你这么仗义。现在我已经毕业了，所有毕业的同学都希望给母校留下美好的印象，可我……我的朋友却把学校领导的办公室给砸了，这事要传出去，影响多不好啊。"

"影响？那就正好把姓麦的揭穿，叫大家看看他的丑恶嘴脸，看看他干下的缺德事，让他在这个学校待不下去！"

"阿桂，不……不能这样……"

"你什么意思啊？难道你不恨他了吗？我就奇怪了，你明明知道姓麦的就是害你的那个人，却还要天天和他抬头不见低头见，你也忍受得了？要是我早就发疯了，早就离开这个鬼地方了！"

"唉，刚开始知道的时候，我确实恨透了他，多次想过离开广州。可不知为什么，兜兜转转，阴差阳错，就是走不了，大概这就是我的宿命吧。"

"噢——我想起来了，沙面罢工那阵子你是说要走的，可后来呢？后来那么长时间你为啥又不走了？"

"我……"

"腿长在你身上，谁还能捆住你不成？"

"阿桂，我真的很矛盾，很痛苦……"梦苏拉住陈桂的手，"你知道，后来我参加了几次革命活动，慢慢地，我觉得那时他作为一个革命者，逃离家里包办婚姻，好像又没做错什么……那会儿，你和春晓不是也一个劲地鼓动我逃婚吗？"

陈桂气得甩开梦苏的手："放屁！他干的那缺德事能和我和春晓比吗？我们是鼓动你反抗封建，追求自由……"

"他给我的那把扇子上，也是鼓励我追求自由，追求自己的幸福……他不也是在反抗封建吗？"

"你、你都把我给绕糊涂了……反正就是他害了你，反正不能原谅这个仇人！"

梦苏低头沉默了一会说："阿桂，我明白自己应该恨他，我也确实恨过他，可是自从沙基惨案那天他救过我之后，我就对他越来越恨不起来了。我也气自己，可就是不知道该怎么办。"

陈桂急了，朝梦苏肩上拍了一把："你脑子进水了啊？那天在沙基，谁在你身边都会救你的。你也不想想，当初要不是姓麦的逃婚抛弃了你，你阿妈能活活气死吗？你的家能散了吗？你会叫人卖进窑子里去吗？这些你怎么全都忘得一干二净了呀？"

梦苏内心深处的伤口又被划了一下，眼泪扑簌簌滚落下来。

"你哭，哭个鬼，有点出息好不好！"陈桂继续说道，"你阿妈不在了，我们又是从小一起长大的，你的事我必须得管，你答应我，这辈子都不能原谅那个姓麦的！"

梦苏不知如何是好，还在抹泪。

陈桂一跺脚："想想我都咽不下这口气！你阿妈就更别说了，她是个性情刚烈的人，就是在地下也绝对不会原谅那姓麦的。梦苏，你要对得起阿妈，就必须答应我！"

梦苏已泣不成声："阿桂，我……"

这时有人敲门，陈桂将门拉开，麦秋实走了进来。陈桂顿时火起："你来干什么？出去！"

麦秋实显然已有思想准备，平静、真诚地说："沈梦苏同学，关于以前的事，我已经多次向你道歉，但你一次都没有接受过，所以我必须再来一次，因为你已经毕业了，这次离开学校，很可能我们就再也没有见面的机会了。我再一次向你和你的家人深致歉意，我为自己当年的行为给你们全家造成的伤害而无比痛悔……"

陈桂双手往腰里一叉："去去去，少在这儿猫哭老鼠假慈悲！梦苏刚才说了，她这一辈子都不会原谅你！是不是，梦苏？"

梦苏低头无语。

麦秋实看着梦苏说："我知道你心里积聚了很多很多怨恨，但你从来没有畅快地宣泄过。其实，我现在来这儿，并没有奢望能得到你的原谅，我只是希望在临别前，你能痛痛快快地骂我一顿，朝我出出气，这样也许今后我和你的心里都会稍稍好受一些。"

梦苏抬起头来："麦老师……"

"狗屁老师，你别搭理他！"陈桂立即打断梦苏的话，转脸冲着麦秋实，"原谅你？我说你就别做梦了，梦苏恨你都恨到牙根里了，但就是说不出来；我倒想替她再骂你一顿，可惜这会儿没工夫了……梦苏，咱们走！这行李，哪些是你的？"

梦苏指点着，陈桂去拿，麦秋实也帮着提一个箱子。陈桂大吼一声："放下，别碰我们的东西！"

麦秋实愣住了，但并没有把箱子放下。

此刻，春晓和她家的司机出现在宿舍门口。看见麦秋实竟然在这里为梦苏送别，春晓的脸色一下变白了："麦老师，送我没时间，没兴趣，送别人可就什么都有了啊！"

麦秋实尴尬无语。

春晓指着陈桂和梦苏手上的行李对司机说："先把这些放到车上，再来搬我的行李。梦苏，我的车先送你吧。"

梦苏说："不用了，我有陈桂送……"

陈桂急忙说："客气什么呀，春晓又不是外人。我还从来没坐过小轿车呢，今天就开开洋荤了！"

司机帮着把梦苏的行李放到车上。春晓歪头看着麦秋实说："麦老师，你还要跟车去送吗？"

"他敢！我和梦苏这一辈子都不想再见到他！"陈桂说着，从麦秋实手上一把夺过梦苏的箱子……

这时，袁昌满头大汗地跑来。

"春晓，我来了……"

春晓一脸的怨气："前两天就告诉过你了，现在才来啊！"

"国民革命军筹划着出师北伐，天天训练，差点请不了假。哎，有哪些东西要搬啊？"

"都搬完了。"

"那……还需要我做什么？"

"什么都不需要了，你北伐去吧！"

"怎么？生气了？我真不是有意来晚的，部队现在训练很紧，天天待命，说不定哪天国民政府一声令下，我们就出发了。"

麦秋实跟袁昌打了声招呼，说："是啊，现在各界民众都在积极推动北伐，这是大势所趋，也是实现中山先生生前未了的心愿。"

"哼，既然你有那么多大事要忙，就不用为我们这些小女子操心了。梦苏，陈桂，上车，我们走！"春晓说罢坐到了副驾驶座位。

梦苏临上车又回头看了一眼，麦秋实也正看着她。陈桂把她往车里一推："还愣着干什么，快上去呀！"

上车后陈桂用身子挡住窗口，让麦秋实看不到里面。

袁昌对春晓说："我去送送你们吧。"

春晓干脆地说："不劳你大驾了。开车！"

汽车开走了，抛下一溜白烟。

袁昌看看麦秋实说："麦先生，你好像……不大愉快？"

麦秋实望着汽车驶去的方向："袁先生，你不也是吗？"

袁昌发出一声苦笑……

第七章

出征日的表白

为了把国民革命推向全国，结束帝国主义和北洋军阀的反动统治，在中国共产党的积极倡导下，1926 年 7 月 1 日，广东国民政府发表了《北伐宣言》；7 月 4 日，十万国民革命军誓师出征，开赴湖南前线。一场大战犹如狂飙骤起，炮火硝烟弥漫了半个中国！

广州黄沙火车站，停靠着一列运兵的老式火车。一队队士兵整齐划一，跑步进入站台，集合，登车，一派紧张景象。

袁昌在站台上来回踱步，不时向进站口方向张望。已经上了火车的穆非又跳下来，给袁昌递上一支烟："等谁呢？"

袁昌解释说："上面不是培训了一批干部，分派到各部队开展战时政治工作吗？有一个家伙本来是被分到师政治部当副主任的，结果他非要求到最前线。师里说我们三团是先头部队，就把他派下来了。我在这儿等着他，人一到马上就去报告。"

穆非斜眼看看袁昌，给他把烟点着："听说这批人有不少都是中共广东区委派来的。我真不明白，把这么多共产党员弄到北伐军里来干什么？"

袁昌吸了口烟。顿了顿，然后幽幽地说道——

"国民革命军本来就是按照苏联红军的样式建立的，政治工作制度也是从人家那儿学来的。再说，搞政治教育、民众动员确实是共产党的长项。"

穆非把嘴一撇，愤愤地说："问题是这些人来了以后，会不会又背地里宣传他们的 '主义' 呢？"袁昌白了穆非一眼："还不消停消停？想想你们'孙文学会'和'青军会'吧，见面就吵，一吵就打，同室操戈，影响恶劣。结果怎么样？都解散了吧！"

"哎哎，我一直觉得跟你挺对脾气的，可你说话怎么总是长他人的志气，灭自己人的威风啊？"穆非被戳到痛处，想拆一拆袁昌的台。

袁昌冷笑说："谁跟你对脾气了？你们这帮人，拿着'率性青年，年少气盛'做借口，整天惹是生非，没一点心机和城府，实在是不堪大任。"

"你……你这话什么意思？"

袁昌居高临下看着穆非，正色道："目前的当务之急是取得北伐胜利，所以还需要这个统一战线。虽说'孙文学会'和'青军会'都解散了，但树欲静而风不止。中山舰事件，蒋校长最后出来解释说是一场误会，双方嘴上不好再吵了，但心里的梁子算是结下了。又经过'整理党务案'，这个结是越系越紧，结成死扣，以后就打不开了。所以，眼下还是要静观其变，肯定还会有变。"

穆非哑口无言了，半晌，觉得不说话面子上又挂不住说道："哎呀，我发现你真是有城府呀，估计将来能堪大任的，就是你了！"

这时身背短枪、皮包和行囊的麦秋实远远地望见了袁昌，走了过来。袁昌正好转过身，和麦秋实一打照面，两个人都愣了一下。

"麦先生？"袁昌的脸上露出了让人捉摸不透的表情。

麦秋实爽朗地笑了一下，伸出手和袁昌握了握："袁昌，真巧啊！我在找第四军六师三团，你知道他们在哪里吗？"

袁昌打量着麦秋实的一身戎装，瞬间明白了："我就是三团的呀！哦……原来你就是那位师里派下来的麦副主任啊。"

"是的。"

袁昌整理了下表情，话里透着些言不由衷："这真是太好了……介绍一下，他叫穆非，我的黄埔学友，二连副连长。"

"见过见过，不就是上次演出时砸场子的那个吗？"

穆非尴尬了："麦先生还记仇啊？"

麦秋实笑了笑："不打不成交嘛，我对那个小插曲印象很深呢。"

一时无话，车厢里传来三三两两的寒暄声。参加北伐的大家很多人都是老相识，老乡或是校友，聚在一起聊着年少时的事。

穆非打破了短暂的沉默："惭愧，惭愧……麦先生之前入过行伍吗？"
麦秋实诚恳地说道："没有，一介书生而已。"

穆非故意做了一个夸张的表情："那我可要告诉你，你们共产党派你这样的代表来参战可能是个错误，这里可不像在学校里带女孩子，和你打交道的可是一群嗷嗷叫的狼崽子。"

麦秋实摆摆手说："你以为女孩子好带吗？不是我说笑，她们有时候比狼崽子还难伺候呢！不过还是谢谢你的提醒。同时我也要告诉你，政治动员和宣传教育并不是空谈，它能在实战中大大提高部队的战斗力，这是经过两次东征和一次南征总结下来的宝贵经验。与此同时，我们来之前进行的短期强化军训肯定是不够对付战场上复杂环境的，我会把战场当成特殊的训练场，向你们学习。"

这一席话说出来，穆非就没什么好再讲的了。

"麦副主任真是谦虚。请吧，团长正等着你呢。"袁昌看了看表，带着麦秋实去见团长。

麦秋实边走边问："我想问一下，你们三团算不算前沿部队？"

穆非扬了扬头抢着说："这么跟你说吧，三团是全师的先头部队，一营又是三团的先遣营，而我们二连则是一营的先锋连，所以二连称得上是前沿的前沿的前沿，是刺刀的刀尖！"

麦秋实脸上露出了敬佩之情："太好了，一会儿见了团长，我就要求下到你们二连去。"

"那你得先问问袁昌，愿不愿意打仗的时候多一个拖累，他是二连的连长。"穆非半开玩笑半认真地说道。

"穆非，不得无礼！"袁昌停下了脚步，凝视了一会麦秋实，突然向他啪地敬一个礼，"欢迎麦副主任，三团二连连长袁昌不胜荣幸！"

一节节闷罐车厢发出有节奏的声响，但是震耳的噪音并没有影响士兵们沉沉的睡眠。

透过唯一一个开着的车窗，可以看见一轮皎月；月亮是静止的，时空仿佛都静止了。只有晃动的车厢和有节奏的车轮声显示着列车正在飞速行进。麦秋实望着车窗外面的夜空和一轮明月，不时低头借着微弱的月光写着什么。

袁昌不着痕迹地挪到了麦秋实身旁："黑灯瞎火的，写什么呢？"

麦秋实做了个欲将本子收起的动作，可被袁昌死盯着，全身都动弹不得，生硬地说：“噢，我写着玩的。”

袁昌眼底闪过一丝怀疑：“不对，肯定有什么怕人知道的秘密。怕不怕给我看看。”

麦秋实迟疑了一下，将小本子递给了袁昌。

袁昌在黑暗中笑了笑：“我哪儿看得见啊，是情书吧？来念念。”

麦秋实笑笑，小声念着他写的一首诗——

> 你的目光
> 忧郁在皎洁的月色里
> 你的思绪
> 伤感在深邃的夜空里
> 你是否知道
> 有一个内疚的灵魂在向你忏悔
> 如果知道
> 为什么不打开你紧闭的心扉
> 如果不知道
> 为什么脸上总泛着往事的涟漪
> 回想八月的乡村
> 一个难以忘却的梦
> 花开花落
> 一切都随风而去
> 只有这宁静的夜晚
> 一如从前那样美丽
> 啊，我的爱人
> 我为你正奔赴战场
> 假如能活着归来
> 我要采一朵玫瑰给你……

袁昌听完这首诗，仿佛被感染了，沉默良久。

“写得真不错！都说麦先生是才子，果然名不虚传。”

"过奖了，只是抒发一下感情而已。"

袁昌明知故问："请问，诗里的爱人是指谁啊？"

麦秋实不知如何回答，想了想，言不由衷地说："说来惭愧，我在生活中还没有体会过真正的恋情，诗里的'爱人'，只不过是一个抽象的概念。"

袁昌故意逗他："不对，我能感觉出来，不管你生活中有没有恋人，但在写这首诗时，您的脑海中一定有一位具象的爱人形象，不然不会写得这么真情，这么伤感，一听就知道背后隐藏着许多故事。"

麦秋实没细想袁昌话中的深意，漫不经心地说道："是吗？"

袁昌突然不想再兜圈子了，凝视着麦秋实直截了当地坦白道："这你瞒不过我。在听你读诗的时候，我也想到了自己心仪的那位女子，我一直希望她将来能成为我的爱人。"

麦秋实笑了笑："噢？能说说吗？"

"也许，她和你诗里写的——是同一个人。"袁昌说罢，眼神复杂地望着麦秋实。

麦秋实一愣，警觉了起来。

袁昌的话匣子突然打开了："本来有些话我不该问,但过几天上了战场,说不定一颗子弹飞来，我们中间的哪一位两腿一蹬就过去了；也可能一颗炮弹飞来，我们两个一起倒下去。所以，我必须把憋在心里的问题问出来。"

"你问吧。"

袁昌认真地盯着麦秋实："恕我直言，我总觉得你和沈梦苏的关系怪怪的，你们之间到底有没有什么事？"

麦秋实沉默了片刻，慢慢点了点头。

袁昌面露急切之色："能让我知道是什么事吗？"

麦秋实低头想了想，苦笑了一下："要说有事，也有，但其实又什么都没有。"

袁昌冲着空气挥了下拳头："看看，都说写诗的人酸，喜欢绕着圈子说话，我算是领教了。"

麦秋实小声说道："事实上，就是这么回事。"

袁昌不甘心的追问："麦副主任啊，我们可是要准备一起去死的人啊，这是亲兄弟都没有的缘分，你就不能对我说句实话吗？"

麦秋实无奈说道："我说的就是实话。"

袁昌生气了，面露失望之色说："你还是没拿我当兄弟！"

就在这时，前方传来几声巨响，然后是猛烈的枪炮声。

沉睡的官兵被惊醒了，有的赶紧去摸枪，有的睡眼蒙眬的还在发懵，车厢里一片混乱。

麦秋实冲着人群大喊："大家别慌，别慌！"

运兵的列车缓缓地停下了。

这里已属于湖南地界，周围大山环抱，前不着村后不着店，十分荒凉。前方不远处枪炮声十分激烈，夜空不时被爆炸的火光照亮。

袁昌、穆非和麦秋实跟着大部队从列车上下来了。

因交通阻断，各路队伍都无法前行，官兵们和支前群众聚集在铁路两旁，紧张地朝战事进行的方向张望；运输队的马匹拥挤在一起，被前方的枪炮声惊扰得发出阵阵嘶鸣。

袁昌问刚回来的侦察兵："前面怎么了？"

侦察兵报告道："唐生智的部队和吴佩孚的直系部队在前面山口交火了，我们被困在这儿，过不去了。"

传令兵同时跑来对袁昌传达命令："报告二连连长，铁路交通因战事中断，团长命令就地待命。"

袁昌听罢，回复了二人，转头对穆非说道："快叫全体集合！"

二连官兵集合在一片空地。

袁昌望着周围黑压压的人群，感慨地对麦秋实说道："这么多老百姓跟着部队上来，可见民众支援北伐的热情很高啊！"

麦秋实点了点头："省港罢工委员会动员了数千罢工工人，组成北伐运输队、卫生队和宣传队，分派到各路北伐军中。我们广东区委还组织铁路工人和香港金属业工人成立了铁路交通队，以备沿途随时修复铁路交通，及时运送北伐部队和物资给养。"

袁昌挑了挑眉："哦，你们共产党做的工作不少啊。"

"轰！"说话间，山口方向又传来一阵猛烈的爆炸声，两发炮弹接连落在附近，炸起的泥石碎片落了人群之中。

人群中突然传来几声女人的尖叫。

袁昌和麦秋实循声看去，只见两个女孩正捂着耳朵尖叫着乱跑，冲到了他们跟前。

袁昌对着来人呵斥道："仗还没打呢喊叫什么？要是害怕就回去，别在这儿扰乱军心！"

前面那个女孩慢慢抬起头来，借着清亮的月光，袁昌认出了面前的人，竟然是他的表妹欧阳春晓。

袁昌的表情瞬间融化了一些："春晓，怎么是你？"春晓惊魂未定地说道："表哥……我就说会是谁呢，居然对人家这么凶！"

说罢，春晓坏笑了一下，一把拉过身后的沈梦苏："看看这是谁？"

袁昌感觉自己周围瞬间安静了下来，突然出现的沈梦苏周身好像有一圈柔光，美好的有些超现实。

麦秋实静静地站在一旁，没有说话。

梦苏轻声说道："袁先生，你好。"

袁昌不知道怎么反应才好，伸手一把将身边的麦秋实揽了过来，语气里有掩饰不住的激动："看看，看看，你的学生也跟来了！"

春晓和梦苏这才发现站在一旁的麦秋实。春晓喜不自禁，梦苏则显得十分慌乱。

春晓扑上去抱着麦秋实又跳又叫："太好了，真是太好了，没想到能在这儿碰到你……"

连袁昌都看不下去了："哎哎哎，注意影响，他现在可不光是你们的麦老师了啊，他如今是我们师政治部的麦副主任。"

春晓的眼睛里有一汪春水，她柔声说道："副主任啊？穿上这身军装，真是太英俊了！"

袁昌不服气的呛声："肉麻！我穿了那么久的军装，你怎么从来就没说过我英俊啊？"

春晓躲在麦秋实的身后故意说道："我都没认真看过你。"

袁昌自嘲一笑，转问梦苏："你呢，你认真看过我吗？"

梦苏不想回答，开玩笑似的背过了身子。

麦秋实主动向梦苏伸出手去："梦苏，能在这儿相遇，太不容易了，祝你和春晓平安顺利。"

梦苏没有看麦秋实，也没有去跟他握手，只是淡淡地道了句谢。

麦秋实的手还在半空悬着，春晓一把抓回他的手说："梦苏都说'谢谢'了，我们也祝你们俩平安顺利！"

梦苏的一声"谢谢"足以让麦秋实振奋，说话的嗓门都提高了："我听说你们参加了妇女部组织的救护宣传队，但没想到你们能到最前线来；前线虽然危险，却是锻炼的好机会啊。"

袁昌低沉地反驳道："我不这样认为。刚才炮弹一响，看看你们慌成了什么样子？就这样还搞救护宣传呢，真打起来，是你们救护别人，还是别人救护你们呀？"

春晓感觉面子上有点挂不住，辩驳道："人家这不是第一次上前线吗！"

袁昌说话的表情带着宠溺："还没到前线呢，就吓成了这样，我看你们还是到后方去吧。"

"表哥，你小看人！"

梦苏接过话来："我们怕是怕，等习惯就好了。"

袁昌故作惊讶地看着梦苏说："哟，行啊！"

麦秋实也凝视着梦苏，目光中五味杂陈。

因交通中断无法前进的部队和支前群众只得在山野里宿营。

夜空中月光皎洁，星星很密很亮；地上篝火点点，篝火映出四周大山黑魆魆的轮廓。远处仍不时传来交火的声音，打破了夜的宁静。

麦秋实独自在黑暗中漫步，看得出他的心湖也被搅乱了。

一个黑影突然出现在麦秋实面前，"你心里想什么呢？"麦秋实被这个声音吓了一跳，借着篝火微弱的亮光，才认出这个黑影是春晓。

麦秋实定了定神，岔开了话题："你怎么不和大家一起睡一会儿？"

"坐在火堆旁哪儿睡得着啊？再说也不想睡。你不也一样吗？"夜色太黑，让麦秋实看不清春晓的表情。

两个人慢慢走着，枪炮声不断从远处传来。

春晓继续问道："明天……不，一会儿天亮以后，我们很可能就要面临人生第一次真正的战斗，你现在心里在想什么？"麦秋实感慨道："……想了很多，又好像什么都没想。"

春晓眼神一勾："你想我了吗？"

麦秋实一怔，不知如何回答。

春晓把麦秋实拉过来正对着自己，认真地说道："如果明天就要牺牲生命的话，我现在唯一的愿望，就是最后一个夜晚和自己爱的人一起度过。"

麦秋实躲闪着对面灼热的目光："春晓，战事当前，个人的感情还是先放一放吧。"

"你放得下我，可是却把另一个人装在心里，这不公平！"

"……"

"你就别掩饰了，你的心事，我一下子就看透了。"

麦秋实脸上露出了困扰的神色："春晓，我不希望你这样。"

"不，我偏要！"春晓指着身边一棵被藤蔓缠绕的树。眼中透着坚定，"看，我就是这根藤蔓，会死死地缠绕着这棵树……"

麦秋实愕然地看着那棵树，说不出话来。

远处袁昌又在为梦苏画像。

春晓在梦苏旁边坐下，调侃袁昌道："你给梦苏画的像都有几十张了吧，画来画去还不是两只眼睛、一个鼻子啊。梦苏，你就是老实，他让你坐着不动你就坐着不动，你也不烦啊！"

袁昌一本正经地回答："这是心与心的交流，要是天亮以后战斗打响，一颗子弹朝我飞来，这就是最后一张画像，你们也不用烦了。"

春晓差点喷出笑来，顾及身边的麦秋实，生生噎了回去："表哥，那颗子弹要是打中你呢，这就是遗作了；要是打中梦苏呢，这就成遗像了；要是打中我呢，那就是遗体了……"

梦苏温柔地拍了春晓几下："呸呸呸，也不说点意头好的话！快呸，朝那边呸三下！"

春晓夸张地扭头呸了三下。

袁昌斜眼瞧了瞧春晓说道："你还没说，那颗子弹要是打中了你们麦老师呢？"

看得出，梦苏的心头一紧。

春晓抬眼看着麦秋实："他呀，有神灵保佑，子弹才打不着呢。"

袁昌拖着长音把话头冲向了麦秋实："麦副主任，听听，我这个表妹对你有多偏心！不过，我想知道，你是共产党员，同时又参加了我们国民党，有两种身份，万一一颗子弹打中了你，你究竟算是为哪一种信仰献身的？是三民主义呢还是共产主义？"

麦秋实想了想，认真地答道："为两种主义献身，我都愿意，都很值得！"

春晓摇了摇头："哎呀，就这么点清静时间了，还不抓紧时间和自己喜欢的人好好待一待，谈什么信仰啊、主义啊……"

梦苏莞尔一笑，戳了戳身边的春晓说："你就听他们说嘛。"

袁昌对着麦秋实继续说道："昨天上火车前，穆非说的那些话，话糙理不糙。咱们都说做人要纯粹，我认为人的信仰也要纯粹，一个人只能有一种党籍、一个信仰，如戴季陶先生所言说：'共信不立，互信不生'。"

"所言甚是，非常时期，大敌当前，我们都应遵从中山先生的三大政策，齐心协力推翻反动的军阀统治。"

"现在这天下是我们国民党人打下来的，军队也是我们国民党创立的，你们共产党算什么呢？说你们是客人吧，不合适；说你们是主人就更不合适，这种关系你不觉得别扭吗？"

麦秋实感觉这段对话有点变了味道，于是义正词严地回答说："有矛盾和分歧很正常，舌头和牙齿还打架呢。不管怎么样，我们共产党人都维护团结，忠于国民革命。两次东征，多少共产党人奋不顾身，牺牲了性命。这次北伐，担任先锋的就是以共产党人为骨干的四军叶挺独立团。"

袁昌的话似乎有些弦外之音："我承认在东征和北伐中，你们共产党人确实起了很大的作用。但恐怕有些矛盾和分歧仍是难以消解的。我倒认为，如果早晚要分开的话，迟分不如早分。"

麦秋实摆出事实反击道："你这种话，蒋先生曾在黄埔处心积虑地公开发表过一次，结果呢？退出共产党的有30多人，退出国民党的倒有200多人，其中包括你的同学黄启。最后，当这200多人离开黄埔军校和第一军时，蒋先生自己也发出了'心甚痛苦'的感叹，说'这是黄埔军校的损失，是国民党的损失，也是革命的损失。'"

袁昌自知理亏，但还是不甘心就此罢休："我还是坚持我的观点，如果有些损失和痛苦是无法避免的话，那么长痛不如短痛！麦副主任，到时候你也可以退出共产党，到我们国民党来啊。"

"自从我接受了马克思主义，我对共产主义的信仰从来就没有动摇过，过去不会，今后更不会。"

说罢，麦秋实的双眸好像在熊熊篝火的映照下闪着亮光。

梦苏感觉自己情不自禁地被麦秋实所吸引了。

第二天清晨，一股溃兵从山道上涌了下来。

带岗的穆非警惕地举枪喝问："喂，什么人？"

"我们是第八军教导师的！"

穆非收起枪，焦急问道："前面情况怎么样？"

溃兵军官气急败坏地说："妈的，吴佩孚把他的大刀队分成几路监军，谁退砍谁，他们攻得太厉害，我们实在顶不住了……"

宿营地的另一边，人群陆续醒来。一堆堆篝火已经熄灭，残存的灰烬冒着缕缕青烟。集合号响起，官兵们匆匆奔向各自的队伍。

袁昌接完命令回来，专程向春晓和梦苏告别："我们团要正面阻击吴佩孚的主力部队，在最前面打先锋的就是我们二连。"春晓听罢面露担心之色："表哥，那你可得小心啊。"

袁昌点点头，在怀里摸了摸，将昨晚的画像掏出来交给梦苏："这张画像交给你保管吧，但愿这不是我的遗作。"春晓拍了袁昌一把："怎么学我呀，乌鸦嘴！"

袁昌笑笑，跑向了自己的连队。

春晓看到同一方向走来的麦秋实，小鸟一样跑了过去。梦苏见麦秋实正在朝她这边张望，掩饰地低下了头，看着手里的画像。

春晓跑到麦秋实身边，关切地说："麦老师，为了我，你一定要平安归来。"麦秋实本想说些什么，看了眼远处的梦苏，也不好拒绝春晓的好意："你们也要小心，保护好自己。"春晓对麦秋实的回应很开心："本来我是不信神佛的，但为了你，我要一直祈祷，求菩萨保佑你。"

"哦，谢谢。"麦秋实的回复还是淡淡的。

"我等着你凯旋。"春晓还想说什么，麦秋实却已经大步向着集合地点走去，无奈只得目送着麦秋实的背影。

部队在紧张地集合，口令声和吆喝声此起彼伏。可麦秋实走得并不踏实，在纷乱的人群中回头望着远处梦苏的身影，思忖着什么。

突然，麦秋实下了某种决心，离开队伍往梦苏方向跑去。

春晓远远看见麦秋实跑了过来，以为是奔自己来的，喜不自禁地迎了上去。然而，麦秋实从她身边掠过，径直跑到梦苏面前。

梦苏怔怔地望着麦秋实，不知所措。

麦秋实气喘吁吁地说道："梦苏，请让我在走上战场之前对你说几句话，不然可能永远没有机会说了。当初逃婚，我觉得自己是在担当反封建的斗士，现在才知道自己做了一件多么愚蠢的事情，一件也许会让我懊悔一生的事情。梦苏，请给我一次机会，收下我给你写的这首诗，我用它换回当初给你的那把扇子！"

麦秋实拿出那个小本子递给梦苏，小本子在梦苏眼前渐渐幻化成当初那把纸扇……梦苏却心头一酸，突然转身跑开了。

"梦苏……"

麦秋实灵机一动，打开那个小本高声朗诵起来——

> 你的目光 忧郁在皎洁的月色里
> 你的思绪
> 伤感在深邃的夜空里
> 你是否知道
> 有一个内疚的灵魂在向你忏悔
> 如果知道
> 为什么不打开你紧闭的心扉
> ……
> 啊，我的爱人
> 我为你正奔赴战场
> 假如能活着归来
> 我要采一朵玫瑰给你……

麦秋实的朗诵声在山野回荡。

梦苏惊呆了；春晓惊呆了；袁昌惊呆了。

官兵们也都望着这边，仿佛在聆听天籁之音。

渐渐地，梦苏的眼眶湿润；渐渐地，春晓的脸色苍白；渐渐地，袁昌的脸色铁青。

穆非发现袁昌失态的样子，过去轻声提醒道："连长——"

袁昌这才回过神来。连忙朝队伍喊了声"稍息"！

可是刚才已经做过这个动作了，二连官兵被这口令弄得不知所措，你看看我，我看看你。袁昌拍了一下脑门，宣泄似的大喊："立正——！"官兵们齐刷刷地挺直了腰板。

这时，春晓突然骑上一匹战马冲出营地，朝山上飞奔而去。袁昌大惊失色，急令穆非："不好，那个方向可能会与敌人遭遇，快去把她追回来！"

穆非随即点了一个士兵各自跳上一匹马，向春晓紧追了过去。

团部营地，参谋长从望远镜里发现了几匹往山上奔跑的战马，连忙把望远镜递给团长，奇怪地问道："袁昌的二连那边出什么事了！"

团长用望远镜观察："两个男的在追一个女的，怎么回事？李副官，快去看看！"

这一边，春晓骑马飞奔在山谷中。穆非带着士兵在后面紧追。

"砰砰砰！"突然间，前面看似无人的山谷响起一阵枪声。

突如其来的枪声惊了春晓的马，那匹马一声长嘶，惊跳起来，春晓惊叫着从马背上甩了出去。穆非惊呼说："春晓小心……"

春晓摔在山道旁的草丛中，接连打了好几个滚。

穆非急忙从马上跳下，冲到春晓身边查看她的伤势："你没事吧？"面对这突如其来的变故，穆非心慌意乱，望望山谷又低头看看春晓。春晓没有受伤，慢慢爬了起来，穆非心里的石头可算落了地。可春晓刚一起身，却扑通一下又坐在了地上。这次就是心病了。

穆非见状无力地安慰道："哎，大局为重。快起来跟上大部队吧。"春晓一把推开穆非大喊一声："我不！"穆非急了："我的姑奶奶，队伍就要出发了，你想我们全死在这里吗！"

春晓的急脾气也上来了："我就不起来！我就不走！"

穆非一愣，正要跟着发火，前方山谷中又响起密集的枪声，而且离得更近了……

部队全速开进，如铁流滚滚。

春晓却全然不顾这些，坐在路旁草丛伤心地哭着……

在湖北大山深处，直系军阀部队占领的 201 高地，双方展开了激战。

担负主攻任务的三团将高地三面合围，士兵们布满了山坡。

二连作为三团的一把尖刀，在袁昌、麦秋实、穆非的率领下冲在阵地的最前面。高地上的机枪吐出阵阵火舌，密集的手榴弹从山头飞下来，北伐军士兵在爆炸声中一个个应声而倒，山坡上横尸遍野。突然一声尖利的哨声传来，袁昌喊了声"卧倒"，顺手将身边的麦秋实推倒在地，一颗炮弹就在他们身边炸开了。

麦秋实抖落身上的泥土，从地上爬起来一看，刚才还在一起的几个士兵都倒在了血泊中……麦秋实眼神变得不对劲了，半晌的沉默突然化作冲天怒吼，举枪往山顶冲去。

袁昌想按住麦秋实，可是已经来不及了，只得紧急命令迫击炮手向山头发射炮弹，压制敌人火力。

友方炮弹在敌方阵地上接连爆炸。趁着敌人火力渐小的当口，袁昌大喊一声"冲啊！"，举起大刀，率领全连扑向山头。山头阵地上，双方短兵相接，展开了激烈肉搏……

麦秋实从来没有经历过这样真刀真枪的搏杀，一时有些发懵。一个敌人挥着大刀向他砍来，他从地上捡起一支长枪想要抵挡，不料那枪竟抽不出来。眼看敌人的大刀就要斩落下来，袁昌突然出现在那敌人背后，抢先一刀，敌人扑通一下倒地毙命。

麦秋实感激地看了袁昌一眼。袁昌却冲他摇了摇头，转身又冲进了敌群。麦秋实定了定神，从那个阵亡士兵的手中拔出带有刺刀的长枪，正要往敌阵冲去，不料敌人战壕里扔过来的一个炸药包在他身边突然爆炸了，巨大的气浪猛地将他掀倒。

袁昌率领的连队眨眼间攻占了 201 高地，官兵们热火朝天地加固工事。

袁昌站在高处俯瞰着阵地，得意地说："是我的跑不掉，不是你的你也守不住，这201高地从现在起就是我的了，谁也别想打它的主意，哈哈！"

穆非歪头指着对面说："看，吴佩孚的大刀队又砍了一个营长的脑袋，挂到旗杆上了，他们为了把高地再抢回去，肯定要玩命了！"

袁昌冷哼一声，不屑地说道："叫他们来吧，我吃进嘴里的肥肉，还能再吐出去？弟兄们，把工事搞结实点，他吴佩孚想来啃，硌了他的狗牙！"

穆非乐了，脑瓜一动把这个笑话补全了："我们第一次把这高地拿下的时候，他们砍了一个连长的脑袋，然后扑上来把高地抢回去了；这次我们把高地又夺了过来，他们又砍了一个营长的头。要是这高地再多易几次手，吴佩孚是不是最后得砍自己的脑袋了？"

袁昌手一挥，动作干净又利落："他那脑袋不值钱。拿十个来也别想换这 201 高地。命令全连官兵，一定要守住这座山头，不能再让敌人夺回去了！"

"是！"穆非说完就跑去动员了。

麦秋实在一旁想了想，然后对着袁昌恳切地请示道："这 201 高地，真是'一夫当关，万夫莫开'的天险，对打通北伐的通道意义重大，甚至影响到两湖地区的战局。所以，吴佩孚绝对不会罢休，肯定会拼了命来抢。趁现在作战间隙，我去给大家动员动员，鼓鼓劲。"说罢起身欲走。

袁昌反手拽住他的衣袖，把他往自己方向拽了过来："算了吧，打仗靠的是勇敢、是刀枪功夫。你自个连一个敌人都没杀，就被震晕过去了，还差点做了敌人的刀下鬼，现在还去鼓动别人？我说你们共产党啊，就会干些虚头巴脑的事。"麦秋实对于信仰问题向来不依不饶："袁连长，首先要谢谢你救了我。不过，你这话也不对。打仗靠的是勇敢，勇敢来自哪里？勇敢来自精神，怎么能说宣传鼓动没有用呢……"

袁昌听烦了，摆摆手打断道："你就别跟我斗嘴了。在战场上，百无一用是书生……"这时，团部通讯员跑了上来说："报告，团长命令，请袁连长立即去团部开会！"

袁昌诧异地从通信员手中接过一个信封，打开看了看，说道："……汇报情况……部署下一步战斗方案……这，敌人马上就要开始反扑了，这个时候我怎么能离开阵地啊！"

这时山下响起一阵挑衅的枪炮声。

穆非从山下跑了上来，脸色大变："连长，敌人又开始进攻了！"通讯员见状怕袁昌不跟来，苦口婆心地劝道："袁连长，团长说这个会很重要，本来是营以上干部参加，因为你们二连的特殊地位，团长专门点名让你也去！"

山下枪炮声渐紧了。

袁昌沉吟片刻，向四周大喊："弟兄们沉住气，等敌人靠近再打！"接着回头对穆非说："穆副连长，你就先扛一会吧。"穆非哭笑不得："连长，这种时候你怎么能离开呢！"袁昌沉默了。穆非看了一眼麦秋实，靠近袁昌悄声说："连长，要不就让那个上面派下来的麦副主任去开会吧，反正他在这儿也没什么用。"麦秋实听到了穆非的话，不动声色。

袁昌想了想，说道："也好，那就让麦副主任去吧，他打仗不行，传达个会议内容什么的，保证一字不漏。"

敌人的枪炮声渐渐迫近，有子弹打在阵地前沿，溅起一团团泥土。

袁昌走到了麦秋实面前。不等袁昌开口，麦秋实就先说了："袁连长，这里确实离不开你，我替你去团部开会吧！"说罢扭头对通信员说道，"走！"麦秋实与通信员小心翼翼地躲避着敌人的子弹，向团指挥部飞跑去。到处都在进行激烈的战斗枪弹四射，炮火连连，杀声震天。

袁昌在身后喊道："小心啊！"

就在山谷中一段被破坏的铁路跟前，一个北伐军军官在和身穿西装的何工程师急切地交谈这什么。

这时在远处，区达铭出现了。他带了一队扛着工具、机械的工人朝这儿跑来。

北伐军军官焦急地抗议道："三个月？何工程师，你别开玩笑了，军情紧急，这么多部队被堵在这儿，还有救护队，还有这么多物资，要等三个月，那怎么行！"何工程师思忖了下，还是坚定地说："工程上的事我从来不开玩笑，你看看，除了铁轨被破坏以外，路基损坏也很严重，没有三个月肯定修不好。"北伐军官手一摊："能不能想想办法，最短，最短需要多长时间？"何工程师摇了摇头，顺着铁轨仔仔细细又观察了一遍说："没有其他办法，这已经是最短时间了。

北伐军官一咬牙："十五天，我最多给你十五天时间！"何工程师重重地摇了摇头："十五天？那您杀了我，我也都干不出来……"

这时区达铭出现在了他们面前。区达铭眯着眼睛对着何工程师左瞧瞧又看看，脸都要贴上去了，坏笑着发问："何工程师，北方军阀给了你多少好处？"

何工程师脸色大变："你……你是谁？"

区达铭来了个自我介绍："我是个变戏法的。"说罢摸出一块怀表，双手一摆弄，怀表便不见了，紧接着看着何工程师说："摸摸你的口袋。"何工程师从口袋里摸出那块怀表，目瞪口呆："这、这怎么回事？"区达铭将怀表从何工程师手里拿回来，在他面前晃着："这只是个小戏法，我还会变很大很大的。这段铁路你不是说三个月才能修好吗？我只用三天就能让它恢复原样，你信不信？"

何工程师眉头皱了起来："三天？开玩笑，开玩笑！你变戏法可以，但别拿科学开玩笑……"区达铭哈哈大笑说："我是不懂什么科学，不过我带的这些工人，都是从粤汉、广九、广三三条铁路的工会交通处专门挑出来的，不光个个技术顶尖，还都是拼命三郎，你就等着看他们怎么开这个"玩笑"吧！"说罢他转身朝工人们喊道："工友们，干起来啊！"

工人们一声吆喝，迅速散开，热火朝天地干了起来。

北伐军官一拍脑门，恍然大悟道："哎呀，你们就是铁路总工会组织的铁道交通队吧？太好了，真是来得太及时了！可是……三天真的能搞好吗？"区达铭亲热地拍了拍军官的胳膊说："三天你还嫌时间长吗？"北伐军官连忙道："不不不……"

区达铭得意地笑了："那好，大章，告诉工友们，尽量把进度再提前点！"古大章听了对工人大喊："工友们，再加把劲啊！"工人们喊着号子，干得更起劲了。北伐军官感动地看着这等场面。

何工程师脸色变了，把北伐军官拉到一边悄悄地说："兄弟，你信啊？我看……火车不是在铁轨上跑的，而是在这位先生的舌头上跑的。大话吹出去，到时候如何收场啊。"

可是区达铭耳朵灵得很，听到这一席话，对着何工程师就喊："好啊，咱们就看看最后到底是谁无法收场！列宁你听说过吗？"

何工程师听得直发愣。

区达铭继续喊道："你肯定不知道列宁是谁，所以你才理解不了我们这些人。列宁同志说——无论任何时候、任何地方，人的意志是最重要的。我们工人阶级的意志，比这铁轨、比这路基上的石头还要坚硬，你懂吗？"

何工程师一脸愕然。

铁路旁变成了一片忙碌的工地。

区达铭在训斥一个小个子工人，那工人一直低着头，头上戴着一顶帽子，帽檐压得很低，遮住了大半张脸。

区达铭厉声说："你铲三铲还没别人一铲子下去多，都像你这么干活，三天怎么能完工？我在那个给军阀当狗腿子的工程师面前，可就真成吹牛的了。"

那小个子工人使足了劲铲下去，但铲起来的沙石仍没那么多。

区达铭打量着那个工人："你是没吃饭呢，还是病了？"

那工人只顾埋头干活。

区达铭说："你怎么不说话呀？"

那工人仍不吭声。

区达铭说："我觉得你还是意志问题。我刚才还说呢，我们工人阶级的意志要比这铺铁轨的石头还坚硬，你看你软塌塌的，哪像个干活的样子？别人都满头大汗，好多人都扒了衣裳，光着膀子在干，你呢，裹得严严实实的，还戴着帽子……"

区达铭说着就要去揭那人头上的帽子，那人急忙躲闪。

这时古大章跑了过来。

"我来，我来帮他干！"

区达铭说："大章，你怎么挑的人啊？挑这么个小瘦猴来！"

"别看他个子小，平时干活那没说的，今天是身体不太舒服……"

区达铭还想说什么，一眼看到一支北伐队伍从旁边的山路上走来，走在前面的是麦秋实，立刻迎了上去。"秋实！秋实……"这样殷切地唤着。

麦秋实高兴地与区达铭握手："老区，真没想到在这儿碰上你们！"

区达铭狂挥着那只伸过来的右手说："我也没想到啊……呵，你这个白面书生，穿上军装还真像那么回事啊。"

古大章也跑了过来："秋实，带上队伍了？这是要去哪里？"

麦秋实想轻描淡写过去，回答道："噢，机动。"

可是古大章并不会察言观色，没头没脑地追问道："机动……是干什么啊？"

区达铭瞬间圆上来，冲着古大章做着驱赶手势："你就别问了，这是军事秘密。"

麦秋实跟着通讯员来到了团部临时指挥所。

两人都不由愣住了。

只见团指挥部已经变成了一片废墟，一些残火还在燃烧。

一营营长号啕大哭着，和郭参谋在废墟里拼命地扒着什么。

就连通讯员也诧异地问道："一营长……郭参谋……这是怎么一回事……"一营长交代说，团长、副团长还有二营长都被突然飞来的两颗炮弹埋在指挥部里了，党代表不在指挥部里，他正在"华侨北伐后援会"军部参加捐赠仪式了。

大家面面相觑。

虽然搜救还在进行，但是大家都心知肚明，团长他们是凶多吉少了。电台坏了；走山路送信要三天；然而大战之中最要不得的就是拖延，战场上的每分每秒都消耗着战士们的鲜血。

麦秋实焦急地问道："那现在团里还有谁能指挥？"

通讯员脸色复杂："现在团里职位最高的长官……就是您了，师里派下来的副主任，麦主任。"

在众人殷切的目光下，麦秋实长长地吸了口气。

郭参谋拿着几页残缺不全的纸走了过来："麦副主任，你看……"麦秋实拿过来看了看，问纸上的内容是什么。郭参谋回答说是刚刚从废墟里找到的作战计划，也就是团长这次会议要布置的战斗任务。

大家凑过去看那几页纸，几张纸已被烧得残缺不全，残存的纸面上还被泥水沾污，只能勉强辨认出不多的一些字。

麦秋实一字一字地辨认着："……夺下 201 高地……这一块看不清楚……哦，这儿还有……火速……转移至竹溪……"郭参谋在新搭建的桌子上展开地图说："竹溪……在这儿！"一营长看着地图，奇怪地问道："这个地方在东边，不在往北的路线上，北伐北伐，不往北边打叫什么北伐呀？"

三营长也凑过来看："会不会搞错了？"

麦秋实也百思不得其解："或者，在北面还有另外叫竹溪的地方？"

几个人趴在地图上寻找着。但是并没有找到其他叫竹溪的地方。

郭参谋分析道："从地图上看，竹溪是通往江西的必经之路。我分析，如果把部队拉到竹溪的话，那就是冲着孙传芳去的。北伐开始的时候孙传芳一直坐山观虎斗，后来看北伐军推进迅速，他就慌了，派了 10 万大军入赣，从湘鄂边境袭击北伐部队的侧翼，企图一箭双雕，既打退北伐军，又赶走吴佩孚。而且他还调部队从福建进攻潮汕，已经威胁到了北伐军的后方和广东革命政府。所以，司令部很可能把一部分兵力调往江西战场，与孙传芳作战。"

三营长有些迟疑，说出了自己的反对意见："虽说有一定道理，但这毕竟只是你个人的猜测。如果真要把部队调往竹溪的话，什么时候去？是去一部分还是全团都去？这些我们既看不到师部的命令，团里的命令就那么一句半截子话，让我们怎么办？"一营长紧接着说："还有，201 高地怎么办？是由我们的二连继续坚守呢，还是移交给其他部队？"郭参谋左右衡量了一阵，扭头转向麦秋实："麦副主任，去不去竹溪，你做决定吧！"

麦秋实眉头紧锁，不知道该怎么办。

一营长的哀号幽幽地传来："唉，团长啊团长，你怎么在这节骨眼上就走了呢……"

就在大家都一筹莫展之际，团部通讯员跑回来了，气喘吁吁地报告说："袁连长带着二连追击敌人去了！"

郭参谋脸上的褶子都飞了起来："什么？他没守在 201 高地上？"通讯员如实回答道："201 高地上只留了一个排，其他人都跟着袁连长往北边追去了。"郭参谋顿时露出了忧心忡忡的表情："北边是敌人的纵深阵地，袁连长这种孤军前出如果打得好的话，能起到出其不意、攻敌心脏的奇效；但这样一来，他毕竟三面受敌，如果再有一股敌人抄了后路，袁连长他们就会被包了饺子，那可太危险了！"三营长一捶桌子怒声道："这个袁昌，怎么也不向团部报告一下，就擅自行动！"一营长也气不打一处来："他这个人一向都这样，目中无人，从来不把我这个营长放在眼里！"

麦秋实叫大家先冷静，一起商量对策："大家别急，想想有没有什么办法，别让袁连长他们吃亏。"

一营长赌气说道："有什么办法？他这下吃亏大了，就让他长点记性吧！"

"……"

郭参谋恢复了一点冷静，指着地图说道："唯一的办法，就是能有一支部队从敌人背后插上去，才可能为他们解围。"

麦秋实看着地图，点了点头说："那就这样吧，全团暂时先不转移，一方面派人火速到师部去报告我们的情况，另一方面密切注意二连，做好准备，随时接应他们。"郭参谋转念一想，提醒道："可是……如果我们不按照命令火速转移到竹溪去，上面怪罪下来……"

麦秋实目光坚定地扫了郭参谋和其他几位："我现在是全团的最高长官，一切由我负责！"

就在刚才，201 高地的敌方军阀部队又一次如洪水般溃退下去。

袁昌望着被击退的敌人冷笑一声："知道我们二连的厉害了吧？想从我的嘴里抢食，你们还没那副好牙口！"说着话起身要走，突然被阵地上累倒的官兵绊了一下，他对着倒地休息的官兵厉声说道："起来，关键时刻不能歇，赶快打扫战场、补充弹药。穆非，你带一排守住高地，其余的给我追出去打！"

穆非眼里闪过一丝退缩。这时通讯员跑来了。穆非连忙指着那个方向喊道："团部通信员来了！"

袁昌用望远镜观察者敌情，头也不抬地问道："又有什么指示？"

通讯员沉默地递过一纸通知。

袁昌接过来，低头一看，完全惊呆了："啊？团长、副团长……还有二营长……都牺牲了？"

穆非和大家都安静了下来。

袁昌一下红了眼，突然大喊："弟兄们，给团长他们报仇啊！"官兵们也齐声跟着呼喊道："报仇！报仇……"袁昌就势把枪一挥："给我追出去打！"穆非快速按住袁昌："连长，不能擅自行动啊！"扭头问通讯员，

"现在团部谁指挥作战？"

通讯员看看袁昌，又看看穆非，用很严肃的口吻说道："是麦副主任。"
果然，袁昌以为自己听错了："谁？"穆非也吃惊地反问道："麦副主任？"
通讯员继续正色道："对，是麦秋实副主任，他现在是团里职位最高的长
官了！"袁昌摇摇头，问穆非："你现在还打算请示吗？"但是穆非还是
沉浸在巨大的震惊里："他来指挥打仗？"

袁昌甩了下头发，提着枪对着看向这边的战友高喊道："那个书呆子，
论打仗他懂个屁啊！现在，就老子说了算。弟兄们，跟我上！"

袁昌带头跃出了阵地，二连官兵们呼喊着跟着冲了出去。

通信员愣了一下，掉头就往团部跑。

前线，袁昌带着队伍继续往前追击着。一边追，一边不耐烦地不停地
催促部下："你们是小脚娘们啊？快点快点……"可是穆非望着两边壁立
的山峰和前方阴森森的山谷，越走心里越打鼓。

穆非试探着问道："连长……还往前追吗？"

"废话！你不痛打落水狗，还等着它回头再爬上岸来吗！"

"可是……是不是追得太远了？咱们还有 201 高地要守呢。"

袁昌摆了一个恨铁不成钢的眼神说："你呀你，在军校白混了两年。
把敌人赶得越远，201 高地就越安全，这道理不懂啊？"穆非不接受这个
说法，坚持提醒道："我是担心，再往前走，会不会有什么危险……"袁
昌低头看了眼穆昌，用大刀挑起溃兵丢下的一只鞋子："看看，我们再追
下去，他们连裤子都要掉了，这就叫兵败如山倒，哪有什么危险……"接
着他放低声音说道："穆非兄弟啊，天赐良机，我们建功立业的时候到了，
追上去把这一股残敌消灭了，你不想扬名都不行！"

队伍沿山谷快速前进，两边的山势越来越陡峭。

突然，前面响起枪声。队伍停了下来。

一排长从前方慌忙跑来说："连长，前面遇到了赶来增援的敌人！"
袁昌镇静地问道："噢？有多少？"一排长回答："还不清楚。"袁昌脑
子飞快转动几下，说道："他妈的，援兵老子也不怕！赶快抢占有利地形，
准备战斗！"

穆非接到命令，冲全员大喊："都往山上去！"

士兵们哗地散开。与此同时，山谷中枪声大作……

又有一队人上来，是春晓和梦苏带领的宣传救护队。

春晓大声地说："国民革命军将士们，工友们！在妇女部的号召下，广东各界妇女积极支援北伐，开展劳军活动，赶制了大批慰问袋送至前线，请大家接受妇女同胞的一片心意……"

宣传救护队的队员们向官兵和工人们一一送上慰问袋。

梦苏走到小个子工人面前，将慰问袋送给他时，他低头避开。

梦苏看到了麦秋实，迟疑了一下，还是走了过去，刚准备把慰问袋递给麦秋实，春晓过来，也拿着一个慰问袋送到了麦秋实面前。

面对两个女孩捧到面前的两个慰问袋，麦秋实不知如何是好。

区达铭突然伸手从梦苏手里抢过慰问袋。不服气地对麦秋实说："两个都给你，你艳福不浅啊，不能好事都让你一个人占着。"

见梦苏手里的东西被区达铭抢走，麦秋实的眼里微微掠过一丝失望的神情。

麦秋实那微妙的神情被春晓捕捉到了，她一气之下，将捧在麦秋实面前的慰问袋也收了回去，转身走开了。

剩下麦秋实有些尴尬地站在那里。

挤在人群中的小个子工人悄悄望着刚才发生的那一幕。

一个女救护队员在喊："我的慰问袋发完了，谁还有？"

梦苏说："车上还有，我去拿。"

梦苏说着走出来，到卡车旁抱了一大堆慰问袋，回头就要向宣传救护队走去。突然那个小个子工人蹿出来，猛地抱住梦苏就往旁边的树林里拖。

梦苏吓坏了，怀里抱着的慰问袋掉落一地。

梦苏挣扎着，刚要喊叫，那小个子工人一把捂住她的嘴。

小个子工人说："别喊。"

梦苏听着那声音觉得耳熟，不禁一愣。

那小个子工人摘下头上的帽子，她竟然是陈桂。

梦苏惊呆了："阿桂……"

陈桂说："嘘，小点声。"

梦苏说："你怎么在这儿？"

古大章从树后走出。"全靠我给她打掩护，要不她早就暴露了。"

梦苏问："哦，你怎么掩护的？"

古大章说："别人问她话她不敢回答，只能点头或摇头，话得我替她说；干活她没力气，得我替她多干；晚上睡觉大家挤在工棚里，我得替她抢占角落那个位置，还得睡在她身边，把她和别的男人隔开……"

陈桂一巴掌打在古大章身上："去你的！"

古大章笑着说："我每天为了给你腾出地方，和你保持距离，都用背使劲顶别人，害得其他人挤得贴在一起，都对我有意见。"

陈桂急忙阻止："你还不闭嘴！"

古大章道："好好，不说了。"

陈桂想起什么，对梦苏沉下脸来："哎，你怎么还跟那个人黏黏糊糊的扯不清呀？"

梦苏问："谁呀？"

陈桂说："别装傻，你知道我说的是谁。"

梦苏道："没有啊……只是刚好在这儿碰上了……"

陈桂说："你还给他送东西……"

梦苏道："那是慰问袋，每人都有，总不能到了他面前，单单不给他吧？"

陈桂说："还慰问他呢！我要是你，看都不看他一眼！"

梦苏无语。

陈桂道："反正，你绝对不许和他再有什么黏糊不清的事，不然就对不起你阿妈，我也是绝对不会答应的。"

古大章不明就里，问："你们在说谁呀？"

陈桂呵斥道："关你什么事！"

山谷中，袁昌率领二连官兵，与出现在正面的敌人展开激烈交火。突然，山谷两边山头上响起了枪声，袁昌周围有人中弹倒下。

穆非惊叫道："不好，两边山头上都有敌人，我们被包围了！"话音刚落，他们的身后也传来枪声。

一排长跑来报告道："连长，有一股敌人迂回到我们背后，来路被切断了！"

官兵们纷纷看着袁昌。

袁昌擦着额头上的汗，尽量保持着镇静："弟兄们，我们确实被包围了，别慌，我告诉大家，出路在哪里。"

官兵们安静下来。

袁昌继续说："只有拼命，才能活命！只有他死，才能我活！弟兄们想不想活？"

众官兵说："想！"

袁昌说："两军相遇勇者胜！那就跟敌人拼了，杀出一条血路来！"

官兵们跟着袁昌，奋力还击着往山口方向冲去。

傍晚的铁道旁，那段被毁坏的铁路已修复，北伐军部队、铁路工人、支前群众等各部代表围着区达铭欢呼胜利。

一军官紧紧握住区达铭的手说："开始我确实不敢相信，真没想到啊，果然不到三天，这段铁路竟真的修复通车了，奇迹啊，奇迹！"

区达铭得意地说："我的大戏法变得还可以吧？哈哈哈……"

军官说："可惜现在是非常时期，不能大张旗鼓地为你们庆功。我们已经报告了军部，上级一定会对你们进行嘉勉。"

区达铭说："那个工程师呢？"

军官说："他恐怕不好意思来吧。另外，我们也了解过了，他确实和北方的军阀有一些瓜葛。他本还想拿我们一把，没想到因为你落空了。"

区达铭说："怪不得呢！我说了嘛，我们工人阶级的意志比铺路基的石子、比这铁轨还要硬。"

大家情不自禁地鼓起了掌。

郭参谋带着一个穿便装的男子匆匆过来，将麦秋实拉到一边："麦副主任，我们派出去打探情况的人回来了。"

麦秋实问："什么情况？"

便装男子说："袁连长带领二连孤军深入，现在被围堵在山谷里，而且，有一列火车的援军也正在赶来……"

春晓和梦苏在一边听到了他们的谈话。春晓脸色煞白地跑过来问："我表哥怎么了？"

麦秋实说："不瞒你说，他现在遇到了危险。"

梦苏去拉春晓的手："春晓……"

春晓摔开梦苏的手，情绪激动地对麦秋实说："现在你是三团的最高长官？"

麦秋实点点头。

春晓质问道："那么，是你把我表哥派到那个地方去的？"

郭参谋想说什么，被麦秋实制止。

春晓说："你是故意的！"

麦秋实说："春晓……"

"你就是！你明明知道那里危险，可你偏偏派他去，让他陷入绝境！"

麦秋实不知该如何解释说："不是这样的……"

春晓看看梦苏，情绪几乎失控地大吼道："你为了一己私情就……你太自私了！"

春晓转身跑开。她近乎疯狂的举动令所有在场的人都感到震惊。梦苏也惊呆了。

区达铭说："怎么回事？"

麦秋实冷静地说："没什么，可能有一些误会。"

麦秋实带着参加"铁路修复通车仪式"的军官们匆匆回到宿营地，发现这里多了一支部队。

郭参谋带着一名军官过来说："麦副主任，这是一团的王副团长。"

王副团长敬礼："麦副主任，一团奉命前来接管你团防区。"

麦秋实还礼。

郭参谋说："麦副主任，王副团长证实了师部确实命令我们三团攻打竹溪，打通北伐军入赣的通道。"

麦秋实说："哦？进帐篷说。"

麦秋实、三团部分军官、区达铭、梦苏、春晓等在召开紧急会议。

麦秋实说："派到师部去的人还没回来？"

郭参谋说："最快也要明天。"

麦秋实说："就是说最快要明天，上级才能给三团任命新的团长。但现在的情况是火烧眉毛，一刻都不能等，必须马上做出决断。我的意见是说："由我带一个营的兵力火速增援袁昌，其余两个营今晚连夜出发去竹溪。"

春晓、梦苏听了麦秋实的话都愣了一下。

一营长说："可师部的命令是让我们全团都去竹溪呀。"

麦秋实说："将在外，君命有所不受。师里并不了解目前我们团的具体情况。现在袁昌那边很危险，如果没有援兵，后果不堪设想。袁昌的二连是本团的主力连队，一定要千方百计地保存这股力量！"

一营长说："明明是袁昌自作主张冒险突进，现在又要让全团为他违抗军令……"

麦秋实说："不，不是全团，这是我个人。我只是一介书生，没想到因缘际会，竟能在前线指挥一个团作战，虽然只有短短的两天。这样的经历，也许是我这一生中仅有的，而我做出的唯一一个决定就是违抗上级的命令，但情况紧急，确实没有别的办法了，就让我一个人来承担这个责任吧。"

大家都被麦秋实这番话打动，没有人再持反对意见。春晓和梦苏此时各怀心事，神情复杂。

一营长说："那好，袁昌是我们一营的，我带两个连去增援。"

"我跟你一起去！"麦秋实说。

一营长说："麦副主任，我去就行了，你和二营、三营一起去竹溪吧。"

麦秋实问："你是怕我不会打仗，拖你们的后腿吗？"

一营长忙说："不是不是……"

麦秋实说："我虽然没有打仗的经验，但如果需要冲锋的话，我可以带头去冲锋；如果需要牺牲的话，我可以带头去牺牲，起码能起到身先士卒、激励士气的作用。"

在场的人无不动容。

麦秋实说："就这么定了。下面商量一下具体的方案。战术上我不太懂，主要听听你们的意见。"

一营长说："不是有一部分敌人抄了袁昌的后路吗？我们再突然插到这股敌军的背后发起攻击，和袁昌里应外合，就有可能撕开一道口子，给他们解围。"

郭参谋说："别忘了还有一火车敌人的援兵呢，他们要是到了，再把你们给围住，那麻烦可就大了。"

麦秋实说："是啊，必须得挡住敌人的这股援兵，不能让他们过来！"

三营长说："这就难办了，整整一火车啊，就是把我们二营三营全部留下来都不一定行。"

区达铭说："这有什么难的？我们交通队绕到前面去把铁轨拆了，让火车就过不来了"。

大家眼前一亮："这还真是个好办法！"

郭参谋指着地图道："看，离这儿三十公里处的河道上，有一座铁路桥，是敌人调集兵力和运输物资的必经之地。那里两边都是山隘，便于隐蔽。如果破坏了这段铁路，不光能阻挡住敌人的援兵，还能让他们的运输线陷入瘫痪！"

区达铭说："这活儿就交给我们铁路交通队了。"

一营长说："三十公里山路啊，时间这么紧，需要马不停蹄地长途奔袭。"

区达铭说："这算什么？我们工人阶级有的是革命意志！"

郭参谋说："麦副主任，下决心吧，这是最好的选择了。"

麦秋实说："好，就用这个方案！"

郭参谋对区达铭交代："你们必须在那列敌人运兵的火车到达之前，破坏掉桥上的铁路。"

麦秋实说："我们派一个排保护你们。老区，拜托了！"

区达铭站起来："你就等着看我怎么玩这个魔术吧。"

春晓望着麦秋实，目光里充满感激。

梦苏望着麦秋实，目光里流露出一丝担忧。

暮色中，宿营地上，集合号响起。

救护宣传队长向全员宣布了转移命令，但是沈梦苏和欧阳春晓坚持留下来和一营在一起。队长考虑到这里的确有伤员需要照护，就同意了。

傍晚的救护队营帐内，几个队员往里面搬着救护设备，春晓、梦苏在忙着帮助转移的队员收拾用具。

营帐外传来队伍出发的口令声，春晓和梦苏都为之一震。

突然，春晓和梦苏不约而同地放下手里的东西，朝帐篷外跑去；两个人同时到了帐篷门口，梦苏退了一步，春晓掀开门帘先跑了出去，梦苏随后跟出。

夜色中，一营队伍前面。春晓几步跑到了麦秋实面前。

春晓对麦秋实说："我要求带一个分队留下，在这儿设立一个救护所，有了伤员就抬到这儿来。"

麦秋实说："好，谢谢你。"

春晓有些懊悔地说："对不起，我刚才误会你了。"

麦秋实说："什么都别说了，我理解。放心吧，我们一定把袁昌救回来！"

春晓抬头看着麦秋实："你也保重。"说着说着一营已经集结完毕，整装待发。

梦苏跑过去，在队伍中仔细寻找着，终于看到了站在一营队伍前头的麦秋实。

梦苏稍稍迟疑了一下，向麦秋实跑去，然而没跑几步她又站住了，她看见春晓已经站在了麦秋实面前，于是她远远地站在一隅，借着篝火的光注视着正在与春晓交谈的麦秋实。

陈桂走来，在梦苏肩上拍了一巴掌："看什么看？"

梦苏掩饰地说："没、没什么……阿桂，你们也要走了？你要当心啊。"

陈桂说："听说你和春晓要求留下？"

梦苏点点头："嗯！"

梦苏的眼睛一直着着麦秋实那儿，这时她看见麦秋实离开了春晓，随着队伍出发了；麦秋实边走边回头张望，似乎在寻找什么。

梦苏一阵冲动，拔腿向麦秋实跑去，陈桂一把抓住了她。

陈桂气恼地说："好啊，我可看明白了，你还和他拉扯不清！我不许你去！"

眼看麦秋实和队伍将要走远，而陈桂却死死抓着梦苏不放，梦苏终于急了："阿桂，放开我……我、我不要你管！"她使劲挣脱陈桂，向队伍追去。

陈桂呆住了。

队伍大步走远，麦秋实的身影消失在了暮色中。望着渐渐消失的队伍，梦苏显得极为惆怅……

清晨，泥泞的山道上，区达铭率领铁道交通队的人员一路奔跑。经过一夜的跋涉，他们个个浑身泥水，疲惫不堪。

　　陈桂跑得上气不接下气，居然还在上厕所的时候露出了马脚，被区达铭发现了女儿身。

　　区达铭大怒，说着就要赶陈桂出队伍，古大章极力为陈桂说情："老区，算了吧，这荒山野岭的，把一个女孩子扔下，太危险了。"

　　区达铭无奈气哼哼地继续赶路，陈桂紧紧跟着队伍。

　　晌午，区达铭和铁道交通队的队员们隐蔽在一座铁路桥下的河边树丛中，观察着桥上的情况。

　　桥的西头，军阀部队的士兵在来回走动。

　　古大章低声地说："这桥有敌人看守！"

　　区达铭说："还好，西头有敌人看守，东头没有。大章，咱们分成两组，我带一组人从东头上到桥上去拆除铁轨，你带一组人火力掩护。"

　　隐隐约约传来火车的汽笛声。

　　区达铭指定一批队员跟他上桥拆路！古大章招呼其他人抄起家伙跟进掩护。

　　陈桂急问："那我呢？"

　　区达铭说："捣什么乱？到后面躲着去！"

　　古大章指挥几名拿枪的队员迅速上到桥的东头，进入射击位置。

　　区达铭一挥手说道："跟我上！"几名队员跟随区达铭冲上桥去。陈桂拿起一把铁锤，也冲上了桥。

　　桥西的守敌发现了区达铭他们，正要开枪，这边古大章指挥队员率先开火，压制住了敌人。

　　更多的敌人跑出来朝桥上射击。

　　在古大章他们的火力掩护下，桥上的队员们冒着枪林弹雨，用铁钎撬、用扳子拧，奋力拆除着一节铁轨；陈桂用铁锤使劲地砸着一颗螺丝。

　　很快，这段铁轨拆了下来，然后被推到河里。

　　区达铭大喊一声："好了，撤！"队员们往回撤去。

　　区达铭和队员们刚撤回桥边，只听身后"哎呀"一声惊叫，区达铭回头一看，只见是跑在最后面的陈桂摔倒在桥上。

敌人疯狂地向陈桂射击，陈桂试图爬起来，可是敌人火力压着她抬不起头来。子弹打在她身边的铁轨上，溅起一簇簇火星。

区达铭跺着脚大喊："别动，趴下别动……你娘的，让你别来别来，你偏要来……"

火车声已经临近。

古大章说："阿桂，我来救你……"

古大章不顾一切地要向陈桂冲去，区达铭死死地拉住了他。

区达铭说："你疯了！你要是能冲得过去，她自个早就跑回来了。"

古大章吼着说："你放开我……"

区达铭说："你这样不仅救不了她，自己也会白白送死！要不然我早上去了，哪还轮得上你！"

那列运兵的火车已经出现在桥的西头，守桥的敌人挥舞着小旗想让火车停下，可是已经来不及了，火车以巨大的惯性冲上了桥，离陈桂越来越近。

这时，车头上的敌人也发现了陈桂，朝她开枪射击。

陈桂进退不得，面临绝境。

眼看火车就要出轨倾覆，区达铭突然朝陈桂喊道："跳！往河里跳！快跳啊……"

陈桂愣了一下，闭上眼睛往桥下河里跳去。

与此同时，一声巨响，车头和几节车厢冲出轨道倾覆在桥上，随即发出剧烈的爆炸……

清晨，麦秋实和一营长率领官兵一路奔袭，终于赶到了袁昌他们被围困的山谷谷口，已经听得见从山谷里传来激烈的枪炮声。

一名侦察员从前面跑来报告说："营长，二连就被围困在前面山谷，我们到了敌人背后！"

一营长问麦秋实说："怎么办，打吧？"

麦秋实说："好！我们一开打，就能把这股敌人吸引过来，袁连长他们就可以趁机突围。"

一营长把枪一挥："弟兄们，冲上去，占领有利地形，打前面敌人的屁股！”

麦秋实和一营长率领官兵向敌人猛烈开火。正在与袁昌交战的敌人没料想背后遭到袭击，阵脚大乱，慌忙掉过头来。

麦秋实举枪朝一个敌人瞄准，那个敌人左晃右晃，麦秋实总也瞄不准。麦秋实终于扣动扳机，打响了他在战场上的第一枪，那个敌人却毫发无伤，倒是旁边另一个敌人倒下了。

一营长高兴地说："麦副主任，你第一枪就打中了！"

麦秋实说："可我瞄的是另一个呀……"

一营长说："哦，都一样，只要消灭了敌人就行。"

一营长开枪，另一个敌人应声倒地。

山谷中，二连官兵阵亡过半，阵地上到处躺着他们的尸体。剩下的人围拢在袁昌身边，负伤的袁昌听到了远处传来的枪炮声，拿起望远镜朝远处一瞅，立刻兴奋地大喊起来："那是我们的人！"袁昌疲惫的眼里瞬间有了光彩："援军到了！弟兄们，跟我往谷口突围！"袁昌率领余部冲下山去……

谷口的那股敌人受到麦秋实他们和袁昌余部的两面夹击，死伤惨重，狼狈逃窜。

麦秋实已没有第一次开枪时的生涩，他已经打红了眼，和身边的战友一起朝敌人狂射，对面的敌人纷纷倒下，也不知哪些是被麦秋实击中的。不料，敌方炮弹飞来，接连在一营的阵地上爆炸，官兵们倒下去一大片……

麦秋实和敌人鏖战到了晌午，双方激战已进入白热化。

区达铭、古大章和铁道交通队的队员们沿着河边往下游一路寻找陈桂。

"陈桂——阿桂——"一声声呼喊在河谷回荡。

古大章难过地说："从那么高的桥上跳下来，河水又这么急，我看她……八成是牺牲了……"

区达铭叹了口气说道："还不是怪你？你就不该帮着她混到铁道交通队里来！"

古大章说："怪我？她革命的热情那么高，难道不应该鼓励她、帮助她吗？要是放在古代，她就是花木兰。"

区达铭说："花木兰？亏你想得出来……"

一个队员突然指着前方叫了起来："看，那儿有个人！"

前面河滩上，确实有个人影。区达铭、古大章和队员们急忙跑了过去。只见浑身湿漉漉的陈桂靠在河边一块石头上，大口大口地喘气。

区达铭、古大章他们惊喜异常。

古大章说："阿桂啊，你还活着……"

区达铭说："大家都以为你牺牲了呢！怎么，有没有伤着？"

陈桂摇摇头说："我打小就生活在渔船上，是在水里长大的，淹不死。"

古大章自责道："你看看，我们这么一群爷们，却保护不了一个女人，真是没用。"

陈桂说："别说好听的了，快给我一件衣服。"

人们这才发现，陈桂的衣裳湿淋淋地贴在身上，全身曲线毕露，很是惹眼，区达铭的眼睛都没处放了。

两件上衣出现在了眼前，陈桂抬头看了看递过上衣的古大章和区达铭，犹豫了一下，接过区达铭的衣服披上，含羞推开古大章手中的上衣说："一件就够了。"

但是古大章还是以保暖为由，执拗着给陈桂披上了自己的上衣。

战场生死，个人卫生自然是次要的。身上的两件上衣混合着成年男人的汗臭和日晒的腥味，陈桂被一阵泛上来的味道呛得猝不及防。直接调侃和讽刺，说群众家里的老母猪都没你们的衣气味难闻。大家一声哄笑。

陈桂自顾自地说着自己在战场上的"英勇战绩"。区达铭看着滔滔不绝的陈桂，思量了一会，突然站起来啪啪地拍了几个响掌。

大家静了下来，齐刷刷望向区达铭。

"陈桂同志真不简单，像个战士。我宣布从现在起，正式批准她加入铁道交通队！"

陈桂惊喜地站起说："真的？"

在一片庆贺声中，陈桂"哇"的一声哭了出来……

第八章　甘辛

听着远处越来越猛烈的枪炮声，正在准备药棉、绷带等救护用品的梦苏和春晓更加不安。

春晓突然扔下手里的东西，惶惶地在帐篷里走来走去喃喃自语说："不会有事的，他肯定不会有事的。"

春晓突然冲着梦苏说："他肯定不会有事的，你说是吧？"

梦苏没有应答，默默地做着自己的事。

春晓说："你说话呀！"

梦苏仍没吱声。春晓转身冲出了营帐……

"止血钳、手术刀……"

所有医护人员恨不得自己多长几双手脚，可还是跟不上前线伤员被送来的速度。帐篷的门上贴着"手术室"三个字。

伤员陆续从山上抬下来，呻吟着、喊叫着，春晓和几名救护队员们忙着上前接应，试图维持着新伤员的秩序。救护所外放满了伤员的空地上，袁昌就在其中，但是他浑身血污，头裹绷带，一眼很难认得出来。

这时一个伤兵突然喊了起来，吸引了大家的注意力，"先把连长抬进去！先把连长抬进去！"春晓和梦苏不约而同地转过了头。

袁昌头也不抬，闭着眼呵斥了叫喊的伤兵一顿。那个伤兵一脸委屈地被抬进了救护所。

这番争执引起了春晓和梦苏的注意，她俩不约而同地走了过去。

春晓终于辨认出那个满脸血污的人，她惊叫一声："表哥！"

袁昌看了看春晓，又看了看她身后的梦苏，长长地出了口气："哎呀，见了你们，我才真正感觉到自己确实是活过来了。"

春晓抬手就想拍袁昌一个巴掌，抬到半空中的手掌顿了顿，又收了回去："都这时候了你还贫嘴。表哥，伤在哪儿了？"

梦苏说："严重吗？给我看看……"

袁昌挡住她俩："不要紧，没看我还能说话吗？"

一阵杂沓的马蹄声，一队人马飞驰而来；几个人下马后朝救护所走来，走在最前面的是三团那个通讯员。

通讯员问伤员们："你们是三团的吗？"

袁昌说："是。"

通讯员认出袁昌，兴奋地喊："袁连长……"

通信员转身对跟在身后的军官说："团长，他就是一营二连的袁昌连长！"又对袁昌介绍说"这是上级新派来的郭团长。"

郭团长弯下腰去抓住袁昌的手："袁连长……"

通信员说："郭团长是专门看你来的，还给我们团带来了通信设备和弹药、给养。"

袁昌在担架上强撑起身体，春晓和梦苏急忙过去扶住他，袁昌忍着伤痛颤颤巍巍地给郭团长敬礼："团长……"

郭团长回礼："我叫郭树尧。袁连长，师部已经向上级报请对你进行嘉奖！"

袁昌说："对我……嘉奖？"

郭团长说："对！你孤军前出，直插敌军的纵深，牵制了敌人大量兵力，我们的部队趁机从外围发起攻击，使吴佩孚在这一地区的两个师全线崩溃，打通了北上的门户，为北伐扫除了又一个障碍。"

袁昌并没有表现出兴奋，他沉默了一会儿说道："团长，我不能贪这个功，这个嘉奖应该给麦秋实副主任。"

郭团长说："哦？"

袁昌说："如果不是麦副主任及时率军救援，我们二连早就一个不剩地让敌人包了饺子，更谈不上吸引敌人的兵力了。"

郭团长问："麦副主任现在在哪儿呢？"

袁昌说："下山之前，我一直在派人找他，但没有任何消息……"

伤兵乙插话："麦副主任……他可能已经牺牲了。"

郭团长说："什么！"

梦苏和春晓大惊失色。

春晓说："不，这不可能……"

梦苏扑到伤兵乙身边："你、你看见了？"

伤兵乙说："我看见了，我当时就在他旁边，我看见他中弹倒了下去，可他很快又站了起来，继续举枪朝敌人射击，子弹打光了，他抓过一把大刀大喊着向敌人冲去，挥刀接连砍倒两个敌人。敌人惊恐地逃窜，躲在岩石后面的一个军官朝他瞄准射击，麦副主任再次中弹。我想冲上去救他时，几颗炮弹接连落在麦秋实跟前，我亲眼看见麦副主任被硝烟吞噬……我也被弹片炸伤倒下，我醒过来时，已经被担架抬了下来，再也没有见到麦副主任。他肯定——牺牲了……"

全场极度安静。

良久，郭团长感叹道："麦副主任一介书生，上了战场竟如此勇敢，真让人难以置信！"

袁昌说："我信！说实话，他根本不会打仗，他枪法不准，骑术不精，投弹也不远，但他身上却有一股力量，令敌人胆寒；他在战场上根本就不考虑怎样保护自己，只是一个劲地往前冲，极大地鼓舞了士气……"

郭团长点点头。

袁昌说："其实，在战前我对麦秋实还有种种看法，但我实在想不到，在我深陷敌人重兵包围的时候，从来没有上过战场的他竟然会冒着违抗军令、遭受上级责罚的风险，带着队伍来救我，而且那么勇敢，视死如归……虽说他是个共产党，但让我不得不对他肃然起敬……"

梦苏和春晓突然同时哭了起来。

袁昌被抬往临时救护所手术室，到门口时，他突然抓住门边不肯进去。"等一等……"他撑起脑袋四下张望，好像在寻找谁。

春晓跑来。"表哥，比你伤重的伤员都进行过手术了，该你了。"

春晓示意抬担架的人把袁昌抬进去，但袁昌仍然抓着门边不松手。

春晓说："你还有什么事？"

袁昌说："是不是要打麻药？"

春晓说："当然。现在麻药很缺，但医生还是决定给你使用，你腰上那颗子弹很深，不打麻药不行。"

袁昌说："打上麻药，我会不会就再也醒不过来了？"

春晓说："怎么会呢！"

袁昌说："我听说过，有人打了麻药就再也没有醒来。"

春晓说："你是害怕了？你在战场上死都不怕，还怕这个？"

袁昌的目光还在四处寻找着："我不是怕……"

春晓突然明白过来说："哦，你是怕见不到她？"

袁昌闭上眼睛。

春晓回头喊道："梦苏——梦苏——"没有回应。"哎，人呢？"春晓对身边的救护队员说："快，去把梦苏找来！"

救护队员喊着梦苏的名字跑去。一会跑回来说："到处都找遍了，没看见梦苏。"

春晓说："怪了，她会去哪儿呢？"

救护队员乙跑来说："有人看见梦苏离开这里，往山谷方向去了。"

春晓说："山谷？"春晓忽然意识到什么，神情顿时紧张起来。

袁昌在担架上摇了摇头。

一名医生从帐篷里出来："怎么还不把伤员抬进来？"

袁昌紧抓着门边的手松开了，他被抬进手术室。

春晓跑出几步，朝山谷方向望去……

临时救护所外面，陆陆续续还有伤员送来。两名救护队员将一个轻伤员抬到春晓面前。

一救护队员说："他的伤不算重，左脚上中了弹片，先帮他包扎一下。"

春晓说："我来。"

春晓看上去心事重重，心不在焉地给这位伤员处理起脚上的伤口来。伤员突然叫了起来："不，不是这只脚……"旁边的人也愣了。春晓这才缓过神来，发现自己处理的是伤员没受伤的右脚。

伤员大动肝火："老子在前面卖命，你们就这样搞救护啊？要是做手术的话，你还不把我这只好脚给锯了！"

春晓心烦意乱："对不起……"

她实在没心思做下去了，把药水和绷带往另一个救护队员手里一塞：
"你来处理吧，我有点事。"转身跑开。

山路上，梦苏拼命地跑向那条山谷。她摔倒了，爬起来接着跑。山路
越来越陡，她不顾一切地往上攀爬，终于来到了刚刚结束战斗的战场。天
色昏暗，昏鸦声声，四周尸横遍野，到处笼罩着死亡的气息。

梦苏在横七竖八的尸体中寻找麦秋实，那些尸体的狰狞和可怕使她心
中充满恐惧。她扶住一棵树，闭上眼睛让自己镇静了一会，继续一具尸体
一具尸体地辨认着。她看到一个趴着的人背影很像麦秋实，扑过去使劲将
那人的身体翻过来，没想到看到是被砍掉了半个脑袋的满是血污的陌生面
孔，她吓得尖叫一声，晕倒在地。

过了一会，梦苏慢慢睁开眼睛，神智迷糊地望着已经沉寂了的、满目
肃杀的战场，眼前浮现出伤兵乙在救护所讲述的战场情景——"麦秋实中
弹倒了下去——麦秋实也被硝烟吞噬……梦苏惊叫一声，清醒过来。面对
漫山遍野的尸体和血污，她虽然仍很害怕，但还是爬了起来，继续翻找，
不知已经翻动了多少尸体，浑身沾满血污的她已是精疲力竭。她鼓起全身
力气去翻看又一具尸体，不料脚下一滑，跌倒在尸体堆中。惊恐和绝望使
一直强撑着精神的她终于崩溃了，坐在地上大哭起来。

梦苏边哭边喊："麦秋实，你在哪儿，你不能死，你说过你欠我的，
你欠我的还没有还呢，我不许你死……"梦苏的哭喊声在这弥漫着死亡气
息的空旷的山野激起阵阵回响。

突然，梦苏听到一丝异样的喘息声……梦苏凝神屏息，那声音虽然细
微，但确实存在。梦苏循着声音慢慢找了过去，终于发现那喘息声就从旁
边的一堆尸体下面传出。

梦苏不知哪来的力气，奋力掀开上面摞着的几具尸体，赫然看到了
麦秋实的面孔——虽然麦秋实全身已经血肉模糊，但梦苏还是一眼就认
出了他！

梦苏惊喜得难以自制："秋实——秋实——"

麦秋实没有应答，但他嘴里不时发出的细微呻吟显示这个男人还活着。

梦苏拼力将麦秋实从尸体堆中拖出，让他平躺，用随身携带的药水和

纱布为他清洗和包扎几处看得见的伤口。

然后，梦苏使出浑身力气，将麦秋实背在自己背上，一步一步地朝山下走去。

梦苏边走边艰难地、断断续续地小声说着："秋实，咱们……回家，我背你回家……"

梦苏孱弱的身体被麦秋实压得颤颤巍巍，她每一步都是那样吃力，那样艰难……

梦苏终于支撑不住了，浑身一软，跌倒在地；倒下去时她用身体撑住了麦秋实，因而麦秋实依然趴在她的背上。梦苏喘着粗气说："秋实，你可要挺住啊，我歇一会，咱们接着走，我一定要——把你背出去……"

梦苏背着麦秋实，已经不是在行走，而是在爬行。梦苏每爬行一步都格外吃力，但她咬牙坚持着，坚持着。

麦秋实这时有一点清醒，在梦苏的背上呻吟着动了一下。

梦苏停下说："秋实！秋实……"

麦秋实轻轻哼了一声。

梦苏说："你要是能说话，就说一句吧，我想听你说话。"

麦秋实说："……梦……苏……"

梦苏说："你知道是我？"

麦秋实说："知道……"

梦苏的眼泪哗地流了下来。她紧咬嘴唇，继续奋力地向前爬去。

麦秋实说："放下我……放下我……"

麦秋实挣扎着，从梦苏的背上滑落下来。

梦苏慢慢抬起头来，看着麦秋实。

麦秋实睁开眼睛，在天旋地转之中，看见了蓝天白云，看见了梦苏的脸庞。

麦秋实蠕动着干裂的嘴唇："水——水——"

梦苏急忙将水壶送到他嘴上。

麦秋实一顿痛饮，有了些气力。

麦秋实说："梦苏，你来救的我……"

梦苏用颤抖的手，轻轻抚摸着麦秋实的脸颊："我不想让你死。"

麦秋实说："我——还没有得到你原谅呢，怎么会死……"

梦苏说："那我就——永远不原谅你。"

麦秋实抓住梦苏的手，气息微弱地说："要是老天爷——再给我一次机会，我绝对不会再逃婚了，我要一生一世——和你在一起……"

梦苏泪流满面："当初，上花轿的时候，我妈说我生是你的人，死是你的鬼……你逃不掉的……你欠我一个婚礼……"

麦秋实说："我还，我还……"

梦苏说："你欠我太多了，你不许死。"

麦秋实说："我欠你的，一辈子都还不完。我、我一定要活下去……"麦秋实又昏迷过去。

梦苏扑到麦秋实身上，在这空旷的山野，毫无顾忌地大哭起来。

山路上，春晓带着两名救护队员，奔向朝那条山谷，一边奔走，一边呼喊着梦苏的名字。已经平息的战场，硝烟尚未散尽，到处是生死搏杀留下的惨象，她们又惊又怕。

山野里，梦苏将麦秋实的一只胳膊搭在自己肩上，拖着他一点一点地向前爬行，他们身后留下一道长长的血印。

春晓和两个救护队员终于赶到了，看着眼前的景象，春晓被惊呆了！

广州黄沙车站的站台上阳光明媚，展开着一条写有"欢迎北伐宣传救护队凯旋"字样的横幅。

一列火车缓缓驶进站台，渐渐停稳。车厢门打开，梦苏、春晓和宣传救护队的队员们走下车来。她们明显地黑了、瘦了，带着满身的征尘。

在站台上等候欢迎的人群迎上前来，献上一束束鲜花，与她们激动地问候、拥抱。

梦苏的目光扫过人群，寻找着什么。

春晓看在眼里，她似乎知道梦苏寻找的是谁，不禁沉下脸来。

梦苏欢快地在坤雅女师的校园里跑着。在梦苏的眼里，校园里的景象是那样熟悉，又是那样的亲切。

梦苏兴冲冲来到麦秋实办公室的门口，急切地敲门。但房门紧闭，没有丝毫动静。梦苏想了想，转身跑开。飞快地跑下楼去，飞快地上了宿舍楼，到麦秋实的宿舍门口，不料又吃了一个闭门羹，只见门上挂着一把铁锁。梦苏愣愣地望着那把冷冰冰的铁锁，有些不安起来。

这时，身后传来脚步声，梦苏回过头去，看到了走上楼来的麦秋实。

两个人默默地互相看着，都有一种既熟悉又陌生的感觉；但看得出来，两人内心都涌动着热烈的感情，却又有一丝莫名的尴尬。

麦秋实说："我到车站去接你了，临时有个会，去晚了，等我到了车站，你们已经走了。"

梦苏说："我想你会去的，一下车就在人群中找你。"

麦秋实走向梦苏，一直背在身后的一只手伸出来，亮出一束鲜花。

麦秋实说："给你的。"

梦苏接过，嗅了嗅花香："谢谢！"

麦秋实说："我要告诉你一个好消息，由于你在北伐中的出色表现，党组织已经批准你转为正式党员了。"

梦苏高兴地说："真的？"

麦秋实朝梦苏伸出手去："祝贺你！"

梦苏没有握麦秋实的手，却说："你转过身去。"

麦秋实不明所以，转过身子。

梦苏上下看了麦秋实一会说："往前走几步。"

麦秋实便往前走了几步。

梦苏说："转过来再走几步。"

麦秋实顺从地转过身又走了几步。

梦苏的脸上现出微笑。

麦秋实说："看清楚了吧？伤全好了，哪儿都没缺着。"

梦苏说："真的全都好了？

麦秋实说："当然，不全好医生哪儿能让出院啊？"

梦苏再也控制不住自己的感情，猛地扑进了麦秋实的怀里。积蓄已久的情感终于爆发了，麦秋实紧紧地抱着梦苏，两个人尽情享受着这来之不易的相拥。

麦秋实说："梦苏，你终于回来了，终于回到了我的怀抱……"

梦苏说："我们再也不分开了。"

麦秋实说："不分开，不分开……梦苏，我们结婚吧！"

梦苏点点头："嗯！"

麦秋实说："上次的不算，我们正式向组织报告，我要还你一个隆重的结婚典礼……我要把欠你的幸福都补回来！"

梦苏和麦秋实再次紧紧地拥抱在一起。

他们没有发现，这时春晓出现在楼梯口，听见了他们所说的话，看到了他们相拥的情景。春晓受到了从未有过的沉重打击，她无法接受眼前这一切，转身跑去……

欧阳家用人打开西关大宅的院门，看见衣衫又脏又旧、神情萎靡、像变了一个人似的春晓，不由一愣。

用人说："小姐……小姐回来了……"

春晓无语，魂不守舍地低头走进院子。

用人赶紧通报："小姐回来了！"

欧阳启泰和欧阳夫人闻声从屋内走出。欧阳启泰打量着突然回家的女儿，见她头发蓬乱，衣衫脏旧，一副失魂落魄的样子，本来就窝了一肚子火的他倏地拉下脸来。"你还回来干什么！"

春晓本来心里也憋着气，一进家门就被父亲戗了这么一句，任性的脾气也上来了："不回来就不回来！"扭头就往外走。

欧阳夫人急忙上去拦住女儿："哎呀，你爸说你一句，你还当真？外面兵荒马乱的，你这么久都不回家，我和你爸都要操心死了。"欧阳夫人说着落下泪来，回头又劝丈夫："你呀，女儿好容易回家了，你就少说一句吧。"

欧阳启泰哼了一声，转身走进他的房间，"咣"地关上了门。

欧阳夫人说："春晓，快进屋。"

春晓进屋，上楼回到自己房间，也"咣"的一声重重把门关上。

欧阳夫人摇摇头："你们父女两个呀，真是一个脾气。"

春晓待在大宅中自己的房间里，什么都干不下去，很是烦躁。

欧阳夫人推门进来。"你要犟到什么时候？你们父女两个的脾气，拧到一块去了。可他毕竟是你爸爸，你就不能先低个头，去向他认个错吗？"

春晓说："我没有错！沙面罢工，是为工人争取权益，为国人争取平等；我们随军北伐，是为了消灭军阀统治，建立统一的国民政府。"

欧阳夫人说："好了，好了，你张口闭口就是革命大道理。你也不想想，你一个姑娘家，我们送你读了那么多书，竟没有一点大家闺秀的样子，天天在外面疯，野得几个月都不见人影，我们做父母的有多担心，你知道吗？我整夜整夜地睡不着觉，整天整天地念佛……"

春晓说："我都这么大了，不用你们操心。"

欧阳夫人说："你说不用操心，可能吗？再说，你也不替你父亲想想——他是商会副会长，以前从来都是一言九鼎的人物，可是你们在沙面闹罢工，逼得你父亲关了沙面的洋行，生意圈里的人都知道他女儿带头革他的命，让他觉得斯文扫地、颜面尽失。"

春晓说："我们是和帝国主义做斗争，又不是冲他去的。罢工胜利工人复工以后，很多洋行都重新开业了，我们还劝爸爸不要关掉怡丰洋行，是他自己非要那么做的。"

欧阳夫人说："你父亲的脾气你还不知道吗？他把信义看得比命还重，那次失信于人对他打击很大，从那以后他总觉得在商界有些抬不起头来，所以他把沙面的洋行关了，也不在别处再开。"

春晓说："洋行不开就不开嘛，他不是还有那么多实业要打理吗？"

欧阳夫人叹了口气："现在的世道太乱了，学生游行，工人罢工，到处打仗，兵荒马乱，工厂和银行生意都受到很大影响……他的心气也大不如从前了，经常闷在家里，动不动就发脾气，过去从来没见他这样过。家里人生怕哪句话说得不对惹他生气，成天大气都不敢出，唉，现在这过的是什么日子啊。"

春晓说："那他也不能因为自己不高兴，就拿我出气呀！"

欧阳夫人说："你就顺顺你爸的心，去给他认个错，赔个不是吧。"

春晓说："不去！我干革命没有错，这是原则问题。"

欧阳夫人生气地说："原则？真是从小把你惯坏了，跟家里人讲起原则来了！"

春晓说："当然了，我们革命者任何时候都要讲原则的。"

晴空下一只小船在荔湾湖上游弋。麦秋实和梦苏面对面坐在船上，开心地划着木桨。

白云飘飘的白云山上，麦秋实和梦苏欢声笑语，你追我赶地往山顶攀去。他们登上了白云山山顶，幸福地依偎在一起……

西关闹市上，金铺、鞋店、花纱棉布庄、绸缎店、甜品店、食肆鳞次栉比，游人熙熙攘攘。麦秋实和梦苏从一家商店出来，手里拎着买来的准备结婚用的东西，脸上洋溢着喜悦和甜蜜……

小巷的一处民宅里，麦秋实和梦苏亲手装点他们的新房。梦苏用剪刀在红纸上剪着"囍"字，面前已经剪好一叠"囍"字。

麦秋实过来："剪这么多？"

梦苏指着屋内说："这儿贴一个，每扇窗上贴一个，门上贴一个，还有走廊、楼梯……"

麦秋实说："你总不至于把全广州城都贴满吧？"

梦苏说："只要你愿意，当然可以……其实呀，你知道我最想把这个字贴在哪儿吗？"

麦秋实说："哪儿？"

梦苏调皮地说："贴到你身上，就像给你盖上印章，以后你就再也跑不掉了！"

麦秋实说："怎么，你还怕我跑啊？"

梦苏说："这几天我总感觉自己像在做梦一样，有点不敢相信这一切是真的，害怕你会随时溜掉……"

麦秋实抱住梦苏，动情地说："梦苏，我知道，我过去对你的伤害太深了，你心里还有阴影……可我要告诉你，这次是真的，实实在在的，我们一定要把幸福抓得牢牢的，决不让它再从身边溜走了。"

梦苏从麦秋实怀里挣脱出来，将一张剪好的囍字贴到了麦秋实身上。

梦苏哈哈大笑："那就盖个印吧。"

麦秋实说："好，这下心里踏实了？"

梦苏点点头。

麦秋实看着梦苏可爱的样子，忍不住抱住她亲吻。

梦苏闭上眼睛，幸福得仿佛全身都要被燃烧、被融化了……

这天，窗外下起了雨。梦苏和麦秋实贴满了"囍"字的新房屋里，充满了温馨的气息。

梦苏望着窗外的雨有些发愁。

梦苏说："这雨要下到什么时候啊？"

麦秋实说："还要下些时候呢，每年这个季节，广州的雨都下得没完没了，这叫'龙舟水'。"

梦苏说："那我们也要等好久吗？"

麦秋实说："那倒不用，这'龙舟水'不会时时刻刻都下的，只要哪天雨停了，天一放晴，就去办我们的事。"

梦苏说："要不然，我们就不发喜帖，也不办酒席了。"

麦秋实说："那不行，咱有那么多朋友、同事，还有那么多同志，结婚这么大的事要是都不表示一下的话，大家肯定不会答应的。再说，也要给组织上打个招呼呀。"

梦苏说："真的要那么麻烦吗？"

麦秋实说："这不叫麻烦，当初，你阿爸阿妈送了那么多嫁妆去我家，隔了这么多年才正式迎娶你，要是不办得像样一点，也对不起你的双亲啊。"

梦苏神情顿时变得黯然。

麦秋实说："对不起，又让你伤心了。我知道，不管我怎么做都对不住二位老人家，我欠的债真的一辈子也还不清。"

梦苏走过去打开衣箱。麦秋实看着她。梦苏拿出那把折扇，慢慢展开，那封"休书"赫然呈现在麦秋实面前。

麦秋实一怔："这……"

梦苏轻声地说："给你，把它撕了吧。"

麦秋实说："你说什么？"

梦苏说："我说，把它撕了吧……让我们把过去那一切都忘掉。"

麦秋实接过那把折扇看着……

麦秋实说："不，不要撕，把它保存起来。"

梦苏说："为什么？"

麦秋实说："因为它是一面镜子，能照出我对过去的忏悔，也能照出我们今后的幸福……你说是吗？"

梦苏轻轻地偎依到麦秋实胸前，麦秋实将她抱在怀里……

从西关小巷里，梦苏和秋实租住房间的窗户外望去，雨下得更大了，丝毫没有停歇的意思。

梦苏呆呆地望着窗外的大雨出神。

麦秋实走到梦苏身边："你这样看了多久了，在想什么？"

梦苏说："我……还在想那把扇子。"

麦秋实一愣："还在想？"

梦苏说："你说它是一面镜子，能照出我们今后的幸福？"

麦秋实说："前面还有一句——能照出我对过去的忏悔……"

梦苏说："万一……万一不是这样呢？"

麦秋实有些惊讶："你怎么会这样想？难道你现在感觉不到我们在一起的幸福？"

梦苏说："不不，我是说万一……"

麦秋实说："你不像是一个悲观主义者啊。"

梦苏说："你还没回答我呢。"

麦秋实说："我能理解，你那次被伤害得太深了，我一想到这儿就很内疚，很心痛……"

梦苏说："你还是没有回答我。"

麦秋实沉默了一会说道："叫我怎么说呢，梦苏，不管今后有多苦、多难，有多少坎坷、多少曲折，我们都一定要坚定地在一起，守住我们的感情，同时也要守住我们的信仰，相信我们一定会幸福，革命一定会胜利，劳苦大众一定能获得解放，共产主义一定能够实现！"

梦苏眼睛一眨不眨地看着麦秋实。

麦秋实说："梦苏，你不是说过，很想去荔湾湖看看雨后的彩虹吗？"

梦苏点点头："好多人都说，雨后荔湾湖的彩虹，是最美丽、最壮观一道风景，我还从来没看过呢。"

麦秋实说："好，等这场雨过后，我就带你去看！愿我们今后的日子，就像那彩虹一样美……"

梦苏说："嗯！"

梦苏轻轻靠在麦秋实肩上。

窗外大雨滂沱。

西关小巷里，梦苏将麦秋实送到门口，二人依依不舍。

梦苏说："你……什么时候再来呀？"

麦秋实说："等雨一停我就来接你，我们去照相、发喜帖……"

梦苏说："我……不是着急那个……"

麦秋实逗她："那你还急什么？"

梦苏说："我是想，我都入党了，组织上什么时候给我安排工作呀？"

麦秋实说："不着急。你刚从北伐前线回来，这一路太辛苦了，好好休息几天，等我们把结婚这件大事办完，我就带你去区委。区委机关就有很多事忙不过来，正缺人手呢，以后有的是工作。"

麦秋实欲走，梦苏拉着他的手仍不舍。

麦秋实看着梦苏的满目柔情，忍不住又吻了她。

麦秋实打着油纸伞离去。

梦苏凭靠在窗前，双手托着因被吻还有些发烫的面颊，目送着麦秋实的背影。

麦秋实回过身来，朝梦苏挥了挥手。

梦苏也朝麦秋实挥手。

黄昏的细雨中，窄窄的长长的铺着麻石板的小巷里，撑着油纸伞的麦秋实渐渐走远……

深夜，梦苏在租住的房间里，独自坐在灯下，又在用剪刀剪着红色的"囍"字。

她的脸上，洋溢着甜蜜、快乐和幸福……

春晓从欧阳大宅里面，凝视着窗外淅淅沥沥的雨丝，越发地心灰意冷。

房门被推开了，欧阳启泰和夫人进来。春晓起身："爸，妈。"

欧阳启泰不满地瞥了女儿一眼："看看你，憔悴成什么样子了！"

春晓紧咬着嘴唇。

欧阳启泰说："我知道你不愿意向我认错，那么，我就来向你认个错。"

春晓诧异地看着父亲。

欧阳启泰说："是我的错，我对你的教育错了，从小对你过于放纵，今天完全是自食其果。"

春晓说："爸……"

欧阳启泰摆了摆手："过去的事就不说了。今天我和你母亲来，是和你说两件事——第一，你要还是我们的女儿，就从现在起收心敛性，今后不许再出去胡闹，不许再参加任何政治活动，不许再和那些狂热分子和组织有任何瓜葛！"

春晓说："爸……"

欧阳启泰说："第二，爸爸的世交范伯伯家的公子刚从美国留学回来，已经被北京的大学聘为教授，事业有成，为人方正，我和你母亲很看好他。我们已经和范伯伯、范伯母商定两家联姻，把你许配给范公子……"

春晓大惊说："爸，你在干什么呀……"

欧阳夫人说："听你爸爸说话。"

欧阳启泰说："你好好在家待着，把心静下来，给我修身养性。范公子最近就要从北京过来，你们见见面。"

春晓说："我不见！"

欧阳启泰说："你敢！"

春晓说："爸，你还自诩为开明人士呢，可你，竟然也搞封建包办婚姻这一套！"

欧阳启泰说："这不叫封建包办，这是对你负责！这门亲事我和你母亲已经定下了，等和范家商定一个吉就给你们把婚事办了。"

春晓说："这绝不可能，我死也不认这门婚事！"

欧阳启泰说："这由不了你！你好好给我想想，等什么时候想明白了，愿意和范公子成亲了，什么时候再放你出去。"

欧阳夫人说："春晓，做父母的谁不为自己的孩子好？你就听一次我们的话，啊？"

欧阳启泰和夫人走出房间。等候在外面的用人立即将房门拉上，"咔嚓"一声上了门锁。

春晓使劲拉门，却怎么都拉不开了；春晓使劲砸门："放我出去！放我出去……"

傍晚，女用人给春晓送来饭菜，男用人打开了春晓房间的门锁。

门一开，春晓就往门外跑，被男用人堵在门口。

春晓厉声喝道："让开！"

女用人说："小姐，求求你，别让我们下人为难了。"

男用人说："小姐，你就是出了这个门也没有用，老爷吩咐，大门口里里外外都有人在看着你。"

春晓气得拿起饭碗朝门外扔去。

春晓说："你们告诉我爸，不放我出去，我就什么都不吃……我饿死都不吃！"

饭碗、菜盘接二连三地被扔到门外，遍地狼藉。

听着从女儿房间传来的声响，楼下起居室里的欧阳夫人坐不住了，起身欲上楼。

欧阳启泰说："不许去！"

欧阳夫人说："你没听见她在砸东西吗？"

欧阳启泰说："那就让她砸吧，看她还能把这座房子拆了！"

欧阳夫人说："哎呀，她昨天就没吃东西了，今天肯定又是不吃。"

欧阳启泰说："她不吃就饿着，看她能饿到什么时候！"

欧阳夫人有些不忍心："这……别把孩子给饿坏了啊！"

欧阳启泰猛地一拍桌子："你心疼了？看看把她惯成这个样子，还不吸取教训！"

"你、你朝我吼什么！"欧阳夫人担心而又无奈地坐回到椅子上。

夜深了，春晓还在"哗啦哗啦"使劲拉着被锁住的房门。她大声喊着："放我出去！放我出去……"偌大的宅院，却没有任何回应。春晓含泪哈哈大笑。

她突然唱起了北伐出征的歌曲，边唱边在屋子里走着行进的步伐，借此宣泄内心的痛苦和郁闷．

隔壁大床上的欧阳启泰夫妇，听着从女儿房间传来的闹腾声，欧阳夫人实在忍不住了。

"让我去看看吧……"

　　欧阳启泰瞪了睡在旁边的欧阳夫人一眼："你要是现在敢去看她，我就和你不过了！"

　　"你……"

　　"你听听，疯成什么样子了！我的女儿，如此毫无体统，我出去都没脸见人！"

　　"不至于吧……我担心再这样下去，别把孩子给憋出病来。"

　　"你要是再心慈手软，这个女儿就彻底毁了，说不定我们这个家都要毁在她手上！"

　　春晓已经筋疲力尽，喊不出、也唱不出声来了，她的情绪低落到了极点，呆呆地望着窗外浓重的夜色，单调的雨声不绝于耳，使这黑夜显得更加漫长。

　　她再也无法忍受这无边的孤寂了，她感到绝望了，心一横，取来信纸，坐到桌旁奋笔疾书起来……

　　次日清晨，在西式早餐的香味中，男佣从外面打开春晓房间的门，女佣用托盘端着早饭站在门外："小姐，吃早饭了。"

　　房内没有应答，女佣走进来："小姐，小姐。"

　　房内不见欧阳春晓的影子，床上的被褥叠得整整齐齐，没有睡过的痕迹。桌上摆着两封信。

　　桌旁的窗户大开着，一夜的风雨，窗台已被淋湿。窗外的白玉兰树枝叶繁茂，粗壮的枝干一枝几乎伸到了窗边，另外几枝则伸向了院墙，显然，春晓是沿着这棵树爬出去的。

　　女佣慌慌张张地跑出房间，边跑边喊："老爷，老爷，小姐不见了……"

　　仆人们乱成一团，里里外外地寻找着春晓。

　　天空晴朗，雨后的坤雅女师显得格外清新，有的地方还可看到湿漉漉的水渍。

　　下课铃响起，学生们从教学楼涌出。

　　麦秋实拿着书本刚走出楼门，就看到了等在校园里的梦苏。梦苏今天穿了一身红色的旗袍，显得格外靓丽。

麦秋实眼前一亮："梦苏，真好看！"

梦苏顽皮地笑着，还有一点羞涩："我看今天雨过天晴了，你却迟迟不来，我等不及了，就跑来找你。"

麦秋实说："我心里其实比你还急，可总得把早读课上完啊。"

梦苏说："现在可以走了吗？"

麦秋实点点头说："先去哪里？"

梦苏说："当然是先去照相，然后，我们去荔湾湖，看今天会不会出彩虹。"

麦秋实说："好！我把书放回办公室，我们就走。"

照相馆里，梦苏和麦秋实正在拍结婚照。

梦苏一身红色旗袍，麦秋实则西装革履。两人幸福地偎依在一起，在镁光灯的闪烁中，定格成一幅幅不同姿态的影像。

从照相馆出来，梦苏和麦秋实兴高采烈地走在荔湾街头。

麦秋实说："相照过了，我们再去陶陶居把酒席订了。"

梦苏这时一仰脸，突然看到了从荔湾湖升起的那道彩虹，惊喜得跳了起来："看，彩虹！"

麦秋实说："真是的，这彩虹好像就是为我们而升……"

梦苏说："什么'好像'，它本来就是为我们升起的。你答应过要带我去荔湾湖看雨后的彩虹，去陶陶居订酒席的事明天再说，行吗？"

麦秋实说："好，走！"

麦秋实和梦苏手拉着手，愉快地奔跑起来。

幽静的荔湾湖。

春晓站在湖心的一条小船上，望着深深的湖水，然后闭上眼睛欲跳下去，却又没有勇气。

湖边，两位垂钓的老者发现了春晓的异常举动。

老者甲小声地说："不好，那女仔要出事了！"

老者乙说："快叫人来……"

渐渐地，荔湾湖边聚集起了不少围观者。

两位垂钓的老者和两个年轻人划着小船向春晓靠近。

老者甲朝春晓喊道："女仔啊，凡事想开一点，不要犯糊涂啊！"

老者乙说："你阿爸阿妈养你这么大不容易，千万唔做傻事……"

春晓站在船头冲他们大喊："别过来！别过来！再过来我就跳了……"

春晓说着往船边跨了一步，做出要往下跳的样子。

两位老者的小船停了下来，不敢再往前划。

春晓的小船孤零零地漂浮在湖心。

此时，雨后的湖面，在晨光的照射下，果真升起了一道彩虹。

人们指着彩虹惊叫起来。

春晓也不由地抬头朝彩虹瞥了一眼，然而，触景生情，她的心情更糟了……

站在湖心小船上的春晓已经十分焦躁，痛苦异常地在船边来回走动。围观者越来越多，却又不知所措。

她想起了写爸妈的"遗书"——

　　　"爸爸，妈妈，女儿不才，不能忍受心中的委曲和感情挫折；女儿不孝，不能陪伴和照顾你们……我要走了，我要去往另一个世界，用清冽的湖水洗去我的烦恼和忧伤……"

巧了，此时，梦苏和麦秋实走近湖边，欣赏着那道腾空而起的彩虹。

梦苏说："赤、橙、黄、绿、青、蓝、紫，哇，那么多色彩，真是太美妙了！"

麦秋实说："这是大自然的杰作，人生就应该像它一样……"

梦苏说："可是，彩虹是会消失的呀。"

麦秋实说："只要把它藏在心里，就永远不会消失。"

梦苏用赞许的目光看着麦秋实。

麦秋实发现了聚集在湖边的人群："看，那边出什么事了？"

麦秋实拉起梦苏的手，挤进荔湾湖边拥挤的人群。

麦秋实说："怎么回事？"

一男子说："一个女仔要跳湖。"

麦秋实和梦苏往湖心一看，顿时大惊，他们认出了站在船上的女子！

麦秋实说："啊，欧阳春晓！"

梦苏说："春晓……"

麦秋实朝春晓喊道："春晓——欧阳春晓——"

梦苏说："春晓，你干什么呀——"

春晓慢慢抬起头来，看见了麦秋实和梦苏——看见他们俩在一起，而且梦苏穿着一身红色旗袍，春晓的心情更坏了，转身走到船沿，掩面失声哭泣。

麦秋实说："春晓，你不能这样，你是参加过北伐的，不管遇到什么事都要坚强！"

梦苏说："对呀，你有什么想不开的？我和秋实还等着你参加我们的婚礼呢……"

春晓大受刺激，猛地转身朝麦秋实和梦苏歇斯底里地喊出一声："我祝你们幸福——！"纵身一跃，跳进了湖里。

岸边的群众一阵惊呼。

欧阳启泰和夫人跑到湖边，正巧看到了女儿跳湖的一幕，欧阳夫人当即晕倒。欧阳启泰指着湖心大喊："救人啊！快救人啊……"

麦秋实脱下上衣，一头扎进湖里奋力朝春晓游去。

两个老者船上的年轻人也跳水游向春晓。

梦苏顾不得脱下旗袍，跟着跳了下去……

潘卓南的诊所，一间单人病房里，春晓躺在病床上输液，她神智有些不清，却紧紧地抓着麦秋实的手不放，麦秋实只得一直坐在病床边。

春晓似乎在说着呓语："秋实，秋实……别离开我，别离开我……"

麦秋实说："我在，我在这儿。"

病房门被轻轻推开，梦苏端着一个汤煲进来，看见春晓紧抓着麦秋实的手，不禁一愣。

麦秋实尴尬地挣脱开春晓的手。

"秋实，别……别离开我……"春晓下意识地又抓住了麦秋实的手。

梦苏放下汤煲，转过身去。

麦秋实说："梦苏……"

梦苏走出病房。

潘卓南医生进来。"麦先生，你一直在这儿啊。"

麦秋实把手抽出来："潘医生……"

"让我看看。"潘卓南为春晓查看病情。

麦秋实说："怎么样？"

潘卓南说："她淋了一夜的雨，受了寒，跳湖后水又进了肺部，导致肺部有些感染。加之她的精神状态很不好，不利于身体的恢复。我给她的父母都谈过了，你们也要注意安抚她的情绪，不要让她再受什么刺激。"

麦秋实说："好的。"

潘卓南暗示麦秋实跟他到外面去一下。

麦秋实欲跟潘卓南走出，春晓轻声叫道："秋实……"她的头难受地左右摆动，手在床边胡乱地抓着，似乎在寻找麦秋实的手。

麦秋实俯身对春晓说："我送一下潘医生，就在门口。"

春晓这才安静了一些。

病房门外，潘卓南在病房门外等到麦秋实出来。

潘卓南说："欧阳先生托我带话，叫你抽空到他家去一下。"

麦秋实说："有什么事吗？"

潘卓南说："欧阳先生说，春晓出事前在家里给你留了封信，可能是这事吧。"

麦秋实一怔："给我留了封信？"

潘卓南说："麦先生，你和你的这些学生，可真是风风雨雨，不容易啊。"

麦秋实苦笑一下："这个年纪的学生，也正是经历风雨的时候。潘医生，让你费心了。"

潘卓南说："应该的。在我的诊所，你就放心，有什么情况随时叫我。"

麦秋实说："谢谢！"

潘卓南走去。麦秋实正要回房，一转身发现梦苏站在一旁。"梦苏，你没走？"

梦苏说："我……刚才送进去的是我亲手煲的鸡汤，你让她多喝点，补一补，晚上我再熬点粥送过来。"

麦秋实说："欧阳家每顿都好饭好菜地送，你就不用太劳累了。"

梦苏说："这是我的一点心意，当初，要不是她动员我到广州来读坤雅女师，我和你恐怕一辈子都见不上了。现在，她出了这事，我挺难受的。"

麦秋实说："唉，真没想到会这样……陶陶居的酒席也没顾得上去订，喜帖到现在也发不成……"

梦苏说："秋实，春晓现在这样，我担心，我们要是现在结婚，肯定会更刺激她。"

麦秋实说："是啊，刚才潘医生还嘱咐说不要让她再受什么刺激。"

梦苏说："那怎么办啊？"

麦秋实说："这都怪我。可能我这性格确实不好，太优柔寡断了。我爱你，可是又不想伤害春晓，弄得左右为难，说不定最后把每个人都伤害了，包括我自己。"

梦苏说："不，这不怪你。同为女人，我能理解春晓对你的感情，所以，我也不想伤害春晓。本来我想在这儿陪她的，又怕她反而更不高兴。昨天要是我不和你一起去荔湾湖，不对她喊我们要结婚的事，她可能就不会跳下去了。一想到这儿，我就特别内疚。"

麦秋实说："梦苏，你能理解，我非常感激……"

梦苏说："就别说见外的话了，要不，再过一阵子，等春晓的身体好了，她也能接受了，我们再办结婚的事吧。春晓和她一家人给过我太多的帮助了，我不想伤害她，不想失去她这个好朋友。"

麦秋实说："可是，咱们这个婚事都拖了这么多年了，本想着抓紧把它办了。"

梦苏说："就再等几天吧，没关系的，反正你说了，'这回我们一定把幸福抓得牢牢的，决不让它再从身边溜走。'"

病房里又传出春晓焦躁的呓语："秋实，你在哪儿？秋实，秋实……"

麦秋实无奈地看着梦苏。

梦苏说："你去吧，替我好好照顾她。"

麦秋实说："我这几天可能顾不上你，你要照顾好自己，别让我担心。"

梦苏说："放心吧。"

春晓的呓语声再次传出，麦秋实走进病房。

梦苏在门外站了一会儿，心情复杂地离去。

第八章　甘辛

几日过去了，梦苏日日煲汤，拿到医院来让麦秋实喂给春晓。喝完汤，春晓还会要求麦秋实陪着，在医院的花园里散散步。

两个人慢慢地走着，春晓靠着麦秋实，一脸幸福的样子。

麦秋实则浑身的不自在。

第九章

一颗苦果

省政府楼前，一队工人打着标语在请愿，陈桂、古大章站在队伍的前面。

一政府官员站在楼前台阶上对工人们讲话。

官员说："广东作为国民革命的根据地，为巩固北伐后方，革命之责任犹重，更需要靖宁治安，不能随意扰乱秩序……"

古大章大声地说："你少拿革命和北伐来吓唬人！工友们，都有谁上过北伐前线？"

不少人举起手臂，发出一声巨吼："我！"

陈桂上前一步说："姑奶奶我参加铁道交通队，和男人一道爬山、过河，像男人一样运石头、扛铁轨，就差像男人一样撒尿了！鞋底磨穿好几双，差点把命丢在那儿。回到这后方来，连工作都保不住，你们究竟是谁的政府！"

古大章指着官员问道："你说清楚了，究竟是谁在扰乱秩序，谁在破坏北伐后方？"

官员尴尬地说："现在也、也没说要开除你们啊。"

古大章说："嘴上不说开除，暗地里另外做一套，更阴更坏！国民政府本来支持工人提出的'东家不能任意开除工人'的协议，现在国民政府北迁了，你们省政府又来推翻这个协议……"

陈桂说："就是你们在支持资本家开除工人！去年年初二开除的工人有五、六千，谁敢保证今年不开除到我们头上啊！"

古大章带头，工人们愤怒地喊起了口号："不许随意开除工人！保护工人权益，维持工人生活！"

官员想溜，又不敢走，面对工人们越来越群情激愤的事态，吓得面如土色。又有一支工人模样的队伍，游行到了省政府楼前，与古大章他们对峙起来。这些人打的标语、喊的口号却是另外一套。

古大章他们喊的是："不许随意开除工人！保护工人权益，维持工人生活！"

而这一方喊的是："支持省府决议！维护秩序，巩固北伐后方！"

双方都试图压倒对方，口号声越来越大，渐渐演变成互相谩骂，场面一片混乱。

古大章恼火地发问："你们是什么人？"

对方头目说："你们是什么人？"

古大章说："我们是广州'工代会'下属的各个工会的代表，我们在维护工人的权益！"

对方头目说："什么'工代会'？没听说过啊！倒是我们'机器工会'正准备召开全省代表大会，号召工人维护北伐后方秩序！"

两派工人的纷争，使得刚才那个官员缓过劲来。

官员对古大章说："看看，你们工人里还是有明白事理、理解政府的人嘛。政府最新决议，在关于工会纠纷问题方面，严禁工人持械游行；在公共生活有关系之事业中，一律不准罢工……"

古大章说："他们是黄色工会，他们是假的，不能代表工人！"

对方头目说："你们他妈的才是假的呢！凭什么你们能代表工人？"

陈桂指着对方头目说："你嘴干净点，别像个粪坑一样！"

对方头目说："老子就骂你们了，怎么着？"

古大章说："你这嘴真像个粪坑啊！"

对方一工人盯着陈桂，无赖地笑着："那这娘们的嘴像什么呀？让我闻闻有没有香味……"

那工人说着就向陈桂凑了过来。

陈桂骂了声"臭流氓"，一巴掌掴在那人脸上。

对方头目朝身后一挥手："他们骂人打人了，给我上！"

对方那些人显然是有备而来，忽然亮出各种打斗器械，冲上来朝古大章他们请愿的工人劈头盖脸一阵乱打。

古大章他们猝不及防，不少工人被打得头破血流。他们愤怒了，奋起还击，双方混战在一起。

赤手空拳与铁棍、三节棍等器械较量。

有人流血倒下。有人抱在一起翻滚扭打。女工们尖叫着躲闪。陈桂拳打脚踢,奋力保护古大章……

那个长官退到台阶上,声嘶力竭地叫喊着,试图阻止混战局面。"不要打了,不要打了。政府最新决议,在关于工会纠纷问题方面,严禁工人持械游行……"

根本没人理睬他,混战愈加激烈,场面愈加混乱。

傍晚,麦秋实坐在小饭桌旁吃饭,大口大口吃得很香的样子。

梦苏被他的吃相吸引,望着他。

麦秋实说:"嗯,好吃好吃!"

梦苏给他碗里夹着菜说:"真有这么好吃吗?我可是不会做饭。

麦秋实说:"好吃好吃,确实好吃!"

梦苏说:"我尝尝……"

麦秋实将一个盘子扯到自己面前,指着另一盘菜对梦苏说:"你吃那盘,这盘归我。"

梦苏吃了一口,咸得直吐舌头。

梦苏说:"啊,这么咸,你还说好吃!"

麦秋实说:"咸一点更下饭,吃着更有胃口。"

梦苏很是感动,深情地望着他。

麦秋实吃完饭,很满足的样子站起来。

麦秋实说:"吃得太撑了。你还真有做饭的天赋呢。"

梦苏说:"我知道你是在鼓励我,想让我天天给你做饭吃。"

麦秋实说:"是啊,我就是想让你给我做饭——天天做,顿顿做,做一辈子。"

梦苏说:"行了,快去医院吧,不然太晚了。"

梦苏将包好的汤罐拿给麦秋实说:"这是我煲的艇仔粥,不知道春晓喜不喜欢。"

麦秋实说:"你会做艇仔粥?"

梦苏说:"以前阿桂教过我。"

麦秋实说："我说啊，以后你也不用太费心思，春晓家里每顿送的饭菜都很丰盛。"

梦苏说："刚才你还夸我做的饭好吃呢，现在又……"

麦秋实说："我不是怕你太辛苦吗！再说，送多了春晓也吃不过来。"

梦苏说："她要是不吃，你就带回学校去，明天当早餐吃。"

麦秋实说："好。"

麦秋实临出门又回过身来："春晓已经恢复得差不多了，这两天就该出院了。我准备尽快找时间和她好好谈一次，把什么都谈开了。"

梦苏说："你看她心情好的时候吧，谈的时候说话要注意一点，别再刺伤她了。"

麦秋实说："不管怎么样都必须得谈开了。我们结婚的事又拖了这么久，这次无论如何不能再耽误了，等春晓一出院我们就操办婚礼，陶陶居的酒席我都订好了。"

梦苏说："还要写喜帖，发喜帖呢。"

麦秋实说："对，你这两天就把喜帖写一下，发出去。我们要多请一些亲朋好友，把婚礼办得热热闹闹的。"

麦秋实说罢欲走。

梦苏说："等等！"

麦秋实以为梦苏还有什么事，没想到梦苏上前，在他脸上亲了一口。

病房里，春晓斜倚在病床上。麦秋实拿着一个纸包进来。

麦秋实说："哟，气色那么好，哪像个大病初愈的人啊。"

春晓说："这要多谢你这些日子对我照顾得好啊！"

麦秋实说："你就别客气了。出院手续办好了吗？"

春晓说："家里人正在办呢，等办完我们就回家。"

麦秋实将纸包递给春晓说："我路上买的南乳花生。"

春晓高兴地说："你真细心，还记得我爱吃南乳花生！"

她打开纸包吃了起来："嗯，味道真香，你在什么地方买的？记住下次还到那儿去买。"

麦秋实说："好……春晓，我……我想和你谈谈。"

第九章 一颗苦果

247

春晓警惕地说："谈什么？"

麦秋实说："是这样，我……我和梦苏……"

春晓突然叫道："哎呀！"

麦秋实说："怎么了？"

春晓说："这颗花生是苦的，呸呸……"

她下了床，到角落的洗手池处漱口。

麦秋实被忽然弄得不知所措。

春晓走回来，脸色变得难看起来。

麦秋实说："没事吧？"

春晓不吭声。

麦秋实说："春晓，你听我说……"

春晓突然发火："你在路边哪个档口买的过期花生，难吃死了！"

春晓说着将那包花生米扔到了地上。

麦秋实沉默片刻，看着春晓："你可能知道我要说什么，所以心里不大好受……但回避不是办法，有些话总是要说开的，有些事情大家总是要去面对……"

春晓显然根本不打算给他说话的机会，暴躁地吼道："我现在不想和你说话！人家都病了，你还来烦人家，讨厌！"

麦秋实说："春晓……"

春晓说："你走开！"

麦秋实伫立着。

春晓说："你走不走？"

麦秋实说："春晓，请你不要这样。"

春晓说："你不走我走！"

春晓说着就朝门口冲去。

麦秋实拉住她说："春晓，你冷静点……"

春晓挣开麦秋实的手，冲到门口拉开了房门。

然而，不等春晓出门，一个人却抢先闯了进来，差点和春晓撞个满怀。

春晓说："啊！"

麦秋实一愣说："阿新？你怎么到这儿来了？"

阿新擦着头上的汗："还是老谢掐得准，他说春晓今天出院，你肯定就在这里。"

麦秋实说："有什么事吗？"

阿新神情严肃起来："老谢让通知你们两个，马上到区委开会。我还要去通知别人，再见！"

阿新匆匆走出病房。

春晓从刚才的任性中回转过来，有些紧张地看着麦秋实问道："他是什么人？"

麦秋实说："广东区委的交通员。可能有什么紧急情况，你赶紧收拾一下，我们走！"

区委副书记老谢在召集麦秋实、区达铭、春晓、黄启等人开会，会议气氛很是凝重，可以感受到形势的严峻。

老谢说："工人方面，右派势力扶持的黄色工会机器工会跳了出来，召开所谓的全省代表大会，公开发表反共言论，与我党领导的广州'工代会'争夺工人运动的领导权，双方冲突不断；在学生中，国民党右派控制的'士的党'在广州市学联中制造分裂；在妇女界，他们操纵'女权运动大同盟'，与我党领导的'妇女解放协会'相对抗；农民运动方面，在右派分子的怂恿和支持下，各地的土豪、劣绅、民团大举进攻农会，杀害农运骨干和农民自卫军成员，恶性事件层出不穷……"

黄启说："我前些日子去农村搞过一个调查，那些贪官污吏动不动就拿'北伐'作招牌，吓唬农民。他们勒派公债，农民倘若不交，就被扣上'反对政府北伐'的罪名；农民开会，被诬蔑为'聚众滋事'，'扰乱北伐后方'。听说有个地方一位农民睡觉打鼾声音大了些，都被和他有仇的土豪说成是'妨碍北伐后方'，简直太猖狂了！"

区达铭说："我看根子还在政府身上。机器工会那帮人动不动就挑事，动刀动枪地袭击我们的工会，已经制造了好几起血案。'工代会'好多次提出强烈抗议，要求当局严惩，省政府竟然装聋作哑，理都不理。这不是公开包庇反动分子，压制革命群众吗？黄色工会有了靠山，气焰越来越嚣张了！"

老谢说："现在形势对我们越来越不利。从大的环境来说，帝国主义制造了'万县惨案'、'南京惨案'。新军阀指使反动军官派兵捣毁了赣州总工会，制造了'赣州事件'；从广东的小环境来说，国民政府北迁武汉以后，大批左派人士北上，许多干部被调往其他省工作，广东的革命力量大大削弱，党政军大权落到了国民党右派手里，政局发生了急剧变化。"

麦秋实听了这么多情况，显得心情沉重："没想到形势会如此急转直下，看来暴风雨很快就要来了！

区达铭说："马克思主义讲辩证法，这个辩证法讲由量变到质变，量变达到一定的程度，肯定会引起质变。这段时间里里外外出了这么多事，我就感觉不对劲，这么发展下去，说不定会闹出什么大事来。"

春晓紧张地说："情况真的这么糟糕吗？"

老谢说："各位不愧长期从事群众工作，有政治上的敏感。你们的想法和区委不谋而合。区委已经感觉到时局变化很快，有可能进一步恶化，甚至可能发生绝大的冲突。所以在最近给中央的报告里，区委指出'广东要经过一个新军阀统治时期，而且这种新军阀较旧军阀更厉害，他们会压迫一切民众运动'。"

麦秋实说："中央的意见呢？"

老谢说："中央第一次的回复是'重大政策待中央讨论决定，不要有任何轻举妄动，以致影响北伐后方'。"

此话引起参加会议的人们一阵郁闷的感叹。

老谢说："后来，中央大概也感觉到形势的严峻了，又发来指示，'时局正在紧张发展中，应准备布置秘密机关，保持地下工作'。"

区达铭说："某些领导人北伐的时候在对蒋介石的态度上，就是'既反对又不反对'。如果老是做这样的表态，我们下面的同志真是不知道该怎么办好了。"

老谢说："区委领导的态度一直是很明确的。陈延年同志指出，各地党组织要警惕新右派叛变革命，提防他们突然袭击。根据他的指示，区委这几天连续召开紧急会议，商讨对策，从思想和其他方面做好应变的准备，决定采取以下几方面措施——第一，设立党的秘密机关，做好转入秘密活动的准备，负责同志白天坚持公开工作，晚上隐蔽起来；第二，筹建地下秘密赤卫队。今天这个小范围的会，一是传达区委的精神，另外就是布置你们几位下一步的工作。"

黄启说："好，大家就干他一场！"

区达铭说："把最危险的工作交给我，我随时准备着为党、为革命献出自己的一切！"

麦秋实静静地坐着，在思考着什么。

老谢对几位同志说："你们几位，各自都要负责建立一个秘密机关。"

那几位同志答"是"！

老谢看着麦秋实和春晓说："你们二位仍要在一起，春晓继续配合麦秋实同志的工作，担任他的助手。"

春晓心情复杂地看了麦秋实一眼。

老谢说："秋实同志，你们这个秘密机关是青年运动和妇女运动这两条线的联络点和交通站，还要继续组织'团委'、'妇女解放协会'以及'新学生社'等团体开展活动。"

麦秋实说："是。"

老谢说："按照区委的要求，你们迅速去租赁两处房屋，一处作为所联系工作单位的接头机关，另一处要较为隐蔽，作为你们的住所。为安全起见，要以家庭作为掩护。"

麦秋实一愣："以家庭为掩护？"

老谢说："对，就是说，你和春晓要假扮为夫妻。"

麦秋实吃惊地说："假扮夫妻？"

老谢说："秋实同志，早就听说你和欧阳春晓，啊，因为长期在一起工作，已经有感情了；如果你们将来能真的成为夫妻，那当然更好。但组织上现在只能安排你们以假夫妻的身份开展工作。"

春晓掩饰不住地窃喜。

麦秋实急忙辩解："老谢，你误会了，我和春晓过去是师生关系，现在也只是同志关系、工作关系，谈不上有、有那种感情……"

春晓对麦秋实这样说很是生气，把脸一甩说道："别解释了，谁跟你有感情啊！"

他们的话被大家理解成了"欲盖弥彰"的掩饰，反而激起了相反的效果。

区达铭说："就是，你们两个干脆真结了算了，还'假扮'什么呀，真是脱了裤子放屁，多此一举。"

麦秋实急了："各位，你们真的误会了……"

老谢看了看欧阳春晓，笑眯眯地就好像在看一棵摇钱树，扭头对与会者宣布道："好了好了，这个话题就不讨论了。总之，来真的也好，来假的也好，弄假成真也好，那是你们自己的事情，组织上不管，我只要求你们把秘密机关的工作做好。"

麦秋实愣怔着，不知该说什么。

春晓则态度积极地答道："是，我们坚决完成好组织交给的工作！"

老谢说："我就等你这句话。具体方案，我们下来再详细研究。"

老谢转向区达铭："达铭同志，你负责建立的秘密机关主要负责联络工运这条线，广州'工代会'、省港罢工委员会的活动也通过你这条线进行联系。"

区达铭说："那……我这条线……也需要以家庭为掩护吗？"

老谢说："是啊。现在环境太复杂了，只要是成年人，只要是单身一个人住的，不管是男是女，都很容易引起敌人的注意和怀疑，很容易暴露。"

区达铭急切地说："那我的助手是谁啊？就是说，谁来和我……假扮那个夫妻呢？"

老谢说："暂时还没有合适的人选。不过组织上正抓紧在女工积极分子中间进行物色……"

区达铭说："为什么非要在女工积极分子中间找呢？"

老谢说："怎么？"

区达铭说："我是说，找积极分子没有问题，但不一定非得是女工。我在工厂干过，太了解那些女工了，没几个读过书、能识文断字的……"

老谢说："哎，你可不能瞧不起女工啊。"

区达铭说："我不是瞧不起她们，我是说，她既然是我的助手就要能够配合我的工作。什么是配合？有长有短才能合得上，两个都一样长不就顶上了吗？两个都一样短不就成不了事吗？这就像男人找老婆，小眼睛的想找眼睛大的，五短身材的想找身条好的，脸黑的想找脸白的……"

老谢说："老区，看你扯到哪儿去了。"

区达铭说："扯远了啊，我的意思是说，找工作上的助手也是一个道理，她得要补上我的短处。我这个人啊，也就是参加革命以后上了一年夜校，没多少文化。别看我会说，也喜欢背个马列的经典什么的，那是我肯下功夫，听别人念了以后就死记硬背，真要是拿一篇文章摆到我面前，不说两眼一抹黑吧，起码有一半的字都是它认识我，我不认识它。如果真的找个女工来和我配合，那文件都没办法处理，要写个情报什么的，写错了自己都不知道……"

黄启说："老区，你说了半天都把我说糊涂了，什么长啊短的？直说了吧，你到底想找个什么样的人当助手啊？"

区达铭说："我不是说得很明白了吗？为了干好革命工作，我就想找个读过书、有文化的。"

老谢思忖着说："老区说的也有道理……那就得另外考虑和物色人选了……"

区达铭说："我倒是想到了一个人，很合适！"

老谢说："谁啊？"

区达铭说："她是麦秋实的学生，欧阳春晓的同学——沈梦苏。"

麦秋实一惊，霍地站了起来。

春晓也颇为愕然……

老谢诧异地看着麦秋实："秋实，你怎么了？"

麦秋实这才意识到自己的失态，掩饰道："没、没什么，坐久了，活动活动。"

麦秋实坐下说："让沈梦苏做老区的助手，我看不合适。"

区达铭说："怎么不合适？你别忘了，她早就配合过我工作了，沙面罢工的时候，她给我送过情报，任务完成得就很出色。"

老谢说："哦，怪不得这名字听着有点熟，你一说我想起来了。"

麦秋实说："不，不行！她曾是我的学生，我了解她，她太稚嫩了，把这么重要的地下工作交给她，确实担不起来。"

区达铭说："秋实，你这么说我不同意。你也不要太小瞧你这个学生。人都是要压担子才能挑担子的嘛，要有机会锻炼才能成长啊。刚开始工作，谁都有稚嫩的时候，谁都不是一生下来就成熟的。再说了，既然是配合工作，我肯定也会用我的长处去弥补她的短处，比如我的工作能力，我的领导水平，我的社会经验……我会尽力帮助她进步的嘛。"

春晓突然插话道："我觉得梦苏可以。"

区达铭说："看看，春晓都说可以。"

麦秋实惊愕地看着春晓。

老谢说："春晓，说说你的具体意见。"

春晓说："沈梦苏是在我的影响下从家乡走出来到了广州的。从坤雅女师到现在的中大预科，我们一直是同学，所以，我可以说是最了解她的人。她刚进中学的时候确实比较稚嫩，有一段时间也比较消极，但慢慢走上革命道路以后，特别是经过沙面罢工的锻炼，她进步很大。这次北伐中，我们一起参加救护宣传队上前线，她表现很勇敢，受到了通令嘉奖，不久前已经被批准转为正式党员了。"

老谢问麦秋实情况是否这样吗，麦秋实无奈地说了声是。

老谢说："听上去条件还不错啊。那就初步这么定了，我让组织部门再了解一下情况。这两天找个时间，我和她谈一次话。"

麦秋实还想说什么，欲言又止。

老谢说："同志们，接下来的斗争会很残酷，我们的革命力量不可避免地会遭受一定的损失，在座的每一个人都要做好奋斗牺牲的准备。革命不分先后，不论资历，我们要挖掘潜力，抓住一切机会培养后备力量，帮助他们尽快地成长，尽快地融入我们的伟大事业中来……"

每个人都神色凝重。麦秋实的心情极为复杂；春晓暗暗注视着麦秋实；区达铭很是开心。

老谢说："好了，时间不多了，我们抓紧布置其他工作。黄启同志！"

黄启以军人的反应迅速站起。老谢示意他坐下："你们几个军校生，负责建立军事运动的秘密据点。"

黄启说："太好了！老蒋已经几次要求把军校里的共产党员名单交出去，现在感觉在黄埔已经越来越不安全了。"

老谢说："所以，你们最好把党团员的档案、文件，以及花名册都转移到秘密据点去。今天的会就到这里。秋实、春晓、老区，你们留下，我们再谈一谈……"

麦秋实和春晓从楼里走出，区达铭随后出来，满面春风地快步离去。

春晓说："我们什么时候去租房？老谢说要抓紧时间。"

麦秋实没有吱声。春晓用胳膊撞了撞他："你说话呀。"

麦秋实说："这……你先去找找看吧，我有点不舒服，先回去了。"

春晓说："哎，我们不具体商量商量？"

麦秋实说："另外再找时间吧。再见！"

春晓失落却又有几分惬意地望着麦秋实的背影……

梦苏在沿江一家商店挑选喜帖。她选了厚厚一摞写有"囍"字的红色喜帖，付完款，高高兴兴地回到西关租住的民宅里。她伏在窗前的桌上，用笔工工整整地写着一封封喜帖。整理喜帖的梦苏听到敲门声，知道是麦秋实来了，高兴地跑去开门。

麦秋实站在门外。梦苏发现他情绪低落，脸色难看，不禁愣了一下。"你……怎么了？"

麦秋实强打精神地说没什么。

"不对，你是不是哪儿不舒服？"

麦秋实知道事态紧急，需要马上和梦苏商量对策，但老谢的话回响在脑海中，久久不散。麦秋实心里在打鼓，语无伦次起来："没……没有啊。"

"那……是不是出什么事了？"

麦秋实犹豫了一会，心里反复掂量着梦苏和革命事业的分量，终于暗自做出了决断，抬头心痛而又决绝地看着梦苏，嘴上故作轻松地说道："你就别多心了。走，我带你逛逛街去。"

第十甫商业街正值热闹的时候，街上人流如织。骑楼下的各种店铺鳞次栉比，各种招牌五颜六色、密密麻麻。麦秋实和梦苏漫步走来。

梦苏说："我把喜帖全都写好了，刚好六十六封，六六大顺呀！"

麦秋实心头一紧："是吗？"

梦苏说："一会儿回去你看一遍，明天我就从邮局寄出去。"

麦秋实像是没听见似的，突然指着身旁街道："哎，你看！"

只见随着"借光，借光"的喊声，十多个人列队而来，他们每人都用红色扁担挑着红色木桶，桶上有"陶陶居"、"九龙泉水"字样。行人纷纷让路，驻足观望。挑水的队伍招摇过市，走进了"陶陶居"茶楼的大门。

麦秋实显然是想引开话题，对梦苏说："你知道吗？陶陶居泡茶用的都是白云山九龙泉的水，他们每天派人用大板车到三元里去取泉水，拉到市区后再改用木桶挑回，正所谓'陶陶烹茶，瓦鼎陶炉，文火红炭，别饶风味'，煮茶的时候用红泥小火炉，烧乌榄核作炭……"

麦秋实看似滔滔不绝，实则不想让梦苏插话。他指着陶陶居大门上方那块黑漆金字招牌说："你看'石门铭'三个字，那是康有为的手笔，这是他最得意的碑体。当年南海先生开设的'万木草堂'就在这附近的长兴里，据说康有为常去那里喝茶……"

梦苏欣赏地望着麦秋实，又一次被他的才华所打动。

麦秋实说："看着我干什么？走，进去品味一下九龙泉水泡的茶。"

梦苏说："好啊，我们结婚要在陶陶居摆酒席，正好进去看看环境。"

麦秋实没想到躲来躲去还是撞到这话题上了，原本一只脚已经跨进了陶陶居的门槛，急忙又退了回来。

麦秋实说："这样吧，趁现在还早，我们先逛逛街。"

梦苏说："都走到门口了，先进去看看嘛，我还没进过陶陶居呢。"

麦秋实说："也不着急这一会儿，你看，还有那么多店呢，我们好不容易出来一趟，多逛一逛，以后想陪你逛街可能都没有什么机会了……"

梦苏敏感地问："为什么？"

麦秋实自知失言，急忙掩饰说："噢，我意思是说，以后形势越来越紧张，工作也就会越来越忙，可能就没有这闲情逸致了……"

梦苏狐疑地看着麦秋实。麦秋实望着别处，不敢正视梦苏的目光。

麦秋实突然指着街对面一家店铺，显出很兴奋的样子："哈，双皮奶，咱们家乡的小吃，走！"

麦秋实拉起梦苏的手，朝街对面跑去。

南信双皮奶店内拥挤不堪，但是和麦秋实对坐在一起，沈梦苏丝毫不觉得闷热。

麦秋实说："咱们先一人来上两碗吧！"他不等梦苏说话，对跑堂的招手道："喂，来四碗！"

梦苏说："哪能吃那么多？"

麦秋实说："我保证，你吃了两碗肯定还想吃。小时候我最喜欢吃妈妈做的双皮奶了。到了广州，我只要看见卖双皮奶的地方就进去尝一尝。吃来吃去，发现这一家的味道最正宗。"

双皮奶端上来了，麦秋实大口大口地吃起来。

梦苏尝了一点，没什么心思吃。

麦秋实说："怎么样？不错吧？"

梦苏悠悠地看着麦秋实。

麦秋实说："怎么这样看着我？是不是觉得我很可笑——一个大男人还这么爱吃甜品。"

梦苏说："秋实，我觉得你今天有点不对劲。"

麦秋实说："没有啊，我很正常啊。"

梦苏说："告诉我，是不是和春晓谈得不好？"

麦秋实说："什么？"

梦苏说："你说实话，是不是春晓还是不能接受我们的事？"

麦秋实说："这个……忙了一天，我还没顾上和春晓谈呢。"

梦苏说："还没谈？"

麦秋实点点头，看了看四周，凑近梦苏小声地说："最近发生了一些事情，形势可能会变得很糟，我们党正处在很大的危险之中。"

梦苏说："啊！那怎么办呢？"

麦秋实说："区委这几天一直在进行紧急部署，安排下一步的工作，为应对可能出现的最坏情况做准备。一旦发生绝大的冲突，我们每一个人都要起来战斗。"

梦苏急切地问："那有没有安排我的工作呢？"

麦秋实压抑着难言之苦，点了点头。

梦苏高兴地说："真的？你没骗我？"

麦秋实警惕地看了看四周，示意梦苏小点声。

梦苏按捺不住内心的兴奋说："让我干什么呀？"

麦秋实沉吟着，一时没有说话。

梦苏说："你快说呀。"

麦秋实低声地说："走，我们找个地方说。"

荔湾湖边僻静的树林里，麦秋实和梦苏在刺眼的阳光下席地而坐。

梦苏震惊地说："什么？你和春晓——我和区达铭——假扮夫妻？"

麦秋实说："这样做，是为了掩护党的秘密机关。"

梦苏拼命地摇着头："不！不！怎么会这样？"

麦秋实说："这只是假的夫妻关系，一切都是为了工作，不会影响我们的真实感情。"

梦苏说："可我和你结婚做真夫妻，也一样可以工作呀！"

麦秋实说："我也是这样想的。可是，区达铭同志坚持要你，说他没有文化，需要你来帮助。"

梦苏说："那他为什么不要春晓？春晓也可以帮助他啊！"

麦秋实说："问题是，春晓又非要跟我在一起不可。而且，青年运动、妇女运动这两条线上的工作关系是我和春晓长期建立起来的，其中有些是和春晓直接联系的。她要是离开，工作肯定接不上，是要出问题的。"

梦苏说："那……我可以学着做啊，从头学起。"

麦秋实说："组织上也这样考虑过，但现在的情况太紧急了，危险随时可能降临，没有时间让你从头学起啊。"

梦苏惊恐地看着麦秋实，突然掩面哭了起来。

麦秋实搂住梦苏说："别这样，别哭。"

梦苏的身子缩成一团："秋实，我好害怕！"

麦秋实说："不要怕，梦苏，你不是已经经受了很多锻炼，变得越来越勇敢了吗？"

梦苏说："我不怕危险，不怕牺牲，我是怕——怕我们又结不了婚。"

麦秋实说："不会的。结婚的事只是再推迟一段时间，等这次斗争一结束。"

梦苏抬起头来："这话你已经说了好多次了！"

麦秋实愧疚而又无奈地说："梦苏，真的对不起，我也没想到会突然发生这样的事。"

梦苏说："秋实，你再找组织上去说说吧，让我们两个在一起，我就是豁出命去也要把工作干好。"

麦秋实为难地说："梦苏，我何尝不想跟你在一起呢？可是组织现在正面临很大的困难，革命需要我们做出牺牲，我们就不要再去给组织增加任何麻烦了。"

梦苏说："难道——革命和爱情就只能选择一个吗？你是不是不爱我了？是不是不想和我结婚？"

麦秋实说："不！梦苏，我爱你！在这个世界上，你是我最心爱的人！我想和你结婚，做梦都想着这么一天。这件事，我心里跟你一样痛苦。可是你知道吗？在个人事情和我为之献身的民众解放事业之间，我从来没有做过选择，因为我别无选择，我是一名共产党员，革命信仰高于一切。"

梦苏惊讶地看着麦秋实："你不是说过，这次要把我们的幸福抓得紧紧的，绝不让它再从身边溜走吗？"

麦秋实说："是的，它溜不走的，它还会回来，我坚信这一点。"

梦苏说："可我——有些不敢相信了。"

麦秋实说："梦苏，相信我！"

梦苏摇摇头，木然地说："我怕了，真的怕了，为什么我的命运中总是出现这样的坎……六十六封喜帖，我一个字一个字地写，手都写麻了，眼看着就要和你做真夫妻了，却突然让我去和另一个男人天天生活在一个屋檐下，哪怕是假的，我做不到！"

麦秋实说："梦苏，你听我说……"

梦苏站起说："你别说了，你不愿去找组织，我去！"

麦秋实说："梦苏，你不要去！"

梦苏飞快地跑开，麦秋实不知如何是好。

文明路，粤区委楼上一间办公室里，老谢在和梦苏谈话。

老谢说："梦苏同志，你的心情和想法，我都能理解。最初的时候，组织上不了解你和麦秋实的这种关系，想着麦秋实和春晓在工作上已经合作过一段时间，掌握了一定的情况，结合在一起比较顺手；另外呢，区达铭同志又很看重你，指名要你做他的助手。后来，组织上知道了你和麦秋实的事，本想改变一下组合关系，革命工作固然重要，也应尽可能地照顾到个人情感。但是，来不及了。"

梦苏说："为什么？"

老谢说："你看——"

老谢将一张《国民新报》放在梦苏面前："麦秋实和欧阳春晓的结婚启事已经登出来了。"

梦苏看着报纸，脸色苍白，手直哆嗦。她像是自语："怎么会这样，怎么会这样……"

老谢说："秘密工作非同一般，既然已经这样，就不能再做变动了。梦苏同志，希望你能理解。"

梦苏静静地坐着。

老谢说："你的表现，党组织已经了解过了，这两年你的进步确实很大，已经可以担当一些重要的工作，希望你在严酷的斗争面前，以革命大局为重，与达铭同志扮好夫妻，协助他做好工运方面的工作。我们知道，你还是个未婚的女同志，这个要求可能让你有些为难，但必须尽快地适应，现在的局势太紧张了，革命已经危在旦夕。"

梦苏长长地吁了口气，点点头："老谢，您别再说了。"

老谢说："好，这就好！"

梦苏说："我只是希望，在适当的时候——把麦秋实还给我。"

老谢多么精明的一个人，看着面前心无城府的沈梦苏，搪塞道："这……麦秋实现在也还是你的嘛！"

他假笑了一阵，随尔又严肃地说道："不过，今后你和麦秋实的接触要格外小心，最好是少接触或者不接触，以免对安全造成影响。"

梦苏茫然地看着老谢……

外面突然传来枪声，一名工会干部推门闯了进来。

工会干部说："老谢，几百名暴徒袭击了粤汉铁路总工会和广三铁路总工会，打死了十名工人，打伤的人更多！"

老谢说："啊！是什么人干的？"

工会干部说："除了黄色机器工会，还能有谁！"他将手中的文稿交给老谢，"这是'工代会'的声明，对这两起血案提出强烈抗议，要求严惩凶手，'工代会'的领导让尽快送到几家报馆去！"

老谢看了一眼文稿说："好，马上送去！但能不能发，发出来以后有没有用就不知道了。区委领导和工人代表昨天在省政府交涉了整整一天，人家理都不理；今天又去了，到现在还没有结果，不知道要僵持到什么时候。看来，当局已经是毫不掩饰了，明目张胆地包庇反动工会，打击革命工人，压制工农运动！"

工会干部说："现在，各个地方的反赤运动越来越猖狂，看来真的要出大事了！"

老谢说："走，看看去！"

老谢回头对梦苏说："梦苏同志，你也回去吧。"

老谢和工会干部疾步而去。

梦苏抬起荷铅样的双腿，不知道将走向何方。

第十章

战乱之秋

烈日当头，大批工人举着标语在广东省政府大楼外进行抗议。一排荷枪实弹的军警站在大楼前，枪口对着工人。梦苏试图走进工人队伍，一个警察举枪对准她，喊叫着不许她靠前。

工人们挥动着标语，高呼着口号，群情激奋。

梦苏看到前面地上，并排躺着一溜被打死的工人的遗体，一些老人和妇女跪在旁边痛哭。

看到那些血淋淋的尸体，有晕血症的梦苏顿时头晕目眩，急忙扶住了身旁一棵树干……她浑身无力，走几步就得扶住道旁的榕树歇息片刻，再慢慢往前走。

一辆小轿车从梦苏身后驶来。梦苏听到车声，下意识地向道旁避让。那辆小轿车却向梦苏越靠越近。小轿车在梦苏身边停下，袁昌打开车门下来。"梦苏小姐！"

"啊？你——"梦苏见是袁昌突然出现，不由愣住了。

袁昌说："好久不见了啊，你还好吗？"

梦苏说："啊，还行吧，你呢？伤好了吗？"

袁昌说："多谢关心。我的伤不算重，在医院住了没多久就好了。你怎么了？好像不大舒服？"

梦苏说："没、没什么。"

袁昌说："不对，你脸色很不好，是不是——"

梦苏说："我真的没什么。"

袁昌说："别瞒我了，你身体肯定不舒服，我送你去医院吧。"

梦苏说："不，不用，我慢慢走走就没事了。"

她说罢继续往前走去。

袁昌跟上说："你去哪儿？我送你。"

梦苏摆了摆手说："我就想自己走一走……"

袁昌说："上车吧，我们这么长时间没见面了，顺便还可以聊一聊。"

这时，一阵细雨落下，路上的行人奔跑起来。

"你看，这雨早不下晚不下，偏偏这个时候下，这是老天爷让你坐我的车呢。"袁昌不由分说，把梦苏拉进了车里。

袁昌驾驶着汽车。梦苏望着车窗外在雨幕中飒飒移动的街景，依旧心事重重。

袁昌说："你去哪儿？"

梦苏说："不知道。"

袁昌诧异地从后视镜看了梦苏一眼说："那好吧，我现在也没什么事，我们就随便逛逛。"梦苏不吭声。

袁昌说："听说你们宣传救护队一直跟着北伐部队，从湖南转战到湖北，又从湖北到了江西。"

梦苏说："嗯。"

袁昌说："听说你表现出色，立了大功？"

梦苏强打着精神说："不是大功，是嘉奖，我们队里最后几乎人人都受到了嘉奖。"

袁昌感慨地说："别人我不感兴趣，我只说你。我一向觉得自己看人很准，唯独对你看走了眼——一个胆小得连蚂蚁都不敢踩的姑娘，没想到上了战场竟然那么勇敢，实在出乎我的意料。"

梦苏说："那是逼出来的。到了战场上，不勇敢就活不下去。"

袁昌说："在战场上求生也有别的办法，比如有人选择投降或者当逃兵。可是在你身上，有一种和外表不一致的东西，总让人有点琢磨不透，让我一直有探究的兴趣，可能这就是你吸引我的原因之一吧。你看上去孱弱、胆小，却时不时做出让人意想不到的事情来。我现在有一种感觉，以后你还会做出更多让我惊讶的事情来——会是什么呢？"

梦苏说："我可没有你说的那么复杂。"

袁昌说："不，你很单纯，但有时候单纯比复杂更丰富、更有力量。"

梦苏说："你成哲学家了。"

袁昌说:"是吗?是你总在引发我的思考,还没有任何别的女孩能做到这一点。"

梦苏不想让袁昌总将话题放在自己身上:"你还在第四军吗?"

袁昌说:"不在了。伤愈出院的时候,我本来想到江西去追赶部队的,但这时政府北迁,我在黄埔军校时的训练部副主任瞿之要,奉命协助省府常委李济深改组省政府军事厅,瞿副主任在黄埔时就很欣赏我,便把我调过来做他的助手。"

梦苏一惊说:"什么?你现在在省政府?"

袁昌说:"是的。你以后在省政府这边有什么事,可以找我。"

梦苏话中显出怒气:"那些被打死的工人尸体就摆在你们省政府大楼前,孤儿寡母在旁边哭天抢地,你们为什么不闻不问?"

袁昌说:"那些工人搞内讧,纠党寻仇械斗。蒋总司令早就发过布告,'为安定北伐后方,遇有结队持械,游行市中者,应以武力制止,立即严拿为首滋事之人,以军法从事……'"

梦苏说:"这是污蔑!明明就是你们以北伐的名义,公开限制工农运动。最近发生了那么多血案,是不是预示着还会发生更大的事情?你们是不是正在酝酿更大的阴谋?"

梦苏的话使袁昌暗暗吃了一惊,他顿时警惕起来,从后视镜瞥了梦苏一眼,装作若无其事地将话题岔开。"更大的阴谋?哈哈,这我可不知道,那些工人的事也不归我们军事厅管。回头我找农工厅的人问问,让他们处理得好一点,别太官僚了。好啦,不扯这些闲事了,还是说说和咱们有关的事情吧。"

梦苏说:"这可不是什么闲事。"

袁昌说:"我们有必要为那些事较真吗?"

袁昌回头看了看梦苏,突然地说:"麦先生近况如何?他的身体完全恢复了吗?"

梦苏愣了一下,尽力掩饰着内心的不平静:"差不多吧。"

袁昌从后视镜里观察着梦苏:"什么叫'差不多'啊?你们——该结婚了吧?"

梦苏仿佛受到了重重一击,说不出话来。

袁昌说："我早就打听到你们从北伐前线回来的消息了，知道为什么一直没去找你吗？"

梦苏不语。

袁昌说："在湖南的大山里，你把麦先生从死人堆里刨出来，拼了命把他往山下拖，直到和他相拥着一起昏死在山野里……当我知道这一切时是什么样的心情，你知道吗？"

梦苏实在克制不住，眼泪流了下来。

袁昌继续说着："当然，麦先生在战场上舍命救我，我很感激他，我也替麦先生感到庆幸。但另一方面，当时我的心真的很痛，一种从来没有过的痛，好像自己失去了一样最宝贵的东西。"

袁昌发觉身后一直没有动静，从后视镜一看，后座上的梦苏已是泪流满面。袁昌不再说话，突然猛打了几下方向盘，汽车转了个弯，朝另一个方向驶去。

宝华影院的醒目招牌突现眼前。影院外墙上贴着电影《爱河潮》的大幅招贴画。袁昌将车在街边停下。

梦苏望着车外说："到这儿来干什么？"

袁昌说："记得吗？我以前跟你说过，要带你到'通灵台'看电影；如今'通灵台'已经过时了，这间宝华影院刚开张不久，是现在最时髦的去处。"

梦苏说："宝华影院？现在有什么电影？"

袁昌说："《爱河潮》，是广州钻石活动画片公司拍摄的，听说很有意思。走，进去看看。"

梦苏犹豫着。

袁昌说："走吧，我看你挺郁闷的，我也很郁闷，咱们就权当散心。"

梦苏迟疑了一下，下车和袁昌冒着雨向影院大门跑去。

宝华影院里，电影正在放映中。银幕上的图像效果很不稳定，配音也很失真，但观众依然看得聚精会神。

梦苏两眼一眨不眨地看着电影，银幕上的情侣共浴爱河的生死相恋触动了她的心事，她不由黯然神伤。袁昌的注意力完全不在电影上，他不时悄悄打量着身边的梦苏，在放映厅微弱的光线下，梦苏的轮廓显得很美，而她为剧情动容的样子更让袁昌心痒。袁昌不禁一阵冲动，但对梦苏的珍惜却又使他不敢轻举妄动。袁昌伸出胳膊，放到梦苏的椅背后面。银幕上的浪漫故事似乎也让他沉浸在某种梦幻之中，感觉上好像他正拥着身边的梦苏。梦苏深深地陷入剧情之中，不时潸然泪下，完全没有察觉到袁昌的小动作。

电影散场了，梦苏和袁昌随着人群走出影院。

天上仍然下着雨，袁昌拉着梦苏躲进影院旁边的骑楼下。

袁昌说："现在咱们去哪儿？"

梦苏想了想说："去——吃双皮奶吧。"

袁昌没听明白："什么？"

梦苏大声地说："我想吃双皮奶。"

袁昌说："双皮奶？好好！走，对面那条街上就有。"

梦苏说："不，我要吃'南信'的。"

袁昌说："南信？走，上车！"

袁昌和梦苏向停在街边的汽车跑去。

南信双皮奶店还是人头攒动，店里连个下脚的地方都没有。多亏了袁昌一身国民党军官制服，老板马上就给梦苏找到了一个绝佳的座位。那天和麦秋实坐在这里时，梦苏完全没有吃的心情；现在则不一样，她似乎胃口大开，一口接一口地吃着双皮奶，面前的桌上已摆了两只空碗。

坐在她对面的袁昌一口未动，两眼一眨不眨地看着梦苏。他凭着职业的敏感，相信梦苏一定遇到了什么事。

袁昌装作漫不经心地说："我现在算是明白了——男人有心事的时候往往是酗酒，而女人有心事的时候猛吃。"

梦苏有些不好意思，放下调羹。

袁昌说："哎，吃，接着吃，接着吃！其实我就喜欢你这样，不喜欢那种扭扭捏捏、装腔作势的女孩。要是你愿意，我就养着你，让你天天这么吃，把你养得像小猪一样……"

梦苏刚拿起调羹又放下："你还让不让人吃了！"

袁昌笑笑说："你和麦先生之间，是不是出了什么问题？"

梦苏一怔，低下头去。

袁昌突然地说："梦苏，你嫁给我吧！"

梦苏吃了一惊，抬头看着袁昌。

袁昌说："我这不叫乘人之危，你知道我一直都喜欢你。我现在说出来，是为了让你多一个选择。"

梦苏惊诧得说不出话来。

袁昌说："我知道虽然是春晓把你从家乡那个偏僻的小镇上带出来的，但真正引导你走上革命道路的是麦秋实先生。坦率地说，我不赞成你跟着麦先生继续在这混乱的社会和革命的旋涡里打滚。因为对于你这样一个女性来说，这太残酷了，你让我心疼。"

梦苏惶惶不安起来。

袁昌说："如果你嫁给我，我会带给你完全不一样的生活，我会像爱护自己的眼睛一样爱护你。像你这么美好的女人，就应该在书房里吟诗作画，在池塘边观鱼赏月。青春如花，在这动荡的时代里，娇艳的花朵是经不住战火和风雨摧残的。"

梦苏把脸转向一边。

袁昌说："也许，你没有思想准备，我这些话让你感到震惊、突然，你不用现在就答复我，回去好好考虑考虑，想清楚了再给我回话也行。"

梦苏一声不响地站起，朝店外走去。

"哎，外面还在下雨呢……"袁昌急忙跟了出去。

雨下得越来越大了。袁昌驾驶着汽车在街上行驶。梦苏心烦意乱地看着车窗外。袁昌从不时从后视镜窥视着梦苏。"梦苏，你别生气，我还是想知道你和麦先生之间到底发生了什么事？"

梦苏说："你别问了！"

袁昌一笑："我这个人就是好奇。他最近经常不在学校，看来在外面的活动很多啊。如果不是和你在一起的话，就是说他还有不少比你更重要的事情在做噢？"

梦苏说："你这话什么意思？我听不懂。"

袁昌仍然显得漫不经心地说："我们看电影前你问我，'你们是不是正在酝酿更大的阴谋？'什么意思啊？是下面的人随便说说，还是你们领导人的看法？"

梦苏一下意识到什么，警觉地盯着袁昌的背影。

袁昌继续问道："麦先生最近忙忙碌碌，是不是和这些有关？他们有什么打算？"

梦苏突然喊道："停车！"袁昌不知何故，猛地将车刹住。

梦苏推开车门跳下，在大雨中往前跑去。

袁昌一边开车跟随梦苏，一边把头伸出窗外喊道："你怎么啦？外面这么大的雨，快上来……"

梦苏说："我不坐你的车！"

袁昌说："我惹你生气了？你不想说那些事情，我们就说说别的嘛……"

梦苏说："我什么都不想听你说！"

袁昌："好好，不说，我什么都不说了好吗？你快上车，让雨淋着会生病的……"

梦苏站下，回头对袁昌大声地说："刚才看那个电影，像是做了一场梦，让我差点糊涂了；但我不会永远做梦，更不会永远糊涂！我当初从家乡跑出来，就是为了争自由、争平等、争取做人的权利。如今我已经明白了，我不光要为自己争，还要为天下所有的女人争。你说的那种生活听起来是不错，但也是一个囚禁我们女性的笼子！比起我们乡下那个竹笼子来，你这个笼子可能是用金丝编的，有些女人可能会喜欢你那个金丝笼，觉得那是一个安乐窝，愿意一辈子舒舒服服地待在里面。但我不是那样的人，我什么样的笼子都不要，我只想要一个可以自由飞翔的世界。"梦苏说完，转身奔跑离去。

袁昌被梦苏这番话震呆了，他望着梦苏的背影，懊悔地狠狠拍了一把方向盘。

位于文明路的粤区委所在地，麦秋实在和老谢谈话。雨点打在窗户上发出窸窸窣窣的声响。

麦秋实说："春晓未跟我商量，就在《国民新报》上刊登我和她的结婚启事，这样做对沈梦苏的刺激会更大。我想，请组织上跟她谈谈，让她今后在这些方面注意一点，免得再做出什么出人意料的举动。"

老谢说："好，我找她谈谈。不过，在报纸上登登这样的结婚启事也好，可以更真实，更能麻痹敌人。沈梦苏那里你放心，我跟她谈过了，她还是能顾全革命大局的，很有觉悟。"

麦秋实说："是，在这件事情上，梦苏是做出了牺牲的。"

老谢说："但这种牺牲值得！欧阳启泰先生是在广州、香港乃至东南亚一带有影响的实业家，组织上一直想争取他；你和他的女儿春晓'联姻'，便形成了'近水楼台'，非常有利于我们开展对他的工作。我听说，欧阳启泰先生决定为你和春晓举办一个盛大的婚礼，准备邀请广州各界社会名流，这本身就是对你们那个秘密联络点的最好保护，你和春晓可得把这台戏唱好啊！"

麦秋实不好再说什么了。

麦秋实打着伞来到西关小巷深处，在梦苏的租屋门前站下。一把铁锁锁着屋门。麦秋实站了片刻，转身欲走，春晓在身后喊住了他。"秋实——"

麦秋实说："噢，春晓，你怎么在这儿？"

"我找不到你，就先自己看房来了。我爸妈还说让我们住在家里呢，我说你在外面有房，嘿嘿……走吧，我选好了一处，就在那边，看看去！"春晓收起手里的伞，向麦秋实伞里一钻，挽起麦秋实的胳膊说："我还没问呢，你来这儿干什么？"

麦秋实想说自己来看梦苏，但是转念一想，自己现在的身份来看梦苏是违反组织规定的，于是搪塞道："噢，我也来看看房。"

春晓高兴地说："我们可真是心有灵犀啊……"

梦苏出现在小巷深处，望着麦秋实和春晓手挽手走去的背影，她戳在了那儿；直到看着他们拐进了另一条巷子，她才快步走向自己的租屋。梦苏靠在门上，让自己的心情平静了一会，然后掏出钥匙正要开门，区达铭来了。

区达铭说："梦苏，我已经来过好几趟，你可回来了！"
梦苏一惊："你……"
她靠着门框，慢慢往下滑着坐在了台阶上。

区达铭走进了上下九路的一间金铺，梦苏却在门外站住了。
"来来来，进来。"区达铭伸手把梦苏拉了进去。

梦苏说："到这儿来干什么？"

"给你买个戒指，再买一对耳环！"区达铭到柜台看着各款金货，对伙计说："拿这个看看，还有这个。"

梦苏脱口而出："买这些干什么？我们又不是——"

梦苏话没说完，被区达铭猛地一声咳嗽制止。梦苏这才意识到自己差点说漏嘴。她转身走了出去。

"哎——"区达铭急忙追出金铺，在门口拦住梦苏，小声地嘀咕："你别走啊！"

梦苏说："我们又不是真结婚，弄这些干什么？"

区达铭说："你错了，正因为我们是假扮夫妻，才更要弄得跟真的一样，什么叫'假戏真做'啊！为了便于工作，组织上给我们租的是一栋小洋楼，我的对外身份是贸易公司经理，经理的太太身上哪有不披金戴银的？要是太寒酸了，不像那么回事，会引起怀疑的。"

梦苏说："可是——这太贵重了，我不能要。"

区达铭说："你怎么还不明白呢？不是你要不要的问题，是你必须添置这么一身行头；你就把它当作唱戏，唱戏还得装扮装扮呢。作为上级我要提醒你，从今以后你不能再把自己当成从前那个学生了，要适应自己身份的变化，这都是为了工作。"

梦苏说："可是，这得花好多钱，你哪儿来这么多钱啊？"

区达铭说："放心，这钱可不是贪污来的。你以为我就是一个穷工人啊？你不知道吧？我会变戏法、变魔术，能耐多着呢，随便干点什么都能挣钱。你这个洋学生跟着我，是不会吃亏的！"

梦苏摇摇头："不，就算你有钱，那也是你的，我不能花你的钱。"

区达铭看看周围说道："你怎么还分你我啊？以后你慢慢就了解了，我这个人特别爽快，特别会疼女人。我觉得结婚是女人一辈子的大事，就是让我砸锅卖铁，我也不说二话。走吧，那只戒指和耳环我都来看过好几次了，成色足，样式也好，你要是戴上，就更有光彩了。"

梦苏厌烦地说："别说了，我不要，真的不要！"她坚决地、头也不回地走了。

区达铭无奈地叹了口气，跟在梦苏后面。

第二天，区达铭领着梦苏来到陶陶居门口。

区达铭说："看，这就是广州有名的陶陶居。"

梦苏一怔，低头往前走去。

区达铭拉住她说："哎，进去呀！"

梦苏说："干什么？"

区达铭说："来这里订位的人很多，我们得预先把酒席订了。"

梦苏说："酒席？"

"对呀，我们的结婚酒席——"区达铭警惕地环顾了周围，小声地说，"当然是假结婚啦，但不是要假戏真做吗？怎么也得举行一个仪式，让知道的人越多越好。这事春晓已经和我商量过了。"

梦苏更惊讶了："这事——春晓和你商量？"

区达铭说："我们商定，秋实和春晓、我和你两对婚礼一起在陶陶居办。"

梦苏说："和他们一起办？"

区达铭说："是啊，这样影响会更大一些。"

梦苏的脸都白了："明明是假结婚，有必要搞这些形式吗？"

区达铭说："太有必要了，组织上也支持这样做。"

梦苏说："你少拿组织来压我！"

区达铭说："这不是压你。你知道吗？这次需要假扮夫妻的同志中间，有许多是外地人，有一些人来广州的时间也不长，社会关系比较简单，他们就不需要办什么仪式，直接以夫妻的面目出现就行了。但秋实和我的情况不一样，我们在广州做了很长时间的工作，经常抛头露面，认识的人很多，结婚这样的事，怎么都得给周围的人一个说法。春晓就更别说了，她家那么有钱，她爸在商界那么有地位，要是欧阳家的大小姐不声不响、不明不白地结婚了，就会让人觉得很不正常，容易引起怀疑。"

梦苏说："春晓她们爱怎么办就怎么办去，反正我不掺和。"

区达铭说："沈梦苏同志，现在广州的形势太复杂了，就是革命队伍内部，也是什么样的人都有。如果真像上级估计的那样，马上发生'绝大的冲突'，斗争就会非常激烈，我觉得，不一定每个人都能经受住那种残酷斗争的考验。所以，我们现在一定要非常小心，任何一点疏忽，以后都可能带来很大的危险。走吧，进去。"

梦苏沉默了一会，坚决地说："不，我无论如何都不会跟他们一起搞什么结婚仪式，这是我的底线，你看着办吧！"说罢扭头就走。

区达铭压抑着火气，无奈地看着梦苏的背影。

春晓挽着麦秋实钻进了另一条西关小巷，在一座两层小楼前站下。

春晓说："就这座屋子，主人移居到法国去了，委托他的姑姑处理房屋的租赁事宜。我看过两次了，觉得挺适合我们，组织上也同意。走，进去看看。"

春晓带着麦秋实走进院子。"这客厅够气派吧，这间大一些，可以做我们的书房；那间做客房，靠门那间给用人住，主卧在二楼，那是我们的独立空间。"

麦秋实一声不吭，只是偶尔点一下头。

春晓满脸幸福地拉起麦秋实的手，往二楼上去。

欧阳大宅里，春晓伏在自己房间的桌上，一边哼着粤曲，一边书写婚礼请柬。写好的请柬已经堆了厚厚一摞。

欧阳夫人推门进来："还在写呀，饭都凉了。"

春晓头也不抬地说："妈，我不饿。"

欧阳夫人说："你爸说请个先生代写吧，你非要自己写；几百号人，你一个人写得过来吗？"

春晓说："这是我的事，自己写才有意思。"

欧阳夫人欣慰一笑，退了出去。

第二天，春晓租住的小楼已经整葺一新。她兴致勃勃地指挥着工人，将沙发、桌椅、木床等家具搬进楼里……

梦苏也在准备搬家，收拾自己的东西。

区达铭在一旁按捺不住地总想帮忙，却又插不上手。

梦苏拉开抽屉，看着满满一抽屉写好的喜帖和剪出的囍字，两眼发愣。过了一会儿，她取下抽屉，端进厨房将喜帖和囍字全部塞进炉膛，点火烧了起来。

区达铭闻到烟味，跟进厨房说：“你在烧什么？”

“出去！”梦苏将区达铭推出，把门关上。她靠在门上，看着在炉膛里渐渐化为灰烬的喜帖，眼泪无声地流下。突然，梦苏看见自己剪的那一男一女两个牵着手的小人儿在炉膛里已经烧了一角，她急忙扑上去将小人儿拣出。

梦苏将一摞书捆好。区达铭上前欲搬那摞书，梦苏不等他上手就将书抱起，装进了一个藤箱。

区达铭看见晾在阳台竹竿上的衣服，过去收取。梦苏惊叫：“别动！”快步冲到阳台将衣服收起。

区达铭尴尬地说：“你别总这么见外，让我干点什么吧。”

梦苏说：“不用，我自己干得了。”

有敲门声。区达铭过去开门，站在门外的竟是陈桂。

陈桂惊讶地看着区达铭说：“你……你怎么在这儿？”

区达铭说：“我、我来帮梦苏搬家。”

陈桂一步跨进屋内，看见满屋凌乱的情形，更加奇怪了：“梦苏，你这是要干什么？”

梦苏一时不知该怎么说。

区达铭说：“噢，她要搬到别的地方去住。”

陈桂说：“搬到哪儿？”

梦苏不语。

区达铭说：“是这样，我和沈梦苏——要结婚了。”

陈桂震惊地瞪大了眼睛：“什么？你和她——结婚？”

区达铭说：“是啊，正打算通知你呢。下个星期，不光我和梦苏，秋实和春晓也要结婚了。”

陈桂看着区达铭，简直不敢相信自己的耳朵：“你和梦苏，春晓和麦秋实——”

区达铭说：“对呀，我和梦苏的喜酒你一定要来喝。我知道你是梦苏的老乡，好像还有点亲戚关系，那就算是娘家人了。”

陈桂一把抓住梦苏问道：“梦苏，这是真的吗？”

梦苏默默地收拾着东西。

陈桂说："你说话呀！"

梦苏点点头。

"啊——"陈桂突然用两只拳头捶打着梦苏的肩膀，歇斯底里地喊道："你这是咋回事啊，为什么会这样？"

梦苏拉住陈桂的手说："阿桂，你听我说——"

陈桂说："我不听你说，不听你说！"

陈桂转身跑出屋去。梦苏追出去，边追边喊："阿桂，等等，阿桂——"

陈桂站下，怒气冲冲地回头看着梦苏。

梦苏上气不接下气地说："阿桂——"

陈桂说："你别叫我，我不认识你这个人！"

梦苏说："阿桂，你误会了。"

陈桂说："误会？区达铭说你要和他结婚，这不是真的？"

梦苏摇摇头，又点点头说："是——是真的。"

陈桂说："那叫什么误会啊！我就奇怪了，你不是死活要和麦秋实好吗？那会儿我怎么劝你都不听，还差点跟我翻脸，现在你怎么又和老区勾搭上了？"

梦苏说："不、不是那么回事。"

陈桂说："你都承认了还说不是！告诉我，你们究竟是什么时候勾搭上的？我被你们瞒得死死的，一点都不知道！"

梦苏说："阿桂，这，这叫我怎么说呢。"

陈桂说："不敢对我说了吧？见不得人了吧？梦苏啊梦苏，你什么时候变成这样了？以前觉得你老实、实在，有时候还觉得你没心眼。呸，我他妈瞎眼了，原来你心眼这么多，心也坏了，坑到你最好的姐妹头上来了！"

梦苏不知该怎么说："我，我也没想到会这样……"

陈桂说："你没想到，可你已经做了！你明明知道我喜欢老区，为什么还要抢我的男人？"

梦苏说："阿桂，我没有抢他啊……"

陈桂说："你和他都要结婚了还说没抢？沈梦苏，我以前真是小瞧你了！不，是我太傻了，还在一心一意地待你，没想到让自己最亲近的人从背后捅了一刀！"

梦苏说："我真的没想伤害你——我现在跟你没法说清楚，总有一天你会明白的。"

陈桂说："那好吧，既然你不想伤害我，那你就不要和老区结婚了，把他给我，你能做到吗？"

梦苏愣愣地望着陈桂。

陈桂说："你答应呀！"

梦苏说："对不起，我——不能。"

陈桂说："你终于说出实话了。好吧，算我以前看错了人，以后我没你这个朋友了！"

梦苏说："阿桂！"

陈桂说："什么老乡、姐妹、娘家人，见鬼去吧，我再也不想见到你了！"

梦苏说："阿桂，你等等……"

陈桂飞快地跑去。

梦苏伤心而无奈地哭喊："阿桂——"

天又下起了蒙蒙细雨，麦秋实和梦苏来到荔湾湖边。

麦秋实说："我和春晓的婚礼明天就要举行了。组织上同意我们两对婚礼不要一起办，认为你的意见很好，要是放在一起办的话，不是在明摆着对大众说我们之间的关系不一般么，那样我们假结婚就没有任何意义了。我这边是没有办法，春晓的父亲讲究面子，一定要办得轰轰烈烈。"

梦苏说："你们办吧，我和老区在熟人中打个招呼就行了。"

麦秋实说："一开始我也很难接受这样乱点鸳鸯谱，但这几天冷静下来，仔细想了想，觉得其实一切都没什么变化——我对你的爱不会变，我也相信你对我的爱不会变。"

梦苏说："就算我们不变，时间呢？我们以后在人前见了面也不能讲话，白天黑夜都不方便见面。就算是陌生人，也比我们现在的关系要亲密。"

麦秋实说："我们要相信自己，只要内心是坚定的，就一定能经受住时间的考验。扮演假夫妻是为了工作，我们只是因为工作再次推迟了婚期。现在局势这么严峻，在这样的非常时期，组织上要求我们忘掉儿女私情，全力以赴地投入斗争。等将来形势好转了，完成了组织上交给的工作，我们一定会团聚。"

梦苏神伤地说："秋实，你见过做饭时揉面团吗？面团揉来揉去，怎么揉都很光滑，看不到一丝裂痕……但女人的心不是面团，经不住几回揉搓。"

麦秋实说："梦苏，你心里苦，其实我比你更苦；你心里痛，我比你更痛。如果注定要痛苦，我希望一切都由我来承担，我愿意承受所有的惩罚。但是，我仍然相信这只是暂时的波折，而且，经历了这样的波折，我们的感情一定会更加醇厚；将来等我们真正相聚的时候，一定会更加幸福。"

梦苏说："将来——我好怕看不到那个将来。"

麦秋实说："我们要坚信这个'将来'一定会有，因为这是我们的信仰。让大多数民众获得解放的革命事业是我们的信仰，其实对我们两个来说，爱情也是一种信仰。有时，为了革命事业，需要牺牲自己，包括儿女私情，甚至是个人的生命；但最终只要伟大的革命事业获得了成功，千千万万劳苦大众都能得到幸福，我们个人也自然能获得爱情和幸福。所以，我们既是为民众、也是为自己在奋斗。"

麦秋实拿出那把折扇。梦苏一看到它，立时激动起来。

麦秋实说："前几天我心里不好受，把在北伐时在湖南大山里给你写的那首诗抄在了上面……"

他打开折扇，轻声读诵道：

　　　　你的目光
　　　　忧郁在皎洁的月色里
　　　　你的思绪
　　　　伤感在深邃的夜空里
　　　　你是否知道
　　　　有一个内疚的灵魂在向你忏悔
　　　　如果知道
　　　　为什么不打开你紧闭的心扉
　　　　……
　　　　啊，我的爱人

我为你正奔赴战场

假如能活着归来

我要采一朵玫瑰给你……

　　梦苏静静地听着这首诗，泪水湿了眼眶。

　　麦秋实说："现在，你的心扉早已为我打开，而我们又要奔赴新的战场，这是另一种特殊的战场，虽然不会有枪林弹雨，却处处都有暗箭，你一定要格外小心。这把扇子，还是你来保存吧。它见证了我们曲曲折折的情感历程，也寄托着我们对美好未来的向往，它最终会见证我们的幸福。梦苏，为了革命事业的最终胜利，我们个人的人生和情感就算再多经历一些曲折，也是值得的，你说是吗？"

　　小雨淅淅沥沥地下着，雨点打在扇面上，发出沙沙声响。梦苏翻来覆去地看着那把扇子，百感交集，突然将扇子塞给麦秋实："我不要，我看了受不了。还是放在你那儿吧。"

　　麦秋实猝不及防接过扇子，匆忙间用手一挂，扇面被撕开了一道口子。看见扇子被撕破，梦苏的泪水夺眶而出，她转身飞跑而去。

　　麦秋实望着在细雨中越跑越远的梦苏的背影，万般惆怅……

　　陶陶居酒家灯火辉煌，宾客满座，喜气洋洋，麦秋实和春晓的婚宴正在这里举行。

　　欧阳启泰和夫人以及政、商界的要人坐在主宾席。来宾纷纷向欧阳启泰夫妇道贺，欧阳启泰和夫人容光焕发，喜笑颜开。

　　春晓身披婚纱，满身珠光宝气，显得雍容华贵，婀娜多姿；麦秋实西装革履，沉稳帅气。他们一手举着酒杯，另一只手互相挽着，穿梭于宾客之中敬酒致谢，春晓脸上始终洋溢着幸福的笑容。春晓和麦秋实来到欧阳启泰夫妇面前，向二老敬酒。

　　欧阳启泰夫人说："秋实，从今天起，我们的女儿就托付给你了。"

　　麦秋实说："请岳父岳母放心。"

　　欧阳启泰说："春晓，以后可不能太任性了。我和你母亲最大的愿望，就是希望你们两个互敬互爱，幸福美满，天长地久。"

春晓眼含热泪："记住了，爸爸。"

欧阳启泰仰脸喝下一大杯酒……

这时，来宾有节奏地喊了起来："新郎新娘，交杯交杯……"

春晓满脸通红，火辣辣地望着麦秋实；麦秋实迟疑了一下，大方地与春晓喝了一杯交杯酒。

全场来宾鼓掌欢呼……

梦苏和区达铭也稀里糊涂地住进了他们的新居，就算是"结婚"了。屋内看不出新婚的喜庆装饰，唯一的标志是挂在墙上的他们两人的结婚照。

梦苏在厨房做饭。区达铭殷勤地跑进跑出，把梦苏做好的饭菜端到餐桌上，大声地说："老婆，菜都摆好了，快来吃吧！"

梦苏从厨房出来："你喊的什么？"

区达铭小声地说："外面有人的话，故意想让外面听见啊。"

梦苏解下围裙，在餐桌坐下。

区达铭拿出一支红酒说："喝杯酒吧？"

梦苏说："不会喝。"

区达铭说："那也得喝点啊，今天是咱俩"结婚"的日子，喝杯红酒，庆贺庆贺！"

区达铭给梦苏和自己各斟满了一杯酒，举起说："来，为了革命，也为了我们的——家庭，干！"

他一饮而尽。梦苏抿了一口，呛得咳嗽起来。

区达铭吃了一口菜说："我说啊，咱们不搞仪式，那也得像春晓和麦秋实一样在报纸上登个结婚启事吧？不然偷偷摸摸地，像个啥呀？"

梦苏说："像什么？你还当真呀！"

区达铭说："哪里！这样对我们的工作有好处，明天我就去报社补个启事，啊？"

"你要是登报，我就自杀给你看。你千万不要冒这个险。"梦苏头也不抬地冷冷说道。

"真是一个冰美人。麦秋实和春晓那儿，现在还不定怎么花天酒地呢！"

梦苏刚端起酒杯，听到这话，啪地将酒杯放在了桌上。

天还没全黑，厨房里十分凌乱，装各种调料的瓶瓶罐罐堆得到处都是。

春晓系了一件围裙，头发因被汗水沾湿而有些凌乱，她正照着一本菜谱，手忙脚乱地炒蟹。一向打扮精致、服装考究的她第一次显得有些狼狈。

她用锅铲铲起一块蟹肉尝味，显然味道不对。她打量那些瓶瓶罐罐，拿起一种调料，朝锅里放进一些。她又尝了尝，感觉味道还是不对。她拿起那本菜谱琢磨……

锅里突然冒起了烟。春晓闻到味道不对，一看才发现锅里已经糊了。她想将锅从炉子上端起，却被烫了手，"嗷"的一声，锅掉了下去，蟹肉撒了一地。她看着满地的狼藉，愤愤地扯下了身上的围裙……

傍晚，麦秋实开门进了门厅，看上去心情沉重，还有些疲倦。

春晓说："怎么才回来？人家都等你半天了。"

麦秋实说："哦，有点事。"

春晓说："快去洗脸洗手，马上吃饭！"

麦秋实洗完走到餐厅，看到桌上摆满了菜。

春晓得意地说："怎么样？"

"你以前在家过的都是'饭来张口，衣来伸手'的日子，现在一下子做这么多菜，真是难为你了。"麦秋实坐到桌旁，拿碗准备盛饭。

"等一下，先别盛饭。"春晓跑去客厅，不一会儿，响起了《蓝色多瑙河》的音乐。春晓走回来，"《蓝色多瑙河》，好听吧？"

麦秋实笑了笑，正要盛饭，春晓又喊住了他。"等等！"

麦秋实不知又是什么事。

春晓走过去拉开窗帘。

麦秋实说："哎，晚上应该关上窗帘，可你把窗帘拉开干什么？"

春晓说："听着音乐，伴着窗外的明月，和自己的爱人享用晚餐，这是我久已向往的情景。"

麦秋实迷惑地看看窗外："明月？哪儿有啊？"

春晓扫兴地说道："现在没有，不等于一会儿没有；今天没有，不等于明天没有；天上没有，心里有还不行吗？秋实，我以前觉得你挺有情调的呀！"

第十章 战乱之秋

麦秋实说："对不起对不起。我要吃饭了。"

"再等等。"春晓端来一个汤煲，"先喝汤，我专门为你煲的老鸡汤。"

春晓盛了一碗汤端给麦秋实，麦秋实几乎没有吃饭的兴致了，默默地喝汤。

春晓说："尝尝我做的姜葱炒花蟹，味道怎么样？"

麦秋实吃了一块说："挺好。"

春晓说："你根本就没认真吃。"

麦秋实说："我认真吃了，是挺好。"

春晓说："知道我一共炒了几只蟹吗？"

麦秋实看着盘子里的蟹说："一只吧。"

春晓说："错，我总共炒了三只大花蟹。"

麦秋实说："那……你已经吃了两只了？"

春晓说："狗才吃了两只呢。我第一次炒了一只，结果盐放得太多，我尝了一口，差点没咸死。我也不知道该怎么办，放水进去又不香口了，我就倒掉了。"

麦秋实说："你把一只蟹倒掉了？"

春晓说："第二只又炒煳了，我去端的时候锅还掉到了地上，把我手都烫伤了。"

麦秋实说："蟹呢？"

春晓说："我扫来扔了。"

麦秋实说："太浪费了！洗一洗不是照样能吃吗？想想那么多的穷人……你、你怎么能这样呢？"

春晓委屈地说："人家手都烫伤了，还坚持给你炒了第三只花蟹，你还抱怨人家……"

麦秋实说："手烫伤了？我、我去找红花油。"

春晓说："我不要红花油！"

麦秋实说："烫伤抹红花油最管用了。"

春晓说："你给我吹一吹，比什么药的效果都好。"

麦秋实愣住了。

春晓伸出烫伤的手指，看着麦秋实。

麦秋实站起，不再掩饰他沉重的心情："春晓，你知道吗？这几天又出了几件事情——国民党广州市党部的组织部长徐天深，把凡是他们认为激进的党员和热心的职员都视为 C.P，全部从党部清理出去；工贼曾西盛带领军警捣毁了几个区党部，赶走中共党员 2000 多人，一些同志还被打成重伤……"

春晓说："啊，这么说，真的可能要出大事了？"

麦秋实说："你怎么到现在还问这样的话？现在不是可不可能的问题，目前的形势在一天天恶化，只是看那个"突变"究竟什么时候到来。"

春晓说："那——我们怎么办呀？"

麦秋实说："现在区委的中心工作就是寻求应对这种局面的对策。包括我们在内，目前已经建立起一批秘密机关；最近，区委又从黄埔军校抽调了 60 多名学生，准备派往各地，帮助筹建、训练工农武装。"

春晓说："我问的不是这些，而是'我和你'，究竟该怎么办？"

麦秋实疑惑道："我们怎么办？组织上安排我们在一起，任务是很明确的呀。"

春晓生气地说："你就没明白我的意思……"

麦秋实说："今天开了一天的会，现在感觉特别累，也没什么胃口，我想早点休息，明天一大早起来，还要到区委去接着开会。你自己吃吧，我先睡了。"

说完麦秋实走进自己的房间，插上了房门。

春晓愣愣地望着自己费尽力气做出的那一桌饭菜，也没有心思吃了……她正准备将原封未动的饭菜都倒进垃圾桶，想了想，又放到了台面上。春晓越想越不甘心，冲出了厨房。冲到麦秋实的房间门外时，她正要敲门，听见从里面传出阵阵鼾声，声音不大，却显示麦秋实睡得很沉，显然他真的累了。春晓克制住敲门的冲动，无力地坐到了地上。她靠着门框坐在地板上，听着麦秋实的鼾声，心中充满惆怅……

傍晚，区达铭正在对梦苏大讲特讲他的光荣事迹。"……你猜那个资本家说加多少工资？"梦苏没有回应。"他说只能增加百分之五。你知道百分之五是多少？"

第十章 战乱之秋

梦苏等着区达铭往下说。"两分，两分啊！你说他妈的资本家多可恶，越他妈有钱的人越是吝啬！你知道我怎么说？"

梦苏实在难以忍受区达铭这种自问自答，埋头去抄文件。

区达铭说："你听听我怎么回答的，精彩的在这儿呢！"梦苏只得搁下笔，耐下性子继续听区达铭说。

"我说你们这些资本家给工人增加这百分之五的工资，还不如喂一顿你们养的洋狗呢，你们的良心让狗吃了！"区达铭得意地笑起来，"回去我就跟工友们说，罢工！对付这些无耻的资本家最好的办法就是罢工！结果，呼呼啦啦，广州的、佛山的，土木建筑工人全罢工了。资本家和军警竟然勾结起来进行镇压，开除了一批工人，第一个就是我，听说军警还要来抓我。在工友的掩护下，我连夜跑了出来。出来怎么办？其实以我的能耐，根本不用发愁，我在外面卖艺、跑码头，挣的比在工厂里还多，过得滋润得很。但工友们不干了，又是呼呼啦啦，5000多人把资本家的宅子围了五天五夜……"

梦苏说："你上次说的是3000多人围了两天两夜呀。"

区达铭说："是吗？哦，都差不多……总之，工人兄弟们坚决不干了，说我不回去，所有的人都不复工。最后资本家终于知道工人阶级的厉害了，当然也知道我的厉害了，答应不开除工人，当然也就不开除我了；还答应把工人的工资从4角涨到8角——4角涨到8角等于涨了百分之多少？"区达铭掰着指头计算。

梦苏说："你上次说的是工资涨了百分之五十，从4角涨到了6角。"

区达铭说："对对，是涨了百分之五十，从4角涨到了6角……哦，这些好像是给你讲过的……那，再给你讲个别的——"

"讲来讲去就这些，我都听腻了。"

梦苏拿出一份文件和一张写满字的纸说："这份文件上你不认识的字，我整理出来教你教了好几天了，你记住了没有？"

区达铭说："记、记住了。"

梦苏说："那我现在考考你。"

区达铭眼看要露馅，忙说："别别，再给我几天时间。"

梦苏说："给你的时间都够多了！"

区达铭说："这些字啊，对我也闹罢工呢。哎呀，真是'天不怕地不怕，就怕你教我学文化'！"

梦苏说："教你学文化是组织上给我的任务。你不是说，连反动资本家和军警都向你屈服了吗？拿出你闹革命的劲头，我就不信你征服不了这些个字！"

区达铭两眼直勾勾地盯着梦苏，那眼神有些异样，梦苏不安地避开他的目光。

"其实吧，主要是我看这些字没有感觉，要是它们个个长得像你这么好看，别说记住了，我恨不得把它们嚼碎了吞到肚子里去。"区达铭这句话脱口而出之后，两个人都不禁愣住了。区达铭自知失言急忙道歉："对不住，对不住，我不是那个意思……"

梦苏站起来走进自己的房间，"咣"地关上门，然后是闩门的声音。

区达铭过去敲了敲门："梦苏，你别这样，我就随便那么说说，也没别的什么意思。我保证，今后说话一定注意。"

门内没有一丝动静。

区达铭讪讪地说："好，好，我这就去认那些字，今晚记不住我就不睡觉。"

区达铭摇摇晃晃地朝楼下自己的房间走去，边走还有些不甘心地回头看了看梦苏紧闭的房门，自言自语地嘟囔："究竟谁是上级啊……"

傍晚，麦秋实和春晓在家里吃晚饭。

春晓说："黄埔军校那60多名学生已经出发了？"

麦秋实说："是啊，光派到东江地区去的就有17名。地下工人武装也正在组建，区委正在从各工会的党支部中挑选忠诚可靠的党员，组织秘密的赤卫队——今天这个菜味道不错，你的厨艺进步很大呀。"

春晓说："这几天工作很顺利，有进展吧？"

麦秋实说："还可以吧。你怎么知道？"

春晓说："这么长时间，你一回来就紧皱着眉头，难得今天竟然能吃出菜的味道了。"

麦秋实说："是吗？我都没注意到。不好意思啊。"

春晓说："跟我还客气什么！我理解，最近大家压力都特别大。"

麦秋实说："是啊，总觉得头上压了一块乌云，不知道什么时候就风云突变了。"

见麦秋实兴致好，春晓也很开心。她做出调皮地样子说："那——就让一缕清风把阴霾吹散，让一束阳光把乌云刺穿，哪怕只有片刻的时光……"

麦秋实说："什么意思？"

春晓说："一会儿你就知道了。"

夜渐渐深了，麦秋实从书房拿了几本书出来，准备穿过客厅去自己的房间。电灯忽然熄灭了，四周陷入一片黑暗。麦秋实正在诧异，忽然，一根火柴划着，然后点燃了两根烛台上的蜡烛。留声机的唱盘转动起来，一首轻柔的西洋乐曲响起。

柔和的烛光和柔曼的音乐声中，春晓出现了。那刚刚洗过的头发湿漉漉地披散在她裸露的双肩，身上穿了一件贴身的长裙，全身上下凹凸有致，极富挑逗和吸引力。

麦秋实赶紧扭头欲走。

"别走啊，坐会儿，喝杯咖啡。"

春晓将一杯咖啡端给麦秋实："这是我刚刚煮好的，法国进口咖啡，味道很醇。"

"我、我太累了，想早点休息——晚上喝咖啡会睡不着觉的……"麦秋实快步离去。

春晓重重地将咖啡杯放到桌上。"麦秋实，你是个木头吗？你别装作不懂我对你的感情，你打算这样躲我一辈子吗？"

麦秋实回过头来说："春晓，我再说一遍，组织安排我们在一起只是为了工作。"

春晓说："工作难道就不需要爱了吗？过去坤雅女师那个让多少女生痴迷的浪漫才子到哪儿去了！"

麦秋实说："春晓，你知道的，我爱的是梦苏。都什么时候了？外面一片杀气腾腾，眼看着就要血雨腥风了，我们现在只能百折不回地去奋斗，时刻准备着牺牲，哪儿还有心思搞什么'风花雪月'，谈什么'浪漫'啊！"

春晓突然扑过去抱住了麦秋实。

"春晓，别、别这样……"麦秋实尴尬地想要摆脱，无奈春晓将他抱得紧紧的。

春晓说："我不！我不认为只有风花雪月才是浪漫。和自己爱的人一起革命，一起奋斗，甚至一起流血，一起牺牲，这也是一种浪漫。我确实是一个追求浪漫的女人，这种浪漫是骨子里的，不分时间、地点，也不管环境是否恶劣。如果不是这么浪漫，我也许不会参加革命；如果不是这么爱你，我可能不会一步一步地在革命的旋涡里陷得这么深……"

麦秋实一怔，用力挣脱开春晓的拥抱。"春晓，听到你这些话我很吃惊，我没想到你是因为这个才参加革命的。我对革命的理解和你不一样，所以我们也会有不同的人生态度。在我心目中，革命不是一件浪漫的事，也许像耶稣基督一样，因为要替许多人解除苦难，所以革命者自身需要承受更多的艰辛、孤独、残酷，直至做出牺牲……"

春晓说："只要有你，这一切我都无所谓。"

"春晓，你是一个好女孩。你身上有很多优点，在一起工作了这么久，我也很欣赏你，但我们曾经是师生，现在也只是一起奋斗的战友。感情这个东西要讲缘分，而缘分是说不清的。你知道，我唯一的爱人是梦苏，对不起。"麦秋实转身去了自己的房间。

春晓愣愣地站着，气得难以自抑，浑身都在打战。突然，她宣泄地将那杯咖啡扫到了地上，随后又拿起两个烛台扔到窗外。

客厅遂又陷入漆黑。

麦秋实躺在床上，桌上亮着台灯。听着房门外春晓砸东西的声音……不一会又传来春晓的哭声。麦秋实在床上翻来覆去，满腹的痛苦和纠结。

外面春晓闹腾的声音渐渐平息了，周围陷入一片沉寂。

麦秋实从枕下拿出那把折扇轻轻展开，就着昏黄的灯光，翻来覆去地看着扇子两面他写的那些文字，不由百感交集。麦秋实长叹一声，将展开的扇子盖在脸上，扇面随着他的呼吸一起一伏。

第十一章

白色恐怖

转眼间新年也过去两个月了。梦苏春晓们的地下革命工作像春芽一样，健康发展着。

梦苏在新居的门外摆了一张桌子和三个太太模样的人打麻将，不时有路人从旁边经过。梦苏打出一张牌说："四万。"

太太甲说："碰。"

太太乙说："慢着，我糊了，哈哈哈……"

梦苏说："哎呀，我不该打这张，要是打这个七万就好了。"

这时，古大章出现在门内一侧，他的目光与梦苏相遇，向她微微点了点头。

梦苏暗暗向四周看了看，将面前码了一半的牌一推："不玩了，不玩了，尽给你们输钱了，没劲！"

太太乙说："哟，忘了昨天你赢钱的时候了，拉着我死活不让走。"

太太丙说："就是，赢钱了就来劲，输了就说没劲，真是输不起！"

几个太太嘟囔着收拾牌桌。

古大章坐在门后望风。梦苏进来问道："会开完了？"

古大章点点头说："外面情况怎么样？"

梦苏说："没什么可疑情况，可以走了。"

"那好，我上去通知大家。"古大章跑上楼去。

不一会儿，响起杂沓的脚步声，十来个人陆续从楼上下来，飞快地闪身走出门外；刚才打麻将的那三名女子分别挽起三个男子的胳膊，扮作夫妻模样卿卿我我地离去；还有人出门后挑起放在一边的担子，摇身一变成了货郎。梦苏机警地向门外看了看，关上了趟栊门。

二楼的起居室显然就是刚才的会场，桌椅凌乱，用过的茶碗摆得到处都是。梦苏进来，动手收拾起来。

区达铭见梦苏正吃力地搬起一把沉重的椅子，忙上前帮忙："我来吧，你放手。"

梦苏说："我行。你刚开完会，去休息一下吧。"

区达铭硬是把椅子抢到手："放哪儿？"

梦苏指着墙边说："那儿。"

区达铭把椅子放好："开会嘛，就是动动嘴皮子，有啥累的？唯一难受的就是会开得太长，把屁股都坐痛了，嘿嘿……我这个人就是坐不住，活动活动还舒服些。特别你在这儿，我从骨头里往外都觉得带劲，不觉得什么叫累，嘿嘿……"

梦苏像是没有听见，闷头干活。

区达铭说："你歇着吧，这些活儿让我来干就行了。"

梦苏说："真的不用，这是我的工作。"

区达铭说："我是你的上级领导，你的工作由我来布置，我让你歇着你就歇着。"

区达铭说着又去抢梦苏手里的椅子，梦苏倔强地抓着不放手："不，上级领导也不能干扰我的工作。"

"哎，你怎么总是不听领导同志的话呢？"

区达铭不小心被梦苏手中的椅子碰了一下，突然"哎呀"一声，显出很痛苦的样子捂住了胳膊。

梦苏说："怎么了？"

区达铭说："椅子……把我碰了一下。"

梦苏说："碰到哪儿了？"

区达铭说："就是上次在沙面受的那处枪伤。"

梦苏疑惑地说："枪伤？这么久了，还没好啊？"

区达铭说："好是好了，但是最近回南天，太潮了，一到这种天气，这条胳膊就酸胀发痛。再说，时间再久那也是一处伤疤呀，不是有句老话吗——不能戳人家的伤疤。"

梦苏说："对不起。"

区达铭说："对了，这个伤还和你有点关系呢。"

梦苏有些内疚地说："我看看那个伤口行吗？"

"没关系，这有什么看的。"区达铭说着还是挽起了衣袖，让梦苏看那只胳膊上的伤疤。梦苏关切、自责的神情，以及那有些天真的神态突然触动了区达铭的内心，激起了他一直压抑的欲望，他再也难以自抑，突然抱住了梦苏。

梦苏大惊，使劲挣扎说："你干什么——你别这样，放开我……"

区达铭语无伦次地说："梦苏，我喜欢你，我一直喜欢你……"不论梦苏怎样挣扎，区达铭的胳膊像铁箍一样紧紧地搂着她，他熊一样的脑袋朝梦苏的脸上贴去，逼得她拼命躲闪。情急之下，梦苏朝区达铭的胳膊上咬去。

区达铭叫了一声，松开胳膊，梦苏趁机挣脱开来。区达铭羞恼地说："你、你咬我，你还要在这胳膊上再留一个疤吗！"

梦苏没有理他，跑下楼梯。

"你去哪儿？"区达铭急忙跟下楼去，追到一楼大厅，看见梦苏已跑到门口，正拉开趟栊门。"梦苏，你回来，你听我说——"但梦苏头也不回地跑了出去。区达铭追到门口，见外面人来人往，不能再喊，也不好去追，悻悻地站在那儿。

"哗啦"一声，区达铭气恼地使劲推上了趟栊门。

心馨书店是麦秋实如今公开活动的地方，也是"学运"、"妇运"系统的秘密联络点。书店里很安静，只有不多的几个顾客在书架前浏览。春晓穿着工作服在整理书籍。麦秋实正在柜台后整理账目。梦苏突然冲了进来，她跑得满脸通红，上气不接下气，几乎跌倒在地。

麦秋实看见梦苏这样，暗暗一惊。春晓看到梦苏进来也很吃惊。

梦苏看见了麦秋实，急忙冲到他跟前，眼泪都快下来了。

梦苏说："秋实……"

麦秋实急忙示意她不要说话，看了看周围，大声说道："你来了，正好，你要的那些书到了，到这边来看看吧。"梦苏将已到嘴边的话咽了下去，跟着麦秋实朝书店里面一个小房间走去。春晓望着麦秋实和梦苏……

小房间是麦秋实的办公室兼书店库房，里面堆满了一摞摞书籍，显得十分拥挤。麦秋实带梦苏进来，关上房门。不等梦苏说话，麦秋实先劈头盖脸批评起她来。 "你怎么到这儿来了？你不知道纪律吗？除了组织上安排的交通员，或者领导上有特殊、紧急的情况外，秘密机关的工作人员是不能随便到其他联络点去的……"

满怀委屈的梦苏在最痛苦最无助的时候，一心只想见的人就是麦秋实，他是她的精神依靠。没想到刚一见面，麦秋实却这样对她，梦苏一时懵了。

麦秋实接着说："你这样做太危险了，想想我们俩为了革命，婚都不结了，做出了这么大的牺牲。你现在不仅违反了地下斗争的纪律，而且很容易被敌人发现，给自己和同志们带来危险，对组织造成破坏。"

梦苏无助地说："秋实——区达铭他——他——"这时梦苏回想起刚才的事情，好像区达铭也没有太越界，自己是不是反应过于激烈了？而且目光转向了麦秋实的手上，文件和密报堆积的小山一样高，自己的这件小事可能真的会耽误组织上的大事。梦苏犹豫了。

麦秋实说："什么都别说了，你现在赶快回去！"

梦苏再也受不了了，哭了起来。

麦秋实压抑着自己的情绪说："别哭了，我不能心软，你必须马上离开这里，以后再不能犯这样的错误，必须严格遵守组织纪律，这是为了你，为了大家，更为了组织的安全。"

梦苏无语地转过身，慢慢走了出去。

麦秋实默默地站了一会儿，内心剧烈地翻腾着。终于，他还是心软了，克制不住自己，急忙向外追去，看见梦苏正跨出书店门，边走边抹着眼泪。麦秋实的心彻底软了，加快脚步跟去。

春晓在身后喊他说："秋实……"

麦秋实不顾一切地冲出了书店，追上梦苏。"等等！"

梦苏站下，脸上挂满了泪水。麦秋实小声地说："对不起，刚才，我太着急了，的确是因为事关地下工作的原则，我怕你不严格遵守这些规定，会出事的。"

这时，响起相机快门的"咔嚓"声，麦秋实和梦苏在一起的情形定格成为照片。

梦苏抽泣着说："你别说了——我知道——"

春晓也从书店出来，站在门口望着麦秋实和梦苏。

这时又响起快门的"咔嚓"声，春晓、麦秋实、梦苏三个人定格在照片的画面里。

麦秋实说："你来找我有事吗？"

梦苏迟疑了一下，不想再说什么了，摇摇头。

麦秋实说："真的没事？"

梦苏说："没事。"

春晓满脸狐疑地转身走进书店。

麦秋实顿了顿说："区达铭——对你还好吗？"

梦苏强忍着眼泪说："好——可能有点太好了……"

麦秋实说："以后你要找我的话，通过交通员联系，我们可以在外面约个地方见面。"

梦苏点头，转身走去。

麦秋实看着梦苏孤单、娇弱的背影，心里越加不忍。"哎……"

梦苏回头望着麦秋实。

麦秋实说："你要好好的……要保重自己。"

梦苏转身跑了起来。

看着梦苏跑远了，麦秋实回往书店。

"咔嚓咔嚓"，连续的快门声，麦秋实一张又一张定格的照片……对面一幢楼内，两名男子正对着心馨书店拍照。

一名拍照者向楼下一名坐在汽车里的男子点头示意，那男子驾车尾随奔跑的梦苏驶去。

广东省政府军事厅袁昌的办公室里，便衣队长站在办公桌前。袁昌手里拿了一沓照片，正一张一张仔细地看着。一张照片上，麦秋实正准备走进书店时转过头来。

便衣队长说："我们注意到这家书店，是因为发现这个老板是中共广东区委的人。"

袁昌看着照片说："他叫麦秋实，在粤区委一直搞青年运动，还有一个身份是坤雅女师的教导主任。在以前，这些都不是秘密。不过，他为什么突然开起了书店呢？"

便衣队长说："事实上，这个姓麦的现在已经不在坤雅女师工作了。"

袁昌说："哦？"

便衣队长说："他现在除了有时候去一下文明路他们的区委，其余时间就是在经营这家书店。"

"是吗？"袁昌更仔细地审视麦秋实的照片。

便衣队长拿出另一张照片递给袁昌："这个女子应该是姓麦的老婆，在这家书店里管账。"

看着照片上的春晓，袁昌一声冷笑。接着又担忧地摇摇头。

便衣队长说："他们上班下班都是同来同往，看上去就是一对夫妇。我们还进到书店侦查过，店员们叫这男的'老板'，管这女的叫'老板娘'。"

袁昌忍住自己的笑意说："他们住在哪里？"

便衣队长说："住在哪儿，目前还没搞清楚。我们跟踪了几次，都是走到多宝路那一带就被他们甩掉了。那一带尽是小巷，拐来拐去的，人员又多又杂。"

袁昌说："他们还在反跟踪？"

便衣队长说："对，他们很警惕，显然是有意在摆脱我们的跟踪。如果不是有鬼的话，他们那么小心干什么？为什么要把住处搞得那么隐蔽？"

袁昌琢磨着说："有点意思了。"

便衣队长又拿出一张照片："还有更有意思的呢！今天上午有一个女子去了心馨书店，这是他们三个人在一起的时候我们拍下来的。是不是感觉有点奇怪？"

袁昌看着照片，照片上是站在书店门口的春晓和在一旁说话的麦秋实与梦苏，三人的神态很是微妙。袁昌定定地看着梦苏，若有所思："是很奇怪啊！"

便衣队长一笑："是啊，一看这女的就和那姓麦的有一腿！肯定是那个姓麦的背着老婆在外面乱搞被发现了，两个女人为他闹起来了……"

袁昌将照片啪地拍在桌子上说道："妇人之见！我说的奇怪不是你想的那样。"

便衣队长不明所以地看着袁昌。袁昌来回走动着，低头自言自语说：

"有情人——怎么没成眷属呢——不会吧——不可能不可能……"

便衣队长说："袁处长，您知道这几个人？"

袁昌笑道："老熟人了。吴队长，到这书店来的人你们便衣队都调查过吗？"

便衣队长说："调查过，其中有些是公开身份的共产党，我们本来就知道；有些一看就是经常抛头露面，在共产党组织的游行、集会上出过风头的。但目前还不清楚他们出现在这里，是不是在从事某种活动。"

袁昌指着照片上的梦苏问道："这名女子，你们跟踪了吗？"

便衣队长说："跟踪了。也许她和共产党的组织确实没什么关系，也许是她没有反侦察的经验，我们的人很顺利地就跟到她家门口了。"

袁昌敏感地说："她家？有什么发现？"

便衣队长说："一个男人出门接她，看样子，那个人应该是她的丈夫。"

袁昌一脸震惊："什么！丈夫？"他近似失态的表现让便衣队长感到诧异。袁昌问："有照片吗？"

便衣队长说："有，有。"

袁昌迫不及待地说："快，拿给我看！"

便衣队长拿出照片交给袁昌："我感觉这个男人好像在哪儿见过，看上去有点面熟。"

袁昌拿照片的手禁不住在发颤——照片上，区达铭在门口迎接梦苏。他顿时目瞪口呆，脸上的肌肉都在抽搐。

便衣队长不知道自己的上司突然间怎么了，在一旁不敢吭声。

过了一会儿，袁昌有些缓过劲来，一丝诡异的冷笑在他的嘴角浮现出来："这件事越来越有意思了——简直是太有意思了！"

便衣队长迷惑地看着袁昌。

袁昌冷冷的吩咐两个便衣盯紧这"两户人家"，两个便衣接完指令就退了出去。

偌大的办公室里，孤身一人的袁昌拿起梦苏和区达铭的那张照片看着，然后从办公桌抽屉取出了一把剪刀，将区达铭从梦苏身边直直地剪开……

汽车在西关一带老城区的街巷里开行。袁昌望着车外说："是这儿吗？"

司机说："应该是这儿，他说路边有棵大榕树，噢，他在那儿！"他们看到了站在一棵大榕树下的便衣队长。汽车上前停下，便衣队长上车。

　　便衣队长对司机说："继续往前开，到前面路口向左转，再往前经过两个路口向右转。"

　　袁昌说："这地方还真是曲径通幽呢。"

　　便衣队长拿出两张报纸说："这两对确实是夫妻，我们找到了他们在报纸上登的结婚启事。这是登麦秋实和欧阳春晓结婚启事的那张报纸。看，在这儿。"

　　袁昌接过报纸看那则启事。

　　便衣队长打开另一张报纸："另外一对的结婚启事登在这张报纸上，和那一张报纸的日期相隔了四天。"

　　袁昌又接过这张报纸看。

　　便衣队长说："我说那个男的看上去怎么有点面熟呢，他叫区达铭，在中共广东区委里面是搞工运的，经常带头闹罢工，还到处发表演讲；那个女的叫沈梦苏，以前在坤雅女师是麦秋实的学生，也是欧阳春晓的同学……"

　　袁昌说："他们的结婚启事，我怎么就没看到呢？"

　　便衣队长说："处长，别说你了，我这个小小的便衣队长整天都忙得团团转，哪有时间看报纸啊！"

　　袁昌说："可是——这么熟悉，他们为什么不通知我呢？"

　　便衣队长说："处长在本党官越做越大，越来越红，他们共产党信不过你呗！"

　　袁昌说："你说的也没错，本党和他们共产党之间打打闹闹的事越来越多，的确越来越不敢相信对方了。就说眼前这一对所谓的共产党夫妻，你相信他们吗？"

　　便衣队长说："按说——他们敢在报上公开刊登结婚启事，夫妻关系应该是真的了，到目前为止也没有发现他们什么。只是有一个情况，引起了我们的怀疑。"

　　袁昌说："什么？"

　　便衣队长说："和麦秋实一样，区达铭现在除了偶尔到粤区委去一下之外，还在长堤开了一家'粤泰商行'，那儿每天都人来人往，我们正在监视。"

袁昌警觉地说："粤泰商行？给我密切注意！"

便衣队长说："是！"

汽车拐进又一条巷子。便衣队长用手一指："那儿，那座红砖小楼就是区达铭和沈梦苏的住所。"

汽车缓缓从区达铭和梦苏的住所前经过。袁昌透过车窗仔细打量着那所房子。

便衣队长说："白天有时候区达铭一个人出去，有时候沈梦苏和他一起出去，大多数时候都是去长堤那家商行。有时候来了朋友，他们就在家里打麻将、请客，很像是普通夫妻过日子……"

袁昌嘴角现出一丝冷笑。

省府军事厅一会议室内，袁昌在召集会议。"一般的人从表面上看，这两对人的婚姻没什么问题。但我认为很不正常，因为我太了解这几个人了，我甚至比他们中的某些人还要更加了解他们自己。一开始听到麦秋实和欧阳春晓结婚，我就觉得有些不对劲，好像事情不应该是这样的；当看到报纸上登出来的区达铭和沈梦苏的结婚启事时，我就敢断定，这里面绝对有问题！因为以我对沈梦苏的了解，她是绝对不会嫁给区达铭这么一个人的。"说到这儿时，袁昌甚至表现得有些情绪化。

参加会议的人面面相觑，几个老兄互相交换着暧昧的眼神。

袁昌说："你们可能觉得我这个依据有点怪，和一般的推理分析不太一样，但我坚信自己的判断，因为这一判断是建立在对人的了解之上的。沈梦苏是一个很单纯、没有心机的女孩，她就是死也不会放弃自己的感情，更不会强迫自己去和一个她根本不爱的人真正生活在一起。"

参加会议的人你看我、我看你，大概明白情种袁兄想表达的意思了。

穆非说："袁处长，你是想——说明什么呢？"

袁昌说："说明什么？之前我们已经获得情报，中共广东区委正在组建一批秘密机关。所以我得出的第一个判断是——眼前的这两对所谓夫妻，应该与这一批秘密机关有关！"

参加会议的人都很惊讶，不由相互小声议论起来。

袁昌说："请安静。我的第二个判断是，共产党针对我们，可能正在部署什么大的动作。"

参会者更加吃惊，都看着袁昌，等他继续往下说。

袁昌将一个烟灰缸放到会议桌中间："大家知道，轰轰烈烈的大革命时，先总理提倡'联俄、联共、扶助农工'，国共合作，从中共中央到两广区委，到'工代会'、学生联合会、妇女解放协会这些团体，再到更基层的支部，共产党的领导干部包括普通党员，大部分人的身份都是公开的。"袁昌说着，将一个茶杯放到了刚才那个烟灰缸的旁边，将另一个烟灰缸放到茶杯后侧，使前面看去，烟灰缸只露出了一半。"但现在麦秋实成了心馨书店的老板，而区达铭成了粤泰商行的经理，每天接待着各种各样的顾客。如果他们用这样的身份进行某些秘密活动的话，那么他们在这些地方是一种半公开的活动方式。"说到这儿，袁昌将另一个茶杯隔了一段距离并排放到了刚才那个茶杯的旁边，又将第三个烟灰缸放到了这个茶杯的正后方，从前面看去，烟灰缸完全被茶杯遮挡住了。"除此之外，过去他们的住所都是公开的，但最近却搬到了很隐秘的地方。只是由于沈梦苏缺乏经验，我们才发现了她和区达铭那个所谓的'家'，而麦秋实和欧阳春晓住的地方，我们的人跟踪了好几次都没有发现。你们认为这说明了什么？"他指着那一排茶杯和烟灰缸问大家。

开会的人大眼瞪小眼，没人能答上话。

袁昌说："我认为，这反映了一种动向，就是中共的广东区委正在逐渐将工作转入地下，他们今后的活动将越来越隐蔽。当然，到目前为止，这一切只是我的感觉，但我的感觉一向很准。至于共产党为什么这么做，他们是不是还在准备什么更大的行动——这些我就不知道了，还有待在座的各位去努力发现。但直觉告诉我，顺着这条线索努力挖下去，一定会有重大发现！"

梦苏在帮区达铭收拾行李。区达铭看着梦苏，感叹地说："有女人在身边还是好啊！虽说你总和我保持距离，我天天看得见你却摸不着你，但只要能看着你心里也舒服啊。"

区达铭的话让梦苏感觉很不舒服。"小心我把你说的话记录下来，全部上交给组织。"说完又不动声色地做着手上的事。说着说着行李收拾好了，梦苏将收拾好的行李递给区达铭："你快走吧。"

区达铭接过行李，忍不住发着牢骚："我这说得可都是心里话呀，原来定好的我只负责这个秘密机关的工作。你就是不理我，这好歹也是有家有女人的日子啊。可好日子还没过几天呢，现在突然又派我去西江部署武装暴动……唉，干革命太不容易了，列宁同志那句话说得太对了——我们的命运就是斗争、斗争、再斗争啊。"

梦苏说："不是说现在局势很危险吗？老谢说现在要开展的工作很多，人手紧张。"

区达铭说："我总觉得区委有点小题大做，神经过敏。国共之间是出现了一些问题，但左派和右派之间的斗争一直就没断过，没什么稀罕的，也不至于像他们想的那么严重吧，好像马上就要出什么大事似的，非得赶着去各个地方准备武装暴动。"

梦苏说："既然上级做了决定，你就别多说了，赶紧走吧。"

"怎么总感觉你像是我的上级？我知道，你巴不得我赶紧走，我不在这儿你才觉得自在呢。"区达铭走到门口，回身望着梦苏说："你不出来送送我？戏里面相公出门的时候，娘子都要十八相送的。"梦苏站着没动。区达铭说："不送就不送吧。那我真走了，万一再也见不上了——万一暴动起来，一根梭镖把我扎死了——"

"呸呸呸，晦气！"梦苏不由自主地走向门口。

区达铭笑了说："我就知道，你心里还是疼我的。来，告个别吧。"他说着就忍不住要去拥抱梦苏，梦苏急忙退后几步躲过。区达铭悻悻地说："好，走了，走了。"他拿起行李，开门走了出去。一回头，见梦苏也跟着他走了出来。

梦苏跟在区达铭后边，沿着小街走来。街边不时看到摆摊修鞋的、卖麻糖的、磨刀的……区达铭警惕地看了看这些摆摊人。

他示意梦苏上前一点，悄声地说："哎，你这哪儿像送别呀？我感觉倒像是押送。"但梦苏还是跟他保持着几步距离。区达铭无奈地说："我的姑奶奶，小媳妇送男人出门都是情意绵绵的，哪有你这样的？要装就装得像一点好不好？这么多人看着呢，别露出什么马脚。"

区达铭暗指旁边一个磨刀人，梦苏看过去，那个原本窥视着他们的男子慌忙移开了目光。

梦苏一怔，区达铭趁机抓住了她的手。梦苏慌了，本能地想把手从区达铭的手里挣脱出来，但看了看周围，只得忍住了。梦苏被区达铭拉着手往前走，样子很是勉强。

一辆汽车突然开到他们面前停下，袁昌从车上下来。

梦苏猝不及防地看到袁昌，吓了一跳，下意识地退后了一步，手从区达铭的手上抽了出来。

袁昌对梦苏笑着。

梦苏说："袁昌……"

袁昌瞥了区达铭一眼，看着梦苏："真不够意思啊，还是老朋友呢，结婚这么大的事，连声招呼都不打！"

梦苏的脸色一下变了，但在袁昌的目光逼视下，她只能强作镇定。"噢，对不起，当时人都忙晕了，没顾得上……"

区达铭凑过来说："你就是袁昌老弟吧？经常听梦苏提起你。嘿嘿，我们结婚办得很简单，好多朋友都没有招呼到，对不住了。等这一阵子忙过了，一定专门请老弟到家里来作客。"他说着，很自然地拉住了梦苏的手；梦苏虽然没再拒绝，却显得有些别扭。

精明的袁昌捕捉到了梦苏不自然的表情。"你就是梦苏的……先生？"

区达铭说："是，区达铭。"

袁昌伸手与区达铭握了握："好，找时间一定登门拜访。不管怎么样，我得补一份贺礼。"

区达铭说："欢迎，欢迎。"

袁昌欲走，又转回身来："区先生提着行李要去哪儿？要不要坐我的车送送？"

区达铭说："不，不了。我回老家看看，到前面江边就上船了。谢谢，谢谢您。"

"那就不打扰了，再见！"袁昌坐回车里关上车门，给了梦苏一个复杂的眼神。

区达铭和梦苏望着袁昌的车开走。区达铭突然反应过来，拉起梦苏说："到这边来。"他将梦苏拉到街角一个僻静的地方，看了看周围没人注意他们，压低声音说："袁昌怎么会来这儿？"

梦苏说："他在学校的时候就暗恋我，看他刚才看你的眼神，你可能——现在有危险了。"

区达铭："糟了，说不定我们这个秘密机关也已经暴露了！"

梦苏说："啊，那怎么办？"

区达铭急得冷汗直冒："怎么办，怎么办呀？"

梦苏说："他会不会只是正好路过这儿？"

区达铭说："他知道我们'结婚'了！"

梦苏说："可能他看了报纸，或者听别人说了。"

区达铭说："不对，不对，我感觉有点不对劲。你发现没有？我们的房子附近，最近几天多了不少摆摊的，都是以前从来没见过的人，那个磨刀的，我感觉就很可疑。"

梦苏眼前突然闪现出刚才那个磨刀男子的诡异眼神。"没错，那人是有点怪。"

区达铭说："这些情况要马上向组织上报告，西江，我今天也不能去了。"

梦苏说："那——西江那边的事——"

区达铭："反正组织上确定的暴动时间是 5 月份，我就是晚走几天也来得及。再说，如果这个联络点真的暴露，这边会有很多工作需要我做，我还是留几天的好，你说呢？"

梦苏没了主意。

区达铭说："还有，万一这个联络点暴露的话，你就太危险了，我怎么能让你一个人留在这儿？"

梦苏说："那——这个秘密机关会不会被撤掉？"

区达铭说："现在情况还没搞清楚，至于撤不撤，要组织上来决定。你先回去，我现在就去区委。"

"哎——"梦苏叫住区达铭，"小心有人跟踪你。"

区达铭说："没事，反正我在区委的身份是公开的，青天白日的，他们现在还不敢公开怎么样。"

梦苏说："你还是小心点。"

区达铭说："嘿嘿，看来这回是真关心我了，这才像个老婆嘛。"

梦苏又被噎了一下，突然有了让袁昌现在把这个人抓走的念头。但是这个念头只是一闪，马上被火热的革命热情所湮灭了。

省府军事厅，袁昌正在办公室办公。便衣队长进来。"处长，区达铭的老家地址搞清楚了，在惠阳东浦乡石湾村的一个鱼塘边上。"

袁昌说："他昨天回去了吗？"

便衣队长说："他根本没有回老家去，也没有上船。"

袁昌霍地站起，将手中的烟头在烟灰缸里狠狠地摁灭。

区达铭和梦苏正在整理文件，敲门声响起。区达铭和梦苏互相看了一眼，迅速将文件藏起。敲门声继续响着。梦苏过去开门。陈桂笑吟吟地站在门外。

梦苏惊喜地说："阿桂！"

陈桂进屋，梦苏把门关上。

陈桂对区达铭和梦苏说："你们周围现在有麻烦，进出不方便，区委派我来当你们的交通员，我对外身份是梦苏的表姐。"

梦苏高兴地说："太好了，你本来就是我的表姐嘛！"

区达铭说："对，你是我们的表姐。"

陈桂脸一沉说道："你可不能叫我表姐，你比我大那么多！"

区达铭说："好好，随你，随你。快说，区委有什么指示吗？"

陈桂说："有！"陈桂从衣服夹层里取出一封信交给区达铭。

区达铭把陈桂带来的信递给梦苏："你来看吧，上面的字我认不下来。"

梦苏看完信说："区委领导研究以后，认为袁昌应该只是在进行试探，如果他真的发现了什么的话，不会轻易现身惊动我们的。如果袁昌这么一试，这个点就撤了，人也转移了，反而会暴露我们的秘密机关，而且会暴露区委战略上的部署。所以上级的意思是，今后的工作要更加谨慎小心，但表面上要一切照常，反过来观察一下袁昌那边还会有什么动作，看看他们还有没有什么进一步的企图。"

"有道理。阿桂，区委还有其他什么指示吗？"区达铭划了一根火柴将信烧毁。

陈桂说："我今天来，老谢还交给我一个任务……"

区达铭说："什么任务？"

陈桂说："他让我来好好玩，让左邻右舍都知道我是梦苏的表姐，这样以后进出就方便了。梦苏，不是我说你，你看看家里乱的，哪儿像过日子的样子啊！"

梦苏和区达铭还没反应过来，陈桂已经挽起衣袖，忙碌地收拾起屋子来。她手脚利落地擦拭、整理厨房用具，所有的东西都擦拭得干干净净，摆放得有条有理。

傍晚，陈桂端菜上桌。梦苏摆放碗筷。区达铭在桌旁坐下，欢心地看着桌上丰盛的佳肴。

夜很深了，区达铭、梦苏和陈桂坐在一起说话，三个人看上去都有些疲惫，但陈桂却没有要走的意思。区达铭说："阿桂，你累了一天了，要不早点回去休息吧。"

陈桂说："哎呀，真是累了，都不想动了。"

区达铭说："那就赶快走吧。"

陈桂说："你赶我走啊？"

梦苏说："阿桂累了一天，让人家多休息一会儿。"

区达铭说："不是，她一个女的，太晚回去，我怕路上不安全。"

陈桂看了看外面的夜色说："已经这么晚了，现在让我一个走回去，肯定很不安全。"

梦苏说："要不，阿桂今天晚上就住在这儿吧。"

陈桂："好啊，好啊！"

区达铭显然很不情愿："住在这儿？这——不合适吧。"

陈桂："我是梦苏的表姐，住在这儿有什么不合适的？"

区达铭说："这样——组织上不一定同意。"

陈桂急切地说道："组织上肯定同意。你想啊，我经常在这儿住一住，左右邻居都习惯了，我进进出出的就更随便了，不是更有利于给你们当交通员吗？"

区达铭说："什么？你还要经常在这儿住？"

陈桂说："对啊，我想！"

梦苏说："我也想叫阿桂住这儿，给我做个伴。"

区达铭说："就、就这么上下四间房，我们俩一人住一间，剩下书房和杂物间了，你总不能叫阿桂睡在厅里吧。"

梦苏笑得眼睛都弯了："阿桂和我住，我们睡一张床就行。"

"对，我们俩从小就睡一张床。走，去你房间看看！"陈桂瞥了区达铭一眼，和梦苏离开客厅。区达铭无可奈何地叹了口气。

陈桂和梦苏躺在一张床上。陈桂说："你这个家伙，当初也不告诉我你和老区是假扮夫妻，气得我连死的心都有了。"

梦苏说："我也想告诉你呀，可组织不允许啊。"

陈桂说："这么好的事，怎么就摊到你头上了？"

梦苏说："好事？那你来吧。"

陈桂猛地坐起："那好啊！我们一起去找组织，把我换过来和老区过，你去当交通员——不，你到老麦那儿去，和他一起过——事到如今，我也不拦着你们了。"

梦苏笑了起来："想什么呢？乱七八糟的！这是工作，你以为是过家家啊，还真想在一起过日子？"

陈桂泄气地重新躺下去："我知道，给老区找的助手要有文化。哼，要不是我没文化，怎么也轮不到别人啊。"

梦苏渐渐进入梦乡。陈桂大睁着双眼。她忽然摇着梦苏说："哎，醒醒，快醒醒！"

梦苏努力睁开双眼："怎么了？"

陈桂说："梦苏，你和老区假扮夫妻是组织安排的工作，我没话说。但看在我和你这么多年姐妹的份上，你得答应我，绝对不许和他来真的！"

梦苏哭笑不得："你说些什么呀！我的心是麦秋实的，我每天躲老区还来不及呢。快睡吧——"

陈桂说："其实我不担心你，我是担心他。我看出来了，我住在你这儿，老区挺不乐意的。但我偏要来，一有时间我就过来住，我就是要看住他！"

梦苏感激地看着阿桂，两个亲密无间的女生在被窝里拉了拉勾，享受了几年来睡得最香的一夜。

　　傍晚，麦秋实和春晓坐着黄包车回家。麦秋实注视了一下周围，叫车夫停下，同春晓挽手走进住所。

　　麦秋实和春晓都换上了睡衣。麦秋实来到客厅，坐在沙发上翻看《国民新报》，春晓送来一杯茶水。"你每天回来就看报纸，就不能跟我说说话吗？"

　　麦秋实说："这也是工作，从报纸上能捕捉到很多信息。"

　　春晓在麦秋实身边坐下："工作，工作，就知道工作。回到家了，总得给我们自己留点时间和空间吧。"

　　麦秋实继续看着报纸头也不抬地说道："你今天搬了那么多书，肯定累了，先去睡觉吧。"

　　春晓一把拿掉麦秋实手上的报纸："下了班回家，回到家吃饭，吃了饭睡觉，我又不是小猪，我是人，我要有精神生活。"

　　麦秋实看着春晓说："难道你不觉得，我们每天的工作就是一种为理想奋斗的精神实践吗？"

　　春晓说："又谈理想，让我轻松点好不好。我还没问你呢，那天梦苏跑到书店来找你，一副失魂落魄的样子，什么事啊？"

　　麦秋实说："我问她了，她说没事。"

　　"没事她来找你干什么？我可提醒你，现在咱俩是一对，梦苏和区达铭是一对，这是组织上定的纪律，你当心别让人搅乱了这种关系。"春晓说罢起身走开。

　　麦秋实起身想和春晓再次表明自己对梦苏的心迹，但是想了想，又坐下了。

　　区达铭自己动手收拾他的行李，梦苏在一旁看着。区达铭气哼哼地说："党组织安排我和你假扮夫妻掩护工作，她可好，经常跑到这儿来住着，算什么呀？"

　　梦苏说："阿桂是我们的交通员，又是我同族的姐姐，有时候天晚了回不去，在这里住下不是很正常吗？再说，现在街坊四邻都知道她是我的表姐了，已经习惯她经常在这儿，这样既能掩护她的工作，又能掩护我们，有什么不好？"

区达铭说："你就是和她穿一条裤子，一个鼻孔出气！我知道你其实是不愿意和我在一起，就拉她当挡箭牌。好，你和她住吧，我到西江搞暴动去了。"

梦苏说："说实话，耽误了这么多天，你也该出发了。"

区达铭说："看把你高兴的，我知道你早就巴不得我走！"

外面传来送报纸的吆喝声，梦苏出去拿报纸。

区达铭收拾完箱子，提起来正要走，梦苏突然慌慌张张地进来："老区，不好了，出事了！"

区达铭一愣："怎么了？"

梦苏将报纸递给区达铭："你看！"

区达铭说："哎呀，我又认不了几个字。"

梦苏说："哦，忘了！我来念——上海'四一二'政变，蒋介石开始'清党'。"

区达铭说："小点声！"

秘密联络点，老谢在召集会议，麦秋实、区达铭、古大章等参加会议。老谢神情凝重地说："由于区委和中央之间还没有电台联系，我们党的情报工作也还不健全，区委也是今天早上才从报纸上知道了蒋介石发动政变的消息，立刻召开了紧急会议，决定发表反抗上海'四一二'大屠杀的宣言。区委估计广东的国民党当局也随时可能发动政变，因此要求各级负责人和党员保持警惕，迅速转入地下斗争；同时，面对反动军警的围捕，共产党人要组织起来，奋起反击！"

一名工会干部站起："我们马上召集'工代会'下属各工会的骨干开会，部署发动工人罢工和实行武装自卫的行动！"

区达铭猛地站起："他妈的，对我们下黑手了！我现在就赶去西江！"

老谢说："好！上次布置的去北江、西江、潮梅、惠州、海陆丰等地的特派员立刻出发，准备5月初在全省各地同时举行武装暴动。"

第十一章 白色恐怖

307

1927 年 4 月 15 日，国民党在广州开展清党行动，发动政变。

梦苏将窗帘掀开一条缝，紧张地看着外面。远远近近，警笛声、枪声不绝于耳。空气中氤氲着血腥味。梦苏看见区达铭提着箱子匆匆回来，急忙过去开门。区达铭闪身进屋。

梦苏吃惊地说："你怎么回来了？"

区达铭说："戒严了，出不去了。市内的各条马路、各个路口，都有军队和警察派出双岗警戒，电话也切断了，看来他们真的动手了。"

"啊！这太突然了……"

区达铭说："通往潮梅、西江、佛山、肇庆、海口等地方的交通要道都有军队把守盘查，像我这种经常抛头露面的人往那些方向去，简直就是自投罗网。

梦苏说："那西江武装暴动的事呢？"

区达铭摇摇头："恐怕暂时不行了，好多特派员像我一样，都没来得及动身。国民党抢先下手了，真没想到得这么快！"

梦苏说："那我们怎么办啊？"

急促的、有节奏的敲门声。梦苏和区达铭一惊。梦苏说："是陈桂！"

梦苏将门打开，陈桂一头冲进来。"快！区委让我来通知你们，马上转移，去达安街 31 号兴记柴店！记住，达安街、31 号、兴记柴店。"

转眼间，区达铭、梦苏收拾好了东西和陈桂一起往外走去。

区达铭走在前面。梦苏若有心事，她悄悄扯了扯陈桂，两个人放缓了脚步。

梦苏小声问陈桂说："麦秋实和春晓他们接到转移的通知了吗？"

陈桂说："我只知道让我来告诉你们撤离，谁知道有没有别人去通知他们啊？哎呀，现在太乱了，谁都找不到谁了。"

梦苏听了心里一沉。

区达铭已经出了大门，回身催促说："快点啊，还磨叽什么！"

梦苏和陈桂加快脚步走了出去。

警笛声、枪声及军警的吆喝声。

妇女解放协会所在大楼里，春晓和大家一起在忙着收拾东西、烧毁文件，准备撤离，气氛十分紧张。有人在小声议论。

女子甲说："听说是昨天半夜动的手，军警分三路袭击了三个铁路总工会。在粤汉和广三，工人纠察队进行了抵抗，现在还在打呢，死了好多人……"

春晓抱着整理好的文件扔进火盆。

女子乙说："黄埔军校有好几百人被缴了械，有学生，还有驻扎在郊外的军校入伍生……"

春晓一脸的茫然，突然降临的混乱局面让她有些不知所措。

一个叫冯大姐的中年妇女匆匆进来。

女子甲说："冯大姐，文件快销毁完了，你看还有哪些事要做？"

冯大姐急迫地对所有人说："把文件销毁完马上离开！省港罢工委员会、广州工代会、省农民协会都被查封了，听说区委已经被军警包围了，估计马上就轮到我们妇女协会了，大家快走！"

一些人纷纷往外跑，没处理完工作的更加快了速度。

冯大姐看到了春晓，过去低声地说："春晓，老谢专门让我通知你和秋实马上撤离，现在就走。到达安街 31 号的兴记柴店，那儿是我们的一个备用秘密联络点，目前还比较安全。秋实现在在哪儿？"

春晓说："他去书店了，说是去处理一些文件。"

冯大姐想了想，说道："你马上去书店找他，然后你们就不要回家了，直接去柴店！"

春晓说："直接就去？"

冯大姐说："对！"

春晓慌乱地说："可我——什么都没准备呀！"

冯大姐说："没时间了，先逃出去再说。"

春晓说："可我刚洗了衣服，晾在外面还没收呢？"

冯大姐说："都什么时候了？还收什么衣服啊！"

春晓说："我金银细软可以不要，香水可以不要，可我的日记，还有那些有纪念意义的东西，我走到哪儿都带着的。还有，总得收拾点换洗衣服和随身的用品吧。这一逃出去谁知道躲到什么地方去，要躲多久。就算不被打死，要是几天不洗澡换衣服，我也会难受死的呀！"

冯大姐气得不知说什么好："你这个大小姐，我怎么说你呢？做事要考虑轻重，命重要还是你那些东西重要！"

春晓恳求道："冯大姐，我就回去几分钟行吗？不会就那么巧吧，就这几分钟时间敌人就找上门了？"

冯大姐严厉地说："不行，绝对不行，这是组织的命令！你马上去通知麦秋实，你们一起赶快脱离险境，听到了吗？"

春晓无奈地说："那好吧。"

春晓随着撤离的人们离开了妇女解放协会。

春晓坐在黄包车上，看见周围到处都是荷枪实弹的军警，不时有警车呼啸而过。一队被捕的革命者被捆缚着双手，押送着走过。其中一个青年边走边高呼着革命口号，一名军警朝青年便是一枪，青年应声倒地。春晓几乎呕吐，对车夫喊道："喂，等等，等一下！"

车夫回过头来。春晓说："我要去另一个地方，快，往那边走！"

车夫掉转过黄包车……

春晓冲进住所，飞快地收下晾在天井里的衣服，然后冲进自己房间，拖出一个空箱子打开，将衣服、梳妆台上的用品等东西一股脑放进箱子。

她转身拉开抽屉，拿出两个日记本，又从书架上抽出几本书放进箱子；她接着又去拉另一个抽屉，不料抽屉只拉出一半就被卡住了，她使出大力一拉，一下将抽屉扯出来掉在了地上，里面林林总总的东西撒了一地……她从楼梯跑下，冲进楼下麦秋实的房间打开柜子拿麦秋实的衣服。

突然响起了敲门声，春晓一怔，看了看墙上的挂钟。敲门声越来越急。

春晓胳膊上搭着几件麦秋实的衣服，跑过来开门，边开门边说："来了来了，我正准备去叫你呢——秋实——"门一打开，春晓惊呆了，只见门外站着全副武装的袁昌。"啊，怎么是你？"

袁昌说："没想到吧？我已经说过梦苏了，她不够意思你更不够意思，还是我表妹呢，结婚都不告诉我一声。你们在陶陶居办酒席时邀请的宾客名单是不是都要经过组织的审查？哪些人该邀请哪些人不能告知都是仔细研究过的，对吗？"

春晓心里越发紧张："你胡说什么呢！"

袁昌笑了笑，看着春晓："是胡说吗？"

春晓被袁昌看得心里发毛："你、你怎么找到这儿来的？"

袁昌颇为得意地笑了："你和麦秋实那反跟踪的技术，虽说甩了我的人几次，但只要被我盯上，发现你们这个秘密住所只是迟早的事。你不打算请我进去吗？"

春晓慌乱地挡在门口："有什么事就在这儿说吧，我马上要出去。"

袁昌说："出去？你最好还是不要到处乱走的好。今天广州城里发生了大事你不知道吗？到处都是军警在抓人，你要是不让我进去，说不定一会儿我那帮手下就进去了。"

春晓只得让到一边，让袁昌进了屋内。

袁昌在厅房、厨房、楼梯下这儿瞧瞧、那儿看看。

他走进麦秋实的房间看了一圈，似乎对这个房间很有兴趣。

春晓说："你快点吧，我真的有事要马上出去。"

袁昌说："着什么急？表哥和你都多久没见面了，好不容易见一次，还不好好聊一聊啊？"

两辆黄包车一前一后，梦苏和陈桂拿着行李坐在前面一辆黄包车上，后面一辆车上坐着区达铭。

黄包车经过街边一幢楼前，正逢一伙人将挂在楼门口的工会牌子摘下来砸烂在地上。

几个工人模样的人被从楼里押出，他们突然反抗，试图逃跑，军警一阵乱枪，那几个工人中弹倒在地上。

黄包车上的梦苏和陈桂看得心惊胆战。

梦苏突然对车夫喊道："等一下！"车夫把黄包车停住。梦苏跳下车，对陈桂说："我有点事，你和老区先去达安街，我马上就来。"

陈桂说："哎，你去哪儿？"

梦苏顾不得再说什么，飞快地朝旁边一条街跑去。

区达铭在后一辆车上急了："怎么回事？她去哪儿啊？"

陈桂说："不知道啊。"

区达铭说："她跟你说什么了？"

陈桂说："她让我们先去达安街，说她有点事，马上就来。"

"都这个时候了，还搞什么卿卿我我！"区达铭望着梦苏跑远的背影，想喊不敢喊，想追不能追，气得直咬牙……

袁昌走进春晓的房间，环顾打量。"我怎么觉得这房间除了小一点、布置简单一点而外，和你在姨父家的闺房差不多，不像是两个人住的吧？"

春晓慌忙掩饰："谁说的？这就是两个人住的房间……我喜欢按自己的风格来布置，有时候秋实写稿子写得很晚，怕我打扰，就临时住在楼下，还拿了一些生活用品下去。怎么，不行吗！"

袁昌看着春晓，似笑非笑。

春晓故意撒起娇来："哎呀，你一个军事厅的，管好广州地界上那些当兵的，别让他们在外面乱杀人就行了，你还跑到人家家里管闲事来了，你真讨厌，我不想理你了！你走你走！"

春晓连哄带闹地想把袁昌推出房间。

袁昌说："你别闹，我不会走的。好容易来了，怎么也得见见我那个新婚的妹夫啊。"

春晓一阵心惊肉跳，说："你别等了，他早上走的时候说了，今天有事，很晚才会回来。"

"我今天没事，我可以等，等到多晚都行。"袁昌走到留声机旁边，挑了一张唱片放上去，放上唱针，屋里顿时响起轻快优美的圆舞曲的旋律。

"随便，你愿意等就等吧。我这里有的是唱片，你可以听到天黑。"春晓漫不经意地走到窗前，将百叶窗帘放下来一半。哪知袁昌不动声色地走过去，将百叶窗帘又拉了上去。"大白天的，把窗帘放下一半干什么？还是光线亮一点好。"春晓脸色大变。袁昌盯着那只摊开的箱子说："你真要出去啊？哦，你们共产党现在都在逃命。"他扫了一眼箱子里的东西，拿起一个日记本翻看。

"你翻我日记干什么，放下！"春晓冲过去一把将日记本夺下扔回箱子里。

袁昌又从箱子里拿起一个硬皮簿说："相簿？可以欣赏欣赏吗？"

春晓一把夺回相簿，使劲盖上了皮箱。

袁昌说："啧啧！你这是去逃命呢还是去度假？如果有可能，你是不是还想抱着留声机，挑几张《小夜曲》唱片带着？可惜呀，像你这么时髦的女子，马上就要变得蓬头垢面，浑身脏兮兮的散发着臭味，到那污秽不堪、不见天日的角落里东躲西藏……你会越来越发现，革命根本不是你当初想象的那样浪漫……"

春晓说："真讨厌，我不要你管！"

就在这时，窗外的小巷里响起一阵熟悉的脚步声，传来街坊和麦秋实寒暄的声音。街坊说："麦先生回来了？可别出去了，外面在抓人呢，太可怕了，太乱了。"麦秋实说："是啊，我不放心家里，赶紧回来看看。"

听到麦秋实的声音，春晓紧张得心都要跳出来了，她禁不住浑身颤抖起来。

袁昌躲在窗后向外观望。

春晓趁袁昌不注意，突然冲向窗边，想将百叶窗帘拉下，不想被袁昌一把抱住。

春晓想喊，袁昌死死地捂住了她的嘴。

春晓听见楼下麦秋实进门的声响。麦秋实喊着"春晓"朝楼上走来，上楼的脚步声越来越近。春晓拼命挣扎，脸涨得通红，却怎么都无法从袁昌的胳膊中挣脱出来，也无法喊出声音。

麦秋实走进春晓的房间，袁昌这才松开春晓，掏出手枪对准了麦秋实。麦秋实愣住了。春晓刚才被袁昌捂得差点背过气去，此时蹲下连咳带喘。

袁昌一声冷笑："麦先生，我们又见面了。"

麦秋实和春晓在袁昌的枪口下一步步走下楼来。这时，梦苏推开房门冲进客厅，眼前的情景让她大惊。

袁昌说："梦苏？"

梦苏说："袁昌，你、你这是干什么？"

袁昌说："我在执行任务。"

梦苏说："袁昌，你忘了？麦先生在北伐战场上救过你的命，春晓，她是你的表妹啊！"

袁昌说："我是军人，必须坚决执行上峰的命令，不能徇私情。"

梦苏说："你要抓他们，就把我也一起抓走吧！"

"那你应该也是共产党了吧？不过，你暂时还不在我们的抓捕名单上。下次，如果给我的名单上有你，我同样会毫不留情的。"袁昌用枪指着麦秋实和春晓说："走吧，二位。"他押着麦秋实和春晓走向门口。

梦苏突然大喊一声："袁昌，我瞧不起你！"

袁昌一愣，不由站下了。

梦苏说："袁昌，我问你，你是先总理孙中山的信徒吗？"

袁昌说："是啊。"

梦苏说："那，孙先生的'联俄、联共、扶助农工'的三大政策你忘了吗？你们现在抓共产党人，杀共产党人，是不是对国民革命的背叛？"

袁昌说："你不用给我讲这些，我现在是执行命令！"

梦苏说："谁的命令？背叛孙总理的命令？麦先生和春晓你都了解，他们有什么错？他们做过什么对不起国家和民众的事情？你抓他们有什么理由！"

袁昌说："我说了，上级的抓捕命令上有他们的名字。"

梦苏说："就是说，你没长脑袋，没有灵魂，别人让你干什么你就干什么！"

袁昌说："梦苏，你怎么这样说话！"

梦苏眼眶里漩着泪水："在湖南的大山里，麦先生冒着抗命的风险，带了一支队伍去救援你，你才活到了现在，而他，差点丢了性命。麦先生是你的救命恩人，你却无缘无故地抓他，你做的是忘恩负义、昧良心的事；春晓是你的表妹，你也无缘无故地抓她，你做的又是无情无义的事……"

袁昌一听就知道这是苦肉计，但是这话从梦苏那双娇唇里说出来，让他感觉特别怆然又悴败。

梦苏说："你是一个军人，但你更是一个人。做人要讲良知，讲道义，讲情义。如果不能做一个端端正正的人，怎么可能做一个好军人！"

袁昌扶着额头，擦了下额头渗出的细汗："你、你别说了！"他焦躁地在客厅里走来走去。春晓趁势说道："梦苏，别求他了，看他怎么去向我爸爸交代。"

麦秋实说："袁昌，想当初我们同是忧国忧民的热血青年，后来又同为并肩杀敌的北伐战友，想不到现在竟刀枪相向，你不觉得寒心吗？"

梦苏说："袁昌，你看着我，用你的良心放了他们！"

袁昌看了梦苏一会，终于将手枪收进枪套，走到麦秋实面前。"好吧，今天我就违反一次军纪。不光因为你麦先生救过我的命，而且因为我一直敬重你；春晓是我的表妹，我也不愿因为抓她，让我的姨父一家担惊受怕。国共两党的斗争已经白热化，但让我现在就把你、我的表妹，还有梦苏都当成敌人，说实话，我心里一时还有些转不过这个弯。"

春晓说："表哥——"

"我自认是个铁血军人，但身上还是有些软肋。刚才梦苏说瞧不起我，我受不了。麦先生，看到梦苏为了你不管不顾，连命都豁出去的样子，说实话，我更受不了。所以，你们应该感谢她。"袁昌走到门口，又转过身来，"麦先生救过我一条命，今天我还他一条命，从此以后咱们谁也不欠谁的。记住，以后若再相遇，如果我们之间还是对手，我袁昌将绝不容情！"袁昌看了梦苏一会，大步走出。

麦秋实、春晓、梦苏从窗口看着袁昌带着他的手下离去。梦苏长长地出了一口气，只觉得浑身瘫软，无力地靠到了墙上。

达安街 31 号兴记柴店店门紧闭，区达铭、陈桂、梦苏、麦秋实、春晓此时躲在这小小的店铺里，外面街上不时传来枪声和警报声，气氛紧张而压抑。春晓像是很怕似的靠在麦秋实身上，麦秋实尴尬，又不想让春晓难堪。陈桂冷眼看着春晓对麦秋实的亲昵举动，很是不满，不时拿眼睛剜着梦苏，意思是说："看见了吧！"

区达铭不敢高声讲话，但仍然控制不住情绪，刚才梦苏扔下自己冒死去救麦秋实的行为使他受到很大刺激，他一直在喋喋不休地唠叨，宣泄着心中的不满。"沈梦苏同志，你也太没有组织性、纪律性了！在大街上连声招呼都不打，突然就扔下我和陈桂同志跑了。你忘了组织上的规定了，你是不能去麦秋实和春晓的秘密联络点的！而且，你这么乱跑，要是出现意外，说不定会牵连我们几个。"

麦秋实说："老区，这是非常时期，梦苏也是为了救我们。"

梦苏内心激动地朝麦秋实看了一眼，两人的目光不期相遇，却又匆匆分开。

区达铭说："非常时期怎么了？你们的私人感情能大过组织纪律吗？非常时期就更要遵守组织纪律，这是原则问题，不然有可能给组织造成更大的损失。列宁同志说，'劳动者的组织性、纪律性、坚毅精神是取得最后胜利的保证。'当然，梦苏营救秋实和春晓确实有功，但这不能抵消她违反组织纪律犯下的过错。等过了这阵，和上级联系上，我要向组织报告，请求给沈梦苏同志处分。"

这时，外面响起枪声、喊声和杂乱的脚步声，好像在追什么人。听见外面的枪声远去，柴店门外没有了动静，店内藏着的人这才松了一口气。

陈桂不满地对春晓说："你刚才叫什么叫？差点把敌人招进来，你生怕我们没暴露是吧！"

春晓心里不快，又自知理亏，宣泄地说："刚才子弹差点打着我了——这是什么破地方啊？这么黑，这么脏，这么多人挤在一起，这么大味道，没法看书，也不能洗……"

陈桂说："到这儿还端着你大小姐的架子！嫌我们味道大你别待在这儿呀，回你爸的大公馆里住去。还想看书，还想洗呢，酸不酸？刚才那颗子弹再往下打一点，你就到阎王爷那儿去了，还臭讲究什么！"

春晓受到刺激，又叫了一声往麦秋实怀里靠去，半是恐惧半是撒娇地说："我不在这儿待了，我要出去，我要出去！"

麦秋实很是尴尬，轻轻将春晓推开一些。对春晓、也是对大家说："其实对一个革命者来说，当他走上这条路的时候就应该明白，革命不可能不付出代价，'牺牲'也应该是革命的手段之一，我们每一个人都要随时做好这样的准备……"

春晓一把抱住麦秋实："不，我要革命，但我不想牺牲。我们才刚结婚，我想活着，和自己爱的人一起好好生活。"

陈桂说："喊，什么'刚结婚'，你们那是组织安排的假夫妻，你还当真了！"

春晓说："假的怎么了？有很多同志都是假扮夫妻在一起工作，然后在共同的工作和生活中建立起了真正的感情。"

麦秋实说："别说话了！"

区达铭说："对，这种情况确实不少，呵呵……"

陈桂冲着区达铭说："呸，想得倒美！"

突然，外面又响起枪声，而且越来越近。密集的枪声使躲在里面的人越加紧张。好多子弹打在门板上，穿透进来，他们只好趴在地上。春晓再也承受不住了，发出一声尖叫，梦苏赶紧用手捂住了她的嘴。

又有两名革命者被反动军警追到了柴店外面的街上，将革命者团团围住。革命者赤手空拳与敌人搏斗，终因寡不敌众，被打倒在地。军警对两名气息奄奄的革命者用脚踢、用枪托砸，嘴里还骂骂咧咧……

躲在店内的人从门缝看着外面自己的同志被军警残忍折磨，一个个无比愤慨，但他们只能强压着心中的痛苦。春晓受不了那样的刺激，情绪激动地挣扎着，梦苏生怕她喊出声来，或者挣脱跑出去，死死地抱着她，陈桂帮忙捂着她的嘴。春晓情急之下一口咬下去，梦苏的手上流下一缕鲜血，但梦苏咬牙忍着，就是不撒手。

麦秋实看着这情景，内心无比疼痛，却只能默默地忍耐着。敌人就在外面施暴，只隔了一道薄薄的门板，门这边有任何一点响动，都可能使这一屋的人暴露。

军警离开后，躲在店内的人这才暗暗松了一口气。梦苏放开春晓，她手上被春晓咬破的地方还在流血。麦秋实拿出自己的手绢给梦苏包扎。区达铭急忙摸摸自己衣兜，只恨自己平时没有带手绢的习惯。

春晓突然跳起来朝门口跑去，大家吓了一跳，陈桂冲过去把她拽住。春晓说："放开我，我要出去，我憋死了，我受不了了……"

麦秋实说："春晓，你安静点，现在出去太危险！"

春晓说："那也比憋在这儿强！这地方早晚会叫人家发现，我们只能在这儿束手就擒，只能等死……"

区达铭说："是啊，敌人真要是冲进来，我们连个回旋的余地都没有，躲都没地方躲啊。"

陈桂放开春晓："你说的没错，躲在这儿可能是等死；出去呢，可能像刚才那几个同志一样，也是死，你就看着办吧！"

春晓颓然地坐在地上，低声哭泣起来："……我要活……我不想死在这儿……"

陈桂说："那要是万一活不了，你想死在哪儿？"

"哪儿都不想，我不想死，不想死……"

梦苏说："春晓，你别那么悲观，有时候身临绝境并不意味着看不到未来，有时候绝望换来的是更大的希望。你还记得当年在惠平，你鼓励我逃婚的时候给我读的那首诗吗？"

春晓渐渐安静下来，目光里又闪现出昔日那样的清澈和光泽。"那时真好啊，无忧无虑的，只觉得自己有青春，就有无限的希望，有无限的可能，真怀念坤雅女师的校园……"

梦苏说："在坤雅时什么都是你带头，同学们都听你的。那时我最佩服、最羡慕的人就是你，觉得你好能干。"

春晓说："真希望一直生活在那与世隔绝的象牙塔里，永远都不离开，永远都不长大。"

"是啊……"梦苏突然愣住了，春晓的话触动了她什么。梦苏思忖着，目光落在了那扇通往里屋柴房的门上……

梦苏突然激动地跳了起来："有了！"

大家不明所以，惊诧地看着梦苏。

区达铭说："有、什么有了？"

梦苏沉浸在自己突发的想象里："与世隔绝的象牙塔……"

古大章来到柴店外，看了看四周，确定没有可疑的人，在门上敲出暗号的声音。

过了片刻，店门打开了，开门的是麦秋实。古大章闪身进了柴店，店门随即关上。

柴店内的情形和之前大不一样，半个店铺内都堆满了木柴，空间显得狭小了很多。

古大章和麦秋实握手。古大章说："秋实同志，特委领导让我转告你们，'四·一五'以后，反动派在各地实行大逮捕、大屠杀，全省的革命力量受到很大破坏，区委机关被迫迁往香港。最近，建立了中共广东特委，决定恢复和重建各地党的领导机关，组织工农武装起义，反抗反动派的反革命暴行！"

麦秋实说："太好了，我们是应该采取行动了。"

古大章奇怪地打量四周："哎，我以前来过这个联络点，这儿怎么跟以前不一样了？"

麦秋实笑着说："当然不一样了。"

古大章想起什么，环顾四周说："哎，秋实，你们这个点不是还有老区、梦苏、春晓他们好几个人吗？怎么现在就你一个了？"

麦秋实故意卖着关子："他们？在这儿啊。"

古大章说："哪儿？在哪儿啊？"

麦秋实说："就在这店里呀。"

"在这店里？"古大章看了看四周，除了堆积的半屋子木柴，看不到区达铭等人的身影。

古大章目光落在里间库房的门上说："哦，在里面那间屋子啊。"

他说着拉开了里间库房的门，然而他只看到满满的从地面一直堆砌到房顶的柴堆。

古大章说："奇怪了，没有啊……"

这时古大章听到一阵男女的笑声，这笑声就在他跟前，却看不到人影。

古大章懵了："见了鬼了，老区，我听见你的声音了，你到底在哪儿？"

回答他的仍只有笑声。

麦秋实也忍不住笑了起来。

古大章定了定神，判断了一下方位，又走到里屋门前，将库房门拉开，那些男女的笑声竟然感觉是从那巨大的柴堆里发出来的。古大章指着柴堆说："啊？他们在这里面啊！"

原来店房里那个巨大柴堆中间的木柴已被掏空，四周顶上大木头，形成了一个空间颇大的密室，里面摆放着一张桌子、一把椅子和一张床板，桌上还放着蜡烛。

梦苏、春晓、陈桂和区达铭有的坐在椅子上，有的坐在床板上，听着外面古大章疑神疑鬼的声音，笑得更欢了……

四个月后，也就是 1927 年 8 月，中国共产党领导了"八一"南昌起义，打响了反抗国民党反动派的第一枪。

深夜，一处秘密地点，屋子里挤满了人，气氛凝重。老谢在召集会议，区达铭、麦秋实等人在场。

老谢说："'八七'会议，中央总结了大革命失败的经验教训，确定了土地革命和武装反抗国民党反动派的总方针。南昌起义部队退出南昌以后进入广东，中央指示省委全力接应起义军，与农民自卫军相会合，在广州举行暴动，建立革命政权。然而，起义部队在潮、汕等地作战失利，广州暴动的决策也几经曲折。现在，为争夺广东的控制权，粤、桂军阀又爆发了战争，为对抗桂系军阀的反攻，张发奎重兵集结于西江一带，广州市内兵力空虚。中央认为，目前广东的局面正是一个极好机会，决定举行广州起义！"

参加会议的人原本被大革命失败的阴霾所笼罩，听到老谢这番话受到了极大的鼓舞，一个个摩拳擦掌，气氛一下子热烈起来。

区达铭把袖子一挥："早该起义了，这回老子要好好报一下仇！"

麦秋实闪着兴奋的目光："老谢，请组织给我们任务吧！"

老谢说："上级决定，从现在起，广州起义进入了发动和组织的具体筹备阶段。你们各自的任务是这样的……"

一处秘密地点，这里现在是起义的指挥机关——革命军事委员会所在地。在这座隐蔽的小楼里，起义的组织者们进进出出，忙忙碌碌，气氛十分紧张。

麦秋实正在埋头写着文稿。轻轻的敲门声。麦秋实说："进来。"门被推开，梦苏走了进来。

麦秋实说："梦苏……"

梦苏说："秋实，我有件事。"

麦秋实说："什么事？"

梦苏说："我想去参加军事训练。"

麦秋实说："你不用吧，你主要是在起义指挥部协助工作。而且，即使上了前线，你们女同志也主要是进行宣传和救护。"

梦苏说："可我还是觉得应该学一些军事，上次在北伐战场上，我产生了这种想法，恨不得自己能拿起枪来。"

麦秋实想了想："那好。黄启他们最近在给新组建的赤卫队和工人纠察队搞军事训练，我给他们说一声，安排你去参加。"

梦苏说："谢谢，你也该休息一下了，看你疲倦的样子，有两天没睡觉了吧。"

麦秋实叹了一口气："省委和革命军事委员会连日来都在开会，讨论的内容要及时整理成文稿，距离 12 月 12 日的起义时间一天天临近，哪有心思睡觉啊！"

梦苏说："那我去给你沏一杯茶来。"

麦秋实说："不用不用……"

梦苏正要走沏茶，春晓端了一杯热腾腾的咖啡进来。

"秋实，我刚给你煮的咖啡，快喝了提提神。"

梦苏站下，却又不想离开。

麦秋实看了看春晓摆在自己面前的咖啡："不，我什么都不用喝，再浓烈的咖啡都不如现在的工作让我提神，处理这些文稿让我丝毫感觉不到疲惫，反而使我的头脑无比兴奋，甚至觉得是一种幸福。"

春晓说："什么样的稿子让你这么提神啊？"

梦苏也感到好奇。

麦秋实说："比如我正在整理的这篇《广州苏维埃政府宣言》，还有这篇《苏维埃政府告民众书》，就是起义胜利以后，新成立的广州苏维埃政府准备发布的一系列文件之一。这次我们不光是举行一次起义，而是要打出红旗，要喊出'苏维埃'的口号，要建立真正代表人民的工农民主政权。"他拿起那几页文稿，"别小看这几页纸，它们描绘出起义成功、革命胜利以后，劳苦大众梦寐以求的理想的生活。"

春晓拿过那文稿看起来，梦苏也凑过去。春晓情不自禁地读了起来："保证劳动人民的集会、结社、言论、出版、罢工的自由……"

梦苏也忍不住读道："对工人的政纲是——实行 8 小时工作制；增加工人工资；由国家照原薪津贴失业工人；大工业、运输业、银行均收归国有。"

春晓接着读："对农民的政纲是——一切土地归国有……镇压地主豪绅，销毁一切田契、租约、债券。"

梦苏接着读道："对劳苦贫民的政纲是——没收资产阶级的房屋给劳

动民众居住；没收大资本家的财产救济贫民；取消劳动者的一切捐税、债务和息金……"她一脸神往地说道，"这次起义胜利了，真的就能实现这样的生活？"

春晓说："这还没举行起义呢，就想得这么好，你怎么知道起义一定会成功呢？要是万一——"

梦苏不满地说："春晓，你这嘴——"

春晓说："我嘴怎么啦？没你嘴长得好？"

麦秋实说："你们放心，起义一定会成功的！过去我们党都是被动地抵抗，现在我们要主动进攻了。而且现在是发动起义的最好时机——广州城内兵力空虚，除了江南的李福林部和薛岳的一个团，最有战斗力的第四军教导团和新编警卫团，大多数官兵都倾向革命，其中不少都是共产党员。这个仗一定能打好，不仅能打赢，而且会打得很漂亮。列宁同志说过的一句话，'暴动是艺术'，我最近一直在想，我们如何才能在这次起义中很好地实践'暴动是艺术'这句话呢？"

春晓兴奋起来："艺术？我最喜欢艺术了！你说，怎么个实践法？"

麦秋实说："我在想，除了军事手段之外，我们还应该运用艺术的、文化的手段，向敌人开展政治攻势。"

春晓一脸疑惑："政治攻势？"

麦秋实说："对，把所有共青团、劳动童子团、青年学生都组织起来，仗一打响，就在全市各处高唱革命歌曲，让敌人陷入'四面楚歌'之中，也鼓舞起民众的士气！"

春晓的激情被煽动起来，拍手叫道："好啊好啊，我们唱着《国际歌》去战斗，就像巴黎公社。"

麦秋实说："我们就是要建立中国的巴黎公社——广州公社！"

梦苏说："广州公社？"

麦秋实说："对，广州公社！"

春晓情不自禁地哼唱起了《国际歌》。

麦秋实和梦苏也加入一起唱了起来，三个人的脸上激情洋溢，充满了胜利的信心和对新生活的神往……

乡下一所老旧的农屋，房屋被烧毁了一半，几近坍塌，靠木头勉强支撑。房前堆着泥砖，看样子正准备进行维修。区达铭和陈桂敲着屋门。片刻，一个老太开门出来。

区达铭说："阿妈，我们找彭顺，他在家吗？"

老阿妈警惕地看着他俩说："我毋知。"

陈桂说："他什么时候回来？"

老阿妈说："我毋知。"

区达铭说："听说阿顺前一阵从广州回到顺德老家来了，有没有回家来啊？我们是他的朋友。"

老阿妈有些慌神，急着赶区达铭和陈桂走："我毋知，我毋知，你们走，你们走。"她进屋将门咣地关上。

区达铭和陈桂只好离开。

区达铭在小镇街道上拉开卖艺的场子，陈桂在一旁帮他吆喝："都来看噢，单手劈砖，天下无双，不看要后悔噢……"

区达铭将两块砖摞到一起，一跺脚，单手用力一劈，两块砖拦腰被劈成两半。围观群众拍手叫好，人也越聚越多。区达铭高声说道："劈手化开千钧力，跺脚震开万顷地。想瞧更多的新鲜，欲看更多的神奇，请大家有钱的给个帮衬，没钱的就喊声好鼓个掌，捧捧场子……"

区达铭正说着，突然发现人群后有个熟悉的人影一闪。

他朝陈桂使了个眼色。

陈桂在一旁高声喊了起来："大家看这儿，快看这儿啊……"

她伸出两手让大家看。

"看见了吧，我这两手空空的，什么也没有，对吧？"

陈桂两手在空中划拉了几下，瞬间就在手中变出一朵鲜艳的绢花。人群爆发出响亮的喝彩声和掌声，所有人的注意力都被陈桂吸引过去了。区达铭趁机挤出人群，跟着那个人一前一后朝镇外走去。彭顺看了看四周没人，站了下来，等候区达铭。

区达铭快步走到彭顺跟前："阿顺，我们到你家去了几次，你阿妈什么都不说，我还担心你出什么事了。"

彭顺说："老区，我——"

彭顺欲言又止。

区达铭说："党组织又要在广州发动起义了，我和阿桂这次来……"

彭顺打断区达铭的话："达铭兄，你别说了……'四·一五'以后，我好容易从广州逃出来，跑回乡下老家，没想到反动派又在农村搞'反共清乡'，农会都被砸了，到处都在追杀赤化分子，村里好多房子都给烧了，粮食和农具也被抢走……我阿妈说什么都不让我再出去了……我阿爸死得早，我阿妈就我这么一个儿子……"

区达铭沉默一阵说："我知道了……"

他从身上拿出几块银圆交给彭顺："回去好好孝敬你老妈。你就是不革命了，只要不背叛党，我们照样是好兄弟！"

彭顺接过银圆，感动道："达铭兄……"

夜晚，广州一处秘密联络点，古大章在和工人阿标密谈。古大章说："现在，我们的人在农村把一些收集来的旧炸弹里的炸药倒出来，装配到一些旧手榴弹壳和子弹壳里，自制了一些手榴弹和子弹出来，但数量远远不够，用起来的效果也不好说。现在，急需要给起义部队打造一千支梭镖，光靠乡下那些铁匠铺肯定来不及。我在想，你们石井兵工厂那么大，能不能借来用用？"

阿标说："在石井兵工厂里造起义用的梭镖？你可真想得出来！厂里每天都下达具体的生产指标，哪些武器是给哪个部队造的，都是有计划的。多造一千支梭镖，肯定瞒不住！"

古大章思忖着："瞒不住，那就不瞒。"

阿标说："不瞒？那不是等着掉脑袋吗？"

古大章说："也不一定……"

阿标不解地问道："什么意思啊？"古大章凑近阿标的耳朵，小声如此这般地布置着……

石井兵工厂一个车间里，傍晚，大多数工人已经下班了，只有一少部分工人还在开工生产。车间里回响着机器的轰鸣。监工走进车间："下班了，怎么你们还不走？"

阿标说："我们再干一会儿。"

监工眼睛滴溜着，发现工人们在打造梭镖，急忙翻看手里的生产计划本。"最近的生产任务上，没有锻造这些梭镖的计划啊？"

阿标说："这是我们车间为了响应张发奎主席'惩罚广西军阀'的号召，主动加班生产的。"

监工说："哦？"

工人甲说："广西军阀占着我们广东的地盘，用我们广东的钱去贴补他们广西，实在是可恶，早就应该像张主席说的'粤人治粤'了。"

阿标说："桂军能占领我们广东这么多年，可不是吃素的。现在满大街都贴着'打倒黄绍竑'、'欢送李济深'的标语，拿什么打倒？拿什么欢送？我们还不得替张主席多准备点家伙啊！"

监工笑着说："好啊，你们能如此替张主席着想，如此努力工作，精神实在可嘉。有此民众，何愁我们粤人不能好好治粤啊！"

阿标身后不远处一个工作台前，一个叫梁永隆的工人一边收拾着自己的工具，一边注意听着这边的谈话。

次日，袁昌的办公室，梁永隆在向袁昌作汇报。袁昌说："那么多梭镖真的是给张发奎的部队造的？"

梁永隆说："他们就是这么说的，不过，我觉得有点不对劲，他们平时生产从来没有这么积极过，而且这些工人以前和'工代会'那帮人走得很近。"

袁昌说："你反映的这个情况很重要，给我继续严密监视。另外，现在他们的'工代会'不敢公开活动了，你们机器工会就要加大力气，把更多行业、更多的工人拉到你们这边来。你们也要好好做'群众工作'，组织和发动群众这方面是共产党的长项，你们要好好向人家学，要用共产党的办法来对付共产党。"

梁永隆使劲点着头。

一条小船行进在江中，区达铭和陈桂坐在船头。区达铭说："你可以呀，临时教了你几招，马上就派上用场了，要得还像模像样的。"

陈桂极为享受这单独和区达铭在一起的时光，看着他说："那你就再教我几招吧，以后不干革命的时候，我就跟着你跑码头挣钱。"

区达铭说："那可不行，我练这些招数是为了革命，你学会了却想去跑码头，我教你干什么！"

陈桂说："人家的意思是……只要能跟你在一起，你到哪儿我就跟你到哪儿，你答应吗？"

区达铭说："这次不就带你出来了吗？唉，这次跑场子挺热闹，人却没发动起来，看看下一站情况怎么样吧。"

他对划船的船家说："喂，快点划啊，今晚一定要赶到南海。"

船家答应了一声，用力划着船桨。

突然，区达铭发现昏黄的暮色中，有一条小船正快速朝他们追来，船上站着好几个人。

陈桂也看见了那只船，不禁担心地对区达铭说道："会不会是土匪民团啊？"

区达铭说："别慌，别慌……"

那只小船速度很快，不久就赶了上来，朝区达铭和陈桂坐的船靠近。区达铭这才看清彭顺在那条船上，不由松了一口气。

彭顺纵身跳到了区达铭的船上。区达铭说："你们这是……"

彭顺说："达铭兄，我叫了几个兄弟来追你们，和你们一起去广州参加暴动。他们有的是村上的农民，有的是'四·一五'以后被从广州驱散回来的工人。"

工人甲说："我以前在铁路上干，是粤汉铁路工会的。"

工人乙说："我是搞印务的。"

工人丙说："我是理发的，参加过工人纠察队。"

区达铭说："太好了，真是太好了！"他跳上那条小船，和船上的人一一握手，"欢迎你们！欢迎你们……不过，你们现在还不能跟我走。"

彭顺一愣："为什么？"

区达铭说："阿顺，你看你一个人就叫来了好几个弟兄，但这个力量还不够。我希望你们先回去，每一个人都再串联上几个、十几个、甚至几十个人，特别是要联络周围农村的农军，结合成工农赤卫队，浩浩荡荡地开赴广州参加起义！"

彭顺说："哦，我明白了。"

区达铭说："那你阿妈那儿……"

彭顺说："我给阿妈讲了以前在广州的那些事儿，她也想明白了，我就是在她身边，一家人一辈子也是吃苦受穷，还不如出去拼一下。要是共产党真的给穷人打了天下，说不定她还能跟着我过上享福的日子呢。"

"好，你回去告诉阿妈，天下一定能打下来，享福的日子一定会到来！"区达铭跳回自己的船上，向彭顺他们双手抱拳道："弟兄们，我在广州等着你们！"

彭顺他们那条船掉头返回，两条船上的人互相招手。黄昏中，两条船朝着不同的方向驶去。

广州小巷，一间低矮的民房，这里也是一处秘密机关。梦苏和春晓走来，看了看四周没有人注意，用暗号敲门。有人开了门，梦苏和春晓进去，只见昏黄的灯光下，十几个人围在一起，其中大部分是工人，站在中间的那个人拿着一颗手榴弹正在比画。

春晓一眼认出了拿手榴弹的人，说："黄启，怎么是你呀？"

黄启说："你们好啊，好久不见了。"

梦苏疑惑地说："通知我们来参加军事训练，是在这儿吗？"

黄启说："没错，这里是工人赤卫队第六联队的训练场。"

春晓说："你们在这儿训练什么呀？"

黄启说："我正在教他们练习扔手榴弹。"

春晓说："练习扔手榴弹？就在这屋子里扔啊？"

黄启拿起一张纸，上面画了一个手榴弹解剖图，写着各个构成部分的名称。

黄启说："这儿，就是我们的练兵场。我们先训练投手榴弹，之后还要训练打枪，训练爆破，教你们怎样利用地形地物，怎样进行城市街巷作战……"

春晓说："这、这不是纸上谈兵吗？"

黄启说："现在我们只有这个条件，只能纸上谈兵，等起义爆发以后，整座广州城都将是你们的练兵场！请坐下参加训练吧。"

梦苏坐下来，专心地听黄启讲。春晓却有些心不在焉。

石井兵工厂的一间小屋里，阿标和几个工友将锻造好的一批梭镖分别装进几个麻袋，再将大米灌装进麻袋周围。

工友们将封好的麻袋扛出去，放到门口的一辆平板车上。

一条街道上，阿标和一个工友推着一辆平板车疾行，车上堆满了鼓鼓囊囊的大麻袋。

阿标和工友都没有发现，在他们身后不远的地方，梁永隆在悄悄地跟踪着他们。

大茂米店，不时有人推着板车来送粮，在门口卸下装粮食的麻袋后，由老板和伙计过秤、登记，再抬进店里去。古大章站在门口等着。

阿标和工友推着车出现了，朝米店越走越近。古大章正准备迎上去，他看见一辆警车驶来，不由吃了一惊。

警车向阿标他们驶去，古大章焦急万分，他灵机一动，急忙向米店老板和伙计交代着什么。

警车向阿标他们越靠越近，就要驶到他们身边时，突然一个米店伙计推着一板车粮食斜刺里蹿出来，板车翻了，装粮食的麻袋掉到地上，堵在了警车前面，警车只好停下。

车上的警察探出头来破口大骂："妈的，你找死啊！快搬开……"

米店伙计忙赔不是，急忙去搬板车和那些挡道的麻袋。

就在这混乱的时候，另一个米店伙计推了一板车粮食过来，朝阿标使了个眼色，几个人放开车把，走过去装作看热闹的样子。

车上的警察等不了了，纷纷跳下车来，高声喊道："让开让开！统统让开……"

阿标和工友拉起刚才米店伙计拉来的那辆装满粮食的板车走去。

米店伙计则拉着阿标他们的那辆车快速离开。

几个警察冲上去将阿标他们团团围住。

警察队长说："站住，检查！"

阿标说："这都是我帮亲戚家拉的大米，有什么可查的？"

警察队长说："少他妈废话，把所有袋子都卸下来！"

阿标和工友只得将车上的麻袋全部卸下。

警察逐一将麻袋割开，将每一个麻袋全部倒空，但倒出来的全是大米……

柴店与大茂米店相隔不远。米店伙计将阿标和工友那辆板车拉到了这里，和柴店的伙计一起，将车上的麻袋扛进店去。

大茂米店门外，警察队长看着堆了一地的大米，两眼发愣："他妈的，怎么搞的情报，走！"

阿标说："哎哎，你们把我的袋子都搞破了，米撒了一地，就不管啦？"

警察队长一把推开阿标："滚开！"

几个警察朝警车走去，准备离开。

正在这时，一个农民推着堆满鼓鼓囊囊麻袋的板车从旁边的小巷里出来，正要走向大茂米店，突然看见这边的警车和警察，他吓了一跳，脸上不由掠过一丝慌乱。

那慌乱的表情没有逃过警察队长的眼睛，他朝那个农民走去。边走边对那个农民喊道："站住！别动！"

那个农民立刻掉转方向，推着板车朝小巷里跑去。

警察蜂拥而上，向小巷追了过去……

那个农民推着板车毕竟跑不起来，看着警察越追越近，他心更慌了，车也越推越不顺手。颠簸中，车上的一个麻袋滑到了地上，麻袋口松开了，里面倒出来的不是白花花的大米，而是子弹。农民一看暴露，扔下车拔腿就跑。

警察拔枪射击，农民中弹倒在地上。

巷口，躲在看热闹的人群中的古大章、米店老板和伙计看见麻袋里的子弹暴露，知道情况不好，互相使了个眼色，悄悄走去。

警察队长追上去，蹲下看了看那个农民的尸体，抓起一把从麻袋里倒出的子弹，又站起来摸了摸车上其他几个麻袋，突然反应过来，对其他几个警察大喊："快，搜那家米店！"

米店被军警包围。一个个麻袋被从店里抬出来，摆在门口的地上。

一辆汽车开来停下，袁昌从车里走出，警察队长忙迎上去。

警察队长说："袁处长，我们抓到了一网大鱼！"

警察队长陪着袁昌走过去，看着那一个个麻袋里装的子弹、手榴弹。

警察队长说："这里简直就是一个军火库。"

袁昌说："老板和伙计呢？"

警察队长说："跑了，我们正在追捕。"

袁昌不满地瞪了警察队长一眼："你们抓住了一条网，但鱼跑了！"

警察队长擦着头上的汗。

袁昌说："这次做得不错，但是要把共党一网打尽，要的是鱼，而不是一张破网！明白了吗？"

警察队长说："是，我们一定抓到他们！"

袁昌愤愤地离去。

第十二章

广州的烽火

一座祠堂内，这里现在是起义指挥部所在地。老谢说："起义提前了，省委做了决定，革命军事委员会刚刚做了部署，已经通知叶挺同志马上从香港赶到广州。"

　　突如其来的消息让在座的区达铭、麦秋实和古大章都很吃惊。

　　区达铭霍地站起来："什么？起义提前了？"

　　老谢点点头。

　　区达铭说："很多地方的农军本来要赶过来参加起义的，都还正在联络和组织的过程中，现在起义的时间一提前，他们肯定赶不过来了。"

　　麦秋实说："还有，本来省委计划要在很多地方同时举行暴动，响应在广州的起义，现在肯定也无法实施了。"

　　老谢说："你们说的这些情况我都了解，这一提前，确实有很多原定的准备工作被打乱了……"

　　古大章说："不光是准备工作被打乱的问题。本来起义部队——特别是我们工人赤卫队的武器就不够，没想到大茂米店又暴露了，武器转运站让敌人给端了，我们手里就更没家伙了。连武器都没有，怎么搞暴动啊？"

　　老谢说："只有等上了战场，去缴敌人的武器。"

　　几个人都沉默了。

　　老谢说："没办法，现在不能再说等条件成熟的话了，因为越往后拖革命环境越复杂。大茂米店的武器转运站暴露，敌人已经察觉我们的行动了；教导团里也有暗藏的奸细，把我们准备起义的情况向张发奎告了密。汪精卫三次从上海给广州发电报，要求张发奎、陈公博、朱晖日解除教导团的武装，驱逐工人赤卫队，抓捕共产党人。现在，张发奎已经宣布在广州实施特别戒严，准备动手镇压了。原本我们觉得起义的时机有利，是因

爱人·同志

332

为这段时间粤、桂军阀开战，广州城内兵力空虚，但现在听说张发奎已经发电报给在西江的黄琪翔，要他的'护党军'火速赶回广州……"

大家更感到了局势的严峻，不免有些紧张。

老谢说："可以说，如果不提前，这次起义就很可能会夭折。所以，即使各项准备工作都没有完成，即使现在起义的条件还很不成熟，但我们没有别的选择，只能硬干了！"

听到这里，大家脸上都显出悲壮的神情。

区达铭说："那好吧，既然组织上已经做了决定，我们没什么说的，服从！"

古大章说："那就硬拼了！"

麦秋实突然站起来说："提前到 11 号凌晨是吗？那我要赶紧去把所有文告上的时间都改过来。"

老谢说："好！"

傍晚，密集的楼群中，一群工人从"工代会"秘密机关楼后的木楼梯走上三楼。有人在门口等候，把门推开，工人们依次走了进去。

古大章站在门口，每进来一个人就和他互相拍打一下肩头。屋里满满地挤进了二三十个人。古大章声音不大，却很清晰："同志们，由起义指挥部直接领导的工人赤卫队敢死队现在正式成立。莫少强！"

一工人站起答道："有！"

古大章说："你为敢死队队长。张伟洪！"

另一工人站起应道："有！"

古大章说："你为敢死队副队长。其他同志都是敢死队的队员，我们共同肩负着光荣的责任。从今天晚上开始，我这个工人赤卫队大队长就和你们在一起，你们敢死，我更敢！"

队员们发出笑声，看得出他们都非常兴奋。

古大章拿出怀表看看："凌晨三点半发动起义，夜间普通口令为'暴动'，特别口令为'夺取政权'，都记住了！"

敲门声响起，门从外面推开，陈桂和一名年轻男子走了进来。陈桂胳膊上挎了一个篮子，那名年轻男子背着一个麻袋。

古大章说："同志们，我们的武器来了！"

敢死队员们"呼啦"一下围了上去。

陈桂掀开篮子里盖着的布，露出一把手枪和三颗生铁土制手榴弹；那名年轻男子打开麻袋往地上一倒，倒出一堆剑仔、螺丝批、铁棍、竹刀等。

古大章说："就这些啊？"

陈桂说："你又不是不知道，武器转运站暴露了，存在那儿的好多武器都被敌人抄走了。就这里面，还有其他联队支援你们的呢。"

队员们的目光都盯在那把手枪和三颗手榴弹上。

古大章拿起那把手枪说："我是大队长，这个理所当然归我，大家没意见吧？"

敢死队长不服气："你是赤卫队大队长，我是敢死队长，你职务是比我大，但我在敌人面前比你敢死。"

古大章说："谁说我不敢死，好好，鼓励你一下，这把枪给你。"

敢死队长喜滋滋地接过那把手枪。

敢死队副队长笑道："大队长，我是敢死队副队长，你鼓励他不鼓励我呀？"

古大章说："行，你拿一个吧。"

敢死队副队长伸手抓了一个手榴弹，觉得不过瘾，伸出另一只手又抓了一颗手榴弹。

古大章说："哎，你怎么拿两个啊？给别人留点。"话音未落，其他人争先恐后地纷纷下手去抢那些武器。混乱中，古大章被挤出了人群之外。古大章说："哎哎，给我留一样……"

傍晚的祠堂内，起义指挥部主管春晓带着一些女学生在印刷传单、标语、布告。麦秋实跑过来，将一沓文稿交给春晓，快语道："把这些赶快印出来！"春晓一边答应一边看着麦秋实，关心道："你眼圈都黑了！"麦秋实听了虽然心中焦躁，但是出于礼貌，只言片语回应了春晓，匆匆又去忙别的事。

傍晚的土布工会秘密机关内，梦苏和一群女工紧张地忙碌着，在埋头赶制红领带和红臂章。旁边，几个女工在缝制一面有锤子镰刀图案的红旗。

傍晚的"工代会"秘密机关屋内，由三十多名工人组成的敢死队在等待着战斗时刻的到来。大家三三两两地聚在一起，有的在擦拭武器，有的沉默不语，有的兴奋地凑在一起低声议论着。

"出来的时候我跟我老婆都说了，要是我被打死了，不管她肚子里的是男是女，都要生下来，好好抚养成人，接我的班！"

"咱们说好，这回不管谁死了，其他活着的人一定要把他埋了，以后还要照顾好他的父母家人。"

"对，就要这样！"

古大章和陈桂坐在靠窗的地方，这里的空间相对独立。古大章不时看看陈桂，不知说什么好，反而变得沉默起来，只是摆弄着手里的一把竹刀，那是最后分到他手里的武器。

古大章有心和面前的陈桂表白心迹，但是陈桂和他兴奋地谈论着区达铭的各种事情，到最后也没找到合适的时机说出心事。

起义指挥部的一间小屋内，麦秋实仍在伏案拼命工作。

梦苏进来："秋实——"

麦秋实头也不抬地说："什么事？"

梦苏说："你站起来一下。"

麦秋实抬头看着梦苏："什么？"

梦苏说："你站起来。"

麦秋实纳闷地站了起来。

梦苏说："过来。"

麦秋实听话地走到梦苏面前站定，望着她。

梦苏拿出一条红领带，给麦秋实系在脖子上。

麦秋实有些激动地说："这是今天晚上起义者的标志。"

梦苏说："我亲手给你系上，为的是要你平安。"

麦秋实说："梦苏，你知道我现在想什么吗？"

梦苏说："不知道。"

麦秋实说："你现在给我系上红领带，革命胜利后，我要还你一顶红

335

盖头。"

梦苏说："这个想法对我来说就是一个遥不可及的梦。"

麦秋实说："梦苏，我知道你还在心里怨我，我过去给你的承诺却没有兑现。"

梦苏说："今晚起义开始以后，你在哪儿？"

麦秋实说："还不清楚，只要在最前线，哪儿需要我就去哪儿。"

梦苏看着麦秋实："我们——会不会被打死呀？"

麦秋实说："一旦打起来，什么事都有可能发生。"

梦苏控制不住，扑到麦秋实怀里："我不怕牺牲，可我害怕失去你。"

麦秋实动容地紧紧抱住梦苏，柔声说道："我也一样，我死不足惜，就是放不下你。"

梦苏说："要死我们就死在一起。"

麦秋实望着梦苏，做出轻松的样子笑着说道："瞧我们，起义还没开始呢，尽说'死啊死'的，对一个革命者来说，为劳苦大众牺牲，为自己的信仰牺牲，是一件幸福的事情。但我还是希望自己不死，因为我欠你那么多，你是我的'债主'，所以我的命不是自己的，而是你的，我要活着，给你'还债'。"

梦苏说："嗯，我的命也是你的，我们都得活着。"

麦秋实说："等今晚的起义一成功，就再也没有什么能阻挡我们的幸福了，我们就会真正结合在一起，生生死死再也不分离！"

"秋实……"

他们紧紧地拥抱在一起。

是夜，广州起义开始了。全城到处是激烈的枪声、爆炸声、呐喊声……夜幕下的广州城沸腾了，天空被激战的火光映得通红。

黄启率领教导团官兵冲向公安局。古大章率领工人赤卫队从另一个路口冲出。两支队伍将公安局包围起来。教导团的官兵和赤卫队的工人们呐喊着，向公安局发起冲锋。

据守公安局的敌军拼命顽抗，从楼上向起义军疯狂扫射。一辆铁甲车从公安局开出来，车上的机枪连续不断地喷出火舌。楼前的开阔地带，教导团官兵和赤卫队员纷纷中弹倒下……

进攻受阻。黄启和教导团的官兵，以及古大章率领的工人赤卫队，都被敌人的火力压制在沙袋堆成的掩体后面，无法前进。

春晓和梦苏带领几个救护队员，在掩体后面给受伤的战士包扎。

在前面开阔地带中弹倒下的起义军中，那个叫虾仔的年轻工人痛得缩成一团，大声地哭喊："救我……救救我……"

敌人的机枪仍在拼命扫射……

梦苏想冲上去救护虾仔，被春晓拉住。

春晓说："不行，太危险了，你没看连黄启和古大章都冲不过去吗！"

虾仔哭喊着，一声声叫着"妈妈"，掩体这边的战友们听得心如刀绞。古大章大声地说："虾仔，你要挺住，马上就来救你！"

虾仔的声音渐渐弱下去了。

梦苏猛地跃起来，跳出掩体，背着救护包向虾仔跑去。

梦苏运用之前学过的军事训练要领，左躲右闪，一步步向虾仔靠近。

黄启说："压住敌人火力，狠狠地打！"

起义军的机枪也猛烈扫射起来，一颗颗手榴弹投出去，一声声猛烈的爆炸……

起义军密集的火力压制住了敌人，梦苏趁机一阵猛跑，跑到了虾仔身边。"虾仔，姐姐救你来了，再坚持一会儿！"梦苏不知哪来那么大的力气，背起虾仔就往回跑。

在起义军的火力掩护下，梦苏背着虾仔跑回掩体。她放下虾仔，和春晓一起立即给她包扎伤口。虾仔慢慢睁开眼睛看着梦苏，声音微弱地说："姐姐……"他的头一歪，停止了呼吸。

梦苏失声哭喊："虾仔——"

敌人的机枪还在猛烈扫射……

梦苏轻轻将虾仔睁开的眼睛合拢，虾仔孩子般的面庞看上去像熟睡一般安详。梦苏悲愤地抬起头来，眼含泪水看着敌人那喷射火舌的枪口，突然轻轻地唱起了《国际歌》。春晓一愣，拉起梦苏的手，也跟着唱了起来。在她们的感染下，救护队员、教导团官兵、赤卫队员们……越来越多的人加入了合唱，歌声越来越响亮，像汹涌的波涛，激荡着，飞扬着，以致压住了激烈的枪声，回荡在战场上空。

歌声中，黄启率领着教导团官兵跃出掩体，再次向敌人发起了冲锋。黄启他们冲到了那辆铁甲车前。黄启爬上铁甲车，将一束手榴弹从射击孔塞进了铁甲车内，然后迅即跳下跑开。

手榴弹在车内爆炸，刚才还威力无比的铁甲车顿时瘫成了一堆废铁。黄启和教导团官兵向公安局大楼冲去，不想没跑多久，又被大楼上敌人机枪的疯狂射击挡住了。

古大章把敢死队长叫到身边："老莫，该你们上了！把人分成两组，从大楼跟前的围墙翻进去，搞掉楼顶上那两个王八蛋机枪！"

敢死队长把手枪一挥："好，早就憋不住了！张副队长，你带人从左边围墙上，我带人从右边上，两面夹击，夹死他狗日的！"

敢死队副队长说："是！弟兄们跟我来！"

敢死队队长和副队长分别率领敢死队员跃出掩体，从两侧跑向靠近公安局大楼的围墙。古大章也跟着上去了。

古大章和敢死队员们在围墙下搭起了人梯，敢死队队长第一个爬上了围墙……

院内的敌人发现了有人翻墙，调转枪口射击，敢死队队长用手枪连毙两敌，副队长跟着爬上墙头向院内的敌人扔出一颗手榴弹。古大章和敢死队员们乘势翻进院内，捡起被打死的敌人的武器。敢死队长带一部分人阻击敌人，一部分人跟着古大章冲进大楼。

敢死队长手枪里的子弹打光了，从背上拔出大刀同敌人肉搏；他一路杀到大门，欲搬开顶门的木桩，身上连中数弹，壮烈牺牲。其他敢死队员前赴后继，终于将门打开。

此时，古大章他们也已冲到楼顶，干掉了那两挺机枪。

黄启率教导团官兵和赤卫队员潮水一般冲进了公安局院子。

经过一阵激战，起义者的红旗在公安局大楼楼顶升起。

潮水般的欢呼声。

梦苏与春晓眼含热泪，紧紧抱在一起……

公安局大楼现在成为起义指挥部，系着红领带的人们进进出出，有军人、工人、学生、市民，每个人的脸上都洋溢着胜利的喜悦。

一间办公室的门上贴上了两副门牌，一副写着"宣传部"，另一副写着"《红旗报》编辑部"。门半开着，可以看到里面的人正忙碌着。

麦秋实在埋头编稿。梦苏进来，走到麦秋实身边。"秋实。"

麦秋实抬起头："你来了！"

梦苏说："警卫团起义官兵和教导团三营会合，已经攻下观音山了，这是我写的稿子。"

"太好了！"麦秋实接过稿子，看着自己正在编辑的版面又有些迟疑了，说："可现在稿子都排满了，看来这单面四开的版面真是不够啊。"

梦苏说："我采访梁团长的时候，他说这场胜利很关键。观音山是全城的制高点，紧靠市区，俯瞰全城，是从西北方向进入广州的咽喉，历来是兵家必争之地。"

麦秋实为难地说："我当然知道。可今天是我们《红旗报》的创刊号，要刊登的内容太多了——这一篇写的是教导团二营在沙河打掉张发奎的步兵团，俘虏的 600 多人全部加入了起义部队，这一仗是叶挺总司令亲自指挥。这一篇，也是教导团，在燕塘包围了敌人的炮兵一团和二团，炮兵二团团副率部起义，生擒了炮兵一团团长，缴获大炮 30 门，步枪 1500 多支和大批弹药。还有这一篇，教导团第二营和工人赤卫队攻打广九车站，炮兵连用山炮轰击，驻守车站的敌人乘铁甲车向石龙方向狼狈逃窜……"

梦苏不禁笑出声来："你这是在发布战果啊，看你得意的样子！"

麦秋实说："这么丰硕的战果，能不得意吗？还有这些——工人赤卫队占领各区公安署、黄沙车站、无线电局、电话局、国民党省党部；黄埔军校特务营起义；这儿还有报道起义领导人的活动，宣传和解释苏维埃政府的政纲和文件。哎呀，我现在只发愁这版面太少了，看来，明天我们《红旗报》就得扩版了。"

梦苏凑过去看看麦秋实划好的版面说："这不，这儿不是还空了一小块吗？"

麦秋实脸上露出一丝意味深长的微笑。

"这一点地方啊，也就是一个小豆腐块，发一篇文章肯定不够。而且，我参加革命这么多年，从来没给自己谋过一丝一毫的私利，而这个是我第一次打算利用一下工作上的便利，实现自己的一个心愿。"

梦苏说："什么意思呀？"

麦秋实故作神秘地说："暂时保密。"

梦苏说："保密？"

麦秋实掏出怀表，着急地说："时候不早了，我要赶紧到印刷厂去，不然今天来不及出报了。要不，你和我一起去，在工厂还可以商量商量你的稿子怎么调整。"

梦苏说："好吧。"

麦秋实和梦苏从门里出来，看原公安局大门一侧挂上了用楷体字写的"广州苏维埃政府"的红色木匾，围观的群众欢欣鼓舞。大门另一侧，许多系着红领带的工人和群众在排队领枪。

他们看着"广州苏维埃政府"红色木匾，高兴而又激动。

麦秋实说："'广州苏维埃政府'，这是中国大城市中出现的第一个真正的工农民主政权！"

梦苏说："我感觉好像还在做梦一样。我们真的胜利了吗？"

麦秋实说："真的，我们真的胜利了！"

原公安局大楼内《红旗报》编辑部，春晓进来，站在麦秋实空着的办公桌前。一个女编辑走过来。

春晓问："麦秋实……麦主编干什么去了？"

女编辑说："不知道。"

春晓说："我刚才看见他出去了，他是去哪儿？"

女编辑奇怪地看着春晓："你看见他了还问什么？"

麦秋实和梦苏走在冬日的广州大街上，尽情地享受着胜利之后的喜悦。这时的广州城如同回到了轰轰烈烈的大革命初期，又变成了一个崭新的、生气勃勃的广州。大街小巷挂满红布横幅，到处都飘扬着有镰刀斧头交叉图案的红旗。街边、汽车上，不时响起口号声和欢呼声；到处都有人在高唱革命歌曲，《国际歌》《少年先锋队队歌》的歌声四处飞扬。青年学生、妇女、劳动童子团组成的宣传队在张贴标语、散发传单；有的在向群众讲演，麦秋实和梦苏不时地向他们招手致意。

另一条大街，几名女工和女学生在向路人发放饼干。见麦秋实和梦苏过来，也塞给他们一人一盒。麦秋实说："这是什么呀？"

　　梦苏说："饼干。昨天激战一夜，很多战士和赤卫队员都来不及吃饭，一些商家就捐出饼干和面包慰劳大家，大部分都运到前线去了。"

　　"是吗？我还真饿了。"麦秋实拿出饼干大口大口地吃。

　　一个车夫拉着一辆平板车过来，说："二位去哪里？我送你们。"

　　麦秋实摸了摸身上说："不好意思，我身上没带钱。"

　　梦苏说："我也没带，不用了，我们自己走。"

　　车夫说："我认得你，你是麦先生，以前罢工的时候我听过你的演讲。现在革命成功了，我们手车夫工会决定今天全天免费，庆祝胜利。"

　　梦苏高兴地说："那好啊，真是太谢谢了！"

　　麦秋实和梦苏坐到平板车上，手车夫拉起车飞快地跑起来。

　　麦秋实吃着饼干，看着大街上欢庆胜利的景象，十分惬意。

　　麦秋实说："胜利了就是不一样啊，一出门就碰到这么多好事。"

　　梦苏说："我现在真真切切地感受到——我们真的胜利了！"

　　麦秋实说："是啊，我们胜利了……"

　　他张开双臂放声大喊："我们胜利了！广州公社，胜利了！广州苏维埃，胜利了！乌拉！乌拉——"

　　麦秋实的呼喊引来一路的掌声和欢呼声，还有人响应地喊着口号，连手车夫都边跑边喊着"乌拉"……

　　车上，梦苏依偎着麦秋实，幸福地感受着周围的一切。

　　麦秋实和梦苏走进印刷厂车间。年轻的排字工人们对着稿子，一边执字一边哼着《少年先锋队队歌》，显得无比愉快。

　　梦苏小声对麦秋实说："看他们，革命胜利了，感觉每一个人都不一样了，都变得那么快乐。"

　　"这才刚刚开始，以后的快乐还多着呢！"

　　麦秋实走到一位年轻的排字工跟前，将一沓稿子交给他说："小同志，这是今天的《红旗报》稿件，下午四点以前能全部排出来吗？"

　　排字工说："那当然！"他伸出自己的手，"知道这是什么吗？这是我的武器，而且是武器里的机关枪，发射起子弹来快得我都收不住，哒哒哒，哒哒哒……"排字工摊开稿件，飞快地拣起铅字来。

麦秋实笑了笑，对梦苏说："梦苏，现在我要送你一个礼物。"

梦苏一愣说："什么？送我礼物？"

麦秋实又拿出一页稿子，递给排字工说："小同志，这里还有几行字请你排一下，就放在版面空出来的那一小块地方。"

排字工接过那页纸一看，惊讶地说："结婚启事？"

麦秋实拉住梦苏的手说："对，我们的结婚启事。"

梦苏一把夺过那页纸看着，被麦秋实这突如其来的举动搞懵了，她差点叫出声来，急忙捂住嘴，眼睛里溢出泪光。

麦秋实说："梦苏，我一直在想用什么独特的方式来庆祝这场伟大的胜利，想来想去，觉得把自己终生的幸福托付给革命成功以后的新时代，最能表达我们的心意。"

梦苏感动地说："秋实……"

麦秋实从梦苏手里拿过那页"结婚启事"，交给排字工说："就这么排吧。"

排字工兴奋地说："好，我这就排你们的结婚启事，这也是我们起义的胜利成果，我先祝福你们了！"

麦秋实说："谢谢你。"

梦苏幸福地靠在麦秋实的肩上，不停地擦着眼泪。

排字工一边看着稿子，一边飞快地拣出一个个铅字说："麦、秋、实，沈、梦、苏，结、婚、启、事。"

然而这时，梦苏好像从一场梦中清醒过来，刚才那激动和幸福的神情渐渐从脸上消逝。她突然地说："停一下！"

排字工愣住了，不知所以地看着梦苏。

麦秋实说："梦苏，你怎么了？"

梦苏一把拉起麦秋实，朝车间外走去。

麦秋实迫不及待地说："梦苏，到底怎么回事啊？"

梦苏说："我忽然想起来，当初在《国民日报》上，你和春晓、我和老区都登过结婚启事。"

麦秋实说："是啊，可那是为了工作假扮的夫妻，这种关系随着任务的结束已经自动解除了，以前登的启事都是假的。"

梦苏说："登在《国民日报》的那两则启事上，可没写是假的，你和春晓在陶陶居还办过婚宴呢。"

麦秋实说："那不就是为了革命工作的需要而演的一出戏嘛。"

梦苏说："可除了我们和组织上以外，有谁知道那是演戏啊？"

麦秋实说："和大家说明一下就行了，我想同志们都能理解的，这应该不是问题。"

梦苏说："别人都好说，但春晓的父母呢？他们要是看到今天这则启事，肯定接受不了。"

麦秋实一愣说："我还真没想到他们——那就只有找机会好好向他们解释解释了。"

梦苏说："怎么解释？春晓父亲的身份、地位，他又那么要面子，能接受你和春晓是假扮夫妻的事实吗？我和老区倒是好办，像你说的，任务一结束，那种关系自然就结束了，但春晓家里的情况不一样。我觉得你应该和春晓好好谈谈，想一个解决的办法，起码在欧阳老先生和夫人面前能交代得过去。"

麦秋实心有不甘地说："那——今天这则启事——"

梦苏说："先别登吧。欧阳老先生一家都对我有恩，要是这件事处理不好，使他们受到伤害，我心里也过不去。"

麦秋实沉吟了一会儿说："梦苏，你太善良了。不过正因为这样，让我更加爱你。好吧，就依你，等把欧阳先生家的关系处理好之后，再登我们的结婚启事。"

梦苏说："秋实，对不起。"

麦秋实说："怎么这么说呢？是我考虑问题不周到。其实我也希望你心里没有任何阴影，没有任何精神负担地和我在一起生活。虽说又要耽搁一段时间，但我想我们的感情应该像酒一样，储存发酵的时间越长，味道越醇厚。"

梦苏说："秋实，谢谢你。我也更爱你了！"

麦秋实注视着梦苏："有你这句话，就足够了！"

原公安局大楼内,《红旗报》编辑部,麦秋实拿着一沓刚刚印刷出来的《红旗报》给大家分发,同事们争相抢看,兴奋异常。

春晓进来。麦秋实将一封报纸递给她:"看看,今天刚印出来的《红旗报》!"

春晓接过报纸说:"今天的报,这么快就出来了啊?"

麦秋实说:"我们的《红旗报》是战斗的号角,是砍向敌人的大刀,当然要快了。"

春晓小声地说:"哎,我们是不是应该回家看看了?"

麦秋实说:"回家?回哪个家?"

春晓说:"我们家啊,战斗结束了,不去看看我爸我妈啊?他们肯定在为我们操心呢。"

麦秋实思忖着怎么对春晓说:"这个——春晓,现在的情况是——"

这时,一个苏维埃政府的工作人员匆匆进来打断了他的话:"麦先生,老谢叫你去一下!"

麦秋实看看春晓:"现在?"工作人员说:"对,马上!"

老谢和区达铭低头坐着,情绪低落。麦秋实进来:"老谢同志——"

老谢说:"噢,秋实同志,坐,请坐。"

麦秋实说:"您找我?"

老谢点点头说:"《红旗报》,出了几期了?"

麦秋实说:"第二期刚印出来。"

老谢低头不语。

麦秋实诧异地说:"有什么问题吗?"

老谢说:"上级通知,让暂时停止《红旗报》的编印。"

麦秋实一惊:"啊,为什么?"

老谢心情有些沉重地说道:"第四军军部和中央银行大楼一直没有打下来。本来今天中午按计划在第一公园召开'拥护苏维埃'的群众大会,没想到大会刚开始,突然有一股敌军沿广花公路从大北直街越过观音山,出现在吉祥路,直扑第一公园侧面,大会不得不临时取消,紧急转移了群众。从现在的情况看,存在形势急剧变化的可能。所以,上级让暂时停止《红旗报》的编印，避免把我们的一切都暴露，以防不测……"

这时，春晓、梦苏、陈桂听到了风声，也跑到了起义指挥部办公室门口探头探脑，听着屋里老谢、麦秋实、区达铭的谈话。

麦秋实说："不管怎么样，我们毕竟取得了那么多胜利，占领了大半个广州。"

老谢说："问题是，在目前形势下，我们已经占领的地方究竟能不能守住？能坚守多久？"

麦秋实说："什么意思？"

老谢说："刚才起义指挥部开了个会，叶挺总司令在会上提出来，说广州周围敌人的兵力太多，而且近在咫尺，现在他们正在集结，组织反扑，形势很快会对我们很不利，明天敌人的反攻可能就会进入高潮。而广州城内的起义军中，正规部队只有教导团和警卫团的一部分，还有少量起义的黄埔学生，其余的都是工人赤卫队，和敌人的力量对比太悬殊了。"

麦秋实意识到了问题的严重性："那，上级的意见——"

老谢说："叶挺同志的意见是不应在广州这样的大城市坚守，提议应该当机立断采取措施，把起义部队拉到海陆丰去，和彭湃同志会合，到农村坚持长期斗争。"

麦秋实说："共产国际的意见呢？"

老谢说："共产国际代表诺依曼坚决反对叶挺的意见，他说叶挺是'动摇'，撤出广州是去'当土匪'，他说'搞起义只能进攻，不能退却'……起义指挥部里懂军事的人不多，大家都有点不知道怎么办好了。"

区达铭刚才一直没有说话，现在站了起来："我同意这位老诺的意见，到底是共产国际来的，看问题就是有水平，有高度！马克思主义讲辩证法，辩证法讲事物发展的规律是前进性和曲折性的统一。前途是光明的，道路是曲折的，在前进中有曲折，在曲折中向前进。我们搞暴动，敌人能不拼了老命反扑吗？哦，敌人一反攻我们转身就跑，敌人一强大我们就慌了，这革命能坚持下去吗？共产党人要都像这样，中国革命最终能取得胜利吗？"

麦秋实说："我也有一点疑惑。诺依曼同志曾经说过，'以列宁格勒的经验，只要夺取了城市，占领和固守住阵地，并且立即召开工农兵大会，宣布苏维埃政府成立，革命就算成功了。'既然革命已经成功了，我们这么快地就撤退，不是等于把已经到手的胜利果实轻而易举地拱手让给了敌人吗？"

区达铭说："说得对，坚决不能退！既然干革命就不能怕流血牺牲。既然搞武装起义，就只能前进，不能后退，必须进攻、进攻、再进攻。"

办公室门外，陈桂听到这里，显得很是激动。她对梦苏和春晓说："我进去一下。"不等梦苏和春晓反应，陈桂便推门闯了进去。

陈桂进来先朝区达铭看了一眼。

区达铭说："阿桂——"

陈桂说："老谢，你们说的话我都听到了，我要求到最前线去，真刀真枪地和敌人战斗！"

老谢惊讶地看着陈桂。

区达铭说："好啊，现在就需要像你这样勇敢、忠诚的战士。老谢，教导团女兵班现在是不是在长堤？"

老谢说："是啊。"

区达铭对陈桂说："我看你可以到那儿去，同时把总部的命令带过去，要求她们一定要守住阵地，坚持到底！"

陈桂激动地说："好！"

陈桂跑出。春晓和梦苏想追上去和陈桂说什么，但她已不管不顾地跑下楼去。春晓和梦苏无奈地望着她消失的背影。

麦秋实说："老谢，我认为，越是在这种时候，《红旗报》越要办下去，不能停。"

老谢无语。

广州城的战斗又变得激烈起来。珠江上，几艘挂着英国旗、美国旗、日本旗的军舰向北岸的起义军开炮，并用机枪扫射。敌人在炮舰掩护下向珠江北岸逼近。

守卫珠江北岸的起义军在沙包构筑的工事后向敌舰还击。赤卫队员们拉来各式各样的大炮准备还击，无奈很多炮他们根本不会使用，怎么捣鼓都打不响。他们想尽办法，终于将迫击炮打响，炮弹在江面上爆炸，溅起高高的水柱……

袁昌站在窗口，望着外面到处腾起的硝烟和火光。梁永隆站在他的身后。袁昌说："那个所谓的苏维埃政府，纯属共产党自己的狂欢，估计也就能存在几十个小时。现在他们已经笑不出来了，以后会哭得更惨——英国的'莫丽翁'号和美国的'沙克拉明'号军舰，已经派海军陆战队登陆作战。而我军开始从多路进攻，除了广九路的东线和粤汉路的北线，河南的李福林部和从外地赶来的薛岳部两个团，分别从水路在海珠公园、电灯局、西濠口、黄沙登陆；缪培南师自西村进攻；陆满、潘枝两团，攻进了大北、小北……你明白你们机器工会'体育队'的任务吗？"

梁永隆说："我一直记着你说的那句话——用共产党的办法对付共产党，我们最近发动了不少群众。这次他们搞暴动，不少工人都没跟着他们跑，被拉到了我们这边。他们成立敢死队，我们也组织了一个；他们的人到公安局门口领枪，我们的人也跟着去领了不少……"

袁昌笑道："哈哈哈，好，很好！接下来广州城里会有一场大的混战，你们'体育队'要大显身手哦。"

梁永隆说："袁处长，你就放心吧！"

袁昌走到桌旁，拿出一条红领带，亲手给梁永隆系在脖子上："系上这个，才更像敢死队的样子嘛！"

起义指挥部院内，枪炮声听上去离得更近了，也更密集了。硝烟飘来，似乎天空也阴沉了许多。在这里的学生少了许多，剩下的虽然还在写着标语，但看上去都心神不宁。春晓在检查学生们的工作情况，却已难以掩饰自己内心的慌乱。梦苏在专心地写标语，只有她显得最为踏实。

麦秋实从楼里出来。"春晓，中午在丰宁路西瓜园要举行'拥护苏维埃'群众大会，需要我们派一个人去。"

春晓说："就是昨天中断的那个大会？"

麦秋实说："对。"

春晓说："可现在枪炮声这么紧，感觉敌人已经很近了。"

麦秋实说："别那么慌张，枪炮声虽然很紧，但听上去还都在郊区，我们的部队正在进行顽强的抵抗。敌人企图扼杀我们的苏维埃政府，越是这样的时候，我们越是要大声宣告它的诞生，宣读它的政纲，越是要用它鼓舞我们的战士去英勇战斗！"

春晓说："你刚才说让我们派一个人去会上？"

麦秋实说："是啊，出席大会的领导同志大多数都是从北方来的，他们讲话下面的群众可能听不懂，所以指挥部让我们派一个人去现场当翻译，你看谁去合适？"

春晓看着麦秋实说："你去参加那个会吗？"

麦秋实说："我走不开。很多领导都到那个会上去了，这里需要做的事情太多，而且第三期《红旗报》今天下午就要送到印刷厂去。"

春晓不说话了，看着其他人，琢磨着派谁去。

这时，梦苏过来。"我去吧。"

麦秋实说："你？"

梦苏说："我当翻译没问题。另外，我回来还可以给《红旗报》写一篇'拥护苏维埃'大会的稿子呢。"

麦秋实想了想："好吧。"

梦苏说："现在就去吗？"

麦秋实说："对，现在。走，我送你出去。"

麦秋实陪着梦苏向大门口走去，拿出一把手枪交给梦苏，"这个你带着，需要的时候防身。"

梦苏接过手枪，虽然隔着手套，但还是感觉到了枪身刺来的寒意。

麦秋实呼着热气问道："会用吗？"

梦苏摩挲着这把手枪，让它逐渐温热了起来："参加军事训练的时候，听黄启说过怎么用；他说起义开始以后，战场就是我们的大练兵场。"

麦秋实深情地望着梦苏："我不能跟你一起去了，你自己千万小心。"

梦苏将手枪藏进衣服："放心吧！你在这儿也要小心。我走了。"

麦秋实似乎有很多话想说，但此时却又说不出来："开完会尽快回来，我在这儿等着你。"

梦苏点点头，对麦秋实粲然一笑，转身走去。

马路上一辆车头插着小红旗的黑色小汽车驶来，开到一丁字路口时，因转弯而放慢了速度。

就在这时，梁永隆带着一群"体育队"打手从路两边跳出来，举枪对着小汽车射击。这群人都穿着普通工人的服装，脖子上系着红领带，看上去与参加起义的工人赤卫队没有区别。

小汽车猛地刹住，一个外国人带着警卫员推开一侧车门迅速冲向街边的骑楼，倚靠水泥柱的掩护进行还击。

小汽车另一侧车门打开，一名戴眼镜的年轻男子带着另一名警卫员也想冲到路边去，然而他们刚一下车，就遭到梁永隆和手下的密集射击。戴眼镜的年轻男子和警卫员都身中数弹，栽倒在地……

从四面调回广州的敌军部队向市区火速开进。

起义军进行英勇抵抗，到处都是激烈的战斗。

初冬的广州城，一些地方燃起了熊熊大火，但无法给人带来一丝暖意。

四周的枪炮声更加激烈，并且感觉越来越近。起义指挥部里的工作人员少了许多，剩下的人神情严峻，形色匆匆。麦秋实不为所动，依然伏在桌上编他的报纸。

突然，一个系着红领带的军官撞开门冲进来。军官说："不好了！太雷同志被打死了……"

麦秋实震惊地跳了起来："什么？太雷同志……"

军官说："张太雷——牺牲了！"

麦秋实说："啊，怎么回事？"

军官说："中午出的事。当时在西瓜园开完群众大会以后，太雷同志和军事顾问，还有警卫员坐小汽车回指挥部来，听说是在惠爱路附近，突然蹿出一伙人对他们进行袭击——肯定是机器工会'体育队'那帮王八蛋干的，他们最近经常系着红领带，冒充起义工人对我们的人搞突然袭击。"

麦秋实颓然坐下，有些接受不了这突然的变故，喃喃地说："怎么会这样——他是起义的总指挥啊！"

军官说："是啊，我还要找他请示我们部队下一步怎么办呢，这下子——"他朝屋里看了看，"看到叶挺吗？"

麦秋实摇了摇头，木然地说："他应该在前线吧。"

军官说："恽代英和文雍同志呢？"

麦秋实依然摇头。

军官自语道："他们都去哪儿了？……"

军官转身欲走。

麦秋实突然想起什么："哎，同志！"

军官站住。麦秋实急切地问道："沈梦苏呢？你看到沈梦苏了吗？"

军官一脸茫然："沈梦苏是谁啊？"

麦秋实发现自己急糊涂了："就是、就是在西瓜园群众大会上领导同志的女翻译。"

军官说："哦，那个女孩呀，散会以后大家都分头走了，没见到她。"

麦秋实说："哦，没事了，谢谢你。"

麦秋实走下楼来，楼里已看不到什么人了。

激烈的枪炮声越来越近。

麦秋实有些发懵，他似乎还无法适应这突如其来的剧变。

老谢匆匆走来。"秋实！"

麦秋实说："老谢，这、这是怎么回事啊？怎么都看不到人了？"

老谢说："总指挥部已经下达了撤退的命令，教导团已经退往花县了，不能出城的同志就分散隐蔽起来，你也赶快走吧！"

麦秋实说："什么时候下达的命令，我怎么不知道？"

老谢说："敌人的一支部队已经突破了观音山要塞的防线，进入市区了。听说，有一股敌军已经从北面冲到了公安局附近。撤退命令的确下达得很匆忙，而且到处都在混战，恐怕很多队伍和人员都难以通知到。"老谢显得非常沉痛。

麦秋实说："形势怎么会一下子变成这样，就不能再坚持坚持了吗？"

老谢说："现在情况已经很紧急了，恐怕难以扭转局面，也几乎不可能再坚持下去了。秋实，听我的，撤吧。"

麦秋实说："你们走吧，都走。我要留下，和广州公社共存亡！"

老谢说："秋实，别这样，我知道你是个对事业很执着的人，我完全理解你的心情，但现在不是意气用事的时候。"

麦秋实不语。

老谢说："你想想，那么多将士浴血奋战都快抵挡不住敌人的进攻了，你是一个文人，就算留下来，又能起什么作用呢？"

麦秋实悲愤地说："我不甘心，不甘心啊！"

老谢劝他："留得青山在，不愁没柴烧。你应该隐蔽起来，保存自己。只要能保存自己，就能继续坚持斗争。将来，这段广州暴动，还有广州公社的历史，还要靠你这样的文人来书写呢。"

麦秋实沉默片刻说："好吧，老谢，我听你的，不过，你先走吧，我还有一些文件要清理，这儿也有很多东西要收拾，等我完成了这些善后工作，就马上离开。"

老谢说："好吧，保重！"

麦秋实说："后会有期。"

老谢匆匆离去，麦秋实独自站在空空荡荡的楼中……

第十三章

侵襲

隆隆炮声震得大楼的窗户都在颤抖，大楼里几乎只剩下麦秋实一个人了，他走在大厅和一间间办公室里，只见到处堆着没来得及收拾的物品——一摞摞文件、一堆堆标语、布告，还有一个个大箱子；有两只箱子打开着，里面尽是白花花的银圆和港币。就在昨天，这里还热火朝天，楼里到处是系着红领带的起义者，大家兴高采烈地奔忙着，充满热情地为苏维埃政府而工作。然而现在四周却看不到一个人，到处都空空如也，满地狼藉。这匆忙撤退后的情形与当初的景象形成鲜明的对比，使麦秋实感到无比伤感；而梦苏到现在又不知下落，麦秋实越发地不安和焦虑。

　　突然一声炮弹的爆炸巨响，仿佛就在近前。麦秋实清醒了一些，急忙动手收拾各种文件。麦秋实在院内燃起了一个火堆，烧毁他清理出的一大摞文件。

　　春晓满脸是汗，从街上跑了进来。"秋实，我就知道你还在这儿！"

　　麦秋实说："快来帮个忙。"

　　春晓帮麦秋实烧着文件："我碰到一个省委的人，他说已经下令撤退了，是真的吗？"

　　麦秋实说："是的，都撤了。"

　　春晓说："那烧完这些文件咱们也赶紧走吧，听到没有，这些枪声炮声已经到了市中心，离这儿很近了！"

　　麦秋实说："你先走吧，我再等等。"

　　春晓着急地说："都这时候了，还等什么！"

　　麦秋实低头烧着文件。

　　春晓突然反应过来："你在等梦苏？"

　　麦秋实说："是的。"

春晓一下变了脸色："你糊涂了？现在打得一塌糊涂，路上那么危险，说不定梦苏已经躲起来了，不会到这儿来了。"

麦秋实说："她会来的，我说过我要在这里等她。我承诺过，她就一定会来。"

春晓说："你、你为了等她，就可以不顾自己的死活，也不顾我的死活吗！"

麦秋实说："春晓，你先走吧，赶快找一个安全的地方躲一躲，快去。"

春晓控制不住情绪地大喊："你不走，我也不走！"

起义总指挥部大门外街上，古大章扛着一挺缴获来的机枪，率领几个赤卫队员从总指挥部大门外跑过。古大章朝指挥部院里瞥了一眼，急忙喊道："等等！"

那几个赤卫队员站下。古大章说："指挥部里好像还有人！走，进去看看！"

古大章带着人进到院内，看见一大堆灰烬，一些残纸还在燃烧。

他们进到楼内，看到空空的大楼里到处堆着杂物，一片凌乱景象。麦秋实正在将一摞摞以前写好的标语装进一个大瓮里，春晓在旁边时而帮一下忙。

古大章说："麦先生，你、你们怎么还在这里？没有接到撤退通知？"

麦秋实说："知道了。"

古大章说："那怎么还不走，你这是干什么？"

麦秋实说："我总觉得这次失败是暂时的，广州苏维埃不会只存在这么短短的几十个小时，我们很快还会回来，还会重新夺取胜利。我把这些东西暂时先埋起来，到时候再挖出来，我相信，这些标语还会派上用场的。你来得正好，来，帮个忙。"

古大章一愣，似乎对眼前这位知识分子的行为难以理解。"麦先生，真要有那一天，重新再写不就完了吗？大家都已经撤了，你说你还耽误时间在这儿干这个！"

麦秋实有些激动地说："你知道写这些标语的时候，我们倾注了多少热情啊，这里的每一句话都寄托着我们的理想，难道就把它们扔在这里，让敌人去撕去烧、去糟蹋？"他说完就将那个大瓮往外拖。

古大章说："行了，你别费劲了。"他对赤卫队员说，"你们两个，把它抬出去，到院子里挖个坑，把这个瓮埋了，做上记号，以后麦先生回来好找。动作要快！"

赤卫队员们答应着，将大瓮抬出大楼。

麦秋实又拿起一沓写好字盖好大红印的长条形白纸，走到墙边放着的几个大木箱旁。他将一个大木箱盖好，将一张长条白纸贴在箱子上作为封条。

古大章看到旁边两个没来得及盖上的大木箱里堆得满满的全是银圆和港币，高兴地说："哈哈，正好，我们要往东江去，带上点盘缠，路上用得着。"他说着伸手朝一个箱子里抓去，麦秋实一把拉住了他："这些银圆不能动。"

古大章说："就拿几个。"

麦秋实说："一个都不能动！"

春晓说："哎呀，现在这么乱，这东西都没人管了，让大章拿几个有什么呀！"

麦秋实说："不行！这些是缴获的公共财物，是党的活动经费，不经过组织批准谁都不能擅自挪用。"

古大章不可思议地看着麦秋实："这都什么时候了？组织上也顾不上数这些银圆到底有多少啊！再说，我们跑出去也是为了继续战斗，为了坚持革命啊！"

说着，古大章不顾麦秋实的阻拦，硬是从箱子里抓出了两把银圆。

麦秋实突然大吼一声："放回去！"

古大章被吓得一愣，将抓出来的银圆扔了回去。

麦秋实说："古大章同志，你应该知道，必须要有严明的纪律，要有高度的组织性，这才是我们这些起义的革命者和那些旧军阀的乌合之众完全不同的地方！"

古大章嗫嚅着说不出话来。

麦秋实将箱子盖好，贴上封条，对几名赤卫队员说："都抬出去，埋到后院去，也要做好标记。我们这几个人不管谁活着，都不能私自动用这些银钱。如果以后起义部队打回来了，要及时向组织报告。"

赤卫队员们将几个箱子一一抬出。

梦苏沿街边向总指挥部奔跑。前面一阵枪响，梦苏急忙躲到一个骑楼下的廊柱后，一只手伸进口袋里，紧握住麦秋实给她的那只手枪。她警惕地探头观察，只见前面马路中间，用木箱麻包等杂物连着骑楼柱做成掩体，架着两挺机枪，一些起义官兵和赤卫队员正据守在街垒后，与对面进攻的敌人交战。

看到这条通往总指挥部最近的道路被切断了，梦苏急得直跺脚。她想来想去，无奈之下只能选择绕行。她返回原路跑了一段，拐进旁边一条小街。梦苏正心急火燎地赶路，前面突然冲出一伙人，袭击一队撤退经过这里的赤卫队员，双方展开混战。梦苏发现，两边都是工人打扮，都戴着红领带，她一时辨不清身份，进退不得。

梦苏犹豫片刻，决定闯过去。她将一只手伸进衣袋握住袋中的手枪，身体尽量贴着骑楼下的房屋边，拼命朝前跑去。流弹打在她身边墙上，溅起一簇簇烟尘。

突然，一个壮汉朝梦苏扑过来，举刀就向她砍，她来不及想什么，抽出衣袋中一直握着的手枪，对着壮汉扣响了扳机。那人胸前喷出一股鲜血，瞪着眼愣了一下，硬邦邦地栽倒下去。

梦苏没回过神来，僵硬地握着手里的枪发呆，及至看到那人胸前喷涌而出的鲜血时，她顿时感到头晕目眩，倒地昏了过去……

梦苏慢慢睁开眼睛，朦胧中，她感觉一个什么声音在耳边萦绕不去，刺激着她，使她的意识渐渐恢复过来。梦苏终于清醒了，她看了看四周，刚才混战的那群人已不见踪影。

梦苏忽然想起什么，赶紧在地上摸着，摸到了掉在地上的那把手枪，急忙捡起来放入袋中。梦苏这才发现那个使自己醒来的声音是躺在附近的一个人发出的呻吟声，那个人显然负了伤。

梦苏爬起来到那人身边，那个人脸朝一边半趴在地上，梦苏看不见他的脸，只看到他脖子上系着的红领带。

梦苏说："同志……"

那个人转过脸来，他竟是区达铭！

梦苏说："老区！"

区达铭看见竟是梦苏，竟忍着痛笑了笑："是你呀，看来老天不想绝我呀。"

梦苏说："你哪儿受伤了？"

区达铭指了指腿说："走不了路，也站不起来，痛啊。"

"我来帮你！"梦苏把区达铭的一只胳膊搭在自己肩上，用力将他扶起挽扶着慢慢往前走着。区达铭一条腿负伤，只能一步一步地朝前挪动，他每挪一步都疼得发出呻吟，头上渗出大颗大颗的汗珠。因为一条腿使不上劲，区达铭整个人的重心都压在梦苏身上，瘦弱的梦苏承受着区达铭壮硕体型的重压，每走一步比他还累，但她咬牙坚持着。

周围枪声不断。

区达铭说："不行，我走不动了。梦苏，你自己先走吧，别管我了，我不能拖累你。"

梦苏说："老区，你别说了，你受了伤，我肯定不能把你扔下不管。"

"梦苏，我知道你心眼好，可是我……"

区达铭实在坚持不住了，一屁股坐在路边："不行，我真的是不行了，就是敌人冲到跟前用枪打死我，我也走不动了。"

梦苏看了看周围说："这儿太危险，走，到那儿去！"

她扶着区达铭挪到骑楼下廊柱内侧较隐蔽的角落，让他靠墙半躺着。自己强忍着内心的焦急，耐着性子在一旁看护

区达铭说："梦苏，对不住啊，我拖累你了。"

梦苏故意装作轻松的样子安慰区达铭："别说这些了，你先歇一会儿，休息好了我们再走。"

区达铭充满感激地看着梦苏。

麦秋实、古大章、春晓和几个赤卫队员将几只箱子在院内的一个角落埋好。古大章说："麦先生，该埋的东西都埋了，赶快走吧！"

麦秋实掏出怀表看了看，焦急地向大门外张望。外面街上，只有激烈的枪炮声和阵阵腾起的硝烟。

只有春晓明白麦秋实在等谁，她又气又急，却又无可奈何。

古大章把机枪往肩上一扛："还不快走，在等什么！"

麦秋实说："你们先走吧，哦，带上春晓。我再等会儿。"

古大章急得跺脚："麦先生，不能再耽搁时间了！"

麦秋实说："你们赶紧走吧，别管我。"

春晓说："他在等沈梦苏呢！"

古大章说："等沈梦苏？哎呀，都火烧眉毛了，还等个什么。春晓，你快劝劝他啊！"

春晓说："我哪儿劝得动他！"

麦秋实说："你们带春晓走吧，送她回家，或者去一个安全的地方。"

古大章说："春晓，那我们走。"

春晓说："他不走我也不走！"

古大章小声对春晓说："你看你们这事——他在等别的女人呢，心里想的又不是你，你何必呢？强扭的瓜不甜。"

春晓大吼："我不要你管，我就不走！"

古大章说："好，不走，不走，不走算了！真是好心没好报……"古大章对几个赤卫队员一挥手："我们走！"

古大章和几个赤卫队员出了指挥部大门没走多远，迎面碰到十几个穿军装系红领带的警卫团官兵。

警卫团军官说："同志，那边不能去了，那个方向尽是薛岳的部队，突破了我们很多道街垒阵地，正朝指挥部扑过来，最近的离这里只有两条街了。"

话音未落，一发炮弹落在附近。

古大章说："你们是哪个部队的？现在去哪儿？"

警卫团军官说："我们是警卫团的，被打散了。听说撤退的人都到黄花岗去集中，我们现在正赶过去。"

"好，我们也去。"古大章带着几个赤卫队员掉头跑去。再次经过公安局门口时，古大章发现麦秋实还在那里，迟疑了一下，跑到麦秋实跟前。"麦先生，估计沈梦苏来不了了，你还是跟我们一起走吧！"

麦秋实说："我说过在这里等她，我以前答应她的事情几次都食言了，这次我得说话算数，不能再让她失望。"

古大章说："你有这心就行了。你看看现在的情况，到处都在进行街垒战、巷战，好多路都断了，她就是插上翅膀都不可能过来。"

一滴泪从麦秋实眼角滚落下来，古大章愣住了。

"麦先生，你——"

麦秋实像是喃喃自语："轰轰烈烈的大革命，说失败就失败了；红红火火的苏维埃，一转眼就消失了。以为理想已经实现，看上去那么美好，没想到却只是一个肥皂泡，一下就破裂了。希望没了，前途究竟在哪儿，如果再等不到她，我还有什么？自己一个人逃出去又有什么意思？还不如留在这儿，陪着我们的广州公社，如果它真的就此消亡，就把我放上祭坛，我心甘情愿地做它的牺牲品，为它献身。"

古大章本就焦急，被麦秋实这番话说得更糊涂了："你说些什么呀？听着那么费劲！"

春晓不知什么时候走了过来，听到麦秋实的这番话，很受刺激。她深深地看着麦秋实，问道："麦秋实，如果等不到沈梦苏，你就宁可去死吗？难道，我在你的心里连一点点位置都没有吗？"

麦秋实无语。

春晓说："如果你现在真的决心赴死，在这样的时刻，难道你的心里就只有梦苏，对我就没有一丝一毫的挂念吗？"

古大章说："哎呀你们两个，都什么时候了，敌人都打到眼前了，命都快没了，还在扯这些废话！"

春晓逼着麦秋实说："啊，你说话呀！"

麦秋实沉默着。

春晓坐在身边的石墩上，哭了起来。

古大章几乎要疯了，痛苦地摇着头："真是要完了——"

几发炮弹在公安局大门外爆炸，已经可以看到敌军的身影；一队起义军迎上去阻击，双方厮杀的枪声、搏击声、呐喊声从远处传来。

麦秋实仍坐在总指挥部大门口，一副视死如归的样子。

古大章却急得直跳脚："哎呀，我求你了，快走吧，再不走就真的来不及了！"

麦秋实说："你们走你们的，我说了不走，我就在这儿等那些敌人，和他们拼到死，和广州公社共存亡！"

起义军寡不敌众，渐渐无法抵挡，敌军朝着公安局门口步步推进，厮杀声、枪声越来越近。

情况已万分危急，古大章把两名身体强壮的赤卫队员叫到一边小声问道："欧阳启泰先生的家怎么走，你们知道不？"

一名队员点点头说："我知道。"

："好！"古大章对两名赤卫队员耳语了几句，一使眼色，两名赤卫队员过去，一个背起麦秋实，一个抱起春晓，撒腿就跑。

古大章为了掩护他们撤离，带着其他几个赤卫队员迎击已经冲过来的敌人，又一场激战开始了……

珠江边天字码头街垒阵地，一面残破的红旗仍在迎风飘展，十来个女兵，还有陈桂在这里坚守。一场激战刚刚停息，女兵们又打退了敌人一次进攻。班长一挥手，带着几个女兵跃出阵地，跑向前面刚刚进行过交战的地带，那里躺着一些敌人的尸体，女兵们从那些尸体上捡取枪支、弹药。女兵们带着缴获的武器，急忙往回跑。

一个女兵看上去有些跑不动，跑着跑着，一头栽倒在地。陈桂和另一个女兵急忙扶起她，拖着她跑回阵地。

班长说："她伤在哪儿了？"

陈桂说："哪儿都没受伤，她是累的、饿的，已经三天三夜没有睡觉、没有吃东西了。"

班长沉默了。

女兵甲说："其实咱们每个女兵都是这样。"

女兵乙说："现在剩下的子弹也不多了。"

女兵丙气喘吁吁地从远处跑来。

班长说："你去哪儿了？"

女兵丙说："班长，我碰到赤卫队第三联队的一个老乡，他说总指挥部已经下令撤退了，有些人到黄花岗去集中，教导团，还有警卫营、特务营被打散的一些人都退往花县去了。"

班长吃惊地说："什么？我们怎么没有接到通知？"

陈桂说："都撤了？这不可能！"

女兵丙说："真的，我绝对没有听错。哎呀，他着急赶路走了，刚才真应该把他带过来，直接跟你们说就好了。"

陈桂说："他就是来当面讲也没用，撤不撤只能听总指挥部的命令。"

女兵丙说："可我真的看到有人在撤退。"

陈桂说："有人当逃兵，你也当吗？我在总指挥部的时候，亲耳听一位领导同志说过，'既然干革命就不能怕流血牺牲。既然搞武装起义，就只能前进，不能后退，必须进攻、进攻、再进攻'！"

女兵甲说："对，坚决不能退，进攻、进攻、再进攻！"

女兵乙说："我们死也不退！"

班长指着矗立在阵地上的那面红旗说："同志们，这面红旗是我们教导团女兵班的象征，只要我们还有一个人活着，就一定不能让这面红旗倒下，一定要让它在我们的阵地上空高高飘扬。"

街道上，到处都是短兵相接的遭遇战，双方对每一条街巷、每一幢楼房、甚至每一个房间展开激烈地争夺。

一幢二层楼，古大章率领赤卫队员与敌人在战斗。敌人倒下去一批，又有一批从楼梯冒上来。古大章身边不断有人中弹倒地，眼看他们渐渐寡不敌众。这时楼下响起一阵激烈枪声，有人从敌人背后进行袭击，楼里的敌人顿时一片混乱。古大章他们趁机向敌人反击。那股敌人遭到前后夹击，被挤在楼梯上动弹不得，有的被逼得从楼梯跳下，其余的被一一击毙。

一队系着红领带的官兵冲上楼来，古大章一看正是刚才在总指挥部门口遇到的那队警卫团官兵。

古大章说："啊，是你们？咱们又碰面了！"

警卫团军官说："我们到了黄花岗，大部队已经退往花县了，广州四面都被敌人包围，我们出不去了。"

古大章说："我们也是。出不去算了，干脆留下和敌人拼了！"

警卫团军官说："对，豁出去了，打！"

古大章和赤卫队员们以及警卫团官兵冲上楼顶，向街道上的敌人开火，控制住了一段马路。

梦苏扶着区达铭一步一步缓慢地往前挪动。街道那头出现了一股敌人，与梦苏和区达铭正面相遇。梦苏和区达铭大惊，慌忙掉头躲避，但已来不及了。那股敌人喊叫着朝他们扑来说："站住，抓住他们！"梦苏扶着一瘸一拐的区达铭拼命奔跑。

看着敌人越追越近。正好有一个岔路口，梦苏急忙扶着区达铭拐进旁边的一条小街。身后的追兵虽然还没有拐进这条小街，但听得见枪声和他们杀气腾腾的喊叫声越来越近。

区达铭和梦苏几乎陷入绝望之中。区达铭站下说："别跑了，这么跑也没用。"

梦苏说："不跑怎么办？等死啊？"

区达铭说："叫我死没那么容易，就在这儿和他们拼了！"

梦苏说："就我们两个人，你又受了伤，哪儿拼得过啊？"

区达铭说："拼不过，大不了就死嘛。"

梦苏脱口而出："不，不行，麦秋实还在指挥部那儿等我呢。"

区达铭没有注意听梦苏的话，突然叫了起来："死不了了，我们死不了了！"

梦苏迷惑地看着区达铭。

区达铭指着街边一个铺面说："你看——"

梦苏这才发现，街对面竟然就是他们以前一起呆过的那家"兴记柴店"，不禁喜出望外。

区达铭说："哈哈，真是天无绝人之路啊！"

那股敌人在岔路口判断了一下，追进小街。小街上空空荡荡，不见一个人影。敌人挨个砸开店铺，寻找梦苏和区达铭。

敌人砸开"兴记柴店"的门，只见里面堆了半屋子的木柴；敌人闯进店铺，又砸开里屋的房门，见里面还是满满一屋的木柴，一直堆到了屋顶。敌人离开柴店，到其他店铺继续搜查……

柴店"密室"里，梦苏和区达铭屏住呼吸，一动不敢动，生怕发出任何一点声响。

外面敌人搜索的嘈杂声音渐渐远去，直到确信店内已经安全后，区达铭再也忍不住疼痛，发出一声声呻吟。

在这高耸到房顶的柴垛围成的密室中，可以隐隐听到外面不时响起的枪声、汽车驶过的声音，时而还能听到"共产党万岁"的喊声。梦苏静静地听着外面的声音，知道又有同志被杀害了，心中十分痛苦。

区达铭躺在地铺上，不停地呻吟着。

梦苏说："喂，忍着点，小心外面听见了。"

区达铭的呻吟声停止了，但过了一会儿，忍不住又呻吟起来，只是憋着将声音压得很低。

梦苏从密室的角落找出一些原来储存的东西，有干粮，有水。她焦急地说："怎么就没有药呢？"

区达铭说："药，赶快找药来……"

梦苏说："你别急，我记得这条街上好像有一家药铺，等街上的军警一走，我就出去给你弄药。"

区达铭说："梦苏，你真好！"

梦苏说："别说话。"

区达铭说："我想说，刚才你遇到我的时候，正要去哪儿啊？"

梦苏说："我，要去总指挥部找秋实，他说他在那儿等我。"

区达铭感叹地说："在这种时候，有个好女人惦记着，还不顾生死跑去找他，麦秋实这小子好福气啊！只是不好意思，我把你给拖累了。"

梦苏说："老区，你别说了，你受了伤，我不能看着不管。"

区达铭说："我知道，虽然我们曾经有过夫妻的名义，还在一座房子里住过一些日子，可你心里从来都没把我当回事，一门心思都在老麦身上。你是不是特别希望现在和你待在这个地方的，不是我而是麦秋实啊？"

梦苏说："老区，看你都伤成这样了，还那么多话！我现在只想着能赶紧找一些药来，你的伤口要是不及时处理，是会感染的。"

欧阳家大宅前院，急促的门铃声。一个用人急忙跑去开门。用人拉开门吃了一惊："啊，小姐——"

春晓和麦秋实闪身进了院子。

欧阳启泰和夫人急急忙忙从楼上下来，看见等候在客厅的春晓和麦秋实，互相久久望着，谁都说不出话来。

春晓百感交集："爸——妈——"

麦秋实习惯性地想喊"伯父、伯母"，但刚一张嘴，就被反应极快的春晓用手在他背上狠掐了一把，麦秋实立即明白过来，没有喊出口去。

欧阳启泰打量着眼前的女儿和麦秋实，见他们蓬头垢面，浑身上下都脏兮兮的，就像是死里逃生的难民。欧阳启泰看不下去了，阴沉着脸狠狠地"哼"了一声，就转身上楼去了。

欧阳夫人说："别怪你爸，你们这么久了都不回家，他天天为你们提心吊胆。可你们一回家就是这副样子，他能不生气吗？"

春晓说："他要生气我们就走！"

"哎呀，都这时候了，你还要小姐脾气！算了，不说了，先去洗澡换衣服吧。"欧阳夫人对用人说，"快去把春晓那间房子收拾出来。听着，小姐和姑爷回来的事情，谁都不许给我说出去！"

用人说："是。"

春晓和麦秋实都洗了澡，换上了干净衣服。麦秋实打量着房间："我也住在这儿？"

春晓说："那当然。别忘了，我们现在是夫妻。我爸我妈可不知道什么假夫妻，你千万别引起他们怀疑。记住，我们不仅要住在一间房子里，而且在家里人面前还要表现得恩恩爱爱；就算是拌嘴，也是小两口之间的那种打打闹闹。"

麦秋实颓然地坐到椅子上。

梦苏将门轻轻推开一道缝，警惕地观察外面，见没有什么人，闪身走出，沿着街边朝那家药铺走去。药铺的门半开着，梦苏走到门口站下，装作不经意地观察着药铺里面。

梦苏飞快地转身走进药铺。药铺老板早就跑了，店里空无一人，一片狼藉。她试探地轻声喊道："有人吗，有没有人？"确认药铺里没人，梦苏立刻动手从柜子里拿药。

药铺外的街上，几个军警一路搜索着走来，走到药铺门口时，军警乙

第十三章　侵袭

站下了。"里面有人！"

军警丙说："这家药铺我们搜了好几遍了，怎么可能有人？"

军警乙说："真的，我听见里面有动静。"

军警丁说："这几天杀人杀多了，活见鬼了吧！"

军警甲拔出手枪说："进去看看！"

军警端枪走进药铺，没发现有人。

军警丁说："哪儿有人啊？我说你撞见鬼了吧！"

军警乙仍不能打消疑惑，在药铺里到处查看。

梦苏就躲在最里面那个柜台的下面，怀里抱着装满了药的布袋。

军警乙一步步往里面走着，离梦苏藏身的那个柜台越来越近。梦苏已经看得见军警乙的鞋，她紧张得几乎喘不过气……

就在这时，有一个军警拉开了账房柜台的抽屉，发现里面竟然还有不少没来得及带走的银圆。那几个军警扑上去抢抽屉里的银圆，顿时乱作一团。军警乙见状，不甘吃亏，急忙过去争抢银圆。

几个军警为争抢银圆争吵起来，嗓门越来越高，后来竟推推搡搡，几乎就要扭打在一起。

警察队长冲了进来："你们在干什么！"

几个军警立刻立正站立。警察队长看着散落在地上的银圆，大怒："混蛋！你们不好好搜查共产党，竟然跑到这儿劫财来了，都给我放回去！"

几个军警把抢到手里的银圆又都放回抽屉里。警察队长说："今天就算了，下次再这样，一定对你们军法从事！滚！"

几个军警慌忙跑了出去。警察队长见那几个军警走远了，将抽屉里的银圆都装进了自己的口袋，背着手若无其事地走了出去。

梦苏抱着装药的布袋匆忙走出药铺。经历了刚才的惊吓，心里还有些惊慌。她只想快点赶回柴店，急急忙忙地走着，边走边朝四周张望，生怕再出意外。梦苏只顾看周围，却没注意脚下，慌乱中，她突然被什么绊倒在地。梦苏感到自己跌倒在一个软软的东西上，仔细一看，原来身下是一个赤卫队员血肉模糊的尸体。梦苏惊叫一声，只感到天旋地转，一下瘫软在地……

梦苏挣扎着从地上爬起，觉得自己全身没有了一点力气，轻飘飘的，脚像踩在棉花上一样。她跌跌撞撞地走着，不时抓住街边的廊柱，或抱住一棵树，她心里不停地告诫自己不能倒下去、不能倒下去……

因为梦苏久久未归，密室里的区达铭急不可耐，但因行动不便不能出去了解情况，他像头困兽一样焦躁不安。突然，区达铭听到柴垛外面有动静，他分辨不出外面的情况，立刻警惕起来，一动不敢动。

梦苏出现在密室门口，区达铭长长地松了口气："你可回来了！我担心死了，这么久你去哪儿了？"

区达铭话音未落，梦苏再也支撑不住，一头栽倒在地，昏了过去。区达铭吓了一跳："梦苏，你怎么了？"他一急，急忙朝梦苏身边挪去。不想这一动，触动了他的伤痛，疼得他抱着那条伤腿在地上抽搐……

过了好一阵，区达铭才从那钻心的疼痛中稍稍舒缓过来。他看到梦苏身边地上那个染血的布袋，知道里面是药，爬过去，从布袋里拿出药，还有绷带、碘酒等。区达铭立刻动手给自己的伤腿上药、包扎。处理完伤口，区达铭似乎感到好了许多。他抱起梦苏，艰难地将她一点点拖到地铺上。他又倒了一碗水，抱起梦苏给她喂水。

梦苏喝了一点水，脸色稍微好了一些，但依然神志不清地昏睡着。

区达铭望着被他抱在怀里的梦苏呆住了——失去意识的梦苏身上的衣服被皱皱地扯向一边，上面的一颗纽扣掉了，衣领被掀开，露出雪白的脖颈和半个肩膀……区达铭仿佛被雷电击中了一般，浑身燃烧起来，难以自已。他伸出颤抖的手去解梦苏的纽扣……他将梦苏放回地铺上，梦苏安静地躺着，看上去那样美，那样圣洁。区达铭只觉得血脉贲张，再也控制不住自己，朝着昏迷不醒的梦苏扑了过去……

晨光从房顶的柴垛上方投射下来，梦苏清醒过来。她感到哪儿不对劲，四下看看，发现了在身旁酣睡的区达铭，她吃了一惊，随即发现了自己身上的异样，顿时感觉天塌下来了，仿佛五雷轰顶！

梦苏一声尖叫，惊醒了区达铭。他惊醒说："啊——哎呀，不能叫啊，会有人听见的……"

梦苏跳起来就要往外冲，被区达铭死死抱住。梦苏使劲挣扎，两手朝区达铭乱打。"你这个混蛋！你放开我，放开我……"

第十三章 侵袭

367

区达铭死死地抱着梦苏不放："我混蛋，我混蛋，我不是人，我、我真的昏头了，我、我都不知道我干了什么。你打我吧，你骂我吧，你杀了我都行，可你不能出去啊，出去往哪儿跑啊，肯定是送死，还会暴露我们藏身的地方……"

梦苏仍然挣扎着要走："我不要你管，你滚！"

区达铭拼命拉着梦苏："我滚，我滚，可你真不能出去啊，出去肯定要出事，我求你了……"

两人的撕扯中又触痛了区达铭的伤口，痛得他一声低叫。梦苏借机想往外冲，区达铭忍痛死命地抱着她的脚不放手。

外面传来军警搜查的吆喝和响动，并且有几个人闯进了柴店，梦苏和区达铭一惊，都不敢动了。

搜查的军警在店铺里转了转，踢开了里间库房的门。

军警大概对那巨大的柴垛起了疑心，用枪托砸，用脚踢，有一个家伙还从柴垛上抽出几根木柴棍朝里张望。

密室内，梦苏和区达铭屏住呼吸，一动也不敢动。

终于，几个军警没发现什么破绽，嚷嚷着出了柴店，又到别处搜查去了。

密室内，区达铭已吓得魂飞魄散。他静听了一会儿，确信敌人真的离开了，才长长地松了一口气。他转过脸，看见梦苏神情木然地瘫坐在地。

春晓在卧室的床上辗转反侧，弄出很大的声响。麦秋实睡在起居室的沙发上，他大睁着眼睛，毫无睡意。

春晓终于忍不住了，穿着睡衣跳下床来，走到起居室打开灯，坐到麦秋实对面的沙发上。春晓说："我睡不着！"

麦秋实应了一声："哦。"

春晓说："你一整天都拉着个脸，话都说不上两句，家里人看着肯定觉得我们的关系不正常。"

麦秋实说："我实在是没心情，轰轰烈烈的大革命，没想到竟失败得这样惨；我们的党曾经那么朝气蓬勃，我们有那么多同志，现在牺牲的牺牲，逃亡的逃亡，真不知道以后还能不能再组织起来。"

春晓说："你那么失魂落魄，不光是为了革命、为了组织和同志吧？"

麦秋实不语。春晓说："还在为梦苏担心吧？"

麦秋实说："是啊，我特别担心她。她和你不一样，你在广州城里毕竟有家有亲人，你性格又泼辣、独立；她那么柔弱的一个女子，除了组织和同志，她在这儿无依无靠。现在广州那么乱，到处都是血腥的逮捕和屠杀，真不知道她能不能跑出来，能不能找到一个安全的地方，此时此刻她到底在哪儿呢？"

春晓说："我也很担心梦苏，希望她能脱离危险。可我不明白，为什么你总是觉得她很可怜，而我就很强，根本不需要怜惜？你难道不知道吗？看上去再强的女人，内心深处都是脆弱的，都需要得到呵护和怜爱。"

麦秋实显然没有心情细说："春晓，我们现在不讨论这个好吗？"

春晓说："问你一个问题，假如——我是说假如，我和沈梦苏同时遇险，你会先救哪一个？"

麦秋实说："春晓，任性也要有个时候，你这个问题，我真的没办法回答。"

春晓说："我不傻，我知道你爱的是梦苏。这么长时间我一直想问你一个问题，我只想知道——你到底有没有爱过我？你必须说实话！"

麦秋实说："春晓，你看看现在是什么时候——局势这么危险，凶残的敌人要把我们共产党人赶尽杀绝，我们随时都有可能牺牲。"

春晓说："你说我任性也好，说我不懂事也好，可我现在就是想知道你的真实想法，越是这样的时候越想知道，不然可能永远都没有机会了。"

麦秋实克制着自己："好吧，我今天实在没有谈论这种话题的心情，你让我想想，我会和你好好谈谈的，去睡吧。"麦秋实躺下，闭上了眼睛，这分明就是"逐客令"。

春晓心有不甘，但又很无奈。

次日一早，欧阳夫人在客厅和麦秋实、春晓聊天。欧阳夫人说："你爸有脾气，这两天没和你们照面，你们也要理解。外面那么乱，天天抓共产党、杀共产党，你们那么长时间都没有一点消息，根本不知道我们当父母的一天到晚有多揪心啊！现在既然回来了，希望以后就不要再出去干那些危险掉脑袋的事情了，从今往后安安稳稳地过日子。秋实啊，你爸年纪大了，身体大不如前了，他名下那些洋行、工厂，都需要得力的人去管理，以后这个家还要靠你们呢。"

春晓和麦秋实默默地听着，各怀心事，一时不知如何回应。

回到房间，春晓说："以前我只知道叛逆，父母不管说什么都想对着干。可不知怎么了，最近一段时间，特别是经历了这次暴动失败和残酷的屠杀以后，回到这个家里，我突然觉得家里是这么安稳，亲情是这么温暖，父母的话不管对不对，他们永远是最替子女着想的人。我知道你从来就没想过和我一起'好好过日子'，你也绝对不会去我父亲的洋行或者工厂做事，但不管怎么样，你必须要面对现实——现在暴动失败了，革命陷入低谷了，组织找不到了，以后怎么样谁都说不清楚。要不，你就在这个家里多留一段时间，就算是暂离尘世，休养生息，等过一段时间，看看形势的发展再说。"

麦秋实说："春晓，我想了好几天，的确得和你谈谈了。我非常感谢你们全家在危难时候对我的帮助，但我已经决定了，马上离开这里，去找党组织。"

春晓吃惊地说："啊，可现在外面太危险了！"

麦秋实说："我们走上革命这条路，经历的危险还少吗？我已做好了经历更多危险的准备。春晓，谢谢你这么长时间给予我的那份情谊；我也很欣赏你，喜欢你，但这确实不是你所希望的那种——爱情！"

春晓呆立半晌，说道："其实我早就知道，你终于亲口说出来了！"

麦秋实说："我最近一直在剖析自己，我这个人身上既有对革命对信仰的坚定和坚持，同时性格中也有小知识分子的软弱。有时候做事犹豫不决，生怕伤害了别人，殊不知有时候越是这样，到头来越是对别人、也对自己造成更大的伤害。所以，我想我现在必须坦率地说出来，如果让你感觉受到什么伤害，我真的觉得很对不起！"

春晓泪雨滂沱，哭得难以自持。

柴店密室内，梦苏脸色苍白，十分虚弱地躺在地铺上。区达铭一瘸一拐地从外面进来，手里拿着一大包东西。梦苏一见他，厌恶地转过脸去。

区达铭坐到梦苏旁边："你知道我去哪儿了吗？"梦苏闭上眼睛，根本不理他。

区达铭小声地说："我去了以前的一个秘密联络点，一个绸缎庄，老板是咱们的联络员，没想到我一去他竟然还在那儿，只是装聋作哑地装作不认识我。也难怪，现在形势这么残酷，情况这么复杂，我们的人不是被杀就是被抓，还有好多叛变的，就算是过去关系很好的同志，现在都不敢轻易相信了。我不管那么多，把我们在这儿的地址留给他了，要是组织上有什么消息，让他尽快联络我们。"

区达铭停了一会，又说："回来的路上，看见好多店铺开着门，里面却没有人，大概老板和伙计跑了，我就进去拿了好多东西，你看，有吃的、喝的，还有药。"区达铭拿出一块饼子递给梦苏，梦苏像睡了似的，纹丝不动。区达铭说："吃一点吧，你在发烧，不吃点东西不行。"区达铭把饼子送到梦苏嘴边，梦苏将头侧向一边，不理睬他。

区达铭说："你打我、骂我吧，杀了我也行，求求你别这样，不吃不喝地，也不说话，这比什么都吓人。"他说着又把饼子送到梦苏嘴边。梦苏一扬手，啪地将饼子打在地上。

区达铭说："唉，我知道你恨我，我也恨我自己，我对不住你，我知道这话说一万遍都没用，我愿意下辈子当牛做马伺候你，来赎我的罪过。"

梦苏听到他下辈子还要缠着自己，悲从心生，脸上淌下两行泪水。区达铭以为梦苏动心了，就说："梦苏——"

梦苏咬牙迸出几个字来："麦秋实不会放过你的！"

区达铭一愣，转念说道："我知道，你恨不得我永远从你眼前、从这世界上消失，可别忘了革命啊，你要是告诉了麦秋实，他一定和我撕破脸皮，到时候我们的革命工作就没法继续下去了，要以大局为重啊，梦苏——"

梦苏几近气绝，五脏六腑里憋着一股浊气，恨恨地说道："你给我滚出去！"

区达铭说："好好好，只要你身体恢复了，我就走；那时候你走也行，我绝不拦着你。"

这时，外面传来脚步声，有人走进了柴店，并且推开门径直走进了里面这间库房。

区达铭大惊失色，吓得一动不动。梦苏睁开眼睛，紧张地听着外面的动静。

柴垛上传来敲打声，区达铭听出是自己人的暗号，心中一喜，急忙也在柴垛上敲打出回应的暗号。

柴垛外传来联络员轻轻的声音——"你们两个，速去香港找省委！"

区达铭走出密室，在柴店内转了几圈，没有看到任何人影。回来时，他发现密室入口处的柴垛上放有一张字条。他拿下字条看了看，心中若有所思……

第十四章

激化

清晨，浸淫在血腥中的广州城现出些许宁静，偶尔响起零星枪声。

一辆人力车在街道上疾驶。车上并排坐着梦苏和区达铭，两人装扮阔气，俨然是一对富商夫妇。区达铭瞟向周围的目光里有一丝掩饰不住的紧张，他不时看看梦苏，梦苏却把脸扭向一边；他把手搭在梦苏的手上，梦苏条件反射般地把手挪开。

一队军警从前面跑过。区达铭紧紧抓住了梦苏的手。

午夜，麦秋实收拾好自己的东西，拿着走出起居室，却看见春晓也收拾停当，拿着行李走到了门口。

麦秋实吃惊地说："你这是——"

春晓说："我知道了，你不爱我，但我现在还做不到不爱你，感情不是闸门，说关闭就能关闭。我和你一起走。"

麦秋实说："不，不行，现在外面太危险了。"

春晓说："正因为危险，我才必须和你在一起。还是以夫妻的名义做掩护，这样安全一些。"

"春晓——"

春晓说："你放心，虽然我不甘心，但绝不会缠着你不放。毕竟现在梦苏下落不明，如果再见到她，如果你和她真的好了，我会马上退出的。"

麦秋实望着对自己如此痴情的春晓，百感交集，不知道该说什么。

西关小巷深处的麻石路上，同样飞转的车轮和车夫奔跑的双脚，车上坐着同样商人装扮的麦秋实和春晓。

麦秋实警惕地注视着周围的动静，春晓则不时地看上麦秋实一眼，眸子里充满爱怜与幽怨。

春晓一下挽住麦秋实的胳膊；麦秋实一扭脸，与春晓的目光相遇，春晓趁势靠在麦秋实肩上。

　　码头上人头攒动，一片混乱，军警和反动工会的打手们设置关卡，对排队登船的乘客逐一进行检查，便衣特务像阴魂似的在周围游荡。

　　两名乘客被当作疑犯抓走。警察队长厉声对检查人员说："听着，要仔细盘查，不能让一个赤党分子从水路逃走！"

　　区达铭故作镇定地一手挽着梦苏、一手提着皮箱排队等候盘查；梦苏竭力掩饰着内心的忐忑，只好尽量做得像个夫人。

　　一名便衣突然对梦苏起了疑心，对另一名便衣耳语几句，朝梦苏和区达铭走去。

　　此时，麦秋实和春晓也出现在码头。

　　看着不断有人被军警抓走的森严气氛，麦秋实不由地将帽檐往下拉了拉，盘算着如何应付随时可能出现的意外情况；春晓倒是一点也不紧张，挽着麦秋实的胳膊，边走边踮起脚跟在人群中巡视着……

　　麦秋实低声说："喂，你看什么？"

　　春晓说："出来之前，我让爸爸联系了他一个在船上工作的朋友，来接应我们。"

　　麦秋实说："这事你怎么没跟我说？要是万一——"

　　春晓说："万一什么？不找人接，你长翅膀飞过去呀！"

　　春晓突然眼前一亮，看见关卡旁边有一个船员模样的英国人，高举着写有"欧阳"二字的牌子。春晓拉起麦秋实往前挤去。

　　码头上，两名便衣靠近了梦苏和区达铭。

　　便衣甲说："喂，你们两个，出来！"

　　区达铭还没有反应过来，便衣乙从身后一把将他和梦苏推出了人群，用枪指着他俩。

　　梦苏以为他们的身份暴露了，一时显得惊慌失措；区达铭紧抓着梦苏的手，暗示她别慌。区达铭故作迷惑地说："这、这怎么回事？"

　　便衣甲说："证件！"

　　区达铭说："不就是查证件嘛，拿枪这么指着，我太太胆小，看让你们给吓的！给，这是我的，这是我太太的。"

便衣甲看过区达铭拿出的两本证件说："你叫张炳安？"

区达铭说："啊，是。"

便衣甲眼珠在梦苏身上滴溜乱转说："她叫谢婉青？我怎么看着她好面熟啊！"他对便衣乙说，"检查箱子！"

便衣乙夺过梦苏的手提箱，打开就翻。

梦苏突然表现出惊人的勇敢，一把将便衣乙推开："这箱子是你乱翻的吗？弄脏了里面的衣物你赔呀！"

两个便衣一下子给镇住了。

区达铭也给弄懵了，连忙打着圆场："先生，对不起，我太太她、她有忧郁症，发起脾气来谁都不顾。我们是香港总督的朋友，受邀前去参加总督的寿宴。看，这是请柬。"

便衣甲看了看请柬，仍满脸狐疑地盯着梦苏："可我，就是觉得她很面熟。要不，先跟我们到警察局走一趟，查清楚了要是没事，我专程送你们去香港。"

便衣乙用枪指着梦苏："走！"

区达铭说："先生，你肯定认错人了，我太太平时很少出门，也不善交际，你怎么可能——"

麦秋实和春晓跟着那名英国船员，正要走过关卡旁边的绿色通道，麦秋实回头扫视了一眼，好像有意在寻找谁。

就是这回头一瞥，麦秋实恰巧看见了正在被便衣纠缠着的梦苏和区达铭，他急忙叫住春晓，耳语了几句。

春晓对英国船员指了指梦苏和区达铭那边，急切地说着什么。

区达铭的解释显然不起作用，只好在便衣的威逼下准备跟他们走。他和梦苏相互看了一眼，暗暗在心里做着最坏的打算。

这时，春晓带着那名英国船员跑了过来，梦苏还看见了在远处注视着她的麦秋实。

春晓一把夺过梦苏的手提箱："你们在干什么呀，船快要开了！"

便衣甲亮出手枪："别动！你是什么人？"

英国船员用半生不熟的中国话说："你要干什么？他们是我的朋友！"

便衣甲愣怔了一下，急忙点头哈腰道："噢，对不起！误会，误会了。"

梦苏、区达铭、春晓跟着英国船员走向绿色通道。两个便衣憋屈地望着梦苏他们的背影。

便衣甲蓦然对便衣乙说："噢，我想起来了，在报纸上见过那女的照片，沙面那件刺杀法国公使的案子——可是，报纸上说那女的叫——叫沈梦苏，她怎么叫谢、谢婉青呢？"

便衣乙说："上当了，把名字改来改去，肯定是赤党！"

便衣甲说："他妈的，追！"

俩便衣刚追出几步，汽笛一声长鸣，轮船驶离了码头。

船上，由于超载，连甲板上都挤满了人。

那名英国船员将他们四个带到一间船员休息室，虽然空间狭小，却相对安静、安全。

英国船员不好意思地对春晓耸耸肩说："欧阳小姐，只能委屈一下你们了。"

春晓说："这已经非常非常好了！布鲁克先生，谢谢你，今天要是没有你的帮助，我们几个恐怕连船都上不了。"

英国船员说："不用客气，你父亲欧阳启泰先生是我的老朋友了，他交代的事情，我一定得办好。你们在船上有什么事，就到驾驶舱找我。祝旅途愉快，再见！"

春晓说："再见！"

梦苏、麦秋实、区达铭也都向英国船员招了招手。

四个人只有紧紧挤坐在一起。虽然区达铭挨着梦苏，春晓挨着麦秋实，但在"两对"之间，梦苏和麦秋实却互相挨着。这种状况让本来就情绪低落、心存芥蒂的四个人又多了一份尴尬。

在春晓看来，四个人坐成这样绝非偶然。她暗暗瞟向梦苏与麦秋实的目光和一起一伏的胸脯，表明了她很介意；她动着心思，找了个理由站起。"靠门口有风，我风一吹就头疼，咱俩换一下吧。"春晓说着把麦秋实一推，在他和梦苏之间坐了下去。

麦秋实和梦苏当然明白春晓的意思。麦秋实倒没有什么明显反应，梦苏却忽地站了起来。

区达铭说："怎么，你坐的位子不舒服？"

他用手在梦苏坐过的地方摸了摸说道："难怪呢，不平。来，咱俩也换换。"

他刚一拉住梦苏的胳膊，梦苏一甩手，走了出去。

春晓把这看成是对自己的发泄，轻轻"哼"了一声。

麦秋实说："她怎么了？"

区达铭说："没、没怎么啊。"

麦秋实认真地看着区达铭说："她的情绪确实异常，你应该知道是什么原因。"

区达铭当然知道是什么原因，只能敷衍道："可能是——起义失败，又加上敌人大屠杀，对她的刺激太大了吧。她平时有晕血的毛病，这时候看见那么多同志倒在血泊中，怎么受得了……"

麦秋实说："她不应该出去，外面人杂，万一——"

区达铭站起说："我去叫她。"

麦秋实拦住区达铭："还是我去吧，你在广州街头到处演讲，容易让人认出来。"

"你们都在这儿别动，我去。"春晓一把将麦秋实拉到身后，走了出去。

梦苏穿过杂乱拥挤的人堆，走到船尾僻静处，望着翻腾的水浪发呆。梦苏的美丽、忧郁和独自一人，引起了一个烟鬼模样的流氓的注意，流氓见机慢慢靠了上去。正当流氓要把手搭在梦苏肩膀上时，突然一声惨叫，春晓拧住流氓的那只手死死地控制住了他。

梦苏回头一看，失声惊叫道："啊！

春晓对流氓说："就凭你这烟鬼模样，也敢在姑奶奶身上揩油？"

流氓说："哎哟，放手，放手，我再也不敢了。"

春晓说："去！"踹了流氓一脚，流氓爬起跑开。

梦苏说："春晓——"

春晓说："你这是怎么了？今天自打见面，脸就一直这么阴着，给谁看呀！"梦苏无法说出心中的难言之苦，转身扶住栏杆，继续望着翻腾的江水。春晓直直地看着梦苏："有话直说，是不是嫌我把你和麦秋实分开坐了？"

梦苏说："不，不不，我现在，跟他没有一点儿关系了。"

春晓说："梦苏，你对我还要说假话吗？我看得出，你不喜欢那个区达铭，就像麦秋实不喜欢我一样。"梦苏不由得看了春晓一眼。

春晓说："真的，他不喜欢我。开始我还以为是我缺少女人的魅力，或者是哪儿做得不好，于是我尽量顺着他去改变自己，可是依然没用。我这才发现，他真正爱的是你，他的心整个都让你给占了，没给我留一丁点位置。实话对你说吧，我们成为"夫妻"以来，他对我碰都没有碰过；我想你和区达铭也一样，不从心底相爱的人是不会去碰对方的。"

这话刺到了梦苏的痛处，她不由打了个寒战。

春晓说："梦苏，你说说我们几个现在这种关系，是革命让爱情阴差阳错了呢？还是爱情必须为革命付出牺牲？不管怎样，这次起义失败对我打击很大，我在想往后的路该怎么走，也想过要不要结束我和麦秋实这种有名无实的婚姻关系，把他还给你。可我总是下不了决心，我不知道自己为什么会如此没有出息，对一个不爱我的人却爱得那么难以自拔。"

梦苏说："春晓，你和麦秋实往后怎么着，那是你们的事，与我有什么关系？我现在和区达铭——过得很好，既然组织上这么安排，我认，我就跟他过了。"

春晓愕然地看着梦苏说："梦苏，你——"

麦秋实出现在她们身后。"春晓，我想跟梦苏说几句话。"春晓不悦地离去。麦秋实转身面对梦苏："梦苏……"

梦苏急忙打断他："你什么都不要说了，我不想听。"她扭头欲走。麦秋实拦住她，警惕地看看周围："梦苏，你一定遇到了什么事，你应该告诉我，别闷在心里。"

梦苏无语地望着远处江面。

麦秋实说："起义队伍撤出广州那天，我一直在总指挥部等你，等到就剩下我一个人了，却总也看不到你的影子。你那天去哪儿了？究竟发生了什么事？"

梦苏说："你就别问这些了，过去的事情已经过去，我现在跟你，没

第十四章 激化

379

有什么关系了！"

麦秋实惊愕地说："梦苏，你、你怎么突然说这种话？"

梦苏说："我说过了，请你不要再问。"

麦秋实说："不对，你肯定有事瞒着我。"

梦苏把脸转向一边，眼里噙着泪水。

麦秋实说："梦苏，不管遇到什么事，你可以不告诉我，但一定要扛得住。起义刚刚失败，我们这次去香港，除了避难，还要参加省委在香港举行的起义工作总结会议。你这种情绪，会影响到大家。"

梦苏猛地转身跑开。麦秋实看着梦苏的背影。他发现区达铭在船员休息室门口远远地望着这边。

香港维多利亚港湾上空飘扬着英国国旗。

街道上是喝得酩酊大醉的英兵，在盘查行人的警察。两辆人力车拉开距离小跑着，车上分别坐着梦苏和区达铭、麦秋实和春晓。车子绕过几条街道，在一座不大起眼的三层小楼前面停下。小楼门口不时有人进出，门旁有一个报摊。麦秋实换着春晓走到报摊跟前。麦秋实扔出一枚硬币说："要昨天的报纸，两份。"

卖报人抬头打量麦秋实，麦秋实做了个把帽檐往下拉的动作。卖报人递过两份报纸，小声地说："进门后请上二楼。"

麦秋实和春晓走在前面，梦苏和区达铭随后，进了小楼。

这里是设在香港的中共广东省委机关。广州起义中的一些骨干为躲避敌人追捕，陆续来到了这里，楼道和庭院挤满了人。这些死里逃生的人在此相逢，十分激动，相互拥抱着、诉说着，有惊喜，更有哀伤和悲愤。

他们四个被工作人员领到二楼，指了指给他们住的两个房间。

梦苏站在房间门口，也不知是说给谁听："到了这里，还要住在一起吗。"区达铭一愣，小声地说："那当然。你看，那么多人，还是小心为好。香港这地方也很复杂，不能大意，要为以后的工作考虑。"

麦秋实走过梦苏身边时停了一下，然后和春晓进了他们的房间。

区达铭说："来吧。"说着把梦苏拉进了屋。

一楼庭院，梦苏在人堆中穿梭着，看有没有熟悉的面孔，并不断地拉住人打听——"你认识一个叫陈桂的吗？年纪跟我差不多，圆脸，短发……"

对方摇头。

梦苏问另外一个人："你知道陈桂的情况吗？她是女兵班的，那天守天字码头……"

梦苏得到的回答还是摇头。

春晓在二楼阳台上往下看到了、也听到了梦苏在打听陈桂，想起这个姐妹至今生死不明，不由一怔，跑下楼去也向那些人打探起陈桂来。

旁边两人的说话声吸引了春晓，只听一个女工模样的中年妇女说："要不是女兵班死守天字码头，我们好多人都撤不出来呢。"

春晓挤过去拉住中年妇女："大姐，你认识陈桂吗？陈桂！"

中年妇女说："陈桂？女兵班的那个陈桂？认识呀！"

春晓急忙朝梦苏招手喊道："找到了，找到了！"梦苏拨开人群挤了过来。春晓对梦苏说："这位大姐认识陈桂。"

梦苏一把抓住中年妇女的手，急切地问道："大姐，陈桂在哪儿？她还好吗？"

中年妇女叹了口气："刚打起来的那天我还见过陈桂，她们的女兵班守天字码头，我们救护队上去给她们送过水。可第三天，天字码头就让敌人给占了，听说女兵班全都遇难了，我就再也没有陈桂的消息。"

梦苏和春晓瞬间就像从山顶坠入了深谷，两人互相看着，抱在一起痛哭起来。

夜里，梦苏靠在床头，大睁着眼，难以入睡。

区达铭躺在旁边的长条木椅上，借着窗外透进的一缕微光看着梦苏，突然发出一声怪笑。这笑声令梦苏厌恶而又毛骨悚然。

区达铭说："哎呀真想不到，今天早上在广州码头，你竟然敢对检查箱子的便衣警察动手。"

梦苏冷冷地，话中有话地说："逼到头上，给我一把枪，我杀人都敢！"

区达铭不屑道："算了吧，一个陈桂，就能把你牵挂得饭不吃、觉不睡，还敢杀人？你们女人啊，都是刀子嘴、豆腐心，可得在革命中好好地锻炼锻炼。"

梦苏突然一阵恶心，趴在床边干呕起来。

"怎么啦？"区达铭起身到梦苏跟前，"是不是……晚饭没有吃好……"梦苏又是一阵干呕。区达铭说："来，让我睡床上吧，好照顾你。"

梦苏说："滚开！"

区达铭嬉笑着说："我们都——都那样了，还叫我滚啊？"他说着就要往床上蹭。

梦苏顺手抓起一只茶杯，用能杀人的力气，向区达铭的头上没有丝毫犹豫地砸了下去。不料区达铭的头像狗一样硬，嘴里喊着疼，居然还是像狗一样毫发无伤地逃走了。

隔壁的房间睡着了的麦秋实和春晓，都听见了隔壁梦苏的喊声和区达铭的惨叫，两人同时坐了起来。

春晓说："他们吵架了？"麦秋实从木椅上爬起。春晓犹豫道："会不会是——老区控制不住自己，对梦苏——"

麦秋实被这句话刺得心痛，却自我安慰地极力否认："不，不不，区达铭不会是那种人，他是个讲原则、有道德的革命者，不会做那种事！"

春晓添油加醋地说："那会是为什么呢？"

麦秋实说："梦苏可能跟你一样，为陈桂的事心里烦躁。"

春晓说："你呀，总是以君子之心度小人之腹，可生活中有几个男人会跟你一样？"麦秋实焦躁不安地来回走动。

春晓躺下说："那木头椅子太硬了，你要不要到床上来睡？楚河汉界，咱们谁也不碰谁。"

麦秋实一怔："你要点脸吧。"

春晓说："随便！"

她用被子把头一蒙。麦秋实可以感觉到春晓在被子里的啜泣，他望望隔壁，又看看春晓，抱头在木椅上坐下。

清早，住在楼内的人先后来公用盥洗间洗漱。梦苏洗漱完毕刚一转身，发现麦秋实站在旁边。麦秋实叫住已经擦肩而过的梦苏："等一等。"梦苏站下。麦秋实说："你——昨晚没什么事吧？"

梦苏敏感地看了麦秋实一眼："我能有什么事！"

麦秋实说："噢，没事就好，没事就好。这两天你老躲着我，连个说话的机会都没有。今天我和老区到三楼参加省委会议，我让老区先上去了，我晚去一会儿就是想跟你说几句话。"

梦苏背对着麦秋实："说吧。"

麦秋实说："我知道，你可能对我和春晓的关系有点介意，其实我和她完全是一种革命的同志关系，除此之外什么也不会有。"

梦苏不由一怔，感觉好像是在说自己："你这话什么意思？难道，别人就不是这样？"

麦秋实说："不不，我是说，在我心里谁也代替不了你。这些日子我每天都在想我们的事，希望我们能……"

梦苏不等麦秋实说完，快步走进自己房间，砰的一声把门关上。

春晓听到这异样的门声，从房间出来，看到的是麦秋实呆滞、错愕的神情。春晓立马明白了，转身进屋也砰的一声关上了门。

梦苏靠在门上，眼泪哗哗地流出……

春晓一头扑到床上，用手狠狠地捶打着被子……

三楼楼道和会议室门口站着数名便衣人员，虽然没有荷枪实弹，却弥漫着紧张的气息。神情严肃的代表们一个个进入会场，麦秋实也在其中。

两个男人到楼上开会去了，给了两个女人在一起的机会。她们既关心着楼上开会的情况，又都觉得有话要向对方诉说。可是当她们到了一起，却不知该说什么，还是春晓开了个话头。"梦苏，你知道我在想什么吗？梦苏抬头看着春晓。春晓望着房门说："我在想，现在有人敲门，打开门一看，是陈桂站在门口。"

梦苏说："我也在想陈桂。她到现在还没有消息，会不会出什么事？"

春晓说："不会吧？我总觉得那家伙是猫变的，猫有九命，她死不了！"

梦苏说："你别说那个"死"字好不好？我一想到这个字就害怕，我和陈桂从小一起长大，又一起跑了出来，她要是有个三长两短，我怎么办呀。"

春晓说："看你说的，感情你俩是同性恋啊！你现在不是还有区达铭吗，我看他对你……"

梦苏脸色顿变："别跟我提他！"

第十四章 激化

春晓对梦苏的这种态度似乎早在意料之中："好，不提他。说实话，别看他是个领导，叫我我也不喜欢。组织上让你跟他在一起，真是委屈你了。喂，咱们姐妹今天说点私房话，区达铭碰过你吗？"

梦苏一怔，沉默片刻，忽地盯着春晓说："麦秋实碰过你吗？"

春晓没想到梦苏会这样反问自己："他呀？我倒是希望他这样，可他简直就是一块冷冰冰的石头，我都怀疑他是不是个男人。唉，你说这革命吧，战场上让你流血，情场上让你流泪，硬要把两捆干柴放在一起，又不能用火点燃……"

楼上一阵响动，隐隐听得到像是争吵和敲击桌子的声音。梦苏和春晓不约而同地抬头望着天花板。

梦苏说："怎么，他们开会还吵架啊？"

春晓说："革命失败了，心情都不好呗。"

梦苏说："是起义失败了，不能说革命失败。"

春晓说："对对，"革命尚未成功，同志仍需努力"。哎，我说到哪儿了？"

梦苏说："说到"干柴烈火"。"

春晓说："噢，我现在明白了，并不是所有的干柴都能用火点燃，那得看是谁点谁的火，比如麦秋实，他等候的是你，我不灵。可越是这样，我反而越想得到他。你恨我吗？"

梦苏说："我为什么要恨你？我说过，我跟他已经没有关系了！"

春晓说："可麦秋实不这样认为，我看得出来，他心里只有你。梦苏，我欧阳春晓也是个有自尊的人，这事就走着看吧，谁都没必要非得在一棵树上吊死……"

楼上又是一阵响动，梦苏担心地望着上面。

春晓说："让他们闹去吧，革命，不是流血，就是吵架——哎，你还没回答我刚才的话呢，区达铭——碰过你吗？"

梦苏说："春晓，你干吗非要这样问？"

春晓已经感觉到什么："你可以不告诉我，但我要对你说，他区达铭要是敢强迫你，看我怎么收拾他！"

梦苏不敢让春晓看见自己的眼神，慌忙转过脸去。

三楼会议室散会了,代表们一个个从会议室走出,有的精神抖擞,有的神色凝重,有的摇头叹息……麦秋实走出来等了一会儿区达铭。

麦秋实小声地说:"老区,我想主动要求返回广州。"

区达铭一愣:"这话先别说,再想想看。"

两人一起往楼下走去。

一楼庭院,参加过广州起义的党员干部聚集在一起,等候着参加省委会议的代表。有些代表一下楼就匆匆离开了这里,麦秋实和区达铭因为就住在这座楼里,一下来就被大家围住了。

干部甲说:"快说说,省委会议是怎么总结的?怎么评价我们这次暴动?"

干部乙说:"听说有人把暴动失败的原因推到了我们知识分子头上,说要处分我们、惩办我们,是吗?"

干部丙说:"省委领导是不是决定要把我们马上派回广州去?这不是把我们往虎口里送吗?"

梦苏和春晓也从二楼走了下来。

麦秋实说:"大家静一静,静一静。"麦秋实站到一张石凳上,"今天的会议,是为了总结广州起义失败的原因和教训,争论是很激烈的,也确实有人批评了知识分子在起义中的急躁和软弱,提出要处分指挥起义的领导人。"

人群一阵骚动。区达铭说:"请大家安静,听麦秋实同志说!"

麦秋实说:"比如我麦秋实,就是在会上受到质疑和批评的知识分子之一,但我接受这种质疑和批评!我反思自己,确实没有充分估计到斗争的残酷性和复杂性,身上存在着小资产阶级的天真、幼稚和软弱,我应该对我所承担的工作负上责任。"

区达铭、梦苏、春晓以及在场的所有人都对麦秋实这种自我谴责的态度表现出惊诧,大家变得十分安静。

麦秋实说:"现在,是我们最困难的时候,大家的心要凝聚在一起,从失败中汲取教训,积累经验,为我们今后的工作!"

干部丙说:"那——是不是作为对我们的惩办,要马上把我们派回广州去?"

区达铭不等麦秋实回答，跳上另一条石凳大声地说："是的，是要派一部分同志立刻返回广州开展工作，但不能理解为是对我们的'惩办'。可能有人会说，'起义刚刚失败，整个广州笼罩在白色恐怖之中，反动军警正在通缉追捕我们这些起义的领导和骨干分子，大家历尽艰险刚刚死里逃生，这又要回去，不是自投罗网吗？'可是同志们想一想，越是在这种时候，是不是就越应该杀回去啊？那边遭到破坏的党组织需要我们恢复，那边的革命斗争还得靠我们继续开展，敌人的嚣张气焰也需要我们去狠狠打击。列宁同志说过，越是在最黑暗和最危险的地方，越应该有革命者战斗的身影！真正的革命者就是要经得起考验，绝不贪生怕死！所以，我区达铭坚决拥护省委的决定，以革命的名义坚决要求回广州去，用我的生命和热血，向反动派宣战！"

区达铭慷慨激昂的讲话感染了大家，人群中突然爆发出热烈的掌声，连麦秋实也不例外；区达铭像个英雄似的挥动双手，向大家频频致意。但是坐在前排的梦苏和春晓，没有鼓掌，只是冷眼看着眼前这场可笑的闹剧。

春茗茶社，是中共地下党在香港经营的一个机关，闹中取静。从窗户望出去，可以看见停泊在维多利亚港的轮船和中环一带闪烁的灯光。

麦秋实、区达铭、梦苏、春晓聚集在一间茶房，看似品茶玩牌，实则是在谈事。麦秋实说："省委刚刚下达了通知，任命区达铭同志为新的广州市委领导人之一，负责广州新市委的组建工作。祝贺你！"麦秋实伸手与区达铭握了握。

区达铭掩饰着内心的喜悦："秋实，这份工作应该让你来干。"

麦秋实说："不不，上级的决定自有道理。你下午的那番讲话和主动要求返回广州的态度，对大家的鼓舞和影响很大，省委领导非常赞赏，加上你的工人出身，理应担当更重要的工作。"

区达铭说："其实，我要求返回广州，还不是受你的影响？今后还望多支持我的工作。"

麦秋实看了看梦苏说："省委领导交代，老区这次回广州的任务更重，更要做好身份掩护，不能一个人回去。"

梦苏放下手中的牌，站起走到窗口。

春晓看着麦秋实说："那你呢？你不是也要回广州吗？是不是也要我像以前那样继续做你的压寨夫人？"

区达铭替麦秋实说道："那当然，这是革命工作的需要。"

春晓说："我要他自己说！"

麦秋实平静地说："我希望你能和我一起回去。"

春晓说："我愿意和你在一起，但我不想现在就回去！梦苏也不能回去！"

麦秋实说："为什么？"

春晓说："现在回去，明摆着不是白白送死吗？这太不人道了！"

区达铭说："欧阳春晓同志，你是一名共产党员，共产党员就得明知山有虎，偏向虎山行！"

春晓说："那你自己去喂老虎吧，我可不想！"

区达铭说："你——"

春晓说："你这个人中渣滓，我没有你觉悟高，我是有些害怕了，可我怕的不是我一个人死，我怕梦苏、怕真正有革命之心的人都……"

茶社老板掀开门帘咳了一声，随即离去。

区达铭小声、兴奋地说："来来，打牌，打牌！"

四个人迅速围到桌边……

傍晚，香江之畔，麦秋实手扶护栏，不时看看怀表，向来路张望。少顷，梦苏走来。麦秋实激动地迎上去说："我还以为你不会来呢。"梦苏不语，转身望着夜幕下映照着点点灯火的江面。

麦秋实说："老区让省委领导叫去谈话了，春晓去找那个英国船员安排今天夜里回广州的事。这一回去，吉凶难料，生死两茫茫。我想，用这点时间，跟你谈谈。"

梦苏说："我们之间，还有什么需要谈的吗？"

麦秋实说："当然！我有好多好多话要跟你说，我想让你消除对我的误会，想让你明白我对你的真爱，还想知道你和区达铭之间……"

梦苏打断麦秋实的话："没必要了！"

梦苏从手包中拿出那把折扇："一切都在这上面，你慢慢看吧。"她把折扇交给麦秋实，转身走去。

麦秋实愣了一会，急忙打开折扇，看到在他当年写的那封"休书"旁边，有梦苏写的一首诗——

梦虽醒，情何堪，

风凄雨涟涟；

意已断，心事了，

各人路迢迢。

麦秋实拿着这把记录了太多"悲欢离合"的特殊"信物"，心乱如麻，再次陷入了绝望之中……

深夜，珠江江面上，还是那艘悬挂着英国国旗的维多利亚号轮船。坐在船舱里的麦秋实、区达铭、梦苏、春晓望着舷窗外面黑蒙蒙的夜空，可以看到广州沿江一带标志性景物上的灯光。此时他们多少都有些紧张。

那名英国船员在门口露出半个身子对春晓说："船靠岸后，我的朋友来车接你们。"

春晓说："再次感谢你，布鲁克先生。"

英国船员一笑："希望你的父亲今后能多给我们维多利亚号几笔生意做。再见！"

麦秋实不自然地看看梦苏；梦苏有意回避着他的目光。春晓碰了碰麦秋实，示意他出去一下。麦秋实跟着春晓走出船舱。

甲板上，春晓说："轮船马上就要靠岸了，你想过没有，我们回到广州住哪儿？"

麦秋实一拍脑门说："该死！这些天忙的，真忘了想这事。"

春晓说："你这个人，有时候细心起来比头发丝还细，可要粗起心来能把石头漏下去，这么大的事都给忘了！"

麦秋实说："那你说呢？"

春晓说："原来的住处肯定暴露了，不能再去。"

麦秋实说："那——另外租一个地方？"

春晓说："这时候租房，你觉得安全吗？春晓其实早就想好了，"我看，还是住在我们家吧。"

麦秋实说："住你们家？你父亲的态度——"

春晓说："他再怎么着也是我父亲啊，何况，为了安全只能这样。"

麦秋实思索着……

轮船拉响了汽笛，缓缓驶进港口。

广州街头，麦秋实从人力车上下来，匆匆走进一条小巷。麦秋实用暗号轻轻叩响一家民宅的房门，开门的妇女见到麦秋实就失声痛哭起来。麦秋实看到，简陋的屋里设着灵堂，灵堂上的遗像是一位在起义中牺牲的同志。

麦秋实向遗像鞠躬，然后紧紧抓住妇女的手表示安慰……

麦秋实来到另一户民宅，刚要敲门，发现门虚掩着，他推门进去，屋内空无一人，映入眼帘的是物件砸毁、满地碎片的洗劫景象……

麦秋实用同样的暗号叩开又一家房门，开门的男子激动地与他双手紧握。麦秋实说："老林，你还活着！"

男子说："我还怕再也见不到你了。"

男子指着身后说："老麦，你看这是谁？"

隐藏在屋里的古大章走出来，他已是满脸胡须，几乎认不出来。

麦秋实说："大章！"古大章说："秋实！"两人紧紧拥抱在一起……

清早，欧阳启泰从楼上下来，准备外出。高声呼喊用人："张妈，把我的外套拿来。"用人拿外套小步跑出。

欧阳夫人闻声从房间出来，急忙制止丈夫："小点声！孩子们回来了，让他们多睡会儿。"

欧阳启泰说："谁？谁回来了？"

欧阳夫人说："春晓和秋实，半夜回来的，没敢叫醒你。"

欧阳启泰说："什么？他们从香港回来了，怎么这么快就回来了？"

欧阳夫人说："回来了好啊，他们走的这几天，天天让人担心。"

欧阳启泰说："不对！好不容易躲出去了，不该在这个时候又回来。这里面肯定有问题！叫他们起来，我要问问他们。"

欧阳夫人说："用得着这么急吗？他们累了，刚睡下没多会儿……"

这时春晓打开了房门。春晓说："爸，妈。"

欧阳夫人说："看看，吵醒了吧。"

欧阳启泰看着女儿，眼睛里既有惊喜，又有担忧和埋怨说："春晓，遇到什么事了吗？"

春晓说："没有，爸。"

欧阳启泰说："那为什么不在香港躲着？"

春晓说："这——革命工作需要我们回来，许多人都回来了。"

欧阳启泰说："什么革命工作！这边到处抓人，你们这不是往枪口上撞吗！秋实呢？叫他出来跟我说！"

春晓说："秋实有急事，已经出去了。"

欧阳夫人说："啊？什么时候出去的？那他就没休息啊？"

欧阳启泰说："我看他是在故意躲我！"

春晓说："爸，不是躲你，他真的有事。"

欧阳夫人说："一大早的，孩子又刚回来，说点高兴的话好不好吗？春晓，你这间屋好久没人住了，你们突然回来，也没来得及收拾，是不是有点霉味啊？"欧阳夫人说着就进了春晓的房间。欧阳夫人嗅着鼻子说："嗯，霉味不重，被褥可能会有点潮。"

春晓说："还好，睡自己的屋子，怎么都舒服。"

蓦地，欧阳夫人的脸色变了，她发现地上打着地铺，铺上放着麦秋实的衣服。

欧阳夫人指着地铺说："春晓，这是怎么回事？"欧阳启泰闻声进来。

春晓慌忙搪塞："噢，这几天太累了，在一起怕影响休息。"

欧阳夫人显然不相信女儿的说辞："说实话，是不是吵架了？"

春晓说："没、没有啊！他就这习惯，爱睡地铺。"

欧阳启泰脸色紧绷："你们结婚有两个月了吧？你知道我和你母亲在想什么吗？"春晓看着父亲。"我们想抱外孙！"

欧阳夫人说："对对，你们也该要孩子了。"

春晓一慌："我、我不想这么早就要孩子。"

欧阳夫人说："为什么？不孝有三，无后为大。我和你爸都这把年纪了，还要等到什么时候？"

春晓心里五味杂陈，一下来了脾气："我就不想，我还有工作要做！"

欧阳启泰说："什么工作？不就是共产党的那点事儿吗！我早看出来了，两个人成天跑跑颠颠、喊喊叫叫，哪像过日子的一对夫妻？"又指着地铺，"看看，这像什么样子，传出去我都没脸！现在既然回来了，你就老老实实给我在家待着，不许再跟共产党有任何来往。否则，我、我就不再认你这个女儿！"欧阳启泰转身走出。

春晓感到一阵发懵……

夜里，春晓趁父母已睡，悄悄溜出房门。

用人发现了她，她给用人做了个不准讲出去的手势，跑进了茫茫夜色。

一间隐蔽的小屋，一盏汽灯的亮光照着麦秋实、古大章、区达铭、梦苏、春晓等人的脸庞。区达铭以领导者的口吻说："麦秋实同志从香港返回后，几天来一直冒着危险奔波在大街小巷，寻找与组织失散的同志。尤其令人高兴的是，古大章同志与我们会合了！"区达铭伸手与古大章握了握。

麦秋实说："广州起义失败后的白色恐怖，对基层组织的破坏很大，有些同志牺牲，有些被敌人抓走，还有一些至今联系不上。我们要想方设法尽快找到他们，把各级组织恢复起来，树立革命信心，同敌人展开斗争！"

春晓说："有陈桂的消息吗？"没人言语。麦秋实摇摇头。

梦苏神情忧郁地说："该去的地方我都去打听过了，谁也不知道她的下落。我真担心，她会不会真的——"

古大章说："别急，再找找看。听说了女兵班在天字码头全体牺牲的消息后，我也一直在找她，我甚至托人在尸体堆里都看过了，也没有。这就说明她可能还活着，要么逃了出去，要么被敌人抓了。不管怎样，我们一定要找到她！"

梦苏一把拉住古大章："一定要找到陈桂呀，只要她能活着回来，我宁愿替她去死！"

区达铭用手中的钢笔敲了几下桌子："革命不能感情用事，要振作起来！即使陈桂同志牺牲了，那也是光荣的。"

春晓冲着区达铭说："你才牺牲了呢，说这种晦气的话！"

麦秋实急忙制止她："春晓，你怎么跟领导说话的！"春晓不屑地哼了一声，扭过脸去。

区达铭无奈地摇摇头："下面，说说我这边的情况。我已经向新的广州市委建议，立即动员一切力量，秘密发动工人、学生和市民，准备开展"春骚行动"！所谓"春骚行动"，就是在马上就要到来的春季，以革命的名义来一次骚动，向敌人发起全面进攻！"

麦秋实惊讶地说："老区，这我不同意。起义失败已经给我们造成了很大的损失，眼下要紧的是如何恢复和保存革命力量，而不宜再在广州这样的大城市搞冒险行动。"

古大章说："老区，我跟秋实想法一样。"

区达铭说："你们这是给吓怕了，消极了！坚持攻打和占领大城市，是共产国际为我们确立的方针，中央也一再强调"先发制人，积极进攻"。反对"春骚行动"，就是与中央的意图背道而驰！"

麦秋实被区达铭这番言词压得说不出话来，与古大章互相看着，突然伸出手去："给我根烟抽。"

古大章第一个从小屋出来，左右看看，迅速上了一辆人力车。接着是区达铭、梦苏走出，麦秋实随后。

麦秋实见梦苏和区达铭落着一段距离，跨前几步与梦苏并肩。麦秋实低声地说："那把扇子，找个时间我还给你。"

梦苏说："不必了，那是我还给你的！"

麦秋实说："我们还是再谈一谈。"

梦苏快步上前，挽住了区达铭的胳膊，两人在麦秋实的注视下消失在小巷深处。

春晓走上来，也挽起了麦秋实的胳膊。春晓嘴角显出一丝暗喜："我都看出来了，梦苏对你是彻底死了心了，你也就别抱幻想了，我们好好过吧。"麦秋实欲说什么，却猛地一串咳嗽。春晓给麦秋实捶着后背说，"看看，不会抽烟，非要抽，呛着了吧？"

麦秋实看看周围，严肃地说："春晓，你是知道的，咱俩是革命工作关系，不可胡思乱想。"

春晓说："你那才叫胡思乱想呢！什么'革命工作'？谁都知道我是你的太太，我不想再过这种有名无实的日子了！"

麦秋实说："春晓，你、你今天怎么啦？"

春晓眼泪哗哗地流下，说："我父母发现你睡的地铺了，他们已经在怀疑我和你的关系。我父亲要我尽快给他生个外孙，还要我以后老老实实在家待着，不许再参加革命活动，否则，他就不再认我这个女儿了。"

麦秋实停下脚步，转身看着春晓说："对不起，委屈你了。可你应该了解我，不管是革命工作还是个人感情，我都有自己的原则，不会随意改变。当然，我也不愿看到你在父母的压力下放弃革命理想，离开党的队伍。春晓，说真的，我也很矛盾！"

春晓说："你说些什么呀，绕来绕去，我知道你在等梦苏，只要梦苏愿意，我能接受你跟她好，可人家就是不理你，那你为什么就不愿回到我身边？我的家庭、学识、相貌哪一点不如梦苏？你这样对我太不公平，太不公平了！"

春晓说着扑在麦秋实胸前，用手击打着他的肩膀。

麦秋实木然地仰望着茫茫夜空。

一家妇科诊所门前，广告牌上写着"妇科疾病，终止妊娠"等字样。梦苏扶着门前一棵小树，一阵干呕。梦苏在诊所门口痛苦地徘徊着。过了一会，她终于咬了咬牙跨进诊所大门。

一位中年女医生埋头写着什么，梦苏在她对面坐下。

女医生头也不抬地说："哪里不舒服？"

梦苏迟疑片刻："请问，要是怀了孕，会有什么症状？"

女医生说："呕吐吗？"

梦苏说："嗯。"

女医生说："想吃酸菜吗？"

梦苏说："想。"

女医生说："那你很可能怀上了。稍等一下，我给你做个检查。"

女医生写完东西，抓起听诊器站起，惊愕地发现梦苏已经从凳子上滑坐在地上，昏了过去。

从诊所回来以后，梦苏尝试了各种她能想到的打胎土办法：用一条布带使劲缠裹着自己的腹部、在屋里用力地蹦跳、大口大口地喝黑乎乎的汤药……然而这一切都无济于事。梦苏摸着自己一天天大起来的肚子，满脸的无助与绝望。猛地，她发狠地抓起桌上她和区达铭的"结婚照"，使劲摔在地上。

第十五章

归途难觅

梦苏绝望地抓起桌上她和区达铭的"结婚照"，狠狠摔在地上，扑到床上失声痛哭。

　　春晓推门进来。"梦苏，你这是怎么啦？"

　　梦苏说："出去，出去，别管我……"

　　春晓说："陈桂到现在还了无音信，姐妹仨就剩下咱俩，我不管你谁管你。是不是那个姓区的欺负你了？"

　　梦苏哭得更加厉害："你别跟我提他！

　　春晓捡起地上的结婚照："我知道了，肯定是他做了对不起你的事。别看他是咱们的领导，可他这副面相，我早就看着不顺眼。"

　　梦苏说："春晓——"梦苏紧紧抱住春晓说："我没有办法了，你帮帮我吧……"

　　春晓被梦苏这突如其来的举动吓了一跳，说："别怕，告诉我，究竟发生了什么事？"

　　梦苏欲说又说不出口，一个劲地摇头。

　　春晓说："哎呀，急死我了，你快说呀！"

　　梦苏推开春晓，扶住床头干呕起来。

　　春晓急忙拿过脸盆："看看，脸都白了，哪儿不舒服？"

　　梦苏止住干呕，双手捂着腹部，哀怜地看着春晓："怎么办啊春晓，我、我没脸见人了……"

　　春晓盯着梦苏的腹部，突然明白过来："你——是不是怀孕了？"

　　梦苏哭了起来："区达铭那个畜生——"

　　春晓说："他——对你——来真的了！"

宏济医院，屏风后面，梦苏正在接受一位女大夫的检查，春晓在旁边等候。检查完毕，女大夫坐下填写病历。

春晓说："大夫，什么情况？"

女大夫边写边说："恭喜你们，胎儿发育正常。

春晓说："胎儿？她真的怀上了？"女大夫抬头，奇怪地看了春晓一眼。

梦苏从屏风后面走出。春晓把梦苏拉到一边："你想好了？"

梦苏坚定第点点头。春晓说："好，我支持你！"她转身对女医生说，"大夫，我们想请你把这个孩子做掉。"

女医生满脸惊诧："什么？把孩子做掉？"

春晓说："对，也就是堕，堕胎。"

女医生看着梦苏："这是你本人的意思？"

梦苏说："是的。"

女医生说："孩子父亲的意见呢？"

梦苏沉默片刻说道："他——没有父亲。"

"没有父亲？那孩子是从哪儿来的？"女医生反感地把手中的笔往桌上一拍。

春晓说："大夫，是这样的，这孩子是、是违反她本人意志的产物，所以……"

女医生显出歧视的目光："哦，明白了。既然想摘掉这颗苦果，当初何不检点一些！"

春晓火气噌地冒了上来，一拍桌子喊道："你说谁不检点啦？这是你医生说的话吗！"

梦苏受到羞辱，背身抹泪。

"凶什么呀？这个胎儿太大了，我们医院做不了！"女医生起身欲走。

春晓说："你别走！我看你是存心刁难我们。告诉你，今天做也得做，不做也得做！"春晓双手叉腰，摆出一副誓不罢休的样子。

女医生说："你、你想干什么？"

梦苏拉开春晓："算了吧，我们到别处去吧。"

潘卓南听见吵闹，推门进来。"怎么回事？"

女医生说："院长，她们两个非要堕胎，可胎儿已经很大……"

春晓一下认出了潘卓南："潘医生——"

潘卓南一怔："春晓？"女医生见状尴尬地匆匆跑出。

春晓指着梦苏："潘医生，你看她是谁？"

梦苏忙打招呼："潘医生——"

潘卓南说："沈梦苏，沈小姐！"梦苏羞愧而痛苦地低下头……

梦苏和春晓坐在潘卓南的办公室椅子上，等候潘卓南。春晓打量着办公室："真没想到，潘卓南鸟枪换炮，从一个小小的私人诊所发展成了这么大的私家医院，真了不起！"

梦苏说："你说，这次他会帮我们吗？"

"不是帮'我们'，是帮你，我又没有……"春晓见梦苏脸色骤变，急忙道歉，"啊，对不起，对不起，伤害你了。"她搂住梦苏的双肩，"放心，这个潘院长肯定会帮我们的。沙面罢工时，我父亲病在岛上，没有哪个医生敢去被层层围困的沙面，还是你请的他，他就去了，现在想起来挺让人感动；再说，他妹妹卓梅还是我们的同学呢，他能不给面子？"她忽然发现书柜上有潘卓南的照片，情不自禁地走过去拿起，"呵，照出相来人更帅啊！"

梦苏说："春晓，你动人家照片干什么。"

门外脚步声，春晓急忙将照片放回。

潘卓南进来，手上拿着诊断单。"复查结果出来了。"

春晓说："怎么样？"

潘卓南看看梦苏说道："胎儿确实已经很大了，不能做流产手术。"

梦苏一下着急起来："不，我要做，一定要做。潘医生，求求你了。"

春晓说："潘院长，这事对梦苏的压力太大了，你想想办法吧。"

潘卓南说："很抱歉，以我这里的技术条件，无法安全地实施手术，否则会有生命危险。"

春晓看着梦苏，梦苏坐下就哭。

春晓说："潘院长，我虽然不懂医术，但不就是堕胎吗，能难到哪儿去？你是不是碍于和区达铭的关系，才不想给她做？"

潘卓南说："区达铭是谁？我跟他素不相识，何谈关系？这是科学，科学是草率不得的。"

梦苏抬起泪眼："潘医生，那你能不能介绍一家别的医院？"

潘卓南说："你这样的情况，到哪个医院去都一样，不能冒险。我看，你们还是回去吧，好好休养，把孩子生下来。不管是谁造的孽，也是一条生命啊。"

春晓气咻咻一把拉起梦苏："我们走！"梦苏甩开春晓的手，向外跑去。春晓说："哎，别跑！"回头对潘卓南说，"什么医院啊，连这点问题都解决不了！"说完朝梦苏追去。

潘卓南看着她俩的背影，苦笑着摇头。

梦苏一路狂奔，像是决心要将肚子里的东西颠落下来。春晓在后面紧追不舍……

傍晚，梦苏躺在床上，春晓给她头上敷着毛巾。"看看，出了那么多汗，风一吹，着凉了吧？没想到你跑得比兔子还快，在坤雅女师时上体育课，你也没跑这么快呀！"

梦苏说："春晓，我、我不想活了，我要跳荔湾湖。"

春晓一愣："屁话！一年前是我跳湖不想活了，你们把我捞上来，骂我没出息，现在又是你说这种话，你也没出息啊？想想看，这一年来参加革命的经历，死人堆都爬过了，肚子里的这点事还扛不过去啊？"

梦苏说："春晓，道理我都懂，可就是心里像压着一块石头，压得我喘不过气来。"

春晓说："这我能理解，当初听说你和秋实要结婚了，我不是也跳——"春晓意识到不妥，急忙收口。

梦苏说："春晓，以前的事，我们都忘掉吧。我看你那么喜欢秋实，就别再顾忌我了，我跟他是不可能的，现在我都这样了，就更没这个可能了，你就跟他——好吧。"

春晓说："你这么高风亮节有什么用啊？我为了他阻挠过你，嫉恨过你，还差点沉到荔湾湖底喂了鱼，可他就是一副铁石心肠，无论你用多大的烈火去烧，都融化不了他，他心里只有你。唉，他要是个女人，都该立贞节牌坊了。"

梦苏拉住春晓的手，认真地说："春晓，你把我这件事告诉他吧。"

春晓说："让他对你彻底死心？"

梦苏点点头。

春晓说："我实在不明白，你是想成全我呢，还是真的不爱他了？"

梦苏说："男女之爱，于我如同黛玉葬花，已经深深地埋入泥土了。"

春晓说："你想一辈子做尼姑啊？这不可能。有位哲人说过，时间是疗伤的最好药剂，等过上一段，你会好起来的。"

梦苏眼角滚下一串泪水："春晓，你陪我一天了，回去吧。"

春晓摇摇头："我要等他回来！"

梦苏说："等他？"

春晓说："我对你说过的，他要敢欺负你，我绝饶不了他！"

说曹操，曹操就到了——区达铭兴冲冲地推门进来。区达铭抱着一堆纸袋，进门就说："梦苏，你看我给你买什么了——你爱吃的烧鹅、麻团、老婆饼……"区达铭见梦苏躺在床上，春晓满脸怒气，一下怔住了。

春晓说："你出来一下！"

区达铭放下纸袋，迷惑地跟春晓走出房间。"出什么事了？"

春晓说："区达铭，你还是市委的领导呢，没想到竟这么龌龊，居然对梦苏下手！"

区达铭马上明白了是怎么回事，但依然装傻："怎、怎么啦？"

春晓说："怎么啦？梦苏的肚子里有了！"

区达铭低头沉默了一会："这是我们的私生活，你就不要管了。"转身就要进屋。

"等等！"春晓走到区达铭面前，"我和梦苏是什么关系？出了这事我当然要管！"

区达铭说："你想怎么样？"

"你不是老爱说'以革命的名义'吗？现在我代表梦苏，以革命的名义惩罚你！"春晓说着啪地打了区达铭一记耳光。

区达铭捂着脸："你——"

春晓转身走去。

挂了个巴掌印在脸上，区达铭也没觉得有什么丢人。梦苏肚子里打孩子冲散了他所有的不愉快。他欣喜而又殷勤地关怀着梦苏。区达铭小心翼翼地靠近床边，像摸豆腐一样轻轻碰了碰梦苏的额头。"是有点发烧，得给你弄些药来。哦，不行，怀孕期间不能吃药。来，吃点我给你买的东西吧，补补身子。"说完又情不自禁"嘿嘿嘿"笑了起来。

区达铭一脸兴奋地拿过纸袋里的食品要喂给梦苏。梦苏挥手将食品打落："你走开！"

区达铭愣怔片刻："梦苏，就算我有错，春晓刚才已经打过我一耳光了。我区达铭在革命队伍里好歹也是个有身份的人，让你的朋友这样打脸，还不够吗？"

梦苏扯过被子将头蒙住。

区达铭继续表白："我承认我做错了，可我真的是爱你的呀！既然已经有了，说明我们还是有缘分的，那就顺其自然吧，把他看成是上天对我们的恩赐，将来革命还多一分力量呢。"

梦苏呼地掀开被子坐起，愤怒而又厌恶地朝区达铭吼道："你滚！滚出去！"

区达铭吓得后退了几步。

欧阳启泰坐在沙发上正在看报。麦秋实和春晓进来。"爸，我们回来了。"

欧阳启泰头也不抬地说："我这里不是马车店，如果想睡地铺，就请找一家马车店去！"他说罢起身上了二楼。

春晓与麦秋实面面相觑。

春晓和麦秋实走进房间，两人都是一愣，只见地铺被收起来了，而春晓原来那张单人床铺换成了一张大大的双人床，他们的"结婚照"醒目地挂在墙的中央，屋子完全被布置成了一间婚房。

麦秋实看着春晓说："是你？"春晓摇摇头说："他们。"

麦秋实和春晓缓缓漫步在荔湾湖边。

麦秋实说："春晓，你约我出来，我感觉你有什么事要说？"

春晓停住，望着脚下的湖面："你还记得这个地方吗？"

麦秋实眼前浮现出春晓当初在此跳湖的情景。"那还能忘了？"

春晓说："现在，另一个人也说她要跳湖，不想活了。"

麦秋实诧异地看着春晓："谁？"

第十五章 归途难觅

春晓说："梦苏。"

麦秋实一惊："为什么？"

春晓说："因为——有人让她怀上了孩子。"

麦秋实说："啊，谁？"

春晓说："还能是谁，区达铭。"

麦秋实说："这、这是真的？"

春晓说："她想做掉，我陪她跑了一天医院，可是太晚了。"

麦秋实如五雷轰顶，愣怔片刻，转身跑去。

春晓说："喂，你回来！"

麦秋实停下。春晓追上说："你干什么去？不管怎样，人家毕竟是'夫妻'关系，你干涉得了吗？"

麦秋实愣怔着，眼前闪过一幕幕梦苏有意躲避和拒绝自己的画面，终于明白了梦苏这段时间为什么对自己的态度如此反常。

春晓说："梦苏也就是一时想不开，我了解她，过一阵就会好起来的。"她靠近麦秋实，显出少有的温柔，"我知道你心里只有她，可她对你的心早已死了，否则我欧阳春晓就会成全你们。"她把头贴在麦秋实胸前，"你们男人啊，越是容易得到的越不珍惜，越是得不到的反而想要得到。"

麦秋实呆呆地伫立着。

麦秋实还没完全缓过劲来，焦灼不安地在房间里来回走动。

春晓端着一只盛满热水的铜盆进来："来，烫烫脚，解解乏。"她将麦秋实按在床边，蹲下为他脱掉鞋袜。

麦秋实说："好了，我自己来。"

"别动，让我尽一尽'妻子'的责任吧。"春晓含情脉脉地看了麦秋实一下，把他的双脚放进铜盆。

麦秋实愣怔地看着春晓，心里不禁涌出一股暖意。

春晓娇嗔地说："看看，多久没洗了，一下去水都染黑了。"

麦秋实低头看着春晓，眼前浮现出梦苏与春晓交替出现的幻影，慢慢地他情不自禁地用手抚摸着春晓的头发。麦秋实的这一举动，让春晓有一种触电的感觉，她缓缓抬起头来，与麦秋实久久对视着，激动得难以自制。

猛地，春晓站起，搂住麦秋实倒在床上。铜盆被碰翻了，溢出的水在地上流淌……这一夜麦秋实和春晓睡在了一张床上。

春晓并没有睡着，她轻轻抬起身子，接着窗外透进来的月光看着熟睡中的麦秋实，脸上现出满足、幸福的笑靥。

其实麦秋实并没有睡着，待春晓躺下后他微微睁开了双眼，心中无比惆怅……

街头，区达铭正在慷慨激昂地向群众演讲。"同胞们，劳工兄弟们，这就是我要讲的'春骚行动'。让我们以革命的名义，在这个腥风血雨的春天里，振作起来，团结起来，行动起来！通过集会、演讲、散发传单等一切革命手段，向我们的敌人宣战，向白色恐怖宣战！"

人群中爆发出掌声。有人将传单撒向天空。区达铭在几名同志的簇拥下，快速离去。

两名便衣特务混在人群当中，他们交换了一下眼色，远远地尾随在区达铭身后。

春晓像变了个人似的，满脸幸福地哼着小调，拎一件漂亮的旗袍照着镜子。为了麦秋实，她想把自己打扮得更漂亮。

麦秋实从外面进来，也不说话，匆匆更换衣服。

春晓好想让麦秋实看看自己，见状纳闷地问："出什么事了？"

麦秋实说："那个区达铭，在街上向群众公开宣讲他的'春骚行动'，一定会引起敌人密探的注意。这太危险了，我找市委领导去，得制止他！"

春晓说："那我陪你去。"

麦秋实想了想说："好吧。"

小巷里，麦秋实和春晓并排坐在一辆人力车上。春晓的穿着佩饰宛如新娘，脸上洋溢着喜气；麦秋实则一边警惕地注意着左右，一边想着心事。

春晓侧脸看看麦秋实，挽住他的胳膊。麦秋实把手搭在春晓的手上，情不自禁地轻轻叫道："梦苏——"

春晓以为自己听错了："你叫我什么？"

麦秋实这才意识到自己叫错了："噢，对不起，对不起。"

春晓一下甩开麦秋实的手，捂脸哭泣起来。

麦秋实窘迫地说："春晓，我——"

春晓说："都现在了，你心里还放不下她。"她欠身朝车夫喊道，"停，停下！"

人力车还没有停稳，春晓就跳下了车，哭着往回跑去。麦秋实也跳下车，望着春晓的背影，自责地摇头……

街上，区达铭匆匆行走。与他同行的两名劳工模样的人边走边往街道两旁的树干上张贴传单。

两个便衣特务一直尾随着他们。

麦秋实正在市委机关联络点向一名领导汇报。麦秋实说："情况就是这样，我建议立即停止'春骚行动'的街头鼓动，并通知他马上转移住址。"

领导说："你的建议很好，通知他立即转移！"

"还有一个消息，需要向组织汇报。我真正的爱人沈梦苏，现在已经怀上了区达铭的孩子。她的身体现在处于非常时期，希望领导对梦苏下一步的任务分派，能尽可能适应她的身体状况，就算是我麦秋实对党的一点小小的请求。"

领导意味深长地看了麦秋实一眼。"秋实啊，我们为了革命，的确是要付出牺牲的。我体谅你的难处，也会见机行事。唉！在革命胜利之前，就让我们一起忍耐吧。不然的话，迄今为止同志们所有的努力，都会付诸东流的。老区这件事的确做得太不光彩，但是现阶段，党组织需要老区这样的人才。为了革命的胜利，暂且忍一忍吧。"

领导说着抓过帽子戴上，疾步走出了大门。

春晓搀扶着体态已显笨拙的梦苏一步一步走上台阶。春晓说："你说我这图的什么呀？终于跟他成为真夫妻了，他却抓着我的手叫你的名字，那一刻，我死的心都有；而你这儿呢，还得我来操心。我自从认识你后，怎么就这么倒霉？"

梦苏站住看着春晓："你不该半道上扔下他跑回家，这样会让他处于危险之中。"

春晓说："谁让他那样伤害我呢！为了革命，我把爱情、把婚姻都搭上了，够对得起他了。不过，惩罚他一下也好，不然，我不知会对他痴情到什么时候。"

梦苏嗅出了春晓话中的味道，不知说什么好。

春晓说："进去吧，再晚医生下班了。"

两人走进院门。

在梦苏检查的时候，春晓来到潘卓南的办公室，与潘隔桌而坐，聊得投机。"你和潘如梅比起来，还真有点儿像，只是你妹妹的秀气，你帅气。身份、才华、相貌，都让你占全了，我估计凡是女孩子一见准得迷倒。"

潘卓南被春晓大胆直率的赞美说得美滋滋的，说："哪里，哪里，你过奖了。其实我很自卑的，在这个乱世出英雄的年代，做医生的算什么，默默无闻，平平淡淡，除了前来就诊的患者，哪个女孩子会对我们这种人感兴趣啊？不然，我也不会到现在还是个'王老五'。"

春晓说："啊？你到现在还单身啊？这也太浪费资源了。我要是没有成家，一定把你追到手！"

潘卓南说："冒昧地问一下，欧阳小姐已经结婚成家了？"

春晓迟疑片刻："算是吧。"

潘卓南已经洞悉到春晓内心，淡淡一笑："你先生真是个有福气的人，像你这样的女孩，一看就是大家闺秀，漂亮、大方不说，还富有爱心。"

春晓说："潘先生可真会讨人喜欢，我长这么大还从来没人这样夸奖过呢。一个人有没有爱心你也能看得出来？"

潘卓南说："那当然！你看你，陪着梦苏来这里检查，这是第三次了吧？她先生、她家人都没来陪过，可你如此关心她、照顾她，这不是爱心是什么呢？"

春晓说："我就是个瞎操心的命，她这两天肚子疼得厉害，不逼着她来做检查，万一出了事怎么办？唉，谁让我跟她成了姐妹，又是坤雅女师的同学。哎，如梅从坤雅毕业后去了法国留学，现在情况怎么样？"

潘卓南说："还好。下次写信，我会把我们见面的事告诉她。"

春晓说："一定代我向你妹妹问好，说我很想念她这个老同学。"

潘卓南连连点头："一定，一定。"

梦苏已经检查完毕，和女医生进来。

女医生说："院长，没什么大问题，可能是活动太多了，动了胎气。"

潘卓南说："好，去吧。"

梦苏对女医生说："谢谢！"女医生退出。

潘卓南对梦苏说："我给你开些药。回去一定要注意休息，这段时间不能走动太多，不能干重活，不能生气。"潘卓南坐下填写药方。

春晓说："听到了吗？如果再不按潘医生说的去做，我可就不管你了！"

黄昏，一辆满载军警的卡车和一辆囚车风驰电掣，驰到小巷入口处停下；袁昌从卡车副驾驶位置下车，便衣队长从小巷里跑出来向他报告。"袁主任，人刚回来，就在楼里。"

袁昌说："那个叫沈梦苏的女人呢？"

便衣队长说："还没有回来。要不要等她回来再一起动手？"

袁昌略一思索："夜长梦多，抓住一个是一个，动手！"

便衣队长一挥手，卡车上全副武装的军警纷纷跳下车冲进小巷。

从潘卓南那儿出来，显得有些兴奋的春晓送着神情忧郁的梦苏，回到了梦苏的住处。一拐进小巷，两人都吃了一惊，巷口还聚集了一大群民众，一辆囚车停在巷口，荷枪实弹的军警包围了梦苏居住的小楼。

春晓反应快，急忙拉梦苏躲进围观的人群。

不一会儿，区达铭被军警和便衣特务从楼里押出，推上了囚车。梦苏和春晓发现，在现场指挥的竟是袁昌。

梦苏差点叫出声来："啊，他……"春晓急忙捂住梦苏的嘴。

囚车呼啸而去。

国民党广州卫戍司令部司令的瞿之要坐在办公桌前正在批阅文件。袁昌在门口喊了声报告，进门，敬礼，腰板笔直地站立。

瞿之要拿起那份文件："捕获区达铭的报告我看过了，很好！自从共产党广州暴动失败后，他们就转到了地下；在他们刚刚缓过气来，正要大搞什么'春骚行动'之际，打掉他的头目，非常及时，非常重要。"他起身，"袁昌啊，我从黄埔军校到广州卫戍司令部任职，第一个就把你带过来，为什么？因为我需要你，你思考问题的缜密和对工作的一丝不苟，在我的黄埔学生中没有几个人能比。"

袁昌再次敬礼："谢谢老师栽培！"

瞿之要摆手示意袁昌坐下："你果然没有让我失望，这么快就捕获了共党广州市委的领导人区达铭。接下来只要撬开区达铭的嘴，隐藏在广州的共党分子将会被我们一网打尽！那时候，你可就功莫大焉，我这老师脸上也有光啊。"

袁昌说："请老师放心，我已经做了严密部署，力争在短期内全部破获隐藏在广州的共党组织。至于区达铭，我将亲自审讯，我有办法叫他开口！"

瞿之要拍着袁昌的肩膀："好，我等着你的好消息！"

逸轩书店位于一排骑楼的中间，门脸看上去很不起眼。

一辆有轨电车停下，化了装的梦苏下了电车，跟着一位中年男子走进书店。书店的一楼为售书厅，二楼是一间阁楼。孙老板领着梦苏沿着狭窄的木梯上到阁楼。阁楼里有一张小床，里面低矮幽暗，从天窗射进来的一缕白光分外刺眼。

孙老板对梦苏说："你就住这儿吧。"

梦苏由于身孕，爬楼梯累得只顾喘气。

孙老板说："把你转移到这里是组织的决定。在这里，一切都要听我的。"

梦苏点了点头："区达铭现在的情况怎么样？"

孙老板说："现在一点消息都没有。"

梦苏又问："麦秋实和春晓他们呢？"

"你就不要多问了，有什么事组织上会派人跟你联系。"孙老板说完走下楼去。

梦苏慢慢在床边坐下，满脸惆怅。

卫戍司令部审讯室，区达铭双手被铁链吊起，便衣队长坐在条凳上，指挥几名特务正在对他用刑。

特务甲已经累得满头大汗："说！你说不说？"

区达铭说："打人算什么本事，你们这些王八蛋……"

特务乙说："你个小赤党还敢骂我们！"朝区达铭又是一顿暴打。

区达铭紧咬牙关不语，样子十分坚强。

特务甲说："他妈的，这是块臭石头啊！

区达铭用微弱的声音骂道："王八蛋……"

区达铭昏迷过去。

便衣队长说："别让他死了！"

特务甲将一桶水浇到区达铭头上……

　　夜晚，逸轩书店阁楼上，孙老板、麦秋实、梦苏等人正在秘密开会。他们围坐的方桌上点着一支蜡烛。

　　孙老板说："据可靠情报，区达铭同志经受住了严刑拷打，没有向敌人吐露党的秘密。"

　　麦秋实说："尽管区达铭同志的被捕是由于他工作上的失误造成的，但是在关键时候，区达铭同志表现出了对党的忠诚和勇敢。组织上决定，在吸取深刻教训的同时，要立即对区达铭同志实施营救，营救行动由我负责，我会制定出一个详细计划，挑选一些同志参加营救小组。"

　　党员甲说："我请求参加！"

　　党员乙说："我也参加！"

　　梦苏出人意料地说："还有我，我要参加。"

　　麦秋实说："你？你怎么行！"

　　梦苏愧疚而难过地说："偏偏那天我去了医院，我没有尽到责任，没有掩护好他。"

　　麦秋实说："这不是你的责任。区达铭被捕后，敌人在到处找你，你的处境也很危险。加上你现在的身体情况，一定不要外出。"

　　孙老板对梦苏说："这个书店是备用联络点，以前没有用过，除了区达铭同志外，没有别的人知道，你躲在这里应该说比较安全。"

　　麦秋实问："区达铭同志知道这里？"

　　孙老板说："这个联络点由他直接领导。"

　　麦秋实若有所思。梦苏突然看着麦秋实："春晓现在怎么样？"

麦秋实说："噢，还好。自从那天她亲眼看见区达铭被抓走后，就不多说话，也很少出门，一直都待在家里。"

梦苏避开麦秋实的目光转过脸去。

卫戍司令部袁昌的办公室门上钉着标牌："特工部主任。"

便衣队长推门进去。"主任，你找我？"

袁昌低头正写着什么："区达铭招了吗？"

便衣队长说："还没有。"

袁昌一下抬起头来："怎么回事！"

便衣队长说："这家伙死硬，各种刑罚都用遍了，就是不招，嘴上还骂骂咧咧的。"

袁昌说："有他老婆沈梦苏的线索了吗？"

便衣队长说："我们正在全力查找！"

袁昌站起来回走了几步，抓起帽子戴上："走，我去看看！"

审讯室里，区达铭被带到袁昌面前。袁昌说："达铭兄，让你受苦了。请坐。"

区达铭没有去坐袁昌指的那张凳子，却傲慢地在另一张凳子上坐下。

袁昌说："达铭兄，你——"

区达铭说："请你别跟我称兄道弟！"

袁昌说："这么大的火气啊！听我的手下说，你很不配合？"

区达铭说："你以为你亲自出马，我就配合了？"

袁昌说："这点面子，你不想给我？"

区达铭说："哼，既然你们已经知道我是共产党的高级干部，就应该有同样身份的人来见我，你一个小小的卫戍司令部特工部主任算什么？也配跟我谈？"

袁昌说："没想到区先生会如此计较身份。我觉得我这个特工部主任就很不小了，而你，已成为阶下囚，还有什么身份可言？"

区达铭说："那你就试试吧，看你能不能把我这个阶下囚的嘴撬开！"

袁昌说："这么说，区先生是准备以身殉职了？"

区达铭说："我既然到了你们手里，就没打算活着出去。"

袁昌说："气节！有气节！"袁昌拿出香烟给区达铭，区达铭扭过脸去。袁昌说："哦，你不抽烟。"自己将烟点上，"其实你误会了，我今天来，并非要你招什么供，就是想看看你，跟老朋友聊一聊，叙叙旧。"

区达铭说："跟我叙旧？恐怕是黄鼠狼想给鸡拜年吧。"

气氛很尴尬。袁昌并不介意，说："看你想到哪儿去了？我们现在虽然是对手，但我这个人还是很讲人情道义的，不会难为你、非要你交代自己的同志和从事了哪些活动。我真的就想跟你聊聊，知道为什么吗？"

区达铭轻蔑地看了袁昌一眼。

袁昌说："因为，你曾经是我袁昌的老师。"

区达铭说："我有过你这个学生？"

袁昌说："有！我过去多次听过你的演讲，你讲马克思和列宁，讲俄国的十月革命，讲共产党的主张，很有气派，很有吸引力！记得你最爱说的两句话是——'以革命的名义'和'列宁同志说'。"

区达铭有点得意地说："这两句话是我——一个革命者的常用语，至今我还在说！"

袁昌说："你的演讲使我很受鼓舞，我就是受了你，还有其他共产党人的影响，才参加了革命。你说，你算不算我的老师？"

区达铭说："可笑，我怎么会是你这种人的老师？我的学生怎么会成为镇压革命的反动分子！"

袁昌一笑："国民党也好，共产党也好，都把自己说成革命者，而把对方说成是反动派。其实，谁革命？谁反动？在我看来，差别就在于'主义'不同而已。比如我袁昌，后来之所以没有跟老师站在同一个阵营，也就是因为这一点，因为在'主义'、在信仰上产生了分歧。"

区达铭说："你就别跟我谈这些了。列宁同志说过，任何主义，只要是背离了人的良知和社会道德，终将会被历史抛弃。"他指着自己身上的斑斑伤痕，"请问你们如此残酷地对待我们共产党人，有人的良知吗？有社会道德吗？"

袁昌说："这都怨我，这都怨我，怨我没有给手下交代清楚。不过，也请区先生理解，两党之争，必有一伤，假如我到了你们手上，恐怕也好不到哪儿去吧？"

区达铭说："不会！我们做不出这等事来，尤其是对一个女人！"

袁昌一愣："女人？什么意思？"

区达铭说："哼，装糊涂！我妻子沈梦苏，是不是也被你们抓了？"

袁昌说："这个，这个是军事机密，我现在还不能告诉你。"

区达铭说："袁昌，看在过去你把我当作老师的份上，如果梦苏被你们抓了，千万千万不能像对我一样对她用刑啊！"

袁昌说："噢？你这么关心她，可据我所知，你们的关系不怎么样啊！"

区达铭说："我们夫妻关系很好！我死不足惜，我现在最放心不下的就是她，她肚里正怀着我的孩子啊！"

袁昌暗吃一惊，问："沈梦苏她——当真怀上你的孩子了？"

区达铭说："应该快生了。袁昌，你们一定要善待她，我就求你这一件事！"

袁昌转过身去，他对梦苏怀上孩子这事很是揪心。

回到办公室，袁昌对便衣队长说："要拿下这个区达铭，沈梦苏就是突破口。所以，你们便衣队要竭尽全力，尽快抓到沈梦苏！"

便衣队长说："是！"

袁昌慢慢吐出一口烟雾，阴沉而狡黠地说："当然，我也在想办法。"

牢房里，区达铭像头困兽，在狭小、阴暗的牢房里来回走动。突然，区达铭拍打着铁门，狂躁地、语无伦次地喊道："来人啊，来人！人都到哪儿去了？你们都死光了吗？这么多天了为什么不来提审我？你们是不是把我遗忘了？你们是在用这种办法折磨我吗……你们是胆小鬼，征服不了我，就躲着我。来呀，来杀了我吧，你们有种就来呀……"

他的呐喊没有反应，周围仍是一片寂静。

区达铭失望地哭笑起来："袁昌，你他妈跟我玩这个！"

欧阳启泰家，麦秋实正要外出，春晓走了进来。"又要出去啊？"麦秋实点了下头。春晓说："你能不能安安稳稳地在家待上两天，也好让我父母看着我们像过日子的样子。"

麦秋实说："组织上要我负责营救区达铭的工作，我哪能在家待得住呢？"

春晓说："营救？怎么个营救法？"

麦秋实说："正在考虑方案，还没有最后确定。"

春晓说："那我今天跟你一起出去，好几次都没有陪你了。"

麦秋实说："算了吧，外面太乱……"

春晓说："我还想看看梦苏呢，我想她了。"

麦秋实说："那你父亲——"

春晓说："他现在不在家。"春晓说着赶紧换衣服。

麦秋实和春晓挽着手刚从内宅出来，一辆黑色小轿车驶进院子。春晓想躲已经来不及了。欧阳启泰从车上走下来。

欧阳启泰根本不看他们，问："干什么去？"

春晓说："爸爸，我陪……"

欧阳启泰不等春晓说话，严厉地说："回去！"欧阳启泰径直进屋。

春晓已经没有了以前的任性和倔强，无奈地看着麦秋实。麦秋实说："你回去吧，别让他们生气。"

春晓说："那你小心点。"麦秋实点点头，大步走去。

牢房里，区达铭还是那样拍打着铁门吼叫："有人吗，来人啊……"终于，区达铭听见了脚步声。

老狱警阿贵颠着碎步跑了过来。"你又在喊，他们说你这么喊了好几天了。"

区达铭说："既然听见我喊，你们当官的为什么不来！"

阿贵："长官们来不来，我们做狱卒的哪知道啊。"

区达铭说："你——我怎么没有见过？"

阿贵说话不像狱警，倒像是个和蔼、厚道的大叔："我们这些人经常轮换，我是今天刚来的。请问先生有什么事？"

区达铭说："我要见你们长官，最好叫袁昌来！"

阿贵说："袁主任那么大的官，我哪能说上话呀。先生要是有什么生活小事，我能倒还可以帮帮。"

区达铭说："我心里惦记我的太太，你哪能帮得上我！"

阿贵："太太？先生你都这样了，还惦记着太太，真是个好老公啊。"

区达铭焦灼而难过地说："我被抓到这儿后，没有太太的任何消息。她正怀着身孕，算下来应该快生了，可我却不能在身边照顾她，也不知道她现在身体怎么样，我担心她会不会也……"他看了看阿贵，没再说下去。

阿贵说："是啊是啊，老婆快要生了，你却照顾不上她，这是够急人的。可是我能帮你做什么呢？"

区达铭还是保持了一点警觉，朝阿贵挥挥手，转身回到牢房里面。

麦秋实走进逸轩书店，装着翻看书刊。孙老板踱到他身边。麦秋实声音小得只有他们两个才听得见，说："营救小组的人数已经齐了。"

孙老板说："手枪和炸药我也准备好了，你随时可以来取。"

麦秋实说："我还需要再熟悉一下监狱周围的情况。"抬头看了一眼阁楼，"她怎么样？"

孙老板说："肚子疼得厉害，好像是快要生了。"

麦秋实说："我上去看看。"

孙老板摇头说："她交代过，不让你一个人上去。"

麦秋实沉默片刻："那我先去联系一家医院。"

孙老板说："已经联系好了，是一家私人医院。"

麦秋实满腹心思，慢慢把书放回原处。

阿贵提着饭盒来到关押区达铭的牢房门口，将牢门打开："区先生，用饭了。"

区达铭从地铺上爬起。阿贵说："趁热吃吧，别等凉了。"从衣兜掏出一头大蒜，"我从厨房给你偷了一头大蒜，天气热，这地方又不干净，吃点蒜能防止拉肚子。"

区达铭感激地说："谢谢你。"天下之大，吃喝最大。区达铭连蒜皮都不剥，就着饭一阵狼吞虎咽。阿贵在一旁看着。

区达铭吃完饭，喘了一口长气："你怎么称呼？"

阿贵："就叫我阿贵好了。"

区达铭说："阿贵，明天送饭再带一头大蒜来。"

阿贵说："行，行。"

区达铭这才注意到牢门开着："哎，以往都是从门洞把饭递进来的，今天你怎么打开门进来了？"

阿贵说："嗨，你们这种人我见多了，搞政治的，又不是杀人越货的地痞土匪，还能跑了？"

区达铭看着阿贵："好，你这人实在、厚道！"

"谢先生夸奖。"阿贵提上饭盒欲走。

区达铭说："等一等。"阿贵站住。区达铭朝门外瞥了一眼说："我想问一下，这里有没有关押女犯的牢房？"

阿贵说："有一间。"

区达铭情急地说："你知道女犯中有没有一个二十二三岁，正怀着孩子的女人？"

"二十二三岁，还怀着孩子——"阿贵挠着头皮想了想，"她们昨天放风时我看了，好像没有这么个女人。不过，最近抓的女犯太多，这里关的只是一部分，还有一些关在东山那边监狱。"

区达铭说："东山那边监狱有这个女人吗？"

阿贵说："这我就不知道了，我没去过那边。"

区达铭满面愁苦地低下了头。

湾仔粥店，麦秋实坐在靠窗的一张餐桌旁，一边用餐，一边悄悄观察着窗外。从窗口望出去，正好对着监狱大门。围墙上布满了铁丝网。门口有四名哨兵把守，不时有军警和囚车出出进进。

囚犯们正在院内放风，透过大门可以看见他们跑过时的身影。

麦秋实掏出怀表看着时间……

阿贵用一把大扫帚清扫着牢房走廊，区达铭在门栏后面注视着他。当扫到区达铭的号房门口时，区达铭叫住了他。"阿贵。"

阿贵抬起头来："区先生。"

区达铭说："扫地的活儿你也干？以前不都是勤杂工老张干的吗？"

阿贵说："噢，老张师傅今天感冒发烧，我替他。"

区达铭说："你可真是个热心人。"

阿贵说："我要不替他扫，他今天的工钱就没了。都是穷苦出身嘛，帮帮忙，说不上热心。"

区达铭眼睛一亮："你也是穷苦出身？"

阿贵看看周围："要不是穷，谁会出来干这差事？一家老小，就指望我挣这点工钱养活呢。唉，什么世道。"阿贵扫着地走去。

突然，监狱长带两名手下冲向阿贵。

"阿贵！"监狱长大声地呵斥，手里举起一串钥匙，"这是不是你的？"

阿贵慌忙去摸自己的裤带："啊，是、是我的……"

监狱长说："混蛋！牢房门的钥匙你也敢丢，让赤党分子拣去怎么办？你想通匪吗！"

阿贵惶恐地说："长、长官，我不小心掉的，往后再也不会了，再也不会……"

监狱长说："再也不会？"吩咐两个手下，"给他长点记性！"

两名手下前后夹击，对阿贵一顿暴打，直到阿贵满脸是血，倒在地上，监狱长才带人离去。

阿贵在地上发出痛苦的呻吟。区达铭一直在牢房门后朝这边观看。

阿贵来给区达铭送饭。"区先生，吃饭了。"

区达铭趴在门口说："阿贵！"

阿贵说："上司不许我开门进去了，只能从这儿把饭给你。"从门洞递进饭盒，又递进一头大蒜，"蒜。"

区达铭说："谢谢！"他看着阿贵脸上的伤痕，"他们打你，下手可真狠啊。"

阿贵叹口气："一个穷苦出身的小狱卒，在人家手里就是只蚂蚁，想撩死你还不是分分钟的事！"

区达铭说："那你就没有想到反抗？"

阿贵吓了一跳，连连摆手："啊，不不，我一个小喽啰，哪敢反抗人家！不想活啦？"

区达铭说："你可以帮共产党做点事，这也是一种反抗。"

阿贵说："为共产党做事？"

区达铭说："对！共产党是为穷人谋利益的，咱们都是穷人出身，应该互相帮忙。"

阿贵有些紧张地看看身后，说道："我、我一个下等粗人，能帮你做什么事？"

区达铭说："可别这么说，共产党里没有上等下等的区别。有一件非常重要的事，只有你能帮我。你是个好人，我相信你！"

阿贵犹豫片刻："那……我试试。"

区达铭将一个小小的纸卷递给阿贵："请你把这张纸条，交给江湾路逸轩书店的孙老板。记住，逸轩书店，孙老板，一定要交到他本人手里。他会给你一笔不小的酬金。"

阿贵接过纸卷，小声念叨："逸轩书店，孙老板。"由于紧张，手都有些发抖。

区达铭说："别怕，小心点就是。"

有人走过来，阿贵急忙将纸卷藏起，朝区达铭点了下头："知道了。"

区达铭恳切地说："拜托！"

袁昌的办公室里，袁昌看着阿贵送来的那张纸条，哈哈大笑："这个区达铭，要逸轩书店的孙老板代他寻找沈梦苏，并帮助照料好沈梦苏的生活。看来，还是英雄难过美人关啊，他区达铭万万想不到会在这里翻了船！"

阿贵说："还是主任高明！"

袁昌说："阿贵，让你受皮肉之苦了。我现在提拔你为便衣队副队长！"

阿贵敬礼："谢谢袁主任栽培！"

袁昌说："孙老板的逸轩书店，肯定是共党的一个秘密联络点！通知便衣队，立即行动！"

阿贵指挥便衣特务登上一辆辆摩托车，鱼贯驶出大门。

逸轩书店阁楼上，麦秋实、孙老板、沈梦苏等八九个人正在秘密开会。麦秋实说："营救区达铭同志的准备工作已经完成，经上级批准，今天夜里零点开始行动。现在，我将实施方案给大家说一下……"

街上，蜂拥而至的便衣将逸轩书店团团包围。袁昌从吉普车里下来，仰脸望着"逸轩书店"几个字。

在门口放风的店员急忙跑向阁楼，边跑边喊："快，快，敌人来了！"

楼下已经响起杂乱的脚步声和"不许动"的喊叫声。

麦秋实说:"撤!"孙老板迅速打开通往隔壁的一块假墙:"快,从这里走!"

梦苏被两个女同志搀扶着,行动艰难。

麦秋实架起梦苏的胳膊:"我来!"

梦苏说:"你快走,别管我!"

麦秋实说:"不行,我不能丢下你!"

梦苏一巴掌打在麦秋实脸上,几乎哭着喊道:"快走!"

梦苏突然惨叫一声,手捂肚子卧倒在地。

麦秋实说:"梦苏——"

楼下响起了枪声,子弹打在阁楼的天花板上。

便衣特务上楼的脚步咚咚作响……

馍

创美工厂出品

出品人：许　永
责任编辑：许宗华
特约编辑：云泽晨
营销编辑：王佩佩
封面设计：海　云
内文制作：石　英
责任印制：梁建国　潘雪玲
发行总监：田峰峥

投稿信箱：cmsdbj@163.com
发　　行：北京创美汇品图书有限公司
发行热线：010-53017389　59799930

创美工厂
微信公众平台

创美工厂
官方微博

唐栋 蒲逊 著

爱人·同志

下

中国友谊出版公司

图书在版编目（ＣＩＰ）数据

爱人·同志： 全2册／唐栋， 蒲逊著. －－ 北京 ：
中国友谊出版公司， 2017.10
ISBN 978-7-5057-4206-2

Ⅰ．①爱… Ⅱ．①唐… ②蒲… Ⅲ．①长篇小说－中
国－当代 Ⅳ．①I247.5

中国版本图书馆CIP数据核字(2017)第230569号

书名	爱人·同志
著者	唐栋　蒲逊
出版	中国友谊出版公司
发行	中国友谊出版公司
经销	新华书店
印刷	北京文昌阁彩色印刷有限责任公司
规格	880×1230毫米　32开
	26印张　791千字
版次	2017年11月第1版
印次	2017年11月第1次印刷
书号	ISBN 978-7-5057-4206-2
定价	68.00元（全2册）
地址	北京市朝阳区西坝河南里17号楼
邮编	100028
电话	（010）64668676

第十六章

小萝卜头

逸轩书店内枪声渐息，几个没有逃出去的革命者被捕，便衣特务将他们从店内押出，其中没有麦秋实。

袁昌问："那个孙老板呢？"

阿贵说："打死了。跑掉了两个。"

袁昌说："跑了两个？笨蛋！上面还有人吗？"

阿贵说："还有三个女人，其中一个是孕妇，好像就要生产了。"

袁昌说："孕妇？"

这时，突然从店内阁楼传来一阵婴儿的啼哭声。

袁昌愣了一下，冲进书店。袁昌上了阁楼，被眼前的情景惊呆了，只见陷入昏迷的梦苏被两个女人围着，地上一摊血迹，刚刚出生的婴儿躺在地上哇哇啼哭。

袁昌看了一会，心情复杂地转身走下楼去。

袁昌走出书店。阿贵上前问："主任，那三个女人怎么办？"

袁昌说："让你的人守住这里，没有我的允许谁也不准上去。去，去找个妇科医生来！"

阿贵对一个摩托车手说："去找医生！"

摩托车疾驰而去。

袁昌听着从里面传出的婴儿哭声，心里像猫抓一样，边来回走动边大口大口地抽烟。

梦苏被一副担架抬进了监狱，婴儿就躺在她的身边。梦苏和另外两个女革命者被送往女牢。

区达铭听见从女牢那儿传来婴儿的哭声，趴在门上使劲张望，当然他什么也看不见。他似乎对那婴儿的哭声有一种感应，显得焦躁不安，再次拍打着牢门。

区达铭说："有人吗？来人！"

一名狱警过来。"喊什么喊！"

区达铭问："女牢房那儿的婴儿哭声，是怎么回事？"

狱警用讥笑的眼神看着区达铭说："怎么回事？连自己孩子的哭声都听不出来了？"

区达铭说："什么？我的孩子……"

狱警说："对呀，你老婆生了个男孩，母子俩一起蹲监狱来了。"

区达铭一下子懵了："啊？那女人是不是叫沈梦苏？"

狱警说："那还能是谁呀！你可真够有福气的，娶了这么漂亮个老婆！"狱警欲走。

区达铭说："等等！你叫阿贵过来一下。"

狱警说："阿贵不在这儿了，他现在当上了副队长，我哪能随便喊他过来？"

区达铭迷惑地说："阿贵——当了副队长？"

狱警说："还是你成全他的呢！你交给他的那张纸条，帮我们破获了你们的逸轩书店联络点，还抓了正在那里开会的六七个人，里面就有你老婆和刚刚生下来的孩子，还是个男孩呢。"

区达铭大惊："什么？阿贵他是——"

狱警说："他是干什么的，你也该明白了。"嬉笑着走去。

区达铭傻了似的喃喃自语："我上当了，我上当了。我是罪人，我是罪人……"

区达铭为自己的大意和愚蠢痛悔万分，更为自己所造成的恶果感到羞耻和惧怕。他时而哭泣，时而哈哈大笑。突然，他大叫一声，一头朝墙上撞去，墙上留下一抹血迹，他像堆烂泥似的瘫在地上。

监狱审讯室里，区达铭头上缠着绷带，双眼紧闭，听任坐在对面的袁昌趾高气扬地说叨。"撞墙自杀算什么本事？懦夫嘛！再说，你就是死了有什么用？反正你现在已经洗不清了，这个联络点就是根据你提供的线索破获的；你的同志们，还有沈梦苏也是被你出卖的；同样因为你，你的儿子一生下来就成了阶下囚……"

区达铭把眼睛睁开一条缝："袁昌，你有本事，跟我明着来呀，使这种阴招，让我落入陷阱，你他妈太卑鄙了！"

袁昌得意地一笑："你骂吧，你为我做出了这么大的贡献，骂我什么我都不会生气。可是你得明白，不管怎么说，你现在已经是一个叛徒了，只要我们把这个消息透露出去，你们的人是绝对不会放过你的！"

区达铭不禁战栗了一下，气愤得嘴角都咬出了血。

袁昌说："别那么激动，看，嘴角都咬破了。"

袁昌扔给区达铭一块手绢，区达铭将手绢扫到地上，用舌头舔去嘴角的血。

袁昌说："区先生，我也不跟你兜圈子了，咱们直说吧，你现在唯一明智的选择，就是与我们合作。"

区达铭一声冷笑说："与你们合作？你还有多少阴招，统统使出来也是白搭！我区达铭不是熊包，就是死也不会背叛我的组织！"

袁昌说："区先生，你怎么还这么糊涂？刚才我不是给你分析过了吗，在你的同志眼里，你已经背叛他们了！识时务者为俊杰，你现在只有跟我们合作才是唯一出路，你和沈梦苏，还有你们的孩子才能够活下去。"

区达铭警觉地说："你、你们想对我太太和孩子怎么样？"

袁昌说："你别紧张，我还不是在为你着想，希望你跟太太、孩子往后平平安安、团团圆圆、尽享天伦之乐！"

区达铭说："我不相信你们。我太太她，一定也遭受了你们的酷刑和虐待。我要去看看她，我要去看看我的孩子！"

区达铭说着站了起来。

袁昌说："好啊，请！"

区达铭被狱警押着，跟袁昌来到女牢门口。

袁昌说："女牢不能随便进去，你就隔着门看吧。"

区达铭迫不及待地扑向牢门，透过牢门上的栅栏，他看见梦苏正背着身给孩子喂奶。

区达铭激动地轻声呼喊："梦苏——"

梦苏听见他的声音，一怔，抱着孩子走到门口。

区达铭说："梦苏，你还好吗？"

梦苏点点头。

区达铭说："他们，打你没有？"

梦苏摇摇头。

区达铭说："梦苏，我对不起你，是我不小心——"

梦苏打断他的话："看看孩子吧。"将婴儿托起给区达铭看。

区达铭目不转睛地盯着褓褓中的儿子，脸上显出发自内心的幸福和激动："孩子，我们的孩子——梦苏，让你受苦了——"

梦苏眼里涌满了泪水，扭过脸去。

区达铭双手掩面，蹲下身子放声哭起来。

袁昌在一边看着牢房里的梦苏，被眼前的情景深深刺痛。他向狱警挥了挥手，让将区达铭带走。

狱警押着区达铭回他的牢房，袁昌跟在后面。

区达铭一路上又哭又笑，不停地自言自语道："我有孩子了，我有孩子了，哈哈，我再也不想死了，我要是死了梦苏和孩子怎么办？我不能抛下他们，不能抛下他们……"

狱警对区达铭的这种异常表现感到奇怪，回头看了看袁昌，袁昌的脸上则现出一丝惬意。

袁昌紧走几步挨着区达铭："这就对了，夫妻恩重，父子情深，人世间还有什么比这更珍贵？"

区达铭说："你懂什么！你真要懂得这些话，为什么要把她们母子关在牢里？"

袁昌说："你说错了，不是我要把她们母子关在牢里，而是你送她们进来的，对不？"

区达铭说："姓袁的，别老拿这事折磨我！"

袁昌说："不是我折磨你，是你自己折磨自己。想想看，就为了憋那么一口气，让老婆孩子关在监狱里受罪，你心里过得去吗？"

区达铭站下看了袁昌一眼，接着往前走去。

袁昌跟上去："当然，事情并非没有转机，只要你说出我们想要的东西，我马上就放了她们母子。"

区达铭说："哼，狗嘴里吐不出象牙，你的话鬼信！"

袁昌说："区先生，你对我什么都可以不相信，但这句话一定要信，我以人格担保！"

区达铭哈哈大笑："你有人格？"

袁昌说："区先生，这样的机会只有一次，希望你好好掂量掂量，不要错过了！"

区达铭沉默了一会说："我已经说过了，你再使什么招都没有用，我是绝对不会背叛组织的。"

袁昌站下，目光阴沉地看着区达铭的背影。

深夜，麦秋实悄悄溜进欧阳启泰家院里，躲开家仆的巡视，来到春晓的卧室窗下，轻轻敲击窗户。

室内春晓问："谁？"

麦秋实轻声说："是我，秋实。"

室内灯亮。春晓打开窗户看见了麦秋实。春晓说："我去开门。"

麦秋实说："别吵醒他们，我从这里进。"

麦秋实从窗口翻进屋去。麦秋实进屋后立即将窗户关上。

春晓一下扑到麦秋实怀里："你可回来了，这两天你到哪儿去了？"

麦秋实推开春晓说："有吃的吗？"

春晓从桌上拿过一包点心："这是我吃夜宵剩下的。"

麦秋实接过点心，大口大口地吞咽。春晓赶紧端来水杯："喝点水，别噎着了。"

春晓在一边打量着麦秋实，发现他蓬头垢面，衣衫很脏，预感到一定发生了什么事。

麦秋实吃罢，长长地喘了口气。春晓问："秋实，出什么事了？"

麦秋实说："梦苏——被捕了。"

春晓捂住嘴惊叫道："啊——"

麦秋实说："敌人抓她的时候，她刚生下孩子。"

春晓说："那孩子呢？"

麦秋实说："跟她在一起。"

春晓愣了片刻，哭着扑到床上。

秋实和春晓躺在床上，两人都睁大了眼睛望着天花板。麦秋实说："那个秘密联络点，除了前去开会的人，就只有区达铭知道，敌人怎么会发现那里的呢？"

春晓想了一会说："区达铭就在他们手里，会不会是他？"

麦秋实想了想，但是最后还是表情坚定地说："不会，不会是他，他在狱中表现得非常坚强。这里面一定有别的什么原因。"

春晓侧身看着麦秋实说："人心太复杂了，你可得小心啊！"

麦秋实说："组织上让我负责营救区达铭，行动还没有开始就搭进去了几位同志，老孙牺牲了，我们的一个联络点给毁了，这都是我的责任，我明天去向市委领导检讨。"

春晓说："你检讨什么呀！情况这么复杂，谁能保证不出问题？"

麦秋实蓦地想起什么："对了，我逃出来后，打听到一些情况，说那天带人去逸轩书店抓梦苏她们的，就是袁昌！"

春晓说："袁昌？"

麦秋实说："听说他现在是卫戍司令部特工部的主任了，专门负责特务工作。"

春晓一下坐了起来："我表哥袁昌？……"

麦秋实说："世界真小啊！"

梦苏被带进审讯室。袁昌挥挥手，让手下都退了出去。

袁昌挪过一张凳子，对梦苏客气地说："坐，请坐。"

梦苏坐下，低着头。

袁昌说："沈小姐，今天——"

梦苏打断他："我已经为人妻母，您应该叫我'太太'才对。"

袁昌一怔，掩饰着心中的难言滋味："哦，在我袁昌眼里，你永远都是年轻貌美的沈梦苏小姐。"他看着梦苏，"你我只能在这地方来见面，请你不要介意。"

梦苏看了看四周说："审讯室，这就是我应该来的地方。你开始吧。"

袁昌说："你误会了，误会了，我怎么可能审讯你呢？今天就是找个理由，单独与沈小姐见见面，叙叙旧而已。"

梦苏说："我们之间，没有什么"旧"可以叙，你要是不为着审讯，那我就回牢房去了。"

梦苏站起欲走。

"哎，等等！"袁昌伸手拦住梦苏，"我觉得——我想对你说的话太多了——"他又做了个请坐的手势。

梦苏只好坐下："那就请你说吧。"

袁昌眼睛直勾勾地盯着梦苏说："不知为什么，自从几年前在我姨夫家见过你后，我就再也忘不了你。你身上好像有一种魔力，无时无刻不在吸引着我。"

梦苏背过身去："袁先生，我不想听你说这种话，这很不妥！"袁昌说："这有什么不妥？这里就你我二人，我想对你说几句真心话。"袁昌从事先准备好的纸袋里抽出几张画稿："你看看，这是什么？"

梦苏瞥了一眼，那是自己的画像。

袁昌将画像一张一张摆开："这些，从我姨父家我们第一次见面到坤雅女师的联欢晚会，一张都不少……这个，这就是你站在游泳池边、把泳池当成鱼池的那一幅，看看那时的你，清纯如草叶上的露珠，妩媚如轻轻摇曳的翠竹，看一眼就别想忘掉……"

梦苏扭过脸不看那些画。

袁昌感慨地说："可是，看看现在，你的变化太大了！当然，在我眼里你依然清纯妩媚，依然美丽动人，只是——共产党的工作居然将你摧残得如此憔悴，满面沧桑……"

梦苏说："那些工作是我自己要干的，没有人摧残我。倒是你，把我和刚刚出生的孩子关进牢狱，不知道这算不算摧残！"

袁昌一笑："没想到，沈小姐柔中有刚，嘴挺厉害啊。说真的，你是这座监狱里的贵宾，有我袁昌在，就没人敢动你一手指头，更不会在这里受到什么摧残。"

梦苏说："我不需要你的庇护，你们对我该怎么办就怎么办吧！"

袁昌说："看看你，中毒太深！红颜易老，青春短暂，千万不要受别人的影响而浪费了自己的美好生命。我袁昌对你一片赤诚，所以才直言不讳地劝你，还是赶快悬崖勒马吧。"

梦苏说："我——悬崖勒马？"

袁昌说："你可能没意识到，你现在的处境有多么危险。为了彻底清剿广州暴动分子，上面给我们的指示是宁可错杀三千，也不放过一人。现在你们一家三口都关在这里，如果不想办法自救，后果不堪设想！"

梦苏说："一家三口？孩子刚刚出生，他也有罪？"

袁昌说："孩子当然是无辜的。可是，万一大人有个三长两短，孩子怎么办？孩子这么小就离开父母，这是不是太残忍了呢？"

梦苏有点紧张起来："你、你想怎么样？"

袁昌说："我想怎么样？说出来你未必相信，可这是发自我内心的一句话，那就是——我要救你！"

梦苏说："救我？你抓了我，又要救我，这不自相矛盾吗？"

袁昌说："这不矛盾，只有把你抓到我这里，我才有办法救你；要是你到了别的人手上，那我就鞭长莫及了。不过，我要救你，也得你配合一下啊。"

梦苏疑惑地说："配合？"

袁昌说："对，你、麦秋实、春晓和这个不知道从哪里冒出来的区达铭是共产党，这是肯定的。你也不想他们天天这样东躲西藏地过日子吧？只要悄悄地把你知道的关于共产党的组织和活动情况说出来，我会偷偷保住我们都认识的人，然后对外宣称对共产党的围剿是区达铭泄露的消息。这样的话，你既可以不露声色的退出共产党，还能永远摆脱区达铭的纠缠。"

"你要我背叛组织？"虽然梦苏好像突然感觉到了生活的希望，但是这种个人情感还是瞬间被大义湮没了。

"这都是为了你好！"袁昌一脸不敢相信的表情，自己的计划明明那么完美，梦苏居然无动于衷，"我真的是在为你考虑，像你这样的娴静女子，就像是山水画中的翩翩仕女，或者是书香名门宅院里的大家闺秀，应该安安稳稳地过充满诗情画意的日子，而不应该在这血雨腥风中打打杀杀。"

袁昌说话的时候，梦苏一直盯着他的眼睛，她明白袁昌说的一字一句都发自真心。可她还是黯然站起身，背对着袁昌，幽幽地说道："要是没有别的事，我就回牢房去了。"

"别别别，我们的谈心才刚开始。"

"你的意思我已经明白，不必再说了。"梦苏扭头就朝外走，一名狱警堵在了门口。

袁昌尴尬地笑笑："那我就不勉强了，你去吧。"看着梦苏远去的背影，袁昌拿起桌上的画像作势要撕，可是就是狠不下心来，只得将它们慢慢原样折好，重新收进包里。

小巷深处的一座小楼，这是中共广州市委在广州的一处秘密联络点。麦秋实正在向一位市委领导汇报工作。麦秋实说："不管怎么说，是我的工作没有做好，我请求处分！"

市委领导沉思片刻说道："广州暴动失败后，白色恐怖笼罩，敌情十分复杂，工作中出现一些问题也在所难免。你要放下包袱，总结经验教训，尽快搞清楚逸轩书店暴露的原因，同时想办法继续营救区达铭同志，还有沈梦苏同志。"

麦秋实站起身说："是！"

市委领导问："春晓同志现在怎么样？"

麦秋实问："您是说——"

市委领导说："梦苏被捕，对她的情绪可能会有些影响，你要多跟她谈谈。这种时候，她和你的夫妻关系对于你的身份掩护尤为重要。"

麦秋实说："我知道了。"

监狱女牢，梦苏怀抱孩子，有气无力地靠墙坐在地上，苍白的脸上挂满汗珠，一看就病得不轻。女狱警来送饭，喊了几声没有应答，趴在门洞看看，开门进去。女狱警连声喊道："沈梦苏，沈梦苏！"

梦苏微微睁开眼睛。

女狱警问："你，病了？"

梦苏示意怀中的孩子："快，救救我的孩子。"

女狱警用手在孩子额头试了试："烧得这么厉害，你等等！"边朝外走边自语道，"带着婴儿坐牢，真是没有见过……"

监狱长正在办公室与袁昌通电话，女狱警站在一边。监狱长说："好，好，好的，明白了，请主任放心！"他放下话筒，对女狱警说，"袁主任指示，马上请最好的医生到牢房来给沈梦苏母子看病。主任说，由于沈梦苏还在哺乳期，母子均不宜吃西药，最好请中医来。"

女狱警说："请中医来？袁主任想得可真仔细呀。"

监狱长纳闷："是啊，袁主任跟这个沈梦苏是什么关系呢？"

区达铭同以往一样，又拍打着牢门大喊大叫。"来人啊，来人……"

狱警过来："你疯了，又喊叫什么！"

区达铭急切地说："这两天女牢那儿怎么没有婴儿的哭声了？"

狱警说："你这话问的！孩子想哭就哭，不想哭就不哭了，这还要说出个为什么吗？"

区达铭说："不，不对，孩子一定出什么情况了，快告诉我！"

狱警说："嗨，不就是个感冒发烧吗，你着什么急！"

区达铭喊道："孩子发烧了？快带我去看看！我要去看看。"

狱警说："对不起，我可没有这个权力。"狱警走开了。

区达铭摇晃着牢门吼叫："把门打开，我要去看孩子……"

监狱长领着一名老中医来到关押梦苏的女牢房。梦苏和孩子的病情显然已经加重，看上去处于昏迷状态。

监狱长指了指梦苏，老中医急忙给梦苏和孩子号脉察看。

袁昌进来，随从将装有水果、食品的袋子放在地上；监狱长欲向袁昌报告，被袁用手势制止。

老中医检查完站起："母子二人均系风寒入里，四肢逆冷；大人尤为气血两虚，素体羸弱，还是以住院医治为好。"

监狱长看看袁昌，袁昌轻轻摇头。监狱长说："这位女士有案在身，出去住院不妥，还是请老先生开点好药吧。"

袁昌说："可以安排专人护理，把药拿到这里来煎。"

监狱长说："是！"

老中医说："那我就告辞了。处方和药，我一会儿派人送来。"

监狱长说："先生慢走。"

女狱警送老中医走出。

袁昌看了一会昏迷中的梦苏，走出牢房。刚从女牢出来，就听到了区达铭的喊叫声，袁昌不由得停下了脚步。

监狱长说："主任，区达铭这两天总是这样不停地吼叫。"

袁昌想了想，转身往区达铭那儿走去。

看见袁昌，区达铭吼叫得更凶了。"袁昌，你这只躲在阴沟里的老鼠终于出现了，我以为你死了呢！"

袁昌在牢房门口站定，看着区达铭。

监狱长喝道："你他妈的敢骂袁主任！"从门洞一把抓住区达铭的衣领，欲施以暴拳，被袁昌拦住。

袁昌说："区先生，有什么话，说吧。"

区达铭说："我老婆孩子病了，我要去看他们！为什么不让我去？为什么？"

袁昌说："如果什么都答应你，这里还是监狱吗？"

区达铭说："亲人病了都不让看，你们还讲不讲人性！"

袁昌说："你去看看能有什么用呢？我已经请来最好的医生给她们母子看过了，你就不要再歇斯底里了。"

区达铭问："请医生看过了？她们母子是什么病？"

袁昌说："什么病？反正都在发烧，说重也不重，说轻也不轻。但监狱这条件，能不能治得好就不好说了。"

区达铭又喊叫起来："那你为什么不送她们去外面的医院治疗？赶快送她们去医院啊！"

袁昌说："区先生，你如此关心她们母子，是真关心呢还是假关心啊？"

区达铭问："你什么意思？"

袁昌说："你要是真关心的话，就请说出我们想要知道的东西。只要你说了，我向你保证，马上让梦苏抱着孩子从这地方出去，彻底获得自由，并帮助她到全市最好的医院就诊。你看如何？"

区达铭愣怔片刻，狂怒地摇撼着牢门："袁昌，你这混蛋，乘人之危威胁我啊！你有种就打开这门让我出去，看我怎样掐死你！"

袁昌后退两步，看着区达铭被自己激怒成这样，颇为得意。

夜晚，欧阳夫人、春晓和另两位客人正在客厅玩麻将。春晓心不在焉，不时朝门口张望。

客人甲对春晓说："出牌，出牌呀！老往门口看，你那一位今天肯定又不回来了。"

春晓将牌一推："不玩了，我要睡觉去。"

客人乙说："哎哎，这么早睡什么觉，再玩一圈。"

欧阳夫人说："让她去吧，她这几天休息不好，可能真是困了。"

外面院子里闪过汽车的灯光，须臾，欧阳启泰推门进来。欧阳夫人说："回来了。"迎上去接过外套。

两位客人向欧阳启泰打过招呼，上楼去。

"爸爸，晚安。"春晓说罢欲进卧室。

欧阳启泰说："春晓——"

春晓站住。欧阳启泰将手中的报纸往沙发上一丢，"你看看吧！"

欧阳夫人问："又出什么事啦？"春晓打开报纸，一行大字标题："疑犯沈梦苏落网，共匪麦秋实在逃"。欧阳夫人看到这一行字，吓得失声惊叫；春晓因早知此事，倒是并不惊慌。

欧阳启泰觉察到了春晓的神态，问："你是不是早就知道了？"春晓点点头。

欧阳启泰发怒道："那你为什么不告诉我们！"

欧阳夫人说："对呀，这么大的事，你不该瞒着我们。"

春晓说："我怕、怕你们担心。"

欧阳启泰说："你不说我们就不担心了？我这几天忙，没顾上看报纸，这都是三天前的事了。哎哟，好好的，参加什么共产党啊，好好的日子不过，还要被追杀——他呢？今天又没回来？"

春晓默认。

欧阳启泰气愤地说："他把我这里当成避风港、当成他的窝点了！这样下去，早晚有一天我们全家都得被他连累，都得跟着他倒霉。"

第十六章　小萝卜头

431

春晓说："爸，没人知道他住在这儿。"

欧阳启泰说："今天没人知道，不等于明天没有人知道，蚊子飞过去还有个影儿呢！"

欧阳夫人说："春晓，你爸说得对，千万可得小心啊。"

欧阳启泰说："当初，你们热血澎湃地闹革命，我就不大赞同。可一想，革一革那些洋人买办、封建官僚的命也好，就没有强行阻拦你们。但现在，你们革命'革'到了这份上，抓的抓，逃的逃，搞得一家人都不得安宁！你说说，你们革命是为什么？不就是为了日子能过得更舒畅些吗？结果呢，人被抓进了牢房，甚至连性命都要搭上，这叫'革'的什么命？何况，咱们家缺什么？什么也不缺呀，何苦折腾！"

春晓说："爸，你对革命的理解太简单了，我们……"

欧阳启泰暴怒地打断她："你还敢跟我犟嘴！看看那个沈梦苏，几年前还是一个多么单纯、多么柔弱的女孩子，现在呢，成了疑犯，进了监狱，难道这就是革命给她的好处？"

欧阳夫人说："梦苏是多好的一个孩子，她在监狱里可怎么活呀！"

春晓说："爸，妈……"

欧阳启泰严厉地说："春晓，我现在可不想听你解释什么，我是要告诉你——你和秋实都不许再出去搞什么赤色活动！我这话他要是不听，就——就别再做我的女婿！"

欧阳启泰气冲冲走上楼去。

欧阳夫人说："春晓，听你爸的话，劝劝秋实。"

春晓心情沉重，转身走进卧室。

女牢房里新添了一张桌子，上面摆满了煎药用的碗罐。一位女佣将煎好的药汤篦到碗里。

梦苏的病情稍见好转，但孩子依然高烧昏迷。梦苏将一条湿巾敷在孩子额头，眸子里充满爱怜、焦虑和忧伤。

女狱警进来。女佣说："大人和孩子的药都煎好了。

女狱警看看药碗说："沈梦苏，起来喝药吧。大碗是你的，小碗是孩子的，别搞错了。"

女佣递过一只小碗："这是孩子的，放了点糖，不会像昨天那么苦。"

梦苏说："谢谢。"

梦苏接过药碗，用小勺将药汤舀起吹凉，小心翼翼地给孩子喂进嘴里。

女狱警嘴角挂着一丝怪笑："你可真是特殊啊，我在这儿三年了，还没见过哪个犯人有你这种待遇，袁主任专门雇了人在牢房煎药和照顾你不说，还让人给你送来这么多水果、补品和红糖。"

梦苏给孩子喂药的手停了一下。

监狱长进来，小声问女狱警："好些了吗？"

女狱警说："大人好些了，孩子还不见好转。"

女佣递给梦苏一只大碗："这是你的，别太凉了。"

监狱长示意女狱警和女佣出去。

监狱长走到梦苏身边："沈梦苏，袁主任委托我来看望你，并转达他对你的问候。"

梦苏正要喝药，停下说："你不要跟我提他！如果你们真的还有仁慈之心，就赶紧送我的孩子去医院治疗。"梦苏欲哭无泪，"请你看看，孩子快不行了。才几天大的婴儿，我又没奶喂他，老喝汤药哪受得了？"

监狱长说："袁主任说了，他非常同情你和孩子现在的处境。他希望你能脱离共产党，与国民政府合作，这样就能给他一个送你和孩子出狱治疗的充足理由……"

梦苏咣的一下将手中的药碗扔到地上："你转告袁昌，我爱我的孩子胜过爱自己的一切，但我不会以背叛我的组织来换取孩子的生命。孩子要是有个三长两短，我唯一能做的就是陪他一起走向天堂。从现在起，我和孩子都不再吃药，我宣布绝食！"

监狱长一愣："什么？绝食？"

梦苏背过身去，脸对脸地紧紧贴着孩子。

监狱长赶紧跑去向袁昌汇报新情况。袁昌大惊道："她要绝食？"

监狱长说："她不像随便说的……"

袁昌打断他："她当然不是随便说的，我了解她！"过了一会摇摇头说，"现在看来，其实我并不真正了解她，她身上有一些东西是我过去所不知道的，我不知道……"

袁昌点上一支烟猛抽。

监狱长问："主任，您看——该怎么办？"

袁昌问："那个区达铭，这两天还是那样又吼又叫吗？"

监狱长说："是的，这人快要疯了。"

袁昌又问："还有没有其他原因？"

监狱长想了想说："应该没有，他就是惦记老婆和孩子的病。"

袁昌说："好！"用力将烟头摁灭，"那就让他继续惦记吧！"

区达铭像一只困兽，又在牢房里咆哮。

监狱长来到区达铭的牢房门口。"区达铭，你好歹也是共产党的一名高级干部，怎么就没有一点涵养，成天喊叫！"

区达铭说："是你们把我逼成这样的！你们这些混蛋有什么资格跟我讲涵养！"

监狱长笑着说："要换成别人，我早就把他这张爱骂人的嘴打成烂泥了，可是对你我不计较，因为你们夫妇都是我们袁主任以前的朋友。"

区达铭说："狗屁，谁是他的朋友！你叫他来！"

监狱长说："袁主任交代我一定要照顾好你们一家三口。你就说吧，有什么事？"

区达铭说："装什么糊涂！我老婆孩子病了，你们为什么不让我去看望？这两天连孩子的哭声都听不到了，我能不着急吗？我是孩子的父亲啊，我想去看望她们母子，我想知道孩子究竟怎么样了！"

监狱长说："对不起，你们之间是亲属关系，但在监狱里面都是囚犯，囚犯之间是不能随便探望的。那天袁主任开恩，已经给过你一次探视的机会了，往后再不可能。"

区达铭说："你们这样太没有人道了！"

监狱长说："不，我们非常人道。袁主任给她们母子请了最好的中医，雇人专门在牢房里给她们煎药，还送去了各种水果和补品。我可以如实地告诉你，沈梦苏已经好些了，但是孩子的病情——好像还有点加重。"

区达铭说："啊？我求求你们赶紧送她们母子去医院吧，一个刚出生的婴儿能有什么过错？何况我在你们手里押着，还怕她们跑了不成？监狱长，救救我的孩子吧，求你救救我的孩子！"

监狱长说："那么可爱的一个孩子，我何尝不想救？可是，要想叫沈梦苏带着孩子出狱，她总得有个交代啊，总得说出点什么啊！"

区达铭愣了一下，摇头说："她不会说的，我知道，她什么也不会说！"

监狱长说："她不说，那你可以说呀！袁主任再次让我给你带话说："你要是真心为太太和孩子着想，就请配合我们，他保证满足你的一切要求。区先生，好好想想吧。"转身离去

区达铭憋了半天，咬牙骂道："袁昌，你他妈真阴啊！"

化了装的麦秋实走进湾仔粥店，在上次坐过的靠窗的那张餐桌旁坐下。

店老板过来："先生，请问几位？"

麦秋实说："就一位。"

店老板朝身后喊道："八号台一位上茶！"递过菜单，"看看要些什么？"

麦秋实说："一碗艇仔粥，一份盐水菜心。"

店老板说："先生请稍等。"店老板离开，一女服务生过来上茶。

麦秋实边掏出怀表，怀表上的指针指在 12 点整。麦秋实悄悄看着窗外正对着的监狱大门。这时，在牢房里给梦苏煎药的那位女佣提着饭盒，在监狱门口出示了一下证件，朝粥店走来。

一男服务生给麦秋实上粥上菜。麦秋实一边喝粥，一边注视着走进粥店的女佣。

女佣从麦秋实身边经过，将饭盒递给店老板，店老板将准备好的粥装进饭盒。女佣提着饭盒再次从麦秋实身边经过时，将一个小纸团丢在麦秋实脚下，麦秋实迅速用脚踩住……

中共广州市委的秘密联络点，小纸团在市委领导的手中展开，纸上两行字：区、沈坚强未泄密，孩子病危急需入院治疗。

市委领导说："区达铭和沈梦苏真是我党的好同志啊！"将纸条用火点燃，"我们要想尽一切办法营救孩子，营救区达铭和沈梦苏出狱！"

麦秋实说："监狱的防护非常严密，以我们现在的力量很难进入直接

营救。我看只有一种机会，就是等他们到监狱外面的医院就诊时……"

市委领导说："我们想到一起去了，要利用病情，迫使敌人让梦苏和孩子入院治疗，包括区达铭！来，我们合计合计……"

袁昌把自己关在办公室里，一张一张翻看着梦苏的画像。这些画像，凝结着他对梦苏的欣赏和痴迷之爱；但一想到自己正在一步步将这个心爱的女人推向绝境，便无法掩饰职责与个人情感之间的矛盾给自己造成的极度痛苦。这时，有人在门外"报告"，他起身欲去开门，遂又坐了下来，继续翻看梦苏的画像。

突然，他将这些画像推到一边，铺开一张白纸，拿起画笔飞快地又画起了梦苏。那模样他太熟悉了，几笔就勾勒出了梦苏的轮廓——这是一幅梦苏在牢房里怀抱孩子的肖像，梦苏的神情被画出了一种忧郁之美；但当他画到孩子时，手中的笔停顿下来，然后猛地将孩子涂掉……

梦苏由于绝食已经非常虚弱；而持续高烧的孩子连哭的力气都没有了。

女佣看了看她们母子，惊慌地叫了起来："啊，来人，来人……"

女狱警跑进来。女佣说："快，大人和孩子都快不行了。"

女狱警看着梦苏身边原封未动的饭盒问："她还是不吃？"

女佣说："已经三天了，滴水不进。"

女狱警说："看来她是真想死了。我去报告一下。"

女佣看着狱警走远，回身抱起孩子，解开衣襟用自己的奶喂他。

女佣小声地说："噢，可怜的宝宝，幸好我还有点奶，快吃，快吃……"

孩子止住了微弱的哭声。

监狱长正在与袁昌通电话："是、是，我明白了！"放下话筒对女狱警说，"袁主任指示，无论发生什么情况，只要区达铭和沈梦苏拒绝与我们合作，就不能出狱就诊！"

女狱警思索着说："这真是奇怪了，谁都能看得出，袁主任对沈梦苏可不是一般地——那个，可为什么就不允许她们母子去外面就诊呢？"

监狱长说："不是不允许，是要以他们答应合作为条件，这恰恰说明袁主任对党国事业的忠诚，知道吗？"

女狱警说："哦，是，是。"

监狱长说："你再去请医生来给看看，我去见一下区达铭。"

监狱长来到牢房门口，让狱警打开牢门。

区达铭靠墙躺着，双目闭合，显得筋疲力尽，但他用沙哑的声音还在断断续续地骂着。"袁昌，混蛋，为什么不让我看老婆孩子，你想害死她们……"区达铭一睁眼，看见监狱长站在身边，一下瞪圆了眼睛。

监狱长说："区先生，你不是想见老婆孩子吗？走吧。"

区达铭愣怔了一下，忽地站起。监狱长带区达铭到关押梦苏的女牢门口。

女狱警将牢门上的门洞打开。监狱长："你就从这里看吧。"

区达铭扑向门洞，看见了躺在地铺上的梦苏和孩子。

区达铭大声叫喊："梦苏——梦苏——"

梦苏微微动了一下，却无力回应；而孩子更是毫无声息，已陷入昏迷。区达铭惊恐地说："她们怎么了？她们母子怎么了？"

监狱长说："区先生都看见了，她们的病情已经很严重了，但是——没有办法。"

区达铭暴怒地冲着监狱长喊："什么叫'没有办法'？为什么不送医院！"

监狱长说："这还用问吗？已经给你讲过多次了，送医院是有条件的，你们两个总得跟我们合作啊。"

区达铭说："你、你们真毒啊！"

监狱长说："区先生说错了，对自己的老婆孩子见死不救，真正毒的应该是你！时间不等人，现在你可以有两种选择，要么配合我们，老婆孩子便立即可以送医院救治；要么坚持你的所谓忠诚，看着老婆孩子在牢房里慢慢死去。"

区达铭仰天大叫一声，哭着抱头蹲了下去……

办公室里，袁昌停下手中的画笔，站起来看着摆满一地的梦苏画像，焦虑、痛苦得快要崩溃——突然，他将画笔狠狠地掷到地上，抓起桌上的电话："接瞿司令！——瞿司令，我要见你！"

袁昌站在瞿之要的办公桌前。瞿之要不满地说："你风急火燎地来找我，就是为了这事？"板起面孔一拍桌子，"一名肩负党国重任的军人，竟然为情所困而难以自拔，成何体统！"

袁昌说："司令，您是学生唯一值得信赖、唯一可以倾诉心事的人，我就是想把心中这团解不开的疙瘩告诉您，请您指点迷津。"

瞿之要说："我知道你想问我——是不是为了党国的利益就一定得放弃个人情感？是不是在私情与大义之间只能择其一而为之？"

袁昌说："是的，司令。"

瞿之要说："那我就告诉你：熊掌与燕窝不可兼得，你必须当断则断，把党国的利益放在高于一切的位置！"他走到袁昌面前，"那个沈梦苏算什么呀，值得你如此留恋？更何况她已经为人妻、为人母了，你还为她动情不是很荒唐吗！"

袁昌说："司令，您不知道，她在我心里……"

瞿之要打断袁昌的话："我看你是中了邪了！天下女人多的是，干吗非要盯着一个根本不属于你的女人？"他摇摇头，"你呀，干军务、党务工作一流，但在个人感情问题上简直就是个白痴！回去吧，好好想想。"

袁昌站着不动。瞿之要问："还有什么事？"

袁昌说："司令，您的话我想得通要听，想不通也要听，您就放心吧！只是——我已经承诺，只要区达铭与我们合作，就立即送沈梦苏和她的孩子出狱治疗。假如区达铭做到了这一点，我的承诺是不是可以兑现？"

瞿之要说："当然可以！只要区达铭开口，什么都可以答应。"

袁昌说："我明白了。"

女牢里，煎药的用具已全部撤走，女佣也不在了。

梦苏用仅有的一点意识和气力抱住奄奄一息的孩子，眼角滚下一行泪水。

监狱长带着那位老中医进来。

老中医俯身看了看梦苏和孩子："今天再不送医院，孩子恐怕就……"老中医摇摇头。

监狱长问："能不能想办法再延长一天，哪怕一天！"

老中医说："孩子太小，不能大剂量用药，只有去医院输液。"老中医走出牢房。

监狱长欲走，看见地上一件婴儿的衣服，转身捡起……

一处荒郊野地。一辆吉普车开来，袁昌从车上走下来，将一捆纸拎到一个坑前，解开绳索，原来全是沈梦苏的画像。

袁昌蹲下，拿起一张画像看了许久，然后用火柴点燃。一张张画像被接连投进火堆，"梦苏"在熊熊燃烧。最后，连画笔和画板也被投进火里。

袁昌紧咬着嘴唇，看着一张张画像化为灰烬，眼眶竟有些湿润。这就像是他的一个祭奠仪式——向自己的少年情怀、自己昨日的青春之梦、自己曾经的心底之爱诀别……

监狱长拎着那件婴儿衣服走来，让狱警打开牢门。监狱长喊道："区先生——"

区达铭从地上抬起脑袋。看得出连日来的身心折磨，他已经心力耗尽，由一头暴怒的狮子变成了一堆无声无息的肉泥。

监狱长将婴儿衣服丢在区达铭面前说："看看这是什么。"

区达铭抓起衣服，声音孱弱地说："这是什么？"

监狱长说："你儿子穿过的衣服都不认得了？"

"啊！"一种不祥之兆掠过心头，区达铭挣扎着喊道，"我儿子怎么了？快说他怎么了……"

监狱长说："别急，你儿子还有一口气。不过，医生说二十四小时之内，他随时都有可能……所以，我先拿来这件衣服，你也好留个纪念。"

监狱长说罢走出牢房，没走多远，身后传来区达铭的喊声："等一等……"

监狱长返回到牢房门口。区达铭从里面扶着牢门站起，将一张绝望的、苍白的、乞求的面孔贴在门洞喊："我——我要见袁昌……"

袁昌出现在牢房门口，冷冷的眼光直盯着区达铭。区达铭顺着牢门慢慢滑了下去……

审讯室里，袁昌和区达铭隔桌而坐。

区达铭一边流泪，一边滔滔不绝地说着。

袁昌飞快地做着记录……

女牢里，在监狱长的指挥下，梦苏和孩子被抬上了担架。两名狱警抬着担架，快步往大门走去。

袁昌远远地看着。

令袁昌想不到的是，担架在大门口被哨兵拦了下来。

袁昌奔过去问："怎么回事？"

监狱长说："哨兵说接到司令部命令，不许放沈梦苏出去。"

袁昌骂道："放他妈的屁！"冲到哨兵跟前，"认识我是谁吗？卫戍司令部特工部袁主任！是谁的命令？"

哨兵啪地立正："报告袁主任，是瞿司令刚刚打来的电话！"

"瞿司令？"袁昌一脸的茫然与不解……

第十七章

人心

袁昌疾步走在卫戍司令部的楼道，皮鞋在地板上踩出喔喔声响。来到瞿之要的办公室门口，他喊了声"报告"，不等里面应答，便闯了进去。正在批阅公文的瞿之要抬头见他气咻咻的样子，并不惊讶。

　　瞿之要说："我就知道你要来，门都给你开着呢。"

　　袁昌说："司令，你答应过的，只要区达铭一交代，就放沈梦苏母子去医院治疗，可为什么又自食其言？"

　　瞿之要说："敌我交战，何谈自食其言？现在是区达铭交代了，但沈梦苏没有交代，放她出去，岂不便宜了她，亦与我军法不容。"

　　袁昌说："司令，区达铭是沈梦苏的上级，区达铭已经把他知道的全说了，沈梦苏说与不说已经没有任何价值。何况，答应过区达铭的条件，如果不去兑现，我今后还怎么做人！"

　　瞿之要说："过了！你自己做人重要，还是党国的利益重要？"

　　袁昌说："党国的利益固然重要，但我认为做人也很重要。要是连人都做不好，还谈什么为党国效力！"

　　瞿之要一怔，猛地拍了下桌子说："你小子，这话我还是头一回听说。为了自己喜欢的女人把党国的脸面都搬出来了。有胆量，有道理！"

　　袁昌哑口无言。

　　瞿之要狡黠一笑，拍了拍袁昌的肩膀道，念在袁昌一直以来的积极表现，而且身为自己得意门生的份上，就放这个女共党一码，但要他记下这笔人情债。还暗示性地问了袁昌是不是那个孩子的亲生父亲，居然把袁昌的脸都给问红了。

　　袁昌说："司令，玩笑可不能这么开！况且救了沈梦苏母子，还有利于区达铭对我们的信任，让他日后更好地为我们工作呢。"

瞿之要说："区达铭还有用？还要他为我们工作？"

袁昌说："他不但有用，而且有大用！我们要对他变节的事情严加保密，择机再把他放回去，这就如同在中共广州地下组织的心脏上插了一把刀！再说，我会安排便衣对出狱就医的沈梦苏实施秘密监控，也许这会成为一个诱饵……"

瞿之要怔怔地看了袁昌许久，点头笑了起来："行啊袁昌，你虽是我的学生，但已经青出于蓝而胜于蓝了！"

宏济医院诊室，医生们正在分别对沈梦苏和孩子进行抢救。医院门外，有神色诡异的便衣人员来回走动。

一辆吉普车开到宏济医院门口，身着便衣的袁昌和区达铭从车上下来走进医院。区达铭的脸部被口罩和墨镜遮得严严实实，根本看不出他是谁。

在一间病房门口，袁昌示意区达铭朝里观看。区达铭透过门上的玻璃，看见梦苏和孩子躺在病床，身上还在输液，但梦苏的脸色明显有了些红润，孩子也在不停地蠕动。

袁昌小声说："看清楚了吗？"

"嗯……"区达铭声音有些哽咽，不住地点头。

袁昌说："走吧。"区达铭朝病房里面再看了一眼，恋恋不舍地跟袁昌走出医院。

霏霏细雨中，春晓打着雨伞，步履匆匆地从小巷深处走出来，她显然是从家里溜出来的，边走边回头张望。走出小巷，一辆人力车已经等在那里；麦秋实坐在车上，伸手将春晓拉了上去。麦秋实对车夫说："去宏济医院。"

春晓诧异地看着麦秋实说："去宏济医院？"麦秋实不语，将一张报纸塞到春晓手里。春晓打开报纸，看到一行醒目标题：国民政府释放沈梦苏母子出狱就医。春晓惊喜地几乎叫出声来。

人力车在马路上奔驰，一直跑到宏济医院门口才放慢了速度。麦秋实没有立刻下车，而是警惕地观察着医院门前的状况。等到一名可疑的便衣人员转悠到看不见的地方，才挽起春晓的胳膊，下车快步走进医院。

麦秋实和春晓站在梦苏的病床前。梦苏和孩子经过抢救治疗，已经脱离危险。梦苏可以用眼神与人简单地交流了，孩子也能发出咿咿呀呀的叫声。

麦秋实看着从死亡线上挣扎回来的梦苏，为她遭受了如此大的磨难感到心痛。春晓乜斜了一眼麦秋实，俯身拉住梦苏的手说："梦苏，我和秋实看你来了。"

梦苏点点头，眼眶湿了。麦秋实动情地说："梦苏，你和孩子受苦了。我——没有保护好你，我非常自责。你在狱中的表现组织上都知道了，很了不起，也让我对你刮目相看，你现在在我心里的份量更重了，我不知道怎样做才能弥补你受到的所有伤害。"麦秋实说着，似乎忘记了春晓的存在，情不自禁地把手放了梦苏的手上。

春晓一怔，将麦秋实的手拨开。梦苏也把自己的手缩回被子里。

春晓对梦苏说："你现在什么都不要想，好好养病，我们会经常来看你的。"她逗了一下孩子，"小家伙，差点没了，生下来还蛮好看的嘛。"

梦苏把孩子往怀里抱了抱。

麦秋实说："那我们走了，你多保重！"

梦苏突然用微弱的声音说："等等。"

麦秋实急忙上前听她要说什么。

梦苏断断续续地说："我……什么也没有说，可他们……为什么……会放我和孩子出来？"

麦秋实说："噢，他们登报说放你出来就医是出于人道和慈悲。组织上了解过了，其实是袁昌——噢，就是春晓的表哥起的作用，他还是念及你和春晓、和欧阳先生家的关系。"

春晓说："什么表哥，我不会再认他的！"

梦苏闭上眼睛。麦秋实俯身小声对梦苏说："组织上相信你。"

麦秋实和春晓匆匆朝外走去。春晓边走边对麦秋实说："哎，你知道吗，潘如梅的哥哥就是这儿的院长……"

潘卓南迎面走来。春晓说："真巧，潘院长，正说你呢。"

潘卓南说："啊，春晓！"

春晓一指麦秋实，介绍说："麦秋实。"

麦秋实说："潘先生，你好！"

潘卓南打量着麦秋实："噢，麦秋实先生，多年不见，幸会，幸会！"

两人握手。

麦秋实说："潘先生，谢谢你对梦苏母子的抢救。"

春晓说："真的谢谢你！"

潘卓南说："你们是来看望沈梦苏的？她跟我这里可真是有缘啊，大半年前来堕胎不成，这次干脆带着孩子住进来了。你们放心，她们母子已经没什么危险了……"潘卓南突然想起什么，用一种奇怪的目光看了麦秋实和春晓一会，诡秘地小声说："你们跟我来一下。"

麦秋实和春晓不明所以地互相看了看，跟潘卓南走去。

走进办公室后，潘卓南对一位正在搞卫生的护工耳语了几句，护工点头走出去。潘卓南将门关上，让麦秋实和春晓坐下。潘卓南说："我想让你们见一个人，你们很可能会认识她。"

春晓问："潘院长，能告诉我们是谁吗？"

潘卓南说："等见了面，自然就知道了。"

麦秋实和春晓不知潘卓南葫芦里卖的什么药，加之眼下敌情复杂，不由有些紧张，麦秋实下意识地把手伸进裤兜，裤兜有一把手枪。

门开了，身穿医院杂工制服、戴着大口罩的女人进来。"院长，你找我？"

"把口罩摘了。"潘卓南对麦秋实和春晓说，"看看，认识不？"

"陈桂！"麦秋实和春晓万万想不到在这儿见到陈桂，激动得同时叫出声来。

"秋实！春晓！"陈桂哭着与春晓紧紧抱在一起。

"我说你们可能会认识嘛！"潘卓南指着陈桂说，"她是我这里的一个勤杂工，我跟她虽然没有深谈过，但通过我对她一段时间的了解，就想着你们会……"

麦秋实紧握潘卓南的手说："谢谢你，潘先生！"

潘卓南说："你们就在这儿说会话吧，我出去一下。"潘卓南看一眼还抱在一起的春晓和陈桂，走了出去。

陈桂在向麦秋实和春晓简单介绍了她的经历。麦秋实站在门后，边听边从门缝观察着外面。

陈桂说："我们女兵班在天字码头坚持了三天三夜，我身边的姐妹们全都阵亡了，我也被枪打中肩窝晕了过去。等我半夜醒过来时，周围一个活着的人都没有了，全是尸体。幸好有一个蹬人力车的老伯路过发现了我，就把我拉到了这个医院。潘院长真是个好人，他把我收下来，那段时间就把我藏在医院的地下室里给我治伤。等我慢慢好了，他见我无处可去，又让我留在医院里当杂工。"陈桂说着说着又抱住春晓哭了起来，"我可想死你们了……"

春晓说："我们也想你啊，我和梦苏、秋实到处打听你的消息，还以为再也见不到你了呢。哎，知道吗，梦苏和她刚刚出生的孩子就在这里住院就医。"

陈桂说："我知道，她的事我都听说了。我每天都去她的病房搞卫生，怕她认出我来会过于激动，影响康复，另外也是为了安全，就戴着这大口罩。"

麦秋实问："你知道梦苏在这里？"

陈桂站起拉开门朝外看了看，小声地说："我这几天正琢磨着怎么把梦苏弄出去呢，你们来了正好！"

麦秋实问："怎么？"

陈桂说："潘院长虽然人好，但来这个医院看病的人太杂，尤其是政府官员和军警经常光顾这里。梦苏是由狱警送到这儿来的，我担心她在这里久了，不光是摆脱不了特务的监控，像你们这样来看望她的人也不安全。所以，得尽快把她转移到别处去，反正她和孩子的病情都已经脱离危险了。"

麦秋实说："你提醒得对，非常对！利用潘院长这个关系，我们把梦苏转移出去，你也一起离开，可以照顾梦苏和孩子。"

陈桂点点头说："就是想不出从这儿出去后，去哪儿！"

春晓说："哎，我姑姑家在越秀山下有一所闲置的小房子，当年考坤雅女师时我把自己关在那儿复习功课，现在钥匙还在我手里呢。"

陈桂说："哎呀呀，不愧是大户人家的小姐，关键时刻总能解决问题。"

麦秋实说："好，具体的事我来安排。"

当天夜里，两辆人力车停到宏济医院后门，梦苏抱着孩子悄悄地钻进了车里，转眼就消失在茫茫夜色中。

中共广州市委的秘密联络点，麦秋实和那位市委领导。

市委领导说："你们把沈梦苏转移出宏济医院的行动很好，目前形势下，必须保持对敌斗争的高度警惕，不能有一丝一毫的大意。现在，你们的一个重要任务，就是要营救区达铭同志，这件事情宜早不宜迟。"

麦秋实说："是，我正在想办法。沈梦苏出狱就医这件事倒是对我有所启发，看来营救区达铭同志的最好时机，应该是在医院……"

市委领导说："对，这是个办法。要制造一个充分的理由，迫使敌人把区达铭送往医院！古大章的手枪队还剩下多少人？"

麦秋实说："还有六七个。"

市委领导说："够用了。到时让古大章同志跟你一起行动！"

麦秋实站起说："好！"

卫戍司令部袁昌的办公室里，袁昌正要外出，阿贵急惶惶地走进来报告："袁主任，沈梦苏昨天夜里离开了宏济医院，不知去向。"

袁昌轻轻哼了一声，继续批阅文件。

阿贵说："要不要把医院的人抓来问问，他们肯定知道。"

袁昌抬起头来说："共产党没那么傻，去哪儿还要给医院的人打声招呼？再说，释放沈梦苏是登了报的，以体现我们的慈悲仁爱之怀，你这一闹腾，报上的话不就成假的了吗！"

阿贵问："那——怎么办？"

袁昌说："我叫你们监视的不是沈梦苏，而是有可能去医院同沈梦苏联系的人，结果你们连个屁都没有监视到！算了，沈梦苏的事到此结束，你们便衣队以后就不要再管了。"

阿贵一脸茫然："啊？是，是！"

欧阳启泰病倒了，躺在床上，双目紧闭，死活不去医院。一家人手忙脚乱，端水的、送药的、拿衣服的，上下穿梭。欧阳春晓和麦秋实一连几天忙得不着家，欧阳夫人连个拿主意的人都找不到，这么一拖，欧阳启泰的病情显然已经加重。

"这中药吃了也不见效，可你就是不去医院看西医，怎么办呀，你就不能听我一回话吗……"欧阳启泰闭目不语。

欧阳夫人坐正在床边垂泪，春晓匆匆跑上楼来。

春晓说："妈，快收拾一下送我爸去医院，我已经联系好了。"

欧阳夫人说："可是你爸他……"

春晓坚决地说："他现在是病人，去也得去，不去也得去！"

欧阳启泰用力说出几个字说："我，不去——"

春晓伏在父亲耳边，像哄孩子似的说："爸，送你去的那家医院中西医都有，院长就是潘卓南，那年在沙面给你看过病的。"春晓说罢，不管父亲态度如何，朝旁边几个拿着担架的仆人一招手，将父亲强行抬上了担架送往宏济医院。

潘卓南亲自给欧阳启泰做检查，欧阳夫人和春晓等家人在外面忧心而又焦急地等候。少许，潘卓南从诊室出来。

春晓迎上前问："潘院长，怎么样？"

潘卓南一脸严肃地说："你过来一下。"

欧阳夫人担心地问："啊，怎么回事？"

春晓安慰说："妈，你先别急。"春晓跟潘卓南进了他的办公室。

潘卓南一进办公室，回头就质问春晓："你们是怎么照顾老人家的？"春晓神情愕然。潘卓南说："老人家这次发病，比几年前那次严重得多，心血管、脑血管都有问题，为什么不早送医院？"

春晓害怕起来："严、严重到什么程度？"

潘卓南说："要是再晚半天，发生大面积心肌梗死和脑溢血的可能性都有。现在脑颅已经出血了，偏瘫是免不了的。"

春晓说："啊？偏瘫！"春晓一下子哭了起来。

潘卓南说："你先别紧张，偏瘫也是可以慢慢康复的嘛。我会尽一切办法，达到最佳医疗效果。"

春晓说："潘院长，我父亲可就交给你了。这些年我没在他身边好好照顾他，总觉得心里有愧，他的病要是治不好，我……"

潘卓南说："放心，我会尽力的。昨天你们走时还说，'说不定明天就来了呢'，你看，果然来了，说明我们有缘啊，是不是？"潘卓南拿过毛巾递给春晓。春晓感激地看了潘卓南一眼，接过毛巾。

越秀山下的一条街道，麦秋实沿着街边小路，匆匆走到夹在一排骑楼当中的一间屋子门口，回头看了看，有节奏地敲门。这就是春晓给梦苏安排的住处，屋子不大，却是两层阁楼。

陈桂开门，麦秋实进去后又探头看了一下外面，将门关上。麦秋实看着火炉上的瓦罐，嗅嗅鼻子："在煲鸡汤？"

陈桂说："党生煲乌鸡，老家女人坐月子都用这补，比吃药强得多，她今天都能自己上下楼了。"

麦秋实说："陈桂，多亏有你照顾，谢谢了！"

陈桂问："你谢我？我是她什么人，你又是她什么人啊？"

麦秋实一时语塞："我——"

陈桂一笑，指指楼上说："她在上面。"

麦秋实正欲上楼，梦苏扶着楼梯慢慢走下。麦秋实急忙上去搀扶说："小心点。"

陈桂问："你怎么下来了？"

梦苏说："孩子睡着了，我下来坐一会。"

陈桂说："那你跟秋实说会儿话，我出去一下。"

梦苏说："不，他来一定有工作上的事，一起听他说说。"

陈桂看着麦秋实问："真有事？"

麦秋实顿了一下，点点头说："当然，来看望梦苏，也是我的工作。"

梦苏坐下，把脸转向别处说："谢谢你，这段日子你为我操了不少心，我和区达铭都很感谢你。"

麦秋实一怔："噢，这是我应该做的。"

陈桂说："你这个梦苏，说你自个就行了，提区达铭干什么！"转身问麦秋实，"春晓怎么没跟你一起来？"

麦秋实："她父亲的病又犯了，她这两天一直在医院里照顾呢。"

陈桂问："啊？欧阳先生病了？要紧吗？"

麦秋实问："还是脑血管病，正在治疗。"

梦苏突然冒出一句："你应该多陪春晓去照顾欧阳先生。"

麦秋实说："噢，我会的，会的。"他坐下，"我今天来，有一件重要的事要跟你们商量。"

陈桂在麦秋实对面坐下，梦苏也转过脸来。麦秋实说："关于如何营救区达铭同志的事。"

梦苏一下站了起来……

宏济医院的病房里，潘卓南正在给欧阳启泰检查。春晓站在跟前，她的目光一会儿看着父亲，一会儿看着自信而又潇洒的潘卓南。

潘卓南检查完毕说："欧阳先生，恭喜您，手术后恢复情况良好，半个月后，您就可以回家休养了。"

欧阳启泰伸出手来说："谢谢你，年轻人。几年前在沙面，就是你救了我一命，这回又是你——多亏你手术做得好啊！"

潘卓南握住欧阳启泰的手说："不客气。不过，您可能要坐半年轮椅。没有关系，我会为您跟踪治疗，保证让您彻底康复。"

欧阳启泰说："有你，我就放心了。"

春晓感激而又调皮地看着潘卓南："潘院长，'跟踪治疗'，说话可要算数噢？"

"那当然，当然！别忘了按时吃药。"潘卓南说着走出病房。春晓目送潘卓南的背影出神。

"春晓。"欧阳启泰喊了一声。

春晓回过神来："爸……"

欧阳启泰说："我忘了，这年轻人叫什么名字来着？"

春晓说："潘、卓、南，是我中学同学潘如梅的哥哥。"

欧阳启泰像是自语说："潘卓南，青年才俊啊，稳重、热情、医术高明……"

春晓在意地看着父亲……

春晓捧着一束鲜花来到潘卓南的办公室门口敲门，里面却传出一个女人的声音："请进。"

春晓犹豫了一下，推门进去。正在收拾衣箱的潘如梅转过身来，一眼就认出了春晓。

潘如梅喊道："春晓！"

春晓吃了一惊："啊？如梅！"两人惊喜地拥抱。春晓问："你不是在法国留学吗？什么时候回来的？"

潘如梅说："上星期刚回来，今天来看看我哥。"

春晓问："还回法国去吗？"

潘如梅摇摇头说："我留下不走了。"

春晓说："太好啦，那我们往后就可以在一起了！"

潘如梅嗔怨地说："咱俩在一起有什么好啊，在坤雅女师时，两个争强好胜的人，在一起就干仗。"

春晓说："现在我可不敢再跟你较劲了，你是谁呀，法国回来的洋学生，从头到脚都是散发着巴黎的香气。我呢，都快成黄脸婆了。"

潘如梅打量着春晓："黄脸婆倒谈不上，可也看得出你现在的生活状况——不怎么样，对吗？"

春晓被隐隐刺痛："这你都看出来！"

潘如梅说："都在脸上写着呢，辛苦、操劳、奔波，缺少爱情的滋养……"

春晓苦笑了一下："就这命吧。"环视着室内，"哎，你哥哥呢？"

潘如梅说："他有事出去了。"她看着春晓手中的花束，"你这是——"

春晓说："噢，这是给你哥的。我父亲病重送到这儿住院，幸亏你哥抢救得力。这束花，表达我——我们全家人的谢意。"

"那我就先代他收下了。"潘如梅将花束插在一只空瓶里，"哎，梦苏、陈桂，还有麦老师他们现在怎么样？"

春晓迟疑了一下说："唉，说起来话长，我得慢慢跟你说。"

潘如梅从春晓的语气里似乎感觉到了某些东西，回头迷惑地看着她……

宏济医院外面的花园小径上，春晓推着轮椅上的父亲在散步。父亲的精神状态明显好转，颇有兴致地欣赏着花园的景色；而春晓则情绪低落，似有什么心事。

欧阳启泰想起什么事来："春晓，这几天麦秋实有没有回家？"

春晓语塞片刻说："没、没有。"

欧阳启泰沉默了一会问："春晓，你实话告诉爸爸，你真的爱他吗？"

春晓迟疑了一下，点点头。欧阳启泰说："你在我身后，点头、摇头也我看不见，你得说出来。"

春晓说："我、我爱他。"

欧阳启泰又问："那他爱你吗？"

春晓半晌没有言语。

欧阳启泰说："孩子，其实你不说，爸爸也早看出来了。你性格叛逆，固执好强，在感情和婚姻上出现问题就在所难免。但爸爸还是要劝你一句，强扭的瓜不甜，既然人家不爱你，那你何必剃头挑子一头热呢？再说了，我现在才知道那个麦秋实是个狂热的革命分子，心思根本不在居家过日子上，你跟着他风风雨雨，我和你母亲自然也担惊受怕。"他连连摇头，"当初跟他结婚就是个错误，我也是看走了眼啊，不合适，很不合适……"

这时，欧阳启泰和春晓的目光都投向前面——麦秋实手提一袋食品走了过来。

麦秋实走到跟前喊了声："岳父，春晓——"

欧阳启泰板起脸说："你来干什么！"

麦秋实说："对不起，岳父，我这几天忙，没顾上来看望你……"

欧阳启泰说："你忙你的去，我不需要你看！"对春晓，"走，回病房！"

一位护士走了过来。

春晓说："爸，让护士推你先回，我跟他说会儿话。"

春晓将轮椅交给了护士。欧阳启泰闭上眼睛，被护士推走。

麦秋实和春晓面对面站着。麦秋实说："春晓，这些天来照顾父亲，你受累了。"

春晓说："别说这些了。我知道，你确实很忙，但这不是原因，真正的原因是你心里根本就没有我，没有我的父亲。"

麦秋实似乎预感到春晓要说什么，静静地听着。

春晓说："我满以为，我和你已经成了真正的夫妻，你的心就会从梦苏那里收回来；满以为梦苏已经生下了区达铭的孩子，就会令你彻底割舍以前对梦苏的那份感情；可是我一次又一次地想错了。现在我终于明白，今生今世没有任何力量能够夺走梦苏在你心中的位置，包括梦苏她自己。你让我感受到了透彻骨髓的凄凉和一种从未有过的绝望，我觉得很累、很累，我需要休息。"春晓转身走去。

麦秋实欲言又止，默默看着春晓的背影。

春晓坐在潘卓南办公室的沙发上抹泪，潘卓南在一旁开导她："谢谢你相信我，对我倾诉了这么多个人感情上的痛苦。我只能劝你想开一些，在感情问题上要顺心、顺势、顺其自然，不必徒增烦恼。我虽然不问政治，但这个年代，青年人受革命思潮的影响，往往把个人情感与革命热情联系在一起，我认为也是很正常的事。不过，一旦因此而妨碍了自己的感情生活，那就要考虑考虑是不是值得。"

　　春晓抬头注视着潘卓南："你的这些话，我要是早点听到就好了。"

　　潘卓南惬意地一笑："对你，我真诚地表示同情，并完全理解。"走过去抚摸着花瓶里的花朵，"一束鲜花，只有懂得欣赏它的人，才能领略到她的芳香。"

　　春晓发现那正是自己送给潘卓南的花，禁不住感动地说："啊，这束花，你还养着呢？"

　　潘卓南看着春晓："谢谢你送我的花。"

　　春晓与潘卓南对视了很久，还是春晓先转过脸去。

　　春晓提着一摞饭盒，轻松、愉快地一路跑进医院。春晓并不知道，在她身后远远地跟着一个便衣特务。

　　春晓跑到医院走廊上时，差点与人迎面相撞。春晓跑进爸爸的病房，提起饭盒说："爸，你最爱喝的艇仔粥！"

　　欧阳夫人问："给你爸买粥去了？"

　　欧阳启泰说："先放那儿，我一会喝。"

　　春晓说："趁热，现在喝。"

　　欧阳夫人说："来，我给你爸喂。"

　　春晓说："不，我来！"扶父亲坐起，"小乖乖，准备吃饭饭……"

　　欧阳夫妇扑哧一声都笑了。欧阳启泰用手指点着春晓说"没大没小！"

　　春晓用汤勺一下一下给父亲喂粥，父亲脸上洋溢出幸福的微笑；母亲在一旁看着，眼里闪烁泪花。

　　这时，病房门被推开，身着便装的袁昌走了进来。

　　袁昌恭敬地喊道："姨父，姨母——"

　　欧阳夫人说："阿昌！"

　　欧阳启泰说："阿昌来啦！"

春晓回头见是袁昌，手中的粥碗咣当掉在地上摔碎。

袁昌说："春晓，看你慌的！"

"噢，我——"春晓慌忙收拾地上的碎片。一位护士闻声跑进来，帮助春晓把地上收拾干净。

欧阳夫人问："阿昌，你怎么有空来了？"

袁昌说："我也是刚刚知道姨父在这里住院，特意来看看。姨父，应无大碍吧？"

欧阳启泰说："多亏了潘院长，捡了条命。"

春晓欲出去，被袁昌叫住。

袁昌说："在外面等我一会，我有话要对你说。"

春晓紧张地点了下头，走出病房；外面走廊上，刚才跟踪春晓的那个便衣神情怪异地看着春晓，令春晓更加毛骨悚然。

病房内，袁昌在欧阳启泰身边坐下。袁昌说："刚才，我见春晓照顾姨父的样子，挺孝顺嘛。"

欧阳夫人说："你这个表妹呀，现在慢慢懂事了，不像前些日子，老是疯疯癫癫地在外面跑，连家门在哪儿都快忘了。"

袁昌用心地听着。

欧阳启泰说："春晓这几天一直守在我身边，这让我都有些出乎意料。看来啊，让她在外面去碰些钉子，未必不是好事。"

袁昌说："对对，女孩子嘛，就应该跟家人待在一起，让父母得享天伦之乐，千万不要被人利用，比如那个麦秋实……"

欧阳启泰打断袁昌的话说："阿昌，你别跟我提那个姓麦的，别跟我提他！"

袁昌诧异地注视着欧阳启泰。

医院外面的花园里，袁昌在和春晓谈话。那个便衣远远地靠在一棵树上。

袁昌说："实话告诉你，我们之所以抓捕了区达铭和沈梦苏，是因为有确凿的证据显示他们在继续从事颠覆党国的赤色暴力活动。至于你，有没有参与他们的活动，目前还无法证明；如果一旦有了证据，别看我们是表兄妹关系，那我为了党国的利益，也绝不会对你手下留情！"

春晓说："怎么，你连我也想抓啊？我做什么事了？你说出来听听！"

春晓虽然嘴硬，心里却惴惴不安。

袁昌说："春晓，你表哥是吃什么饭的，你应该很清楚。你跟着麦秋实都做了些什么，我并非一无所知，请你不要把我对你的网开一面当作侥幸。这么多年过去了，回头看看，你和你的同志们的赤色理想和热情是不是显得很空洞、很幼稚？搞来搞去，除了被抓被杀、四处逃窜和家破人亡，你们究竟得到了什么？"

春晓为自己解脱道："表哥，你、你说些什么呀，好像我杀人放火了似的！我现在每天都守在父亲身边，才不关心外面的事呢！"

袁昌说："这就对了！作为表哥，我是真心实意地为你着想，希望你迷途知返，不要再跟着那个麦秋实瞎跑，为那些不切实际的幻想而耗费青春和生命；共产党成不了气候，踏踏实实为自己活着才是根本。你要是再见到麦秋实，也劝劝他，我袁昌现在只不过是没有掌握他的证据而已，别等到他跟区达铭一样把事犯大了，那也就只好跟区达铭一个下场了！"

春晓问："区达铭？你们要把区达铭怎么样？"

袁昌注视着春晓说："对于这个顽固不化、软硬不吃的家伙，除了死刑还能怎么样！"

春晓一惊："啊？他、他可是梦苏的丈夫啊，梦苏是我的朋友，你就不能——"

袁昌说："丈夫？你们共产党的把戏不仅拙劣，还毫无人性！居然把梦苏交给这样一个道德败坏的人，你们的心都是石头长的吗？袁昌起身欲走，"对了，听说你跟宏济医院的潘院长很熟？"

春晓说："我跟他妹妹是坤雅女师的同学。"

袁昌说："好，请你帮表哥一个忙。"

春晓说："我——帮你的忙？"

袁昌说："自共产党广州暴动以后，监狱里人满为患，不少犯人都或伤或病。我了解到，这个宏济医院的医疗条件和技术还不错，我们考虑把一些伤病较重的犯人送到这儿来治疗，一来减轻监狱的负担，二来也让全社会的人看看，党国对于犯人、哪怕是政治犯，就像对沈梦苏一样是讲人道主义的！所以，需要你给潘院长说说，关照关照我们，到时候给我们预留一些床位，如何？"

春晓低头不语。袁昌一笑："我想这个忙你会帮的。再见！"

袁昌头也不回地走去。

春晓呆呆地站着，心跳加速，脸色惨白。

梦苏住的小屋，烛光下围坐着麦秋实、梦苏、陈桂、春晓。春晓说："他说的就是这些。"

麦秋实问："你再想想，袁昌还说了什么？"

春晓想了想说："噢，他还说，区达铭顽固不化、软硬不吃，要、要判死刑。"

"啊！"梦苏惊叫。

春晓站起说："我该回医院去了。我给父亲说回家取件衣服，是偷跑到这儿来的。"

陈桂拉住春晓的手说："春晓，你可要保重呀。"

梦苏说："春晓，等你再来。"

春晓展开双手紧紧拥住梦苏和陈桂，想说什么又说不出来，仿佛有一种生离死别的感觉，泪水不禁夺眶而出。春晓擦擦眼泪，转身向屋外走去。

"春晓，我送送你。"麦秋实大步跟上春晓。

春晓站住，目光避开麦秋实："我是想了好久才决定来的，毕竟，我和梦苏、陈桂都是多年的好姐妹，我们也算是夫妻一场，我不想看着你们有危险而甩手不管。"

麦秋实说："春晓，你带来的情况非常重要，我代表组织感谢你。"

春晓苦涩地说："又是一个感谢——往后，我恐怕不会经常跟你们在一起了，我想回到我以前的生活，请原谅。"

麦秋实说："春晓，我理解你，我也觉得很对不起你，可是感情这东西，怎么说呢！不管怎样，希望你不要怕，不要后退，不要放弃我们为之奋斗的理想。"

春晓沉默片刻，突然扬起脸看着麦秋实："秋实，抱抱我吧。"

麦秋实一怔，看见春晓的眸子里闪动着泪花。麦秋实慢慢张开双臂，春晓一头扑到他怀里无声地恸哭。麦秋实也湿了眼眶。

麦秋实连夜找到市委领导，汇报春晓提供的重要信息。麦秋实说："春晓带给我们的信息有两点很重要，一是袁昌说还没有掌握有关我的证据，又说区达铭顽固不化、软硬不吃，要处死刑，这再一次说明区达铭同志在狱中保持了共产党人的气节；二是他们要把一些伤病较重的犯人送到宏济医院治疗，这可是营救区达铭同志的一个绝好机会！"

市委领导说："你说得对。还有一点，敌人利用革命处于低潮的时机，想瓦解我们的队伍，袁昌对春晓所为就是这个目的，各级组织对此要保持高度警惕。"

麦秋实若有所思地点点头。

市委领导说："就这样吧，我看营救区达铭同志的时机已到，按计划实施！"

麦秋实站起："是！"

荔湾湖畔的一座茶楼，瞿之要一边品着香茗，一边聆听粤剧名伶的清唱。袁昌急步到来。"司令！"

瞿之要一看袁昌的神色，知有要事，挥挥手让名伶下去。

袁昌入座："司令，按您的部署，都安排好了。"

瞿之要问："那个潘院长靠得住吗？"

袁昌说："没问题，此人唯医至上，不问政治，明天我再造访他一次。"

瞿之要问："那么，麦秋实，还有你那个表妹欧阳春晓，抓不抓？"

袁昌一下子站了起来："司令——"

瞿之要挥挥手："坐下说。"

袁昌坐下说："我是这样想的，如果现在就把麦秋实和春晓抓了，共党必然怀疑到区达铭头上，他们的地下人员和其他联络点就会立刻转移隐藏。这样的话，我们掌握的一些线索就会断掉，区达铭这个人也就废了。"

瞿之要问："你的意思是，要充分利用好区达铭这一特殊人物，让他长期为我们所用？"

袁昌说："是的，司令。何况，我那个表妹春晓已经被我劝说得彻底动摇了，更没必要去抓她。"

瞿之要闭目沉吟了一会，突然笑道："阿昌，不谈工作了，你也休息休息，放松放松。来，我给你点一段粤剧名曲《柳娘三醉》听听！"

瞿之要一拍手，两位名媛怀抱琵琶、月琴走来，千媚百态地唱了起来……

宏济医院，一位护士战战兢兢地领着身着戎装的袁昌，走到潘卓南的办公室门口，轻轻叩门。潘卓南在里面应答："请进。"

护士将门推开，对袁昌说："先生，请。"袁昌进来，潘卓南诧异地从办公桌后面站起。

"院长，这位先生找您。"护士说罢退了出去。

潘卓南问："您是——"

袁昌说："广州卫戍司令部的，姓袁名昌，恕我冒昧打扰。"

潘卓南说："噢，袁先生，请坐，请坐。"

袁昌在沙发上坐下："久仰潘院长大名，今日得见，果然一表人才！"

潘卓南说："哪里，哪里，请问袁先生找我有何贵干？"

袁昌说："我姨父欧阳启泰老先生在你这里住院，我刚才看了看他，顺便过来认识一下潘院长。"

潘卓南说："噢，袁先生是欧阳先生的亲戚。"

袁昌说："我今天来呢，首先是想跟潘院长交个朋友。我袁昌小时候体弱多病，全靠了一位大夫，所以我一生敬重行医的人；其次，不知春晓给你说过没有，我们监狱里有一些伤病较重的犯人想送到这里来……"

潘卓南说："噢，这事春晓给我说过了。对医院来说，有人前来就诊就是最大的信任和帮衬，不管他是什么人。我得感谢袁先生。"

袁昌大笑说："感谢我？看看，倒过来了，潘院长真是一位可交之士啊。"他盯着书橱里潘如梅的一幅照片端详了一会，"这位小姐好面熟啊，好像在哪儿见过？"

潘卓南说："哦，那是我的妹妹。"

这时，潘如梅一阵风似的推门闯了进来。潘如梅高兴地说："哥，我找到工作了——"潘如梅蓦地看见一个身着戎装的人坐在那儿，一下愣住了。

潘卓南说："说曹操，曹操到。"对袁昌介绍说。"这就是我妹妹潘如梅；如梅，这位是卫戍司令部的袁先生。"

袁昌站起伸出手来说："潘小姐——噢，想起来了，我们在坤雅女师的联欢晚会上见过。"

潘如梅诧异地打量着袁昌："联欢晚会？噢，你是——"

袁昌说："袁昌，那时候还在读黄埔军校。"

"嗯，有点印象。"潘如梅夸张地舒了口气，与袁昌握手："吓我一跳，我一见穿军服的人就害怕。"

袁昌说："那好，下次再见潘小姐，我一定换上便装。"

潘如梅莞尔一笑："哥，我还没说完呢，教会学校录用我做老师了，还不赶快祝贺我！"

潘卓南说："好好，祝贺，祝贺！"

袁昌说："教会学校？离我们卫戍司令部很近啊，潘小姐往后有什么事需要我袁昌帮忙，就尽请吩咐。"

潘如梅说："那好啊，说话算数，到时候可别装作不认识我了。"

袁昌说："怎么会呢！我袁昌倘若能为潘小姐效力，将不胜荣幸！"袁昌暗暗打量着潘如梅……

春晓和护士推着轮椅上的欧阳启泰走出医院大门，他今天出院。门前停着欧阳先生的黑色轿车。

欧阳启泰回头寻找着潘卓南。潘卓南正在快步朝他们走来："欧阳先生，祝贺您今天出院。回家后一定要坚持服药，注意休息，我会定期上门为您复诊。"

欧阳启泰拉住潘卓南的手说："年轻人，我会永远记着你为我做的一切。"

潘卓南说："欧阳先生不必客气，这是晚辈应该做的。"

春晓感激地看着潘卓南说："希望你多到家里来，不然我爸爸会老念叨你的，我也一样会——"春晓突然打住话头，将父亲扶进轿车。

轿车缓缓驰去。春晓从车窗向潘卓南招手。潘卓南也招手回应。

梦苏的小屋里，麦秋实、梦苏和陈桂围桌而坐，桌上摆放着一包红辣椒。

梦苏说："我去吧，我是他的妻子，去探视他，给他送点吃的名正言顺。"

陈桂说："这可不行，你的身子还没有恢复好呢。再说，你在那个监狱关过，你一去，容易叫敌人怀疑。"

梦苏着急地说："那怎么办呢……"

陈桂说："唉，春晓要在就好了，那家伙关系广、点子多。"陈桂突然想起什么，惊喜地大叫说："哎，有了，有办法了！"

麦秋实说："快说说！"

陈桂说："我在宏济医院做杂工时认了一个工友阿青做干姐，阿青的小叔就在那个监狱当厨子，我可以找她说说，让她通过小叔把这包辣椒带给区达铭。"

麦秋实问："你这个干姐，靠得住吗？"

陈桂说："放心，阿青也是一个掏心窝子的人。"

傍晚，陈桂拎着一包东西，远远地等候在通往医院的一个路口，不时朝医院方向张望。

这是下班时间，各色人等纷纷走出医院大门。陈桂眼睛一亮，看到了她的那个干姐阿青。

阿青走了过来，陈桂则躲到了树后；待阿青走近时，陈桂猛地从背后捂住了阿青的双眼，阿青惊叫一声，短暂地停顿之后，随即说："阿桂，是你吧！"

陈桂松开双手："阿青你太厉害了，我搞什么名堂都能被你识破。"

阿青说："谁让我们是好姐妹呢！哎，你也不打声招呼，这些日子跑哪儿去了？"

陈桂："先别问这个。我今天有事要你帮忙，你得先答应我！"

阿青问："什么事？"

陈桂："你先答应了我再说。"

阿青说："哎，不讲理啊！"

陈桂："就是不讲理，你快说答不答应。"

阿青说："好好，我答应。"

陈桂抱住阿青的脸亲了一口："真是个好干姐。"

监狱审讯室里，袁昌和区达铭面前的桌子上，放着一包红辣椒。

区达铭虽然还是囚犯的身份，但这时却丝毫没有了囚犯的感觉，嘴上抽着烟卷，一只脚脱了鞋翘在桌面上，还不停地摇晃。

袁昌显然闻到了区达铭脚上的臭味，厌恶地皱起眉头："你们共产党的高级干部，怎么也像农民似的，一点不讲文明。"

区达铭说："你说对了，共产党的干部大都是农民。把脚放在桌子上让我舒服，让你难闻，这就是我们农民的文明；而把脚穿进鞋子里，让自个难受，把臭气捂着，这是你们资产阶级的文明。列宁同志说过——噢，不能再这么讲了。"他把脚放下。

袁昌说："讲！可以讲，继续讲，这句话你今后更要多多地讲。"

区达铭看着那包辣椒，苦着脸说："只要别让我吃这包辣椒，叫我讲什么都行——这个梦苏啊，明明知道我一沾辣椒就满嘴起泡，喉咙疼痛，还让人送这么多辣椒来，这不是要整死我吗？"

袁昌说："共党为了要营救你，可真是煞费苦心啊。这也说明，沈梦苏从这儿出去后，又跟他们串通一气，这对我们来说不是坏事，你要充分地利用这个关系。"

区达铭说："哎，咱们说好的，不管发生什么事，都不能伤害梦苏，你可不得食言！"

袁昌说："君子之言，岂可食之？"

区达铭说："还有，都这么久了，还让我待在这里。虽说你们给我的待遇不错，可总是憋得难受啊，我想出去！"

袁昌说："吃了这包辣椒，我估计很快就会有人接你出去了。我们既然是放虎归山，就得给老虎找一条归山的道，现在，这条道就在眼前了。"

区达铭说："你袁昌，对谁都是一肚子坏水。"

袁昌阴笑一声："今晚我让人给你送一壶米酒来，你边吃辣椒边喝米酒，味道一定很美。"

区达铭一脸的苦相："你他妈的好狠啊！"

一辆救护车呼叫着驶到宏济医院门口。从车上下来两名持枪的军警，接着，躺在担架上的区达铭被抬出救护车，送进医院。

正在扫地的阿青远远地看着这一情景……

两名军警把在病房门口，便衣队长站在区达铭身边。

区达铭躺在病床，脸面红肿，满嘴是泡，样子十分痛苦。

潘卓南边给区达铭检查边问："你吃什么了？上火如此厉害。"

区达铭呻吟着说不出话来。

潘卓南对便衣队长说："先给他做个肠胃清洗。"

区达铭呜呜呀呀地说了一句。

潘卓南问："他说什么？"

便衣队长说："他说，他怕难受，要注射麻药。"

潘卓南迟疑了一下说："好吧，给你麻醉。"

医院前厅，前来就诊的病人明显比往日增多了不少，前厅和走廊里，到处有人穿梭走动。一些人神色诡异，化了装的古大章和陈桂就在其中。

医院外面，一辆汽车停在远处隐蔽的路边。麦秋实坐在驾驶室里，从车窗注视着医院方向。

把守在医院病房门口的两名军警面对走廊里来来往往的行人，显得有些紧张。

病房里，潘卓南在护士的辅助下，正在给区达铭实施治疗。

麻醉后尚处于半清醒状态的区达铭眼睛微睁，一直望着门口；蓦地，他朦朦胧胧地看见两个熟悉的身影从门外走过，他认出了那是古大章和陈桂。

就在此时，外面响起了枪声，守在门口的两名军警应声倒地，古大章和陈桂等人冲进病房，拔掉区达铭身上的输液管，将他搬上担架朝外抬去。

潘卓南被吓蒙了，呆呆地站在一边。

医院外面，麦秋实听见枪声，一踩油门，将车飞快地朝医院开去……

第十八章

蛰伏

几名便衣特务听到枪声冲进宏济医院，与古大章的手枪队展开激战，走廊里一片混乱。古大章他们最终将敌人压制，陈桂等人将区达铭抢出了医院。

麦秋实开车及时驶到医院门口，几乎是在汽车的滑行状态下，区达铭被塞进车内，陈桂、古大章等人跟着跳上汽车，绝尘而去。

一名便衣从地上爬起，举枪向远去的汽车射击。

潘卓南站在医院走廊上，看着倒地的伤亡人员和被打烂的门窗玻璃等枪战留下的痕迹，不知所措。

警报声大作，大批军警朝医院赶来……

军警在各交通要道设置障碍，盘查过往车辆。

麦秋实的汽车驶离马路，在一片树丛中颠簸着，直到开不动了，他们从车上下来，古大章背起仍在昏迷中的区达铭直奔江边。那里，等候着一条渔船。

他们跳上渔船。艄公将竹篙一撑，渔船离岸驶向江心……

宏济医院内外到处站着军警。包括潘卓南在内的医院所有医护人员和杂工，被集中在前厅。

便衣队长说："你们听着，赤党分子在光天化日之下，从这里劫走了他们的同党，说明你们宏济医院很可能有人与他们暗中勾结！现在，要对你们每一个人进行调查。叫到名字的，到那间屋子去！"他翻开花名册，"潘卓南！"

潘卓南站着不动，满脸愤然。便衣队长再次喊道："潘卓南！"潘卓南这才上前一步说："我好好的一个医院，就因为接收了你们的一个病人，竟被搞成这样！应该是我请求国民政府调查你们，而不是你们来调查我。我要找你们的袁昌主任！"

便衣队长说："好啊，等调查完了你找谁都可以，现在就请你先到那间屋子去。"

一便衣过来将潘卓南一推说："走！"潘卓南无奈地走向那间屋子，走到门口抬头看了看贴在门上的"调查室"三个字。那间屋子就是他的办公室。

入夜，沙面的一家酒吧里坐满了外国人，一张吧台旁边，坐着春晓、潘如梅和潘卓南，透过酒吧宽大的玻璃窗，可以看见珠江上偶尔驶过的船舶。

潘卓南喝下一口闷酒，情绪低落地说："查了半天也没查出什么，但这件事对医院的经营影响很大，最近几天都没什么病人来就医。这样下去，我真担心医院会垮掉……"

春晓疚愧地低着头说："都怨我，是我为表哥袁昌带话给你，让你接收他们从监狱送来的病人。而那个被抢走的病人，又是我的好友沈梦苏的丈夫，说实话，我也希望他能获得自由，没想到却连累了你……"

潘如梅说："你看看，你这关系有多复杂！就凭你们家那么大的家业，几辈子都不愁吃不愁穿，你跟那些乱七八糟的事情搅在一起干什么？现在又把我哥搅进去……"

潘卓南说："如梅，你别这么说春晓，这不怪她，她也是好心，本意是要帮我，谁能料到会出现这种事情呢？"

春晓说："不，怪我，真的怪我，让你的医院遭受这么大的损失。"

潘如梅见哥哥和春晓一唱一和的，不由撇了撇嘴，欲言又止。

潘卓南安慰春晓说："没事儿，我还撑得过去，大不了再从头开始。"

潘卓南的话令春晓感动，她抬头看了看他。

乐队奏响了华尔兹舞曲。一位法国船员过来请潘如梅跳舞，她欣然跟着进了舞池。潘如梅一边和法国船员共舞一边冲着潘卓南和春晓说："行了，你们就别互相安慰了。哥，你还不请春晓跳个舞？"

潘卓南站起来，很绅士地做了个邀请的姿势："欧阳小姐，请！"

春晓满脸惆怅地摇摇头："算了，我实在是没有心情，你去找别的舞伴跳吧。"

潘卓南重又在春晓身边坐下："其实我现在对跳舞的兴趣也不大，就这么安安静静地坐一会儿也好。"

春晓又一次抬头望了望潘卓南，感受到他的善解人意。

潘如梅看着他俩默契的样子，似乎感觉到了一种什么，脸上现出一丝淡淡的诘笑，和法国船员旋转着滑进了舞池中心。

潘卓南和春晓独处了，他端起酒杯对春晓说："祝大家平安。"

春晓想了想，端起自己的酒杯和潘卓南轻碰了一下，两个高脚酒杯闪着晶莹的光亮，发出轻微的脆响。

麦秋实、区达铭、梦苏、陈桂、古大章等人聚集在梦苏租住的小屋内。区达铭虽然已清醒过来，但满嘴的火泡还是不便说话。

区达铭激动地说："同志们，谢谢你们……为救我……付出的努力。我今后……唯有更加积极地……为党工作，来报答组织……"

陈桂说："老区，你说话不方便，就不用多说了，都明白的。"

区达铭说："不，我要说！我还要感谢你们对梦苏的照顾。"他拉住梦苏的手，"梦苏为我，为孩子受苦了……"

麦秋实转身走到一边。梦苏不动声色地把手从区达铭的手上抽出来。

古大章说："老区，不说了，好好养伤。"

躺在旁边床上的孩子哭了起来，区达铭挣扎着撑起身子，轻轻拍打着婴儿。区达铭把脸贴着孩子，万般疼爱地说："哦哦，宝贝不哭，不哭。"

婴儿依然啼哭不止，梦苏过来抱起孩子。区达铭说："是不是饿了，想吃奶了？"

梦苏脸上掠过一丝羞愤的神情，抱着孩子转身走到一边，背对着众人给婴儿喂奶，婴儿的哭声渐渐止息。

窗外传来警车驶过的声音，以及军警搜查路人的嘈杂声。

麦秋实转身走过来，神色有些凝重："敌人一定不会善罢甘休。老区、梦苏都不能留在广州了，必须马上转移出去。"

区达铭一愣："去哪儿？"

麦秋实说："组织上已经安排好了，由古大章同志护送你们去汕头那边。"

区达铭说："不，我要留在这儿，继续战斗！"

麦秋实说："老区，你的心情我理解，但你这个时候留在广州，目标太大了。再说你伤成这样，现在也无法开展工作。"

梦苏忐忑不安地走过来。

麦秋实说："梦苏也出狱不久，又刚生完孩子，身体也很虚弱。到了那边先安心调养身体，带好孩子。"

梦苏低下头，神情复杂。

区达铭问："那——我们下一步的工作呢？"

麦秋实说："过一段时间，党组织会派人和你们联系的。"

区达铭不好再说什么："那也好，也好。"

卫戍司令部袁昌的办公室，透过窗外射进的强光，监狱长、便衣队长等人站成一排，正在听任袁昌的训斥。

袁昌气急败坏地说："你们真是一群废物！光天化日之下，竟让几个共党毛贼将犯人劫走。那个区达铭是什么人？是共产党广州市委的要员，是顽固不化、与党国对抗到底的赤匪！我限令你们三天之内必须抓到他，否则——哼，有你们的好果子吃！"

监狱长等人齐声喊："是！"

袁昌烦躁地挥挥手，监狱长等人退出。

袁昌黑着脸过去将门关上，转回身来时嘴角却隐约露出一丝诡异的笑意。

袁昌走到桌旁，甚至有些惬意地拿起电话："接瞿司令——司令，我们的诱饵已经被大鱼吞下，带进了江河湖海，我期待着即将翻起的一个个大浪……"

两年以后，郊野到处是淤塞的稻田、野草丛生的田地、荒芜的蔗田、山坡上低矮的茅草屋，以及烧焦的废墟。

一行人沿着田埂匆匆走来，他们中有的穿着长衫，有的农人装束、挑着担子。领头的人边走边警惕地向四下张望，不时轻声地嘱咐同伴踩稳脚步不要滑倒，催促加快速度。

突然，山坡后冒出一队军警，端着武器吆喝着向那队人包围过去。

穿长衫的人拔出武器还击，掩护挑担子的人夺路逃跑。

军警开火，双方激战。穿长衫和挑担子的人寡不敌众，纷纷中弹倒下。

枪声渐渐停息，尸体横七竖八地倒在田埂上下，一副副货担扔在一旁。一个军官提着枪走到一副货担旁，弯腰察看，扒开上面的伪装，露出了藏在下面的无线电器材。

一艘轮船缓缓停靠码头，码头上已被军警戒严。

军警将船上的普通乘客拦住，一身戎装的袁昌在一些卫兵的护卫下最先下船。袁昌走上码头，钱主任带随从上前迎接，恭敬地向袁昌敬礼："袁特派员好。"

随从介绍说："这位就是汕头区绥靖委员公署的钱主任。"袁昌嘴角似笑非笑地咧了一下，鼻子里哼了一声，算是打过招呼。

钱主任说："袁特派员这次大驾光临，指导剿抚兼施的工作，实为本地之大幸……"

面对钱主任抑扬顿挫的套话，袁昌丝毫不给面子，不等沈的话说完，他就转身钻进了一旁的汽车。

钱主任一愣，急忙跑到另一边钻进汽车，坐到袁昌身旁，关上车门。

汽车驶离码头，戒严军警随即撤走。

码头栈桥旁，普通乘客这才被放行，依次走下栈桥。拥挤的人流中，有麦秋实和古大章。古大章小声对麦秋实说："没想到他也在这艘船上。"

麦秋实低声地说："他肯定也想不到我们会和他乘同一班船到汕头。"

古大章说："听说他又升官了。"

麦秋实点点头："他现在是闽粤赣边区剿匪司令部的参谋长。最近这边出了不少事，又把他作为特派员派过来，看来他今天是正式粉墨登场了。"

古大章说："一上岸就碰上这个家伙，真他妈倒霉，不是好兆头。"

麦秋实说："我和这个袁昌也是老相识了，他确实不好对付，看来我们今后工作的难度更大了。"

古大章愤愤地，声音不由越来越大："以前在广州他就和我们斗，没想到刚到汕头这边他又追来了，这个衰佬！"

麦秋实说："嘘，小点声。"

古大章放低声音说："不知道我们这次要找的人能不能找到，找到以后会怎么样。"

麦秋实说："我也有些担心，毕竟已经隔了两年了，什么情况都可能发生。我真希望他们能经受住考验，毕竟还有更重要的事业需要他们一起去做。"

古大章迟疑了一下说："有件事我一直不太明白，老区和梦苏怎么是两个不同的联系地址？他们好像一到汕头就不在一起了，他们不是连孩子都有了吗？"古大章突然意识到什么，急忙住嘴。

麦秋实有些尴尬："我也不太清楚到底是怎么回事。"他不想继续这个话题，朝四下看看说："快走吧。"

两个人隐入人群中。

袁昌乘坐的汽车行驶在汕头市区，街道上人流、车流拥挤，十分热闹，汽车行驶缓慢。

街边并排贴着几张演出海报，袁昌透过车窗望见其中一张海报上的小生头像时，不禁浑身一懔，脸上不由自主现出迷惑的神情。汽车都开过去了，袁昌还扭过头呆呆地回望着那张海报。

坐在旁边的钱主任看见袁昌的神情，以为他好这一口，便巴结地说："虽说剿匪事重，但袁副司令一路鞍马劳顿，也应适当休憩，以免过度操劳……"

袁昌还沉浸在刚才的思绪里没回过神："唔——"

钱主任以为袁昌受用，兴奋地说："俗话说，来得早不如来得巧，本地这阵子正有一件热闹事，两大粤剧班——福乐班和鸿升堂在打擂台，争夺江湖霸主地位。这些天一到晚上江边热闹极了，两个红船班面对面地开唱，一直唱到天亮'天光戏'散，看哪边的观众多就算哪边赢。两边基本打了个平手，过几天正式决战。这不，两个班连演出海报都并排贴在一起，拼上了。福乐班推出的是新晋小生靓少秋，代表鸿升堂的是早已红遍江湖的大老倌鹰眼超……"

钱主任讲得有滋有味，眉飞色舞，忽然发觉一直没得到回应，回头一看，袁昌表情冷冰冰的，脸拉得很长，钱慌忙住了嘴。

袁昌讽刺地说："眼下，国军官兵在蒋委员长指挥下正清剿共匪，艰苦卓绝、浴血奋战，耳边一天到晚只有枪炮的闹腾；你却在这儿歌舞升平地捧戏子，整天丝竹乱耳，很热闹啊！"

钱主任吓坏了，急忙语无伦次地表白："不不，钱某只是偶怡性情，绝不耽于奢靡享乐，这绝对是实话，天地可鉴……"

袁昌对他的表白不感兴趣，望着车窗外变换的街景，似是无心地问："你刚才说那个小生叫什么？

钱主任说："靓、靓少秋。"

袁昌说："我问的是他本来的名字。"

钱主任茫然地说："那，那就不知道了，好像他到福乐班的时间也不长，一出道大家就叫他的艺名靓少秋。"

袁昌望着车窗外，不再作声，不知在想什么。钱主任也不敢再说话。

绥靖委员公署一办公室，袁昌说："那些偷运无线电器材的人是在汕头郊外被打死的吧？"

钱主任不安地说："是。"

袁昌问："上次那个偷带油印文件的共党分子也是在汕头查获的吧？"

钱主任越发惴惴不安："是、是的，是在船上，本来已经抓住他了，结果我们的人一时大意，那个人跳进海里淹死了。"

袁昌说："前一段时间，有人到香港购买钞票纸，一次就要买十令，引起了商家的怀疑，汇丰银行每次也只买半令，最多一令。后来一追查，原来是匪区的所谓中央银行要印钞票，共产党的中央局派人到香港搞采购。那些人据说也是经过汕头进出香港的。这些都说明了什么呢？"

钱主任浑身冒汗，站起来一个立正："这、这是卑职失职，没能很好执行蒋委员长'军事政治同时并举'的策略方针……"

袁昌忍无可忍："这些都是套话空话，能说点人话么？"

钱主任张口结舌，不知说什么好。

袁昌说："分析这些情况，说明了一个问题——不管是物资也好，密件也好，共产党正在建立一条通向苏维埃地区以外的通道，而汕头正是这条通道上的一个重要枢纽。"

钱主任说："他们的行动都遭到了挫败，这条通道应该建立不起来吧？"

袁昌摇头说："看来你确实不太了解共产党人，他们不会在乎失败的。蒋委员长指挥的围剿把江西苏区围得像铁桶一样，共产党人会不惜一切代价打通这条生命线。据可靠情报，就在这几天，负有这一使命的共党地下负责人就会秘密进入汕头——说不定，他已经来了。必须尽快抓住这个人，绝对不能让他把这条交通线建立起来。"

钱主任问："那有没有更多关于这个人的情况？"

袁昌再次摇头说："和前几次行动一样，这个情报来自于一个共产党的变节分子，可惜这个人接触不到核心机密，他只听说有这样的安排，但具体什么时间到，来的是几个人，是男是女，什么姓名、什么身份，体貌特征……他都一无所知。"

钱主任说："也就是说，我们要抓一个人，但却对这个人一无所知。"

袁昌点头。

钱主任为难地说："参谋长，那——怎么抓啊？"

袁昌说："全城搜查，一寸一寸地查，不放过任何蛛丝马迹，凡是有疑点的人都抓起来。"

钱主任说："是！"

一时间，汕头城内车站、码头、旅馆、街巷被军警搅得鸡飞狗跳乌烟瘴气。

钱主任向袁昌汇报说："一共抓了 134 名嫌疑人，查获了这么多可疑物品。"

袁昌看着被抓捕者的名单以及查获物品的清单说："纸张、五金、食盐……确实都是匪区急需的物资。所有的线索都要一条一条追查到底，搞清楚这些人和东西是不是和共匪有关系，是什么关系。"

钱主任说："是。"钱主任欲言又止，袁昌看出来了。

袁昌问："还有什么？"

钱主任犹豫地说："还有一件事，不知道算不算线索。可能根本不算什么事，也就是一个小细节，不过想起来感觉有点怪怪的。"

袁昌不耐烦地说："到底是什么，你说呀！"

钱主任说："我们的人到通海旅社去搜查的时候，那儿的老板报告说，他们丢了一张照片。"

袁昌问："一张照片？照的什么？"

钱主任说："说的是啊，也不是什么大明星的肖像，就是很普通的一张相片，镶在镜框里挂在楼梯拐角的墙上，谁偷那个干什么呀？可能确实是我多心了。说不定是被哪个侍者不小心打碎了，怕老板责罚，偷偷扔掉了。"

袁昌说："带我到那家旅社去看看。"

通海旅社，楼梯旁的墙面上挂了一排镶着照片的镜框，唯独拐角处的墙上明显地缺少了一幅照片。

袁昌一边沿着楼梯拾级而上，一边一幅一幅地看着墙上那些照片，十分感兴趣地说："哟，这几张是我们黄埔军校当年在潮州设立的分校，这个院子我去过。"

老板说："老总是上过黄埔的人？那必定是国之英才啊。"

袁昌说："东征时我随黄埔学生军来过潮汕——那张丢失的照片照的是什么？"

老板说："是北伐誓师大会，和这几张照片是一组。"

袁昌仔细看另外几张照片说："哦，当时我就在这个会场上。"袁昌陷入思忖中。

老板说："失敬失敬！"

袁昌说："你这里一不贴美人明星，二不挂山水花鸟，展示的都是记录国民革命大事的新闻图片，别具一格，想来老板是富有革命热情之人啊。"

老板说："不敢当，其实我平素对政治并无兴趣，不过确实厌倦军阀混战，拥护国民革命。"

袁昌问："这些图片是从哪个画报上剪下来的？"

老板说："是《岭东国民新刊》，我还有印象。不过那是几年前的画报了，现在不知道还能不能找到。"

袁昌问："《岭东国民新刊》？是哪儿办的？"

钱主任说："是我们汕头本地的画报社。"

"哦？"

袁昌和钱主任走出旅社。袁昌交代钱主任："通知《岭东国民新刊》画报社，把他们过去几年的画报都搬出来，带这个老板过去找，一本画报一本画报地翻，一定要把那张图片找出来。"

钱主任说："是。"

袁昌说："另外，给我找一身便服来，我下午有点事要出去。"

钱主任说："好的。"

身穿便服的袁昌独自一人走在街上，朝四周张望了一下，走进一家草药铺。店内光线昏暗，陈设简陋，看得出这是一间廉价的中药铺。

袁昌走进来四下打量。此时没有顾客，只有一个店员无精打采地倚在柜台后，埋着头似睡非睡。

袁昌走过去，捶着那个店员面前的柜台说："哎，我最近总是喉咙发干，该喝点什么润一润？"

那个店员迷迷糊糊地抬起头，看见袁昌愣了一下，随即惊跳起来，人也顿时清醒过来，原来他是区达铭。

两人进入里间小屋，面对着袁昌，区达铭牢骚满腹。区达铭说："刚来的时候偶尔还有人带个信来，让好好养伤，说等身体恢复之后会给我安排工作，但以后消息就越来越少，这一年多一点音信都没有了，联系完全中断。他们是不是怀疑我了？要不就别让我在这儿傻等了。再这样下去，人真的等傻了。"

袁昌说："也许他们并不是专门针对你的。共产党对被捕、坐过牢的党员，一般都信不过，就算重新起用，也要经过相当的考察和考验，才能重新取得他们的信任，这种情况也挺常见。"

区达铭说："可是都两年时间了，我找过省委好几次，还给麦秋实写过信，都没有任何回音，我感觉确实被他们给甩了。"

袁昌狐疑地说："按理说不会啊——这两年我一直让你潜伏在这儿，没有参与任何行动。就是你供出的那些人，我们抓的时候都精心安排，不会让人怀疑到你。我的人也极少和你联系，而且都是在极其保密的情况下，不会出什么差错的。"

区达铭说："那这到底是怎么回事啊？"

袁昌说："是不是你在狱中或者那之前有什么事引起了他们的怀疑？"袁昌思忖着，又摇摇头否定了自己的想法，"不对呀，要是那样的话，共产党就不会费那么大的劲劫狱把你抢出来了。"

区达铭说："我也经常这么想，我应该没露馅啊。费那么大的劲把我抢出来，又扔在一边不管不问，这到底是什么意思啊！"区达铭央求袁昌，"不管什么意思，我实在不想再待在这儿了，你给我换个地方吧。"

袁昌说："你不能离开这儿。当初你给你的上级组织留下的就是这个联络地址，万一有一天他们又想找你了，只能到这儿来。"

区达铭苦笑地说："万一有一天，说不定我头发等白了也等不到那一天了！我在共产党那边做的是地下工作，到了你们国民党这边还是做地下工作。现在两边都把我放在地下不管，我感觉这浑身上下都长毛了，整个人都发霉了。"

袁昌问："那你们的组织——哦，共产党组织和沈梦苏还有联系吗？"

区达铭沮丧地摇头说："别提了，一到汕头，梦苏就抱着孩子跑得没影了，这两年和我一点来往都没有，我也不知道她去了哪儿。"

袁昌咬牙切齿地说："你对梦苏作下那样的孽，别说是她了，连我都想宰了你！"

区达铭垂头丧气地说："要不是惦记着我那个儿子，我真想死了算了。想当初我也是工人运动的领袖，上万人的集会，我登台讲演，下面一片鼓掌欢呼，那真是风光啊。没想到如今落到这个地步，整天不死不活地窝在这儿，就像钻在地下的老鼠……"区达铭越说越激动，突然神经质地抓住袁昌，语无伦次地说，"求求你放我走吧，我不干共产党也不干国民党了，我、我去找我儿子，找到他，我随便到一家工厂去找份工，或者到农村去种地，只要能养活我儿子就行……"

袁昌突然抽了区达铭一巴掌，恶狠狠地说："冷静一点，别那么激动。两边都不干？你可真想得出来，这能由得了你吗！"

区达铭颓然坐到地上。

清晨，红船上鼓乐大作，全体人员朝向岸上的天后庙遥拜。船头上，师傅和坐舱在放过路钱和焚宝帛。小生靓少秋站在拜祭的队伍中，神情和动作都认真而虔诚。干瘦的师傅领头做着祭拜的动作，但他心事重重。眼角瞟到了正在拜祭的靓少秋，师傅的眉头似乎皱得更紧了。

祭祀结束，师傅斜靠着，闷声不响地抽大烟。看上去一脸精明的坐舱此时也没精打采地闷头坐在一边。靓少秋过来对师傅说："师傅，我有点事想进城一趟，向您告个假。"

师傅抬眼上上下下打量靓少秋，好一阵子不说话，那目光和神情让靓少秋感到心里一阵阵发凉。师傅终于吐出一句："去吧。"言罢，师傅又垂下眼皮继续吞云吐雾。

靓少秋对师傅的态度感到奇怪，忍不住问："师傅，您怎么了？"但师傅仍然沉浸在阿芙蓉的烟雾中，眼皮都不抬，也不答话。

靓少秋等了一阵，见师傅没有搭理他的意思，悻悻地说："师傅，那我走了。"师傅仍没反应。坐舱朝靓少秋挥挥手，示意他离开，但看上去也不打算向他解释什么。

靓少秋满腹狐疑地走了。

靓少秋沿走道穿过舱间走到船舷旁，有演员在这里喊嗓子练声，也有压腿练形体的，靓少秋和大家打招呼。

突然上方传来喊靓少秋的声音："秋倌。"

靓少秋还在抬头寻找，一个身影已经利索地从舱房顶层的晒台上跳了下来，原来是戏班里的丑生鬼马聪。

鬼马聪问："秋倌，你要走啊？"

靓少秋点点头说："进城办点事，和师傅说过了。"

鬼马聪凑到靓少秋面前有些神秘地说："早点回来啊。我们几个师兄弟凑了点钱，让煲头叔煲一只鸡晚上给你加菜。"

靓少秋急忙说："使不得使不得。"

鬼马聪说："你就别推辞了。马上就要打擂台了。我们派人打探过了，鸿升堂的班主每天给鹰眼超煲老龟呢。咱们这边师傅和坐舱这几日神头鬼脑的总背着人嘀咕，像有什么烦心事，根本就不管你。"

靓少秋说："那也不用你们花钱啊，你们挣那点薪金也不容易。"

鬼马聪说："要是你这次打擂打赢了，灭了鹰眼超，让我们福乐班名满江湖，行江到各乡和各地的戏院卖戏，订约订到手软，我们的薪金自然就多了，将来个个数钱数到手抽筋也说不定呢。"

靓少秋还想说什么，这时突然有人喊，鬼马聪答应着向船头方向跑去，跑出去一段还回过头来叮嘱："晚上早点回来啊。"鬼马聪一边跑一边练习"踩沙煲"的绝招，一会儿蹬着壁板跑上船舷，一会儿又溜下来，飞快地跑远了。

《岭东国民新刊》画报社资料室里，桌上凌乱不堪地堆满了杂志，老板及画报社的工作人员都因为繁复而无望的寻找而疲惫、焦虑。

特务头子向袁昌报告说，整个画报社都翻遍了，还没找到那张照片。袁昌觉得奇怪，怎么会找不到呢？

钱主任问老板："你没记错吧？到底是不是从《岭东国民新刊》上剪下来的？"

老板忐忑地说："是——吧。"

钱主任不耐烦地追问："那在哪儿呢？你拿出来啊！"

老板越加惶恐："我，我也不知道到底是怎么回事啊！"

袁昌冷冷地说："继续找。"

特务甲说："可这几年的画报都在这儿，每一张画片我们几个都反复看了好几遍。"

袁昌说："我不管，就是把墙拆了，挖地三尺也要把那张图片找出来，找不出来你们这些人一个都不许回去。"

老板说："啊？那我的店怎么办？我都耗在这里两天了，店里一直没人管，都不知道乱成什么样子了。求求你们让我回去看看吧。"

袁昌说："找不出那张图片，别说店里被搞乱了，就是被弄垮了，关门了，你也不准离开这间屋子半步。"

老板激愤、语无伦次地说："我、我挂那些照片本来是为了拥护国民政府，没想到现在为了这张照片，却要让我的店关门……怎么偏偏是那张照片被偷走呢……我怎么偏偏要挂那张照片啊……"

特务甲猛地抽了老板一巴掌骂道："妈的，找死啊！"老板吓得赶紧闭了嘴。特务甲说："快过去找！再啰唆，小心一枪崩了你！"

老板忍气吞声、战战兢兢地走到桌旁继续翻那些杂志。

袁昌看了这一幕，面无表情地朝门外走去。

袁昌沉着脸坐进汽车后排座位，钱主任坐在前排司机旁，小心地扭过头来说："那个老东西估计是老糊涂了，那张图片应该不是登在这个画报上的，不然那么多人那么多双眼睛，都翻了几遍怎么会找不到呢？

袁昌问："会不会其中有些期遗漏了？"

钱主任说："不会，我特意看了，从 1927 年 3 月到现在，每一期画报都在，一本都没少。"

袁昌猛地一怔，一个念头如一道闪电猛地在脑海中闪现，他突然从仰靠的后排座上欠起身来。目光闪烁，如一头嗅到猎物气息的猛兽，命令司机说："掉头，回画报社！"

钱主任虽然吃惊，但看到袁昌的神情，急忙吩咐司机："快，掉头。"

袁昌冲进来画报社资料室，在所有人诧异的目光中，疾步走到桌前，飞快地拿起一本画报翻看封面，放下又拿起另一本……如此很快地将所有画报的封面都翻看了一遍。他问画报社的工作人员说："你是画报社的经理？"

工作人员说："我是主、主编。"

袁昌问："不是让你们把所有刊物都搬出来吗？"

主编说："都、都在这儿了……"

袁昌追问："都拿出来了吗？"

主编说："是、是……"

袁昌又问："你们画报社是哪一年创刊的？"

主编说："这……"

钱主任吼道："说呀！"

主编说："1925 年……1925 年 12 月。"

袁昌指着满桌的杂志问："那为什么摆在这儿的画报都是 1927 年 3 月以后的？"

主编张口结舌说。钱主任唰地抽出枪顶在主编脑门上说："妈的，敢耍花招！"

主编脸色煞白，浑身发抖说："不，不敢……"

汕头城郊，一片荒凉萧索，路边不少低矮的茅草屋都荒颓倾斜，似要坍塌，看上去久已无人居住。

靓少秋走来，朝四周看了看，见四下无人，走进一间空荡无人的茅草屋，隐入阴暗的光线中。片刻之后，从茅草屋中走出来的却是身姿窈窕的梦苏，原来靓少秋是女扮男装的沈梦苏。

梦苏朝四周看了看，向城里的方向走去。

绥靖委员公署办公室，钱主任兴冲冲地冲进来对袁昌说："袁参谋长，您真是洞若观火，明察秋毫啊，这么隐秘的玄机都被您发现了！"

袁昌轻轻哼了一声。

钱主任说："现在搞清楚了，1925 年第二次东征以后，当时周恩来任东江行政公署专员，《岭东国民周刊》是在他的主持下创刊的，所以这本画报从一出版就很左，表面上拥护广东国民政府，宣传三民主义，实际上经常发表介绍马克思、列宁的文章，煽动工农骚乱。直到 1927 年 3 月，省党部派出人员接收了这本刊物，大加整肃，才扭转了舆论方向。现在的经理和编辑人员觉得 1927 年 3 月以前的刊物过于赤化，所以在我们去调查的时候就没敢拿出来。现在全部拿出来经过通海旅社老板的辨认，已经找到了那张图片。"钱主任将手中的杂志翻开递到袁昌手中，指点着说："就是这张照片。"

袁昌接过杂志仔细看那张照片，随即像触电一样跳了起来。一向喜怒不形于色的袁昌此时也难以掩饰所受到的震惊，声音都有些微微发颤了："果然不出所料……只是没想到是他！"

钱主任不明所以："什么……您说的是谁啊？"

袁昌意味深长地说："有老朋友到汕头了，他大概不想见我，可我这人天性好客，是一定要好好欢迎欢迎他……"

汕头市内小街一户居民家门外，梦苏上前敲门。片刻，门打开了，一个中年妇女探出头来，一脸警惕地望着梦苏。

梦苏看见中年妇女，不由得愣了一下，颇感意外："请问，杨大姐在吗？"

中年妇女说："什么羊大姐牛大姐的，不认识！"中年妇女说着就想关门，梦苏急忙地说，"是杨瑞英大姐，她先生姓杜，还有杨妈妈，她们一家在这儿住了好多年了。"

中年妇女说："他们走了，我们是刚搬来的。"

梦苏问："那您知道他们一家搬到哪儿去了吗？"

中年妇女不耐烦地说："不知道。"

梦苏说："大姐，我姓沈，叫沈碧青，请问这儿有没有我的信？"

中年妇女说："我这儿怎么会有你的信？莫名其妙！"

中年妇女说着又想关门，梦苏挡着她推过来的门扇，央求道："大姐，我和杨大姐一家是朋友，我给老家的父母亲戚，还有别的朋友留的转信地址都是这儿，他们给我写信都会寄到这儿来的。"

中年妇女说："没有，没有。"

梦苏问："能不能帮我再看一看？"

中年妇女说："看什么看？我说没有就是没有！"

梦苏近乎哀求地说："大姐，您做个好事，帮帮忙吧。我在这座城市无亲无故，和外面通信全靠这个地址，不然家里人和朋友就找不到我了……"

中年妇女一时没吭声，梦苏以为她动了恻隐之心。"麻烦您了，要是有我的信，您别扔；要是有人来打听我，让他留个口信，过一段时间我就会过来一趟……"

这时一个干瘦的中年男子出现在妇女身后说："出门在外的，都不容易，能帮就帮一把吧。"

没想到中年妇女不听这男人的话还好，一听顿时就火得嚷了起来："我知道她是什么人？凭什么要帮她！"中年妇女用力关上了门。

梦苏使劲敲门："大姐，大姐……"

中年妇女在门内推搡男人："看看你那眼神，说，是不是看上那狐狸精了？"

中年男子哭笑不得："我连她叫什么、是干什么的都不知道，我怎么就看上她了？"

第十八章　蛰伏

中年妇女说："你想帮她转信，是不是打什么主意呢？"

中年男子有口难辩，气呼呼地转身往里走。女人不依不饶地追上去："你别走，你给我说清楚……"

那扇木门依然紧闭，梦苏在门外徘徊了一阵，听到门内再无动静，万般无奈，只得悻悻离去。

夜里，袁昌悄悄溜到草药铺来见区达铭。区达铭听说麦秋实也来汕头了，简直不敢相信。

袁昌说："旅馆的老板和茶房看到照片都认出来了，说麦秋实是六月初十，也就是我到汕头的同一天住进来的。而且，和他一起的还有另外一个男人。"

"还有一个男人？谁呀？"区达铭问。

袁昌说："目前还不清楚，也不知他们是在住进旅馆以后多久发现那张照片的，总之第二天全城开始戒严大搜捕，军警到旅馆里挨个清查住客，麦秋实和他那个同伙已经离开了，同时他们还带走了那张照片。"

袁昌从皮包里拿出那张图片，区达铭接过了看:"这是什么时候照的？"

袁昌说："北伐誓师大会。"

区达铭看着图片说："他站得离老蒋——哦，离蒋……委员长这么近，确实很打眼。"

袁昌说："蒋校长正在讲话，只是个侧影；麦秋实在对面，站在听众的第一排，反而是面对着镜头。可以说在这张照片里，麦秋实看着比蒋校长还醒目。"

区达铭说："所以他为了防备万一，就把照片取走了。"

袁昌说："对，他本想消除痕迹。没料到自己这么一搞，反而惹火烧身了。我一听，直觉上就判定不对劲。"

区达铭说："这个麦秋实，两年过去了，还是改不了那个书呆子气，还是不够老练啊。不过话又说回来，如果不是碰上你袁参谋长，一般人可能也就把它当成不起眼的小事放过去了。"

袁昌说："和共产党打交道没有小事，有时候越是小的细节越能够触动我的直觉。"

区达铭说："那以你的直觉，麦秋实这次来汕头干什么？"

袁昌说："肯定和最近被我们截获的那批无线电器材有关。"

"哦？"

袁昌说："近一段时间，共党地下组织运往江西匪区的物资和文件频频被我们截获。现在他们迫切需要建立一条连接上海和江西的交通线，而在这条交通线上，汕头是最重要的枢纽之一，他们很可能要在这里建一个转运人员和物资的交通站。"

区达铭问："麦秋实就是来建这个交通站的？"

袁昌说："这是我的分析。我还有一个直觉——"

区达铭问："什么？"

袁昌说："说不定最近他们就会和你联系。"

"哦，是吗？"

袁昌说："是。如果在这么重要的关头再不启用你，就说明他们确实觉得你有问题，已经把你彻底甩开了，我也就得考虑用其他方法来使用你了。"

区达铭说："不管怎么用，只要让我从这个地洞里出去就行。要是他们真的来联系，我该怎么办？"

袁昌说："什么都不干，看看他们怎么出牌再说。"

草药铺门外，古大章背着箩筐，头上戴个竹笠几乎遮住了整个面孔，他似乎不经意地缓缓从草药铺前经过，警惕的目光却暗暗从竹笠下射出。他看见区达铭和几个伙计进进出出，将装着各种草药的大箩筐从药铺里端出，放在大门外晾晒。

古大章走过草药铺，拐进附近的一条横巷。

汕头市内小街，一青年男子敲响了一户居民的家门。过了一会儿，一个中年妇女打开门，打量着青年男子问："你找谁？"

青年男子说："我找姓杨的太太。"

中年妇女问："姓杨的？她男人姓杜，还有个老妈住在一起？"

青年男子说："对对对，你就是——"

中年妇女拉着脸说："不是，这儿没这家人。"说着欲关门，青年男子按住推过来的门扉说："等一等……"青年男子反复看门牌说："大同二马路52号，没错呀！"

中年妇女不耐烦地说："地方是没错，你说的那家人搬走了。"

青年男子问："搬到哪儿去了？"

中年妇女说："我哪儿知道！一会儿来个人问一下，真是烦死人了，搬到这个地方来真是倒霉透了。"

青年男子说："不好意思，阿嫂，我其实是想找一个姓沈的姑娘，她留的转信地址是这儿的。"

中年妇女烦躁地说："又是这个姓沈的……"

青年男子问："怎么，您认识她？"

中年妇女说："不认识，我认识她干什么呀！"

青年男子说："那我能不能在这儿留一封信，等她来的时候请你转交给她？"

中年妇女说："我又不是开邮政局的，凭什么给你转信！走走走，都别再来烦我了！"说完中年妇女猛地将门一推，关上门从里面闩上了。

门内，干瘦的中年男子凑过来说："昨天来的那个姑娘不就姓沈吗？"中年妇女一听又是一股火气冲上来："你还不死心，还惦记着那个狐狸精啊！说，你对这事怎么这么上心？还在打她的主意啊！"

中年男子被噎得不知说什么好："你……你又扯到哪儿去了！"中年男子气得转身就走，中年妇女追着男人数落："我偏不给她转信，省得你跟苍蝇似的见缝就叮。你以为我不知道啊，你们男人没一个好东西……"

汕头，海边一棵棕榈树下，麦秋实匆匆赶来接头，一个男人望着大海，背对他站着。听到脚步声，那个男人回过头来。

麦秋实惊喜地说："老谢！您到汕头来了？"

老谢说："我从香港过来，路过这儿要到中央苏区去。"老谢和麦秋实边走边谈："……六届三中全会以后，中央根据共产国际的指示，成立了中央交通局，建立苏区与白区之间的联系。南方这条线主要由长兴、汕头和香港三个大站组成，香港大站已经建立起来了，由华南交通总站领导。

长兴、汕头这两个大站直属交通局领导，可见它们的重要性。主要由你负责，这个担子很重啊。"

麦秋实说："我感谢中央和省委对我的信任。"

老谢说："怎么样，这边的筹备进展如何？我这次去中央苏区，就是专门向周恩来同志和中央交通局的领导汇报这件事的。"

麦秋实说："这两个点的建站工作目前才刚刚开始，进展比较缓慢，主要是没有合适的人选。"

老谢说："哦？你这次来汕头之前，不是提议让区达铭和梦苏恢复工作吗？"

麦秋实说："是的，省委的答复是对他们做进一步的考察，考察合格后酌情使用。"

老谢说："我知道，省委开会时我也赞同这个决定。"

麦秋实说："但考察是需要时间的，而且进展也不太顺利。"

老谢格外关注地问："怎么回事？"

麦秋实说："老区还待在那个药铺里，这两年始终没有变动，估计一直在等组织上联络他。但梦苏我们却联系不上了。"

老谢说："怎么？"

麦秋实说："她留下过一个帮助转信的地址，但组织上这两年一直没和她联系过。这次我们派了一个本地的同志去那儿问，才知道原来帮她转信的那家人已经搬走了，现在住在那儿的人家不认识梦苏，也不知道怎么才能找到她。"

老谢问："老区和梦苏，这两年没在一起吗？"

麦秋实神情黯然地摇头说："这个……我也不清楚……"

走到一片礁石处，老谢和麦秋实坐下来继续交谈。麦秋实说："老谢，我想说点我自己的看法——其实这些话在我心里已经憋了好久了。"

老谢说："你说吧。"

麦秋实说："我觉得对老区和梦苏应该信任，应该早一点恢复他们的工作，不应该总是疑神疑鬼……对不起，我可能话说得有点直。"

老谢说："你接着说。"

麦秋实说："他们是被捕过，在国民党的监狱里被关押过，但他们表现都很英勇。老区是被我们抢出来的，当时他被折磨得奄奄一息了；梦苏刚生下了孩子就入监狱，在那样的地方可以想象她遭了多大的罪啊。其实大多数被捕的同志在敌人的威逼、酷刑和利诱面前是坚贞不屈的，对党始终是忠诚的。"

老谢说："你说的我完全理解。只是现在的形势太严酷、太复杂了，各地的党组织遭到很大破坏，在一些白色恐怖严重的地区，党的力量损失了百分之八十九十甚至是全部。有的人昨天还是亲密的同志，今天就脱离组织甚至背叛了革命，而在目前这种错综复杂的环境中，我们很难快速准确甄别，所以只能慎之又慎，加强审查，尽量降低风险，减少损失。"

麦秋实说："不管怎么样，区达铭和梦苏出狱已经两年了，至今也没有什么证据能证明哪一个组织遭到破坏，或者哪位同志被捕是由于他们的出卖。而且据我所知，在这两年里，他们分别通过不同的途径，一直在千方百计地找党，想方设法地希望和组织上取得联系，虽然没有得到回应，但他们始终都没有放弃。说实话，面对这样的赤诚，我觉得我们做得有些……不妥。"

老谢沉吟了片刻说："你冷静一点，党组织并没有抛弃这两位同志。之所以两年没有联系，一方面是考虑到组织自身的安全，另一方面其实也是对他们的一种考验。如果经受得住这个考验，那么不论早晚，他们是一定能回到党的怀抱中的。但是秋实，我要提醒你——"

麦秋实说："什么？"

老谢说："作为党的一名负责同志，你千万不能感情用事。这次对区达铭，包括如果能找到梦苏的话，一定要经过充分的考察，才能决定是否让他们担任交通站的工作。因为这条交通线实在太重要了，毫不夸张地说，它是连接中央苏区和外界的一条生命线。"

麦秋实说："我明白。"

深夜，袁昌走进草药铺里间小屋，区达铭急忙站起。

袁昌问："什么事？"

区达铭心中紧张，声音都有些变调了："他们和我联系上了……"

袁昌说："太好了！什么时候的事？"

区达铭说："今天下午。"

袁昌说："今天下午？你这儿的监视哨怎么没向我报告啊？"

区达铭说："那个人是在我去药材市场进货的时候突然出现的，塞给我一张纸条，说了一两句话就走了。药材市场那么多人，他一晃就不见了。看来他们监视和跟踪过我，那个人出现的地点和时间都是精心选择的。"

袁昌说："幸亏平时我们和你的联系都很谨慎。那个人你认识吗？"

区达铭摇头说："没见过。有三四十岁，瘦瘦的，个头不高，戴了顶帽子，把半个脸都遮住了。哦，听口音应该是本地人，可能是汕头这边地下党的人。"

袁昌问："他和你说了什么？"

区达铭将一张纸条递给袁昌："他说接头地点和接头暗号都在这上面。"

袁昌仔细看手中的纸条。

区达铭心中惴惴不安："怎么办啊？"

袁昌说："去啊！等了这么久，不就是盼着他们来和你联系吗？"

区达铭说："那你……"

袁昌说："我的人一个都不去——明的不去，暗的也不去。"

区达铭奇怪地问："为什么？"

袁昌说："你想想，隔了两年时间第一次和你接头，他们一定会非常谨慎，肯定会派人在外围观察监视，因此我们绝不能露出丝毫破绽。这次我的目的不是抓几个共党分子，而是要让你取得他们的信任，顺利地回到共党组织中去。所以，你要像一个真正的共党地下工作者一样，去和你的组织接头吧。"

区达铭既兴奋又恐惧，脸上神情复杂……

第十九章

红船

汕头市内一个湖边，三三两两有人在垂钓。区达铭拿着钓竿，提着装鱼饵的小桶兴冲冲地来到湖边，他东张西望，表面是在寻找适合垂钓的地方，实际是在观察四周有没有像是来接头的人。

区达铭终于找了一处地方坐下，摆开钓鱼的架势。

离湖边较远的路边，一些占卜算命的在路边摆摊，不少人围在这些摊前算命。

算命者甲在摊档后高喊着："占卜算命，批流年八字……"

旁边的摊档上，一名青年男子正在求问吉凶，只见算命者乙打开面前放着的竹笼，一只禾雀跳出来。算命者乙将一叠硬纸片放到禾雀面前，禾雀低头从中叼出一张。男青年拿起卡片看着，喜笑颜开地宣布说："哇，上上签。"围在男青年周围的人发出一阵欢呼。

此时古大章正坐在其中一个摊档后，他戴了一副墨镜冒充盲人算命者，他手中用小木槌敲击着一块圆形铜片，发出当当之声。但他隐在墨镜后的目光却不时地望着远处湖边的区达铭。

古大章正侧着头出神地望着远处，突然一名中年男子站到他面前说："喂，算命。"

古大章猝不及防，忽然醒悟过来，慌乱中匆促地抬起两只手在半空来回挥舞，终于摸索着抓住了那名中年男子的手，仰着脸煞有介事地捏着那男子的手说："呢个头尖额窄无点贵格……"

中年男子不满地说："你在摸掌纹呢，怎么看到我脸上来了？"

古大章继续煞有介事地摸男子的手："你手上有条水波纹，过船渡海你要小心……"

中年男子气得一脚把古大章竖在旁边地上的招牌踹了，转身便走。古大章听着男子离去的动静说："哎——你还没给钱呢……"

终于打发走那名中年男子，古大章重新透过墨镜朝湖的方向张望。

湖边，别的垂钓者都专心致志，区达铭明显的心不在焉，东瞧瞧西看看，坐立不安。

傍晚，区达铭扛着钓竿，悻悻地离去，边走边不甘心地四下张望着……

第二天白天。湖边依然有三三两两的垂钓者。区达铭坐不住了，跳起来急切地望着不时从旁走过的路人，似乎恨不得把接头者从人群中揪出来。他的钓竿支在岸边，鱼儿咬钩，水里的浮漂急剧晃动，连钓竿都被扯得弯了下去，但区达铭根本心不在焉。旁边的垂钓者看见都觉得奇怪。

傍晚，垂钓者都走了，只剩区达铭一个人一动不动地坐在湖边，看上去显得那么孤独、沮丧。

第三天，区达铭连钓竿都懒得支起来，胡乱地扔在湖边。他在边上烦躁地来回打转，像一头陷入困境的动物。

傍晚，区达铭狠狠地将钓竿撅断，使劲朝湖里扔去。

夜里，袁昌在草药铺里间小屋听完区达铭汇报后哈哈大笑。区达铭说："你还笑，我都被人耍成这样了！妈的，要是哪天知道了是什么人在搞恶作剧，老子非掐死他不可！"

袁昌说："当然该笑，我还要恭喜你呢？"

区达铭丈二和尚摸不着头脑："恭喜我……你在说什么呀？我都被你搞糊涂了。"

袁昌说："你想想，有人会用这种事搞恶作剧吗？"

区达铭愣了。袁昌说："你急欲和共党地下组织取得联系——掌握这个情况的人多吗？"

区达铭说："当然很少。"

袁昌说："我这边只有核心的几个人知道，我没有让他们设这样的局。我想，共产党那边也没必要拿这个耍弄你，他们对你要么是相信，要么是不相信。如果不信任的话，也有两种可能，一种是永远切断和你的一切联系；一种是秘密处决——如果他们真觉得你有问题的话，就像这样把你约到湖边一个僻静的地方，你还不知道怎么回事呢，就已经沉尸湖底了……"

区达铭听着，觉得不寒而栗，想了想说："这么说，他们还是相信我了？"

袁昌说："凭我的直觉，不光相信，而且很有可能要对你委以重任，所以才会这么慎重，用这样的方式对你进行考察。所以我说要恭喜你嘛！"

区达铭一脸苦笑……

一间茶楼上，麦秋实和古大章坐在一个安静的角落里，正低声交谈。麦秋实说："你觉得没问题？"

古大章说："我在附近观察了三天，没有发现什么可疑的地方。所有的摊贩我都注意了，没有不正常的人。周围也确实没有埋伏什么军警和特务。"

麦秋实问："老区的表现呢？"

古大章说："他也没什么不正常，就是一直等不来人，挺着急的。"

麦秋实说："我能理解他的心情。"

古大章说："那是不是可以开始和他正式接触，谈谈工作上的事了？"

麦秋实说："还是再等等吧。还需要把考察的情况汇报上去，等上级正式批准了，我们才能和老区恢复联系。"

古大章说："我是着急啊！"

麦秋实说："我比你还急——梦苏还是没有消息？"

古大章苦恼地摇头。两个人一时都不说话，对坐着默默喝茶。

郁闷中，麦秋实的视线无意中越过旁边的窗户，望见马路对面贴着的几张大幅海报，其中一张海报上，靓少秋的大幅照片格外醒目，麦秋实的目光不由自主地定格在这张照片上。

绥靖委员公署钱主任的办公室里，唱机上正放着粤剧唱片，清婉悠扬的唱腔在办公室里回荡。钱主任边处理文件边跟着小声哼唱，不时还随着唱腔比画一两个手势。

袁昌走了进来："钱主任——"

钱主任急忙过去关上了唱机，有些惴惴不安，他一见到这个比自己还年轻的少壮派上司就暗暗发怵。

袁昌今天的情绪却很好，说："偶怡性情，不碍事的。"袁昌走过去重新打开唱机，咿咿呀呀的唱戏声重又响起："其实，闲暇时我也喜欢跟着收音机或者唱片哼上几句。想当年在黄埔的时候，我还和李之龙他们在剧社排过话剧呢……说起来也才过了几年，但感觉好像已经是很久以前的事了……

钱主任说："想不到袁参谋长还如此多才多艺。哎呀，喜欢听戏的人才能明白，有时候听到过瘾的唱腔，真是如饮甘泉啊。"

袁昌说："你那天说的那个什么擂台是怎么回事？"

钱主任说："哦，是鸿升堂和福乐班唱对台戏，就在明天晚上。"

袁昌说："明天晚上……你说的那个什么少秋……"

钱主任说："靓少秋！我最看好的就是这个靓少秋。别看他到福乐班还不到一年时间，可在江湖上作为后起之秀已经声名远扬了，他那个声音啊，说是'余音绕梁，三日不绝'，一点儿都不为过。"

袁昌思忖着说："哦……"

正是中午时分，红船上，一个洗碗仔从船头舱经沙街通道行入船中部的十字舱，再走向船尾，边走边反复高声喊道："老倌师傅起身食饭，第一轮……

厨舱里热气腾腾，烟雾弥漫；油锅的爆响，锅碗瓢勺的叮当，种种声响闹成一片。大锅的饭、大桶的汤、一盘盘正在分装的菜……

船内通道，演员们有的刚刚起床踱出各自的舱室，有的已练功回来，边走回舱房边大声吊着嗓子。

船尾叔们端着托盘列队从船尾的厨舱出来往船头方向走，分别将饭菜送进一间间舱室。

靓少秋的舱室里只住了靓少秋和儿子小远，所以看起来不像别的舱室那么拥挤。此时，小远正模仿台上武生的动作在舱室里打得正欢。

门外传来船尾叔甲的声音："秋倌、小远，食饭。"靓少秋赶紧整理妆容，以免露出破绽，然后过去拉开舱门。

船尾叔甲端托盘进来。小远立刻将船尾叔甲当作了武打的对手，冲上去拳脚相加。船尾叔甲一边躲闪一边奋力平稳地将装饭菜、汤水的碗盘放到床旁的桄柜上说："小心小心，别洒了……"

靓少秋将儿子扯到一边："小远，怎么这么无礼！"

船尾叔甲说："没事没事，我喜欢和小远玩。小远将来肯定也是台上的名角，像你爸爸一样当个红遍省港的小生佬倌。"

小远又摆出一个架势说："我要当个红遍天下的武生大佬倌。"

靓少秋和船尾叔不由都笑起来。船尾叔将又一盘菜放到桌上说："你要是能红遍天下，我现在多挨你几下拳脚也有问题啊……梅菜蒸肉。"

靓少秋看到这菜问："怎么又有加菜？我说了不要的啊。"

船尾叔甲说："我不知道啊——有人买了肉送来，报了你的名字，'扠刀叔'只管切；'煮饭叔'只管蒸；'锅铲叔'只管炒；我呢，只管送；你们呢，最好也别管那么多，只管吃。"

小远听了，伸手向盘中抓去，靓少秋拿起筷子朝小远手上敲了一下说："别动。"

小远嚷嚷起来："吃肉，我要吃肉——"靓少秋瞪了小远一眼，端起那盘梅菜蒸肉出了舱室。

船头舱面，一些年轻演员、二步针（下级演员）和学徒们此时大多待在舱面上等候，要到二轮或三轮才轮到他们吃饭。

靓少秋端着梅菜蒸肉来到舱面，找到鬼马聪。"鬼马聪，今天是不是你又掏钱给我加菜了？"

鬼马聪说："今天真的不是我。"

靓少秋问："那是谁啊？"

鬼马聪转对众人问："今天是谁干的？"

众人你看我我看你，大眼瞪小眼，纷纷摇头。鬼马聪朝大家一指说："反正我不知道，要不你自己，把船上的人挨个地都问一遍吧。"舱面上的所有人爆发出哄笑。

靓少秋将那盘蒸肉放到栏杆上，朝众人拱手说："这些日子你们中不时有人掏钱给我和小远加菜，少秋在此一并拜谢。但如此厚爱，少秋享用起来理不得心不安。从今天起，再有这样的加菜，少秋一律摆放于此，借花献佛，恭请诸位一同分享。说完，靓少秋再次拱手拜揖，然后转身欲离开。鬼马聪等几个年轻演员急忙拦住靓少秋。

年轻演员甲说："谁说不得理了？你带着小远，多一张嘴呢。我们是给小远加的菜。"

鬼马聪指着附近江面上的船艇说："今晚就要和鸿升堂打擂台了，看看，这些天尽是从广州、香港，还有上下府过来的船，都是来看戏的。

年轻演员乙说："今年我们福乐班就看你了，你可得拿出看家本事，把其他红船班的大佬倌都比下去，把这潮汕的地头震了！"

年轻演员丙说："对，独占魁首。"

鬼马聪说："不是说了吗？你夺魁就是福乐班夺魁。"

年轻演员丁说："福乐班夺魁就是我们夺魁……"

一个年纪大一点的人朝年轻演员丁脑袋上敲了一下说："少在那儿浑水摸鱼，你离夺魁还差得远呢！还是老老实实混师约吧，'泵'骨打烟的时候勤快点儿，把师傅老倌服侍好，多偷点师长自己的本事吧！"

年轻演员丁摸着自己的脑袋不敢吭声，众人哄笑。

坐舱站在离船头不远的走道处，望着那群嬉笑打闹的年轻人，他神情沉郁，心事重重地转身离开。

傍晚，福乐班戏台后台，班主、演员们、杂箱叔等工作人员都在化妆桌附近等候。小远不知从哪儿跑过来，伸手去拿桌上的化妆品，靓少秋急忙追过去将他拉到一边，小声地说："那个不能动！"

一个丑生拿着一支毛笔走过去，蘸上银朱和铅白在紧靠化妆桌的台柱上写了个"吉"字，再在桌面写上"开笔大吉"四字。"吉"字下部的"口"字的左下角留了个缺口。

丑生写完，演员们涌到各自的桌后，坐下来开始化妆。

此时，就在福乐班的戏台对面相距不远的地方，鸿升堂的戏台也在开笔、化妆。真正是"当面锣、对面鼓"的架势。

越来越多的观众从各个方向赶来，汇聚到戏台附近。在熙熙攘攘的人潮中，就有区达铭的身影。

后台，杂箱叔们打开二三十个戏箱，拿出服装道具，忙碌地做着开演前的准备。

班主在各处巡视。坐舱过来说："班主，有件事……

班主看出坐舱神情不对，跟着他来到一个僻静的角落问："怎么了？"

坐舱迟疑地说："本来不应该在这个时候告诉你的……但我想来想去现在还是必须要说……"

班主不耐烦地问："到底什么事嘛？"

靓少秋正在桌后化妆，杂工甲过来喊："秋倌，班主找你有事。"

靓少秋还想在脸上多勾几笔，应道："就来——

杂工甲说："班主好像挺急的，让你马上就去。"

靓少秋"哦？"了一声，立刻起身。

班主沉着脸，沉闷地坐着。靓少秋兴冲冲地过来："班主——"班主依然闷坐着。

靓少秋感觉不对劲，问："怎么了……出什么事了？"

气氛有些尴尬，坐舱过来，咳嗽了几声，似乎难以开口："秋倌……班主让我通知你……烧炮……你还是另谋高就吧。"

戏行里的"烧炮"就是辞退的意思，靓少秋闻言大吃一惊："什么？"

班主说："我已经吩咐了，给你多拿三期的工资。"

靓少秋问："可……这是为什么呀？"

班主望着靓少秋说："你真的不知道为什么吗？"

靓少秋一怔，意识到了什么。

坐舱说："自古以来，红船班全为男班，阳气重，不准女子靠近，更不许登船，否则视为不吉……"

靓少秋颓然坐下，大脑里一片混乱。渐渐地，座舱里的声音越来越缥缈，越来越遥远，到最后只看到他的嘴一开一合地滔滔不绝，听不到讲些什么了。不知过了多久，坐舱又咳嗽起来，终于，靓少秋清醒了一些。

坐舱有些艰难地说出一句话说："班主交代，今晚由鸣仔顶替你上场，我已经派人找他来化妆了。"

靓少秋站起来朝班主和坐舱鞠了一躬说："我确实是个女人。你们都知道了，我也就不说什么了……若是给福乐班带来什么麻烦，我向大家赔罪。我这就去收拾东西，带着小远离开红船班。"

福乐班戏台前面，观众纷纷涌来，台下已围了不少人，有的坐在前面的地上，有的站着，有的孩子爬到旁边的树上。

对面鸿升堂戏台前面观众也差不多。双方仍然势均力敌。

靓少秋收拾自己的东西，小远在一旁眼巴巴地看着，他现在不调皮了，感觉到发生了什么事情。小远问："爸爸，你不唱戏了吗？……我们要去哪儿？……我们以后还住在船上吗？"

这一切靓少秋都无法回答，他只顾埋头收拾东西。小远见"父亲"不理他，放大声音说："爸爸，我要把游泳的葫芦带走。"

靓少秋忍不住拍了小远一下说："这是后台，不许大声说话！"

小远哭了起来。

旁边一个旦角演员过来哄小远："小远乖，小远不哭……"

小远哭着说："我要葫芦——"

旦角演员将手里的胭脂擦到小远脸上说："葫芦在船上呢，这边没有——来，给小远擦个红脸蛋，多漂亮啊，能上台演戏了……"

小远仍然哭着说："我要葫芦——"

周围有人在悄悄议论。

福乐班戏台前面观众更多了，黑压压地挤了一大片。麦秋实也来到台下，他观察了一下四周，隐身到一个不起眼的角落里。

福乐班戏台前面另一片区域，袁昌、钱主任和随从挤进人群。钱主任和随从极力为袁昌推开前面挡道的人。

钱主任说："袁参谋长……"

袁昌用眼神示意，钱主任急忙放低声音说："看看，您的皮鞋都搞脏了。唉，这破地方。我说让人在前面放一排桌椅，省得和这些贩夫走卒挤在一起，您非不让。"

袁昌兴致颇高："看这种戏，要的就是这种野趣嘛。"

钱主任说："袁参……呵呵，您可真是亲民啊，那就……与民同乐吧。"

袁昌看了看周围，问随从："区达铭呢？"

随从说："他到对面鸿升堂那边去了。"

袁昌恼火地说："谁让他到那边去的，赶紧叫他过来！"

区达铭正在前面靠近戏台的地方席地而坐，他东张西望，对于袁昌硬把自己弄到这个地方来看戏，他仍然感到莫名其妙。

一个便衣特务挤过来，在区达铭耳边说了几句，拉起他就走。区达铭一边跟着特务往外挤一边嘴里嘟哝着："在哪边看不是一样吗？哎呀，非拉我来干什么呀？这边我不想看，那边我也不想看，哪边我都不想看，我就没这嗜好……"

福乐班戏台后台，靓少秋收好自己的东西，拉着小远往外走，却见鬼马聪等人围了上来，他们显然已经知道了。

鬼马聪说："秋倌，你别走！"

群众甲说："秋倌不能走。"

演员们、杂箱叔等杂工、音乐师傅们越来越多地围过来，议论纷纷。

群众乙说："这都什么时候了，怎么能让秋倌走呢……"

群众丙说："好多人都是冲着秋倌来的，有些还是从广州、香港，上府东江那边过来的。"

群众丁说："秋倌走了，这擂台还怎么打呀？鸿升堂那边要知道了肯定得高兴疯了。"

群众甲说："干脆，这擂台也别打了，把观众都轰到鸿升堂那边去算了。"

靓少秋听着，心里也不是滋味，但又说不出来。

班主和坐舱闻声匆匆过来，看到这情形，班主更是愁眉不展。

坐舱叹一口气："其实最不愿意让秋倌走的是班主和我呀，可……我们也是不得已啊，原因大家就不要问了。"

鬼马聪说："不就因为她是个女儿身吗？那有什么，大家早就知道了。"

班主吃惊地说："什么，什么，你们都知道了？"

坐舱说："啊？闹了半天我是最后一个知道的！"

班主顿足说："我才是最后一个呢！"

靓少秋也很吃惊说："你们……早就知道啦？"

鬼马聪对靓少秋说："你没发现吗？大家自愿把你们父子——哦，母子——让到后十字舱的干窗位住，本来'掂阄'和你同住的几个工友都把床位让出来，自己夹着席子挤到别人的舱室，或者到沙街、舱面上到处找地方睡，让你和小远单独住一个舱间；你如厕或晚上在船尾冲凉时，大家都远远避开……"

靓少秋恍然，心中十分感动。

这时，提场师爷匆匆跑来说："快呀，马上就要开锣了，你们怎么还在这儿。鬼马聪，快去应场！"

鬼马聪和一些担当开场任务的人急忙离开。

靓少秋向大家深深地鞠了一躬说："我只想说，在我和我儿子最困难的时候，是福乐班收留了我们，使我们有了一小块安静的容身之地，少秋无以为报，我谢谢你们……说心里话，红船班就像我和孩子的家一样，大家都对我们这么好，我真的舍不得离开你们。"

班主说："我经营了这么多年戏班，是不是一块戏料，我一眼就能看出来。这年头好的戏料不多了。好容易碰到一个像你这么有灵气、有嗓子、有扮相，又用功的，本来还指望你能唱红，把福乐班的大梁挑起来……可，可你……你为什么偏偏是女儿身嘛！"

坐舱说："秋倌在班子里唱了这么久，现在正要走红，我当然不希望你这个时候走，我巴不得你成为大佬倌，让我们福乐班出大名，让各个地方都来抢我们的戏，忙得台期都排不过来，赚大钱……多好啊，可……唉，现在说什么都没用了！"

提场师爷在后台各处巡视一遍，看演员应场的都"装身"就绪，各个部门也准备完毕，便大嚷一声："执锣钹！"

"杂箱叔"把大锣大钹捧出棚面，把大钹用力一击。

"上手"师傅就位拿起月琴"校线"定弦，其他乐队人员一起调弦定音。乐队开始奏乐，戏开场了。

在后台，靓少秋对班主和坐舱说："其实没有什么是一成不变的。从前的粤剧班也没有女人，全部是男角，现在不是也有女演员了吗？扁鼻玉生、旦、净、丑都能演。如今省城还有三个全女班。"

班主说："若是只在岸上演出还好办，可我们红船班毕竟要行船。俗话说'行船走马三分险'，这船整天风里摇浪里钻，一船人的脑袋都拴在裤腰带上，船家的忌讳和规矩太多了……"

坐舱说："是啊，女子不准登船或靠近，不然恐带不吉。任何女眷，只可在岸上传呼对话。即使亲如妻女，也不准落船探访。若不慎跨过跳板，需立即化宝消灾……"

班主说："我若是留你，那要犯船家的大忌，拿全船老少的身家性命当儿戏，可能给整个福乐班招来灾祸啊！"

靓少秋正不知说什么好，一个正在化妆的老演员踱过来，那架势显然也是一个颇有资历的佬倌："班主，此言差矣。"

班主一愣。老演员说："我看秋倌到福乐班这大半年来，我们不仅没有倒霉，反而戏约越订越多，观众如云，运势倒是蒸蒸日上呢。"

坐舱也认同这个说法："说实在的，这一届开新以来，福乐班的运气确实好得挡不住，行船一直顺风顺水，我们这艘红船枯水期从来没搁浅过，涨水时也没被哪座桥挡住过不去。演出的台期一个接着一个，几乎没有空当的时候。"

老演员继续说："还有好多人坐船追随我们的红船，我们一路演，他们一路看。瞧瞧，我们福乐班现在多旺啊！"

班主迟疑片刻，仍固执地说："不行，不管怎么说，不能坏了老祖宗留下的规矩。不然不仅会带来不吉，若是让外人知道了，定会被其他红船班的同行指责，让乡亲耻笑。"

鸿升堂戏台上，鹰眼超正在演唱《酒楼戏凤》，他唱得有板有眼、声情并茂，台下的观众不时发出叫好声，并且观众越来越多，人头攒动。

福乐班戏台上，鸣仔唱的是《帝女花》，台下的观众似乎并不买账，反应平淡，有的还呼呼啦啦地往鸿升堂那边跑。

鸣仔等台上的演员见状，时期大受影响，唱得越发地有气无力。

台下的观众已跑了一大半，场面显得稀稀拉拉的。

袁昌在随从特务的耳边交代了几句。特务带着人在台下不时地大喊："我们要秋倌出来唱……"喊声引来了不少人呼应，台下不同的方位不时响起呼声："秋倌……靓少秋！"

纵使鸣仔的脸上化着厚厚的浓妆，他仍感到脸上挂不住，勉强坚持着一板一眼地唱下去。鸣仔坚持把一段唱完，踩着锣鼓点云手下场。进了侧幕条，刚才挂在脸上的表演性的微笑顿时消失了，他三下两下脱下戏装，揉成一团扔到地上，拂袖而去。

一年轻演员急匆匆地跑倒后台报告："班主，不好了，鸣仔扔了戏服，说什么都不演了。"

班主和众人愕然。

鸣仔对着镜子卸妆,班主、坐舱等人围着劝他。班主说:"自古戏行的规矩,任你嫖、赌、饮、荡、吹,但上台演戏绝不可以失场。"

鸣仔也一肚子气:"你们听听台下看戏的人喊什么?他们是来看我演戏的吗?这场我上得去吗?"

班主和坐舱一时语塞,你看我我看你。班主说:"不管来看谁,都是来看福乐班的戏,福乐班的戏就要对得住他们。"

坐舱说:"是啊,你就别管那么多了,上去唱你的演你的就是了。"

鸣仔说:"我还要这张脸皮呢,今天这场我是绝对不上的。"

班主说:"今天这场你要是不上,以后就再也别想在福乐班混了。"

鸣仔将手里卸妆的毛巾向桌上一摔:"你就烧我的炮吧!老子还不想干了呢!我就是不吃这碗饭,就是上街讨饭当叫花子,也不在这儿受这份窝囊气!"

这时提场师爷又匆匆跑来:"快啊,鸣仔,该你上场了……"看到鸣仔卸了一半妆的脸,傻眼了:"你,你怎么……"

鸣仔哼了一声,拿起自己的东西扬长而去。班主、坐舱黑着脸僵在那儿,不知如何是好。提场师爷急得团团转,只听到乐队的伴奏声一遍遍空响着。

这时靓少秋走了过来,恳切地请求道:"班主,让我上吧。"

班主嗫嚅着:"你……这……"

靓少秋说:"班主经常说'戏大如天,观众如天',这么多观众都是冲我来的,都来捧福乐班的场,我不能让他们失望,福乐班不能让他们失望啊。"

班主说:"可……国有国法,班有班规啊!"

群众甲说:"要是观众都跑了,砸了福乐班的牌子,光守着祖宗留下的规矩有什么用?"

靓少秋说:"班主,您就让我再唱一次吧,就唱最后一次。唱完这一场,我就永远离开红船班,隐姓埋名,绝迹江湖……就算是报答福乐班收留我们母子的恩德。"

班主还是犹豫着难下决断。

群众乙说："班主，你听听，救场如救火啊！万万不可再耽误了！"

台边的锣鼓声敲得更急了。

班主万般无奈，对着靓少秋向台上挥了挥手，示意她上台。

靓少秋提起精神，转身疾步上了台。

靓少秋和男花旦唱的是《帝女花》。

台下，观众在慢慢回流，看戏的人越来越多，不时有人随着唱腔叫好。麦秋实定定地望着舞台上的靓少秋，越看越惊疑——虽然那角色是风流倜傥的驸马世显，但那容貌、那体态、那声音，活脱脱就是梦苏的翻版，戏中？梦中？感觉真是如梦似幻。

麦秋实以为自己是在做梦，在自己的胳膊上掐了一把，那痛楚使他确信眼前看到的是真实的。

区达铭原本在人群中坐立不安、东张西望，根本无心看戏，但自从靓少秋饰演的世显出场以后，他的目光也定住了，死死地盯着台上那个小生的一举一动，他太吃惊、太奇怪了——那个人简直太像梦苏了！区达铭使劲拍拍旁边一个观众问："哎哎，那个人叫什么呀？"

那个观众一心沉浸在台上的演出中，不时高声叫好："好——谁呀？"

区达铭指台上说："就是那个，戴纱帽那个。"

那个观众说："哦，那是驸马世显。"

区达铭看了看，又拍拍他问："不对……我是说，演驸马的那个人叫什么呀？"

那个观众瞪了区达铭一眼说："靓少秋你都不知道吗？那你今晚来看什么呀？"

区达铭想了想，再次拍那个观众说："靓少秋——不对不对……不是这个名字。"

那个观众不悦，白了区达铭一眼："神经病。"

区达铭问："哎，那他是男是女啊？"

那个观众已经很不耐烦了，不理区达铭。

区达铭使劲拍那个观众说："问你呢，他到底是男的还是……"

那个观众被区达铭拍得烦了，也被惹火了："你烦不烦？你自己不懂看戏，还不让别人看啊？捣什么乱啊！"

　　袁昌一动不动地注视着台上的靓少秋。梦苏的身影不时从那个正在演唱的小生世显的身上跳出来，袁昌也感到十分震惊。

　　见袁昌看戏如此专注，钱主任以为他是因为台上的演出而投入，不由赞叹道："今晚没白来吧？我总觉得靓少秋和一般的小生不一样。"

　　袁昌问："哦，哪儿不一样？"

　　钱主任说："怎么说呢？一般的小生只有英气，可你看这个秋倌的眉，还有那鼻梁，既有男子的英风飒气，眉宇间又端凝沉稳，如深潭净水，潋滟袭人，竟有一股别样的妩媚。"

　　钱主任说得摇头晃脑，袁昌似乎也听得有滋有味，出神地望着台上靓少秋的一举一动、一颦一笑。

　　福乐班戏台上，靓少秋饰演的世显和男花旦甲饰演的长平的演唱渐入高潮。

　　世显唱：寸心盼望能同合葬

　　鸳鸯侣相偎傍

　　泉台上再设新房

　　地府阴司里再觅那平阳门巷

　　长平唱：唉，惜花者甘殉葬

　　花烛夜难为驸马饮砒霜

　　世显唱：江山悲灾劫

　　感先帝恩千丈

　　与妻双双叩问帝安

　　麦秋实凝目注视着台上，难以压抑心中的澎湃——虽然隔着厚厚的妆容无法分辨模样，但凭着内心的感受，他已认定那光彩照人的驸马爷世显正是自己魂牵梦绕、苦苦寻觅的梦苏。

　　区达铭瞪着眼，张着嘴，愣愣地望着台上。他越看越觉得那个唱得咿咿呀呀的驸马像自己日思夜想的女人梦苏，但那张化着浓妆的脸又一时无法确认，急得区达铭抓耳挠腮，不知如何是好……

　　凭着直觉，袁昌几乎确认台上正在演唱的靓少秋就是梦苏，他的心中不免泛起涟漪，毕竟他也曾为这个女人动过心——但此时袁昌的大脑在高速转动，他想得更多的是梦苏的出现意味着什么，可能带来什么样的情况……

钱主任陶醉地说："这嗓子，外显柔和，内敛锋芒，真有鬼斧神工之妙也！"

鸿升堂这边看戏的人开始呼呼啦啦往福乐班那边跑，留下的观众越来越少，台上的鹰眼超情绪受到影响，唱起来也显得无精打采了。

福乐班戏台下的观众已是人山人海，连两旁的树上都爬满了人，满场观众时而气氛热烈，迸发出掌声和叫好声；时而安静，沉入戏剧的情境之中。

台上，驸马世显正与公主长平诀别。

世显唱：递过金杯慢咽轻尝

将砒霜带泪放在葡萄上

长平唱：合欢与君醉梦乡

世显唱：碰杯共到夜台上

长平唱：百花冠替代殓妆

世显唱：驸马枷坟墓收藏

长平唱：相拥抱

世显唱：相偎傍

合唱唱：双枝有树透露帝女香

世显唱：帝女花

长平唱：长伴有心郎

合唱唱：夫妻死去树也同模样

唱到此处，所有的观众都屏声静气，全场静寂无声，仿佛掉一根针都能听得见。

钱主任仰天长叹："此曲只应天上有，人间哪得几回闻！过瘾啊！"

袁昌也被台上的演唱镇住了，静静地听着，一动不动。

钱主任说："哎呀，听得我心都揪紧了，心脏不好的人非犯病不可。我感觉听这秋倌的唱如同打吗啡，若是上瘾终生都难以戒除，也算是以身相殉吧，呵呵……"

台上，靓少秋和饰演长平公主的男花旦上前一遍又一遍地谢幕，台下的观众始终一片欢腾，掌声、欢呼声不断，那热情使靓少秋和长平公主无法下台。

台下，区达铭再也待不住了，他拨开人群往舞台的方向挤去，他要到靓少秋面前去看个仔细，问个明白。区达铭使劲朝前面挤，引来周围人的不满和抱怨，几句话不合就闹了起来，引起一阵骚乱。区达铭不管不顾地还想往前挤，但四周有骂的，有起哄的，有推搡的，有跟着一起挤的，区达铭很快就晕头转向地被裹挟进混乱的人潮中了。

靓少秋一遍又一遍地向台下鞠躬致谢。

班主不知什么时候到了台下，望着台上一遍又一遍谢幕的靓少秋和台下狂热的戏迷，他心情复杂，又欣喜又发愁。

夜里下起了小雨。租赁来的汽车停在戏台旁，刚演出完还没来得及卸妆的演员们冒着雨一个个跑上汽车。靓少秋也带着小远上了汽车。

雨中，很多观众不愿离去。

区达铭到处寻找，终于发现了停在戏台旁的演员们坐的汽车，急忙向汽车挤去。怎奈人群一次次挡住去路，区达铭心急火燎地推开一拨又一拨人，拼命往前钻。但没等区达铭跑过去，汽车就开走了。

区达铭愣了一下，仍不甘心，拔腿向汽车开走的方向追去。

一些观众也跟着一同追去。

麦秋实见状叫了一辆人力车，坐上去吩咐了车夫几句。车夫掉转车头，向福乐班乘坐的汽车驶去的方向追去。

袁昌走到自己的汽车旁，望着呼呼啦啦奔跑的人流。

钱主任说："这是还没过够瘾，追着捧角儿去呢。"

袁昌说："哦？那我们也去追一追。"

钱主任兴奋地说："我也正觉得意犹未尽呢。"

袁昌和钱主任钻进汽车，汽车启动，随着人流涌动的方向开去。

福乐班汽车上，一个演员喊了一声："快看！"

车里的人闻声都透过车窗往外看，只见车后有一股庞大的人潮，正冒雨追着福乐班乘坐的汽车，有步行的，有跑步的，有坐汽车的，还有乘人力车，骑自行车的……看上去十分壮观。

雨下得越发大了，许多戏迷仍围在江边红船周围。一些人站在岸上，一些人乘船艇靠近红船，不停地呼喊着"秋倌"。

靓少秋走上船头鞠躬致谢，周围的人们仍不离去，"秋倌"的呼声此起彼伏。

靓少秋浑身湿透地进来："这么大的雨，那么多人在外面不走，怎么办啊？"

鬼马聪说："恭喜恭喜，秋倌，这回你真红了！"

群众甲说："鸿升堂这下没话说了吧。"

群众乙说："别说鸿升堂，我们福乐班也多少年没有这样红火了。"

群众丙说："那以后我们福乐班卖戏的价码就该唱'步步高'了。"

群众丁说："可是，班主还要赶秋倌走呢……"

众人面面相觑，一时说不出话来。外面传来隆隆的雷声，雨声如注。

这时班主和坐舱突然走进来。大家不明白班主和坐舱的来意，都有些局促。

靓少秋不安地说："班主……"

班主面无表情地说："这雨不小，今晚可能要涨水。我们福乐班的规矩是——只要有一个观众，这锣都不能停，戏也要接着唱。现在外面还有这么多观众，秋倌，你去领着大家到船头演《八仙贺寿》。"

靓少秋一愣，随即高兴地答道："是。"

风雨交加，红船在浪涌中起伏。戏班演员顶风冒雨在船头演唱《八仙贺寿》，站在岸上和小船艇中的观众也随着演员们一起高声合唱。

东阁寿筵开，

西方庆贺来，

南山春不老，

北斗上天台。

这是一场震撼人心的演出——天地之间，风雨之中，雷声伴奏、闪电照耀，船上船下众声齐唱，场面蔚为壮观。

然而，这时出现了一个意想不到的情况——演员们都卖力演出着，随着滂沱大雨的浇淋，一个个质料轻薄的戏衫早已湿透，现在都紧贴在各自的身上。而站在船头最突出、最显眼位置上的靓少秋身上，则隐隐现出了女人那玲珑浮凸的身形……

　　一些戏迷注意到了，悄悄指点着，低声议论着，一阵怀疑的私语悄然流传开去……

　　一个跳板从红船的船舷上搭到岸上，一些热情的戏迷围在跳板前，想到红船上去。坐舱带人阻拦，双方争吵推挤起来。混乱中，还有人差点被挤下江去。于是，有拉的、有推的、有尖叫的、有骂的，江边乱成了一团。在这乱糟糟的纷争中，有人趁乱悄悄上了船。借着偶尔划过的闪电可以看到他们是麦秋实和区达铭。两个人在船上相互错过了，没有碰面。麦秋实向右拐，沿着船舷往前走；区达铭则走进十字舱中间的沙街通道，隐入船舱的暗影中。

　　夜深了，雨也停了。刚演出完的演员们、乐师们以及衣杂箱人员们还很兴奋，此时的红船上正是热闹的时候。船尾厨舱里，厨工们忙着做消夜。船尾叔两个一组，将装消夜的大桶抬到船头上，桶里冒着腾腾的热气。

　　靓少秋刚刚换了衣服，拿着水盆带着小远从船尾冲凉处出来。

　　麦秋实从暗影里走出来，低低唤了一声："梦苏——"声音不大，但梦苏听闻却如惊雷震耳。她转过头，借着微弱的灯火看清面前站着的是麦秋实时，不禁目瞪口呆，手里的水盆也落到了地上。小远害怕地拉住她的手喊："爸爸，爸爸……"

　　麦秋实打量这个已经两岁多的孩子问："这是——小远？

　　梦苏清醒过来，叫住一个路过的青年演员说："阿标，帮我把小远带回舱室去，让他先睡觉，我要和这位先生说点事。"

　　青年带着小远离开。

　　红船后舱舱顶晒台上，此时，大多数人都涌到船头吃夜宵去了，从船头方向不时传来笑闹喧嚣，而船舱后部、舱顶反而显得很清净。梦苏和麦秋实心中百感交集，但都克制着沸腾的情绪，表面反而显得平静。

　　麦秋实说："没想到你的戏唱得这么好。"

　　梦苏说："说来可能没人相信，这还是当年在陈塘的花船上学来的呢。"

　　麦秋实说不出话来，梦苏当年那不堪的经历说来也与他有关。

　　梦苏说："没想到你从台下能认出我来。"

　　麦秋实说："这辈子不管你变成什么样，我都能认出来。"千言万语不知该如何表达，麦秋实沉吟片刻说："你还好吗？"

麦秋实语气中那份发自内心的关切几乎将梦苏击垮了，她实在忍不住，眼泪夺眶而出。麦秋实说："梦苏，我知道你这两年的不易，真的对不起……"

梦苏忍了又忍，控制住自己的情绪，转移话题："没事，你来了就好了。这两年我一直和组织联系不上，你能帮我找到组织吗？"

面对梦苏急迫的神情，麦秋实恢复了理性，说："我现在也和党组织失去联系了。"

梦苏说："当初安排我们来汕头的时候，老谢说组织上会派人和我们联络的。谁知道来了以后，一直没有人找过我们。我给认识的同志写过信，给你也写过，可是没有得到任何回音，后来，帮我转信的那家人也搬走了。"

麦秋实听出了责怪他的意思，但他无法解释，有许多话他现在不能说。

梦苏说："我抱着幻想一天又一天地等着，到后来花光了盘缠，没钱交房租、没钱吃饭，值点钱的东西都典当光了。实在没办法，只好带着小远进了红船班。"

梦苏的这番话使麦秋实心如刀绞，梦苏的苦使他心痛，但他此时又能说什么，做什么呢？麦秋实说："你……这两年没和老区在一起吗？"

梦苏摇头说："那个人我永远都不想再见。"

转头就走的梦苏，没有看到麦秋实眼中心疼而又充满希望的光。

袁昌的汽车停在江边，袁昌和钱主任坐在车里。袁昌说："有意思，真的越来越有意思了。"

钱主任应道："是啊，我都糊涂了，这个靓少秋到底是男是女啊？"

袁昌话里有话："今晚的演出动静够大，估计不少人会来捧场的。"

钱主任仍沉浸在对靓少秋的兴趣里："如果秋倌真是女人的话，她唱的小生就更是一绝了。"

袁昌说："在这个秋倌身上可能还有更多的谜，我很想探究一下。

钱主任把袁昌的话想岔了："您看上了？"

袁昌一时没明白："嗯？"

钱主任说："我是说，如果她真是个女人的话……袁参谋长要不要上船探访探访，或者派人把她叫到府上？"

袁昌反应过来了："今晚你兴致颇高，我原本不想破坏你的情绪。但钱主任肩负着一方'剿抚'、'绥靖'的重任，所以我必须给你一句忠告——一定要分清'偶怡性情'和'玩物丧志'的区别。"

钱主任张口结舌："我，我的意思是说……到府上唱唱堂会什么的。"

袁昌说："你以为我们今晚真是来听戏捧戏子的吗？"钱主任愣住了。袁昌说："这两天派人盯着，看看都有些什么人来找这个秋倌。"袁昌吩咐司机打道回府。

汽车掉头驶离江边。

一个黑影摸索着走上了舱顶的晒台，他是区达铭，他显然已经把整条船都找遍了。

梦苏一转身，正好与刚刚走上晒台的区达铭打了个照面，她不由得吃了一惊，下意识地后退了一步。区达铭又惊又喜："梦苏！真的是你？总算找到你了！"

梦苏冷冷地问："你怎么来了？"

区达铭问："这两年你就在这船上过的？你怎么变成男人了？"

梦苏不想理他。区达铭不在乎梦苏的态度，急切地问："小远呢？小远也在这儿吗？"

梦苏说："和你没关系。"

区达铭说："怎么和我没关系呢？我，我天天想你们啊，简直想死了！这两年我一直待在那个药铺不敢离开，就是怕哪天你们突然回去找。"他作势就要扑上来抱梦苏，却被梦苏躲开了。

区达铭的亲昵让梦苏难堪。区达铭这才看见了站在一旁的麦秋实。区达铭一愣："老麦？你也在这儿……你们……"

麦秋实说："我也是刚刚才见到梦苏。"

区达铭突然想起了什么，将注意力转向麦秋实："老麦，是党组织派你来和我们联系的吧？"

麦秋实摇头说："不，我现在也脱离组织了。"

区达铭愣了一下："是吗？……那你知道怎么才能找到党的关系吗？"

麦秋实说："不知道。这两年国民党追剿得太厉害，我们认识的人不是被捕就是逃亡，设在香港的省委机关接二连三地遭到破坏，好多地方的组织名存实亡了，就算还剩一些人，也很难再组织什么斗争了。很多人都像我这样，脱离组织另谋生计了。"

　　梦苏和区达铭怀着不同的心情听着麦秋实的这番话。梦苏想不到这样的话会从麦秋实的嘴里说出来，不由十分惊愕；而区达铭则是将信将疑。

　　区达铭说："没有这么悲观吧。列宁同志说……"他顿了顿，"算了，今天不说这个了。虽然国民党老是嚷嚷已经把共产党和红军彻底'打垮'了，但我听说毛泽东、朱德带领的红军一直在江西一带活动。还有广东的东江、北江、琼崖，都有红军的根据地，有的还建立了苏维埃政权。所以我坚信共产主义是有强大生命力的，共产党和红军是消灭不了的。"区达铭越说越慷慨激昂，那气势不亚于当年，几乎要忘记这是在飘摇的红船上了。

　　麦秋实急忙制止他："嘘——小点声！"

　　区达铭放低声音说："可我们却被遗忘在这火热的斗争之外，我真是不甘心啊。但最痛苦的还是一直无法和组织取得联系，我感觉自己就像一个被抛弃了的孩子，找不到妈，没人疼没人管，孤苦伶仃，失去了政治生命，我感觉活着都没什么意思了。"

　　应该说，区达铭这番话说得颇为动人，连梦苏都被打动了。相隔两年，她好像有些搞不懂眼前这两个男人了。

　　麦秋实内心其实也很感动，但沉默片刻，他还是说："我现在确实失去组织关系了，确实没办法帮你。我现在做一些药品生意。老区，和你算是同行了，有机会的话帮着介绍一些关系。"

　　区达铭失望地说："行，我们虽然是个小草药铺，但在这一行里还是有些关系的……"

　　这时，舱下传来孩子的哭喊声："爸爸！爸爸你在哪儿？爸爸……"

　　梦苏从舱顶冲下来，急忙抱住小远："你怎么出来了？还不睡觉？"

　　小远哭着说："爸爸，你怎么还不回来？"

　　这时区达铭和麦秋实也从舱顶下来了。区达铭一把拉过小远，端详着："你是小远吧？"

　　小远被这个陌生人猛地一拉，吓得要哭。区达铭激动地说："儿子，快，叫爸爸，快叫！"

小远疑惑地看着他平时喊"爸爸"的梦苏，喃喃地说："爸爸。"

区达铭说："不对不对……我！我是爸爸。叫我！"

小远懵了，看看区达铭，又看看梦苏，不知如何是好了。

区达铭指着梦苏对小远说："她是妈妈，我才是爸爸。快叫，妈妈……爸爸……"

梦苏心里一阵阵难受，但又无法制止区达铭和儿子的亲热。尤其在麦秋实面前，她更加难堪。

麦秋实转过身，悄然离开了。

演员们围在船头传看报纸，梦苏也在这里。

鬼马聪说："这些小报记者，就爱添油加醋，碰上秋倌这事，他们简直就像打了鸡血一样，吵吵得满城风雨了。"

梦苏说："我原本想的是再唱最后一场，然后悄悄地离开，让靓少秋从江湖上消失。谁知现在闹满城风雨……"

演员甲说："是啊，如今到处都议论纷纷。班主最怕的就是这个，现在不知道他有多恼火呢！"

这时一个杂工匆匆跑来说："秋倌，班主叫你去一下。"

演员们面面相觑，担心地望着梦苏……

第二十章

归队

班主和坐舱在闷热的红船柜台处等候着梦苏。

梦苏一来，不等他们开口就急忙："真是对不住，没想到我给福乐班带来这么大的麻烦。

班主慢条斯理地开口说："我当初担心的就是这个，那时候让你走你不走，非要唱那最后一场，结果怎么样？红船班上百年的规矩到底让你给打破了，现在我们这条红船不是在江里泊着，而是被口水淹着呀！"

梦苏说："为了不给福乐班带来更大的麻烦，我现在就离开。"

班主说："我看现在你倒不必走了。"

梦苏一惊："怎么？"

班主说："现在的事真是奇怪，我都搞不懂了——你女扮男装的事传出去以后，福乐班的生意倒突然红火起来了，各个地方争着来订我们的戏，而且都指名让你挑班主演。现在台期都排不过来了。有几个地方为了抢先让我们去演还相互抬价。这种情形下，我能让你走吗！"

梦苏也很吃惊："是吗？"

班主指着坐舱说："是啊，我要是现在坚持把你烧炮辞退，不说别人，他就能把我吃了。"

坐舱说："班主，看您说的，我们还不是替您挣钱。不过我这人确实不管那么多，只管多卖戏。我就一条，让大家多演戏多挣钱。"

梦苏说："可这毕竟坏了规矩，别的红船班怎么办？"

坐舱说："咳，管那么多呢！现在这世道，人都现实得很，只要名气大戏卖得好，就没人说什么。我还听说，有的红船班已经开始打主意，也想招女演员呢。"

班主说："从现在起，你就恢复女儿身。只要这条红船不沉，福乐班就由你来挑班主演。"

梦苏嘴里谢过了班主，转身却露出了忧虑的神色……

梦苏在江边洗完衣服站起来，端起盆准备走回红船去。突然，一个三十多岁、穿长衫、戴礼帽、提了一个不大的箱子的男子走到她身边。

长衫男子看了看四周，低声问："沈梦苏同志吗？"

梦苏愣住了。

长衫男子仍然低声、急促地说："党组织派我来和你联系。跟我来。"

两年了，长久的期盼忽然间变为眼前的现实，梦苏一时都反应不过来，几乎惊呆了。她怔怔地望着来人，情不自禁地跟着他走去。

长衫男子把梦苏领到一片小树林中说："我姓周，你就叫我周大哥吧。"

梦苏顿时感到一股亲切、温暖的气息说："周大哥……您是省委的？"

周大哥说："不，我是汕头地方党组织的，属于潮汕中心区委领导。省委指示潮汕区委，派人和你取得联系。"

梦苏早已热泪盈眶了："这两年，我找组织找得好苦啊……"

周大哥说："我理解你的心情。按照上级要求，请你把自己的简历：参加革命以来的经历，特别是当年被捕和在狱中的详细情况，离开广州，以及到汕头这两年的经过，还有你寻找组织的情况，写一份详细的书面材料，交给党组织进行审查。"

梦苏说："好，我马上就写。怎么交给你呢？"

周大哥说："我会来找你的。另外，你明天去一趟广州，到大东街45号留芳照相馆，找摄影的梁师傅，把这个箱子交给他。"

梦苏激动得连连点头说："我一定完成任务。"

周大哥笑了说："你用什么名义去广州呢？"

梦苏怔了一下，这个她还没来得及想。

周大哥说："现在你不是在福乐班里挑班主演了吗？按照惯例，班主应该拿出一笔钱，让你到广州的戏服店去定做私伙行头，你就利用这个机会。"

梦苏点头说："好。"

轮船在江上行驶着。甲板上，梦苏提着箱子倚靠在船栏旁，激动、急切地眺望着远方。两年多以来，她第一次感到发自内心的轻松和快乐，感觉身子都轻盈起来，恨不得变成一只小鸟飞身跃起，振翅飞翔。

　　甲板上，有一个戴鸭舌帽的青年男子混在三三两两的旅客中，暗中注意着梦苏，而梦苏对这一切却毫无察觉。

　　梦苏来到广州大东街 45 号时不禁愣住了，这里根本不是什么照相馆，而是一家绸缎庄。梦苏看来看去，门牌号码的确没错。梦苏疑惑地走进绸缎庄的大门。

　　梦苏迟疑地打量着绸缎庄内部，柜台后一个掌柜模样的人招呼她，热情地介绍各种花色的绸缎。

　　梦苏走到那个掌柜面前："请问，这儿是大东街 45 号吗？"

　　掌柜说："是啊。"

　　梦苏说："那——这儿还有另外的店，门牌也是大东街 45 号吗？"

　　掌柜的被问懵了："我不懂你什么意思，哪有一个门牌号开两家店的？大东街 45 号就是我这个店。"

　　梦苏说："可是……人家让我来大东街 45 号找一家照相馆。"

　　掌柜说："你肯定记错了，这家绸缎庄是我爸爸开的，后来传给我。这家绸缎庄在这儿开了十几年了，哪儿见过什么照相馆！"

　　梦苏懵了："那……您这儿有摄影的梁师傅吗？"

　　掌柜说："阿姐，你可越说越糊涂了。这绸缎庄里除了卖布的伙计，就是账房先生，还有就是我这个掌柜，哪儿来的什么摄影师傅？"

　　梦苏走出绸缎庄，不甘心地沿街边逡巡。没错，绸缎庄的确是大东街 45 号，而附近也确实没有一样的门牌号。

　　梦苏不知如何是好了，来时一路上的兴奋和激动现在荡然无存，不由得再一次陷入了沮丧和孤独无助之中。梦苏提着箱子，满面愁容地在街边徘徊……

　　不得已，梦苏只好去找欧阳春晓了。

　　春晓与过去相比判若两人，显得十分消沉。梦苏问："你真的和党组织没有联系了吗？"

春晓说："这两年我基本上足不出户，不光和党组织、和外界的所有联系差不多都中断了。"

梦苏问："那你知道上哪儿能找到组织吗？省委、市委、军委、团委、工会、青年联合会、妇女委员会，哪方面的线索都行。"

春晓说："你现在还找什么组织？现在找共产党不是找杀头吗？"

梦苏望着春晓说："春晓，你真的变了。当初你对革命热情比我高，立场多么坚定啊！"

春晓说："那时候感觉革命就是浪漫加热血，经过了这么多事，现在才发现是多么幼稚——热血流尽的时候，就没有浪漫，而只有残酷了。当初多么轰轰烈烈的革命事业，说失败就失败了，转眼间血流成河。我确实做不到舍生忘死，也不可能完全不顾及家人。其实变的不光是我，当初那么多同志，那么多战友，被杀的、被抓的、出国的、流亡他乡的，剩下的都隐姓埋名东躲西藏，你现在还能见到谁？有几个还能坚持的？"

梦苏沉默片刻说："麦秋实现在在汕头……"

春晓的眼中隐隐闪过一丝光亮，但转瞬即逝，随即表现出更加漠然的态度："是吗？你见到他了？"

梦苏点了点头说："见了一面。你和他……现在怎么样？"

春晓说："不怎么样，我也不知道我们现在算什么……我和他已经一年多没有见面了。"

梦苏问："你知道他和组织上还有联系吗？"

春晓说："我怎么会知道。他不是在汕头吗？你自己去问他呀？"

梦苏叹了一口气说："我问过了，可他什么也不说。"顿了一下，"这才是你对革命丧失热情的原因？"

春晓面无表情地说："我现在对什么都没有热情了。"

这时欧阳启泰在用人的搀扶下慢慢走来，春晓和梦苏迎上去。春晓过去代替用人扶住父亲说："爸。"

欧阳启泰说："梦苏来了？"

梦苏说："欧阳伯伯，您能自己活动了？恢复得真不错。"

欧阳启泰说："春晓这两年不再到外面去疯跑疯闹了，安安静静地待在家里，我这心情舒坦多了，身体自然也就恢复得好。"

春晓感动而内疚地说："爸爸，我以前陪您和妈妈确实太少了，今后一定好好弥补，天天陪着你们。"

欧阳启泰说："你呀，不是这个极端就是那个极端。天天陪我们可不行，你还得嫁人啊。"

春晓被触动了心中的痛，幽怨地说："不，我再也不嫁人了，我要爸爸养我一辈子……"

欧阳启泰说："哎，爸爸养你没有问题，但人还得嫁。"沉默了一会又说，"那个麦秋实……最近有消息吗？"

春晓脸上又掠过一丝阴影："刚才梦苏说他在汕头。我不知道。"

欧阳启泰长叹一声："本来我是很看好他的，可他被赤色活动搞得走火入魔，差点让你也陷在里面不能自拔……这样的人我不说他是好是坏，起码太不稳当了，不能托付终身……"欧阳启泰说着，大概因触动心事，呼吸又变得急促起来。

春晓急忙轻抚他的背说："爸，您别再想这些了……是不是又感觉不舒服了？要不要打电话找潘院长？"

欧阳启泰轻轻摇头："我没事……"

这时，潘卓南背着包走进花园，见状急忙过来："欧阳先生……"他当即摸了摸欧阳启泰的脉搏："脉搏有点快，还是回房间去躺一躺吧。"

春晓见到潘卓南，脸上现出难得的轻松，甚至开起了玩笑："说曹操曹操到。怎么每次正需要你的时候你就从天而降了，是不是对我爸爸的病有感应啊？"

潘卓南憨厚地笑着说："医院刚从德国进口了一种新药，对欧阳先生的康复很有帮助，我今天特意送些过来。"

欧阳启泰感慨地对潘卓南说："这两年让你费心了。我能恢复到这样，真是全靠你啊。"

潘卓南说："欧阳先生，您就别客气了，这都是应该的。"

欧阳启泰看看潘卓南，又看看女儿："有感应好啊，只是不要对我这个老头子有感应，而要对女孩子的心思有感应啊。"

春晓和潘卓南不禁都脸红了。春晓说："爸，您说什么呢！跟人家潘院长乱开玩笑。"

欧阳启泰说:"你一口一个'潘院长',他一口一个'欧阳先生',我就听不惯,还显得那么生分!卓南,走,屋里坐。"

潘卓南说:"好的,欧阳先生……"

欧阳启泰说:"什么?"

潘卓南见状改口说:"啊,伯父。"

欧阳启泰转嗔为笑说:"好,走。梦苏,你也一块儿进屋里坐。"

梦苏见状识趣地说:"不了,欧阳伯伯,我还要赶回汕头去。改日再来看你们吧。"

欧阳启泰说:"那……也好,有时间多过来。春晓,你去送送梦苏。"

梦苏急忙拦住春晓说:"不用了,你快扶伯伯回去休息吧。我走了。"

梦苏转身离开,走出一段回过头去,看见春晓和潘卓南一左一右搀扶着欧阳启泰,三个人的背影显得很是温馨。

汕头绥靖委员公署,袁昌的办公室内,那个戴鸭舌帽的青年正在向袁昌汇报:"她是到戏服店去做私伙行头的。"

袁昌说:"去趟广州,就为做私伙行头?"

鸭舌帽青年点头说:"她去过的地方我们都清清楚楚。哦,她还去了商会的欧阳启泰家。"

袁昌点头,自言自语:"那儿她是自然要去的……还去什么地方了?"

鸭舌帽青年说:"对了,还去了一家绸缎庄。"

"绸缎庄?"

鸭舌帽青年说:"待的时间很短,大概也是为做衣服的事。"

袁昌问:"查过那个绸缎庄吗?"

鸭舌帽青年说:"从掌柜到伙计都查过了,就是地地道道的买卖人,和共产党沾不上边。"

袁昌思忖道:"哦——"

鸭舌帽青年问:"那,还要接着监视靓少秋吗?"

袁昌想了想说:"先不用了。"

红船船头上竖着木人桩，一群武生在这里练咏春拳。靠江心那一侧的船舷旁，梦苏在吊嗓子。

从岸上传来船尾叔甲的喊声："秋倌，秋倌！"

正在船头木人桩处练功的鬼马超听见了，探头问："船尾叔，是不是又给秋倌买烧味加菜啊？"

岸上的船尾叔喊："是你自己想吃烧味了吧？叫一下秋倌，有人找。"

船头上，鬼马超站上木人桩喊："秋倌——秋倌，有人找！"

武生们纷纷站到木桩上，一声接一声地传着喊："秋倌——有人找你——"

喊声传遍了整条红船。

不一会儿，梦苏闻声从另一侧船舷转过来，朝岸上望去——只见船尾叔身旁，站着的正是那个周大哥。

在江边离红船较远的僻静处，梦苏默默地将那个皮箱交还给周大哥。

周大哥很是抱歉地说："实在对不起，是我把地址搞错了，怨我，都怨我！"

梦苏情绪低落地说："没什么。"

周大哥说："我上次让你写的东西，你写好了吗？"

梦苏迟疑了一下说："您等等，我去拿。"梦苏转身快步离开。周大哥望着梦苏的背影。

一间小屋里，麦秋实坐在窗旁读梦苏写的材料。古大章在一旁，小心地将梦苏带到广州去的那个皮箱打开，他仔细察看箱上的锁和箱子里面，慢慢地挑出一根棉线，然后以肯定的口气说："这个箱子没打开过。"

麦秋实若有所思地说："哦。"麦秋实看完那份材料，许久没有说话。古大章感觉麦秋实情绪异样，问："怎么了？"

半响，麦秋实长长地叹出一口气："从这字里行间，完全能感受到一个党员渴望找到组织，盼望重新投身革命的那份赤诚，那份热切，可我们却还在这里没完没了地考验、审查她，我这心里真不是滋味。"

古大章也坐下来："老麦，你的心情我理解。就说老区吧，我过去跟着他搞工运，那个人多有革命热情啊，在工人里算是很有理论水平的了，我能不信任他吗？可我觉得上级也是迫不得已。大革命失败以后，形势太复杂了，很多人的面目都搞不清了。有些人过去比谁都革命，谁都想不到他会叛变，可事实就是这样，这两年我们这方面吃亏太多了。"

麦秋实情绪有些激动："那也不能搞得对每一个人都不信任了吧？那我们还怎么开展工作？"

古大章坚持地说："现在不是情况特殊吗？我们正在建立交通站，开辟交通线。上次老谢来的时候专门交代——这是苏区的一条生命线。"

麦秋实克制着自己的情绪："对不起，我刚才有点激动，你说得对，交通线的安全高于一切。还是严格按照组织的程序做吧。尽快派人联系老区，让他也写一份这样的简历，和梦苏的这份一起报上去，等候上级的指示。不过要快，建立交通站已经箭在弦上，刻不容缓。"

古大章说："好。"

麦秋实说："说说你这次去闽西苏区的情况吧。"

古大章说："这次去闽西接黄启很顺利，他已经到达长兴，在北湾镇上开了家客栈，作为交通站的掩护。可以说长兴站已经万事俱备了，只是还缺人手。"

麦秋实说："我最近也在考虑这个人选……"

古大章问："你看，陈桂怎么样？"

麦秋实说："陈桂？我看可以。那汕头这边呢？"

古大章说："如果老区和梦苏通过了审查，恢复了组织关系，可以负责汕头大站的工作。他们两个过去以假夫妻的名义一起工作过，应该能配合好。何况他们现在又有了孩子，对交通站的工作是一个最好的掩护。"

麦秋实听着，心里不是滋味，一时没有说话。古大章问："老麦，你的意见呢？"

麦秋实忽然惊醒："哦，你说的有道理，这样安排应该是比较合适的。"

茶楼的一个包间，袁昌自己动手沏工夫茶。区达铭坐在一旁赞道："特派员来的时间不长，把这潮汕的工夫茶玩得挺像那么回事。"

袁昌一边沏茶一边问："麦秋实说他也脱离共产党了，这话你信吗？"

区达铭想了想说："我有点信，也不太信。"

袁昌问："怎讲？"

区达铭说："说这话有可信的地方吧——这两年老蒋……哦，蒋总司令对共产党拼了命追剿，赶尽杀绝，对共产党的打击确实是毁灭性的。除了被抓被杀的，大批党徒四处逃窜，心灰意冷，惶惶不可终日，共产幻想破灭，所以，不乏中共高层的人投诚变节。从这方面说，麦秋实脱离共党组织也不是没有可能。"

袁昌品着茶："说，往下说。"

区达铭说："但我想来想去，又觉得不太可信。你应该了解麦秋实，他这个人骨头缝里都被染红了，没那么容易洗掉，江山易改，本性难移啊。"

袁昌说："他身上有股书生气，做事爱较真，认死理。"

区达铭说："对，别的人走路吧，看着前面的路不通就拐弯，或者回头了；他不，非要一条道走到黑，撞了南墙都不回头的。"

袁昌说："如果麦秋实还在为共产党工作的话，那他这次到汕头来肯定负有特殊使命。"

区达铭说："问题是他在我面前一口咬定，说他已经脱离共产党了，真不知道是真是假。"

袁昌站起来在屋里来回踱步，一边思索着。区达铭心焦口渴，端起茶杯欲喝，看了看觉得太不过瘾，将茶壶里和几个小杯里的茶都倒进一个大杯里，端起来咕嘟咕嘟往喉咙里灌。

袁昌突然站下说："我有一个办法，你去试探试探他。"

区达铭问："试探？怎么试探法？"

袁昌示意，区达铭凑过去，袁昌在他耳旁低声传授机宜。

区达铭听完问："这办法行吗？"

袁昌说："试试吧。"

区达铭说："可我上哪儿找他呀？"

袁昌说："他很警觉，反侦察意识很强，我们的人跟了几次都被他甩掉了，到现在还摸不清他住在什么地方。不过我们也不打算对他盯得太紧，不然他一旦察觉，可能就停止一切活动，甚至离开汕头了，这可不是我的目的。"

"哦？"区达铭很吃惊。

袁昌说："不过他有时会去药材市场看货，你天天到那儿去守，肯定能碰到他。"

区达铭不解地问："你们既然已经摸到麦秋实的行踪了？那把他抓起来审问不就行了吗？还费那么大劲干什么！"

袁昌说："如果他已经不是共产党了，抓他就没有任何意义。"

区达铭说："那如果他还是呢？"

袁昌说："我们抓过的共产党人很多，有一些就是那种变节分子，刀往脖子上一架骨头就软了，除了保命别的什么都可以不要。"他说这话时有意无意地看了区达铭一眼，区达铭很是尴尬。

袁昌说："但是还有一类共产党人，死抱着他们的信仰不放，为了那种信仰可以不要命。那种人很难对付，搞得我们很头疼。如果麦秋实还在为共产党工作，那他应该属于后者。我能感觉到，抓他审他都不会有什么结果，他就是把命豁出去都不会吐露一个字的。我要他的命没用，我需要知道的是，他们到底在从事什么地下活动，更要破获他们的组织。"

区达铭说："这么说，你要放长线钓大鱼。"

袁昌说："当初把你当钓饵放在这儿，就是为了这个。"

药材市场，麦秋实在一个个摊档间穿行，看着各种药材，不时问问价钱，了解行情。麦秋实身后不远处的另一个摊档前，区达铭装作挑选药材的样子，其实暗中注意着前面的麦秋实。区达铭朝四周看了看，向麦秋实走去。

麦秋实在一个摊档前看了看药材，继续向前走去。区达铭装作不经意地走到他跟前。

麦秋实一抬头，看到了区达铭，十分惊讶："你——"

区达铭也表现出吃惊的样子："哟，是你呀！"

麦秋实警觉地问："你怎么在这儿？"

区达铭说："我给店里进货呀，我经常到这儿来进货。"

麦秋实想了想，觉得区达铭出现在这里也说得通。

区达铭问："你呢，来这儿干什么？"

麦秋实说："我也想做点药品生意，到这个市场来看看行情，看能不能进点货。"

"哦——"区达铭突然凑到麦秋实面前，小声地说："太巧了，老麦，我正想找你呢。"

"找我？"麦秋实问。

区达铭朝四周看了看，将声音压得更低说："有很重要的事，我们找个地方谈谈吧。"

他们来到海边，这里十分僻静，附近空旷无人。麦秋实朝四周看了看："这个地方安静，就在这儿坐坐吧。"麦秋实在岸边找了一块看上去较平坦的礁石坐下。

区达铭站到麦秋实面前，突然说："老麦，你跟我一起干吧。"

麦秋实问："干什么？"

区达铭说："干革命！"

麦秋实从礁石上弹起来："你在说什么呀！"

区达铭一字一句地说："我说——干革命，我们一起干。"

麦秋实盯着区达铭看了一阵，揣摩他说这话究竟是什么意思；区达铭也一动不动地注视着他。麦秋实说："我告诉过你，我已经脱离共产党了。你不是也和党组织失去联系了吗？"

区达铭似乎又恢复了当年雄辩的状态，说："可我一直在找党。而且我觉得不能消极地等待，不能灰心丧气，这从这个方向找不到，就绕着弯往那个方向找，想尽一切办法，我想总有一天会和党取得联系的。我还有个具体的想法，要轰轰烈烈地再干一场。"

麦秋实问："什么想法？"

区达铭说："我们像过去一样，去搞群众运动。"

麦秋实又吓了一跳："现在？搞群众运动？"

区达铭说："我的经验是，有群众的地方，就有我们的党。特别是有工人的地方，一定有党的组织。对，就搞工人运动。我先进一家工厂做工，暗中宣传、组织工会，把工人都秘密发动起来。然后再搞串联，一家工厂一家工厂地联络，最后组织一场声势浩大的罢工。"

麦秋实说："你可别头脑发热啊。你忘了当年广州暴动失败以后，当时的领导人思想'左倾'，非要组织什么'飞行集会'、'春骚行动'，给党组织带来多大的损失，你就是那个时候被捕的。"

区达铭感觉到麦秋实在他的引导下，正一步步地滑向那个精心布下的陷阱，不禁暗暗高兴。区达铭说："怕什么？那么多烈士都献出了生命，老子豁出去了，多活一天赚一天。只要活着，老子就要干革命。要是干出点动静来，有了成绩，党组织肯定会知道，到时候自然会派人来和我们联系的。"

区达铭的话使麦秋实感动，但麦秋实必须阻止他这么干："你冷静一点。现在白色恐怖这么严重，你一个人势单力孤、孤掌难鸣，根本不可能成功。留得青山在，不怕没柴烧，你要干革命，以后会有机会的。"

区达铭说："我一个人的力量是很薄弱，所以才要你和我一块干啊，多一个人就多一分力量。过去我搞工运，你搞学生运动，都有做群众工作的经验，宣传、发动群众是我们的拿手好戏。我们两个只要摽在一起，很快就能发动、团结起一大帮人。"

麦秋实脑子里飞快思索着，考虑要不要说出真相。但犹豫片刻他还是说："老区，听我的，先别这么干。再等等，过一段时间再说。"

区达铭说："不能再等了！怎么，你对革命前途丧失信心了？"

麦秋实不知说什么好："不是……我……咳，你就别说了。"

区达铭步步紧逼："老麦啊，老麦，刚听说你脱离党组织的消息时，我还不相信。想想当年，你是一个多有革命激情的人啊，多少人在你的鼓舞下走上了革命道路，而你现在反而灰心丧气，当了逃兵。你让那些信任你的同志、那些还在坚持战斗的同志多伤心，多失望啊！"

区达铭的话让麦秋实受到刺激，使他差点冲动起来，他镇定了一下说："老区，我现在不能对你说什么，以后你会明白的。"

区达铭激动地走来走去："你不说，我要说，我要让你猛醒，要让你回到革命的道路上来。其实'胜败乃兵家常事'，只要我们有坚定的信心，今天失败了，明天也一定会胜利的。"

区达铭的态度使麦秋实的心情越发复杂，他拼命克制着自己，说："老区，你今天说什么都没用，我是绝对不会同意你那么干的。"

区达铭站到一块礁石上。"看来你真是让反动派吓破胆了。你不敢干，我自己干。即使将来罢工失败了，我还有一条路可走——"

麦秋实问："什么路？"

区达铭说："广州暴动失败撤退前，我们埋了一些枪支弹药。实在不行我就回广州把这批武器起出来，拖枪到北部山区去打游击，说不定将来还能打出一片根据地来呢。反正还是那句话，敌人把我打死就算了，只要打不死，只要还有一口气，老子就要闹革命，绝不这么窝窝囊囊地活着！"

麦秋实愣愣地望着区达铭。

区达铭说："看来我们真不是一条道上的人了。"说着他跳下礁石，转身就走。

麦秋实急忙叫住他："老区，老区，你听我说！"

区达铭说："你别喊我，从此以后你走你的阳关道，我过我的独木桥。"

区达铭说着转身又要走，麦秋实追上去说："老区，你冷静冷静！"

区达铭说："干革命能冷静吗？和敌人做斗争能冷静吗？像你这么冷静，什么事都做不成！"

麦秋实拉住区达铭说："老区！"

区达铭说："我实话告诉你吧，我已经找好了一家工厂，明天就去上工！一进工厂老子就搞工运，发动工人罢工。"

区达铭甩开麦秋实，大踏步地离开。

麦秋实情急之下，猛地大吼一声说："区达铭同志！"

区达铭一愣，停下脚步，缓缓转过身来说："你叫我什么？"

麦秋实郑重地望着区达铭说："好吧，我们好好谈谈。"

区达铭感觉到麦秋实的神情与态度和刚才有了变化，他急忙走回去，两个人在礁石上坐下……

夜深人静，一间小屋里，古大章冲着麦秋实低吼："什么，你把真实身份和建交通站的情况都告诉区达铭了？"

麦秋实点头："说了和他有关的一部分。"

古大章嘀咕："这么快就告诉他了，是不是有点不太慎重。"

麦秋实说："本来我们商定的就是由区达铭负责汕头大站，黄启负责长兴大站呀。"

古大章说："可上级的审查结果还没下来，也没有做出正式的批示。"

麦秋实说："可我们不能再等了。现在交通不畅，老谢去苏区以后一直都没有消息。梦苏写的材料还没交上去。哦，老区的还没让他写呢，等到写完了都交上去，上级再批复下来，不知道要到什么时候了，但建交通站的事迫在眉睫，决不能再拖了。"

古大章无奈地叹了一口气，承认这是事实。麦秋实说："还有另外一个原因迫使我不得不说出实情。"

古大章问："什么原因？"

麦秋实说："老区找党心切，说他要去搞工运，秘密发动工人罢工，我劝他不要干，他根本就不听。我们都是过来人，现在这种形势下，发动几次罢工完全是以卵击石，早晚都会暴露自己。"

古大章也很担心说："是啊，这么干不行！"

麦秋实说："一旦暴露，区达铭被捕或者牺牲，对我们的工作是一个很大的损失。经过了'四·一二'反革命政变，以及南昌暴动、广州暴动，革命力量已经损失太大了，可以说现在还在坚持斗争的每一个同志都很宝贵，都值得好好珍惜。之所以选中老区来担任汕头大站的负责人，是因为他参加革命早，资历老，被捕前一直担任领导工作，在各种残酷复杂的斗争中都经受住了考验，而且工作经验丰富，能力很强。另外，他已经在汕头待了两年，熟悉本地情况，在这儿也建立了一些社会关系。如果老区发生什么意外，一时半会儿还真的难以找到合适的人来替代他。"

古大章思忖着说："你说的有道理，可我主要担心组织程序的问题。"

麦秋实说："我会对组织上解释的。我想对于这种特殊情况，上级会理解的。"

古大章问："梦苏那边怎么办？"

麦秋实说："我和老区商量过了，他这两年一直在一家草药铺里当伙计，这方面有一些关系，所以我们都觉得开一家药店作为汕头大站的掩护比较合适。现在党的经费很紧张，开店的资金老区也说他可以想办法。现在老区已经开始找店铺筹备开业了，可以说汕头大站已经开始运转了，急需要人手。我马上找梦苏谈话，安排她尽快过来进入工作。"

古大章问："那还需要老区写他的简历材料，交给上级进行审查吗？"

麦秋实说："当然要。等他写完，和梦苏的那份一起交上去，等上级批复下来以后，再正式恢复他们的组织关系。"

古大章说："好。"

麦秋实说："还有一件事，长兴站那边，广天客栈已经开业了，黄启要求交通员尽快到位。我已通知广州那边把陈桂送出来了，你去接一下，把她护送到长兴去。"

古大章说："好。"

白天，袁昌家的餐厅内，桌上摆着丰盛的酒菜，袁昌和区达铭坐在桌旁。袁昌示意周围侍立的用人退下，餐厅里只剩下他和区达铭两个人。

区达铭毕恭毕敬地说："特派员太客气了。在自己的住所里亲自宴请，这个待遇不一般啊，区某实在是太有面子了。"

袁昌大笑几声，举起酒杯说："鱼儿终于咬钩了，我今天太高兴了。来，我们两个好好庆祝庆祝！"

区达铭和袁昌碰杯："麦秋实到底是个书生，不如你道行深，被我一激就上当了。"

袁昌说："说实话，你立了一功啊。你在那破草棚子里窝了两年，才有了今天的突破，真是不容易。来，再干一杯。"

区达铭有些掩饰不住的得意："我了解麦秋实，当年沈梦苏不也是……虽然他们做事一向小心，不过最后还是上钩了，特派员实在英明。"

袁昌翻了个白眼，显然区达铭的话让他听着不太舒服，说："这只是第一步。"

区达铭问："下一步我该做什么？"

袁昌说："下一步——搞好仁达药房的开业，迎来送往要周到，把他们往来的人员接待好；传递情报、运送物资的事要安排周到，不能出差错，总之，要认认真真地做好汕头交通大站的每一样工作。"

区达铭愣了一下："这——"

袁昌说："当然，你做的每一件事情，你所知道的关于交通站和交通线上的所有情报，你都要找机会向我详细汇报。"

区达铭似乎明白一点了："哦，还是要放长线钓大鱼。"

袁昌点头："你现在的任务就是千方百计地取得共产党方面对你的信任。我把你这个诱饵抛出去，在水里泡了两年，可不是为了钓几只小鱼烂虾的，我有一个庞大的计划……"

区达铭问："什么庞大的计划？"

袁昌看了区达铭一眼说："以后你就知道了。现在你只要按我说的做，一步一步慢慢来。"

区达铭说："特派员这么年轻，又这么有才，一看做事的气派就不是一般的凡人，以后还望在上峰面前为老哥多说好话，对老哥多提拔啊。"

袁昌笑说："只要破获了共产党的这条交通线，一切都好说。"

区达铭突然想起什么，有些担心地说："对了，他们让我写一份简历，重点写当初被捕和出狱的经过，还有这两年的经历，寻找共产党组织的情况，说是要交给上面审查，到时候不会查出什么问题吧？"

袁昌说："你被捕那段时间到处都很混乱，当时广州和各地的共产党组织已经基本上被摧毁了，你写的那些情况他们根本无法查证，无法判断真伪，所以用不着担心。不过为了保险起见，我派人来和你一起研究，看看这份材料该怎么写，保证各个方面都要严丝合缝，不留一点破绽。"

区达铭松了一口气："那太好了，这下我就放心了。"

袁昌拿出一包银圆说："这是开办仁达药店的资金，记住，是你从朋友那儿借来的。我们都安排好了，你那个朋友叫何永泰，是环球洋货店的董事。"

区达铭接过银圆："要是麦秋实知道开办这个交通站实际是由国民党的特派员出的资金，那可太有意思了。"

袁昌得意地说："我说了这只是第一步，以后会越来越有意思的。不过你必须时刻警惕，方方面面都要非常小心，不能有任何疏漏。以后你只和我单线联系，即使在我们内部，知道你情况的人也是越少越好。"

区达铭说："明白，我一定小心。"

夜里，汕头八和会馆内。戏台上，梦苏正在演出《西厢记》。台下的观众看得十分投入，有的闭着眼听得摇头晃脑、沉醉在演唱中；有的不时高声叫好……

梦苏下场走进后台。几个男女突然冲进来，提场等后台杂工急忙上前阻拦。提场说："哎，你们干什么？怎么跑到这儿来了？"

几个男女不管不顾地拥到梦苏面前，围着她兴奋地叽叽喳喳。

甲男说："秋倌，你真的是女人啊？在台上感觉你比男人还男人呀！"

乙女说："女人都会迷上你的……"

丙男说："男人也会迷上你，你实在是……太迷人了！"

梦苏被这些热情的戏迷弄得哭笑不得。提场过来轰这几个男女："快走快走，台上还在演出呢，秋倌一会儿就该上场了。"

丁男不顾提场的推搡，奋力挤上前去，将一束花塞到梦苏手里："秋倌，这束花献给你，希望你喜欢。"

梦苏接过花，同时感到有一张纸条塞到她的手里。梦苏一怔，想仔细看看给她献花那个人，但那几个男女已经被提场等杂工连轰带扯地弄走了。

梦苏看了看四周，周围所有人都在忙着各自的事情。梦苏悄悄走到一个角落，打开那张小纸条，纸条上的特写着：明天下午三点，西郊采砂场见面。

梦苏愣住了。

江边，不远处是灯火通明的红船。梦苏站在江边，望着夜色中奔流不息的江水。心里琢磨着什么人写的纸条？去还是不去呢？别跟上次去广州那样，又被闪了……可万一要是组织上在找我呢……"

西郊采砂场，梦苏慢慢走来，打量着四周荒芜的环境，脚步越发迟疑。梦苏站下，四下张望，只见废弃的采砂场到处是野树和在风中起伏的荒草，她心中越来越慌，差点就要转身往回跑了。

这时，从前面草丛中走出了一个男子，头上的礼帽压得很低，几乎遮住了半张脸。梦苏的心都要跳到嗓子眼了，慌得差点背过气去。那名男子站下，摘下头上的礼帽向梦苏微笑，梦苏定睛一看，竟是麦秋实，心里的一块石头顿时落了地，不由得长长地出了一口气。

梦苏坐在树丛旁哭泣。麦秋实站在她身边，虽然感到心酸、心痛，但他只能克制着心中翻腾的情愫："我知道，你这两年过得很艰难……麦秋实的话语中含着深情和痛惜，这更触动梦苏的内心，她无法控制自己，哭得更厉害了。麦秋实难过地说："对不起……我知道现在说什么都没有用……但有一点请你相信，组织上一直没和你联系，确实是不得已……"

梦苏止住哭泣，使劲擦着满脸的泪水，强作笑脸说："没事……我理解……我其实是……高兴……真的，终于找到党了。以后，我就有依靠了，就像一个到处流浪的孩子，终于见到娘了……我高兴，太高兴了……"

麦秋实说："梦苏，你比过去更坚强了。"

梦苏说："是吗？是不是还像在坤雅女师的时候傻乎乎的？"

麦秋实说："那时你是有点傻，不过傻得很可爱……"

梦苏愣了一下，眼里浮上一层雾蒙蒙的东西。麦秋实凝视着梦苏，他们不由自主地沉浸在往事中，那微妙的情愫情不自禁地在两个人之间萦绕、绵延。

一只老鸦鸲叫着从天空掠过，梦苏惊醒过来，她意识到不能让那情愫继续蔓延。梦苏站起来，尽力调整了自己的情绪，问："现在让我做什么工作？"

麦秋实的思绪被拉回现实中，他也意识到应该平静一下，说："我们走走吧。"

麦秋实和梦苏漫步荒野，他们的情绪都已平静了许多。麦秋实边走边介绍情况："现在蒋介石调集各路大军，疯狂围剿江西的中央苏区。为了打破国民党反动派对苏维埃共和国的围困，加强各地与苏区的联系，中央交通局千方百计打通了几条秘密交通线。其中最重要的一条由上海经香港，通过广东到达闽西和赣南的苏区。交通线沿途设立了很多交通站，分大站、中站和小站。其中最重要的三个大站分别设在香港、汕头和赤白交界区的长兴。香港的交通站早就建好并且开始工作了，我这次的任务就是把汕头和长兴的交通大站建立起来。"

梦苏问："那我能干什么呢？"

麦秋实说："我们考虑了各方面情况，决定安排你到汕头大站工作。"

梦苏难抑兴奋地说："好啊，什么时候去？"

麦秋实说："越快越好。"

梦苏说："那我回去和班主打个招呼，收拾收拾东西。"

麦秋实说："你要抽掉红船班的台柱子，班主肯定不会答应。"

梦苏说："他不答应也没办法。我到红船上去只是为了糊口，现在一心只盼着早点为党工作。"

麦秋实说："好吧，你收拾好东西以后，到崇仁街的仁达药房，找区达铭同志报到。"

梦苏吃惊地说："什么！找他？"

麦秋实说："对，他是汕头大站的负责人。"

麦秋实顿了顿，有些话他不愿说，但却不得不说。他的目光望向一旁："以后，你还是和他假扮夫妻。

梦苏脸色大变："不，不行！我不想见到他！"

麦秋实说："可……这是工作。"

梦苏问："能不能安排我到别的地方工作？"

麦秋实说："现在交通站的工作是重中之重，要把最好的资源和最强的力量都集中到这上面来。"

梦苏说："不管怎么说，我绝不和区达铭在一起！"

梦苏转身离去，麦秋实愣愣地望着她的背影。

汕头码头，一艘轮船刚刚到港，旅客们提着行李，沿着栈桥鱼贯走下船来。

古大章和陈桂混在人群中下了船，在晃动的栈桥上难以踩稳脚步；古大章不时留心关照陈桂，但陈桂对古大章的细心照顾似乎并不在意，只顾对眼前这个陌生的城市东张西望。

陈桂打量四周的街景，有些不以为然地说："这地方没有广州人多。

"哦。"古大章应和。

陈桂说："街道也比广州窄。"

古大章说："是啊。"

陈桂问："这里有百货公司吗？"

古大章说："我没去过，应该有吧。"

陈桂问："有电影院吗？"

古大章说："不知道，不过肯定有戏班子唱戏。"

陈桂嘴一撇，大概觉得古大章老土。

古大章说："有没有这些和我们有什么关系？我们只在交通站歇歇脚，

休息一两天，还要继续赶路呢。"

陈桂说："啊，还要走啊？坐车还是坐船？"

古大章说："先坐火车，然后坐船，不是这种大轮船，是那种小电船，然后再走山路……"

陈桂说："啊，我去的城市比这儿还要小啊？"

古大章说："你去的交通站不在城里，在大山里。"

陈桂大为吃惊和失望："不要啊！"

突然，响起急促的警笛声，一辆警车疾驶而来，在前面不远处的街边一个急刹车。一队军警从车里跳下来，冲进路边一栋房子里。

路人纷纷驻足观看，古大章默默地望着，不知是不是有同志又要落入敌手。

站在古大章身边的陈桂突然脸色煞白，呼吸急促。

尖锐呼啸的警笛声、汽车急刹车的刺耳尖啸、军警杂沓粗暴的脚步声……一阵阵在陈桂的耳边轰响，并且越来越响，似乎就要爆炸……

陈桂突然口吐白沫，"啊"地叫了一声，一头栽倒下去。

古大章吓坏了，急忙扶住陈桂喊："阿桂，阿桂，你怎么了？"

仁达药房店堂内，伙计们有的在布置货物，有的在打扫卫生，做着开业前的准备。区达铭一会儿在这儿指点一下，一会儿在那儿帮个忙，里里外外地张罗，显得十分忙碌。

老周带着姜大夫进来，他们走到区达铭面前说："老板……"

区达铭急忙说："叫我老区就行了，大家都是同——"

老周说："不行，在这儿可一定要叫老板。"

区达铭恍然大悟地说："哦，对对——哎呀，一时半会儿还真是不习惯。这位是……"

老周说："这是姜大夫。"

区达铭急忙与姜大夫握手："哦，欢迎，欢迎，就等你了！里面请。"

三个人向药房后的内院走去。到了药房后院正房内，区达铭对老周和姜大夫说："会计有了，坐堂大夫也来了，现在就差一个沈梦苏了，咱们这个交通站的同志就到齐了。

周会计说："区老板做事真是有魄力，二百块大洋说借就借来了，店铺说找就找到了，药材说进就进来了。"

区达铭说："想想中央苏区急需要物资、情报，急需要这条生命线，我是着急啊！"

姜大夫问："开业的日子定了吗？"

区达铭说："还要过几天。一是还要做些准备；另外有的人员还没有到位——比如梦苏；还有，我查了皇历，这几天不适合开店做买卖。"

姜大夫"哦"了一声。

区达铭说："虽然药房还没有开业，但我们交通站其实已经开始工作了。今天老古就要护送一位同志来，在这儿休整一两天转道去长兴。"他掏出怀表看看，疑惑地说，"他们坐的轮船中午一点多到汕头，现在应该到这儿了呀？"

正在这时，外面响起一阵吵嚷。区达铭、周会计、姜大夫闻声警惕起来，互相看了看，急忙跑出屋去。

刚从堂屋出来，不由愣住了——只见古大章抱着一个女人冲进院子，那个女人嘴角吐着白沫，在古大章怀里使劲摇晃着脑袋，拼命扭动、叫嚷。几个药房的伙计跟过来，但都不知该如何是好。

古大章嚷嚷着："大夫，有大夫吗？"

姜大夫急忙上前救治："来了，来了！"姜大夫看了看那女人的情况，推开旁边一间厢房的门，"快，抬进来。"

区达铭仔细看那个正在闹腾的女人，不由得叫出声来："陈桂！"

厢房里，陈桂抱着脑袋躺在床上打滚，古大章想帮她却无从下手，着急地大喊："阿桂，阿桂……"

姜大夫看了陈桂一眼，刚要抓起陈桂的手，陈桂却惊叫了一声，手乱晃着，头摇得像拨浪鼓一样，嘴里"啊啊啊……"地叫着。

区达铭挤过去说："陈桂，我是区达铭。这位姜大夫是自己人，他来给你看病，看了病，吃了药，你的病才能好，我们都希望你能尽快好起来。"

奇怪！是陈桂忽然安静了下来。

姜大夫给陈桂号了号脉说："你们等等！"姜大夫跑到药房厅堂内拉开一个装药的抽屉，抓出几把药疾步走到床边，示意古大章按住陈桂的头。

姜大夫把硝石末放在陈桂的鼻子底下。一闻到硝石末，陈桂连着打了几个喷嚏，头一歪，不叫了。

区达铭、古大章、周会计等十分惊奇，都松了一口气。古大章说："姜大夫，你可真神啊。"

周会计说："有你这样的坐堂大夫，我们仁达药房肯定生意兴隆。"

区达铭低声说："我们和一般的生意不太一样，可不能太兴隆了。"又问姜大夫，"老姜，你这用的是什么啊？"

姜大夫说："这是个偏方，用的是硝石末。不过这只能管一阵子，除不了根的。"姜大夫转脸问古大章，"她这病是怎么得的？"

古大章看了看周围，朝几个伙计挥了挥手："你们都忙去吧。"伙计们都出去了。古大章低声说，"广州暴动的时候，她负过重伤。"

姜大夫"哦"了一声。

区达铭说："当时不是宏济医院那个姓潘的医生给治好了吗？"

古大章说："当时是治好了，但从此却落下了这个头疼的毛病，不定什么时候就会犯。有时还好，疼一阵就过去了；有时候就像现在这样，痛得口吐白沫，满地打滚。"

区达铭等人望着昏睡的陈桂，心情都十分沉重。

梦苏躲闪着跑上红船船头，区达铭抱着一大包东西追了过来。"梦苏，你等等，你听我说……"

梦苏眼看着被逼到船头无路可退了，看了看四周无人，厌恶地对区达铭说："你跟到这儿来干什么？走开！"

区达铭凑上去低声地说："组织上不是安排你到汕头大站工作吗？我是那儿的负责人，一直没见你来报到，所以过来看看。"

梦苏面无表情地说："我不去那儿工作，你走吧。"

区达铭被噎了一下，喘了口气说："陈桂来了，就住在仁达药房，过两天就要走。"梦苏怔了一下。区达铭说，"你不去看看她？你们也好长时间没见了吧？"

梦苏说："我的事不要你管，你走，走啊！"

区达铭见梦苏执意赶他走，说出他的来意："我、我想看看儿子，我天天想他，想得要命……我给他买了好多吃的玩的东西，你看……"

梦苏说："小远和你没有关系！"

区达铭说："怎么和我没关系呢？我是他爸爸。"

梦苏感到羞辱和愤恨："你假借革命，对我做出这样的伤害，难道就没有一点点羞耻之心吗？现在我们的身份早已暴露，我们之间那种虚假的夫妻关系早就没有存在的必要了。我现在没有杀了你，是对你最后的慈悲。你快走，听到没有！"

区达铭说："就让我看一眼……"

梦苏拿起区达铭送来的东西扔还给他，使劲推他说："你走，走！"区达铭看梦苏态度坚决，无奈地抱着东西准备离开。就在这时听到身后传来一个细细的童音："爸爸——"梦苏和区达铭都愣住了。他们转过身，见小远不知什么时候来到了船头，正睁大眼好奇地打量着区达铭。

区达铭激动得浑身发颤，猛地扑过去抱住了小远："儿子，好儿子，再叫爸爸一声。"

小远说："爸爸……"

区达铭眼泪都快下来了，紧紧地搂着小远说："儿子，我的儿子！"

梦苏站在一旁眼睁睁地看着，这情景更加触痛她，却又十分无奈……

第二十一章

长兴

仁达药房后院，陈桂在井台边洗衣服。区达铭走过来说："陈桂，你病还没好呢，怎么就洗上衣服了。"

陈桂说："我没事了。"

区达铭说："快回去休息。"

陈桂说："真的没事。就那么一阵子，每次抽的时候跟要死了一样，抽完就什么事都没有了。"

区达铭看着盆里说："都是我的衣服啊？怪不得呢，我准备换衣服，到处找找不到，结果都被你抱到这儿来了。"

陈桂说："都穿得这么脏了，好大的味儿，还准备换上身呢？你们男人啊，离了女人真是不行。"她看着手里正在搓洗的衣服，"我喜欢你穿这件。我记得你过去演讲时就穿着它，可精神了！"

区达铭说："你还记得我过去的演讲啊？"

陈桂说："那哪儿忘得了！你不光演讲的样子吸引人，讲出的话也特别打动人，能把人听得热血沸腾。这几年没听过你演讲了，心里还挺想的……"一抬头看见区达铭喜悦的目光，不禁红了脸。

区达铭说："好，好，以后有机会，我专门给你演讲一场。"

陈桂惊喜地说："真的？"

区达铭打着哈哈："这还有假？"

陈桂意识到区达铭只是随口一说："我可承受不起。你这样的大领导，只要能记得我就行了。"

区达铭说："那当然忘不了，以后你在长兴站，可别忘了我这个汕头站，有机会要多来往噢！"

陈桂说："别说来往了，要是我能留下，我都愿意待在这儿不走了。"

区达铭又打哈哈："我没意见，多一个关心我、能给我洗衣做饭的人还不好吗？"这句话触动了内心，他望着卖力地搓洗衣服的陈桂，"女人和女人怎么就不一样呢？"

陈桂说："女人都一样，就看她心里有没有那个男人……"

陈桂的话一出口，抬头看了看区达铭，区达铭也正看着陈桂，两人一时无话可说。

蝉鸣震天，区达铭说："你先洗吧，我走了。"区达铭匆匆离开了。

陈桂停下手里的活，觉得泄露了自己的心思，窘得头都抬不起来，愣愣地站在井台上。这时梦苏走进院来，望见陈桂，大喊一声："阿桂！"

陈桂转头看见梦苏，也激动地喊道："梦苏！"陈桂冲下井台，扑过去和梦苏抱在一起。两人百感交集……

梦苏和陈桂进入左厢房坐下叙旧。陈桂说："哈哈——真想不到，你竟成了名角了！"

梦苏说："没什么呀，就是给小远和自己找口饭吃。"

陈桂说："你呀，干什么都能拔尖，就是找男人不顺。"

梦苏沉下脸来。陈桂说："以前的就不说了，就说你和老区吧，不管怎么说，连孩子都有了，可你看看老区这过的是什么日子，衣服没人洗，破了也没人补，身上邋里邋遢的，一看就是没女人打理，可怜兮兮的。虽说有时候你们红船班要到其他地方演戏，可现在你人就在汕头，也不说过来帮他收拾收拾……"

梦苏说："我和他从一开始就是假结婚，迷惑敌人就算了，你这个自己人也分不清了吗？行了，别在我面前提他！"

陈桂虽然不是一个心思细腻的女人，但是也看出自己的话让梦苏很不开心。但是，看到梦苏对老区这样斩钉截铁的排斥态度，陈桂感觉心里升腾出了一种自己也解释不清的甜滋滋的感觉，好像很久很久以前初恋时的体验。

这时，古大章出现在门口。"梦苏，你出来一下。"古大章神情严肃地冲梦苏招了招手。

来到后院一角，梦苏喊了声："古大哥。"

古大章批评的口气说："组织上决定你到汕头大站工作，你怎么还不来报到啊？"

梦苏说："我……"

古大章说："你这两年一直在千辛万苦地找党，现在好不容易找到了，恢复了组织关系，却又不服从党的安排。"

梦苏说："我不是不服从安排。"

古大章问："那为什么不愿意来汕头大站工作？"

梦苏说："我不是不愿意来汕头站，是不愿意和那个人一起工作。当年他假借革命的名义，趁我生病对我做出了那么卑鄙的事情，让我屈辱地生下了小远，更让我再也没脸见麦秋实。你们千万不要被他一心向党的伪装迷惑了，他的心其实比虎豹还要黑呢！"

古大章说："谁？老区？"梦苏沉默地点了点头。

古大章说："老区是交通站的负责人，你这样以后怎么在交通站工作？"

梦苏也不知如何是好。

古大章说："组织上既然做了决定，作为党员就应该服从。这不是你去买菜买肉，可以讲条件、挑肥拣瘦。你这是无组织无纪律。"

梦苏不吭声，古大章的话让她无法辩驳。古大章说："赶快回去收拾东西，带着小远搬过来，马上投入工作。"

梦苏默默地转身向院外走。这时区达铭走过来。

古大章对区达铭说："老区，梦苏现在去搬她的行李，这边安排她住哪儿？房间收拾好了吗？"

区达铭喜笑颜开，急切地说："收拾好了，早就收拾好了！来，过来看看。"

区达铭带着梦苏和古大章到一个房间门口，推开门。梦苏一眼看出这是区达铭住的房间，下意识地退了一步："不，我不住这间房。"

古大章说："哦，对了，你和老区还要继续假扮夫妻，所以……"

梦苏近乎哀求地说："我和小远单独住行吗？"

古大章说："你们有孩子，一家三口，这是对交通站最好的掩护。一起搞革命，不要把同志想得那么坏嘛。老区今后一定会很老实的。"

梦苏痛苦地说："不……"

区达铭说："梦苏……我知道你不太喜欢我……可这是工作，这药房里每天进进出出的人很复杂，说不定就有特务和暗探。我们是一家人，却又不住在一起，外人发现了很容易引起怀疑。"梦苏说不出话来。区达铭继续说，"为了交通站的安全，为了对党的事业负责任，我们必须非常小心，加倍地谨慎，必须把工作考虑得很周到，不能有任何马虎的地方。所以，你最好还是带着孩子搬进来……"

区达铭冠冕堂皇地说着，又恢复了往日的雄辩姿态，这更使梦苏联想到广州暴动前后那段噩梦般的日子。她越听越痛苦，神情惶恐，一边后退一边嘴里喃喃地说："不！不！不——"梦苏几近崩溃，突然转身冲了出去。

区达铭、古大章、陈桂愣愣地望着梦苏的背影。

广州，粤赣湘边剿匪司令部内，瞿之要对袁昌说："开药店的钱是你给的，店铺是你找来的，哈哈……就差你去给共产党传递情报了。"

袁昌认真地说："司令，您说的一点都没错，我确实要求区达铭要尽心尽力地做好汕头交通大站的工作，包括接待往来的人员，传递情报和转运物资……"

瞿之要一愣："在这家药店出现的这些人，你不准备抓吗？"

袁昌说："现在只能监视，暂时不能抓。"

"哦？"

袁昌说："顶着这么紧的风声还敢从事地下活动，可以说这些人个个都是死硬分子、亡命之徒，把他们抓起来肯定挖不出什么东西，我们也就多杀几个人而已，而共产党的中央交通局很快又会在别处开辟新的交通线，我们又得从头开始，再次寻找侦破线索。"

瞿之要思忖着："嗯——"

袁昌说："现在这个池子里只是鱼苗，全捞上来也没有二两肉。我的计划是把鱼苗养大养肥，这样我们才能捕到大鱼。区达铭蛰伏了两年，才重新获得他们的信任，得到今天这个位置，确实来之不易，我们一定要充分利用这个机会。我的计划是——既要通过区达铭掌握和截获通过这条交通线的重要情报、物资以及人员，又不能引起他们的怀疑，更不要端掉这条交通线。这样我们才能有源源不断地收获。此外我还有一个计划，就是找机会让区达铭爬到更重要的位置，甚至是进入中共情报系统的高层和核心，让他成为插入敌人心脏的一把尖刀。"

瞿之要望着袁昌："唔，希望那个变节的共党，在他们那里爬到高层以后，不要像现在这样变来变去的——共产党的这些交通线是我们黄埔当年的政治部主任周恩来先生主持建立的吧？"

袁昌说："是。"

瞿之要说："看来你这个学生在向当年的老师叫板啊。"

袁昌说："学生不才。"

瞿之要说："周主任知道了会怎么想我不好揣测，不过我这个先生倒是有些得意，看来当初对你确实没有看走眼。"

袁昌起立立正："袁昌一直感谢司令的栽培！"

瞿之要说："好，你就大胆去干吧。"

仁达药房后院左厢房内，陈桂拿着一件男式衣服在缝扣子。古大章在一旁催促："快点。一会儿就要出发了，你还在这儿不紧不慢的。"

陈桂说："快了，还有一颗扣子。"

古大章说："搞完后就赶紧去收拾自己的东西。"

陈桂指着旁边堆着的几件男式衣裤说："可这儿还有两条裤子要补……"

古大章说："那今天还出得了门吗？"

陈桂说："要不就过两天再走。我还想给老区做一件夹袍。这海边到了秋天也凉飕飕的呢。"

古大章说："照这个样子，再过十天都出不了门。长兴那边还等着呢，别把工作耽误了。"

陈桂说："这也是工作呀。老区现在是大站的领导，对外又是个老板，当然要做几件新衣服，穿得体面一点了。"

古大章急得直跺脚："你把秋天的衣服做了，那还有冬天的呢？明年夏天的呢？长兴你到底还去不去了？"

陈桂小声嘀咕："我也没说不去啊。"

古大章说："你们这些女人啊，怎么个个都不听招呼，这样子还怎么做地下工作啊！"

这时周会计过来，对古大章说："阿古，老麦来了，让你去一下。"

古大章说："哦，来了。"转头对陈桂说，"不管怎么说，赶紧收拾你的东西，我们今天必须出发！"

陈桂一怔，望着古大章离去。

古大章进入后院正房内，麦秋实对他说："梦苏死活都不和老区在一起工作，怎么劝都不行，怎么办啊？"

古大章说："梦苏以前性格挺好的，安排什么就做什么，这回是怎么了？"

麦秋实说："是啊，我也觉得挺奇怪的。"

古大章说："要不另外调一个人过来？"

麦秋实说："我也在想，但一时还没有合适的人选。就算从其他地方调人过来，也要有个时间。"

古大章迟疑了一下说："我觉得梦苏对老区的态度有点怪，他们之间究竟发生了什么？"

麦秋实沉默了一会儿说："我也不太清楚……"

就在这时，一个伙计匆匆跑到门口，冲麦秋实和古大章喊："快去看啊，那个陈桂又发病了，抽得好厉害！"

麦秋实和古大章跳起来，急忙跑出门去。

左厢房门外，陈桂两手抱头躺在门口的地上打滚。麦秋实和古大章、区达铭都跑过去。古大章想扶起陈桂，喊道："阿桂！阿桂……"

麦秋实说："快找大夫！"

区达铭扭头喊："姜大夫呢？快去找姜大夫！"

姜大夫从前面药房跑进后院，一看此情形回头吩咐跟过来的伙计："快去取硝石末来。"

伙计掉头跑回药房取来药，姜大夫上前开始救治。

陈桂发作的那一阵又过去了，安静地躺在床上。只是由于刚才满地打滚，使得她有些喘息未定，头上的汗迹也未消。姜大夫坐在床边，抓着陈桂的手号脉。麦秋实、区达铭、古大章在一旁紧张地看着。

姜大夫的脸上渐渐出现了疑惑的神情，他要陈桂吐出舌头来看她的舌苔。

麦秋实问："怎么样？"

姜大夫有些拿不准："有点奇怪，没有上次发作时的脉象。"陈桂闭着的眼皮不由自主地微微翕动了几下。姜大夫说，"不过，她确实气血两亏得厉害，需要好好调理调理。"

古大章后怕地说："哎呀，幸亏是在出门前犯的病，要是走到半道上突然发作，那可就麻烦了。"

麦秋实说："总是这么犯病可不行。姜大夫，有没有什么办法能除治啊？"

姜大夫说："办法倒是有，就是——"

麦秋实问："怎么了？"

姜大夫看了陈桂一眼，小声说："头为肝胆二经所布，胆经行头之侧，肝经行头之巅，二经均主疏泄。因为她受过内伤，颅内很可能已经瘀血。瘀血压迫神经。一旦招风或者略受刺激，就会引起头痛。要想根治，最好还是做手术。"

姜大夫说话的时候，陈桂脸朝里，认真地听着。

区达铭说："手术？我们这里哪能做手术啊？"

麦秋实问："除了手术，中医有没有什么办法？"

姜大夫说："有倒是有，就是比较麻烦。除了吃药，饮食啊什么的还有很多要求。"

麦秋实说："麻烦不怕，只要能治好病就行。"

姜大夫说："那好，我先开一服药试试。"

这时，躺在床上的陈桂艰难地转过身，挣扎着拉住了麦秋实的手。陈桂看上去很虚弱，低声说："老麦，能不能向上级请示一下，就让我留在这里，另派别的同志跟你去长兴？"

众人一听，都是一愣。

陈桂说："我知道我提这个要求有点儿不合适，可像我这种情况真的很麻烦。不发病倒也罢了，一旦发病，自己遭罪不说，还要影响工作。不行，不行，又不行了，话都不能多说，一说就疼……"陈桂转过脸去闭上了眼睛，静静地等着麦秋实、区达铭和古大章的反应。

区达铭和古大章都看着麦秋实。麦秋实思忖了一下说："有道理，你先休息一下，我们出去商量商量。"

麦秋实、区达铭、古大章轻手轻脚地出了房间。听着脚步声离去，脸冲墙躺着的陈桂激动得毫无"睡"意。

正房内，麦秋实、区达铭、古大章在商议。麦秋实说："现在情况很麻烦——梦苏怎么都不愿意到汕头大站来工作；这头呢，陈桂又犯病去不了长兴，黄启在那边都等急了。"

区达铭表情讪讪的，为掩饰尴尬疾言厉色地说："有些女同志就是娇气，干工作讨价还价，动不动就打退堂鼓。"

古大章说："长兴是三省交界的地方，四面都是大山，出来一趟都很困难，要是阿桂像现在这样犯了病，那就麻烦了。"

区达铭说："知道列宁同志是怎么说的吗？当前的任务是，即使在最困难的条件下，也要挖掘矿石，提炼生铁，铸造马克思主义世界观以及与这一世界观相适应的上层建筑的纯钢——"他看了麦秋实一眼，"这可是列宁同志的原话。"

麦秋实说："列宁同志说得没错，不过老区，和长兴比起来，汕头看病确实方便得多。交通站就设在药店里，还有大夫，随时都可以照顾陈桂同志。能把阿桂的病彻底治好，也是我们大家的心愿。是不是？"

区达铭问："那你说怎么办？"

麦秋实想了想说："干脆把陈桂和梦苏调换一下，让陈桂留在汕头，把梦苏派到长兴那边去。"

古大章说："为陈桂着想，我同意。"

区达铭一下子着急起来："那不行，梦苏应该在汕头站工作，她带着我儿子呢。"

"你的儿子——你还有脸说！她可是死活不都愿意和你待在一起呀！"古大章脱口而出。

古大章昔日曾经是区达铭的部下，现在竟然敢拿话噎他，一向在意尊卑秩序的区达铭脸色很难看，却又不好发作。

麦秋实说："现在一切都要以工作为重，汕头大站和长兴大站的人员必须迅速到位，把工作开展起来，决不能再拖了。"

区达铭这时也清醒过来，意识到由于自己隐秘而特殊的身份，他必须表现得比别人更革命，因而必须克制一己的私欲。他很快改口说："我刚才只是随便说说。和工作相比，儿子算得了什么？老麦你尽管安排吧，只要有利于交通站的工作，我这儿没有问题，坚决支持。"

麦秋实说："那就暂时先这么决定，等工作都开展起来，再看看还需要做什么调整。大章，把两个大站目前的人员配备情况，先向上级报告一下。"

古大章说："好。"

麦秋实说："梦苏那边我去通知。老区，陈桂就交给你了。这个女同志是从广州暴动的死尸堆里爬出来的，很不容易，一定要争取把她的病治好。"

区达铭无精打采地说："好吧。"

傍晚，姜大夫拿着小秤立在药柜旁沉思着，周会计进来了。"姜大夫，干什么呢？"

姜大夫惊醒过来："哦，我在给陈桂配药呢。"

周会计"哦"了一声，走到柜台后整理自己的账本。

"老周——"周会计抬起头，见姜大夫向他招手，便走过去。见姜大夫一脸为难的样子，问："怎么了？"

姜大夫小声说："这药不好下啊。"

周会计以为陈桂的病很严重，担心地说："怎么，阿桂的病……"

姜大夫说："陈桂这次犯病的表现和我摸的脉象不符，我不知道该如何配药……"

周会计一时没明白过来，问："什么意思？"

姜大夫说："就是说，刚才我摸她的脉，绝对没有她发病表现出来那么严重。"

周会计意识到什么，问道："你是说陈桂是在装病？"

姜大夫竖起食指："嘘——小声点。我家三代祖传的绝技，一号脉什么都能知道。"

周会计说："我当时也觉得她这个病来的有些蹊跷，正要出发的时候突然就滚到地上去了——看来他们几个人也是有些故事的！"

姜大夫说："话可不能乱说。"

周会计说："先别告诉别人，我们再观察一下。"

姜大夫说："好。那我还是先按脉象配一些药，给她调理调理吧。"

西郊采砂场，上次接头的地方，麦秋实和梦苏并肩慢慢走着。梦苏停下脚步，兴奋地说："太好了，我去长兴。只要不和区达铭在一起，我什么工作都愿意做。"

麦秋实说："梦苏，长兴的条件要比汕头这边艰苦得多。"

梦苏说："我不怕吃苦。你看什么时候出发？"

麦秋实说："嗯——我突然有一个想法……"

梦苏说："什么？"

麦秋实说："我在想，你能不能不脱离红船班……"

梦苏一愣："接着唱戏？"

麦秋实说："对。这艘红船在江河湖汊中来回漂流，演出时人多嘈杂，对于我们暗中传递情报和运送物资应该是很好的掩护。"

梦苏说："对呀。"

麦秋实说："但红船要转移到长兴那一带去，不知道你们班主肯不肯答应。"

梦苏说："现在由我挑班主演，好多观众都是冲着我来看戏的，有的干脆就把福乐班叫作'靓少秋班'，班主和坐舱还指望打我这块招牌赚钱呢，如今我说的话他们一般都会听。再说，我们在潮汕这一带演了这么长时间，订得起戏的地方都演遍了。而且省港、上府东江、潮汕附近演出的红船班太多，互相拆台抢生意，加上土匪、黑帮、哥佬、大天二经常勒索，戏越来越不好唱了。到北路去演，说不定还能打开新的局面。"

麦秋实高兴地说："好，你就想法子说服他们吧。"

梦苏迟疑了一下："有个问题我一直想问……"

麦秋实说："你说。"

梦苏说："春晓……真的再也不参加革命工作了吗？"

麦秋实沉默了一会儿说："欧阳老先生患病偏瘫，开始春晓是为了照顾父亲，后来也有对革命心灰意冷的原因吧。这次筹建地下交通站，上级也没有再安排她参加工作，现在可以说她已完全脱离党的组织了。"

梦苏不胜唏嘘："想当初，我和陈桂都是受了她的鼓动和影响，才跑出来参加革命的。"她望着麦秋实，"春晓现在这样，是不是也有你的原因呢？"

麦秋实说："欧阳先生一直不赞成我从事革命活动，更怕影响到他的女儿和家族事业。而我成天四处奔波，又担负着很多秘密工作，不能随便抛头露面，和她相处的时间越来越少，我也有一年多没有见到她了。可能她最终还是对我失望了吧。"

梦苏说："春晓一直很爱你，为了你，她曾经和自己的父亲对抗了很久。"

麦秋实说："但她最终还是接受了父亲的影响，没办法，毕竟血浓于水。当然，我知道我有很大的责任，我明白她对我的感情，但我的感情却无法给她——从这一点来说，我确实对不起她，可我也没办法。"

梦苏眼睛望向别处，没有作声。麦秋实说："你应该知道为什么……这辈子我的心不可能再给别人了。春晓也明白这一点，她又把感情看得太重，所以更受不了，只能选择远离过去的一切。"

梦苏再也抑制不住内心的情绪，眼泪涌了出来，说："可我们之间……也不可能再有什么了……对我来说，青春、爱情……都已经灰飞烟灭了。今后我的情感寄托只有我的儿子，我只想把他好好养大。"

梦苏含着泪转身匆匆离去。麦秋实正要追上去，却被身后的古大章叫住了。因为有急事要处理，他只得惆怅地望着梦苏远去的背影。

汕头街道上，人流、车流熙来攘往。一个车夫拉着一辆黄包车飞跑，区达铭坐在车里一个劲儿催促："快，快，再快点！"

车夫跑得气喘吁吁，仍被不停地催促，慌不择路，差点撞到一辆汽车上。区达铭急得直吼："快啊！他妈的，怎么跟蜗牛爬似的，老子恨不得拿鞭子抽你！"

车夫拖着车有些跑不动了，仍加大力气，上气不接下气地往前冲。紧赶慢赶到了江边，还是晚了，红船刚刚启航。

区达铭提着一大包东西冲到水边，朝着船大喊："梦苏——小远——梦苏——"区达铭沿江边追边喊。

红船鼓起风帆，船借风势，很快驶入中流，越驶越快。

区达铭无法再追了，颓然站下，呆呆地望着远去的红船，又气恼又无奈，狠狠地将手里拎的东西扔进了江里。

红船上，梦苏倚在舷窗边，默默地望着滔滔江水。小远在脚边玩耍。突然，小远指着岸边喊："那儿有个人。"梦苏抬头看去，只见江边的一处草坡上立着一个人——正是麦秋实。

麦秋实一动不动地立在岸边，远远地眺望着红船。

梦苏也百感交集地望着默默伫立的麦秋实，眼里不禁淌下泪水。小远问："妈妈，你怎么哭了？"梦苏一把抱起小远，把他紧紧地抱在怀里。

岸上麦秋实伫立的身影越来越远，越来越小，越来越模糊……

船舷外，江流浩浩荡荡，奔涌不息。

长兴位于粤、闽、赣三省交界的大山深处，四周群山连绵，云雾弥漫。长宁河从大山中奔涌而出，河面不算宽阔，但水流湍急。

一艘小火轮拖着福乐班的红船逆流而上，缓缓停靠到江边。

岸上，一些戏迷和孩童沿着江边兴奋地追着看红船和演员们。

广天客栈位于长兴县的北湾镇，这是一个山区小镇，四周能看到重重叠叠的大山。黄启站在客栈门外的台阶上向镇街方向张望。

梦苏沿着镇街走来，看到黄启她很高兴，急忙加快脚步跑过来，边跑边挥着手喊："黄启，黄启——"

黄启还没来得及开口，梦苏已快步跑上台阶，到他面前，她兴奋地说："真的是你啊！在这儿能见到老朋友真是太好了！"

黄启却没有表现出梦苏那样的兴奋，只是礼貌地微笑了一下，向梦苏伸出手："欢迎你，沈梦苏同志。"

梦苏没察觉黄启的态度，自顾自地说着："哎呀，我们都好久没见了，广州暴动之后就没见过了吧？"

黄启脸上变得很严肃，看了看左右："嘘——说话注意一点。"梦苏因为自己的失言而不好意思地吐了吐舌头。黄启示意，梦苏跟着他进了客栈。

走进客栈一个小房间，这是黄启的办公室兼卧室。黄启关上门，仔细地看了梦苏拿出的介绍信。

梦苏说："刚才对不起啊，我就是见到你太高兴了，觉得特别亲切。又想起在坤雅女师的时候……那时候多好啊，同学和朋友都很单纯，大家在一起多开心啊……"

黄启说："那时是单纯，可当初那些同学和朋友到如今有几个还志同道合的？袁昌已经成为凶残的敌人，春晓也脱离了革命队伍，和我们形同陌路……"

梦苏这才发现黄启的态度有些不冷不热，好像在端着领导的架子。与当年相比，他的身上似乎也发生了一些变化。梦苏一时还搞不清具体是什么样的变化，只是感觉有些不舒服，于是她的一腔热情也一点点冷却下来。梦苏说："是啊，这几年每一个人变化都很大。只有师郁永远不会变了。"

黄启似乎被蜇了一下，脸上现出沉痛的表情。梦苏看出这个话题刺痛了他，急忙说："对不起，我不该提她……"

黄启克制了自己的情绪，转换了话题："老麦通知我说把新的交通员派过来了，没想到来了一个红船班，动静那么大，镇上和周围村子的老百姓都从四面八方跑过来看热闹。"

梦苏说："秋实——哦，老麦说红船班可以为地下交通作掩护，这叫'闹中取静'。"

黄启不动声色地说："可能有这方面的好处，不过也有不好的地方——红船上人多眼杂，难以保证情报和物资的安全。"

梦苏说："我会小心的。而且红船上有一群师兄弟对我特别好，让干什么都特别听招呼。"

黄启说："哦？"他第一次表现出好奇心，"红船长年在江河上漂，船上住着的都是大男人，你一个年轻女子在他们中间，生活不太方便吧？"

梦苏一愣，不知该如何回答，最后淡淡地说："没什么不方便，他们都特别善良，都很照顾我和我儿子。"

"哦——"黄启不好再说什么。

仁达药房今天开业，大门外锣鼓喧天，醒狮点睛，宾客云集，场面红火。药房老板区达铭春风满面，忙碌应酬；陈桂则张罗着宾客们入席。

区达铭双手抱拳："各位，今日仁达药房开张，承蒙各路宾客好友前来捧场。我虽身在异乡，却如荣归故里，不胜感激。还望各位今后多多照应。"宾客们报以热烈掌声。

这时，麦秋实提着礼品前来祝贺："区老板，恭喜恭喜！"

区达铭热情地上前恭迎："刘老板，欢迎欢迎！"

麦秋实眼睛的余光扫过来客，然后看着药房的门脸说："呵，真是气派啊！"

区达铭说："哪里，哪里，比起刘老板的生意，我这可是小巫见大巫了。请！"

麦秋实被迎进宴席。

仁达药房对面七八百米外的一处高地上，有一座两层小楼，小楼顶层的阁楼里，两名便衣特务正趴在窗口监视着仁达药房。从这里看出去，仁达药房的店堂尽收眼底，也能看到后院的一部分。

袁昌在钱主任等人的陪同下走上阁楼，两名便衣慌忙立正敬礼。袁昌望着对面说："这个位置不错啊。"袁昌从便衣手中接过望远镜，朝仁达药房观察了一会儿。

袁昌说："搞得够热闹的。"转脸问钱主任，"你爱看戏，粤剧班每到一处演出前，都要做些什么啊？"

钱主任说："要做开台，演《跳财神》《贺寿》，就是演点热闹戏暖暖场子。"

袁昌说："演点热闹戏暖场子——现在这儿也在开台呢，接下来会有好戏开场的，我们就陪着他们一起演吧。"他对便衣特务吩咐，"务必严密监视，即使一只蚂蚁从那儿进出，也要立即报告！"

两个便衣立正："是！"

来贺喜的宾客们酒足饭饱地纷纷离去。区达铭、周会计等在药店门外拱手道谢，一一送客。

宾客都离开了，区达铭回到店内，只见陈桂和一个伙计正在店堂里打扫。区达铭自我感觉良好地说："怎么样，我还像个老板吧？"

陈桂看着区达铭说："不像。"

区达铭疑惑地问："哦，哪里不像？"

陈桂说："你本身就是大老板的派头嘛，还说什么像不像的！"

区达铭得意地笑起来。突然传来麦秋实的声音："老区！"区达铭一惊，这才发现在开着的店门后的阴影里，麦秋实正靠在一个较为隐蔽的角落，透过窗户打量对面的二层小楼。

区达铭以为对面楼上的观察哨暴露了，心里惊了一下，急忙对陈桂和那个伙计说："你们先进去。"

陈桂和另外一个伙计去了后院。区达铭有些掩饰不住心慌地说："你看什么？"他边说边走到麦秋实身边，顺着他的视线看去。

麦秋实说："对面那个楼里住的是什么人？"

区达铭说："我专门了解过，是本地一个盐商的宅子。老盐商死了，生意也垮了。他的儿女长大都到外面去了，就剩两个老婆和一个用人住在里面。"

麦秋实说："哦。平时要注意观察，看看附近有没有什么可疑的人。"

区达铭说："放心吧，我经常交代交通站的这位同志，一定要特别小心，任何时候，对任何人都不能大意！"

麦秋实点点头："注意就好。"看了看周围，将声音放得更低，"现在有一个重要任务。走，到里面去说。"

两人进了正房将门窗紧闭，麦秋实对区达铭交代了任务。区达铭兴奋地跳起来："太好了，终于有任务了！"

麦秋实提醒说："小声点。"

区达铭压低声音说："对不起，不过你要理解我，我实在是太兴奋了！列宁同志说过，'完成党的任务是每个共产党员的神圣使命。'我区达铭等了两年多……"他激动得有些说不下去了，"憋了浑身的劲，就盼着能为党工作啊……现在，终于等到这一天了！"

麦秋实走过去拍拍他的肩膀说："我理解你的心情。"

区达铭抹了一把脸，似乎平复着激动的心情说："没事了——古大章什么时候到？"

麦秋实说："就这几天吧。"

区达铭说："具体是哪一天啊——哦，我们好提前做准备。"

麦秋实说："具体哪一天我还不好说，这要看他路上顺不顺利。这份文件非常重要，无论如何你们要做好汕头大站辖区内的护送工作，确保文件和古大章同志的安全。"

区达铭说："放心吧，我们一定会用鲜血和生命来保护党的文件和交通员的安全。"

麦秋实突然说："你还记得袁昌吗？"

区达铭猝不及防，几乎吓得魂飞魄散："记、记得……怎么？"

麦秋实没有注意到区达铭神情的异样，说："他如今是闽粤赣边剿匪司令部的参谋长，同时又是特派员，这段时间正在汕头。善者不来，来者不善，我担心他是冲着我们的交通线来的。这个人是我们的老对手了，非常精明、诡计多端，对他一定要格外小心提防。"

区达铭暗暗松了一口气，破口大骂说："这个王八蛋，当初就是他把我和梦苏抓进监狱的，让我们受尽折磨，我真是恨透了！要是有一天让我碰上这个混蛋，我非扒了他的皮不可！"

深夜，仁达药房客房的一扇门打开了，区达铭领着古大章走了进来。区达铭一身绸衣绸衫，满脸笑容。古大章一身旧衣破衫，面容憔悴，背着一个大木箱。

一进门，古大章将木箱放到床上，在床边坐下。区达铭说："我们都等你好几天了。老麦前几天也来过，又去闽西苏区了，他说办完事从闽西到长兴去和你会合。"

古大章说："路上军警查得紧，我绕了好多路才转过来。"

区达铭过去拍了拍那个箱子问："你带的东西就在这里面？"

古大章点头说："嗯，专门做了一个夹层。"

区达铭说："好，时刻都要小心，千万不能大意呀。"

古大章说："我知道。"

区达铭说："也难为你了，这么远的路，还背着这么大个木箱——走吧，我带你去洗洗，换身衣裳，松快松快。"

古大章说："算了。换衣裳有什么用，过两天还得弄脏。"

区达铭说："不换衣服就算了，但澡得洗。走吧，再磨蹭澡堂子就关门了。"

古大章说："澡堂子就不去了，一会儿我打一盆水进来，就在这屋里擦一擦就行了。"说话时，古大章一条胳膊始终搭在那个木箱上。

区达铭说："那就去吃点东西，已经准备好了。"

古大章说："我一点都不饿。"

区达铭说："走了那么远的路，那么辛苦，明天一早又要接着赶路呢，不吃好哪儿有力气啊！"

古大章说："真的不用了。"

区达铭硬拉古大章起来说："走吧走吧，简单吃一点。要是传出去，说你在这儿连口热饭热菜都吃不上，那可是我们汕头大站的失职啊。"

古大章无奈地起身说："那就麻烦你们了。"

区达铭说："说这话就太见外了。"

古大章提起箱子跟着区达铭出了屋子。

后院一间小屋，桌上已摆好了饭菜。区达铭带着古大章进来。古大章将那口箱子放在身边。

区达铭说："来，坐。知道今天这饭是谁做的吗？"

古大章问："谁啊？"

陈桂端着一碗汤笑着进来："我可不会做饭，你将就着吃吧。"

古大章顿时显出羞涩的神情，变得不自在起来。陈桂的出现击中了他的软肋。区达铭问："喝一口儿吗？"

古大章说："那可不行，有任务呢。明天一大早就要出发，喝迷糊了怎么办？"

区达铭说："那就不勉强了，等你完成了任务，我们再找机会好好喝一顿。"他站起来，"你慢慢吃，边吃边和阿桂聊聊天。"

古大章说："你一块儿吃点吧。"

区达铭说："我吃过了，现在得去各处转转，检查一下门窗锁好了没有。"他对陈桂说，"好好陪着，一定要让大章吃好啊。"

陈桂边盛汤边说："放心吧。"

古大章急忙去抢汤碗说："我自己来，我自己来……"

区达铭悄悄退了出去。

吃完饭，古大章抱着箱子从小屋出来，闷头朝他住的屋子走去。后面传来陈桂的声音："你不吃了？"

古大章说："饱了。"

陈桂说："吃东西跟个女人似的，看不出来你还那么秀气。"

如果不是天黑，肯定能看出古大章满脸通红。他低下头，加快脚步往前走。走着走着听见身后有脚步声，古大章一回头，看见陈桂手里端着一盆水跟在他后面。

古大章说："怎么——"

陈桂说："老区刚才说让给你打盆水。"

古大章说："不用，不用……"

陈桂说："我都打好了，总不能让我再端回去吧。"

古大章说："那我自己来。"

陈桂说："你自己来？你有几只手呀？"

古大章这才发现自己还抱着那个木箱。

陈桂说："那就把箱子给我，你来端水。"

古大章下意识地抱紧箱子身子往后一缩。

陈桂笑了说："快走吧，别婆婆妈妈的了。"

古大章转身低着头往前走，像一个被打败的俘虏。陈桂端着一盆水在后面跟着。

古大章进屋，拉开灯，将木箱放在地上，转身接住陈桂端的水盆。他低着头不看陈桂，说："你快去歇着吧，又做饭又陪我说话，都忙到这么晚了。"

陈桂说："还缺什么东西吗？"

古大章说："不缺，什么都不缺了。"

陈桂说："那我走了。"

古大章说："嗯。"

陈桂刚转身离开，古大章就关上了房门。

陈桂在门外丢过来一句说："慌什么，我又不会吃了你！"

屋内，古大章靠在门上，紧绷的神经这才松弛下来，他长长地出了口气，回想着刚才的情形，忍不住笑了，过了一会儿又懊恼地直拍自己的脑袋。

区达铭躺在床上，听见外面逐渐安静下来，翻身下床，走到窗边掀开窗帘，看外面的院子里一个人都没有了。他轻手轻脚地走出房间。区达铭从后院走到店堂的后门口，朝四下看了看，拿起靠在墙角的大扫帚走进店堂。区达铭又仔细看了看周围，店堂里空无一人，穿过店堂走出药房大门外。

陈桂从院中穿过，似乎是去上厕所。正走着，忽然听见从店堂的方向传来一些声音。她转头张望，那边黑乎乎的什么都看不见，但确实有可疑的响动。

陈桂摸着黑向店堂走去。

区达铭一边朝四周张望，一边装模作样地挥动手里的长柄大扫帚，在店门外的地上胡乱地舞了几下。

陈桂问："你在干什么？"

黑暗中突然响起的声音把区达铭的魂都差点吓掉了，区达铭忙问："谁？"借着月亮微弱的光亮，好不容易看清突然出现的这个女人是陈桂，松了一口气："是你呀，把人吓死了……"

陈桂问："这么晚了，黑咕隆咚的，你扫什么地啊？"

区达铭说："哦，白天开张仪式人多，把地上搞得很脏……"

陈桂说："下午不是扫过了吗？"

区达铭说："扫过了……我、我刚才发现好像没扫干净……可能是扫干净又弄脏了……反正我现在也没事，再随便扫一扫。"

陈桂狐疑地望着区达铭扫的地方，黑乎乎的什么也看不见。

区达铭又挥着大扫帚在地上舞了几下："扫完了，这下干净了。走吧，回店里去。"区达铭顺手将那把大扫帚立在药房外面的大门一侧，招呼陈桂一同走回药房。

药房对面的两层小楼阁楼上，两个便衣都累了，一个趴在桌上，一个靠在窗户旁的板壁上，都昏昏欲睡。

那个靠在窗旁的便衣特务甲懒洋洋地抬起头来，朝对面望了望。这一望使特务甲猛地清醒过来，他凑到望远镜前仔细看了一会，用手拍打着桌子说："哎，哎！"

趴在桌上的特务乙被惊醒了，问："怎么了？"

特务甲说："你过来看，那门边黑乎乎的东西是不是立着的扫帚？"

特务乙过来，用望远镜朝对面看了看说："这么黑，哪儿看得清啊！"

特务甲说："我感觉有一个细长的黑影，好像是一把大扫帚。"

特务乙说："细长的黑影？要是个女人，费半天劲看看还值，结果就为看一把扫帚……唉！"

一辆汽车从楼下驶过，一束车灯的光亮晃过，在灯光照射下，可以清楚地看到立在药房大门旁的那把大扫帚。

特务甲跳起来，声音都变了："扫帚，确实是把大扫帚！"

特务乙说："看你，发现一把扫帚，怎么比发现一个女人还激动。"

特务甲说："快快，他要见袁特派员，快去报告！"

茶馆的一间包房内，袁昌听着一曲古乐，独自一人品茶。区达铭进来，恭敬地说："不好意思，这么晚让您来这儿喝茶。"

袁昌一笑："那谁不是说过吗？迟来的总是好东西。坐吧。"他将一杯茶推到区达铭面前，"专门给你泡了一壶上好的大红袍。"

区达铭坐到袁昌面前："谢谢，谢谢……不过茶就算了，晚上喝茶睡不着觉。"

袁昌说："我是没有好茶睡不着觉——什么事，说吧。"

区达铭说："古大章带了一份上海中共中央的文件，经过汕头大站去长兴，然后再进入江西中央苏区。"

袁昌说："这事你前两天不是报告过了吗？"

区达铭说："是的，不过现在人已经到了，明天一早就要出发。"

袁昌问："东西放在什么地方？"

区达铭说："文件就藏在他背的那个箱子底下的夹层里。那口大木箱他随时都抱着，在我那儿都不离身。"

袁昌自斟自饮说："好，我会安排的。"

区达铭望着袁昌。袁昌喝着茶问："你还有什么想说的？"

区达铭说："我想斗胆说几句。"

袁昌听着。

区达铭说："我想吧，不能在汕头大站的地盘上做，不然我容易暴露；最好也不要抓人，不然动静太大，他们把交通站一撤，线路一改，这条线可能就断了，你就不能放长线钓大鱼了。"

袁昌说："接着说。"

区达铭说："既要把东西搞到手，又不能引起他们的怀疑，这个劲可不能乱使，不能大也不能小，要恰到好处。"

袁昌望着区达铭，不置可否。

区达铭说："我反复想他走的这一路，我觉得下手的时机最好的是……"

区达铭凑到袁昌耳边，小声耳语了一阵。

袁昌听罢哈哈笑起来说："我算是知道了，为什么你没读过什么书，看上去粗人一个，却能把马克思、列宁那一套大段大段地背出来，还能在共产党里爬到领导岗位。你这家伙确实聪明。我喜欢聪明人，我开始喜欢你了。"

区达铭说："嘿嘿，我这人还讲义气。袁特派员对我有'仁'，留了我一条性命；我就对你有'义'，我做这一切都是为了特派员你。"

袁昌心里觉得好笑，但是表面装作受用，说："不要为了我个人，我们都是为党国的大业尽心尽力。"

区达铭说："是，是，那还用说！"

袁昌说："还有一件事，福乐班去了长兴，梦苏去那边和长兴大站有没有关系？"区达铭一怔，琢磨着如何回答。袁昌说："怎么？"

区达铭说："没、没什么关系吧。据我所知，梦苏到现在还没通过上面的审查，并没有恢复组织关系，所以共产党不可能让她参加地下工作。再说，如果去长兴是搞地下交通站，梦苏自己一个人偷偷去就行了，怎么会把一个红船班大张旗鼓地拉过去？所以我觉得，福乐班就是跑到新的码头上扯场子唱戏去了。"

袁昌问："为什么偏偏去的是长兴？"

区达铭说："可能就是个巧合吧。长兴那么大，也不能说去那儿的都是共产党吧？"

袁昌将信将疑……

黎明时分，火车车厢顶上挂着几盏昏黄的灯。古大章背着木箱走进车厢。车厢内熙熙攘攘，十分凌乱嘈杂。古大章找到自己的座位，正要把木箱放在行李架上，想了想，又小心地把木箱放到座椅下面。

一声长长的汽笛，车头被一团蒸汽笼罩，火车启动了。

火车行进中，古大章感觉有些不对劲儿，他发现几个年轻男子四散在他周围，似乎总在有意无意地注视他。古大章有意试探，突然转过脸，目光直逼正在窥视他的一名男子，那人慌忙将视线移开，神情很不自然。

古大章心中一凛，但面上不动声色，显得神情自若。

忽然，卖开水的老太婆不小心弄翻了水壶，开水冒着热气流了一地。古大章急忙低头看自己的箱子。

邻座一个中年妇女又抱着小孩在地板上撒尿。尿水混合着开水，很快流得到处都是。古大章急忙把木箱挪开，以免浸湿。

刚抬起头，身边的乘客却为开水和小孩尿尿吵了起来，一男子冲着抱小孩的中年妇女喊道："这是公共场合，你怎么抱着小孩随便撒尿呢？"

中年妇女理直气壮地说："小孩子撒尿，有什么随便不随便的！"

男子说："你没学过蒋总裁的新生活规则吗？"

中年妇女说："什么蒋总裁不蒋总裁，你要撒就过来，我抱着你撒就是了。还蒋总裁呢，你说的那个蒋总裁小时候就不撒尿？"

中年妇女的话引起周围人哄堂大笑。那男子面子上过不去，扑过去要和中年妇女打架。周围人一看，有的拉架，有的起哄，车厢内乱成一团。

趁着混乱，古大章拎着箱子悄悄溜出人群。等那几个人发现时，古大章已经不见了踪影。

火车开进潮州站，缓缓停下。古大章混在纷纷下车的旅客中，迅速走出车站。穿行在人群中，古大章似乎又感觉到从暗处射来的目光，不由得紧张起来。

古大章站下，暗暗打量四周，发现又有人避开他的目光，匆匆隐身到人群中；也有人若无其事地在周围晃来晃去，目光有意无意地扫过来扫过去；直觉告诉他四周正暗流涌动。

古大章在一条小街上疾步行走。古大章忽然停住脚步，猛地回头看去，只见街口好像有个人影一闪就不见了。

古大章仔细观察周围，小街上除了他没有旁人，空寂得似乎有些不正常。小商贩的阵阵叫卖声从附近传来，飘荡在空中，但看不到一个人影。四周虽然空荡荡的，却又暗含异象。

古大章想了想，继续向前走去。边走边思忖着对策，逐渐加快脚步。突然拐进一条很小的横巷。走到一家小小的白铁铺前，古大章停下朝前后看了看，见小巷的两边都没有人，便敏捷地一闪身，进了那家白铁铺。

仁达药房内，周会计愁眉苦脸地坐着，面前摊着账本。姜大夫路过看见，好奇地走过去问："你怎么了？周会计不知怎么说，叹了口气。

姜大夫问："你也遇到疑难杂症，不好下药了？"

周会计犹豫了一下："我本来不想说，可……这账实在是没法做。"

姜大夫问："怎么回事？"

周会计说："他老是从账上提钱，每次都说是借用，可是从来都没有还过。"

姜大夫问："谁，老区？"

周会计说："除了他还能有谁？"

姜大夫说："他怎么会这样！"

周会计说："药房的生意一直不太好，开销又大，再这样下去，上缴给组织上的经费就不够了。"

姜大夫问："那怎么办？"

周会计说："我也不知道怎么办。"

姜大夫说："要不，等老麦来的时候向他反映一下。"

周会计说："那不成了告老区的状了吗？"

姜大夫说："那倒是。要不就当面向老区提出来，不是讲党内民主吗？咱们又没什么私心，有话说在明处，光明磊落的，怕什么？"

周会计说："好，你和陈桂都参加，算是一个民主生活会。"

古大章从白铁铺走出来，除了身上背的那个木箱外，手里多了一把白铁壶。

韩江边的轮船码头，几个军警在栈桥边检查上船的乘客。古大章混在拥挤的人群里，慢慢向轮船靠近。

几个便衣特务有的站在军警身旁，有的走进人群，目光四处扫视。突然，便衣头目发现了古大章，他暗暗拿起手中的照片比对，确认正是他们要找的人！他对身边的便衣甲低声耳语了几句，便衣甲点头跑去。

便衣头目悄悄尾随在古大章身后……

第二十二章

久別重逢

排队等候上船的古大章已接近栈桥。这时，几个军警和便衣不知什么时候出现在四周，感觉像把他包围了起来。

一名军警用枪指着古大章："你，过来！"

古大章暗暗用余光瞟了瞟四周，几个军警和便衣从四面围拢上来，这时想跑根本不可能了。古大章不动声色，镇静自若地向军警走去。

两个军警对区达铭仔细地搜身。几个便衣和另一名军警专门检查木箱。便衣头目和两名军警站在一旁观察古大章的动静，随时准备扑上去抓他，古大章脸上却没有任何表情。

木箱被打开了，里面的物品全被扯出来，反复翻检，没找出什么可疑的东西。军警和特务拿着那口空箱子翻来覆去地查看，一个人还用手比试着箱底的深浅。

几个便衣到一边嘀咕了一阵。一个便衣跑开，不一会儿拿来一把工具。古大章喊道："喂，你们要干什么？一名军警推了古大章一把，要他闭嘴。

几个便衣用工具将那个木箱拆开，里里外外地看，依然没有任何发现。古大章愤愤地说："哎，你们拆我箱子干什么？我刚做的，你们看嘛，这漆还是刚上的……"但没有人搭理他。

便衣头目沉下脸来，自言自语地小声嘀咕："不对呀……再找！

便衣们再次对已拆散架的箱子翻来覆去地查看，又把白铁壶拿来检查，一晃，里面装得满满的小磨香油漾了出来。

古大章惊叫："小心点儿，老总，小磨香油很贵的。

便衣一听，故意把壶里的香油全倒出来，对着太阳看了半天，壶里什么东西都没有。

便衣和军警们轮番折腾，被堵在后面无法上船的人越来越多。眼见什么都没查到，后面有人不耐烦地喊了起来："快点啊，我的脚都站麻了……"话音未落，轮船上的汽笛响了，人群不管三七二十一，呼啦一下涌动起来。

便衣和军警们顶不住了，便衣头目示意放行。

古大章一边收拾着破碎的箱子和撒了一地的东西，一边不满地嚷嚷，满脸委屈："啊，好好的东西被弄成这样，我哪儿得罪你们这些老总了？你看看这……我还怎么上船啊……

便衣甲说："废他妈什么话，快滚！

呼啦一下，古大章被人潮推了过去。

便衣头目跑进轮船公司办公室给袁昌打电话汇报搜查情况："什么也没有，箱子里既没有夹层，也没发现文件。"

袁昌很吃惊："什么？不可能，你们再仔细给我找！"

便衣头目说："我们反复找过了，就差把那个箱子劈成碎木片啦。"

这时码头方向传来汽笛的鸣响。便衣头目请示："马上要开船了，怎么办呀？"

袁昌说："盯住他，看看他在长兴下船以后和什么人接头。"

轮船在长兴靠岸，旅客们扛着大包小包行李排着队下船。古大章抱着那个临时用钉子钉上的箱子，提着白铁壶，随着人群走过搭在江岸上的长长的跳板，走上岸去。两个便衣混在后面的人群中，远远地跟着古大章。

古大章随着人群走上高高的石阶，走进一片树林。两个便衣也急忙跟进树林。

古大章在林中疾步行进。他忽然站住，朝四周观望。后面的两名便衣急忙隐蔽，一个躲到树后，一个藏身到草丛中。

古大章又继续向前走去。两名便衣在后面远远地跟着。

一走出树林，两名便衣傻眼了，只见一大片乡野的空场上，无数乡民正围在一个临时搭起来的戏台子看戏。戏台上锣鼓铿锵演得正热闹；戏台下人头攒动，看得很酣畅。

眼看着古大章的身影在前面黑压压的人群中一晃就不见了，两名便衣慌了，不顾一切冲进人群，左冲右突地到处寻找，哪里还能找到古大章的影子！

江边，红船停泊处，刚散场的演员们陆陆续续地走回船上，有的人还来不及卸妆，穿着五颜六色的戏服。

船的底舱十分隐秘，里面堆着一些杂物。舱中光线阴暗，能听到外面的江流声。随着咣当一声，舱板被推开，一缕明亮的光线透进来。

梦苏领着一个跑龙套的演员踩着木梯下到底舱。龙套演员摘下头盔，卸下身上的行头，长长地松了一口气——正是古大章。古大章问："东西呢？"

梦苏说："我已经藏好了。"

木梯那儿传来响动。梦苏问："谁？"

鬼马聪端了一盆水走下来："是我。"他将水盆放到船板上，古大章过去洗脸。

梦苏说："我上去看看小远，你放心地待在这儿吧，一般没人到这个地方来。到地方了我来叫你。"

古大章说："好。"

梦苏对鬼马聪说："阿聪，在上面看着点儿，别让人下来。"

鬼马聪说："好咧。"

梦苏和鬼马聪沿着木梯爬了上去，关上舱板门，舱底又陷入一片黑暗之中。

古大章躺倒在那堆麻袋中间，紧张奔波了一路，这才松弛下来。

江水浩荡，福乐班的红船在韩江上扬帆前行。

傍晚，北湾镇广天客栈，古大章正在对麦秋实讲他一路的惊险遭遇。古大章说："一路上都感觉有人监视和跟踪我。准确地说，那种感觉主要是在从汕头到长兴这一段，进入长兴，被梦苏接应上了她们戏班的船以后就很顺利了。"

麦秋实问："是不是你有什么疏忽，引起了他们的怀疑？"

古大章说："不会啊，我很小心。在火车上我就觉得不对劲，到了潮州感觉更不好，我就没去原来计划的联络点，拐了几个弯，去了潮州城里另外一个联络点，就是虾叔那个白铁铺。"

麦秋实说："哦？"

古大章说："我让虾叔他们取掉木箱里的夹层，拿出文件；又在一把白铁壶的壶底焊了一个薄薄的夹层，把文件塞进去，完了再灌满小磨香油。幸亏这样把文件转移了，不然就麻烦了！"

麦秋实说："干得不错！"

古大章说："可是，我有一个不好的感觉——在潮州上船的时候，军警逮着我使劲搜查。我感觉……那些特务和警察好像事先知道我要去哪儿，知道文件藏在那个木箱里，知道那个木箱里有一个夹层……"

麦秋实一惊："有什么根据吗？"

古大章说："倒没什么根据，就是一种直觉，我的直觉有时候挺准的。他们一上来就直奔木箱，里里外外、颠来倒去地搜，用手比画箱底的深浅，恨不得把那口箱子劈成木片。没找到什么东西，他们还到一边去嘀咕了好几次，好像不相信箱子里没夹层、没文件一样。"

麦秋实倒吸了一口凉气，半晌没有说话。

古大章说："给你说句实话吧，一想起这事儿我就感觉有点心惊肉跳！"

麦秋实不安地思索着。

古大章说："不过，反过来也是件好事儿。"

麦秋实问："什么好事儿？"

古大章说："就因为他们的注意力集中在木箱子上，没太在意我提的油壶，才保住了中央的文件，这就叫'暗度陈仓'。"

麦秋实："如果你的感觉是对的，那只能说明一个问题，我们内部有人走漏了消息！"

古大章震惊地望着麦秋实。麦秋实说："虽然你是从汕头大站出发的，但陈桂、老周他们主要在交通站搞内勤，对于你的具体任务并不了解。能掌握你从汕头到长兴这一段具体细节的，只有三个人——我、老区和你。"

古大章有些激动地站起来说："我也算啊？这一路上杀机四伏，我拼了命才冲出来，死里逃生，好不容易才跑到这儿……我怎么可能自己害自己呢！"

麦秋实冷静地说："在没弄清事情的真相之前，你、我、老区都有嫌疑；但是目前你的怀疑只是感觉，在没有掌握确切的证据之前，我们又不能没有根据地随便怀疑自己的同志。"

古大章点头。麦秋实说："交通线刚刚开通，就出了这样的险情，这要引起我们的高度警惕，今后重要的任务会越来越多，我们一定要小心、小心、再小心，对于发现的疑点不能轻易放过，要追查到底。同时，我们又要搞好团结，只有团结一心，才能完成好上级交给我们的任务。"

古大章说："我明白了。如果觉得我有什么可疑的地方，请组织尽管审查，我这个人心里没鬼，经得住查。"

麦秋实说："目前没这个必要，不过我欣赏你这种态度——每一个共产党人都要有这样坦荡的胸怀，如果真有那么一天，我们都应该经得起任何考验。"

袁昌的办公室里，袁昌直视着区达铭，区达铭一个劲地回避他的目光。

袁昌问："古大章是在福乐班唱戏的地方消失的，这难道又是巧合吗？"

区达铭紧张地说："我、我……我真不太清楚……"

袁昌猛地一拍桌子，大吼一声："区达铭，你别给脸不要脸！"

区达铭结结巴巴地说："不不……"

袁昌冷笑道："你不是喜欢背列宁的话吗？我也读过列宁的书，列宁说过——哪怕面对的是一块铁板，也要坚决地、彻底地给我砸烂！如果你敢徇私情，敢欺骗我……"

区达铭慌乱地说："我不敢，真的不敢……"

袁昌说："那就请你告诉我，沈梦苏到底有没有恢复共产党的组织关系？她是不是在给长兴大站当交通员？"

区达铭说："这……我是真不知道啊。上次你让人帮我搞的简历早就交上去了，到现在还没有回音。连我的组织关系都没有恢复，我怎么知道沈梦苏呢？况且，这条交通线的纪律很严，规定站与站之间只有纵的关系，不能发生横向联系。梦苏即使在长兴大站当交通，也只有那个站的站长黄启知道，我作为汕头大站的站长，根本无权过问。"

袁昌说："黄启？他是长兴站的站长？"

区达铭说："是啊。你们认识？"

袁昌回想着什么，脸上少有地显得柔和了一些："黄埔的老同学，以前他追过坤雅女师的师郁，我追……"他突然意识到不妥，立刻打住话头，盯着区达铭，脸上流露出愤怒和厌恶的复杂神情，"我对梦苏怜香惜玉的时候你还不知在哪儿呢！别看你和梦苏已经有了孩子，但所有人都知道，你根本就不配！你以为你很男人，是在保护自己的女人？其实她根本就不爱你的！她根本就瞧不起你！"

区达铭头埋得更低了。

袁昌看着区达铭的样子不禁又好气又好笑，说："算了，我刚才说的你别介意，对我来说那一切早就过去了，就是青春时期的一场游戏。我分得很清楚，即使她在我心目中是个神，我也不会为了一个女人坏了自己的人生大计。"

区达铭低着头，不说话也不动。

袁昌说："那么你现在必须做出一个选择——是要这个女人，还是要你自己？"

区达铭抬起头望着袁昌，目光中充满哀怜和凄惶。

袁昌说："你可以回去想想，不过我这个人没什么耐心，给不了你多少时间。"区达铭站起来，慢慢地向门口走去。袁昌盯着他的背影。

区达铭走到门口站下，回过身来，嗫嚅着："刚才让你一训，我都糊涂了，有一件事差点忘了……"

"你说。"

区达铭说："过两天有一批白区来的干部要进入中央苏区，好像都是些重要人物。"

"哦？"

区达铭说："我希望还是不要在汕头这边动手。"

袁昌点点头。区达铭说："我的意思是说……到时候可以重点盯着福乐班的红船，这样既可以抓到人，又可以搞清楚他们是不是在给长兴站搞交通。"

袁昌冷笑一声："知道了，你回去吧。"

区达铭摸不清袁昌的态度，越发不知所措，点头哈腰地离去。虽然这个结果是袁昌所希望并一手策动的，但对于区达铭这么快就出卖了梦苏，他不禁感到鄙夷和不能容忍。袁昌"砰"地摔上门，又狠狠地砸了一个杯子。

第二十二章 久别重逢

夜里，区达铭、陈桂、周会计、姜大夫在后院正房开会，气氛沉闷。区达铭态度激烈地说："不就是几块大洋吗？犯得着这种阵势吗？感觉像在对我搞批判！"

周会计说："老区，这可不是几块大洋的问题。做生意有做生意的规矩，就是老板，也不能乱花钱的。更重要的是，这不符合组织上的规定。"

姜大夫说："而且上缴给组织的经费也受到影响……"

区达铭更激动了："这能怪我吗？为了交通站的安全，这家药房的定价比别的药店都高，这是组织上事先就定好的。药价高自然顾客就少，顾客少当然生意就不好，生意不好上缴的经费就少，怎么能怪到我头上呢？"

周会计想说什么，但区达铭根本不容他说话："况且，当初开办这家药房的时候，组织上给的经费根本就不够，还是我通过私人关系筹集了一百多块大洋，才凑够了开店的钱。要按社会上的规矩，这个店起码应该给我一半的股份，赚了钱还应该给我分红呢，我都分文不要，为了什么？还不是为了革命，为了党的事业！"

姜大夫说："你的贡献大家都是知道的，可现在说的是另一回事……"

区达铭越发感觉委屈了，他打断姜大夫，继续滔滔不绝地说："你们啊，你们是不当家不知柴米贵，根本不知道当这个交通站的家有多难！总共就那么点钱，采购药品、物资要钱；安排交通员、来往苏区人员的吃、住要钱；沿途的交通中站、小站、护送人员也需要经费；还要经常打点各种各样的社会关系，有些钱上不得台面可照样得花……我整天吃不好、喝不好，晚上一宿一宿地睡不好觉，为交通站的工作操碎了心。可以说出生入死、鞠躬尽瘁、死而后已……怎么还得不到大家的理解呢？"

陈桂听得眼泪都快下来了，哽咽道："老区，你为工作把吃奶的劲都使出来了，我们大家都看在眼里。你对党的忠心没得说，别人不理解，我理解你！"

区达铭看了看陈桂，说："阿桂倒是个明白人。"

姜大夫也不由地受到感染，说："是啊，这交通站的家是不好当，也确实难为老区了。"

周会计也忍不住点头说："是，是不容易……"

周会计和姜大夫从正房出来，走着走着突然反应过来了："不对呀，怎么老区倒诉起苦来了，最后大家都反过来夸他，他反成功臣了？"

姜大夫说："不知道怎么了，听老区这么一说，觉得他确实也有他的难处。"

周会计说："可我还是觉得不对劲——不管怎么说，擅自从账上提钱肯定是违反组织规定的，这是经济问题。不行，找机会我们还得说他。"

姜大夫说："你说得过他吗？老区那张嘴，简直能把死的说成活的。"

周会计说："他要实在听不进去，我们就向老麦报告，找老麦不管用我们就向上级反映。不管怎么样，作为党员，我们都应该坚持原则。"

姜大夫说："对！"

黎明，药房大门打开一扇，一行六人鱼贯走了出来——其中有女人，有的像出门做生意的，有戴眼镜的文质彬彬的书生，还有一个金发碧眼的外国人，分别上了等候在这里的几辆黄包车，周会计和陈桂也分别坐到车上。

区达铭和大家一一握手送别。车夫们拉着黄包车，一辆接一辆离开。区达铭望着黄包车渐渐远去，然后像是无意地朝对面楼上瞟了一眼，返身回到药房，关上了大门。

仁达药房对面小楼阁楼上，特务甲猛推趴在桌上睡着的特务乙说："快快快，出来了，出来了！"

特务乙揉着惺忪的睡眼凑到窗口。特务甲说："快去报告，他们出发了！"

火车车厢里，那几个男女分散坐在几处。周围或坐或站有不少监视他们的暗探。

佛山码头，那几个男女混在人群中，排着队上船。引领他们的是一名青年男子。周围混杂着好些暗中窥伺他们的便衣特务。

长兴江边，那几名男女在另一名女交通员的带领下，沿着石阶登上江岸。便衣特务们混在下船的人群中远远地跟随着他们。

乡野戏台前，黑压压地挤满了观众。那几名男女在一个中年交通员的带领下来到这里，很快混入拥挤的观众中，顿时消失得无影无踪。

跟踪而来的特务们望着山坡上熙熙攘攘的人群傻了眼。带队的特务头

目却冷冷地一笑，将手下聚拢来低声交代几句，一挥手，带着手下朝一边
跑去。

　　江边，红船停泊处，演出结束演员和杂工们三三两两地回到红船上。
有的还来不及卸妆，穿着戏服和行头，脸上抹着油彩。
　　突然，大队荷枪实弹的军警冲过来，将红船包围了起来。特务头目一
挥手说："搜！"军警和特务们冲上红船搜查，船上顿时一片混乱。
　　红船上，军警、特务们挨个船舱搜查。演员、杂工们纷纷被赶上船头。
在持枪军警的逼迫下，几个船尾叔端出一盆盆清水放到船头。一些还没来
得及卸妆的演员在持枪军警的逼迫下，蹲到水盆前洗脸。
　　特务头目走过去，扳过一张张还没来得及洗净的脸，却没有发现他们
要找的人。
　　特务甲跑过来："报告，舱室都搜过了，没发现那些人。"
　　军警甲跑过来："报告，船尾没有人。"
　　特务乙跑过来："底舱搜过了，没人。"
　　军警乙跑来："报告，顶上的平台……什么都没有……"
　　特务头目说："什么？每个地方都搜过了吗？都搜仔细了吗？"
　　军警甲说："全搜遍了……"
　　军警乙说："就、就差把船板拆了……"
　　特务头目百思不得其解，转过脸去，疑惑地望向辽阔的江面……
　　韩江上，江面到这里窄了一些，往来的船只很少，一艘盖着竹篷的木
船逆流而上。

　　那几个男女挤在覆盖着竹篷的狭窄的船舱里，梦苏抱着小远也坐在里
面。梦苏将小远交给身旁一个女同志，从船舱里出来走到船尾摇橹的船家
余良顺身旁，和他一起划船。
　　小远在那位女同志怀里扭动着身子，喊着："妈妈，妈妈——"
　　梦苏回头说："小远，听阿姨的话，乖乖地坐着别动，妈妈在干活呢。"
　　那个外国男子布劳恩原本像个大虾一样躬身缩在船篷下，此时也从船
舱里爬出来，挪到梦苏身旁，欲帮她摇橹："我也要……干活。"

梦苏说："不用，不用，您快去歇着吧。"

布劳恩用不标准的中文说："女士划船，我坐船……不可以……"

余良顺说："你还是躲起来吧，你这张脸一出来，根本不用敌人搜就直接暴露了。"

梦苏悄悄扯了扯余良顺，小声地说："阿顺，怎么说话的！"

翻译走到布劳恩身边："布劳恩同志，您最好还是回到船舱里去吧，这主要是出于安全上的考虑。"

另一名生意人模样的干部说："是啊，中央说了，你可是红军的宝贝，无论如何要保证你的安全。"翻译和那名生意人模样的干部半推半架地将布劳恩劝回船舱里，布劳恩很不情愿的样子，大概觉得破坏了他的绅士风度。

梦苏帮着余良顺划船，木船破浪前行。

袁昌阴沉着脸站在地图前，抬手"啪啪"地拍着地图："怎么回事？每次一到长兴就没影了，难道那些人变成鸟飞走了？变成鱼游走了？我看，问题肯定还在那艘红船上……"

区达铭说："不是在福乐班的船上彻底搜查过了，什么都没发现吗？"

袁昌转身瞪着区达铭说："那你说，那些人去哪儿了？那条交通线进入长兴以后究竟去了哪儿？"

区达铭说："这个……我确实不知道……"

袁昌说："长兴这么大，这么多镇子、村子，长兴大站究竟设在哪个地方？用什么做掩护？是开的杂货铺、饭店、还是诊所？"

区达铭说："这个……我真是不知道。"

袁昌火冒三丈，上前一把掐住区达铭的脖子说："那你究竟知道什么！"

区达铭吓坏了："特、特派员……别、别这样……"

袁昌说："当初我饶了你一条命，又把你从监狱里放出来，还给你在国军中安排了位置，为的是什么？你给我的回报是什么？就是'这也不知道、那也不知道'吗！"

区达铭说："我、我一定尽力……"

袁昌咬牙切齿地说："你尽狗屁的力！我整整等你埋伏了两年，费尽心思地帮你重新取得共产党的信任，重新打入他们的组织，目的就是破获这条交通线。你的实际表现怎么样？这么长时间了，一点进展都没有，现在八成都快被他们认出身份了，你说我留着你这条命有什么用？"

袁昌火气越来越大，手上不由加重了力气，区达铭越发喘不上气来："……我……你……"

袁昌说："你还想说什么？你这种成事不足败事有余的家伙，竟然还敢糟践沈梦苏……我看见你就恶心……你干脆去死，这世界上倒还干净一点……死不足惜。"

区达铭挣扎着，费力地说出几个字："你就用点劲，掐、掐死我吧……"

袁昌愣了一下，手一松，区达铭挣脱跳了起来。区达铭喘息着，豁出去了，撒泼一般大喊大叫："你弄死我吧！共产党、国民党，反正现在我两头都不讨好，里外都不是人……我知道，梦苏、你，还有麦秋实看了我都觉得恶心……是啊，现在我这个人浑身上下就剩两片嘴皮子了，我也觉得活着没劲，没意思，干脆让我死了算了……"

袁昌拔出手枪，啪地拍到区达铭面前的桌上。区达铭浑身一颤，慢慢拿起那把手枪看着……

袁昌盯着区达铭。区达铭突然把枪一扔，号哭般地说："可是……我还有一个儿子啊……"

袁昌脸上露出轻蔑的神情，在心里默默盘算了一下，说："要想活命，就给我卖点力气，多搞点交通站的情报，帮我把这条交通线彻底端掉！"

区达铭说："我都这样了，能不给你卖力气吗？只是，这条交通线确实不同一般啊！"

袁昌说："你还在找借口！"

区达铭说："我哪儿还敢找借口啊？我说的话千真万确，句句实情。我听麦秋实说过，蒋总司令调动十万大军把江西红军围得像铁桶一样，这条交通线成了中央苏区通向外面最重要的通道。共产党中央和苏区高层对它极为重视，它的组织结构、运转方式和纪律是周恩来亲自制定的，实行了一整套极其严格的秘密工作的方法。"

袁昌一愣："周恩来？我了解这个黄埔的老主任，他天生是干特科的料。"

区达铭说："是啊，这条交通线的组织极为严密。麦秋实是整个交通线的负责人，古大章是他的联络员，这两个人主要掌管交通线的总体情况，管理几个大站的站长；各个大站的站长不了解全线的情况，只掌握自己管的区域内中站、小站，以及接头户和交通员。站和站之间只有纵的关系，不发生横向联系。各站的交通员也都是单线联系。这样即使在某个环节出了问题，也不会影响到全线和全局。"

袁昌说："所以，你这个汕头大站的站长对长兴站的情况就一无所知？"

区达铭说："不光是一无所知，而且根本无权过问和打听，一张嘴打探就犯纪律，容易引起怀疑；反过来也一样，长兴站的黄启也不了解我汕头站的情况，也不允许打听。大家就算是碰面了，谈话中也不能涉及各自的工作情况……"

袁昌听着，陷入沉思。

傍晚，长兴北湾镇，一条青石小街，群山环抱，层峦叠嶂。与繁华的汕头相比，长兴更像一个镶嵌在重重山峦之间的盆景。街面上一家挨一家地开着山货、药材、绸缎、茶楼、饭庄等商铺，热闹却不喧嚣，显得清新淳朴，简约有致。

梦苏背着小远在前面走，布劳恩等人三三两两地分散开，混在人群中，在后面不远不近地跟着。

梦苏背着小远，领着布劳恩等一行人来到客栈大门外，她四下看了看，见周围没有什么人注意，便跨进了客栈的门槛。

梦苏向小叶示意，小叶到门旁迎候。布劳恩等人一个接一个进了客栈大门。原本在客房里等候的麦秋实和黄启急忙起身迎上，与布劳恩等一一握手。麦秋实说："欢迎，欢迎，一路辛苦了！"

黄启说："等你们好久了。"

梦苏背着小远最后进屋，见到麦秋实不由一愣，她没想到会在这里见到他。

麦秋实也深深地望了梦苏一眼。这一眼使梦苏心里一动，她明白那眼神里的东西。

黄启注意到麦秋实和梦苏不寻常的眼神交流。

小叶和另一名伙计端进热气腾腾的饭菜，摆在桌上。

布劳恩问："我们……什么时候去……苏区？"

麦秋实说："哦，总得先把饭吃好，吃了饭大家好好休息一天，明天傍晚出发，我们护送你们去闽西。到了闽西苏区就是咱们的地方了，中央已经派人在那儿等着，接你们去瑞金。"

黄启招呼大家上桌吃饭："来来，请坐，请坐。没什么好东西，大家将就着吃一点。"

麦秋实走到梦苏面前，两个人对视着。麦秋实说："你也辛苦了。"

梦苏轻轻地说："没什么……没想到你在这里。"

麦秋实说："这批干部非常重要，我必须亲自参加护送。"他打量着梦苏，千言万语，一时却不知说什么好，"……孩子……睡着了……"

梦苏扭头看了看趴在她肩头的小远："哦，我送他到房间去睡。"

麦秋实伸手想抱过小远："你先吃饭吧，我来帮你抱孩子。"

梦苏说："不了，我还是先把他安顿好吧，要是现在醒过来又该闹了。"

麦秋实说："那我送你过去。"

黄启来到他们身边说："老麦，你还是招呼这边吧，我让小叶送梦苏和孩子去房间休息。"然后不由分说地朝小叶喊，"小叶——"

麦秋实说："也好。"

夜里，麦秋实靠在床头看书，门外忽然传来一阵脚步声，紧接着就是一阵急促的敲门声。麦秋实问："谁？"

梦苏着急地说："是我，秋实，快开门！"

麦秋实撩开被子跳下床，披上衣服，快步跑到门口拉开门。"怎么了？"

梦苏说："小远发烧了！"

"什么？小远发烧了？"

梦苏点点头，六神无主的样子："可能在路上睡着的时候受凉了。我本来不想打搅你的，可是这么晚了，我不知道这附近哪儿有大夫？"

麦秋实说："快走！"

麦秋实抱着小远，梦苏跟在后面，两人一路小跑。街道不但黑灯瞎火，道路也是坑坑洼洼。一不小心，梦苏"啊"地叫了一声，崴了脚。

抱着小远的麦秋实赶紧回头："怎么了？"

梦苏站稳说："没什么。"

麦秋实不放心地问："崴脚了？"

梦苏活动了一下脚腕说："没事，快走吧！"

梦苏说没事，麦秋实扭头就走。麦秋实走得很快，梦苏忍着疼痛，紧跟在后面。

看完医生回来，梦苏把小远放到床上，盖好被子，回头看着麦秋实："谢谢你，秋实。这黑灯瞎火的，要没你，我真不知该怎么办。"

麦秋实说："跟我还说什么'谢'？不过刚才好险，大夫说再晚去一会儿，麻烦就大了。梦苏，你一个人带个孩子，还要跑交通，真是太不容易了。"

麦秋实知冷知热的话语撞击着梦苏的心扉，她几乎坚持不住了，就要哭倒在麦秋实的怀里。但梦苏知道她不能这样，她只能紧紧地关闭那扇心门。梦苏克制着自己："其实也没什么，小孩发烧很正常。你快回去休息吧，已经半夜了，明天——哦不，今天还要执行任务呢。"

麦秋实说："你也赶紧休息吧。"麦秋实转身朝门口走去，走了几步又站下了，"有个事，本来想过两天找个时间正式和你谈的……"

梦苏问："什么事？"

麦秋实说："上级的命令到了，同意恢复区达铭同志和你的组织关系。并且同意陈桂留在汕头大站，而你调到长兴大站来工作。"

梦苏愣愣地站着，一动不动，脸上也没有任何表情，只有两行泪从眼角静静地滑落。梦苏的反应让麦秋实一怔。麦秋实问："你怎么了？"

梦苏赶紧擦了擦眼泪说："没什么……我是高兴……真的……找得那么辛苦，盼了那么久……现在终于又有家了……"

麦秋实也有些动容地说："我明白，所以还是觉得应该早点告诉你。你真的没事吗？"

梦苏说："真的没事，你快回去休息吧。"

麦秋实走出门，似有某种感应，忽然一回头，见梦苏正目光依依地望着他。虽然梦苏赶紧将视线移开了，但麦秋实的心仍然被深深触动了。麦秋实也心绪难平，说："要不——出去走走？"

梦苏犹豫了一下，扭头看了看床上的孩子，小远睡得很熟。梦苏终于还是走出客房门，和麦秋实一起向客栈外走去。

梦苏和麦秋实并肩走在草坡上。麦秋实说："我觉得……应该说说我们的事……"

梦苏看了麦秋实一眼，低下头："我不想说。"

麦秋实问："为什么？"

梦苏说："不为什么，就是不想说……"

麦秋实问："是不是因为春晓？"

梦苏不说话。麦秋实问："还是老区？"

梦苏说："你就别问了，我现在真的什么都不想说。"

梦苏扭头欲走，麦秋实一把拉过梦苏，叫了一声"梦苏"。梦苏愣了一下，忽然扑进麦秋实怀里，抑制不住地哭了。麦秋实紧紧地搂住梦苏，又叫了一声"梦苏"，他的眼睛也湿润了："过去的事……都怪我。"

梦苏哽咽着说："我不怪你。虽然我做梦都想跟你在一起，可我现在真的不想说我们的事儿。"

麦秋实说："我知道你对待感情的态度，也明白你现在的心情……"

不等麦秋实说完，梦苏忽然挣脱麦秋实，擦了擦眼泪说："知道就不要说了，秋实，给我点时间吧……现在，我们还是上下级关系。"

麦秋实问："上下级？"

梦苏默默地点头。

麦秋实说："梦苏——"

梦苏坚决地说："说说明天的工作吧。"

梦苏冷静的态度使麦秋实也恢复了清醒。他想了想，说："明天的护送行动，你就不要参加了。"

梦苏问："为什么？"

麦秋实说："小远生着病呢，你还是留下好好照顾他吧。想要参加工作，以后有的是机会。"

梦苏想说什么，麦秋实急忙说："什么都别说了，就这么定了。快回去休息吧，万一小远醒了找不到你……"

梦苏不好再说什么，急忙转身往客栈跑去。麦秋实却心绪难平，在草坡上席地坐下，在沉沉的夜幕中发呆。

客栈原本虚掩的后门被轻轻推开，黄启悄无声息地出现在门后，他注视着门外那片草坡——麦秋实和梦苏正在那里并肩漫步。

望见梦苏投入麦秋实怀里，黄启的神情变得越发阴郁，沉着脸，转身离开。

傍晚，长兴的山间飘着细雨。麦秋实、黄启带着布劳恩等一行人走在陡峭的山路上，周围有拿着驳壳枪、毛瑟枪的武装人员警戒护送。

在一个陡坡前，这支小小的队伍遇到了难题——布劳恩穿着硬底皮鞋，攀爬了几次都滑了下来，他累得气喘吁吁，靠在树上望着那陡坡直摇头。

麦秋实叫过黄启和几个护送的交通员，发动大家想办法。护送人员甲说："快给他换双草鞋吧。就他脚上那双皮鞋最麻烦了，一路上尽替他扫脚印子了。"

护送人员乙说："是啊，这长兴山里哪见过这样的鞋印啊，敌人要是发现了一追一个准。"

黄启说："不许发牢骚！上级说了，他是我们红军的宝贝，一路上得捧好了，不许摔着碰着。"

麦秋实走到布劳恩面前："要不，我们背着你走？"翻译向布劳恩转述了麦秋实的意思。布劳恩怀疑地问："背我？"大家都觉得不太可行——那土坡又陡又滑，背一个人上去谈何容易，何况布劳恩的个头比在场所有的人都要高大。

黄启说："要不砍竹子做一副担架，大家抬着你走。"布劳恩听了翻译的转述，也耸耸肩不置可否。

正在这时，有人喊了一句："快看——"大家回头一看，只见梦苏沿着他们刚刚走过的山路跑来。

黄启急忙转头看麦秋实，麦秋实望着越跑越近的梦苏，神情中既有心疼，也有暗暗的欣喜。对于麦秋实来说，其实行为本身会造成什么结果，他心底并不在乎。只要态度够好，能够让他感受到对方的心意，就能让他满足。

梦苏气喘吁吁地跑到大家面前。麦秋实问："你怎么来了？"

梦苏喘着气说："我、我还是觉得自己应该参加这次任务。我刚调到长兴大站，应该尽快熟悉这边的情况和路线。"

麦秋实说："不是给你说了吗？以后有的是时间，有的是任务。"

梦苏说："我知道这次任务很重要，大家都出来了，把我留在客栈，我待不住！"

麦秋实说："小远怎么办？他还病着呢。"

梦苏说："他已经好多了，我给他喂了药，把他放到余嫂子的豆腐店了。"

麦秋实说："这么说，你是非参加不可了？"

梦苏说："我不管，反正我不回去。"

麦秋实刚想说什么，布劳恩走过来，变戏法一样从身后拿出一束不知什么时候采的小花，笑吟吟地递到梦苏面前，嘴里叽里咕噜地说着什么。翻译将布劳恩的话译出："献给你——花儿一样美丽的女士！"

梦苏一愣，刚要推脱，布劳恩已不由分说地把小花塞进她的手里。布劳恩转向麦秋实，说道出一串德语；麦秋实听不懂，询问地望向翻译。翻译说："布劳恩同志说——亲爱的同志，我们德国有句谚语，即使是为了国王的宝座，也不要违背一个人的意愿。何况，她是一位美丽的女士。"

护送队员甲嘀咕："这德国人真有意思，怎么跟个法国人似的，自己的麻烦还解决不了呢，还有心思给女人献花！"

梦苏问："怎么了？"

护送队员乙说："他穿着皮鞋走不了山路，鞋印又容易暴露目标，这个坡都上不去，大家正在想办法呢。"

护送队员丙说："背也背不动，抬也抬不得，大家正在发愁，不知道拿这块宝怎么办？"

梦苏想了想："你们谁有多余的衣服？"

麦秋实似乎明白了什么，当即脱下自己身上的长衫。梦苏和麦秋实一起，将那件长衫撕成一根根布条。

梦苏将一部分布条交给护送队员甲："来，把这些布条缠到他脚上，这样既可以防滑，又不会在泥地上留下皮鞋印。"

大家互相看看，都很赞同梦苏的主意。

两个护送队员蹲下身，将布条缠在布劳恩的两只脚上。梦苏将其余的布条拧在一起，走过去拴在布劳恩的腰间。

布劳恩打量着自己身上这新奇的装束说："女士，你不仅美丽，而且太聪明了！"

麦秋实一挥手："出发。"

几名护送队员身手敏捷地爬上陡坡，返身使劲拽着布劳恩腰间的布条将他往上拉，又有几个人从身后往上推布劳恩。前后的人一起使劲，脚上缠着布条的布劳恩一点点地攀上了陡坡……

月光皎洁，山间被照得很亮。山坡陡峭，道路泥泞。麦秋实、梦苏等人带着白区来的干部艰难地走在山道上。

梦苏背着几袋干粮，气喘吁吁、跌跌撞撞，虽然满头大汗，仍然在拼命坚持。

爬坡时，梦苏脚下踩滑，连人带干粮，一下摔倒滑下坡去，弄得满身泥浆，十分狼狈。

麦秋实刚想走过去帮梦苏，布劳恩却抢了先——脚上缠着布条，原本需要别人搀扶的他这时却快步走到梦苏面前，伸手拉起她。

梦苏冲布劳恩笑了笑，说："谢谢你。"布劳恩对着梦苏眉飞色舞地说出一串德语。翻译说："要感谢的是你，美丽的女士，这种感觉很美妙。"

梦苏不解地问："美妙？"

布劳恩继续说了几句，翻译说："你的微笑，让我感觉自己又变成了一名绅士。"梦苏不好意思，急忙走开，不料，脚下一滑，又差点儿跌倒，布劳恩又一次拉起梦苏。

布劳恩笑呵呵地说着，翻译看了看大家，还是译出了他的话："看来你需要我一直在你的身边。"

大家把这句话当作玩笑，轻轻地发出一阵哄笑。翻译更是坏笑着冲着布莱恩说了一串德语，梦苏坚持让翻译把那句话也翻译出来，翻译笑眯眯地冲着梦苏大声说道："我对这个德国同志说啊！这位梦苏同志有喜欢的人啦！就是麦秋实同志！你晚了一步啊！"

梦苏感觉脸唰地一下红到了耳朵根，扭头往坡上爬去，脚下一滑一滑的，像是随时可能要摔倒，看上去很是危险。

布劳恩耸了耸肩，摊开双手笑了起来。

麦秋实望着梦苏，转身对身边一队员说："去帮帮她吧，不然的话，大家就得护送她了。"

护送队员心领神会，赶紧朝梦苏跑了过去。

山坡越来越陡峭，道路越来越泥泞。麦秋实、梦苏、交通员和护送的干部们几乎都是满身泥浆，一步一步艰难地往前挪动。

梦苏身上没了干粮袋，正扶着一个女干部，其实女干部也不时拖拽着梦苏，两个人互相挽扶，小心翼翼地在山道上行走。女干部问："梦苏同志，以前有没有走过这样的山路啊？"

梦苏说："我从小生活在粤东的小镇上，十几岁就到广州去读书，这么大的山见都没见过。"

女干部说："一个城市女青年，能到这艰苦的大山里从事革命工作，而且表现得这么坚强，真是不容易啊！"

梦苏不好意思地说："我还差得很远，一路上都是我在拖累你们；要是没有我，说不定大家早翻过大山了。"

女干部一笑："千万别这么说，谁的路，都是一步一步走出来的。"

又到了一个陡坡前，梦苏想先攀爬上去，再回头拉女干部，不料，试了几次都上不去。

布劳恩见状刚想过来帮梦苏，麦秋实却快步赶来，毫不犹豫地伸出手去，不由分说地握住梦苏的手，使劲将她拽了上去。

梦苏一激灵，只觉一股电流从手上传遍全身。麦秋实在这个时候果断伸过来的手有着不一样的意义，梦苏体会到了。麦秋实那只大手的力量和温暖使梦苏心中一酸，泪水差点就盈满眼眶，她扭过头去，拼命克制自己的情绪，将眼泪咽了下去。

布劳恩感觉到麦秋实和梦苏之间存在的某种微妙关系，微笑着耸了耸肩。

黄启在一边看着麦秋实和梦苏，神情变得更加阴沉……

办公室的一角放置着茶桌和座椅，桌上摆着全套工夫茶具。袁昌正在烧水沏茶。传来轻轻的敲门声。袁昌说："进来。"

区达铭走进来，他很紧张，小心地说："特派员——"

袁昌自斟自饮着，一时没有应答。区达铭的内心更慌乱了，站在那儿不知如何是好。

袁昌突然说："这边来。"

区达铭迟疑了一下，踌躇地走过去，大概回想起那天被掐住脖子的滋味，不知今天迎接他的又将是什么。袁昌脸上看不出表情，说："坐吧。"

区达铭心中更加忐忑，对袁昌的话又不敢不从，小心翼翼地在他对面的椅子上坐下。

袁昌又沏了一道茶，倒了一杯推到区达铭面前："别人送我的新茶，请你来尝尝。"

区达铭暗暗松了口气："谢谢，谢谢！"说着，不由自主地擦了擦脑门上冒出的冷汗。

袁昌说："今天叫你来，一个是喝茶，一个呢，想和你谈谈列宁。"

区达铭又是一阵惊疑："列、列宁？"

袁昌说："是啊，你不是满嘴都是列宁的话吗？我也读过一些列宁的书，记得他在一篇文章中说过这样一句话——'我们在斗争中不是孤立的'。这让我想起了我们老祖宗的一句话——'但凡成伟业者，并不在一城一池'。"

袁昌一席前言不搭后语的话，说得区达铭一愣，不知他葫芦里到底卖的是什么药。

袁昌说："我昨晚一宿没睡，一直在琢磨这条交通线。"

"哦？"

袁昌说："我想明白了，以这条交通线的结构和组织方式，我们仅仅截获一两批物资或者几份文件，抓几个交通员或者他们护送的干部，没有太大的意义，反而容易打草惊蛇，引起他们对你的怀疑。而他们换几个交通员，交通线照样可以运行，并且会更加警觉，行动也更加诡秘……要想从根本上解决问题，就必须把这个严密运转的系统彻底破坏，将这台组装精密的庞大机器完全捣毁。这样我们就必须全面掌握各个大站下属的所有中站、小站、接头户、护送人员的名单，了解每一段的运送路线、运送方式等等。只有这样，才能真正摧毁这条不断给苏区输送血液和给养的生命线！"

袁昌直直地看着区达铭，似乎想从区达铭身上找到答案。

区达铭说："我明白你的意思，可是恕我直言，这太难、太难了！"

袁昌说："我喜欢做难的事情，有时候情况越困难我越感到热血沸腾，干起来才越有挑战、越刺激。况且，我已经把你像一颗钉子一样钉在这条交通线的咽喉部位了，一旦需要，我相信你能起到一剑封喉的奇效。如果做不到的话，只能说明一个问题——不是你区达铭不堪大任，就是我袁某人瞎了眼！"

区达铭一震："区某一定全力效劳！"

袁昌又沏了一遍茶，给自己和区达铭各倒了一杯。袁昌说："我琢磨香港、汕头、长兴这三个地方……香港是海外转往内地的门户；汕头是上海、香港通往苏区的枢纽；长兴位于粤闽赣三省交界处，处于赤白交界区——这三个大站的位置从战略上看都非同寻常，共产党确实有高人，眼光不一般。"

区达铭连连点头说："对了，特派员，还有一个事要向你报告。麦秋实派人通知我，我已经通过了审查，共产党同意恢复我的组织关系了。"

袁昌哈哈大笑："你这个叛徒竟然通过了审查——好，真是太好了！这么看来，他们的智商实在是不怎么样啊……哈哈哈……"

区达铭也干笑了几声。袁昌端起茶杯："好事好事，来来，祝贺一下！"

区达铭端起茶杯，有些讪讪地喝了一口。袁昌望着区达铭说："我突然有点理解你对梦苏和小远的感情了……"

区达铭怔怔地望着袁昌。袁昌说："你应该时不时地去看看她们母子才对。先不说你和梦苏的关系，就拿小远来说，你这个当爸的也太失职了吧？"

区达铭说："刚才不是说了吗？有纪律，我不能随便去长兴站……"

袁昌说："你去又不打听长兴站的工作情况，你只是看儿子，好好陪他玩玩、聊聊天，有谁能剥夺一个父亲看望儿子的权利呢？"

区达铭望着袁昌意味深长的神情，似乎有些明白了。

第二十三章

退婚

广天客栈的一间客房里烟雾弥漫，独坐在桌前的黄启显然已抽了很多烟，他对着摆在面前的一张空白稿纸，苦苦地思索着。半晌，黄启又卷了一支烟，凑到油灯前点燃，被呛得连连咳嗽。

　　他抽着烟再次陷入沉思。

　　终于，黄启下了某种决心，将抽了一半的烟掐掉放到一边，提起笔在那张空白稿纸上写起来，可以看到写下的第一行字是：粤、闽、赣特委领导台鉴……

　　梦苏抱着小远站在去往长兴的轮船前甲板上，远眺着江面，落日的余晖洒在他们的身上，说不出的温馨宁静。麦秋实犹豫再三，还是走上前去，与梦苏并肩站在一起。小远兴奋地指着远处的江面，和梦苏嬉闹着，麦秋实在一旁称赞小远天资聪颖。梦苏闻言很开心，但不知怎么，脸上随即又掠过一丝阴影。她似乎想说什么，欲言又止。

　　麦秋实伸出手："来，小远，让叔叔抱，让你妈妈休息休息。"

　　小远使劲摇着脑袋，扭动身体，不让麦秋实抱。

　　梦苏哄劝小远："去吧，这个叔叔可好了，让他抱抱。"

　　小远却干脆扭过头去，趴到梦苏肩头，用背对着麦秋实以示拒绝。

　　梦苏抱歉道："这孩子，除了我谁都不让抱。"

　　小远回过头来说了一句："我要爸爸抱。"说完又转过头去趴到梦苏背上。

　　麦秋实有些讪讪地缩回手。

　　梦苏感到有些过意不去，拍了小远屁股一把："走，我们回船舱去。"

　　小远蹬着腿非要闹着去看鱼，梦苏只得抱着小远在船甲板上继续溜达。

麦秋实默默地跟着他们，不一会儿，小远就在妈妈的怀里睡着了，梦苏找了一个避风的偏僻处，定定地看着麦秋实。

"我想跟你说件事。"

……

听完梦苏的话，麦秋实皱起了眉头没有吭声，心里却一下子掀起了惊天巨浪，毕竟，他从未怀疑过自己的这位老战友，他迟疑地说："……如果他只是到长兴来看孩子还情有可原，毕竟小远一出生就跟着你进了监狱，身世太可怜了，大家谁都不忍心也无权剥夺父爱给予他的那一点欢乐。可是如果老区真的有意打听长兴大站接头户的情况，那就严重违反了地下工作的纪律和原则。"

梦苏笃定地说："他肯定是有意的，他是在刺探长兴大站的情报，是别有用心。"

麦秋实看着梦苏不知道该说些什么，他既不相信梦苏的话，又想化解她对于老区的误会，一时陷入了两难的境地。梦苏看他一脸为难，心头蓦然涌上一阵酸楚，她强忍着眼里的泪水："过去，可能因为他是领导的缘故，我对他多少还有一些尊重。但发生了那件事以后，随着我对他越来越了解，现在只要和他在一起，我就从心理到生理上都产生一种排斥，有时甚至恶心得要吐……"

睡在甲板上的小远大概被惊动了，哼哼着动了几下。梦苏借着蹲下照看小远的机会，快速抹了一下眼睛。

麦秋实没有看到梦苏的动作，他斟酌良久，终于说："梦苏，你冷静一点。从个人的角度，我痛恨区达铭当初对你的那种行为。但是如今你们有小远，小远又这么可爱，他对区达铭还很有感情，情况就不那么简单了，需要时间去好好处理。我想说的是，我们不能陷入个人恩怨当中，更不能因此影响工作。我们现在都在交通线上担负着如此重大的责任，担子很重，相互的配合很重要。你谈的关于区达铭的问题，我会抽时间去认真调查、了解，必要的时候会向上级进行汇报。但在没有确凿的证据之前，我们不能因为个人的情感和好恶影响对他人的判断，不能情绪化，一定要保持理性，要从大局出发，对工作负责任，对党的事业负责任……"

梦苏看着麦秋实，默默地点了点头。

傍晚时分，麦秋实一行人终于到达了汕头，他们刚刚走进仁达药房的后院时，一个人就从房间里跑出来，看到梦苏和她背上的小远，他眼睛一亮，冲上来高兴地抱起小远。

"终于又见到我儿子了，爸爸想死你了！"

这人正是区达铭。

相对于区达铭和小远之间的亲热，梦苏显得有些冷漠，而麦秋实的神情则稍许有些尴尬。

"梦苏！梦苏！"一个熟悉的声音传来，梦苏抬头，发现许久不见的陈桂向她跑过来。她这才真正的欢喜起来。陈桂冲过来紧紧抱住梦苏，梦苏也高兴地搂住她。

"终于又见到你了，想死我了！"

听到陈桂的话，梦苏意味不明地看了她一眼："你怎么说话都和区达铭一个腔调了？"陈桂瞟了那边的区达铭一眼，嘻嘻笑着："老区说话那么有水平，我向他学学又怎么了？"梦苏看着她注视区达铭那包含爱慕的眼神，心猛地一沉。

晚饭后，麦秋实朝自己休息的房间走去。突然，一个人从旁边的廊柱后闪出，挡在麦秋实面前，把他吓了一跳。借着从别的房间窗户里透出的灯光，麦秋实看出这个在暗影中突然冒出的人是周会计，不禁有些惊讶。周会计摆摆手，看了看周围，轻声地说："麦秋实同志，我们有个重要的情况想和你谈谈。"

......

"你们说，他总是不按规定从公家的账上提钱？"麦秋实腾地一下站了起来，惊讶地说。

周会计和姜大夫点点头，他们反映区达铭经常拿了钱不打条子不签字，名义是为了工作去应酬，实际花的钱却说不清，麦秋实突然想起了梦苏对他说过的话。

"他常给小远买东西，出手阔绰，不知道那么多钱是从哪儿来的，我觉得不正常……"

周会计说到动情处，有些哽咽："虽然是奉命行事，迫于无奈，我知道自己还是工作失职，违反了纪律和组织原则……我这心啊每天都揪着，经常夜里睡不着觉……"

姜大夫安慰地拍了拍他的肩："我们当面向老区提过意见，但他根本听不进去。我和老姜商量，还是要向上级汇报这个情况。"

麦秋实突然开始怀疑自己太相信区达铭是不是做错了。

"还有一个问题。"姜大夫与周会计对视了一眼，似乎有些拿不准主意的样子，麦秋实此时却完全镇静下来了，如果区达铭真是个表里不一的人，自己一定要将这颗毒瘤从组织内拔出来。他鼓励姜大夫和周会计说出自己的想法。周会计告诉他当初开办这家药店时经费不足，区达铭跟他朋友，环球洋货店的一个叫何永泰的董事襄理借了两百大洋，姜大夫有亲戚认识这个何永泰，据说这个人有国军方面的背景……

麦秋实心里一惊。

夜晚，麦秋实在院中来回踱步，苦苦地思索着。他心里明白，如果梦苏和周会计等人反映的问题确实存在，那后果将非常严重，可眼下广州的任务又不能耽搁……麦秋实有些踌躇不定……

黑暗中，一双眼睛透过窗帘窥伺着麦秋实的身影。

入夜，小远已沉沉睡去，梦苏和陈桂躺在床上，低声地聊着她们小时候的趣事，陈桂感叹曾经的苦难给她留下了心理阴影，梦苏想起自己的遭遇，不由得苦笑了一声。

"阴影何止那件事呢，阳光的背后就有阴影，你只要活着，就很难躲避得了。"

陈桂心里一动，从床上抬起身子来，试探着问她："你是在说你和老区吗，不是我说你，孩子都三四岁了，你还折腾什么呀，老区工作那么辛苦，你要理解他，好好过日子……"

"我一辈子都不想见到他！"梦苏疾言厉色道，眼神里流露出浓浓的厌恶。

陈桂有些讪讪地说："……不就是柴火垛子里发生的那件事吗？要我看，那正说明他喜欢你呀，我要是你，早偷着乐去了……"梦苏不敢相信地看着她，半晌一翻身背对着陈桂。"那你跟他过去吧。"不料陈桂轻快地应道："说好了啊,你要是实在不想跟老区,我可下手了,以后你不许后悔。"

梦苏听着这话,感觉有些不对劲,她撑起身子,正视着陈桂:"阿桂,你真的看上区达铭了?"

陈桂避开她的视线,嘟囔了句"我要睡觉了"就躺下不说话了。

梦苏见陈桂用脊背对着她,不好再说什么,无奈地躺下闭上了眼睛,却心如乱麻,毫无睡意;面朝另一边的陈桂眼睛却睁得大大的,目光中透出神往和遐想。

麦秋实从院子里回来后,仍然没有睡意,他正要收拾明天动身的行装时,一阵敲门声过后,区达铭的声音传来。

"老麦,是我。"

麦秋实一愣,思忖了一下,过去打开了房门。区达铭一进屋就张口询问麦秋实此行的任务。麦秋实看了他一眼,淡淡地说是为了采购物资了解市场行情。

区达铭一怔,他没想到任务如此简单,倒显得自己深夜拜访有些大题小做了,他讪讪地笑道:"哦……哦,这事儿啊……那,那你怎么还要带着梦苏和小远呢?"麦秋实说假扮家眷更容易通过军警和保安队的检查。

区达铭并不相信他的话,他满怀狐疑地看了一眼麦秋实,麦秋实正视着他,一脸从容。区达铭眼珠一转:"哦,是这样啊……那……还需要我们汕头大站做什么,要我们怎么配合呢。"

麦秋实意味深长地看着区达铭:"这次不需要你们做什么。最近任务不太多,你们可以把主要精力放到加强交通站的自身建设上,检查一下在安全保卫、财务管理等等方面有没有什么漏洞,有没有什么需要改进和完善的地方。"

区达铭听到"安全保卫""财务管理"几个字眼时,心里一惊,他几乎要确定麦秋实是不是知道些什么了,可麦秋实的表情还是一如既往的平静,他暗自镇定下来,勉强地笑着告辞了,麦秋实看着他远去,关门关灯。他坐在黑暗中,回想着刚刚区达铭的表现,觉得自己今晚可能要失眠了。

第二天,麦秋实带着梦苏和小远来到潘卓南办的宏济颐养远附近。梦苏有些踌躇,麦秋实安慰她:"走吧,从长兴那么远的地方都过来了,这都到了门口了。再说，你和春晓都有好长时间没见面了，就不想见见老朋友？"梦苏犹豫了一下，跟着他走了进去。

颐养院占地很大，到处郁郁葱葱，鸟语花香，不时能看到一些行动不便的病人在看护的陪同下进行一些康复活动。

麦秋实、梦苏、小远跟着用人往里走，春晓和潘卓南迎了出来。一见梦苏，春晓先是愣了一下，随即就惊叫一声，冲上去抱住了她。

"梦苏，是你呀？真是没想到，你会和秋实一块儿来！"

梦苏感受到了春晓见到她那份真切的欣喜，潘卓南在场也使她更加放松。她转头对麦秋实调皮地开玩笑："你看嘛，我说春晓不欢迎我嘛。"

春晓嗔怪道："瞎说什么呀，不欢迎谁我也不会不欢迎你啊！"

麦秋实面对这轻松的氛围，心里也踏实了一些："那就是说不受欢迎的人是我了？"

春晓看了麦秋实一眼，也是开玩笑的口气，眼神却含嗔带怨地流露出一丝心底的真情："这话倒有几分自知之明……"

一句话没说完，她竟嘤嘤地哭开了。

春晓一哭，引得梦苏马上也红了眼圈。

潘卓南看着有些尴尬的麦秋实和小远，轻轻地碰了碰春晓："你看你，老朋友见面应该高兴才是啊。"说着掏出手帕递过去。

春晓接过手帕，揩去眼里的泪花，破涕为笑道："人家……就是高兴嘛……"这时她看到了小远，确定是梦苏的儿子后，春晓脱口而出："这孩子既像你，又像区达铭，叫什么呀？"

小远说："我叫小远，他们都说我长得像爸爸。"

梦苏一愣，不知该说什么。

一见梦苏如此尴尬，春晓马上明白自己又说错话了，一时怔在那儿。

潘卓南急忙打圆场："别净站在这儿了，我们带秋实、梦苏，还有小远到园子里走走吧。"

颐养院占地很大，几幢西式建筑有的两三层高，有的是平房，周围环绕着草坪、假山鱼池、亭台水榭，到处都是鲜花和果园。

大家沿着小径漫步走来，小远眼睛一下不够用了，跑来跑去，玩得十分开心。

潘卓南边走边介绍这家颐养院的配置和功能，从他的话语中麦秋实能够感受到他的爱国激情，这是一个有抱负有理想的人，致力于办一家能够与外资医院相匹敌的颐养院。麦秋实敬佩这种能在国乱当头之际兴办实业的爱国人士，虽然他们走的并不是同一条道路，但都是为了国家才顶住万难去拼搏，这样一想，麦秋实不禁感觉和潘卓南亲近了许多。

几个人在一处凉亭落座，精美的水榭在绿树掩映中显得格外雅致，附近水池里鱼儿不时发出"哗哗"的拍水声，平添了几分热闹。

春晓和潘卓南坐在一起，他们对视一眼后，春晓率先开口："对不起，梦苏。对不起，秋实——今天约你来，就是想和你谈谈我们那个有名无实的婚约。"

"麦先生，既然春晓已经说了，我们不妨就直截了当地谈谈吧。"潘卓南接着春晓的话说，"我知道你们当年那个婚约是假的，"他看了眼麦秋实，"说实话，我很理解你们当时的处境，也尽自己的最大努力帮助过你们。"

麦秋实笑道："潘先生深明大义，我们一直没有忘记，并且深怀感激！"潘卓南摆摆手，他说自己已经和春晓相爱了，希望得到麦秋实的理解，并且请麦秋实在他们结婚前，解除麦秋实和春晓的婚约。麦秋实闻言便笑了，他爽快地说："这没问题，我来就是解决这个问题的。"趁着他们商议具体事宜，春晓拉着梦苏走出了亭子。

梦苏和春晓漫步在花园中，似乎一时都不知从哪儿说起，不约而同地转头看了看对方，视线相对，不禁都笑了。这一笑过后，两人之间那种不可名状的气氛似乎一下子消失了，春晓看着自己这位情同姐妹的朋友，心中突然涌起一股冲动。

"梦苏，我告诉你一句话，你发誓，一辈子不要告诉任何人。"

梦苏诧异地望着他，点点头。

春晓支支吾吾地说："我和卓南之间确实有感情，但我还是一直找不到对秋实的那种感觉……"

"什么？"梦苏一下子怔住了，春晓急忙摆摆手："你别急，放心吧，我虽然任性，但从来都说话算话，一诺千金。我既然说了把麦秋实让出来，就永远不会再去纠缠他，不会再和往事揪扯不清。但是说句老实话，我和卓南在一起时，更多的像是亲情，是一种温暖、踏实的感觉；而当初和秋实，是刻骨铭心……"

梦苏说不出自己心里是什么感觉，她愣了片刻，有些慌乱地说："那你为什么还要放弃？"

春晓定定地注视着前方，神色复杂："因为经过了这么长时间，我终于想明白了，其实是命运注定了我不可能一辈子和他在一起，因为他需要的不是我，而是你这样的人，是能和他一起为共同的理想而奋斗的殉道者。"

梦苏怔怔地望着春晓。

春晓凝视着梦苏的双眼，正色道："可以说你是最适合他的人，而我不是。"

"春晓……"

春晓打断她："听我说，梦苏。你知道的，我爱秋实的热情甚至比你所有的热情加起来都要多，可我真的做不到他需要的那些精神和意志上的东西，也不可能陪他去经历风雨坎坷、血雨腥风。当然，我所需要的他同样做不到。所以，不管他是不是痛苦，我的痛苦却是真实的。但我没有办法……而和卓南在一起的感觉却不一样，彼此都不会刻意的要求什么，但好像两个人生来就很默契；他很宽厚，能包容、理解我的一切，在他带给我的生活里，我会一直平和、安稳地过下去，也许这也是一种幸福吧。所以，我答应了和他结婚。这是第一个原因。"

"第二呢？"

"第二个原因就是你。"

梦苏一愣："我？"

春晓认真地说："梦苏，我们认识那么多年了，是我把你从一个偏远的小镇引领到广州来的。你心里是怎么想的，我甚至比你都清楚。原本我是想，理清我和秋实的关系后，再成全你和他。就像我刚才说的那样，把你完璧归赵还给他。可当我看到小远的时候，却有点犹豫了，真不知该说什么好了……但不管你是怎么想的，也不管你和区达铭现在是什么状态，我还是想为你们送上我最真诚的祝福！因为在我的眼里，只有你才能配得上秋实！"

梦苏突然有些想哭，发生那件事后，她的人生发生了翻天覆地的变化，她的爱情，理想被搅得混乱不堪，她是那么绝望和无助，可所有人都劝她与制造这一切的罪魁祸首生活下去，她感觉自己的生活坠入黑暗中看不到一点儿希望，春晓的话不啻一道光线照进她尘封的内心，她注视这个唯一理解自己的人，种种情感交织在一起，让她的心纠成了一团。

"谢谢你，春晓，"她哑着嗓子道，"我们永远都是最好的姐妹。"

凉亭里，潘卓南苦笑着跟麦秋实聊起了宏济医院的现状，自从区达铭在他们医院被劫走后，军警整天盯着医院，从他到医生、看护、甚至病人，上上下下都查了个遍，吓得病人都不敢上门了，宏济医院的生意一落千丈，后来实在维持不下去，干脆关门了。麦秋实对这种情况早已预料到了，理智上，他知道从宏济医院劫走区达铭是正确的做法，可感情上，他对于连累了潘卓南总感到有些不安。与他相比，潘卓南显得豁达许多，他认为如果宏济医院不关门，就不会有如今的颐养院。较之过去的医院，颐养院规模更大。这种形式在广州还是首创，在这里既可以行医，又能传播科学精神，推行新生活理念，所以社会各界都比较认同，算是为广州办了一件实事。更重要的是，在同心协力创办、建设颐养院的过程中，自己和春晓对彼此都有了更深的了解和认识，从相知到相爱，到决定走到一起共度一生，这也算是人生的一大收获。

麦秋实看着这个乐观睿智的年轻人，真心为春晓高兴。他诚恳地说："春晓是个好女孩，我真心祝福你们。"

春晓和梦苏在花园悠闲地散着步，回忆起当初春晓鼓励梦苏逃婚时的情景，春晓问梦苏是否还记得当时她教梦苏的那首诗，没想到梦苏不假思索就背了出来，一首诗还没有背完，春晓已经泪流满面。

"春晓——"

"梦苏，有些话我没对任何人说过，可是憋在心里很难受……我想说的是，一想起这首诗，一想起我们的组织，我的心里就很难过，充满自责……我知道关于组织的问题，秋实和你，还有别的同志当着我的面都不好说什么，但是在心里都瞧不起我。我也知道，自己已经没有资格再说'我们的组织'了……"

梦苏急忙反驳："不，没有人瞧不起你。大革命失败以后，很多人都脱了党，选择了各种各样完全不同的人生道路，有的甚至助纣为虐，与革命为敌。春晓，虽然你脱离了党的组织，但是并没有背叛革命，也一直保守组织的秘密，这些同志们都清楚。所以没有人怪你，也理解你的选择。"

春晓看着梦苏急于解释的神情，不顾满脸泪水，"扑哧"一下笑了。

"谢谢你这么安慰我，你永远都是那么善良。'你要真静定，须向狂风暴雨的底里求去……'是我背着这首诗把你们带到广州的，是我背着这首诗带着你们走上街头，走进了大革命的洪流……可是，走到今天，我却……"春晓顿了一下，"虽然现在的生活很平静，也很安逸。但一想到过去那些出生入死的同学、同志、战友，我这心里就特别痛苦，特别难过，觉得根本没法面对你们……为了心中的理想，你们还在奋斗，英勇无畏，百折不挠，可我却躲进自己的安乐窝，就这样告别了自己的战友，告别了自己的青春，甚至告别了自己的爱情……"

梦苏嗔怪地喊道："春晓！"

春晓勉强笑了一下，她目光茫然，喃喃地说："我和卓南的婚礼马上就要来临，可你知道我的感觉吗？"

"你应该……感到幸福。"

春晓摇头："你不知道，梦苏，虽然我很想爱卓南，很想像当年和你争夺秋实一样不管不顾地爱他，可我做不到，一点儿都做不到"

话没说完，春晓别过脸就哽咽着哭了起来。梦苏急忙拉过春晓，紧紧地把她搂在自己怀里。春晓哽咽着，向梦苏诉说了自己的感受，她感动于潘卓南对于婚礼费尽心思，但心里总有一种奇怪的预感。

"我总觉着这场婚礼就是我的青春祭！"

梦苏诧异于春晓的悲观情绪，又心疼一向爽利的春晓内心变得如此脆弱。她认真地对春晓说，女人首先要为自己活着。

"过去我总是跟在你后面，什么都听你的。可是这两年我们有了不同的生活，很难见面了，一开始我也很不习惯。后来我反复思考这个问题，慢慢想明白了——不管我们当初革命的动机是什么？但说到底，革命的目的，就是为了每个人都能自由地按自己的意愿去生活。人各有志，只要是自己真实的意愿，只要不违背良心，做的又是有益于民众的事情，那么，每个人都有选择自己生活的权利。既然你选择了，就不要后悔。你说呢？只要你真正得到了幸福，你的朋友们都会为你高兴的。"

春晓吃惊地看着梦苏："梦苏啊，真的没想到，你会变得这么成熟，这么稳重。我想了好几年都没想通的问题，让你几句话就说明白了！"

梦苏腼腆一笑："你老说我嘲笑你，闹了半天你才在嘲笑我呢。"

俩人又开心地闹作一团。

回去的路上，春晓告诉梦苏一个消息，袁昌也要结婚了，新娘是潘卓南的妹妹，也是她俩的老同学——潘如梅。他们四个人将举办集体婚礼。

梦苏告诉麦秋实春晓等人将举办集体婚礼的消息，麦秋实心里一动。询问过梦苏关于婚礼的安排后，他久久地陷入了沉思。

晚饭时，麦秋实突然对梦苏说，他要参加春晓他们的集体婚礼。梦苏有些担心麦秋实的安全，袁昌毕竟是闽粤赣边区剿匪司令部副参谋长，婚礼现场肯定都是他的人。但麦秋实已经下定了决心，他没有告诉梦苏具体行动是什么，只单独与古大章密谋了很久。梦苏惦记麦秋实的安全，却更理解他肩负的使命，她只能将自己的担忧埋在心底。

第二十四章

婚礼

广州一家园林式酒店门口张灯结彩，鼓乐齐鸣，"噼里啪啦"的鞭炮声不绝于耳，待硝烟散尽，面带微笑的宾客们络绎不绝，整个场面既隆重又喜庆。四位新人站在宴宾大厅门口，笑盈盈地迎接各位来宾。潘卓南一身合体西装，清秀儒雅；袁昌一身长袍马褂，别具一格。春晓一身西式婚纱，潘如梅一袭红色旗袍，更是争奇斗艳，分外妖娆。

这时，麦秋实、梦苏和古大章带着十几个挑着担子的山民出现在人群里。

麦秋实和梦苏也是打扮一新，麦秋实俊朗干练，梦苏窈窕动人。一见他俩，春晓和潘卓南便笑盈盈地迎了上来，站在一旁的袁昌却惊呆了，脸色大变！

他万万没想到，麦秋实和梦苏会出现在自己的婚礼上，一时呆住，竟不知该说什么才好。潘如梅也受了袁昌感染，想要上前打招呼，但见袁昌愣怔的样子，赶紧站住。

麦秋实见状，大大方方地走了过去："恭喜诸位啊，老朋友！这么大的喜事也不打声招呼，还是碰巧看了报纸才知道今天是你们几位故友的好日子，所以就马不停蹄地让长兴那边的兄弟备了一些山货——聊表心意，不成敬意！"

袁昌缓过气来，哈哈大笑："麦先生，真是没想到啊，你竟然会来参加我们的婚礼！"

麦秋实状若揶揄地说："怎么，不欢迎吗？"

袁昌笑说："欢迎！请还请不来呢，怎么能不欢迎？"他的视线落到梦苏身上，"梦苏，你也是来给我贺喜的？"

梦苏微笑着点头："是啊，恭喜你们。"

袁昌望着梦苏，一时间竟有些乱了方寸；他眼神发直，思绪不由跑了神，脑海里忽而幻化出在中学读书时的梦苏青涩、羞赧的模样，忽而又变成眼前的梦苏沉稳、端庄的样子。

袁昌语带双关地说："虽然时时都能感受到你们的存在，但毕竟有好长时间没有见面了。梦苏，你变了。"

梦苏微笑说："经过了这几年的风风雨雨，变是肯定的，你不也变化很大吗？"

袁昌叹了一口气："是啊是啊，我们都在变。没想到昔日一见人就害羞的梦苏小姐如今竟然变得不亢不卑，落落大方，这让我袁昌感慨万千啊！"

他盯着梦苏还想说什么，潘如梅走过来打断了他："亲爱的！"

袁昌赶紧拉着潘如梅向众人介绍，谁知周围的人都笑了起来。

他有些莫名其妙。

春晓边笑边说："表哥啊，你忘了？我们三个是坤雅的同学！还用得着你来介绍！"

袁昌恍然大悟："哦，哦，瞧我这记性……"

潘如梅有些不满地瞧着狼狈的袁昌。

春晓打趣说："不过，那时候我和梦苏可是一派，专门和你太太打架。"

袁昌望着潘如梅："是吗？我怎么不知道。"

潘如梅话里有话："你那时候眼里哪有我啊！"

袁昌有些尴尬地笑着："那，哪边赢得多啊？"

春晓白了他一眼："当然是我们这边了，人多势众嘛。袁昌，你以后不许报复我们噢。"

众人又是一阵笑。

趁着这看似欢快的氛围，麦秋实指了指身后挑着担子的人："袁兄，我给你带来的这些礼物……"

袁昌的眼睛鹰一样地扫过那些山民和他们带的那一箩箩的山货，说："既然是你老兄的一片心意，不如现在就送到厨房，让各位来宾品尝品尝？"

麦秋实吩咐古大章将山货放到厨房。袁昌一挥手，站在一旁的一个特务带着挑担子的山民走了。

袁昌转过头来，眼神里带着些许挑衅地看着麦秋实做出手势："里面请！"众人都望向麦秋实，看他有没有胆量迈进那道门槛。

麦秋实没有迟疑，抬腿走进了酒家的大门，梦苏、古大章也跟着走了进去。

就在婚宴热热闹闹进行中，身为主角的袁昌却将春晓拉至偏僻一角。

春晓不满地叫嚷："你拽我干什么，衣服都给我弄皱了！"

袁昌松开手，看了看周围，问春晓事先知不知道麦秋实等人要来。春晓低下头整理着自己的衣服，漫不经心地点点头。

袁昌几乎要火了："那你为什么不提前告诉我？这伙人突然出现在这儿，你知道传出去让我多被动吗？"

春晓满不在乎地说道："哦，本来是想告诉你的，婚礼之前有那么多事要准备，一忙就忘了。"

袁昌瞪着她："你——"他一向对春晓的脾气毫无办法，现在也是这样，只得气哼哼地转身欲走。

春晓却不依了，她拦住他，端起大小姐的架子："我告诉你啊，他们可是我的朋友，也是我请来的贵客。你交代好你的那些手下，今天在这个地方谁也不准动他们一根毫毛！"

袁昌冷笑道："怎么，又想像"4·15"那天一样让我徇私放人？别做梦了，我那次已经说了，之前我欠他们的情在那一天都还完了。"

春晓娇蛮地说："我不管！反正今天是我和卓南大喜的日子，来了那么多长辈亲朋、社会贤达，你要是敢动粗，坏了今天的喜气，败了大家的兴致，今后一辈子都会不吉利，那我和卓南一辈子都不原谅你"！说完便转身离去。

袁昌气得半晌说不出话来。

回婚宴的路上，袁昌叫来一个特务头目，吩咐他让手下紧紧看住麦秋实一行人，仔细搜查麦秋实他们送来的东西，一旦有疑点要立刻汇报。特务领命离去。

袁昌走进厨房时，几个特务正在检查麦秋实送来的山货，扁担、箩筐、各种山货扔得到处都是。

"怎么样？"

特务头目"啪"的一个立正："报告参谋长，已经反反复复搜了好几遍了，连扁担和箩筐都仔细查了，没发现问题，确实都是地地道道的山货。"

袁昌皱着眉头，围着那些箩筐、山货转来转去，百思不得其解，不知麦秋实葫芦里究竟卖的什么药。特务头目在一旁建议将麦秋实一行人抓起来。

袁昌瞪了他一眼，没好气地说："如果需要抓这些人，我自然会向你下达命令，用不着你来吩咐我！"

特务头目"啪"的一个立正，低下头去。

袁昌的脑海里有无数疑团在翻腾，他尽量使自己平静下来，苦苦地思索着这件突如其来的事……

花园里，宾客们三三两两地聚在一起，端着酒杯吃着点心等待结婚仪式开始，到处谈笑风生，气氛热烈。

瞿之要司令等政界要人与欧阳启泰等商界名流相谈甚欢。

潘卓南、春晓伉俪亲昵地携着手，喜气洋洋地在花园里兜转，在一群群宾朋间敬酒、周旋。

潘如梅却一个人站在那儿，左等右等不见袁昌到来。

有人过来问潘如梅："新郎呢？"

潘如梅没好气地沉下脸："谁知道呢！"

那人诧异地看了潘如梅一眼，知趣地离开了。

潘如梅一回想袁昌看梦苏的眼神就生气，说什么梦苏是共产党，他要警惕她，那分明是旧情难忘的眼神！上学时袁昌就整天往坤雅女中跑，眼里全是梦苏却从来没正眼瞧过自己，要不是梦苏已经嫁了人，如今的袁太太还指不定是谁呢，想到这，潘如梅的脸色更加阴沉。

一些来宾大概察觉到什么异样，有的人相互窃窃私语。

有人凑在汕头绥靖公署的钱主任耳边低声说着什么，钱主任听着，一脸诧异。

花园里一处离热闹的人群稍远、相对僻静的角落，麦秋实和梦苏站在这里，周围花木扶疏，几乎遮掩住他们的身影。虽然远离喧嚣的中心，但他们品酒交谈，与偶尔转过来的来宾微笑寒暄，显得十分自如。

　　厨房外的袁昌全然忘记了今天自己的新郎身份，忘记了花园里还有很多宾朋在等着他。他来回踱步，思索着，犹豫着，对麦秋实是捕是放有些拿不定主意。在这大喜的日子，前来道贺的来宾都非富即贵，如果此时抓人，肯定搅了今天的喜宴，既不吉利，又没面子，而且不知道麦秋实大胆地来到这里究竟是什么目的……

　　正在这时，钱主任急匆匆地赶来，他看见袁昌，眼睛一亮："特派员，你在这儿！"

　　袁昌对他的来意有些困惑。

　　钱主任看了看周围，小声地说："听说麦秋实今天也到这儿给你贺喜来了？"

　　袁昌嗤笑道："你鼻子倒挺灵的。是啊。"

　　钱主任诧异地说："现在他人还在吗？"

　　"在啊，就在花园里，和来宾在一起。"

　　钱主任更吃惊了，从腰里拔出手枪："哪个是他？有多少同伙？赶紧把他们抓起来呀！"

　　"抓？我刚才一直在犹豫，考虑到底要不要在这儿抓人，但是我现在想清楚了，麦秋实这伙人暂时还不能抓。"

　　钱主任有些奇怪："为什么？这可是送上门来、喂到嘴边的肥肉啊！"他顿了顿，故作恍然大悟状道，"哦，我刚听说特派员和那个姓麦的，还有他的同伙，过去好像是朋友……不过在我的印象里，特派员一向是刚直不阿、不徇私情的……"

　　袁昌瞥了他一眼："这和徇不徇私情没有关系，我有我的考虑。你想想，麦秋实经常出入区达铭的仁达药房，真要想抓他并不是难事，没有必要非得在这儿动手。关于长兴站，我们目前已经掌握了很多线索，可以说这是我们破获整条交通线的突破口，端掉共产党的这条中央交通线已经指日可待。可如果今天把麦秋实抓了，肯定会打草惊蛇，周恩来和共产党的中央交通局马上会切断所有的线索，重打锣鼓另开张，建立新的交通系统，我们之前做的一切也就功亏一篑，前功尽弃啊。如果不能破获这条交通线而只是得到一个麦秋实，可以说对我们没什么意义，因为我太了解他了，这个人的意志力非凡，是共产党中最死硬的分子，从他的嘴里我们得不到任何想要的东西，得到这个人就和得到一具尸体差不多。"

钱主任思索片刻，有些犹豫道："那你的意思是……放虎归山？"

"为了破获整个交通线，为了整体的利益，我想这样做是值得的。"袁昌冷静沉着地回答。

宾客越聚越多，气氛依然热烈、欢乐，但在这欢快的气氛下，却暗流涌动。袁昌久不露面让越来越多的人感到不对劲，更多的人相互交头接耳，悄声议论起来。

潘如梅越来越待不住了，突然转身冲出了花园，周围的人一阵讶异。潘卓南和春晓见状，急忙追了出去。麦秋实和梦苏看见潘如梅跑出去的状态不对，也悄悄跟了出去。眼看着潘如梅就要往酒家大门外冲，赶上来的潘卓南、春晓使劲拉住她。

麦秋实和梦苏也从远处跑来。

春晓喊道："如梅，你干什么呀！"

潘如梅被春晓扯住走不了，气急败坏地把头上的插花扯下扔到了地上。

春晓忙蹲下帮她捡起来："哎呀，你就别耍性子了，袁昌肯定是被什么事情给绊住了，谁都知道他是个工作狂。"

潘如梅心里的酸涩早已累积到一个临界点，这是自己人生唯一一次的婚礼，可袁昌的行为却一再地伤她的心，她眼圈泛红，不管不顾地喊道："再忙也不至于在婚礼上找不到人影吧！我看他也没什么事，就是突然见到梦苏了，旧情复发，不想和我结婚了！"

梦苏刚跑过来准备劝说潘如梅，一听怪罪到自己头上，不由有些尴尬地站下，不知自己还该不该上前。

潘如梅犹自恨恨地说："哼，不结就不结，谁离不开谁呀！"说着使劲挣脱春晓，转身又要离开。

梦苏鼓足了勇气，走上前："如梅，你别误会，我和袁昌之间以前从来就没发生过什么，现在、将来也永远都不会。"

潘如梅、春晓、潘卓南这才发现梦苏和麦秋实的到来，不由一愣。

梦苏微笑着说："大家都知道，我一直爱的是秋实。"

这时，听到梦苏公开的表白，麦秋实也不由怔了一下。

她继续说："起码在情感方面，袁昌是个君子。我们大家今天来，都是真心祝福你，希望你们幸福。"

潘如梅对春晓的话半信半疑，她轻哼了一声，白了眼前两个人一眼。看到潘如梅心情已平复，潘卓南和春晓劝着她回酒店，潘如梅半推半就地往回走。

这时，梦苏叫住潘如梅，走过去帮她把头上的花插好，理好妆容。

潘如梅脸一红："梦苏……"

钱主任踌躇了好一阵，还是向瞿之要报告了麦秋实等人参加婚礼一事。

听罢他的话，瞿之要脸上勃然变色，他怒气冲冲走向酒店门口，钱主任低头哈腰地跟在他身后。走了几步，瞿之要猛地站下，钱主任看出他有话要说，连忙凑了上去。

瞿之要压抑着火气，咬牙切齿地低声说："这还了得，反了天了！我现在去打电话，调兵过来把这里围住，不能让那些共产党跑了。你去把那个狗东西找来，让他马上见我！"

"是！"钱主任低着头应道，嘴边浮起一丝微笑。

袁昌接到瞿之要的命令。他隐约猜出瞿之要见他的原因，即使想好了说辞，心下也难免有些惴惴不安。

他走进贵宾间，看到瞿司令背对门口站着。

"司令，您找我？"

瞿之要猛地回过身，还不等袁昌反应过来，一个冰冷的圆状物体已经顶住了他的太阳穴，袁昌立刻明白了那是什么，一瞬间后背已湿透。

"袁昌啊袁昌，想不到你胆子那么大，竟敢纵容共党要犯，大摇大摆地在我的眼皮子底下登堂入室，推杯换盏，呼朋唤友……你是脑子出毛病了，还是……"瞿之要眼神一冷，"或者你的脑袋已经让共产分子赤化了？"

袁昌明白，如果自己说不出不抓麦秋实的理由，只怕今天很难走出这个屋子了。生死关头，他反而镇静下来。

"司令，我就问您一句话——您是要麦秋实一个人，还是要共产党的整个交通线？"

瞿之要不为所动："钱主任把你的意思跟我说了，我管不了那么多，反正就一条，不能把撞上门来的共党头子白白地放跑了，不然蒋校长知道了，绝不饶我，同样的，我也不会饶你！"

"司令，我不是要放跑共党头子，我是要把共产党的交通线和所有的共党分子一网打尽啊！为此，从安排共产党的叛变分子潜伏等待，到派他打回共产党的地下组织，我布局、等待了好几年。现在我们已经把他们那些中站、小站、接头户、交通员、运输队、护送队……慢慢地一个一个抠了出来，眼看就要收网了，这个网一收，抓住的可不是一条两条鱼，而是要把他们养鱼池里的水都抽干啊。"

瞿之要沉吟着，一时没有说话。

袁昌恳切地说："司令，再给我一点时间吧，我马上就要成功了，这不是一点半点的成功，是要闹出大动静的啊！"

瞿之要却不买账："我真是白栽培了你那么久，你怎么现在变成这样了，利令智昏，为了一己私利，为了自己出名，你好大喜功，什么都敢干啊！我命令你，马上把那些共党分子抓起来，抓了他们，拔出萝卜带出泥，照样可以破获共产党的交通线！"

袁昌心一横："司令，我完全出于公心，不考虑丝毫个人得失，忠心耿耿，苍天可鉴，您要实在不相信我就开枪吧，我愿以死证明自己的忠诚！"

这时外面突然响起尖利的警笛声……

袁昌听到警笛声，心里一惊，急切地看向瞿之要。

瞿之要看上去也有些犹豫："抓了这几个共产党，反而会竹篮打水一场空？"

"司令，您不了解这些人，我和他们打了多年的交道，我研究他们，他们也研究我，毫不讳言，彼此确实很熟悉。我可以肯定地说，抓了今天这伙人，不仅于事无补，得不到更多的情报，反而会打草惊蛇，引起他们的警觉，共产党的交通局会立刻调整部署，我们过去掌握的线索将全部中断。而他们的根根底底、枝枝叶叶还在，新的交通网络很快又会运转起来。"

瞿之要放下手里的枪，没有说话，显然在考虑着。

袁昌见气氛有所缓和，头脑越发快速地运转起来："司令，上峰一再要求尽快破获共产党的交通线，只有捣毁他们的整个交通体系，才能真正切断通向匪区的补给线，割断那条不断输血的大动脉，现在我离最后的成功越来越近，可以说只差几步了。如果这样的机会被错过，那可真是遗憾终生啊！而且，遗憾事小，将来要是上峰知道了，怪罪下来，又该谁来承担责任呢？"

瞿之要思忖片刻，颇有深意地问道："如果你放了那个姓麦的，又没能如你所愿破获交通线呢？"

"那学生甘愿受军法惩处，或者……"袁昌忽然抓过瞿之要手里的枪对准自己的额头，"到那时您再扣动扳机，学生绝无怨言！"

瞿之要叹了一口气，收起手枪："今天你当新郎官呢，就不多纠缠这些事了，快去找你的新娘子去吧。你不露面，那结婚仪式总是举行不了。"

袁昌松了一口气，立正向瞿之要敬了一个礼："多谢瞿司令！"

突如其来的警笛声和酒家被军警包围的消息，使花园里的来宾受到惊吓，人们惊慌地互相打听，议论纷纷，不时响起女宾的惊叫声。

梦苏暗暗担心，转头望向麦秋实，麦秋实看上去很镇静。梦苏受他的情绪影响，也稍稍平静下来。不一会儿，包围酒店的军警突然纷纷撤离，听着远去的警笛声，梦苏有些不敢相信，再次看向麦秋实时，他的嘴边露出一丝不易察觉的微笑，是以梦苏完全镇定下来了。

结婚仪式开始了。音乐声中，两对新人走出来，他们相互依偎着，新郎挺拔，新娘娇羞，看上去都是那么幸福。

围在周围的宾朋们鼓掌、欢呼着。

梦苏一边为新人鼓掌，真心地为他们高兴，一边忍不住偷偷看了一眼麦秋实，麦秋实正巧也正转头看她，四目相对，又都默默地移开。在这特殊的氛围里，他们的心情都微妙而又复杂。

春晓、潘卓南、袁昌、潘如梅两对新人一起挨桌敬酒，来到麦秋实和梦苏面前。表面上看，大家都很高兴。

袁昌邀请众人为曾经青春似火的坤雅女中，意气风发的黄埔军校，还有威武雄壮的东征和北伐干杯举杯。

麦秋实笑："袁昌兄的一席话，忽然让我回到了当年那壮怀激烈的岁月——即便是为了过去，这杯酒我都要喝下去！"他一扬脖子，一杯酒随即见底。

袁昌见状，眼里闪过一丝冷光。两个人在酒桌上貌似热情地开口寒暄，实则在言辞里互相打着机锋，刺探着对方的底牌和内幕。

袁昌一边喝酒一边偷眼看着麦秋实。他必须弄明白，麦秋实和沈梦苏今天为什么突然出现在这里？袁昌不相信他们冒这么大的风险仅仅只是为了参加所谓老朋友的婚礼……

麦秋实实实在在地喝着酒，看上去喝得很是尽兴，可心底却一片澄明，他知道袁昌想要灌醉自己，但这正是自己求之不得的，毕竟戏演得越逼真、越到位，他和梦苏的危险就越小，他们的任务就越容易完成……"

看似欢快的气氛中，他们你一杯我一杯地斗着酒，喝得不亦乐乎……酒过三巡，几个老同学、老朋友的情绪都发生了变化，当过去那种意气风发、挥斥方遒的激情以及点点滴滴、难以释怀的往事亦如浓烈的酒香渐渐融入他们盘根错节却又各怀心思的心地时，喜气洋洋的婚礼一下变成了他们几个人的'青春祭'，这场对青春的缅怀使他们真正地告别了自己的青春……

晚上，梦苏扶着略带醉意的麦秋实进了门。他的动作较平日有些迟钝，这让梦苏有些担心："你没事儿吧？"麦秋实笑笑，显得十分清醒："只要袁昌没事儿，我就没事儿。"梦苏松了一口气，她向麦秋实说自己一整天都在胆战心惊，生怕袁昌对他们下手。

麦秋实呵呵一笑："那倒不至于。"

梦苏惊讶地问："为什么？"

麦秋实喃喃道："因为袁昌还没搞明白我们到底要干什么。"

梦苏也有些困惑："是啊，我也不明白，我们冒这么大的风险，到底是要干什么呢？"

麦秋实已靠在床上，闭上眼发出了轻微的鼾声。

梦苏摇摇头，到底还是醉了。

她扶麦秋实在床上躺好，轻轻地给他盖上被子。望了一阵他沉睡的模样，梦苏忍不住在麦秋实的脸颊上轻轻吻了一下。

麦秋实无意识地动了一下，梦苏触电般跳了起来，她像一个被抓了现行的小偷一样惊慌失措，羞赧地跑了出去……

她回到自己的客房中，心情久久不能平静。梦苏在桌前坐下，桌上的一面圆镜中映出了她的面容。她呆呆地望着镜中的自己，镜中的映像却幻化出婚礼上身穿洁白婚纱的春晓和身穿鲜红旗袍的潘如梅……

睡在床上的小远翻身，响动声使梦苏从沉思中惊醒过来。她望着熟睡的小远，既疼爱又难掩复杂的心情。

墙上的挂钟已指向深夜。潘如梅独自一人坐在床前。她烦躁地坐立不安，神情中有娇羞、有急切、有不解、有恼火……她终于忍不住，冲出门去。

当她来到自己和袁昌的新房书房，袁昌正一动不动地坐在桌前，眼神直直地发呆。他的面前摆着份报纸，上面登着两则启事，一则是麦秋实、欧阳春晓解除婚姻关系的启事，一则是潘卓南、欧阳春晓结为夫妇的启事。

她喊了袁昌一声，袁昌还在看着报纸愣神，没有反应。潘如梅过去拍了他一下，袁昌猛地惊醒过来，望着潘如梅问怎么了。

潘如梅气恼地说道："你说怎么？都几点了，你在这儿发什么呆呢！"

袁昌还没回过神来："我在……想麦秋实呢……"

潘如梅又好气又好笑："袁昌，你发神经了吧？今天是你的洞房花烛夜，你想谁不好，想麦秋实干什么呀！"

袁昌似乎没听到潘如梅的话，只沉浸在自己的思绪里："别闹啊，宝贝儿……"

他突然想起了什么，几步跨到电话机前抓起话筒："喂，给我要侦缉队！"

潘如梅在一旁又生气，又无奈。

广州的码头上船舶纵横，汽笛声声，一派繁忙景象。熙熙攘攘的人群中，麦秋实和梦苏领着小远，正准备带着身后十几个仍然挑着装得满满的担子的山民上船。

突然，一声刺耳的刹车声响过，袁昌带着荷枪实弹的特务和军警闯了过来。他走到麦秋实和梦苏面前，颇有深意地笑道："怎么这么快就走啊？也不打声招呼！"

麦秋实平静地答道："出来好多天了，老朋友也见了，你们的婚礼也参加了，该回去了。"

袁昌不答话，围着麦秋实、梦苏，以及他们身后那些老乡转了一圈，边走边看，又用脚把那些装货的箩筐踢了踢，才抬头看着麦秋实。

"带这么多东西回去？"

"长兴条件比较艰苦，既然来广州了，就顺便买点生活用品回去。"

袁昌忽然拉着麦秋实往外走了几步，阴阳怪气地一笑："秋实兄，既然你有心来参加我的婚礼，咱们就明人不说暗话。说吧，除了给我送几筐不值几个钱的山货，灌了我一肚子的白酒，来广州还有什么事啊？"

麦秋实看着他，显得格外气定神闲："我的袁大参谋长啊，你说我能够有什么事儿？虽然我们是人各有志，但在大革命时期、北伐时期，也曾推心置腹，彻夜长谈。既如此，知道了你的大喜日子，你说我能不随一份薄礼，表表心意吗？"

袁昌一笑，看了一眼不远处的梦苏，回头对麦秋实正色道："秋实啊秋实，我真的是服了你了。你的心意，不管是真是假，我领了。纵使将来兵戎相见，战死沙场，怎么说我袁昌也是个君子。但有句话，我不得不告诉你，迟早，我会亲自摧毁你的交通线！否则，袁某誓不为人！"

麦秋实也笑了："你是君子，秋实亦非小人。既然命运如此安排我们，秋实一定奉陪到底！怎么样？让我走吗？"

袁昌冷笑道："走，没问题。但我的手下要检查一下你带的东西，没什么不方便吧？"

他说着，两眼习惯性地扫了那些山民和他们携带的货物一眼，然后直视着麦秋实，观察他的神情。

麦秋实神情自若地说："方便，有什么不方便的？请吧。"

两个人走过去，袁昌一个手势，一个特务头目就带着他的手下扑向那些货担，眨眼间，担子里的东西被底朝天倒了出来，那都是些大米、煤油、盐、布匹等。特务们在这些东西里反反复复地搜检，甚至把那些空心的竹扁担都劈开了，箩筐的篾条缝隙里都一一查看了，仍然没发现什么异常。

麦秋实和梦苏眼睁睁地看着，却没有任何办法……身边的那些老乡也是一脸的无奈。

终于折腾得差不多了，麦秋实看了眼袁昌，讥讽道："袁大参谋长，还要检查哪里？"

袁昌多少有些尴尬，为了掩饰，大声地宣布：长兴临近匪区，这些东西都属禁运的物资，全部没收！

他话音未落，那些挑担的老乡中便有一人用长兴那边的方言大声说："老总啊，这些东西都是买回去我们自己家里用的。"

特务们根本不理睬，不分青红皂白地搬完了货，把破扁担和空箩筐扔回给那些老乡，然后把他们一一赶上了船。

麦秋实和梦苏站在那儿，面无表情地瞧着这一切。

一见别人都上船了，小远便扯着梦苏的衣襟往船的方向拉，"妈妈，上船。"

麦秋实问袁昌："我们是不是可以走了？"

袁昌看了梦苏一眼，掩饰着更加难堪的神情："没办法，这也是按规定行事。看在老朋友的份儿上，万请二位能够海涵！"

他一挥手，一个特务过来捧上一包东西。

"咱们公是公，私是私，公家的事办完了，现在该论朋友的私人交情了。"他将那包东西递到梦苏面前，"这是如梅让我带给你们的，一些绸缎和给孩子的糖果、点心。"

梦苏还在生气："不用了，省得一会儿又有人来搜查，再给没收了。"

袁昌讪笑说："就说是我送的礼品，要是不信让他们给我打电话，看谁敢乱动！"

麦秋实示意梦苏收下："那就谢谢了。我们走了。"

袁昌意味深长地说道："后会有期！"

一无所获的袁昌刚回到剿匪司令部，瞿之要就要见他。一照面，他便气势汹汹问袁昌是否亲自到码头把麦秋实送走了，袁昌不知该怎么回答……

"有人告到上头去了，说我光天化日、众目睽睽之下，放跑了送上门来的共产党头目……"

袁昌惊讶了："说您……这明明是我干的呀。"

瞿之要嗤笑了一声："你当然也跑不掉，说你和共产党头子推杯换盏、称兄道弟，然后又放虎归山……"

袁昌问是谁说的。

瞿之要猜测是要和自己争司令位置的人，想利用这件事情来陷害他。可那天麦秋实确确实实出现在袁昌的婚宴上，确确实实全身而退了，当时他也确确实实在场，瞿之要感叹自己现在是跳进黄河都说不清了。

袁昌十分内疚。

瞿之要明白再怎么痛骂袁昌都改变不了此时的局面，他懊恼地叹了一口气："这个时候说这种屁话有什么用……袁昌你给我听着，我在上面还有些关系，现在还能替你抵挡一阵，但也挡不了多久，而且这是最后一次了。你已经没有任何退路了，必须马上破获共产党的交通线，如果时间拖长了，或者到头来还是破不了案，我可就保不了你了，而且可能连我都受到牵连，难以自保……你明白这里面的利害吗？"

袁昌心里异常沉重："明白……"

麦秋实背着小远，带着梦苏和十几个挑着空担子的老乡走在山间小路上。

梦苏看着趴在麦秋实肩头熟睡的小远，有些欣慰小远和麦秋实愈加亲近了。麦秋实笑着说："孩子就是这样，像小狗一样，你对他好，他就会回报你。"

忽然，有人看到了前面的哨卡，不由叫了一声："哨卡！"

麦秋实一看，迅速给老乡们交代注意事项："大家注意了，除了我们几个之外，你们都不要说话。万一有什么突发情况，也不要擅自行动，一定要看我的眼色行事。"

他把小远交给梦苏，大踏步地走上前去。不等走到哨卡跟前，设卡的军警和特务就叫了起来。

"站住！干什么的？"

麦秋实笑着上前："兄弟，我和你们剿匪司令部的袁参谋长是朋友，昨天是他新婚的大喜日子，我们是给他贺喜去的。也没什么带的，就带了点咱们山里的山货。"

一个特务狐疑地看着麦秋实："你？是袁参谋长的朋友？"

麦秋实笑道："那还有假！"他从一个山民的箩筐里拿出袁昌送的那包东西，"瞧，这是你们参谋长给我回赠的礼品。"

几个军警和特务瞪着眼看那包东西，不知到底该不该相信。

麦秋实胸有成竹："不信啊？不信给你们参谋长打个电话问问。"

那几个军警和特务大眼瞪小眼，都使劲摇脑袋，没有人敢去打这个电话，生怕得罪参谋长的朋友。

麦秋实从口袋里掏出一包香烟丢给一个特务："来来，这可是你们参谋长的喜烟！拿给弟兄们抽吧，也沾沾你们参谋长的喜气儿。"

几个军警和特务哄抢香烟。其中一个人认出手里的香烟正是昨天参谋长给手下发的喜烟，他相信了麦秋实的身份，正有些担心是否得罪了参谋长的座上宾时，麦秋实故意问道："那我们走了？"

特务忙不迭地点头。

麦秋实回头招呼了一声，带着他的老乡大摇大摆地过了哨卡。

傍晚，没有开灯的书房光线昏暗，屋里一片凌乱，到处扔着那张登有结婚启事的报纸，广州、汕头、长兴的各种地图。袁昌如困兽一般在屋里来回踱步，他胡子拉碴，看上去消瘦、憔悴了许多。潘如梅进来，看到袁昌的样子不禁一怔。

袁昌对进来的潘如梅不加理睬，依然焦躁地来回打转。潘如梅走过去，伸手在袁昌眼前晃了晃，袁昌居然没有任何反应。

潘如梅又气又急，她心疼袁昌工作的辛苦，转念又觉得新婚宴尔没有丈夫陪伴的自己更委屈，她让袁昌暂时放下工作，先陪她到欧洲度蜜月。袁昌苦笑着拒绝了，政治形势瞬息万变，自己如今根本没有时间去度蜜月。一向骄纵的潘如梅根本见不得自己的爱人如此忽视自己，她气红了眼，口不择言地喊道：

"只要把你真实的想法说出来，我可以成全你啊。说不定哪天晚上趁着天黑暗度陈仓、偷梁换柱，躺在你身边的人就变成沈梦苏了……"

袁昌突然惊呆了。他一把抓住潘如梅，大吼一声："你刚才……说什么！"

潘如梅被吓了一跳，结结巴巴地说："什……什么？"

袁昌吼道："你刚才说趁着天黑什么？"

潘如梅被他吓到了："暗、暗度陈仓、偷梁换柱啊……"

袁昌一动不动地站着，直愣愣的眼睛里倏地闪出亮光。他陡然想起与麦秋实见面的情景……

突然，袁昌顿足捶胸，声嘶力竭地发出一声大喊，一脚踢翻了眼前的一个茶几。

巨大的声响和袁昌怒不可遏的样子把潘如梅吓了一大跳。

傍晚，一条人烟稀少的乡间土路上，麦秋实、梦苏、背着小远的古大章，以及那些山民一行人走来。

前方隐约显现出房屋的轮廓，麦秋实看到后长长地松了一口气："总算回来了！"

梦苏清楚保密原则，有些迟疑地问道："你说的任务——完成了吗？"

麦秋实没有对她隐瞒："到了长兴，任务算是完成了一半，下一步还要把人继续护送到中央苏区去。"

"护送？"

梦苏看了看周围，除了自己、麦秋实、古大章、小远和平时熟悉的两个护送人员外，就是那些扛着扁担和箩筐的山民，她疑惑的目光重新转到麦秋实身上："护送谁啊？"

麦秋实有些神秘地一笑："明白我们这次的任务了吗？"

梦苏摇摇头："不过我早就看出来，送东西去广州的那些山民和从广州一起回来的这些不是同一拨人。"

麦秋实赞赏道："你还是聪明，到底发现了其中的玄机。"

梦苏有些不好意思地笑了，她还是不太明白。

麦秋实跟她解释，其实他们这次到广州执行的任务并不是运送物资，而是带人。"九·一八"事变后，为了保存基础工业的骨干，党组织秘密地组织东北一些兵工厂、造币厂、印刷厂的部分技术工人分批南下，将他们送往中央苏区，麦秋实这次带回来的这十多个人就是第一批。

梦苏这才明白："怪不得他们一路都不怎么说话，我偶尔听到他们小声交谈，说的是北方那边的话。"

麦秋实点点头："广州暴动失败后，广东当局对有北方口音的外地人查缉得特别严，而这些技术工人都是一口东北话，人数又多，一路上很难隐蔽。"

梦苏恍然大悟道："哦，所以你就想到利用袁昌结婚的机会……"

原来，麦秋实带去广州给袁昌送礼的都是真正的长兴山里的农民，但从广州回来的这拨人，除了在码头上开口说话、应付袁昌和特务检查的那两个是长兴本地的护送人员，其余的都是换上山里人打扮的东北工人。

"这叫'偷梁换柱'。"

梦苏不由看了看周围那些山民装束的工人，忍不住对他们微微颔首致意，而与她视线相遇的工人们也对她报以会心的微笑。

梦苏心悦诚服："真没想到，你胆子可真大。"

麦秋实狡黠地笑道："不是说嘛，'最危险的地方往往又是最安全的'，我们带着这支小小的队伍到袁昌的婚礼上转了一圈，等于有了一个护身符，然后就一路上大摇大摆地闯过一道道关卡。"

梦苏长吁一口气："原来是这样……这次行动你好像特别注意保密，之前既没有告诉我，好像也没有告诉区达铭，在汕头的时候他还悄悄地问过我。"

麦秋实笑了笑："之所以没有告诉你，是怕你太担心，在袁昌面前沉不住气，表现不自然。当时的环境确实太危险，充满变数，袁昌又极其狡猾，稍微有一点破绽都会引起他的怀疑。"

梦苏心有余悸地说道："幸亏你当时没告诉我，不然我心里更打鼓。"

"至于没有告诉老区的原因……"他顿了顿，神色有些复杂，"算了，有些情况还要进行调查核实，现在先不说这个。"

走在前面的古大章说了一声："到镇上了。"

不远处出现了一大片鳞次栉比的青砖黛瓦的民居，那就是北湾镇，一行人不由加快了脚步。

到了北湾镇的广天客栈，麦秋实一行人鱼贯进入客栈大门，他们谁都没有注意到广天客栈对门的丰记杂货铺，有几双眼睛正在暗中密切注视着他们。

黄启和小叶迎接麦秋实等一行人，与他们一一握手，握到麦秋实和梦苏面前时，黄启的神情有些不自然，但麦秋实和梦苏没有发现。随后，黄启招呼大家去吃饭，梦苏和麦秋实低声约定饭后见面，黄启看到他俩窃窃私语，脸色不禁沉了下来。

饭后，梦苏建议麦秋实应该将区达铭的情况反映给上级。麦秋实不同意，他认为应该在有确切证据的前提下向组织汇报，毕竟这关系到一个同志的政治生命，会影响他的一生，一定要慎之又慎。他打算完成这次任务后好好进行一些调查。

此时，黄启正在门外，他透过门缝看到麦秋实和梦苏喁喁私语，脸色一沉，向房门走去。

就在麦秋实和梦苏即将达成共识时，有人敲门。

来人是黄启，他看到梦苏，明知故问道："哦，梦苏也在啊？"

梦苏有些局促地站起来："我来和秋实说点儿事，已经说完了。"

黄启迟疑了一下，好像在考虑该如何开口。梦苏以为自己在场妨碍他们谈工作，转身欲走。黄启拦住了她："不不，梦苏，你先别走，我要说的事也和你有关。"他欲言又止的样子让梦苏有一种不好的感觉，她惴惴不安地重新坐下来。

黄启又想了想，似乎下了决心，抬起头来："老麦，梦苏，我向上级写了一封信，反映你们两个的关系问题，我一直觉得你们之间的关系不正常。"

梦苏猛地站起来："什么？"

麦秋实的反应却很镇定，他示意梦苏沉住气，转头看向黄启："这次去广州，我已经和春晓离婚了，并且我和梦苏都参加了春晓与潘卓南的婚礼。"

"但梦苏这边呢？她和老区分开了吗？"

梦苏百口莫辩，气得什么都说不出来，脸涨得通红。

麦秋实解释道："梦苏对老区没有感情，他们之间的结合是复杂的斗争环境造成的，分开是早晚的事——不，其实他们已经分开了，只是各自都忙，没有时间处理个人问题；加上又有孩子，关系比较复杂，要把一切理清楚还需要一些时间。"

黄启冷笑了一声，"问题没那么简单吧，梦苏已经是做了母亲的人，她不可能扔下自己的孩子不管。而据我所知，老区也很爱孩子，小远对他的感情也很深。这样的家庭你忍心把它拆开吗？"

梦苏实在忍受不了，跑了出去。

麦秋实有些生气地对黄启说："你怎么能在梦苏面前这么说呢？当年我和梦苏婚礼请帖都写好了！是革命任务将我和她硬生生地扯开，梦苏和区达铭是假结婚！是区达铭单方面趁梦苏病重的时候强奸了她！现在你理解我了吗？因为我年轻时的疏忽，让梦苏承受了这样的伤害，小远……总而言之，我会对梦苏的下半辈子负责，我不会再让她独自承担革命的重担了。"

黄启心里已经认定他俩的关系不正当，麦秋实说什么在他看来都像是狡辩，因此他理直气壮地反驳道："话虽然不好听，但我这么说确实是为你好。老区的做法确实不光彩，但毕竟有了小远，事情就完全不一样了。小远不可能放着亲生爸爸不顾，却总和你在一起。人民群众也只会看到你和别人的妻子关系暧昧，看到你从中作梗破坏别人一家三口的家庭感情。你又是领导干部，这在群众中造成会造成什么样的影响，你心里很清楚。这样下去会影响到我们党的形象，影响到组织的威信。作为一名普通党员，对这样的情况我无法放任自流，因此向组织上写了那封信。"

面对黄启的慷慨陈词，麦秋实哑口无言。

看到他沉默不语，黄启更加义正辞严："我曾经当面向你提过意见，但你们当耳旁风，照样我行我素，所以我只能直接向上级反映情况。现在当面告诉你们，是要说明我不是背后搞什么小动作，而是光明磊落，堂堂正正地做事。"

麦秋实应对敌人时大脑尚能运转不休，可面对自己同志的质问，他却感觉自己的思维仿佛停滞了一般，他从未想过自己会处在这样难堪的境地。

"……作为一名党员，你有向上级反映问题的权利。当然，我也有保留自己意见的权利，以后有机会我也会向组织说明情况。"

沉默片刻，麦秋实缓缓说道。

梦苏一个人站在广天客栈后面的小溪边。

这里仿佛离梦苏刚刚离开的世界很远，四下一片漆黑，民房摇曳的灯光显得格外温暖，借助那一点点光线，梦苏能看到草丛里闪过星星点点的流动的光华。她听着水流的淙淙声，此起彼伏的蛙声和蝈蝈声，胸中翻腾起伏的情绪渐渐平复。

梦苏有些茫然。她并不恨黄启，在没有理清与区达铭之间的关系时，就下意识地接近麦秋实，自己的行为确实有些欠妥当，但因为畏惧流言就和区达铭在一起生活……不，不，梦苏的内心反驳着，她绝不和这个阴险小人在一起。

可是，她和麦秋实……

脚步声传来，梦苏知道是麦秋实

他走到梦苏旁边，隐约看到她脸上尚未干涸的泪痕，心里一痛。

"你别往心里去……自从师郁死了以后，这么多年黄启一直是一个人，周围的人都感觉他性格越来越孤僻，越来越爱钻牛角尖。"

梦苏定定地看着他，泪水顺着脸颊轻轻滑落。

"我、我不怪他……我们是真心相爱的对不对，什么都不能将我们分开……"

"你别在意，其他人不了解我们，有一些误会，这次到了苏区，我就会找组织说明情况。"

梦苏猛地扑到麦秋实怀里，那决绝的态度让麦秋实有些吃惊。

她抽泣道："不，我不怕那些风言风语，不怕别人说三道四……"

麦秋实既意外又感动："梦苏……"

"过去我讨厌区达铭，只是处处回避他，不想再见到他，但是现在我明白了，这是回避不掉的，这个人和他带给我的那段生活，始终都是一个障碍，让我难以有新的开始。"

麦秋实点头："你说对了，其实真正的障碍在你的心里。"

梦苏眼神坚定："我下决心了，要忘掉从前的一切，重新开始！"

麦秋实想了想，有些迟疑地说："那小远呢？"

"他现在太小，很多东西不明白。但他总会长大的，总有一天会理解妈妈的感情的……"她望着麦秋实，有些犹豫地开口，"只是，你会介意过去那些事吗？"

麦秋实一把抱住梦苏："你说过——'其实我们早就是夫妻了'……虽然命运阴差阳错地安排让我失去过你，但正因为失去，才让我更加发现你的珍贵……现在我只有一个心愿——把你找回来。"

梦苏深情地望着麦秋实："谢谢你，秋实……我要和区达铭断绝所有来往，我要向组织打报告和你结婚，我要告诉所有人——我要和你在一起，堂堂正正地在一起，一辈子在一起！"

麦秋实再次动情地抱住她："梦苏——"

"麦秋实带了一伙人挑着担子到广州去给我送礼，然后又带了一伙人挑着担子从广州回长兴……"袁昌挑起眼睛看着坐着他对面的人。

区达铭急忙解释："去的时候我知道，挑的是给你的贺礼，都是些长兴山里的土产。回来的时候挑的东西肯定有问题，你派人检查了没有？"

袁昌冷笑道："你错了，所有的人开始都搞错了，那些担子啊，挑的东西啊，通通都是障眼法……"

"障眼法？"

袁昌告诉区达铭，麦秋实一行人去广州的挑夫是长兴的山民，可从广州回来的却不是同一拨挑夫，而是要送往江西匪区的人！

"麦秋实给我来了个偷梁换柱、暗度陈仓！"

袁昌咬牙切齿地说道。

区达铭惊讶于麦秋实的胆大包天，甚至还有点佩服他的机智。

袁昌懊恼道："当时我和手下人的注意力全在他们挑的东西上，根本没想到问题竟然会出在那些挑夫身上！……他妈的，没想到我大喜的日子都会被麦秋实利用，利用我对梦苏的旧日情谊，居然对我如此不仗义……这，这简直就是对我的挑衅，这口气我无论如何咽不下，这个仇一定要报！"

区达铭怕这把火烧在自己身上，有些惊慌失措："这、这我可真不知道，他们从广州回去的时候根本就没到我那儿，而是绕过汕头从别的线路回的长兴。"

袁昌盯着区达铭："他们为什么不从汕头大站走？为什么要绕过你？"

区达铭一脸困惑，他也想不明白为什么。

袁昌看着区达铭有些古怪地笑了："说明麦秋实已经不信任你了，换句话说，你已经暴露了。"

区达铭吓了一跳，脸色变得煞白："我这几天也感觉有点不对劲……肯定是梦苏对麦秋实说什么了，麦秋实肯定会向上面报告……"他越想越慌，"这下完了，完了……怎么办啊……我不能再待在汕头了，得赶紧跑……"他像抓救命稻草一样抓住袁昌，"特派员，参谋长，你送我去别的地方吧，让我干什么都行，去哪儿都行！"

袁昌却冷冷地瞧着他："不，你不能走。"

区达铭几乎要疯了："什么？不走……不走我就死定了……共产党最恨叛徒了，你不知道周恩来建立的特科有多厉害，他们的红队专杀叛徒……"他越想越害怕，几乎是神经质地吼起来，"特派员，参谋长，你要救我呀，救我命啊！"

"别嚎了！"

区达铭收声，怔怔地望着袁昌。

袁昌盯着区达铭："听着，你不仅不能走，而且还要配合我进行还击……"

袁昌决定设一个局，他要给麦秋实写一封信感谢他参加自己的婚礼，然后把信交给一个叫莫荣宝的被共产党公开通缉的叛徒，再由派区达铭除掉他，从死去的叛徒身上搜出这封信后，区达铭带着信亲自去闽西，向特委揭发麦秋实。

区达铭犹豫不定，他怕麦秋实已经报告了他对自己的怀疑，那自己去闽西岂不是自投罗网。

袁昌恨恨地说："两强相争勇者胜，这个时候就看谁的胆子大、下手狠了。"

区达铭仍很惶恐："这……"

袁昌恫吓他："你不去，他们照样怀疑你，要是真的抓到把柄认定你是叛徒，逃到哪儿共产党都不会放过你。还不如现在放胆去搏一把，说不定事情还会峰回路转，出现转机，这叫'置之死地而后生'。"

区达铭依然战战兢兢，但面对袁昌不由分说的强势，他无可奈何。

袁昌死死盯着区达铭："你没有退路。这一把要是不能成功，你只有完蛋，没有人能救你；再端不掉这条交通线，我也得完，甚至连我的上司都得跟着受牵连，大家谁也好不了，明白吗？"

区达铭怔怔地望着袁昌，看得出来他仍在犹疑。

袁昌心里鄙夷区达铭的懦弱，表面上却安慰他："我会配合你的，你不是摸到了长兴站的一些情况吗？我让当地的民团顺着这些线索挖出了更多的情报，掌握了长兴大站下面的很多中站、小站、接头户，已经基本上摸清了他们的一部分交通网络……"

"我准备让民团搞个小新闻，杀鸡儆猴，也让麦秋实吃不了兜着走。"袁昌咬牙切齿地说，"这叫'来而不往非礼也'！"

第二十五章 蒙冤

福建、江西交界的一处山林里，麦秋实、古大章等护送人员正带着那十几个东北技术工人走出山林。

麦秋实高兴地对大家说："同志们，我们已经过了边界，进入苏区了，大家到家了！"

经过长途跋涉的东北工人们欣喜雀跃，兴奋地向山下张望，只见山下是肥沃的平原，整齐的田畴和干净的房舍，还有辛勤劳作的农人。

这时，几个背着枪的战士走来。走在前面的身背短枪的人走到麦秋实面前敬礼："麦秋实同志！"麦秋实看到这几个人松了一口气，他高兴地走上前与来人握手，同时向东北工人们介绍："这是游击支队的曾队长，是特委派来迎接你们的，后面的路程就由他们来护送大家。"

古大章和曾队长办完交接手续后，东北工人们、长兴的护送人员、以及苏区的游击队员们互相握手，一一道别。这时，一个名叫刚子的东北工人突发了疾病，见他实在痛苦难耐，麦秋实决定让曾队长继续护送东北工人去瑞金，古大章，梦苏等人回长兴，协助黄启转运和护送中央采办处采购的即将到长兴的那批布，而他和另一位游击队员护送病重的东北工人去看病。

众人分头行动。

与此同时，袁昌的一系列布置已经完成，区达铭拿到了信，正快马加鞭赶赴闽西，准备向特委检举麦秋实。

一张针对麦秋实的大网已悄然撒下……

几天后，闽西苏区的一户民房前，一些红军官兵和老百姓聚拢在一堵墙前，墙上贴了一张通缉令，有人大声念着："麦秋实，男……"

老谢急匆匆走进闽粤赣特委政治保卫局的一间办公室，一进门便问："冯副局长，麦秋实的通缉令是怎么回事？"

一名保卫干部见状放下了手里的电话："他通敌叛变。"

老谢一惊："麦秋实通敌？那绝对不可能！"

另一名保卫干部有些不满地看了老谢一眼："这件事铁证如山，对他的通缉令也是报特委批准才发出去的。"

"什么证据？"

……

老谢特意见了区达铭。

"莫荣宝当年叛变革命出卖省委机关，给党组织造成很大的损失，广东地下党派出行动组，一直在追杀他。可是莫荣宝诡计多端、神出鬼没，我们的人根本摸不到他的行踪……"老谢看着区达铭，神色复杂，"没想到这次这么巧，竟然让你们在大街上撞见了。"

区达铭有些慌神："……啊，是啊……其实，我这几年也一直在找那个……叛徒，一心要为被出卖的同志报仇，所以派人到处打听他的消息……这、这叫踏破铁鞋无觅处，得来全不费工夫……"

"于是你们就跟着他到了一个偏僻的地方，然后除掉了他？"

区达铭眼神有些游离不定："是，是啊！我、我最恨叛徒了……好容易碰到这样的机会，当然不能放过了。没想到杀了那个……叛徒，从他身上翻出那样一封信，我一看，觉得这事非同一般，必须亲自到闽西把信交给特委。"

"莫荣宝的身上怎么会带着那样一封信，真的是准备交给麦秋实的吗？准备用什么方式交给他呢？"

区达铭强作镇定："这我就不知道了，可惜叛徒已经被我杀掉了，问不出来了……要不你们可以审问麦秋实，让他交代清楚。"

老谢看了区达铭一眼："你和麦秋实一起工作了那么长时间，你真的相信他会通敌吗？"

区达铭越发地心虚："我……我当然不愿相信了，可……知人知面不知心啊，有的人当面是人背后是鬼……"

"麦秋实同志始终在党内活跃，作为《红旗报》的大梁，他会倒戈，真的是让人无法相信。这封信的来源也是蹊跷，区达铭，你不在组织里的两年里，真的就只是窝在你的小药铺里，其他事情什么都没干吗？这不符合老区你积极冒进的性格啊……说句不好听的，那两年，党组织里的人还以为你牺牲了呢。"

老谢说这句话时，区达铭感觉像在抽自己的耳光，头上也不由自主地冒出了虚汗。他心一横，反正进也是一死，退也是一死，就厚着脸皮硬撑说："组织怀疑我，我也没有办法。我区达铭生是共产党的人，死是共产党的鬼。马列主义是我前进的号角。我只是希望组织把麦秋实这个内鬼彻查一遍，麦秋实不是叛徒，那就太好了，一旦他是叛徒但是没有被查出来的话，那他简直就像是插在我们心上的一把刀啊。我区达铭怎样都无所谓，但是革命队伍不能有一丝一毫的损害！"

老谢本来就是试探一下区达铭，并没有真的怀疑他，连忙赔笑脸，叫区达铭好好歇一歇，回到工作岗位。区达铭走后，他对着这张"证据"细细研究起来。

刚子因为身体虚弱在当地一个会看病的老伯家里住了两日。他的病情有所缓解后，麦秋实和那位游击队员便护送他去镇上的医院。

医院门口不时有人抬着担架或搀扶着伤病员进出。麦秋实和游击队员用担架抬着刚子走进来，小心地避让开来往的医生伤员，他们谁都没注意到门口贴着的通缉令。

医院院内，四周的房檐下躺了不少等待诊治的伤病员，医护人员在人群中穿梭奔忙。麦秋实四下寻找着医生。这时，他在人群中看到了一个熟人，他走上前高兴地拍了拍那人的肩膀，那人转过身来看清是麦秋实，顿时脸色大变，心不在焉地跟他寒暄两句就慌乱地离开了。

正当麦秋实有些不解时，几个全副武装的红军官兵走了过来。一个背着短枪的军官走到他面前："你就是麦秋实吗？"

麦秋实点头："我是。"

军官拔出手枪对着麦秋实："你被捕了。"

旁边的游击队员惊呆了。

特委保卫局隔离室里，麦秋实满脸激愤和委屈："老谢，这到底是怎么回事？"

老谢也气不打一处来："我还问你是怎么回事呢？组织当时明明批准的是你去和春晓见面，怎么你又突然跑去参加袁昌的婚礼了？"

麦秋实向他报告了自己趁着袁昌举行婚礼，把东北的技术工人从广州带到苏区的行动。

"那你也得向上级请示请示啊！"

麦秋实辩解说："那时情况很急，根本来不及请示。"

老谢叹了一口气："那你也不能拿工作和自己去冒险吧！"

"可事实证明这个险冒对了。何况我们干革命，从事党的地下工作，本来就时刻冒着掉脑袋的危险，我有这个思想准备。"

"那是两回事。这次要是解释不清楚的话，你可能要冒牺牲自己政治前途的风险，甚至……"

麦秋实说不出话来了。

老谢追问麦秋实到底有没有和莫荣宝联系，麦秋实说要是他俩真有联系，他早就把莫荣宝除掉了。

老谢冷笑道："可现在莫荣宝被区达铭除掉了，在他的身上发现了袁昌写给你的信，这到底是怎么回事？"

麦秋实大吃一惊，问老谢信上的内容。

"我看倒没什么，就是感谢你参加他的婚礼。可在有些人看来，那些字里行间肯定还有别的内容。"

麦秋实不解："别的内容？"

"你想想，一个国民党的特派员，一个反共激进分子给你——我党的地下工作者、秘密交通线的一名负责人写信……这件事你说得清楚吗？"

麦秋实愣怔了一下，负气道："说得清就说，说不清也无所谓。清者自清，浊者自浊。"

老谢看了看麦秋实，叹了口气。

"你啊你啊，还是那么书生气。"

"这一点这辈子可能是改不掉了。即便是此时在这个地方，我也没怎么担心自己的处境，我想事实会证明一切的。但我现在很为中央交通线和地下组织的安全担忧……"

老谢警觉地看向他:"你什么意思?"

麦秋实凑近老谢,向他低语了几句。

"什么?区达铭带来一封袁昌写给你的密信,你又对他有怀疑!"

老谢对麦秋实的话大吃一惊。

麦秋实点点头,他告诉老谢这次来闽西的目的就是反映区达铭的问题,

老谢有些为难:"可现在区达铭先告发了你,这种情况下你再说他的问题,容易让人觉得你是在进行报复,对你反映问题的真实性也会产生怀疑。"

麦秋实无奈道:"是啊,我就晚了一步。可是老谢,你一定要相信我。"

他向老谢建议最近的物资和人员往来都不要经过汕头大站,这批东北技术工人和中央采办处采购的那批布匹没经过汕头,路上就很顺利。现在他被弄到这里,还不知道什么时候能出去,麦秋实拜托老谢一定要向上级转达。

老谢思忖再三,拒绝了麦秋实的建议。他认为建立一个交通站需要耗费极大的人力物力,没有确切的证据,不可能将一个好端端的交通站废弃不用,另外现有的交通线路已经运转得比较成熟了,临时开辟新的路线、重新发展新的接头户有很大的风险。

麦秋实有些六神无主了:"那现在怎么办?这不是我一个人的意见,汕头站的老周、姜大夫,还有梦苏,都反映过区达铭的问题。尤其这次他除掉莫荣宝,带来袁昌写给我的信,这太蹊跷了,绝对是'此地无银三百两',更坚定了我对他的怀疑。现在我真的很为交通线和沿线各站的同志们担心啊!"

老谢疑惑重重:"看来问题不在你这儿就在区达铭身上,这到底是怎么回事呢?"他沉思片刻,"现在只有一个办法……"

麦秋实看向老谢。

他郑重地说:"我尽快赶到中央苏区去,向周恩来同志和中央交通局领导汇报,对你和区达铭两个人展开紧急调查。"

麦秋实重重颔首:"好,越快越好!"

与区达铭和麦秋实分别谈过话的老谢感到事情没那么简单,说不定背

后另有隐情。他想提醒保卫干部要注意白区工作的特殊性和复杂性，一切等调查清楚后再下结论，保卫干部却拿出了长兴交通大站站长黄启写来的一封信，信里反映麦秋实和一个叫沈梦苏的女同志关系暧昧。保卫干部认为，根据他们的经验，一个动摇、堕落、变节的人往往有生活作风方面的问题。老谢见他的辩解不起作用，决定马上去中央苏区，直接向周恩来和中央交通局汇报。他一再叮嘱：一切等中央的批示下来以后再做决定。

　　自从前几天区达铭来特委反映麦秋实的问题后，为方便向他了解情况，区达铭被留在保卫局机关的一间小屋里暂时休息。但几天来一直没人找他。区达铭的心里有些忐忑，担心自己露出什么马脚，没把麦秋实告倒反而惹火上身。他越想越心慌，趁周围没什么人的时候钻出小屋，想溜之大吉，却突然被哨兵拦住，将他带到了特委保卫局办公室。

　　区达铭刚一走进办公室，两个保卫干部从桌后站起来，迎上前来。他吓得不禁退后了几步，两个保卫干部却上前热情地与他握手。他对保卫干部叫自己来的目的并不清楚，因此十分不安。

　　"区达铭同志，这次你立了一大功啊！"

　　区达铭不敢相信自己的耳朵。

　　保卫干部又大声说了一遍。

　　区达铭不知道他是褒是贬，心里惴惴不安："我……"

　　一个保卫干部热情地笑道："你不仅除掉了叛徒莫荣宝，而且搜出了麦秋实通敌的证据，又专门赶过来揭发，帮助我们挖出了一个埋藏在革命队伍内部的炸弹。"

　　区达铭这才反应过来，暗暗松了口气，紧张的心情有所缓和。他在椅子上坐下："啊，这都是应该的，作为一名党员，必须要对组织负责任。"

　　两个保卫干部询问了半天区达铭参加革命的经历，区达铭不清楚他们的目的，心又提了起来，强撑着和他们寒暄。

　　"这几年你一直在白区从事地下工作？袁昌你熟悉吧？"

　　区达铭不明白保卫干部说这话是什么意思，心一下子提到了嗓子眼："啊，啊……他、他是我们的……老对头了……"

　　保卫干部突然道："你就是我们要找的人！"

区达铭感觉自己就要崩溃了，猛地站起，几乎下意识地想要逃跑。

"是这样的，麦秋实这个案子比较复杂，涉及敌我双方，既和国民党内部、特别是和袁昌有关，又牵涉到广东的地下党组织。你对那边的情况比较熟悉，特别是你入党早，觉悟高，不仅有理论水平，而且经历了很多艰苦卓绝的斗争，特别是有丰富的白区工作的经验，这些都会对我们有所帮助。"

区达铭越听越摸不着头脑："你们的意思是……"

"所以，综合各方面情况，我们想借调你参加对麦秋实这个案子的审理工作。"

区达铭万万想不到会出现这样的局面，先是愣了一下，随即暗暗感到一阵狂喜。他压抑着激动的情绪，显出有些为难的样子："我现在是汕头大站的站长，按理说我借调到别的地方工作，应该经过我的上级，也就是整个交通线的负责人的批准，而这个负责人恰恰就是麦秋实，你们看该怎么办？"

"这没关系，我们马上向中央保卫局报告，由他们去和中央交通局协调，应该不会有问题的。"

区达铭故作犹豫："可我汕头大站那边的工作……"

保卫干部解释道："你借调过来期间，汕头大站那边可以任命一个代理站长，暂时负责站内的工作。你也可以推荐一个合适的人选。"

区达铭暗喜："哦——"

汕头，绥靖公署袁昌的办公室里，电话铃突然想起，袁昌抓起电话："喂——"

电话那边是瞿之要。他问袁昌是否破获了共产党的交通线。

"司令，烦劳您再顶一顶，我还需要一些时间。"

瞿之要怒气冲冲地说道："这句话你已经说了无数次了，老是让我顶顶顶，你那头一点动静也没有，你到底想干什么？我告诉你，这次事情可是闹大了，别说我顶不住，谁也救不了你！"

袁昌思忖再三，还是将自己的意图讲了出来。

"我要把共产党苦心经营的华南地区的交通系统全都变成我的！"

瞿之要一惊："变成你的？"

"嘿嘿……由我的人来掌控，鱼饵下了这么久，马上就到收网的时候了。"

电话那头沉默了一下，瞿之要语气深沉地说："那我就再顶一顶吧，再给你一点时间。袁昌啊，你是我的好学生，人心不足蛇吞象，世事到头螳捕蝉。这可是我最后的一句忠告了！"

袁昌还想说什么，瞿之要挂断了电话。

闽西苏区，区达铭与袁昌的人接头，袁昌指示区达铭借此机会除掉麦秋实，争取把整个交通线接管过来。区达铭回去后，径直去了闽粤赣特委保卫局隔离室。

麦秋实形容憔悴，坐在一张地铺上，靠墙看着天花板。门忽然打开了，区达铭走了进来。麦秋实看见进来的区达铭吃了一惊。

"老区……你怎么来了？"

区达铭泰然自若："保卫局的同志让我来协助审理你的案子。"

麦秋实有些疑惑地问："让你协助？"

"可能觉得我一直在白区工作，经验丰富，和你共事的时间也很长，对你比较了解。"

麦秋实因为对区达铭已经有了一些怀疑，见他竟然来参加对自己的审查，心情更加复杂，一时说不出话来，只是长长地叹了一口气。

区达铭装模作样地说他之所以同意来参加审这个案子，是因为他相信麦秋实没问题，肯定是被冤枉的。麦秋实对区达铭的话半信半疑。他心里一动，向区达铭提出要见特委领导。区达铭自然不可能让他去见，他说审查麦秋实就是特委领导下的命令。

"老谢呢？老谢对我很了解，他可以为我说话。"

区达铭意有所指地说道："老谢一直没露面，可能出去执行任务了，没在根据地；也有可能是听到了什么风声，怕牵连到自己，有意避嫌吧。"

"这里面肯定有问题。他叛变以后我就再没见过他，他怎么会突然冒出来，而且身上还带着袁昌给我的信呢？这太奇怪了！"

"是啊，我也为你抱不平，我对保卫局的同志说，我和你在一起工作那么多年，你是什么样的人我知道，你对革命充满热情，英勇无畏，怎么会通敌叛变呢……"他顿了顿，故作泄气状，"可我说了半天，嘴巴都说干了，根本就没有人听嘛，他们认定你和敌人内外勾结，说一定要对你进行严惩。"

麦秋实淡淡一笑："我问心无愧。"

区达铭急忙表示自己完全相信麦秋实，不管别人怎么说他不讲原则也好，是非不分也罢，他都会站在麦秋实这边，尽他的力量保护麦秋实。麦秋实微微笑了笑，向区达铭道了一声谢。

"不过，现在我有一个担心……"

"担心什么？"

区达铭卖了个关子，他没有直接说出自己的目的，只是不断地阐述交通线的重要性。

麦秋实感觉到什么，疑惑地看向区达铭。

"你想说什么？"

"我的意思是为了整个交通线保持畅通，我可以替你先把工作顶起来。"

"替我把工作顶起来？"

"是啊，你把交通线上几个大站的组织情况，比如长兴下属的中站、小站、接头户、基本群众、交通路线等方面的资料移交给我，有人员和物资需要输送的时候我来负责组织，这样你不在期间，整个交通线仍然能保持畅通。"区达铭唾沫四溅地陈述着自己的想法，一副渴望为麦秋实分忧代劳的模样。

较之区达铭的兴奋，麦秋实却显得极其冷静："这条交通线的重要性非同一般，上级有严格的规定，大站的负责人只掌握自己站内的情况；站与站之间只有纵的关系，没有横向联系；交通员只是单线联系。作为全线的负责人，我接受中央交通局的直接领导，即使要移交工作，也要交通局的领导亲自下命令才行，其他任何人都无权处置。"

区达铭说不出话来。

长兴江边，一队山民挑着成捆的布来到江边，梦苏等人正和山民们一道将一捆捆布搬到船上。她扛着布正要上船，老胡却突然出现，他夺过梦苏扛着的布塞给一个经过的山民，然后不由分说地把梦苏拉到一边。

梦苏发现老胡神情不对，急忙问老胡发生了什么事，老胡看了看周围小声地告诉她麦秋实被隔离审查，汕头大站的区达铭现在被抽调过去帮助工作，参加审查麦秋实的案子。

梦苏如五雷轰顶，身子一软晃了一下，急忙扶住旁边的一棵树，才没有栽倒在地……

闽粤赣特委保卫局审讯室里，几个保卫局的干部在审问麦秋实。

"麦秋实，你老实交代你和莫荣宝之间的关系！"

"我和他之间没有任何关系，也没有任何来往。"

"那在他的身上怎么发现了袁昌写给你的信？"

"我不知道。我觉得这是一个陷害的阴谋。"

一个保卫干部忍不住要发火，坐在他旁边的另一个保卫干部暗暗示意他冷静。这个保卫干部显然抓住了问题的核心，他直接问麦秋实和袁昌的关系。

麦秋实如实回答："大革命时期我就和袁昌认识，有过交往。但大革命失败以后我和他就不再有任何私交，变成了真正的对手和敌人。"

一个保卫干部冷笑一声："没有私交？那你还去参加袁昌的婚礼？说什么对手和敌人，那你们还在婚礼上推杯换盏、称兄道弟！"

麦秋实辩解说："我去参加袁昌的婚礼是为了一次行动，为了完成一个任务。你们想想，如果我和袁昌之间真的有什么秘密联系的话，怎么可能堂而皇之、公开地去参加他的婚礼？"

这名保卫干部嗤笑了一声："敌人那么狡猾，诡计多端，谁知道在公开的行动下掩藏着什么暗中勾结的阴谋，莫荣宝身上带的那封密信就是证据！"

麦秋实有些冲动，提高了嗓门："我说了那是一个阴谋，你们要是相信的话正好就上了敌人的当！"

这名保卫干部被麦秋实的态度所激怒，正要开口，被先前那名冷静的保卫干部劝住了。

他看上去正强压着自己的怒气："那好吧，你说有人在陷害你，你说参加袁昌的婚礼是为了完成任务，那你说说到底是什么任务，你把你那几天在广州的所有活动都说出来，从早到晚，都干了什么，见了什么人，一样一样地说，不许有任何遗漏！"

麦秋实沉默不语。

保卫干部催促着他说话。

"我不能说。"

麦秋实跟保卫干部解释那些活动关系到地下交通线的工作，是组织的秘密，除了相关同志和交通局的领导，他无权告诉任何人。

"可你要是不说的话，怎么能证明你去参加袁昌的婚礼是为了完成交通线上的任务？"

麦秋实想了想，列了一个单子，上面写着假借袁昌婚礼成功转移的革命同志。

"我说的句句都是实话。这些同志就是我带出来的，他们都能够证明。但是你们一定要小心告发我的那个区达铭，千万不要让他得到这份名单。"

"我们会向这些人考证的，为什么这份名单老区不能看？"

"等老谢从中央苏区回来，或者让我见到交通局的领导，一切问题我都可以回答。其他的就不要多问了。"说完，他垂下了眼睛，一副不愿再回答任何问题的样子。

保卫干部怒不可遏。

黄启此时正在自己的房间里向老胡交代任务。

"上面来了新的通知，有一批无线电器材急需要运往中央苏区，古大章已经到上海接货去了。这批物资很重要，为了安全起见，我准备亲自带一队护送队员到和汕头交界的地方去接古大章他们。"

老胡点点头表示明白。

说话间，梦苏猛地推开门进来，看得出她的情绪很激动："站长，老胡，你们要站出来说句话，麦秋实怎么可能通敌？怎么可能叛变！"

黄启看了她一眼，慢吞吞地说："梦苏，你别太冲动了，先冷静冷静。组织上正在调查这件事情，相信会有一个公正的结论的。"

"你上学的时候就认识秋实了，他是什么样的人你应该知道。"

"上学的时候我确实了解他，敬佩他……但人都是会变的。特别是现在，斗争这么艰苦，形势这么复杂，我们周围的人什么样的变化没有啊？"

梦苏不敢置信地看着他，万万没想到曾经的好友变得如此冷漠。

"你……什么意思？"

"我说的是实话。"黄启看着梦苏，眼神很复杂，"当年在我们黄埔和你们坤雅女中，多少青年为了追求人生理想，为了革命激情澎湃、热血沸腾啊，可这么多年过去了，经历了世事沧桑，人生无常，往日那些同窗现在在哪里？大多数杳如黄鹤，还有人作为对手在沙场上生死相搏，这样的变化当初能想得到吗？"

梦苏急切地为麦秋实辩白："但我可以证明，麦秋实没有变，他始终是一个思想纯洁、信仰坚定的革命者！"

黄启有些不以为然："你可以证明？还是先把你和他之间的关系搞清白再说吧。"

"你……"

他的话好似巴掌一样掴在梦苏脸上，梦苏气地脸通红，转身冲出门去。

老胡是在广天客栈后的小溪边找到梦苏的。她默默地站在小溪旁，一动不动地望着潺潺溪水发呆。老胡走过去安慰她："梦苏，老黄自从很多年前女友中枪牺牲以后，性格越来越孤僻，他的话你别往心里去。"

梦苏没有说话，依然沉浸在自己的心事里。

老胡有些担心："梦苏——"

梦苏忽然抬起头来，坚定地说道："我要去找上级组织，我要告诉他们，麦秋实绝对不会叛变革命。"

老胡也觉得麦秋实是冤枉的，他希望梦苏也代表他向上级反映一下，但是老胡也担心黄启的那封信会让组织不相信梦苏。另外，平时负责联络上级的只有麦秋实和古大章，古大章去上海接物资，老胡和梦苏都不知道该去哪里找组织。

老胡灵光一闪，建议梦苏去找区达铭，正好区达铭参加审理麦秋实的案子，或许可以说得上话，而且区达铭最近待在闽西，汕头站的事物都由陈桂来代理，如果陈桂也帮忙，说不定麦秋实的问题很快就能查清。

梦苏并不愿意去见区达铭，但现在麦秋实身陷囹圄，梦苏只得将自己的不快压在心底。老胡催促着梦苏快些行动，自己先顶着梦苏的工作。梦苏感动于老胡在危急时刻伸出的援手，但情况紧急，她只得先将自己的感激埋在心底。

麦秋实望着窗外空洞的天空，不知道在想什么。他消瘦了许多，衣衫凌乱，脸上和身上有青紫的痕迹，显然遭受过拷打。

一名保卫干部走了进来。

麦秋实好像没听到响声，一动不动。

看着麦秋实的背影，保卫干部迟疑了一下，慢慢走到他身后。

"老麦，真的不记得我是谁了吗？"

麦秋实不说话，也不回头。

隔离室突然响起了陌生的语言。

"（法语）一个幽灵，共产主义的幽灵，在欧洲大陆徘徊。为了对这个幽灵进行神圣的围剿，旧欧洲的一切势力，教皇和沙皇、梅特涅和基佐、法国的激进派和法国的警察，都联合起来了……"

这几句话对麦秋实来说是相当熟悉的，他回想起自己在法国学习的日子，有些惊讶地看着那名保卫干部。那人用法语问他还记不记得在法国勤工俭学时里昂大学的那次聚会。麦秋实没有说话。

"（法语）你忘了，由于叛徒告密，那次聚会你们几个人被警察带走了，当你经过我们宿舍门口的时候，你就用法语大声朗诵着这样的句子，昂首挺胸地走过了那条长长的、开满了鲜花的走廊！"

"（法语）你也是里昂大学的留学生？"

麦秋实突然问道。

保卫干部见麦秋实回答他的话，一脸兴奋地点头："是啊，那时我特别崇拜你。可惜的是，被警察带走之后，你们很快就被遣送回国了。"

麦秋实陷入了回忆中，喃喃说道："哦，那时我们真年轻啊！"

"当时我刚到法国，法语还不怎么样。不知道你读的是什么内容，问了别的同学才知道，你朗诵的竟然是《共产党宣言》！直到现在，每每想起那一情景，我都会热血沸腾……可以说你也是我走上革命道路的引路人之一。"

麦秋实冷冷地看着他："（法语）可今天你却是审判者，而我成了你的囚徒。"

那名保卫干部沉默了一下："这几天我的心里很不安，我尽量忠实地履行自己的职责，但现实中的确有太多事情让我不能理解……在前线，红军官兵在毛泽东、朱德的领导下反围剿，浴血奋战。但在中央苏区，在闽西、湘赣、湘鄂西、鄂豫皖苏区，大批的党员、团员、红军干部、战士在一波又一波的肃反中被捕、被杀。一些人只因为莫须有的原因就被处决了，甚至不用审判，不经过上级批准……在这种背景下，加上你确实有一些嫌疑难以洗脱，比如袁昌写给你的密信，比如区达铭的指控等等，所以你的处境真的非常危险，甚至可以说命悬一线……"

"哦？"

"我理解在白区从事地下活动的纪律，你确实不能随便公开自己从事的秘密工作，但现在只有这样才有可能证明你的清白……"

保卫干部边说边注视着麦秋实，但麦秋实的脸上依然平静，看不出什么神情的变化。

那人见状叹了一口气："如果你什么都不说，可能如你所说坚持了组织的纪律，但却很可能被判有罪而失去生命。这种情况下你将做何选择？"

"我宁可失去生命，也要坚持原则，因为我不能背叛自己的信仰。

麦秋实看着他，毫不犹豫地说道。

保卫干部一愣，望向麦秋实："不管我参与的审判将做出什么样的判决，我都对你的气节充满敬意。"说完，他立正向麦秋实敬了一个礼，转身走了出去。

麦秋实坚毅地望着他的背影……

第二十五章 蒙冤

633

第二十六章

惊变

汕头大站，仁达药房里，穿着精致旗袍的陈桂正在斥责晾晒药材的姜大夫和周会计。

"老区走的时候就说了，这批药材要抓紧时间运往苏区，可你们倒好，磨磨蹭蹭的，到现在都没有打包！这要让老区知道了，肯定会批评我工作不得力。"

姜大夫据理力争："这批药材的成色不好，也没晒干，要是现在就打包，不等运往苏区，就会发霉变质。要是发霉变质，药材就不是药材，而是毒药了！"

陈桂语气一冷："这么说是我这个代理站长说错了？"

周会计无奈地说："阿桂……革命面前不能要个人威风啊。"

陈桂扫了一眼周会计："我现在是代理站长，以后工作的时候称呼不要太随便了。"

周会计、姜大夫相互看了一眼："站长……哦，代理站长同志，话不能这么说……"

陈桂不依不饶："那你说该怎么说？"

话音未落，身后忽然传来梦苏焦急的声音。

"阿桂！"

梦苏穿着山里农妇的粗布衣裳，皮肤被山风吹得黑红粗糙，不仅和过去那个文弱的城里女学生判若两人，就是与眼下穿着旗袍的陈桂相比，也有了很大的反差。

陈桂飞快地扫了她一眼，眼神颇微妙，显然意识到了两个人今天的反差，她对梦苏说："梦苏同志，你等一会儿。"然后回头对姜大夫、周会计等人颐指气使道，"按照老区的要求，赶紧给我打包，要是耽搁了时间，你们要负责任！"说完拉住梦苏热情地寒暄起来。

虽然见到自己陈桂表现得一如往常地高兴，可梦苏却隐约感觉陈桂有什么地方变了。但她心里有事，也顾不了那么多了。

"阿桂，我有急事！"

陈桂一愣，似乎很苦恼地说："哎呀，自从我替老区代理这个站长，一天到晚都是事儿，就没有闲的时候。走吧，去屋里说。"

隔离室里，看上去越发清瘦的麦秋实，和衣靠在墙上一动不动，似乎陷入了冥想之中。

这时门开了，来人是区达铭，他表现出很关切的样子凑到麦秋实面前。

"老麦啊，就这么几天，看看你成什么样子了，啧啧，真让我心里不好受啊。"

麦秋实转过脸望着区达铭。

区达铭见麦秋实听他说话，心里一喜，他先是大力称赞了麦秋实坚守原则不动摇，接着便看似认真地给麦秋实分析起当前的局势，恫吓麦秋实如果不说出交通线，他身上'通敌'的嫌疑就洗不脱，最后只有死路一条。

麦秋实不语。

"要我说呀，保命最重要。犯了错误，以后可以改，说不定以后事情还能翻过来，发现你没错，给你平反；可要是命没了，就什么都完了。人生、事业、生活、老婆、子孙后代，通通没有了，一切都等于零了。你说这是何苦呢？还是先活下来再说吧，过了这一关，走一步看一步。老百姓不是有一句话吗？好死不如赖活着。"

"我十几岁就离开家乡出来参加革命，早就把生死看淡、看透了。我可以随时舍弃自己的生命，但是绝不能容忍让自己的灵魂沾染污点。"

麦秋实淡淡说道。

区达铭咬咬牙，暗恨麦秋实的顽固。他故作可惜地说麦秋实如果真死了，就没人能够掌握交通线的全面情况，整个地下交通线就会陷入混乱，无法运转。说到这里，区达铭眼里闪出亢奋的光芒。

"不如你把几个大站的资料交给我？我们一起战斗了那么多年，难道你还信不过我？"

麦秋实望了望区达铭："除了老谢和中央交通局的领导，那些资料我任何人都不会给。"

区达铭有些气急败坏："你呀你呀，你还是那么认死理，做事一根筋，死到临头了都不改一改。"

麦秋实沉默片刻："老区，有件事我想问问你……"

"你说。"

"听说当初开办仁达药房时，你曾向环球洋货店的董事何永泰借过两百大洋？"

区达铭一愣，心中惴惴地说："是啊……你怎么突然想起问这个？"

麦秋实直直地看向区达铭的眼睛："你是怎么认识这个人的？"

区达铭含糊地说："朋友介绍的……怎么了？"

麦秋实觉得自己必须单刀直入，不然也许就没有机会了："我怎么听说这个人社会关系很复杂，甚至有人说他有国民党军方的背景……"

区达铭的脸色一下子变了，显得格外慌乱："谁说的？我、我怎么不知道……我真的不知道，那完全是瞎说八道……什么叫'社会关系复杂'，你我为了工作，不都要和三教九流的人打交道吗？……别的没什么事吧？哦，我还有点事，先走了……"

他语无伦次地说着，转身慌慌忙忙地出去了。

麦秋实望着区达铭慌乱的神情和匆忙离去的背影，陷入了沉思。

陈桂领着梦苏和小远进了她的房间。一看屋里的摆设和随处可见的衣服、用品，梦苏马上明白，陈桂与区达铭已经住到了一起。两个女人都感觉到了一丝尴尬。

陈桂第一个反应过来，她一副女主人的架势招呼梦苏坐下。小远指着挂在墙上的区达铭的礼帽和靠在墙角的区达铭以前用过的鱼竿叫爸爸，陈桂忙着倒水，掩饰着心中的难堪和不悦，小远被梦苏摁着，依然雀跃地蹦起来，要去拿那个鱼竿。

"那是我爸爸的——"

陈桂拿了一颗糖剥开，有些发狠地塞进小远的嘴里："把嘴堵住，别乱说乱动。"

小远望着陈桂的神情，似乎被震慑住了。

梦苏见小远被吓住，急忙安抚地拍拍他："小远乖，别怕，桂姨喜欢你。"

陈桂故作抱歉地说："梦苏，你也看出来了，我也不藏着掖着的，我和老区……"

梦苏淡淡地说："我已经知道了。"

陈桂眼神里有几分得意："这种事总是传得很快。你知道我一直对老区……"

梦苏打断她："也许老区真的适合你……我为你感到高兴，真的！"

陈桂这才真正地欢喜起来。

梦苏不想继续这个话题："阿桂，秋实出事了，你知道吗？"

"知道啊，老区就是被特委调到闽西去参加审他的案子。"她炫耀说，"老区现在可不比以前了！这边要管这么大一个站，特委那边有事也离不开他，忙得呀，恨不得把自己分成两半！"

"阿桂，我就是专门为秋实的事来找老区的。"

陈桂乜了眼梦苏，状若玩笑又似挑衅地说："哟，以前从来都不把我们老区当回事，现在知道来求他了！"

梦苏不与陈桂计较："我想让老区替秋实说说话，他是绝对不可能通敌，绝对不可能背叛革命的。"

"那你的意思是组织上错了，你不相信组织了？"

梦苏一时不知说什么好："我……不是这个意思。"

"就是嘛，组织上是不会随便冤枉一个好人的，它怎么不说你或者我有问题，也不说老区有问题啊？"

梦苏对陈桂这样的态度感到吃惊，说话也有些急了："阿桂，我们认识秋实那么多年了，你相信秋实会干出暗中勾结敌人、背叛组织那种事吗？"

陈桂有些心虚："我……我也不相信老麦是坏人啊，老区走之前，我也这么问过他。"

梦苏急忙问："他怎么说？"

"老区说，麦秋实肯定是有嫌疑，组织才会抓他。至于他到底有没有问题，这个也要经过组织审查之后才能下结论，别人说什么都没用。"

梦苏见与陈桂说不通，决定留在仁达药店等区达铭回来。

陈桂见状拉下了脸："明明是你死活看不上老区，你不要他我才要的。哦，现在他发达了，倒死乞白赖地要等他，你什么意思？"

梦苏想不到陈桂竟说出这样的话来，气得脸上红一阵白一阵，什么都说不出来……

第二天中午，仁达药店交通站的人们和梦苏、小远围在桌旁吃饭，各自捧了一个碗埋头喝粥。

小远吃完自己那碗粥，将碗的四壁舔得干干净净，看了看摆在桌子中间的那个装粥的大盆，抬头对梦苏说："妈妈，我还要。"梦苏下意识地看了看陈桂，陈桂的脸又拉了下来。梦苏只好拒绝了小远的请求，小远不依不饶地冲着梦苏闹，梦苏气地在小远的脸蛋上拍了一下。

小远哇的一声哭了起来。他的哭声刺痛了梦苏和其他同志，但陈桂的脸色依然冷冷的。梦苏红着眼睛将自己碗里的粥倒给小远，可她碗里的粥也不多，周会计和姜大夫便将自己碗里的粥倒给小远。陈桂腾地站起来，转身走开了，因十分用力，桌子椅子发出很大的响声，宣泄出她的情绪。

围坐在桌旁的人面面相觑。

梦苏使劲克制着，不让泪水从眼中滑落下来。

仁达药店的店堂里空荡荡的，没有一个顾客，只有姜大夫站在药柜前整理各种药材。陈桂拿着一个鸡毛掸无聊地这里掸掸，那里擦擦。

梦苏想来店堂帮帮忙，看见店里的情形不由站下了。

陈桂斜了梦苏一眼，没有吭声，手里的鸡毛掸子却越来越用力地落在柜台和柜子上，发出"啪啪"的响声。与其说在掸灰，不如说是在发泄。梦苏进也不是，退也不是。

姜大夫见此情景，急忙找话说，以化解尴尬，梦苏也说明了自己的来意。陈桂继续"啪啪"地摔打着鸡毛掸子，一边话里有话地说："有什么可帮的？你都看到了，这儿除了我们的人，连个鬼都没有一个，闲得身上都快长毛了，有什么忙可帮的！"

梦苏转身往外走。

陈桂有意冲着梦苏的背影更加大声地说："老区去闽西以前说让我来代理这个站长，我还以为提拔我了呢，谁知道一管这个摊子却是个苦差事。最近生意那么差，物价又一天一天见风就涨，经费还是那么点，一点都没增加。这站里来来往往的人特别多，送走一拨又来一拨。再来一些吃白食的⋯⋯"

梦苏正往外走，陈桂的话却清清楚楚地灌进她的耳朵里，特别是最后那句话，像刀子一样剜进她心里，她浑身一凛，不由站下了。

陈桂还在继续说。

"就账上那点钱，现在这些人吃饭都快吃不起了。同志们不理解，还说我克扣工钱，唉，真是不当家不知道柴米贵啊！等老区回来，我马上把这个摊子扔回给他，谁愿意管谁管，我才不操这份心了⋯⋯"

梦苏转身走回来，对陈桂说自己和小远不在店里吃饭了。

陈桂没想到她会做出这样的决定，一时有些慌了，她担心别人说她的不是，梦苏却说这是她自己的决定。陈桂有些过意不去，但还是没有挽留她。

梦苏转身走了出去。转过身的一瞬间，她再也控制不住，眼泪哗哗地淌了下来。

姜大夫目睹刚才的情景，不知该说什么好，只是摇头叹气。

陈桂装作没看见，继续用鸡毛掸子扫各处的灰尘，大概因为心虚，再也不用力摔出"啪啪"的响声了。

中午，梦苏带着小远在街上转。

小远天真地问梦苏为什么一到药店的人吃饭的时候妈妈就拉他出来，梦苏心里一阵苦涩，不得已找了个借口搪塞他。小远看到刚出炉的一卷卷雪白的肠粉，一个劲地吞口水。门口的炉子上，摆了几层的大蒸笼正腾腾地冒着热气。有顾客来买，师傅揭开笼盖，拿出一个个叉烧包、烧麦⋯⋯

小远瞪直两眼看着，眼珠子似乎都要掉下来了。梦苏试图将小远的注意力转移开，指着远处的大汽车让他看，谁知小远突然挣脱了梦苏的手，从一个顾客的手里抓了一个包子就跑。梦苏气急，追了过去。小远一边躲梦苏，一边急急忙忙把包子往嘴里塞，刚要咬一口，梦苏追上来将包子夺了下来。小远不依，拼命要拿包子。梦苏气得打了小远一下，包子滚到了地上。小远不管不顾地扑过去要捡包子，忽然不知从哪儿蹿出一条狗，一口叼起了地上的包子。小远急了，朝那条狗踢了一脚，那条饿狗"嗷"地叫了一声，吐出包子，回头朝小远腿上咬了一口。小远的腿上顿时血流不止，"哇哇"大哭起来。

梦苏惊叫一声扑过去，想抱起小远，也许因为心慌意乱，也许太过焦虑，一时竟没抱起来，自己也跌坐在地上……一时间，无数的伤心、委屈、绝望都从心里喷涌出来，不由抱着小远失声痛哭起来，哭得痛彻心扉。

路人们纷纷围上来，看见这一幕都不由摇头叹气。

周会计路过挤进了人群，一见梦苏和小远的情形不禁惊呆了，他急忙冲过去，看到小远鲜血淋漓的腿后，抱起他就向医院跑去，梦苏急忙跟上。

汕头的一家小吃店里，梦苏带着小远和周会计在吃饭。

小远腿上缠着绷带，却对受的伤不管不顾，闷着头狼吞虎咽地吃着碗里的米粉。周会计有些心疼："慢点吃，吃完叔叔再给你买。"

梦苏看着埋头大吃的小远，不禁又一阵伤心，泪水涟涟……

周会计叹了一口气，向梦苏说起了陈桂的变化，自从她当了代理站长，穿衣打扮变了不说，整个人也趾高气扬起来。站里的同志都看不顺眼，但除了老区，谁都不能说她，一说就跳，一点儿都不像党的干部。

梦苏并没有附和周会计，许是和陈桂一起长大的缘故，她能理解陈桂如今的变化。她跟周会计说起了自己了解的陈桂，出身苦，自小生活在最底层，受尽欺辱和冷眼。直到逃到广州参加了革命，才开始有了改变自己地位和命运的机会。她一直仰慕区达铭，现在终于和他结合到一起，肯定觉得苦尽甘来，今非昔比了。

"她一定很怕失去这一切，所以格外提防，大概对我也很防备吧。"

周会计恍然大悟："对，你这么说有道理，到底还是女人了解女人啊。你以前毕竟和老区有过那么一段，加上小远又那么可爱，老区对小远爱得不得了，陈桂肯定一见你们来就提心吊胆，生怕老区的心还在你们身上，把你们当成假想敌了，于是千方百计地要捍卫自己得到的一切。其实我觉得陈桂很傻，她如果真爱老区的话，就应该对小远更好才对。而且，她更不应该失去你这样的朋友。"

梦苏摇摇头："我理解阿桂，她整颗心都扑在区达铭身上，太投入，简直到了不顾一切的地步，我真担心这样下去会出什么事……老周，拜托你们一定多帮帮阿桂，也许她现在有些迷了心窍，但阿桂的心不坏，对革命也绝不会有二心。"

周会计望着梦苏，不禁感叹道："梦苏，你真是个善良的女人啊，陈桂都对你这样了，你还这样替她操心。"

陈桂听说梦苏要离开，便匆匆赶来见她，进屋后一见梦苏果真在收拾东西，心里又有些不安了："不是说要等老区回来吗？怎么突然说走就走啊？"

梦苏淡淡地说道："哦，回去还有事。"

陈桂眼珠一转："是你们自己要走的，可不是我逼你们的啊，以后可别乱说。"

梦苏头也不抬："是我们自己要走的，和你没关系。"她默默地收拾东西，陈桂也不知该说什么，她们一时无话，房间里有些冷场。

"那……你收拾东西吧。"说完，陈桂便讪讪地走了出去。

这时，周会计和姜大夫走了进来，他们也是劝梦苏留下的，但梦苏执意要离开。

"就在小远去抢掉在地上的包子，被狗咬伤，腿上鲜血淋漓的时候，我真想一头撞死在那儿……当时我就下决心，一定要带孩子走，不为别的，就为了维护一个母亲的尊严！"

周会计和姜大夫面面相觑，说不出话来。

和交通站的同志告别后，梦苏拉着小远走出后院大门，不想差点与正欲跨进大门的一个人撞上。梦苏抬头一看，那个风尘仆仆出现在眼前的人竟是区达铭，身后还跟着护送他的交通员。

区达铭看见梦苏也愣住了："梦苏……你怎么来了？"

自己一直要等的人竟突然出现了，梦苏惊喜之外，又难掩复杂的心情："我、我来找你有事。"

区达铭猛地一见梦苏也很惊喜，但随即就意识到梦苏找他来可能是为了什么，他调笑着说早知道梦苏找他，他插着翅膀也要回来。区达铭的话让梦苏不舒服，但她此时却不好说什么。区达铭看到一旁的小远，激动地将他抱了起来。

给梦苏母子送行的人还没来得及散去，见她和区达铭又一同回来了，不由都很吃惊。陈桂看到区达铭眼睛一亮，急忙迎上来，态度极其热切，跟之前面对梦苏等人的态度完全不同，像变了一个人似的。区达铭把小远架在脖子上，根本没心思搭理陈桂，只沉浸在和儿子相见的激动中。

"儿子，想爸爸了没？"

"想！"

陈桂挤在区达铭身边殷切的问询，但区达铭只朝她点了下头，就一心和坐在他肩膀上的小远嬉闹着。陈桂望着区达铭和小远亲热的样子，脸色一沉。

周会计等其他同事见此情形，都很尴尬。

区达铭让陈桂在畅春园给众人定了一桌饭菜。饭桌上，区达铭见小远吃得狼吞虎咽，有些不解，陈桂生怕他说出自己不让梦苏母子在店里吃饭的事，十分紧张，梦苏替她打了圆场。

饭后已是华灯初上，梦苏准备带小远回房睡觉时，区达铭却吩咐陈桂去照顾小远，他要和梦苏谈话，梦苏有些不情愿，区达铭作势欲走，梦苏一想到麦秋实，便拦住了他。

梦苏问麦秋实的案子进展如何，区达铭喋喋不休说着官话套话，听得梦苏有些发蒙。

陈桂在院子的另一头看到区达铭进了梦苏住的客房，不一会儿房门又关上了，不由气得浑身发抖。

"爸爸……妈妈……"

小远的声音使陈桂惊醒过来，她抱起小远朝周会计的房间走去。

周会计正在灯下算账。突然响起很响的"嘭嘭"砸门的声音，把他吓了一跳，走过去刚一打开门，只见陈桂闯进来，把小远往他怀里一塞，说了句"你看一下这孩子"便转身离开了。周会计抱着小远一脸困惑。

和区达铭单独待在房间，梦苏觉得很别扭，但此时她只有忍受。她问区达铭麦秋实如今怎么样，区达铭骗她麦秋实过得很好，梦苏并不相信，她恳求区达铭向组织讲清事实，麦秋实绝对不可能背叛革命，一定是有人陷害他。

她做梦也想不到陷害麦秋实的元凶就站在他面前。

区达铭阴冷一笑："过去你可是从来没求过我啊，你在我面前从来都是高高在上，让人觉得高不可攀……难道为了麦秋实，你就可以把自己放得很低、很低……"

他边说边朝梦苏走近。

此时，陈桂正悄悄走过来，将耳朵贴在门上，听屋里的动静。

梦苏一个劲地向后躲，区达铭却步步紧逼。梦苏被逼得没有退路了，猛地将区达铭推开，大步走到一边，

"我和你说正经的，你却这样……算了，我不和你说了！"

"你说正经的，难道我就不正经吗？啊？老麦是你的同志难道就不是我的同志吗？他蒙受冤屈，你心里难受我心里就不难受吗？"

梦苏愣愣地看着区达铭，不知道他说的是真是假。

区达铭一脸颓丧："我和老麦认识的时间比你还长，我对他的了解不比你少，我和他的革命友谊比你想的深厚得多。在闽西，我不顾自己受到牵连的风险，到处奔走，为他呼吁，为他申辩……"

"结果呢？"

梦苏焦急地询问。

区达铭摇了摇头，他告诉梦苏，麦秋实的问题太大了，他的努力一点用都没有。

梦苏一惊，再也忍不住抽泣起来："怎么会这样，怎么会这样……这不可能，不可能！我要去找组织，我要告诉他们，麦秋实绝对不是那样的人……"

梦苏越说越难受，越哭越伤心。她对麦秋实的一片痴情深深地刺痛了区达铭，使他不由怒火中烧；而梦苏那哀怨的神情、楚楚可怜的样子忽然间又激起了区达铭的欲望。

区达铭再也控制不住自己，冲动地拉起梦苏，要将她搂在怀里。

梦苏拼命挣扎："你要干什么……你放开，放开我！"

区达铭却不松手，反而使出蛮力，用劲抱住梦苏往床上拖，嘴里说着各种不堪入耳的话。

梦苏挣扎着，眼前闪回出过去那些不堪回首的情形。屈辱、痛苦、仇恨使梦苏的心中无比悲愤，她狠狠地打了区达铭一个耳光，骂道："区达铭，你不是人……"

区达铭愣了一下，随即像一头被激怒的野兽，更加凶猛、蛮横地扑向那个孱弱的猎物。

陈桂听到屋内的声响不对，急忙拍门大喊"开门"。突然传来的拍门声和陈桂的喊声使区达铭一惊，手也下意识地松开了，梦苏趁这个机会用力推开他跳起来，冲向门口，与在门外喊叫着急欲进来的陈桂差点撞上。梦苏看到陈桂，直直地向她怀里扑去。

没想到陈桂突然挥手打了梦苏一巴掌。

"沈碧青，你太不要脸了！难怪当初麦家说你是灾星，把你卖进了妓院！你害了麦秋实还不够，还要跑到这里来祸害我，祸害我的男人……"

梦苏惊呆了，她怎么都没想到，这么恶毒的话竟然会从和自己从小一起长大的好姐妹陈桂的嘴里说出来，这一打击不亚于刚才区达铭对她的侵犯……她呆呆地，好像看一个陌生人一样看着陈桂，浑身直打哆嗦，嘴唇颤抖着，什么都说不出来……

顷刻间她夺门而出，跑了出去。

区达铭看见刚才那一幕也愣住了，一时不知如何是好。

陈桂走到区达铭面前："老区……"

区达铭突然抡起胳膊，朝陈桂脸上狠狠地扇了一耳光，在这突然寂静下来的房间里，那声音显得很响很脆。

陈桂捂着发烫的脸颊惊愕地望向区达铭

区达铭粗暴地推开她，闷头走了出去，剩下陈桂捂着脸在那儿发呆。

夜深人静，江上一团乌黑，岸边泊着的木船上挂着一只孤零零的渔灯，不住地在风中摇曳。

周会计和姜大夫与抱着小远的梦苏告别。他们已经给梦苏安排好一路交通，现在正一再叮嘱他们路上小心。

"今晚的事我们现在不好说什么，不过有些东西是不会长久的，善恶终会有报的。你要相信党，相信组织，也要相信……麦秋实同志。"

姜大夫点点头："对！我们都相信老麦。"

在这寒冷的夜晚，面前两位普通的党员给梦苏苍凉的心中送进了一缕暖意，她感动得几乎要潸然泪下了，但她克制着，只是向周会计和姜大夫深深地鞠了一躬。

梦苏抱着小远上了船。船夫撑船，木船离开岸边。周会计和姜大夫向船上的梦苏挥手告别。

江风吹乱了梦苏的头发，她将小远紧紧地搂在怀里，母子俩相互依偎着，一动不动地坐在船上，如一尊雕塑。

夜空中的一弯细月笼罩在云雾中，散发着黯淡的光晕，江上几乎没有亮光。载着梦苏母子的木船在江流中颠簸着前行，驶进无边的夜幕……

广天客栈里，小叶和老胡正在聊天，两人均是一副愁眉不展的模样。

这时，梦苏背着小远深一脚浅一脚地走进客栈。母子俩显得很疲惫，小远已趴在梦苏肩上睡着了。老胡和小叶赶忙迎上去。

小叶把小远抱到床上，梦苏拖着疲惫的步子走进来，颓然地坐到椅子上。老胡跟着走进房间，打量着梦苏，心里有种不太妙的预感。不论他怎么问梦苏，她都是一副呆呆的模样。老胡不忍心接着问，便安慰梦苏让古大章去向上级反映。

梦苏听到古大章要来，原本迷茫的眼睛有一丝亮光闪过，老胡说古大章是来护送一批苏区急需的无线电器材。

梦苏一听有工作，精神振奋起来："那他们到了以后的转运工作布置好了吗？"

老胡摇摇头："咳，别提了！"

梦苏不解地看向他。

老胡向她解释，大家一直在麦秋实的领导下工作，对他都很尊敬，现在他突然被带走，大家都不清楚麦秋实到底有没有问题，也不知道交通线未来会怎样，很多人的情绪都受到影响。

"更严重的是，下面的人搞不清真相，一些流言蜚语传来传去，说老麦是暗藏的敌人，现在被抓走回不来了，交通站要垮了……基干群众的队

第二十六章　惊变

647

伍都被搞乱了，一些我们设的小站和接头户不干了，连一些担任护送和搬运工作的赤卫队员和积极分子都跑了。"

梦苏一脸震惊。

梦苏决定去了解一下长兴站的真实情况。第二天上午，她先去了余嫂子的豆腐店，店里传出石磨轰轰转动的声音。梦苏抱着小远走来，向屋内高喊余嫂子的名字。余嫂子迎出屋外，一见小远，便亲热地抱起了他。

突然，余嫂子想起了什么，猛地站下，把小远往梦苏怀里一塞："你把小远抱走吧，以后我不干你们的事了，你们也不要再来找我了！"

梦苏还想跟着进屋："嫂子，你这是怎么了？"但余嫂子将她推了出去，使劲关上了门。

梦苏不甘心地拍门，小远也跟着咿咿呀呀地喊"余妈妈"，但房门始终紧闭，门内传出的石磨转动声，沉闷、单调，丝毫没有停歇下来的意思。

梦苏只得抱着小远失望地离开。

半路，梦苏遇到了赖嫂，她身体不好，驼着背，走路一瘸一拐。

梦苏正想给赖嫂做工作，赖嫂却没好气地说："你们现在来找我的三个仔，我还要去找你们呢！"

"赖嫂……"

赖嫂跟梦苏抱怨，以前听说麦秋实是好人，她的三个孩子还有村里好多后生都跟着他闹革命，现在又说麦秋实是坏人，他被抓进去，跟着他闹革命的人都得遭殃，赖嫂的三个儿子现在还躲在山上不敢回来，别人家都栽完秧子了，他们几个的田里都荒着。错过这几天，明年就没什么收成了……

梦苏提出要帮赖嫂干活。

"哎呀呀，可千万别来，现在就是怕和你们沾边，附近有民团和白军的探子，要是他们知道了就完了！"

说着她就像躲避瘟疫一样地走开了。

老胡、小叶、梦苏等人都一筹莫展。

梦苏心里有些沉重："我跑了一圈，情况比我想象的还要严重。"

老胡和小叶点头，他们都明白，老百姓的问题不解决，长兴站也就瘫痪了。小叶提出眼下的一个难题，古大章和黄启去接护送无线电器材和设备的上海同志来长兴站，可平时担任运输和护送任务的群众躲的躲，跑的跑，人都找不齐，物资如何运送成了一个大问题。

梦苏腾地站起来："我再去找人。"

碰了好几次钉子的其他人都有些气馁。

"我了解麦秋实，他现在被关在那样的地方，心里最挂念、最放不下的，除了自己的清白，一定就是交通线的工作。要是他在这里，就是有再大的困难，也会坚持工作的。现在秋实回不来，他的工作我来替他做。"

梦苏眼神坚定。

半夜，躺在床上的赖嫂醒来，恍惚听到屋后有什么声响。她疑惑地听了一阵，披衣下床。

夜空中明月高悬，将四周照得很亮。赖嫂摸索着走来，走到水田旁不由站住了——只见水田里影影绰绰地晃动着两个黑影。借着明亮的月光仔细一看，原来是梦苏和老胡在帮赖家兄弟插秧苗。

赖嫂见此情景，心里不知什么感觉："你们……"

梦苏看见赖嫂，走到田埂边，笑道："赖嫂你看，这一片是我栽的，怎么样？"

赖嫂问梦苏他们在做什么，梦苏解释说赖嫂家没有青壮劳力，眼下插秧季就要过去，她和老胡不能眼看着赖嫂的田荒掉。

"老嫂子，你放心，我们晚上来帮你们干活，村里人都不知道，不会有人告诉民团和白军的。"老胡笑着说道。

赖嫂愣怔了一阵，硬邦邦地说："你们干了这些也没用，我的几个儿子是不会再跟你们干的！"

她扔下这句话转身走了，剩下梦苏和老胡无奈地站在水田里。他俩又接着干起来。

插完大半亩后梦苏累得受不了，站在水田里慢慢直起身子，捶着酸痛的腰。老胡见状劝梦苏去歇歇，梦苏摇摇头，弯下僵直的身体，咬着牙坚持干了起来。

天刚蒙蒙亮，梦苏和老胡满身泥水，神情疲惫地走回来，梦苏看上去累得浑身的骨头似乎都散了架。

　　刚走到客栈门口，老胡和梦苏就发现房门半开着，进屋后，看到伙计在柜台睡得正香，老胡上前叫醒他，询问门为什么开着，两眼惺忪的伙计嘟囔着说他昨晚把门关好了。梦苏愣了一下，拔腿向自己的房间走去，看见房门开着，心里蓦地升起一种不祥的预感，她急忙跑进屋里。

　　床上空无一人。

　　"小远……小远……"

　　清晨，梦苏、老胡、小叶等人四下寻找着，呼喊"小远"的声音在清晨的小镇上空回响。梦苏心如刀绞，拼命喊着小远的名字，脸上流淌的，分不清是奔走的汗水还是焦灼的泪水。

　　余嫂子家在镇子上算是早起的人家，窗户上已透出微弱的灯光，屋内传出"隆隆"的石磨转动声。余大哥推着石磨，余嫂子站在灶前揭开锅盖，将又一锅刚刚蒸好的雪白的豆腐端出来。外面传来一阵阵寻找小远的喊叫声，余嫂子侧耳听了一阵："糟了，好像是小远丢了！"

　　她急忙放下手里的东西，转身冲出了门外。

　　越来越多的人从不同的地方汇集过来，加入到寻找的队伍中，呼喊小远的声音在小镇的各处此起彼伏。老胡领着一队人搜寻着来到镇子旁边的一处山坡。有人听到一阵微弱而沙哑的哭声从坡下的荒草丛中隐隐传来。

　　"好像是有孩子在哭。"有群众喊道。

　　老胡拔腿朝坡下冲去。

　　梦苏闻讯赶来，扑到孩子面前，喊着小远的名字。小远发出细弱的哭声："妈妈……"

　　"先去找郎中看看。"老胡说着抱起小远，快步朝镇上跑去。梦苏随后跟着。

　　老郎中给小远做了检查，说小远除去擦伤和惊吓，有点儿风寒的症状罢了，并无大碍，他给小远开了方子，说回去慢慢调养就好。一旁的梦苏、老胡等人都松了一口气。医馆外面聚集着不少群众，当梦苏抱着小远走出医馆时，人们纷纷围上去，赖嫂急切地挤到了前面。

"孩子怎么样了？"

"小远没事吧？"

"郎中怎么说？"

望着那一张张关切的面孔，梦苏十分感动，她抱着小远向大家深深地鞠了一躬："孩子没什么事。谢谢，谢谢老乡们！"

这时，余嫂子从人群中挤到梦苏面前，不由分说地从她怀里把孩子抱了过去。梦苏一愣，余嫂子小声埋怨梦苏没有照顾好小远，要将小远带到自己家照顾几天。梦苏怔怔地望着余嫂子抱着孩子离开的背影，好一阵才明白过来，一直惊惶不安的她这时不由感到一丝欣慰。

人们都在关心孩子的情况，谁也没有注意到几个正挑着蔬菜从旁经过的男子。这几个人的装束很普通，看上去就是从附近赶早到镇上来卖菜的山民，但他们的目光却四下张望，神情颇有些诡异。领头的那名男子头上戴着一顶竹笠，竹笠压得很低，遮住了大半张脸，目光却从竹笠下射出来，有意无意地注视着正沿着镇街走远的余嫂子的背影……

人群渐渐散去。梦苏注意到赖嫂踟蹰着没有离开，好像有话要说。

梦苏向她走过去。赖嫂犹豫了一下："不是我让你们去给我们干活的，孩子丢了，也怨不得我。"

梦苏没有生气，她认真地看着赖嫂说："大嫂，您别说了，是我们主动去给你们干活的，现在孩子也没事了，您就别担心了。"

赖嫂避开了梦苏的眼睛。

梦苏眼神一暗，还是勉强劝道："赖大嫂，您还是把三个儿子叫回来吧。在山上吃不好睡不好，太辛苦了。家里还有那么多事需要他们。"

赖嫂犹豫着。

梦苏期待看着她："大嫂……"

赖嫂嘴唇抖了抖，还是离开了。

梦苏无奈地望着她匆匆离去的背影。

仁达药房里，区达铭正在对周会计等人讲话，他难以掩饰心中的得意，虽然压低了声音，但完全是当年在大庭广众中讲演的架势。

"……啊，沈梦苏同志还在到处托人找关系，想把麦秋实的案子翻过来，我好心好意地劝她，她不仅不听，还跟我翻脸，啊！我亲自参加审理麦秋实的案子，情况比谁都清楚——麦秋实这次可以说完了，彻底完了，再也翻不过身来了！"

周会计、姜大夫等人听后既震惊又难过，同时又看不惯区达铭此时趾高气扬的样子。区达铭没有注意到大家的情绪，继续喋喋不休，他说麦秋实在前两次行动中故意绕过汕头站，就是害怕经验丰富的自己发现他的真实面目。

"原来是这样啊。我说呢，怎么这段时间闲着没事干。"

陈桂一脸的幡然醒悟极大地取悦了区达铭。

他洋洋得意地嘲讽道："要想人不知，除非己莫为。躲是躲不过去的！这下暴露了吧，把自己玩进去了吧！党组织真是火眼金睛，谁对党忠心耿耿，谁是暗藏的敌人，瞧得清清楚楚。"

"啪啪"，陈桂一个人的掌声回荡在房间内，其他人都显得无动于衷，一动不动地枯坐着。她讪讪地停了下来。

区达铭感觉到了大家的情绪，他口气一变，干巴巴地说自己没有幸灾乐祸的意思，主要是麦秋实同志的背叛实在太让人痛心了……

"我讲这么多，其实是要郑重地宣布一件事情，上级又有一个重要工作要交给我们了！"

交通站的同志一听说有任务，都纷纷坐直了身子，与刚才淡漠的态度完全不同，区达铭有些不高兴，也不好说什么，他告诉大家古大章等人将运送一批无线电器材和设备到中央苏区，即将到达汕头站，站内沿线各中站、小站、接头户要做好接应准备，从汕头到长兴这一段将由自己亲自参加护送……

泰丰楼饭店坐落在长兴北湾镇外，周围稀疏地散落着一些商店和人家，环境比较荒僻。此时夜色已深，饭店大门紧闭。七八条黑影蹿到饭店大门外。就着从饭店窗户里透出的微弱的灯光可以看出，这些人就是那天早上在镇上出现的卖菜男子。

此时的泰丰楼周围弥漫着一股不寻常的寂静……

"咚咚咚"，有人敲响了饭店大门。

片刻，门开了，一脸睡意的伙计探出半个身子："这么晚了，我们打烊了……"

话音未落，只见那名伙计浑身一僵，身子扑到了门上，手下意识地在门上抓挠着……在门内射出的灯光映照下，可以看到一股鲜血喷射到木板门上。

伙计的身体倚着门板瘫软下去，仆倒在地，

为首的人一挥手，几个黑影快速钻进店里。

夜深了，余嫂子和余大哥还在推着石磨磨豆子，雪白的豆浆从石磨上汩汩流下。

余嫂子动作一顿，竖起耳朵仔细听，余大哥问她怎么了，余嫂子皱着眉头说好像听到一点儿动静。余大哥取笑她是听到了小远的声音。

"你忘了，昨晚梦苏来把小远接走了。"

余嫂子没听到什么动静，重新和余大哥推起磨来，隆隆的石磨声再次在屋里响起。

余大哥有些好奇地问道："哎，你现在怎么又给他们干了？"

余嫂子叹了一口气，前段时间麦秋实被抓走，她担心会暴露自己就不敢给交通站做事，可如今既舍不得小远，又觉得梦苏可怜。最关键的是，她感觉麦秋实不像是坏人，所以最近又回到了交通站。

突然，房内的某处又传来一阵响动，余嫂子停了手，四下张望。

余大哥为打消她的顾虑，拿着油灯走向后面的房间。他举着油灯到后面他们夫妇起居生活的几个房间转了转，没发现什么异样。走出屋外，四下里一片漆黑，格外阒寂。余大哥端着油灯走回堂屋，边走边说："哪儿有什么人？屋子里、房子周围，我都看了，没人，你就放心吧……"

话音未落，余大哥愣住了，只见刚才还在推磨的余嫂子趴在石磨上一动不动。

"孩子他妈，孩子他妈……"

余大哥扑到余嫂子身边，顿时浑身僵硬，因为他看到，余嫂子身下的石磨上，一股鲜血正汩汩流下，渗入石槽内雪白的豆浆中……

第二十六章 惊变

余大哥惊恐地正要喊叫，几名男子突然扑了过来，挥刀猛刺，余大哥的身体僵直地挺立了一阵，终于栽倒下来，扑在余嫂子身上。更多的鲜血从石磨上涌流下来，将石槽里的白色豆浆染得一片殷红……

夜深人静，仁达药店的后院大门悄然打开了，几辆人力车出来。

区达铭坐在最后一辆车上，谁也没有察觉，他似乎不经意地仰着脸侧了一下头，飞快地瞥了对面楼上的窗户一眼。

车夫们拉起各自的人力车，一辆一辆很快消失在浓重的夜幕中。

仁达药房后院对面的房子里，一双眼睛紧紧注视着远去的那队人力车。

"他们出发了，向特派员报告！"

此时，长兴某个国民党独立旅作战指挥室里，有人在向袁昌报告。

"派往北湾的特别行动队在当地民团的配合下，把前一段摸排出来的共产党交通站下属的联络点、接头户端掉了一部分，对当地老百姓的震慑很大。据我们的眼线报告，很多过去跟着他们干的人都躲起来或者跑了，不敢再和共产党沾边。"

袁昌缓缓地笑了。

一名副官进来，将一份电报交给袁昌："报告，刚收到的电报，他们已经从仁达药房出发了。"

袁昌接过电报一看，霍地站起："好！按照部署，命令部队开始行动！"

"是！"

他望着窗外浓重的夜色，面孔因为极度亢奋显得有些扭曲。

"最关键的棋子就要落下了，这是最后的一击，将使长兴大站彻底覆灭，这就等于掐断了共产党中央交通线的脖子；而汕头大站早就在我的掌控之中，到时候只要一收网，就好比把这条交通线再次腰斩。共产党的中央苏区所依赖的红色生命线就要被我碎尸几段了。麦秋实啊麦秋实，对不起了，你就在囚牢里好自为之吧，这一次我赢定了！"

老胡拖着脚步行走在山路上，看上去有些垂头丧气。他忽然看到旁边山林中的一条小道上出现了梦苏的身影，她行色匆匆，几乎是在一路小跑。

"梦苏！"

梦苏转头看见老胡，转身穿过树林，朝这边跑来。

满头大汗、气喘吁吁的梦苏跑到老胡面前，两人不约而同地几乎同时问道："怎么样了？"

梦苏说她刚刚去江边了，因为运送的器材和设备量很大，她还特别找了家有大船的余良顺，已经全部落实了。相比梦苏的兴高采烈，老胡则有些低落："我去找了护送和运输人员，好多还是不愿意回来干。"他没想到麦秋实被抓的影响如此之大，眼看着物资就要运过来了，连接应的人手都找不齐。

梦苏安慰他："没关系，我们再去找，一次不行就去两次，两次不行就三次。"

老胡显然信心不足。

"其实现在情况还是在向好的方面发展，余嫂子不是又重新开始工作了吗？我感觉赖大嫂的思想也有一些松动。"

梦苏很有信心，她认为只要她们继续坚持做工作，实心实意地对老乡，打消他们的顾虑，就会有越来越多的人回来跟着她们干的。"

老胡正要说什么，却见小赵急匆匆地跑来。

他脸色煞白，神色惊慌，上气不接下气："出、出事了……"

泰丰楼饭店内一片凌乱，四处是血迹，被掀翻的桌椅，被推倒的柜台。从店堂到厨房，到处可以看到倒卧的尸体。余嫂子的豆腐里，余大哥伏在余嫂子身上，夫妇俩双双倒毙在石磨上，磨了一半的豆浆被鲜血浸染，成了猩红的血浆。老胡以及长兴站的其他同志望着眼前的情景，惊得目瞪口呆。

眼前的惨状使梦苏受到沉重打击，她再也无法自持，转身冲出门去，扑到店外一棵树上，倚着树干一阵阵地干呕。她的内心被一阵阵的恐惧、愤怒以及其他不知名的情绪冲刷着，浑身颤抖个不停，余嫂子等人往日的音容笑貌和死去的惨状在她眼前轮番显现，让她一时分不清回忆和现实。半晌，她无力地蹲下来将脸埋在膝盖上，小声啜泣起来。

小赵走了，炊事员老谭走了

剩下的人坐得稀稀落落，屋里的气氛很压抑。

小叶张了张口，有些犹豫要不要说话，老胡长长地叹了一口气，示意小叶有话就说。

小叶无奈道："发生血案的消息传出去以后，过去向我们靠拢的那些积极分子、经常帮我们干活的群众骨干更害怕了，一些本来还在犹豫、观望的人吓得彻底缩回去了。"

大家都表现出一副"果然如此"的表情。有人嘀咕道："看来长兴站真的要垮了。"梦苏看了那人一眼。

"上海来的无线电器材马上就运到了，来了以后怎么办？这边连运送的人手都找不齐。"

小叶很苦恼。

梦苏惊讶道："早上我刚去了余良顺他们几户渔民的家里，他们都答应得好好的呀。"

"你就别提那个余良顺了，我刚听说他把船都开走藏起来了。"

又一个打击把梦苏震懵了，她霍地站起来疾步朝门口走去。

"梦苏，你干什么去？"

"我去找余良顺！"

她说着冲出门去。

余良顺家门口。

梦苏轻轻地敲了敲门，见屋里没人应，又十分谨慎地喊了起来："老余，开门啊。"

屋里仍然没有动静。

"我知道你在里面，你今天要是不开门，我就在门口不走。"

门开了，余良顺的女人站在门口，神色有些不自然地说余良顺不在家。

梦苏朝屋里张望："那我能进去等他吗？"

余良顺的女人更加慌乱，挪动身体想挡住梦苏的视线："你别等了，他……可能很晚才回来……"

两人说话间，从房子一侧传来"嗵"的一声闷响。

梦苏急忙绕到房子侧面，只见一个人影正从地上爬起来，朝房后跑去，他显然刚从侧面墙上的窗户跳出来。梦苏急忙去追。

"老余……"

但余良顺跑得太快，很快就冲进房后的树林之中。

梦苏追了几步，眼睁睁地看着那个身影闪进树林，消失不见了，她只得无奈地站下……

枝叶茂密的林中，响起几声长长短短的鸟叫。

过了片刻，对面不远处也传来几声同样长短、同样节奏的鸟叫。

听到对面的回应，从灌木丛中钻出了一队人，有古大章、区达铭，有一些人挑着沉重的担子，还有一些人拿着武器在周围警戒。他们护送的正是运送无线电器材和设备的队伍。

对面有两个人从树后闪出，朝这边走来，那是黄启和一名长兴的交通员。

古大章、区达铭等人与黄启等人汇合到一起，相互热烈地握手。见人和设备全都安然无恙，黄启如释重负："总算把你们等到了。我们已经在这儿等了好多天了，还怕你们在路上出了什么意外。"

古大章笑道："这一路上敌人盘查得特别严，有些路段实在过不来，只能绕道走，所以耽误了时间。"

区达铭见状便跟众人告辞，说自己的任务已经完成，要回汕头去了。指挥员问他用不用找人护送一下，区达铭谢绝了。

再次与古大章、黄启等人一一握手告别后，他便独自离开了。

郁郁葱葱的山林中，不时响起的鸟鸣更显幽静，区达铭悄无声息地站在齐人高的灌木丛后仔细观察，确定附近没人，他转身拐了一个弯，踏上了通往另一个方向的小路，很快消失在密林中。

黄启、古大章带着运送无线电器材的队伍沿着小道穿行在林中。

两个人回忆起曾经一起干革命的岁月，黄启突然称赞古大章是一位经过了残酷考验，完全值得信任的同志。古大章有些不解地望着他，不明白他为什么突然说这些。

黄启踌躇了一下，欲言又止。

古大章似乎明白了一些："你说吧。"

黄启告诉古大章自己给特委写了一封信，反映麦秋实和沈梦苏的生活作风问题。

"其实我当时没有别的意思，就是觉得老麦和梦苏生活作风上不太严肃，我有些看不惯，说他们又不听，我就写了那封信，希望组织上能帮助他们认识到自己的问题。"

黄启有些为自己辩解的意味。

古大章想了想，委婉地说："你也是广州出来的，不是不知道老麦和梦苏的关系，当年，梦苏差点嫁给老麦。当然，他们和老区之间的关系也不是一两句话能说清的，那结下的疙瘩也不是三下两下能解开的，太复杂了。俗话说，'清官难断家务事'，咱们这些外人还真的管不了。"

"管不了也得管。"黄启反驳道。他认为麦秋实、区达铭和梦苏三个人都在交通线上工作，只要他们之间存在问题就势必会影响党的工作，更何况感情问题处理不好，受损害的是党的形象和声誉。

古大章同意黄启说的话，但他觉得黄启的行为有些过激。

"你可以提醒他们，甚至批评他们，但我觉得你不该给组织写信，把这件事捅到上面去。老麦突然被审查，这背后的情况本来就很复杂，你这封信再一去，不是让他雪上加霜吗？"

黄启委屈地声明自己写的都是麦秋实和梦苏感情和生活作风的问题，哪知道那么巧信刚寄到闽西，特委就对麦秋实进行审查。

"现在搞得好像我对麦秋实落井下石似的，唉，我就是浑身是嘴也说不清了。所以我最近觉得很烦，心里特别憋闷。"

看着黄启苦恼的样子，古大章也不忍心再责备他："你也别想太多了。我们都要相信党，也要相信老麦能经受住考验，相信组织上会给他一个公正的结论。"

黄启长叹一口气："是啊——"

古大章想转移话题，便问起黄启的感情问题，毕竟师郁已经牺牲很多年了。

黄启摇头："师郁一走，把我全部的感情都带走了。对我来说生活已经没有什么意义，只剩下拼命地工作了。我现在无所畏惧，哪天干革命牺牲了，正好可以去找她。"

　　他抬头望向密林深处，仿佛在遥想着心中的至爱。

　　古大章也不好再说什么，和黄启一起，默默地跟着运输队向前走去。

　　余良顺为了躲梦苏，找了一个偏僻的地方去打鱼。

　　他正要将渔网从水里拖出来，只听一阵喊声传来："老余——"

　　余良顺一听就慌了，抓起船桨使劲划起来，梦苏深一脚浅一脚地沿着江岸追，一边追一边劝："老余，你熟悉路线，船又够大。货明天就到了，现在再去找别人根本来不及，也找不到合适的，你就帮帮忙吧！"

　　余良顺急切地划着船，回了梦苏一句"我不要钱，要命！"

　　船离江边越来越远，梦苏在岸边看着干着急，

　　"老余，你回来吧。我们会给你保密，会保护你们的安全的！"

　　"说得好听，邝阿才你们怎么没保住？还有豆腐店的余嫂子俩公婆……"

　　这话刺痛了梦苏的心，她蓦地生出一股狠劲跳进江水朝木船追去。

　　船上的余妻惊叫起来，余良顺也愣住了，正划桨的手不由停了下来。梦苏突然被江水淹没，挣扎了好一阵才从水里钻出来。余良顺看见梦苏重新从水里钻出来，一咬牙，不顾妻子的阻拦，再次抓起船桨，将船继续向江心划去。

　　梦苏不敢再往江心的方向去，但又不甘心放弃，只得上到江滩，沿江边往前追赶。

　　江滩上的石头高高低低，梦苏脚步趔趔趄趄地前行。

　　忽然，她脚下踩空，一下摔倒在积水的江滩上。也许是因为脚被崴伤，也许是因为刚才的奔跑追赶耗尽了体力，也许还因为失望和沮丧，梦苏一时竟爬不起来了……

　　眼睁睁地望着余良顺的船越驶越远，渐渐消失在暮霭沉沉的远方，而梦苏却浑身湿透，趴在冰冷的江滩上，身上被石头硌得生疼。凛冽的江风吹来，冷得她直打哆嗦……梦苏感到从未有过的孤独、伤感和绝望，她再

也忍不住了，失声恸哭起来……

空阔寂寥的江边，只有梦苏独自趴在乱石滩上。她放声痛哭着，似乎在尽情宣泄着郁积已久的悲愤、无助和委屈。哭声和着呼啸的江风在空旷的江滩上回荡……

此时的区达铭在袁昌的办公室里，向他汇报那批物资的情况。

"……也就是说，他们大概还需要两天左右的时间才能到达北湾。"

确定中途不会出现任何纰漏后，袁昌告诉区达铭一个意想不到的消息。

"向广天客栈发起攻击？"

区达铭大吃一惊。

袁昌瞥了他一眼："是啊，不攻击广天客栈怎么截获那批无线电器材和设备？怎么端掉长兴大站？"

区达铭意识到自己有些失态，急忙掩饰地说："哦，是，是！"

夜色苍茫，梦苏坐在江边一块石头上。她一动不动，如同一尊雕塑，已不知在这儿坐了多久。

江面弥漫着雾气，江涛声声，奔流不息。

老胡提着一盏马灯来到梦苏身边，

"回去吧，太晚了，江边太潮，寒气重。"

梦苏没有动，稍倾，传出低低的啜泣声。

"对不起，我没有完成任务……"

"不，梦苏同志，在麦秋实同志遭难、站领导也不在的情况下，在交通站遭遇挫折的时候，你能勇敢地站出来把工作顶起来，这已经是很大的进步了。对周围的很多人都是一个鼓舞。我想，老麦知道了也会为你感到高兴的。"

他的一席话让梦苏的情绪好了一些。

老胡明白梦苏对麦秋实的心意，他告诉梦苏，老麦现在正身处逆境，他们不惜一切代价把交通站的工作做好，不让这条中央交通线垮掉，就是对麦秋实最大的支持和帮助。

一想到麦秋实，梦苏的精神振作了许多，不知从何时起，他已经成为了梦苏精神世界的支柱。她渐渐冷静下来，和老胡探讨起眼下困难的解决路径。

"实在不行，就不走水路，改走山路。"

梦苏有些犹豫，山路绕得更远，可他们的人手并不够。老胡提议将借一些汕头站的人员。

"可这不符合纪律啊。"

"但现在情况特殊，在万不得已的情况下，只能如此。"

两人重新拟定了运送计划。

夜更黑了。

区达铭站在小河边，怔怔地看着远处灯火阑珊的北湾镇发呆。他身后的山林中，隐隐可以看到国民党士兵在宿营。

"想什么呢？"

区达铭被这猝不及防的问话吓了一跳，转头看到是袁昌，急忙掩饰地说："哦，没、没想什么。"

袁昌盯着区达铭看了一阵，突然问他："梦苏带着你儿子现在就在广天客栈吧？"

区达铭头都要炸了，声音显得格外虚弱："应、应该在吧。"

袁昌冷冷地说："我可警告你，现在是关键时刻，断不可儿女情长！否则，不但会破坏我们的计划，而且很可能使你自己暴露，到时候你可里外不是人！"

区达铭神色忧郁："是，我当然明白。"

"明白就好。"

袁昌说完转身离开了。区达铭神情复杂地望着他的背影。

广天客栈，火光冲天。

袁昌带着一队国民党士兵猛冲猛打，梦苏和老胡等人仓促应战……

一阵激烈的枪声过后，梦苏拉着小远从一片火海中逃了出来；梦苏一出现，枪声又开始激烈起来……

梦苏中弹倒在地上，小远扑在梦苏身上，撕心裂肺地哭叫：妈妈——

妈妈——爸爸——快来救妈妈——爸爸——

区达铭猛地睁开眼，一个鲤鱼打挺坐了起来，大汗淋漓地看看黑魆魆的四周，待明白刚才是在做梦时，他才长长地松了口气。

他重新躺下却再也睡不着，睁着眼睛想心事。

天刚蒙蒙亮，一队队国民党士兵就埋伏在山林中。袁昌正带着几名军官在检查部队的埋伏情况，区达铭走来向他辞行。

"你交给的任务我已经完成了，所有该讲的我已经都给长官们讲了。"

袁昌盯着区达铭："现在就回？"

区达铭强自镇定："我怕打起来以后太乱了，万一被人发现我在这儿就麻烦了。"

袁昌思忖着什么，终于发话："那你走吧。"

区达铭告别后转身离开。

袁昌盯着他匆匆离去的背影。

厨房里热气腾腾，梦苏等人正忙着给运输队的同志做饭。她手脚麻利，做事很是利索，仿佛曾经那个十指不沾阳春水的大小姐不存在过一样。

她发现红薯不够了，便拿起一个箩筐，从厨房后门走了出去。正要走到地里时，突然听到有人小声喊她。

梦苏抬头张望，竟发现区达铭隐身在旁边的树丛。

她大为吃惊："你……"

藏在树后的区达铭急忙示意梦苏不要作声，一个劲招手让她过去。她疑惑地走到区达铭面前。区达铭将自己的身体缩在树丛和半人高的蒿草中间，左右张望，确信周围没人之后，才对梦苏说："我来找你，专门来找你的！"

梦苏不解。

区达铭着急道："我真的有紧急的事情，非常紧急！"

"什么事？"

区达铭眼珠一转："特委的一个领导同志马上要到汕头，你不是一直想向上级领导反映麦秋实的事吗？我想这是一个机会，也可能是救老麦的最后一个机会！所以连夜赶过来，接你一起去汕头！照理说我不应该透露领导同志的行踪，我这么做确实是为了老麦。所以我今天来找你的事，你也不要告诉任何人。"

一听区达铭是为了麦秋实的事情专程跑来的，梦苏的敌意开始减弱。

她有些为难地说道："可是，我今天真的不能走。"

"有什么走不开的？交通站还有那么多同志，离了你一个人家照样做工作。这些领导同志都很忙，而且行踪不定，见一次面很不容易。赶紧走吧，过了这个村可就没这个店了！"

梦苏有些犹豫不定。

"上次的事情对不起，是我和陈桂错了！可这次我是实心实意，甚至是冒着风险来的。"

说话间，有人在厨房后面处喊："梦苏——"梦苏应了一声。区达铭还在催促她。

"我就不明白了，上次你跑到汕头去，为了救老麦急成那样，怎么现在有机会了，你又不当一回事？我可听说了，老麦现在的处境很糟！"

梦苏十分着急也十分犹豫，片刻，她做出了选择。

"不行，我不能走。你先走吧，我明天一定赶过去。"

"万一那位领导同志走了呢？"

"那也没办法。你知道的……我有我的工作！"

"你……真的忍心不管麦秋实的死活？"

梦苏再次迟疑一下，终于下定了决心："秋实一定也希望我先把交通站的工作做好。只要这条交通线不垮掉，就是对秋实最大的支持。"

区达铭很失望，却没办法，只好求其次。

"那我把小远带走了。"

"小远，你带他干什么？"

"我想儿子了，想让他到我那儿去待一段时间。再说你们这么忙，他在这儿老给你添乱。就权当我替你分担一点儿工作还不行吗？"

话音未落，厨房那边又有人喊了一声：梦苏——

梦苏慌忙回答："来了，来了！"她转头对区达铭说，"那你带小远走吧，我去把他叫出来。"

看着她的身影，区达铭眼里闪过一丝难以言传的无奈和悲情之色……

山林中，一支国民党队伍跑步行进。

骑在马上的袁昌举起望远镜，镜头中出现山坡下的北湾镇，镜头移动，逐渐对准广天客栈。

镇外，另一支国民党队伍在跑步行进，渐渐接近晨曦中的北湾镇……

第二十七章

转机

广天客栈的房间里热气腾腾，古大章、黄启、几位上海同志、汕头来的运输员和武装护卫队员，一起挤在房间里吃饭。正当梦苏忙着给大家盛饭时，黄启突然走到她身边，他有些不自在地清了清嗓子，开口说道："梦苏，我都听说了，最近站里遇到很大的困难，你表现得很坚强，也很勇敢。"

听到他的称赞，梦苏感到惊讶的同时又有些不好意思，她有些羞涩地笑了笑，示意这都是自己应该做的。黄启说完后生怕梦苏觉得自己立场不坚定，急忙加了句，"我过去向上级写信，反映你在情感方面的一些问题，我至今也认为自己的做法是对的，是对长兴站负责，也是对你、对老麦、对老区负责。但功是功，过是过，你在工作中的成长和进步也值得肯定。等这批物资运到苏区以后，我会向特委报告长兴大站最近的工作情况，一定要专门对你提出表扬。"说完便跟被什么追赶似得匆忙离开了。梦苏看着他的背影，突然觉得黄启这人有点儿可爱。

老胡正和古大章等人吃饭，他向古大章提出了从汕头站抽调人手协助运输物资的设想，没想到古大章拒绝了。

"那不行，那不符合规定。路上我已经从黄站长那儿了解到这个情况了，替你们想了个办法……"

话音未落，只听外面一阵骚乱，传来喊声："敌人来了！敌人来了……"

随即，叭叭叭……远处传来一阵枪响。

房间里顿时炸了窝，梦苏、古大章、黄启等人大惊。他们冲到窗前张望，只见在外望风的交通员一边向这边狂跑一边喊着"敌人来了"。而在远处，一队国民党兵正端着枪朝这个方向冲来。所幸屋里众人都曾经历过战火的洗礼，很快就冷静下来，古大章沉着指挥黄启等人有序搬运物资向后山撤退，黄启拒绝了，理由是他的打仗经验最丰富。间不容发之际，古大章深深地看了黄启一眼，无奈妥协。

黄启带领武装护卫队员或躲在廊柱后，或躲在墙角，或趴在窗后向外射击，阻击冲过来的敌人，而古大章、梦苏率领搬运人员搬着沉重的器材和设备，涉过小溪，正向后山上转移。

身后传来客栈前交火的枪声。

古大章焦急地催促："快，快！"

梦苏见一个运输队员搬东西上坡很吃力，急忙过去和他一起抬。突然，又一阵枪声响起，这些枪声很响，仿佛就在附近。古大章等人吃了一惊，回头张望，只见另一队敌军从客栈后面包抄过来，向他们追击。众人急忙还击，可无奈的是这里大多数都是搬运器材和设备的人员，能开枪向敌人进行还击的很少，力量过于悬殊。眼看追击的敌人越来越近，情势越来越危急，梦苏想了一下，喊了句"尽量往有树和草丛茂密的地方走"，就朝另一个方向跑去。老胡在她身后，突然明白她是要用自己引开敌人，就要去追梦苏，小叶说他腿脚不好，自己朝梦苏追去。

运输队员们隐身到树林深处继续前进，而梦苏和小叶有意朝树木稀疏的地方奔跑，边跑边向敌人开枪，很快暴露了自己。这股敌人向梦苏和小叶那儿扑去。

黄启带领武装队员英勇还击。无奈敌众我寡，进攻的敌人渐渐推进，交火间，不时有武装队员倒下。突然，一颗子弹击中了黄启，他硬挺着不让自己倒下去，继续向敌人开枪射击。

又一颗子弹打中黄启，他将身体靠在墙上，用尚有知觉的一只胳膊扣动扳机，继续一枪一枪地向敌人射击……

此时，袁昌正站在一处开阔的山坡上，举着望远镜观察。那朝一旁移动的身影突然暴露在一片开阔地里，又钻入林地。虽然只是一瞬间，但袁昌已看出他们只有两个人，并没有搬东西，而且跑在前面的竟然是梦苏。

他不动声色地继续移动镜头，在山上搜寻，终于发现在另一边，一支队伍在密林的掩盖下正朝着另一个方向移动。

袁昌明白了，急忙对副官传令："快，大部队在那边，朝那个方向追！"

传令兵带来袁昌的命令，敌营长才明白自己上当了，他恼羞成怒，命令一个排去干掉梦苏等人，剩下的人去追运输队。

梦苏和小叶拼命躲闪、奔跑。敌人在后面叫嚷着紧追不舍，边追边朝他们放枪。而另一边，运输队缓慢地前进着。一声枪响，正在奔跑的梦苏一个趔趄倒在地上，小叶本已飞跑过去，见状急忙跑回梦苏身边。又一声枪响，小叶也栽倒在地。

四下枪声越来越激烈，不少老百姓躲在自家门缝里偷看战斗场面。余良顺夫妇站在船上，呆呆地望着后山，他们目睹了梦苏舍身吸引敌人的悲壮一幕。余良顺蹲下，抽出烟袋猛吸。赖家兄弟和几个群众本就躲在不远的草丛后，他们看见梦苏和小叶负伤，既惊慌又担心。赖家老大和老二本想查看一下梦苏等人的情况，刚想站起来，又响起一阵枪声，一片密集的枪弹射来，吓得他们急忙趴到地上……无奈之下，赖家兄弟和其他群众只得缩回到草丛后。

运送设备的队伍行进速度依然缓慢。敌人已追到后山，开始向上攀爬，一面爬山一面开火。古大章、老胡等人拼命射击，试图阻击敌人。但敌我力量过于悬殊，敌军火力很猛。激烈的交火中，他们的身边不时有阻击队员中弹倒下……

面对敌人的大举进攻，古大章、老胡终于抵挡不住，不得不步步后退。

在敌人凶猛的火力袭击下，运输队被打散，有的人掉队，有的人中枪倒下，搬的东西掉落在地；其他人冒着枪林弹雨扑过去救护同伴、收捡散落的物资……运输队的行进受到阻滞，场面十分混乱。

而追击的敌人却越来越近了，他们疯狂的叫嚷声越来越清晰，进攻也越来越凶猛。

形势越来越严峻，眼看运输队就要陷入覆灭的危险！

正在这时，山下响起一阵呐喊声，只见一队山民朝后山冲来，他们中有的拿着武器，有的拿着棍棒、锄头等。老胡跟古大章解释这些人是长兴站下面的一些接头户和进步群众，来帮助搬运货物、武装护卫，人数虽少，但却一心向党。

古大章浑身溅满了鲜血，累得气喘吁吁，他点点头："太好了，来得正是时候！"

山坡上的袁昌从望远镜中看到了那群呐喊冲锋的山民，不禁轻蔑地撇了撇嘴。

"一帮泥腿子，翻不了天！"

长兴站的运输和护卫队员们从山下往山上冲。

已爬到半山腰的敌人中的一部分转回身阻击山民们，另一部分继续爬山，追赶山上的运输队。

我方的力量虽然增强了一些，怎奈对方武器精良，激烈的交火中运输队员和护卫队员们纷纷倒下，敌人仍然占据上风，并再次渐渐向搬运物资的队伍逼近……

正在这时，突然响起嘹亮的军号声。

只见一队头戴八角帽的红军战士从山林中冲出来，向敌人发起进攻。而山林中到处都有红旗招展、闪烁，似乎埋伏着千军万马。

浑身是血、已是筋疲力尽的古大章长长地松了一口气，他使出全身力气大喊："同志们，红军来了，大部队增援我们来了，大家冲啊！"

本来很惊喜的老胡觉得有些不对，疑惑地问道："红军的大部队怎么会突然出现在这儿？难道真是天兵天将？"

古大章回过头来，有些狡黠地一笑，凑到老胡耳边小声地跟他解释。原来前几天黄启去与古大章会合时说了长兴站的困难局面，古大章当即派人火速赶往闽西求援，特委将在闽西和长兴边界活动的红军游击队、赤卫队派过来，并让他们多打红旗，吹主力部队的冲锋号……

老胡明白了："哦——好你个古大章！"

阵阵军号声中，原本被敌人火力压得无法动弹、被动挨打的武装护卫队员们受到极大的鼓舞，气势大涨，一跃而起，冲上去向敌人开火、展开拼杀……

袁昌对于在望远镜镜头中出现的那队红军感到迷惑不解。他放下望远镜侧耳倾听，那清脆的军号声一声声地回荡在山峦之间。

袁昌仔细辨别那军号声后，确定是闽西红军主力部队的冲锋号声。他有些犹豫不决，难道是闽西的红军主力过来了？

江边的木船上，余良顺听着冲锋号，望着那冲锋的队伍，再也按捺不住，雀跃地跳起来："红军，红军来了！"余妻还没来得及说什么，他便拿着猎枪迫不及待地从船上跳下去，踩着江滩上的浅水跑上岸去。

冲锋号和呐喊声传来，朝山林这边追击的敌人乱了阵脚，火力减弱了不少。赖家三兄弟从草丛后跳出来，飞快地跑过去救护梦苏和小叶。

军号响过后，袁昌再次举起望远镜，却被眼前的景象惊呆了——只见远处的山林中，红军战士英勇冲杀，到处是红旗招展，似乎有千军万马在奔腾；而更多的农军正举着各种武器从山谷、从江边、从林中、从四面八方冲出来，耳边军号一阵阵吹响，喊杀声响彻漫山遍野……

摸不清虚实的袁昌渐渐沉不住气了。

站在他周围的几个部下早已脸色发白、神情慌乱。

袁昌放下望远镜，无奈地下令撤退。

黄启和其他牺牲的同志静静地躺在山林中的一片草地上，草叶横斜在他们满是硝烟血渍的面容旁，咫尺之遥却是生死之隔。

梦苏的一只胳膊受伤了，用绷带吊在胸前。她正用那只没有受伤的手拿着自己的手绢，轻轻地擦去黄启脸上的血污和泥垢。眼前关于黄启的种种回忆如同走马灯一样不停旋转，梦苏以为自己见多了悲欢离散，能够平静地送别战友离去，却不知何时已泪流满面。

她整理黄启身上的衣服时，感觉贴胸的衣袋里有什么东西，掏出来一看是一张师郁的照片，上面已沾满了鲜血。她将照片上的血迹擦干净，重新放进黄启胸前的衣袋中。

凝视着黄启如沉睡般静穆的面容，她轻声地说："老黄，你带着师郁的这张照片去那边找她吧，以后你们就能在一起了……"

梦苏再也说不下去，终于哽咽起来。

余良顺走过来，对梦苏说："妹子，真是对不住……你为了把敌人引开，故意在前面跑，让那么多白军在后面追你，真是比男人还义气！还有老黄，还有这么多同志……都是为了我们老百姓牺牲的呀。行，你们这些人没得说。以后再有什么事需要我干的，我绝无二话；要是再腿肚子发软，我余良顺就不是个男人！"

赖家三兄弟从人群中走出来。

"把我们兄弟也算上，肩挑背扛，我们有的是力气。"

"还有我！""我也报名！"……

泪水再次从梦苏的眼中簌簌滚落下来。

物资装上了船，老胡和梦苏送古大章和运输人员、武装护送人员离开。

梦苏正要对古大章说什么，古大章先开了口。

"我知道你想说什么。这次到了中央苏区，我会尽快去找周恩来同志。中央交通线是恩来同志亲自领导、建立起来的，他对老麦也很了解，我相信他一定会站出来为老麦说句公道话的。"

汕头一个茶馆包间内，袁昌神情阴郁地盯着区达铭。区达铭躲闪着袁昌的目光，表情很不自在。

"那天早上你离开长兴的时候，是直接回汕头的吗？"

区达铭心里有些发虚，连连否认。

"那小远是怎么回汕头的？"

区达铭一下愣住了。袁昌一看他的神色就全都明白了，他冷笑着说要治区达铭给共党通风报信的罪。区达铭吓得腿一软，跌坐到椅子上，慌忙向袁昌求饶。袁昌斟了一杯茶，不紧不慢地告诉区达铭还有一个补救的办法，就看他干不干。区达铭连连追问。

"干掉麦秋实！让他从这个世界上彻底消失。"

区达铭震惊地说不出话来。

"说不定哪天上面有人替他说句话，麦秋实就东山再起了。只有把他彻底除掉，才能杜绝后患，才能使各个交通站、使整条赤色交通线受到沉重打击，让它们一蹶不振。也只有这样，才能把我从这次行动失败的阴影中解脱出来，也才能让你解脱。"

"麦秋实一死，谁来接替他领导整条交通线？在现有的几个大站站长中，黄启死了，香港大站的站长在职责上一直偏重与海外联络，对大陆的情况没那么熟悉，重新从外面派一个人来一时也难以上手。那么，最有可能的人就是你了。"

"麦秋实要是死了，梦苏就彻底死了心了，等于除掉了你的情敌。"

......

袁昌的话像毒蛇一样钻进了区达铭的脑子，区达铭明明知道他不怀好意，却禁不住他的蛊惑。他想照着袁昌的话去做，但心里最后那点良知让他始终犹豫不决。

"……麦秋实已经被抓了，被审查了，翻不过身来了……难道，非得让他死吗？我和他认识很多年了，真要让他在我的手上丢掉性命，我……我有些下不去手。"

袁昌讥讽地笑了："检举信你写了，人也被你弄到牢里去了，眼看着就要大功告成了，你却给我说你下不了手！可以，我不逼你，也不讽刺你。可你想过没有，假如麦秋实能活着走出来，你的处境将会是什么？"他脸色一冷，死死地盯住区达铭，如一条吐着信子的毒蛇咝咝说道，"实话告诉你，麦秋实走出来的那一天，就是你区达铭灾难的开始！"

区达铭吃惊地望着袁昌。

袁昌气定神闲往椅背一靠，冷冷地说："你要想明白了，走到今天这一步，愿意也罢，不愿也罢，你都没有别的路可走了。说句不好听的话，这就是当叛徒的悲哀！"

面对如此的挑衅，区达铭却再也没有底气爆发了。袁昌一番毫不留情的话语就像棍棒一样，抽断了他的脊梁。他感到绝望和悲哀，怔怔地站起来，梦游一般走了出去。

袁昌看着区达铭走去，一阵哑笑，给自己又倒了一杯茶，自斟自饮起来。

区达铭再一次来到闽西苏区，这一次他的目的很明确，就是置麦秋实于死地。他向保卫干部报告此次长兴大站遇袭就是麦秋实叛变通敌造成的。

"要是再这样下去，再不采取果断措施，还不知道会发生什么事呢！随时可能对中央交通线造成更大的破坏，对革命造成更大的损失！"

区达铭一副全心全意为党考虑的模样。

保卫干部沉吟了片刻，决定向特委报告。

闽西特委保卫局一间办公室里，一名保卫干部从桌上整齐堆放的一摞案卷中抽出一份，默默地看了看，然后丢进了旁边一堆材料中。

曾经与麦秋实用法语交谈的那名保卫干部见此情景，走过去看了看那份案卷："这不是麦秋实的案卷吗？怎么放到这儿？这一大堆东西都是要销毁的……"他突然意识到什么，猛地抬头看向那名保卫干部，"怎么……"

丢文件的保卫干部避开他诘问的目光，望向别处。他点了点头："特委领导已经批准对麦秋实执行死刑了。"

另一名保卫干部神情震惊。

闽西的一处荒坡上，戴着镣铐的麦秋实被押送着走来，一名保卫干部示意停下。

麦秋实站下，望了望这片荒草丛生的土坡，明白这里将是他的归宿地。他没有惊慌，却神情悲凉。

"麦秋实，你还有什么要说的？"

麦秋实竭力保持平静，但内心到底激荡难平："这就是我生命的最后时刻吗？那我要说我太不甘了，也太不舍了！我可以死，可是顶着'叛徒'和'通敌'的罪名被自己的同志清除，我不甘、不服，死不瞑目！我舍不下的是我的爱人，到现在我都没能给她一个名分，这是我此生最大的遗憾……"他闭了一下眼，将自己心中的不甘，委屈，愤怒，遗憾通通掩埋到心底，再睁开时，眼底已是一片清明，"我还想说，苟活半生，我最骄傲、最光彩的岁月是参加共产党，投身到为穷苦人民求解放的革命事业中。回首往事，我无怨无悔。无论是陷害、委屈、劫难还是死亡，无论什么，都不能改变我的信仰，都不能改变我对伟大的中国共产党的忠诚！"他面对将对他行刑的士兵站稳了身体，扫过每一个人的眼睛，"来吧，我最后有一个请求——用大刀，而不是用子弹来执行。希望你们把每一颗子弹都节省下来，以后替我多杀几个敌人！"

在场的人闻听此言，心情都很复杂。

周围一片静寂，只有荒草在山风吹拂下摇曳。

终于，那名保卫干部朝士兵挥手示意："执行吧！"

行刑的士兵走上前去。

就在这时，一名保卫干部猛地冲过去，挡在士兵面前："不，不能执行！"

宣布行刑的那名保卫干部大怒道："你干什么？"

阻止行刑的那名保卫干部似乎不知该如何表达自己，慌不择言："我觉得麦秋实没有叛变通敌，我、我在法国就听他朗诵过《共产党宣言》，当时他被法国警察抓走，穿过摆满鲜花的走廊，大声朗诵'一个幽灵，共产主义的幽灵，在欧洲大陆徘徊（法语）'……他那么从容不迫、青春洋溢，我当时想这就是真正的共产党人！"

"不光是我，当时我们那一批学生很多都受到他的影响，开始信仰共产主义，可以说他是我们走上革命道路的启蒙者。"

另一名保卫干部与他争辩："那是过去，并不代表他现在不背叛，人总是会变的。

"一个宁肯舍弃生命，也不愿违背纪律去谈论自己从事的秘密工作的人，是绝对不会背叛理想，投靠敌人的！"

另一名保卫干部一时语塞，愣怔了一下才说："这……这是特委的决定。"

阻止行刑的保卫干部坚持等老谢回来听取中央意见。两名保卫干部争执不休，场面一时有些混乱。

双方正撕扯僵持时，突然传来一阵急促的马蹄声，众人循声望去，只见几个人正骑着马飞驰而来。马儿跃上荒坡，老谢和几名特委领导从马上跳下来，两名保卫干部急忙上前敬礼。

老谢看到戴着镣铐站在一旁的麦秋实，顿足感叹："好险啊，差点晚了一步！"

他向大家宣布："我这次去瑞金见到了周恩来同志，他亲自指示中央交通局的领导在不违反工作纪律的前提下，提供麦秋实的有关材料；前敌委员会要求对麦秋实的案件进行重新审理。"

阻止行刑的保卫干部长长地松了一口气，另一名保卫干部则神情尴尬。

老谢走到麦秋实面前，意味深长地拍了拍他的肩膀。麦秋实百感交集，千言万语只汇成一句："谢谢你，老谢！"

他走到阻止行刑的保卫干部面前："谢谢你，同志！如果不是你，我已经被……"

那名保卫干部正色道："我说过，我是在忠于一名保卫干部的职责。其实应该感谢的是你，如果没有你的影响，我也许不会走上革命的道路。

能够帮到你，我也心安了。"

山林中有几间草棚，这里现在是长兴大站的临时驻地。古大章和长兴地下党的领导同志陪着麦秋实来到这里，长兴站的工作人员和交通员们闻讯从各个方向围了过来。

古大章宣布道："同志们，老麦回来了！"

大家热烈鼓掌。麦秋实和众人一一握手。

当他走到梦苏面前与她握手时，两个人四目相对，视线中迸射出别样的惊喜和深情，心中都有千言万语，此时却无法诉说。

梦苏深深地凝视着麦秋实："你好吗？"

麦秋实点头："好，没事了。"他打量着梦苏缠着绷带的肩膀和胳膊，心疼地问道："伤得重吗？"

"已经没事了。"

梦苏一说完，两个人不约而同都笑了。

古大章让麦秋实给大家讲两句。麦秋实回顾了过往艰苦的斗争以及为了更加严峻的现实做准备，决定任命老胡为长兴站的新站长。

老胡听后愣了一下，随即连连推辞，说有一位同志比他更适合做站长。麦秋实等人有些疑惑，便问是谁，老胡推荐了一个大家都意想不到的人。

"沈梦苏同志！"

众人纷纷把目光投向梦苏。

梦苏自己都吃了一惊："什么？不不，我不行……"

麦秋实也感到有些意外。

老胡笑道："你行，肯定行！"他头对麦秋实说，"你蒙受冤屈，黄站长又不在，长兴站那段时间确实很艰难。我没想到在那个时候，这个平时看上去挺弱的妹子竟然把站里的工作挑起来了……"

梦苏有些不好意思地说自己只知道哭，并没干什么。老胡连连摇头，他跟众人说梦苏是哭过，但每次哭完又出去跑，一家一家地找老乡做工作。运输队受到袭击时，她第一个冲出去，把敌军引开。很多老百姓就是冲着她，才回来给交通站做事的。在最危险的时候，可以说，是梦苏把长兴站撑了起来。

梦苏脸红了："不是啊，工作是大家一起做的。"

"再说，梦苏读过书，有文化，聪明、有头脑，而且热情，有干劲。我强烈建议组织上重新研究，任命沈梦苏同志担任长兴大站的新站长，大家同不同意啊？"

人群静默了一下，随即响起几声掌声，然后，越来越多的人开始鼓掌，掌声越来越响亮，越来越热烈。

面对大家的热情肯定和拥戴，梦苏很不习惯，有些不知如何是好。她望向麦秋实，看到的是他欣赏和鼓励的目光……

在麦秋实的注视下，梦苏的心里一下子踏实了。她笑了，笑着笑着，眼里却泛起了百感交集的泪光……

一个特委领导和区达铭在谈话。

他告诉区达铭日后只负责汕头大站的工作，特委保卫局的工作他就不要参加了。

区达铭连连点头。

特委领导迟疑了一下："回去以后要注意一点，一些没有根据，胡乱猜测的事情不要乱反映。这次审查麦秋实同志的事就是一个教训。当然，对于我们特委来说也是一个教训，需要认真汲取和反思。"

区达铭殷切地应道："那是，那是，我这人在基层待惯了，嘴上就是缺个把门的，今后一定注意，要向你们机关的同志学习，就像列宁同志说的那样，学习、学习、再学习！"

特委领导对于区达铭的"卖弄"毫无感觉，他淡淡地看了区达铭一眼："赶快回去吧，我们就不送你了。"说完转身离去，剩下区达铭站在院子里发愣，心中越发忐忑……

喝了酒的区达铭脚步有些蹒跚，百无聊赖地走在街道上，忽然看见一个"测字"老先生坐在路旁。他迟疑了一下，走了过去："怎么测？"

"怎么测都成。或者您随便写一个字，我来解；或者给您一个字本儿，您随便翻，翻到那个就那个，不论是写是翻，都是命中注定。"

区达铭拿过一个字本，随意一翻，翻出了一个"侯"字。

测字先生一看，脸上顿露难色。

区达铭有些紧张："无论好坏，说说无妨。""先生请看这个字的左边，是个立人，说明有人相窥，不能自知；右边呢，之下是个矢。矢是什么？矢就是箭哪！箭是什么？箭就是凶器！你想，整日坐在凶器上，岂不危乎？"

区达铭内心更加紧张："怎么解？"

测字先生小声说道："暗箭伤人，必有仇家！"

区达铭一愣，脑子里回想起袁昌跟他说过的话，以及特委领导找他谈话时那莫名的眼神……

他心里一沉。

华灯初上，霓虹闪烁。几个打扮得花枝招展的妓女站在长春楼门口调笑拉客。心事重重的区达铭刚走过来，一丰腴女子忙堆着笑脸迎了上去。

"哎呀我的大老板啊，这段时间上哪里去了，怎么连个人影儿都看不见？是不是把我这苦命的妹妹给忘了？"

区达铭警觉地看了看四周，见没有熟人，便放松下来，丰腴女子调笑着就要拉区达铭进门。区达铭连连推拒，那女子作势要离开。区达铭心一横，一副今朝有酒今朝醉的样子，伸手抓住丰腴女子猛地往怀里一拉，搂着她一同朝畅春楼走去。

这一幕正被坐着人力车从畅春楼经过的姜大夫收入眼底。

作为长兴临时交通站的一间草棚中，梦苏和麦秋实正在交谈。

梦苏拿着一张图在滔滔不绝地分析长兴站如今的局势，许是麦秋实眼里的惊讶过于明显，梦苏突然有些羞赧。

"怎么这么看着我？"

麦秋实深情地看着她："你变了。这次回来第一眼见到你，我就感觉你和从前不一样了。"

梦苏笑道："是吗？哪儿不一样了？"

"成熟了，干练了。真没想到啊，我出事了，长兴站出事了，在最混乱的时候你却站出来，把站里的工作顶了起来；要不是你和同志们英勇战斗，不怕牺牲，这次长兴站可能就保不住了。"

能被自己爱的男人欣赏，梦苏忍不住有些得意："我可没你说的那么好，不过就是赶鸭子上架，没让你失望就好……"

"怎么会失望呢？"麦秋实笑了，"我为你骄傲还来不及呢！真没想到你这么坚强，这么勇敢，而且这么能干。"

他的话语使之前所有的委屈、所有的挫折在这一刻在梦苏的心里都化作了异样的甜蜜。

"真的？"

麦秋实点头。

"你知道走在行刑的路上我在想什么吗？"

"不是对死亡的恐惧。奇怪了，越是临近死亡，对生死反而超脱了，不害怕了。那时最不甘心的是顶着'通敌、叛变'的帽子走，是被陷害失去了一生的清白而无法申冤；最大的痛苦就是再也见不到你，不能和你在一起了。最揪心的是这辈子欠你太多，却再也没有机会还你了……在生命的最后时刻，我才知道多么舍不得你，多么依恋你……才知道我有多爱你！"

梦苏被深深感动了，她默默地抓住麦秋实的手，深情地看着他。

麦秋实感慨道："经历了一番生死磨难，才更真切地体会到了生命的脆弱和易逝，也体会到了什么是最珍贵的，什么是最应该珍惜的。"

梦苏忍不住偎进麦秋实的怀里，秋实使劲搂住她，两个人紧紧相拥……

经过了又一次劫难，经过再一次刻骨铭心的生离死别，一对有情人再也抑制不住内心的渴望了！面对瞬息变幻的生死，面对脆弱无常的生命，他们都不想让这一生留下遗憾，压抑已久的情感喷涌而出，他们尽情地拥吻着……

第二十八章

隐患

小远趴在梳妆台前，饶有兴致地玩着陈桂的香粉、胭脂。

头上卷着大波浪，脸上化着浓妆，穿着高跟鞋的陈桂，正在试穿一件旗袍。旗袍质地很好，式样也十分华美，但陈桂穿上以后就像裹粽子一样粗壮臃肿。她觉得自己很好看，站在梳妆镜前左扭右扭。

"小远，看阿姨穿上这件旗袍好不好看？"

小远头都不抬："不好看。"

陈桂一听，愣了一下，刚想说什么，区达铭略带醉意地回来了，陈桂忙迎上前。看到她的打扮，区达铭的脸瞬间沉了下来，正要开口，小远叫着"爸爸"跑了过来，扑进区达铭怀里。区达铭抱起小远笑逐颜开。父子俩开心地嬉闹起来。

陈桂见自己遭到了冷落，半是嗔怪半是撒娇地冲区达铭抱怨起来："儿子，儿子，就知道你儿子，人家等你一下午了！"

区达铭看了看陈桂，放下小远让他出去玩会儿。

陈桂见区达铭把小远哄出去，还把门关上，以为他是想和自己亲热，兴冲冲地贴了上去。

哪知区达铭回头一看见她，脸上却勃然变色："干什么？你看看你这个样子，哪儿还像个共产党？"

陈桂一愣，委屈地说："人家不就为了你喜欢吗？"

区达铭冷笑道："我喜欢？你就别恶心我了！跟你说过多少遍了，别一天到晚都把心思用在穿衣打扮上！你看看人家梦苏？再看看你现在的样子，把自己弄得跟个鬼似的，连老举寨的妓女都不如……"

陈桂万万没想到区达铭会这么说她，一下子爆发了，她尖叫道："你说什么？我、我为了等你，为了让你喜欢，衣服换了一件又一件，这破旗袍憋得我气都喘不上来了，你竟然说我不如梦苏，说我恶心……恶心！恶心！那就把这些恶心的衣服通通都撕了，烧了！"

她状若疯妇抓起梳妆台上的衣服就用力撕扯着，撕不动就团起来砸向区达铭，然后再拿起一件衣服用力撕扯……

陈桂的疯狂行为让区达铭陡然生出一股燥意，他猛地起身向门口走去。陈桂一见区达铭要走，忙止住哭声拉住他，哀求道："别走，人家不闹了还不行吗？"

区达铭本来也没想好去哪里，就顺势被陈桂扯回屋里，闷头坐下。

陈桂知趣了许多，挨着区达铭身边坐下，小声问他为什么不高兴。

区达铭脱口而出："还不是因为老麦出来了！"

陈桂一愣："老麦出来了是好事啊，说明他不是叛徒。他要是真的叛变了，那我们就全完了。"

区达铭知道自己说漏了嘴，急忙掩饰，称自己最近心情不好，因为麦秋实得到平反，而自己当初出于公心检举他的问题，现在很可能被人误会，甚至遭到报复。

陈桂义愤填膺地说："他们放屁！你老区是什么样的人，我清楚，大家都清楚！那些无聊的人乱嚼舌头，不要理他们！"

她想了想，突然问区达铭长兴站在哪儿。区达铭吓了一跳："你要干什么？"

陈桂说她要去找梦苏求情，让她和麦秋实不要记恨区达铭，好好过日子。

区达铭因陈桂为自己打抱不平的感动一瞬间就消失殆尽了，他想嘲笑她的无知，却看到陈桂的脸上全是为自己的担忧，他有些说不出话来。

许是看到他脸上一闪而过的柔情，陈桂猛地扑到区达铭的怀里，她的声音闷闷地从他怀里传来："我真的很爱你，从第一次看见你的时候就爱，这么多年了一直都爱。为了你，让我死一次都心甘情愿。"

面对陈桂的痴情，区达铭心中五味杂陈，不知该说什么好。

他想推开陈桂，哪知陈桂却将他抱得更紧了。他只得神情复杂地轻轻拍了拍她，心事重重地将目光移向一边。

夜很深了。

长兴山林中一间草棚里，麦秋实和梦苏拥吻着，沉醉在爱的浪潮中……

然而这时，麦秋实的眼前却闪过那一双童稚的充满警惕的眼睛，忍不住问了一声："小远呢？"

"哦，老区把他接到汕头去了，好巧，就在敌人对北湾发动袭击前不久……他这次倒是做了一件好事，不然后来打起来，枪林弹雨的，我再拖着小远就麻烦了。"

麦秋实一惊，像被兜头浇了一瓢凉水，顿时从刚才炙热的情绪中清醒过来。

他站起来，走到草棚门口望了望外面，见周围没有别人，走回来坐到梦苏面前，催促梦苏描述下当时的具体情况。梦苏不太明白麦秋实为何突然警觉起来，但还是将那天区达铭找自己带走小远的情形说了一遍。

"他没说特委的哪个领导？"

"没有。"

麦秋实腾地站起来，在草棚里来回踱步，焦急地思考着。

"不正常，老区的表现太不正常了！"

梦苏心里暗暗一震。仔细回想当天的情形，她也觉得区达铭那时来得很突然，神色慌张，而且浑身上下都被露水打湿了，但后来事情一多，她便忽略了这些不妥，假设区达铭真是……梦苏不禁打了个寒战。

"不会吧？要真是这样就太可怕了，我都不敢往下想！"

"但愿这是我们的猜测，不过看样子，他事先就知道敌人要偷袭我们长兴站的计划……"

他思忖片刻，告诫梦苏先不要把这些情况告诉其他人。梦苏惴惴不安地点点头。

夜已深，四下一片寂静，一缕烛光给整个房间笼罩了一层轻柔晕黄的薄纱，也笼罩在趴在桌子上睡着的陈桂身上。

区达铭推门进来，看见趴在桌上的陈桂，脸上露出不屑甚至有几分厌恶的神情。他蹑手蹑脚地刚要从陈桂身后绕过去，脚下不知碰到了什么，"咣当"一声，把陈桂惊醒了。

陈桂迷迷糊糊还想撒娇："回来了，怎么又这么晚啊？"

区达铭有些不耐烦："给你说多少回了，别等我回来，我最近特别忙，你又不是不知道！"

陈桂抬起眼睛偷偷看了他一眼，小声嘀咕着："我知道你忙，可你不回来我总睡不踏实……你昨晚又是一夜没回来。"

她犹豫了一下，试探地问道："你在外面是不是有别的女人了？"

区达铭一惊，佯装生气训斥陈桂胡思乱想。陈桂见他的神色很吓人，讪讪地说："我就是想知道，你到底还爱不爱我。"

"都多大人了，还一天到晚把爱挂在嘴上，烦不烦哪？"

区达铭说完，起身穿上衣服冲出房间，"啪"的一声甩上了房门。

陈桂"哇"的一声哭了。

姜大夫和周会计还在算账，突然听到了陈桂的哭声。两人对视一眼，皆从对方眼里看到了深深地担忧，姜大夫看了看周围，附在周会计耳朵上偷偷说了一句话，周会计听后大惊。

"什么？他、他竟然去了妓院那种地方？"

小远在院子里开心地玩耍着，不时发出"咯咯"的笑声。陈桂陪在他身边。

周会计看到了他们，犹豫再三，还是走了过去。

"阿桂……昨晚……"周会计不知道该怎样开口。

陈桂让小远自己玩，她看着一脸关切的周会计，带着微微苦涩，扯起嘴角笑了笑："老周，我知道你要说什么，也知道你是为了我好，可我现在不想听。"她顿了一下，"不是不想听你的话，是不想听我自己的话。"

周会计有些奇怪："不想听你自己的话？"

陈桂眼神复杂："你想给我说的话我已经给自己说过好多遍了，但我不想就这么结束，你明白我的意思吗？"

周会计点点头，但他还是劝陈桂，最好顺其自然，否则会两败俱伤。陈桂真诚地向周会计道了谢。

"可我还是不甘心。"

她的眼睛流露出某种奇怪的光彩，周会计看懂了，心中蓦然生出一种不好的预感。就在这时，区达铭急急忙忙出了门。陈桂一看，忙把小远交给周会计就跑了出去。

周会计看着她的背影无奈地摇了摇头。

陈桂跑出门，看见区达铭上了一辆人力车离去，急忙也喊了一辆人力车坐上去，尾随区达铭而去。人力车在畅春楼门外停了下来。

区达铭付了钱从车上下来，朝四处看了看，快步走进畅春楼。陈桂远远地看见区达铭进了畅春楼，不禁又惊又怒……正当区达铭搂着那名丰腴女子正一边调情一边上楼时，陈桂突然闯进了大厅。

一个看场子的龟爪见陈桂不对劲，过去阻挡她。但陈桂早已看到区达铭正和妓女搂搂抱抱地朝楼上走，她不由怒火中烧，奋力推开龟爪，顺手抄起一把鸡毛掸子追上楼梯。龟爪等人试图阻拦她，陈桂却使出蛮力，朝四周使劲挥舞鸡毛掸，让龟爪、老鸨等近身不得，只听一阵吵嚷喧闹，大厅里一片混乱。

区达铭听见大厅里的嘈杂声回过头来，见是陈桂在下面闹，不禁吓得变了脸色。他推开丰腴女子正想脱身，陈桂已冲上楼梯，一边骂一边挥着鸡毛掸子朝丰腴女子劈头盖脸地打了过去。丰腴女子尖叫着拼命躲闪，陈桂却把对区达铭的所有不满都发泄到这个女人身上，穷追不舍。

两个女人从楼梯纠缠到楼上，又从屋外缠打到屋内……老鸨又气又急，尖叫着要报官，区达铭吓了一跳，不由警觉起来，怕陈桂这么闹下去会出事，于是一把分开纠缠在一起的两个人，抓起陈桂的胳膊，将她扯出了畅春园的大门。

到了仁达药店，区达铭扯着陈桂进了房间，朝外面看了看，关上房门。

陈桂憋了一肚子的气，正想发作，区达铭却先发制人，朝陈桂低声恶狠狠地问道："谁让你跟踪我的？"没想到区达铭会倒打一耙，陈桂怒极反笑："你还好意思问我？我早就觉得你不对劲，原来是到那种好地方去了！说，你跑到窑子里去干什么？"

区达铭理直气壮地回答："我在工作。"

陈桂万万没想到他会这样回答，反口讥讽道："八成是在床上工作吧？你把我当傻瓜啊！"

区达铭气得猛地一拍桌子，陈桂被震得瑟缩了一下，不敢再说什么。

区达铭厉声训斥她，"我警告你啊，"他恶狠狠地看着她说，"以后你要是再敢偷偷摸摸跟踪我，在背后乱嚼舌头，干扰我的正常工作，我就处分你！"

"还有一句丑话要说在前头——现在外面乱得很，到处都是特务，你在外面乱跑乱说，万一要是出点什么事，我可不负责任！"

区达铭说完，拉开房门冲了出去，"嘭"地摔上了门。

陈桂一肚子气还无从发泄，反被区达铭连蒙带吓地吼了一通。眼看着区达铭扬长而去，她越想越窝火，猛地抓起一把茶壶，使劲砸在地上，哭了起来。

药房的另一边，姜大夫正在整理进出货的药品，周会计在他旁边核对账目。外面突然传来了瓷器摔碎的声音和陈桂的哭声，周会计小声地说道："又开始了。"姜大夫无奈地摇摇头："唉！"

麦秋实正在和老胡交谈。

"情况发生得很突然……但我有个感觉——"

"什么感觉？"

"敌人准备得很充分，一路从正面袭击，一路包抄到客栈后面，堵我们从后山撤退的小路。要不是梦苏冒险把敌人引开，运输队的损失就更大了。所以，我的感觉是，敌人对长兴站的情况非常了解，对客栈周边的地形、甚至客栈内部的结构，都掌握得很清楚。"

听完老胡的话，麦秋实并不惊讶，因为他心里也有同样的看法，他想了想，问老胡清不清楚问题出在哪儿。

老胡很慎重，思忖良久，没有正面回答，只是貌似无意地提了遇袭前区达铭来接小远这件事。麦秋实点点头，他已经查明最近这段时间没有任何一个特委的领导来过汕头。

老胡惊讶地望向麦秋实："这太奇怪了，他是什么意思呢？难道……不不，那不可能……那太可怕了！"

他俩互相看了一眼，都心照不宣地意识到什么，却又都不敢想象那可怕的猜测，或者说他们还都心存侥幸。麦秋实叮嘱老胡要注意保密，他强压下内心的不安点点头。

第二天，姜大夫在捆绑药材，周会计走过来帮他一起干。两人小声交流起昨天发生的事情。

"我听说啊，昨天晚上阿桂偷偷跟踪他，没想到一直跟到了……"

"啊？他果真又去了？我就知道早晚会坏事。"

"这个区达铭，本来以为他慢慢会收敛一点，谁知道他越来越不像话了，这个样子哪儿还像一个领导干部？哪儿还像一个共产党员啊！"

"是啊，看看他把阿桂弄成什么样子了？一天到晚神经兮兮的。我看啊，这个妹子早晚得毁在他手里！"

周会计用胳膊肘轻轻捅姜大夫，给他使了个眼色，姜大夫朝着他示意的方向看去，只见打扮得很时髦的陈桂领着小远走了过来。陈桂的脸上涂了厚厚的粉底，划痕却依然隐约可见。

周会计招呼她："阿桂，带小远去玩啊？"

陈桂嘴角挂着一丝诡异的微笑："刚刚我在屋檐下看见一只燕子，小远非说那是一只母的。这么小点儿孩子就知道公母，你说奇怪不奇怪？"

周会计、姜大夫不由一愣，陈桂却嘻嘻笑起来。

小远认真地说："那只燕子就是母的——她嘴里叼着一个小虫虫，那是给她孩子吃的。"

不等周会计、姜大夫等人说话，陈桂忽然停止笑声，竖着耳朵听了一会儿，忽然转身要走。她眼神没有焦距，嘴里喃喃说道："不行，我得去看他，要不然他又要出去工作了。"

她一说完，丢下小远转身就走。

周会计、姜大夫面面相觑。

姜大夫皱起了眉头，他觉得陈桂有些不对劲："老周，我还是觉得我们应该向上级反映这些情况，不然等到出事就晚了。要是那样的话，就是我们对组织上不负责任，我们就不配做一名共产党员。"

周会计点点头："好，用我们两个人的名义反映！"

此后，陈桂的行为越来越神经质，只要区达铭出门，她必定寸步不离地跟着，整个人也愈加敏感多疑，稍微一点儿动静就使她如同惊弓之鸟一般惶惶不安。是以她和区达铭的争吵也越来越频繁，区达铭感觉自己快要喘不过气来了。他终于忍不住偷偷见了袁昌的联络员。

"赶紧向特派员报告，我要见他……我有一种不好的感觉，最近好多事情都出了岔子，弄不好要出事。我必须马上见到特派员！"

"好，我立刻报告。"

万籁俱寂，皎洁的月光从树林的枝叶间倾泻下来，在林间洒下幽幽的清辉。远处的几间茅草棚——新长兴站的临时驻地已是一片静寂，人们都已进入梦乡。

麦秋实、梦苏、老胡还坐在树下开会，他们的神情都很严肃，会议的气氛显得有些沉重。

"老胡，你是老同志了，在长兴站发挥着很重要的作用；梦苏，你比过去成长了很多，而且同志们又一致推举你担任长兴站的新站长。所以，我想来想去，有些情况也应该和你们沟通沟通了。其实，我早就隐隐约约感觉到，我们的内部可能出了问题。这几天我和站里的一些同志深入聊了聊，更加印证了我的想法，而且情况可能比之前想象的还要严重。"

梦苏和老胡互相看了看，心中暗惊。

众人将几次遇袭事件细细分析后，发现其中或多或少都有区达铭的身影。比如他曾以看孩子为借口违反纪律擅自到长兴，在逗牙牙学语的小远说话时，涉及不少长兴站下属的联络站和接头户的情况。而这些接头户不久都遇害了；汕头站的同志曾反映区他参股药店的资金来路有问题，所以麦秋实故意在几次行动中都绕过汕头站，这几次任务都顺利完成，但此次运输物资仍然通过汕头站走以前的老路线，结果就遇袭了。麦秋实还提起自己在闽西被隔离时，区达铭曾几次试图要他交出交通线的资料……

"当初，我正准备从药店资金的疑点开始着手调查，就突然被隔离审查了，不然可能会早一点发现问题。"

"对了，大家都在传你被隔离审查是因为区达铭到特委去当面反映了你的问题……"

麦秋实、梦苏、老胡你看我我看你，都感到无比震惊……

"这越来越像是一个事先挖好的陷阱，而且不像是一个人所为，而是有预谋、有步骤，一步一步实施的计划很周密的巨大阴谋。"

梦苏只觉得不寒而栗："天呐，如果区达铭真有问题的话，那就太危险，太可怕了！应该马上向组织汇报，赶紧采取措施啊！"

麦秋实沉思了片刻："不，暂时还不能说。"

梦苏疑惑地望着麦秋实。

老胡理解麦秋实的做法，他给梦苏解释道区达铭在党内的资历比较老，对他的怀疑一定要有确凿的证据，否则会让人以为麦秋实在打击报复，如果有人同情区达铭，让他浑水摸鱼，事情就跟更麻烦了。

"所以现在一定要谨慎，没有足够的把握不能轻易解开盖子。但大家一定要提高警惕，要进行深入调查，尽快找到有力的证据。"

梦苏提议自己去汕头接回小远，并借这个机会了解一下那次袭击前后区达铭的情况。"

麦秋实想了想："好，我和你一起去吧。"

深夜，浓墨一般的黑暗弥漫在房间所有角落，区达铭不知梦到了什么，有些不安地翻了个身，蒙眬中他感觉有东西在他身侧，发出窸窸窣窣的响声，他迷迷瞪瞪睁开了眼，一张画着浓妆的脸赫然出现在他眼前，区达铭登时吓得睡意全无，诈尸一般弹了起来。仔细看清那人是陈桂后，区达铭勃然大怒。

"你要干什么！？"

陈桂一愣："你没睡着啊？"转而笑嘻嘻地说："我就怕你跑了，不要我了。"

区达铭丢下一句"神经病"翻身躺了下去。陈桂看他不理自己，颇觉无趣，嘟囔了一句"没见过说梦话还能哭的。"

区达铭一惊，转过身来："梦话？我说梦话了吗？"

陈桂认真地点点头："你说：'完了，完了，他娘的全完了'……你还叫梦苏的名字，叫梦苏救你……完了就哭了，眼泪都流出来了……哭完以后还说了一堆乱七八糟的话，我就听不太懂了，好像还有'特派员'、'参谋长'什么的……大晚上的还想着消灭白军，别累出病啊？"

区达铭惊呆了，只觉得一股凉气爬上了后背……

陈桂缠着区达铭，一个劲推他："哎，你说嘛，你到底梦到什么了啊？"

区达铭猛地掀开被子跳起来："你他娘的真是疯了！再这么下去我也要被你逼疯了……这日子没法过了！"他厌恶地看了陈桂一眼，站在床边飞快地穿衣服。

陈桂吓坏了，她死死抓住区达铭不放，区达铭使劲挣脱，一下子把陈桂拉到了地上。他抽身想走，陈桂猛地扑过去抱住他的腿："我求你了，老区！不要丢下我，我再也不跟你闹了……也不跟踪你了……我和你好好过，再也不让你生气了……你就是出去找别的女人都没关系，只要你能每天回到这个家，让我每天都能看到你……你想怎么样都行……"

看着匍匐在自己脚下抽泣的这个女人，区达铭的心中涌起了一丝恻隐之情。更重要的是，他知道不能再刺激这个神经质的女人，不能把事情闹大。

他们谁都没说话，屋内陷入一阵寂静，陈桂不时的啜泣声回荡在空气中。

过了好大一会儿，区达铭才不情愿地说："好了好了，你起来吧，我不走了。"

陈桂迟疑地看了他几眼，确定区达铭没骗她，才从地上爬起来。她坐在区达铭身边，小心翼翼再三保证自己绝对不会做让区达铭不高兴的事了。区达铭的脸色有所缓和，他叹了一口气，语重心长地对陈桂说自己是交通大站的站长，承担的责任很重，很多任务是要保密的。

"你再这么闹下去，影响我的工作不说，早晚非闹出事来不可，说不定什么时候就弄出乱子来，引起敌人的注意，使我们的交通站遭到破坏；交通站被破坏就会毁了我们的红色交通线；毁了交通线就等于掐断了苏区的生命线，最终害了我们的苏维埃共和国！"

陈桂张口结舌，死活都想不到自己的任性闹腾竟然会产生如此巨大的危害，她完全被区达铭的一通大帽子给压懵了。

"我、我错了……我再也不乱问乱打听了，再也不管你了。"

"说到就要做到，不然后果是很严重的！"

陈桂使劲点头。过了片刻，她小声地、怯怯地问："那……你能每天都回来，每天都让我见到你吗？"

她倔强的坚持让区达铭哭笑不得："'每天'可说不好，要看我的工作情况……不过，我尽量吧。"

听完他的话，陈桂满足地偎在他胸前；区达铭却一脸无奈，神情阴郁……

区达铭最近很烦躁。

麦秋实的无罪释放让他感觉前路难以预料，而陈桂的胡搅蛮缠更令他身心俱疲。正当他坐卧不安，茶饭难咽之际，他收到了特务的回复——袁昌如今在广州，要他到广州见面。区达铭犹豫再三，决定赶赴广州。

陈桂和小远在院子里玩耍。她最近有些阴晴不定，下手有些重弄疼了小远，孩子哇哇大哭起来，正巧区达铭匆匆忙忙走到了院子里，她急忙安抚小远。但区达铭一反平日对小远的关切，匆匆安慰了几句就进屋了。陈桂见他神色不对，也跟着进了房间。

他一进屋子就忙着收拾东西，陈桂问他去哪儿，他头也不抬地说道："广州。"陈桂有些奇怪，问他去广州干什么。区达铭回过头凶巴巴地看着她。

"又犯老毛病了？这话是该你问的吗？"

陈桂不敢吭声了，她过去帮着区达铭整理要带的东西。稍倾，她又忍不住试探地问道："我想跟你去，行不？"区达铭斩钉截铁地打断了陈桂的念头："别胡闹了！"他一把从陈桂手里抓过要带的东西，说了句"这儿没你的事，你去把小远给我带好就行了！"就"砰"地摔门离开了。

陈桂站在原地，一脸神色莫辨。半晌，她突然像想到什么好主意似的咧嘴笑了。

小远正在院子里玩得高兴。陈桂突然走了过来，她笑吟吟地问道："小远，想不想去广州啊？广州有好高好大的楼，有好多好多汽车，还有巧克力。"小远先是点头，想了想又摇头："爸爸不让去。"

"你爸不让，阿姨带你去，好不好？"

小远想了想，高兴地点点头："好。"

仁达药店此时没有顾客。周会计在柜台后算账，姜大夫在一旁拣药。

区达铭提着一个箱子从后门走进店堂，走到周会计和姜大夫面前小声地说："有紧急任务，我现在必须去一趟广州，店里你们看着点。"不等他俩有什么反应，区达铭就急忙离开了。周会计和姜大夫望着他的身影消失，一时没回过神来。不一会儿，陈桂提着包，抱着小远从后门走进店堂，见区达铭不在，急急忙忙走到周会计和姜大夫面前小声说了句"我要去趟广州。"便要转身离开。这回，周会计和姜大夫反应很快，周会计一把拉住她问道：

"老区中午刚去广州，你这又跟着去，他知道吗？"

陈桂不吭声。

周会计和姜大夫明白了。

姜大夫劝陈桂："要不算了吧。要是他发现了，又得大闹一场，何苦呢！"

陈桂翻了个白眼，满不在乎地说道："闹就闹，谁怕谁啊！"

"老区走的时候说是有紧急任务，如果他去真的是为工作的话，组织没有安排你一起去，你可不能擅作主张啊！"

陈桂眼睛一立，声音里充满压抑不住的激愤："狗屁任务！我太了解他了，一看他那个样子就是在撒谎。区达铭心里绝对有鬼，肯定是在那边又有相好的了，打着工作的幌子跑过去鬼混，还能用工作经费花天酒地呢。哼，我就是要盯着他，戳穿他！"

说完她便抱着小远转身离去，一副不管不顾、谁也无法阻挡的样子。

周会计和姜大夫没能拦住陈桂，无奈地对视一眼。

"看看，看看，这都成什么样子了！"

"老麦什么时候能来啊？咱们汕头站不能再这么下去了！"

第二十九章

真相

码头上，众多船只林立港口等待出洋，来往行人熙熙攘攘，一派繁华景象。

区达铭提着箱子在熙熙攘攘的人流中左躲右闪前冲后突，终于坐在了自己的位子上，他松了一口气，不经意地看了眼窗外，只见小远的脸似乎一闪而过，区达铭暗笑自己刚离开家就想念儿子。

码头的另一边，一艘从上游来的小火轮刚刚到达汕头，麦秋实和梦苏随着其他旅客从船上下来，沿着栈桥走上江岸。

周会计正在柜台上算账，突然听到有客人进来，他抬头一看，不禁失声叫道："哎呀！"姜大夫闻声跑进来，只见麦秋实和梦苏正笑眯眯地站在门口。

会面的激动平复后，周会计和姜大夫提到区达铭因为紧急任务去了广州，陈桂也跟着去了。麦秋实有些疑惑，他最近并没听说有紧急任务。梦苏环顾了一下四周，没有看到小远的身影，便问周会计小远在哪里。他的回答让梦苏大吃一惊，

"啊！她把小远也带到广州去了？"

周会计叹了一口气，详细的汇报了最近汕头大站发生的种种事情。听着他的话，麦秋实的面孔逐渐严肃起来，他完全没料到自己被隔离的这段时间里发生了这么多事情，情况比预想的还要严重。他站起来，力图让大家意识到形势的严峻性，"汕头大站的管理如此混乱，长兴大站遭受敌人突然袭击，这里面一定有问题，我感觉这条中央交通线已经处于极大的危险之中！"

众人面面相觑。

"可这问题到底出在哪儿呢？"周会计不解。

"这正是我们必须尽快查清楚的。目前有一些线索，但还需要调查了解。"麦秋实转头对梦苏说道，"看来我们也得马上去趟广州。"

梦苏点点头。

广州——历史上最为悠久的对外通商口岸果然名不虚传，码头上各种船只往来穿梭，上船下船的人群熙熙攘攘，一派忙碌嘈杂。陈桂拉着小远下了船，穿过码头走到路边。

四周高楼林立，马路上汽车川流不息，各种各样的大型广告牌矗立在路两旁……小远地对眼前的车水马龙感到有些害怕，紧紧都拉住了陈桂的手，陈桂却早已沉浸在这靡丽而又繁华的景象中。失神了片刻，她到底没忘了自己来广州的目的。两个人边走边四下张望、寻找，终于看到了马路对面的仁达药店总店——总店的规模比汕头店大，显得颇有气派。

他们正准备穿过马路，忽然看见区达铭拎着一个手提包从药店大门内走了出来。

小远也望见了区达铭，指着叫道："爸爸——爸爸——"

但他童稚的声音被往来的车声、人声淹没了。

区达铭朝四周张望了一番，并没有发现陈桂和小远，他叫了一辆人力车坐上去，车夫拉着车飞快地跑开了。陈桂想了想，随即也喊了一辆车，带着小远坐上去，叫车夫跟上前面区达铭坐的那辆车。

两辆人力车一前一后在马路上飞奔。区达铭浑然不觉。

尚书街与刚才那条热闹非凡的马路仿佛是两个世界，这里整条街道都被大榕树的树荫覆盖，幽静而冷清，几乎没什么行人。

区达铭坐的那辆人力车进了这条街后停下来，陈桂看见他在前面下了车，急忙让车夫停下，付了钱，拉着小远下了车。她拉着小远躲到一棵大榕树后，想知道区达铭跑到这里是要和什么样的女人会面。

前面不远处有一个被高墙包围的院子，大铁门旁挂着"粤闽赣边区剿匪司令部"的牌子，两边站着荷枪实弹站岗的士兵。区达铭朝那扇大铁门走去。陈桂很是焦急，她以为区达铭走错地方了，为他的安全而担心。正当她准备追上去提醒区达铭，却看到了令她不敢置信的一幕——

只见区达铭走到那扇大铁门前，掏出什么东西给站岗的卫兵，卫兵接过仔细验看后还给他，然后敬礼放行。

他随即轻车熟路地走进了那扇铁门，很快消失在院子里。

好像一盆凉水从兜头浇下，陈桂一下懵了，她怎么都想不明白区达铭怎么会进入那样的地方！

她待在树后一动不动，身旁的小远觉得无聊，东张西望了一阵，朝另一边走去——而陈桂对此却毫无察觉。他一边玩一边走，来到一个横巷的巷口，好奇地往巷子里张望了一下，拐进了小巷……

陈桂继续注视着那个大院，她多么希望自己刚才看到的只是一种幻觉。然而陈桂的这种幻想很快破灭了。过了一会儿，只见区达铭从那院内的一栋楼里走出来，和他一同出来的还有一个人。陈桂看清那个人的模样时浑身不由又是一凛——他竟是袁昌！

他们一边走一边说着什么，然后相继钻进停在楼前的一辆汽车里。汽车启动，开出了"剿匪司令部"大门。

陈桂眼睁睁地看着载着袁昌和区达铭的汽车经过她的面前，朝街口驶去。她浑身瘫软，跌坐在地，仿佛受到了重重的一击，浑身没有了一丝力气……

不知过了多长时间，陈桂慢慢恢复了知觉，定睛一看，原来是一个路人正关心地询问她："妹仔，你没事吧？"

她渐渐恢复了意识，忽然明白了自己是在什么地方，急忙扶着树干站起来，摇摇头："我没事，没事。"就在这时，她似乎感觉自己身边少了什么，四下看了看，这才发觉小远不在自己身边，不禁吓蒙了……

陈桂疯了一般喊着小远的名字到处寻找，不时撞到行人身上，甚至全然不顾身旁来往飞驰的汽车，因而险象环生……

晚上，区达铭一边想着心事一边走进仁达药店总店里。一个伙计迎上来说有一男一女来找他，区达铭有些疑惑地走进客厅，见到来人，不由惊得目瞪口呆。

梦苏微笑着看着他："没想到吧？"

区达铭强颜欢笑："……来、来了好啊，来了好……你们还没吃饭吧，走，我请客。"

麦秋实拒绝了他，区达铭见形势有些不对，眼珠一转，决定先发制人。"老麦啊，你来了正好，其实最近我一直想找你聊聊，向你赔个不是。前一段闽西那档子事，我被保卫局抽调去参加对你的审查，虽说当时也是奉命行事，但还是多有得罪啊。"

梦苏顺势瞥了他一眼："他当时为什么会被抓走，还不是因为你向特委打了小报告！"

区达铭十分尴尬，连连道歉，更加热情地要给麦秋实喝酒赔罪。麦秋实没有理会区达铭那些弯弯绕绕，他开门见山说道："老区，你坐下，我有点事想和你谈谈。"

区达铭感觉气氛有些不对，掩饰着内心的惴惴不安缓缓坐下："有什么事？"

"老区，你对周会计和姜大夫说，你到广州来是有紧急任务？什么任务？我怎么不知道？"

区达铭结结巴巴地说是因为陈桂缠得太紧，自己实在受不了才来到广州。麦秋实并不相信他这套说辞，他单刀直入问区达铭所说的紧急任务是什么。

"我……我就说实话吧，是'钱'方面的事情。作为汕头分店，目前和广州的这家总店之间在经济上有一些扯皮的事情，我得过来处理一下。"

"哦？"

慌话说多了也就习惯了，区达铭语气更加自然："我知道自己是共产党员，又是领导干部，不应该看重钱，更不应该计较。但我毕竟是汕头仁达药房的股东，虽说占的股份不多，但管着店里的经营，收入要保证交通站的开销，还要作为经费上缴给组织，最近亏空得很厉害，所以这个账不得不算。"

麦秋实和梦苏互相看了一眼。

"阿桂呢？还有小远，怎么没看到她们？"

区达铭一惊："陈桂？陈桂怎么了？"

"她带着小远到广州找你来了。"

区达铭顿时变得目瞪口呆："什么？什么时候？"

"怎么，你还没见到她们？"

"没、没有啊……我一点都不知道她们跟来了……他心中紧张地盘算着，不知道这突如其来的情况又意味着什么，但脸上表现得格外气急败坏，"这个陈桂，我走到哪儿她缠到那儿，总有一天非把我缠死不可……"

麦秋实和梦苏暗中观察着区达铭。区达铭也在琢磨他们。双方表面不露声色，暗中都心怀警惕，客厅里的气氛很是微妙。

正在这时，伙计敲门进来："区老板，有人找。"

区达铭不耐烦地说："又是谁啊？"

话音未落，只见陈桂披头散发，拖着绝望的脚步一步步地走了进来。

看见陈桂的样子，众人都愣住了。

梦苏扶住陈桂，急忙问道："阿桂，阿桂，出什么事了？你说呀……"

陈桂一屁股坐到楼梯上号啕大哭起来。

"小远……丢了……"

梦苏如雷轰顶，麦秋实也惊呆了。

陈桂泣不成声："梦苏，我、我对不起，对不起你……小远……小远走丢了……"

区达铭一下揪住陈桂："在哪儿？在什么地方丢的？"陈桂看着他不敢再往下说。区达铭几乎要疯了，抓着陈桂使劲摇晃："说！快说……你给我说呀！"麦秋实过去将区达铭拉开："老区，你冷静一点；阿桂，你好好说，到底怎么回事，孩子是在哪儿丢的？你说清楚，我们大家好去找。"

但陈桂似乎吓傻了，结结巴巴说了句"尚书街"就再也不吭声了。

区达铭紧紧盯着她，咬牙切齿地说道："你要是真把我儿子搞没了，我非宰了你不可！"

陈桂浑身发抖，精神恍惚，整个人似乎丢了魂儿一样……

梦苏和麦秋实疲惫地坐在江边。她看上去憔悴了许多，虽已是筋疲力尽，但眼睛仍紧紧地盯着前面的马路，注视着来往人群中出现的每一个孩子。麦秋实看梦苏的状态实在很差，就劝她回去休息一下。

梦苏眼睛红肿，声音有些嘶哑地说道："我哪儿还有心思吃饭睡觉啊，小远都丢了三天了，他到底在哪儿啊？真不知道这三天里，他有没有一口饭吃，有没有一个遮风挡雨的地方睡觉……"

麦秋实安慰她："别想太多了，小远那么聪明，不会有什么事的。来，你靠在我身上休息一会儿，休息好了我们接着去找。"

梦苏闭上眼睛靠在麦秋实身上，麦秋实搂住她。

此时区达铭正和陈桂待在一起。

陈桂很憔悴，脸上泪痕未干，不时还抽泣一下。变化最大的是她的眼神，她不时望区达铭一眼，那神情陌生而又惊恐，看得区达铭胆战心惊。

区达铭强作镇静，试探地问道："你带小远到广州来到底干什么？"

陈桂喃喃道："我……我真不该来啊……"说着又哭了起来。区达铭耐着性子哄她："你说话呀，哭什么嘛……还有，麦秋实和梦苏怎么会突然跑来的？你和他们约好的？"

"我……我真不该来啊……"

无论区达铭说什么，陈桂翻来覆去的都是这几句话。

区达铭并不相信陈桂什么都不知道，他紧紧地盯着陈桂的眼睛，凶相毕露。

"你说，你在尚书街都看到了什么？"

"我、我不该……"

区达铭再也忍受不住了，猛地一拍桌子："你少给我装傻！"陈桂浑身紧张得直抖，望着区达铭的眼神越发地惊恐，更加说不出话来了。

也许是陈桂的样子让区达铭有了一丝恻隐之心，也许是另一种策略，总之，区达铭的态度突然变了，柔和了许多，声音也放低了："算了，我不逼你了。我知道你心里也很难受，这事可能真的是个意外，也……不能完全怪你……你休息吧，我出去找小远去。"

陈桂一愣，难得听区达铭说几句体己话，却不知他是什么意思。她看着区达铭走出门去，叫了一声"小远"，一下瘫软在地上

梦苏闭目靠在麦秋实的肩上，麦秋实默默地注视着前面马路上来往的人群。她忽然睁开眼睛。麦秋实感觉到了，问她为什么不睡。

"小远怎么会在尚书街走丢？"

麦秋实看了看梦苏："其实我一边找小远一边也在琢磨这个问题。敌人的粤闽赣边区剿匪司令部就在尚书街，换句话说袁昌就在尚书街。这样的地方老百姓一般都是绕着走，避之唯恐不及的。阿桂怎么会带着小远去了那儿？"

梦苏霍地坐起："周会计说阿桂跟踪过区达铭，两个人经常为这个吵架。这次阿桂又是偷偷跟着区达铭来的广州，难道……难道她是跟踪区达铭到的尚书街？"

他俩对视了一眼，都看到彼此眼里的震惊，这个推论虽然匪夷所思，但却合理地解释了陈桂那副受到重大打击，精神略有失常的模样。麦秋实和梦苏明白，当前的形势越来越复杂，他们必须尽快找陈桂谈一谈，查清区达铭的问题，不然将来可能会出大乱子。

梦苏腾地站起来就要回去找陈桂。麦秋实叮嘱她要找个借口搬出来，千万不能打草惊蛇。梦苏点了点头。麦秋实看着她疲惫的双眼有些心疼，他轻轻抱住了她，柔声安慰她：

"梦苏，真是难为你了，一边要找孩子，一边还要考虑这些事情。"

梦苏强压下内心的痛苦，冲麦秋实微微笑了笑："没什么，我能挺住！"

傍晚，梦苏和麦秋实刚走进药店大厅，就见区达铭带了一个提着药箱的郎中模样的人急急忙忙往楼上走。

"老区，怎么了？"

"陈桂晕倒了，我请了大夫来给她看看。"

梦苏和麦秋实一惊，急忙跟着跑上楼去。几个人围在陈桂床边，她躺在床上，脸色苍白，双眼紧闭，胸口起伏几乎微不可察。

老中医用一根银针，扎进陈桂的人中穴捻、转、提、插……

片刻之后，陈桂先是皱了一下眉头，接着"啊"地大叫一声，猛地坐了起来。她目光散乱，满头大汗，木木地看了看周边的人，突然又倒在床上。

老中医拔起银针："没事了。"

梦苏问陈桂发病的原因。老中医说陈桂心情太紧张，精神压力大，气滞血瘀以致昏厥，吃点儿药调理几天就好了。他边铺开纸笔写药方边叮嘱："病人刚刚醒过来，要让她静心休养，不要多说话，更不要受什么刺激。"

区达铭连连道谢。

众人看着一动不动地昏睡着的陈桂，各自的心情都很复杂。

送走老中医后，麦秋实向区达铭说明了他和梦苏要搬出去的决定，区达铭很惊讶，极力挽留，言语间一直试探他们搬出去的原因，麦秋实神色自若地告诉他此次广州之行还有别的任务，组织给他和梦苏安排了住处。区达铭见他们执意要走，也不好再说什么。他望了望梦苏，走到她面前，结结巴巴地说道："梦苏，是我把孩子从长兴接到汕头，却没把他看好……我知道你恨我，我也恨我自己……唉，真不知道说什么。我对不住你，对不住孩子，你骂我、扇我都行……"

梦苏一言不发，转身离开。

区达铭望着他们的身影消失在夜幕中，心里惴惴不安。

区达铭和袁昌从剿匪司令部大院里出来，两人走向大楼前的一辆汽车，边走边低声交谈着什么。

走到汽车跟前，袁昌开门坐进车里，区达铭刚要上车，忽然看见陈桂提着一支手枪怒气冲冲地冲了过来，他一下愣住了！

陈桂大叫："区达铭，你这个叛徒！"

区达铭想要拉开车门钻进汽车里，车门却打不开。

区达铭着急地冲袁昌求救，袁昌却坐在车里哈哈大笑。

陈桂手里的枪响了，子弹"嗖嗖"地飞了过来，区达铭只好围着汽车躲避。

陈桂边打边说："从参加革命的时候起我就崇拜你，把你当成最革命的，当成大英雄……为了你，我连我最亲近的姐妹都不顾了；为了你，我连一个女人的脸面都不要了……没想到你这么不要脸，竟然当了叛徒！你不仅背叛革命，还背叛我，你不把我当人，像对狗一样欺负我、欺骗我……我今天一定要亲手杀了你，杀了你……"

区达铭东躲西藏，刚要对陈桂说什么，忽然看见小远手里举着一块巧克力，从马路对面朝他跑过来，一边跑一边喊着"爸爸——"

但不等跑过马路，一辆汽车就冲着小远开了过来，小远来不及躲闪，一下被汽车撞飞。

区达铭发疯般喊了起来："小远……"

区达铭大汗淋漓，腾地从床上弹了起来……

他有一瞬间没有分清梦境和现实，嘴里喃喃自语："噩梦……一个噩梦……小远被汽车撞飞了……"他看着身边的陈桂，声音沙哑地问道：

"我知道你没睡着……我是不是在梦里又说了好多不该说的话？"

陈桂摇摇头，眼泪流了一脸。

区达铭叹了一口气："阿桂啊，到现在我才明白了，这个世界上对我最有情意的人就是你，而不是别的任何人！"

陈桂转了一个身，开始轻轻啜泣。

"我也不是傻子，你对我的好我知道……其实这么多年下来，我对你也确实有了感情。"

陈桂停止哭泣，听到这里，忍不住嗔怪道："你骗人。"

"我怎么会骗你呢？我是个大男人，吐出一口唾沫都要砸一个坑的。"说话间，他爬过来偎在陈桂身边，轻轻地说道："你能不能告诉我，小远到底是怎么丢的？"

陈桂不语，又忍不住哭起来。区达铭再问，她就拉起被子蒙住脑袋，被子里隐隐传出她压抑的哭声。区达铭扯开被子，她又拉上，几次三番后，区达铭一把按住她的手，认真地说道：

"阿桂，我们结婚吧！"

陈桂愣住了，呆呆地望着区达铭。

"我要给你办一个风风光光的婚礼，把你打扮得漂漂亮亮的。给你买首饰，让你穿金戴银；像电影里演的那样，让你穿婚纱，到照相馆里照相……"

眼泪忍不住哗哗地从陈桂的眼里奔涌而出。这是她盼望已久的喜讯，若是以往，她早就兴奋欲狂了。但在这种时候得到这一婚姻的承诺，陈桂不知道自己为什么高兴不起来，她猛地拉过被子蒙住头，把自己捂在被子里放声大哭……

麦秋实和梦苏去找了许久未见的春晓和潘卓南，希望借他们的力量找到小远的线索，朋友真心实意的关怀让梦苏获取了些许勇气，她心下稍定。回到仁达药店后，梦苏惊喜地发现陈桂已经清醒了，她提出想去外面转转，梦苏顺势扶着她走了出去。

一出门，陈桂就向梦苏抱怨起来，"这个我真的不想给外人说，可你不是外人，我就实话实说……老区对我不好，这你也知道。他对我不好，我就以为他外面有女人。他说要来广州，我就起了疑心，以为他到广州来私会他的女人，所以，就带着小远跟来了……谁知道会这么倒霉！"

"那你怎么又到尚书街去了呢？"

正在絮絮叨叨的陈桂一下子安静下来，她惊恐地盯着梦苏说不出话来。梦苏没有理会她的神情，步步紧逼道："小远又是怎么丢的？"

陈桂仍然沉默不语。

梦苏又气又急："你不说小远丢失时候的情况，我们怎么找他啊？"

陈桂张口结舌，表情慌乱，眼珠四处流转就是不敢看梦苏的眼睛："梦苏……你、你就别逼我了。"

"是你在逼我！你知道，如今我只有小远这么一个亲人了！"

陈桂实在无法面对梦苏，转身就走。梦苏追了上去："阿桂！"

陈桂猛地转过身来。

"梦苏，他说要和我结婚！"

梦苏一时没反应过来："谁？"

陈桂露出一副梦幻般的神色："老区说要和我结婚，还说要给我办一场风风光光的婚礼……"

听完她的话梦苏瞬间有了一种挣脱了某种束缚的错觉，但她转念一想，察觉到了其中的蹊跷。她定定地看着一脸满足的陈桂，不知道怎么和她解释这种不自然。

陈桂看到梦苏的表情变化，还以为她沉浸在了被抛弃的失落里，她安慰梦苏："到时候，我和老区，你和麦秋实，我们也办个集体婚礼怎么样？"

"……阿桂，你认真地把前因后果理一理。仔细想想，他对你态度转变这么大，是不是因为你看见了……"

陈桂脸色一变。

"阿桂，你到底在尚书街看到了什么？"

陈桂的脸突然扭曲了，她冲着梦苏尖叫道："你凭什么认为老区不爱我？凭什么说他爱我就是在利用我？难道他就只能爱你？即使你从来不把他当回事，难道他也要一辈子觍着脸跟在你后面吗？难道天底下所有的男人都只能爱你一个吗！"

她气得脚步趔趄，身体直晃，梦苏急忙想去扶，陈桂却推开她转身离去，两个人不欢而散。

傍晚，区达铭从外面回来，正要推门进房间，忽然听见屋里传出麦秋实说话的声音，他不由放轻脚步踱过去，将耳朵贴到门上。

房间里，陈桂病歪歪地靠在桌边的椅子上，麦秋实神情严肃地站在一旁。

"……你当时知道敌人的剿匪司令部在尚书街吗？"

陈桂摇摇头。

"那你怎么会带着小远出现在那里？而且孩子还在那儿走失了？"

陈桂依旧低头不语。

麦秋实盯着陈桂，试探地问了一句："你不是偶然到那儿去的，是吗？"

陈桂的眼睛动了动。

麦秋实心里有了谱，他循循善诱："陈桂，你从大革命时期就开始参加工人运动，也算是个老党员了，也经历过广州暴动失败后的惨烈，你愿意再一次经历那种失败和惨烈吗？"

陈桂抬头看了看麦秋实。

麦秋实脸色一冷："我就直说了吧，通过各种迹象，我们怀疑组织内部出了很大的问题！"

陈桂浑身紧张，呼吸急促，喃喃道："我不知道，我什么都没看见……"她的异常反应没有逃过麦秋实的眼睛。

"如果你不说，时间拖下去，有可能会使党组织遭受重大破坏，把我们的交通站和整条交通线搞垮！覆巢之下岂有完卵，到时候我们中央交通线上的每一个同志的生命安全都会受到威胁，也包括你。"

陈桂心中越来越纠结，越来越痛苦……

"你能眼睁睁地看着组织，看着交通站、交通线，看着战友们一步步走向死亡陷阱而无动于衷吗？"

陈桂快要承受不住良心的压力了，就在她即将精神崩溃之际，门开了。

区达铭站在门口笑眯眯地问道："哟，老麦在这儿啊？和阿桂聊什么呢？大夫说她现在精神状态不好，不能说太多的话。"麦秋实看了一眼陈桂，她一见区达铭浑身一凛，垂下头再也不敢吭声了。麦秋实心里觉得很遗憾，但依旧不动声色地说道：

"好吧，今天就这样吧，你好好休息。刚才我说的那些，你好好想想，咱们另外找时间再谈。"

说完，他朝区达铭点点头，转身走了出去。区达铭的神色顿时阴沉下来。

傍晚，陈桂脸冲墙壁躺在床上。

区达铭走过去坐到床沿，拍了拍陈桂的肩膀："哎，你都这么躺了好几天了，好点没有？"

陈桂不动。

区达铭克制着心中的不快，耐着性子说道："你要是感觉没什么事，能起来的话，我们这几天就去办结婚的事——"

陈桂依然朝里躺着没动。

"明天我就带你上街买首饰，照相……"

陈桂霍地翻身坐起，大声地说："区达铭，不要说这些，你先告诉我，你究竟有没有干对不起组织、背叛革命的事情？"

区达铭张口结舌："你、你疯了，在瞎说什么呀！"

陈桂眼里流露出一丝沉痛："老区，我想听你说句老实话！"

"你先告诉我到底听谁乱嚼舌头呢？是不是麦秋实？我早就告诉过你，我在保卫局审过老麦，出来以后他肯定会找我的麻烦，肯定会到处添油加醋地说我的坏话，诬陷我，现在果然不出所料吧。现在情况很复杂，你要动动脑子……"

陈桂冷笑了一声："你自己跑到敌人司令部的院子里去，也是老麦诬陷你吗？"

"你、你说什么？"区达铭这才明白陈桂那天真的看到了自己与袁昌见面的情景，他紧张地琢磨该怎么应付眼前的局面。

陈桂的眼里隐约有泪光闪现，但仍然直直地望着区达铭，"区达铭你听着，我陈桂是爱你，爱得下贱，爱得都不顾脸面。但我爱的是那个风风火火、一心一意闹革命的区达铭；那个懂得很多革命道理、在无数人面前大声演讲的领导人区达铭……如果有人背地里和敌人勾搭，背叛革命，我就不认他，我这心里容不下这种人，和他势不两立！我更不能让他危害组织，我一定要揭发他！”

区达铭心中暗惊，他突然意识到破解眼前这个危局的唯一办法就是使陈桂消失。

“行了行了，你别瞎猜了，我跟你一句话两句话也解释不清楚……这样吧，明天，明天我带你去一个地方，去了那儿你就知道我在做什么，又为什么要和袁昌见面了。”

陈桂半信半疑地看着他。

区达铭一把搂住陈桂，柔声说道：“我敢保证，到时候你又会像从前一样信任我，崇拜我，为我感到骄傲的！然后你就会欢天喜地地去和我结婚……”

陈桂半信半疑，暗怀期待地抱住了区达铭，她没看到，区达铭眼里已是杀意大盛。

万籁俱寂之际，一阵敲门声传来，陈桂过去打开门。来人是梦苏。

“阿桂……老区呢？”

“出去了。有事吗？”

梦苏红肿着眼睛泣不成声：“阿桂，对不起，我真的受不了了，我一闭上眼满脑子都是小远的样子……实在是没办法，还是只有来找你，只有你才能帮我……”

陈桂看着她痛苦的样子，强忍住内心的酸涩说道：“梦苏，我明白……这样吧，明天以后——明天我就能把事情搞清楚，之后就能把当时的情况告诉你了。”

她说完便将梦苏推出房间，关上了门。

梦苏在屋外敲门：“阿桂，阿桂……”

但陈桂不再应声。

灰暗的天空下，天地间一切事物仿佛都失去了活力，触眼之处皆是一片死气沉沉。

区达铭正带着陈桂穿行在灌木丛生的树林中。树林越来越阴暗，陈桂不知为什么有些紧张。

"这是什么地方啊？你带我到这儿来干什么？"

区达铭一边朝四周张望一边拨开灌木朝前走："不是说了要带你见一个人吗？见了他你就了解我最近的工作了，就明白我为什么要和袁昌见面了，你的心里就踏实了。"陈桂不再说话，两人一前一后穿行在灌木中，四下悄然无声，只听到衣物掠过树枝的沙沙声。

看着周围越来越荒凉的景色，陈桂心里七上八下，越发地感到心惊胆战，却只能亦步亦趋地跟着区达铭朝前走……不知过了多久，区达铭终于停了下来，陈桂刚想喘一口气，却见他突然转身，一个黑洞洞的枪口正对着她。

陈桂吓得尖叫了一声，语无伦次地说："老区，你、你这是干什么？"

区达铭眼里是陈桂从未见过的疯狂神色，他冷笑道："干什么？你说干什么？你不是要我给你一个解释吗？"

他说着朝陈桂一步步逼近，冰冷的枪口贴近了陈桂的脑袋。

陈桂突然明白了，她又恨又怕，浑身颤抖，忽然转身拼命地往回跑，边跑边喊："梦苏……梦苏……救命！快来救我啊……"

"砰"的一声，区达铭手里的枪响了。

陈桂吓了一跳，愣愣地站在原地。

区达铭也愣了一下，他看了看枪管里冒出的青烟，似乎有些不知所措。

陈桂忽然转过身，声嘶力竭、不顾一切地喊道："区达铭，你这个叛徒……算我瞎了眼，竟然死心塌地地爱你，竟然把你当成革命的榜样，崇拜你，天天向你学……没想到你竟然是这种人……以后我还能相信什么……我还有什么脸面见人？我再也没脸见梦苏、老麦他们了，再也没脸见同志们，也没脸见我自己，没脸活在这世上了……你、你杀了我吧！"

区达铭死死地盯着陈桂。

她继续吼道："开枪啊，叛徒！朝我开枪吧……"

第三十章

暴露

麦秋实和梦苏此时正坐在江边。

"'明天之后'——什么意思？"

"这是昨天说的，也就是说今天以后，阿桂答应把她知道的情况都告诉我们。"

"也就是说她今天可能会了解到一些情况……"他想了想问梦苏："她现在在哪儿？"

梦苏说陈桂一早就跟区达铭出去了。

麦秋实一脸若有所思。梦苏看他有点心事重重的样子，便问他原因。麦秋实给她分析，区达铭目前有重大嫌疑，如果陈桂真的察觉到什么，那她就是区达铭唯一的突破口，为了自保，区达铭有可能会对陈桂不利。

"对呀，区达铭本来就对阿桂没感情，他什么都干得出来。"

梦苏坐不住了，她腾地站起来就要回去找陈桂。

"好吧，我和你一起去。等见到陈桂，一定要找机会和她好好谈谈，把一些情况尽快搞清楚。"

俩人一路小跑着，气喘吁吁地冲进店里。一个伙计正好从楼上下来。梦苏问他陈桂回来了没有。那个伙计愣了一下："回、回来了。"梦苏和麦秋实不约而同地松了一口气，正要往楼上走，梦苏发现伙计神情有些不对，便问他怎么了。伙计看着他俩，吞吞吐吐地说：

"她、她疯了……"

陈桂趴在桌子上，全神贯注地盯着一个装满了小蚂蚁的玻璃瓶子在看。蚂蚁上上下下，随着蚂蚁的走动，陈桂的表情也在发生变化，一会儿着急一会嘻嘻嘻傻笑。

区达铭在一旁望着陈桂，神情复杂难辨。

门突然打开，梦苏和麦秋实冲了进来。两人一见陈桂这个样子都是一怔。梦苏扑过去，喊起了陈桂的名字，可任凭梦苏怎么喊，陈桂只是专注地看蚂蚁，理都不理。

"阿桂，我是梦苏，我是梦苏啊！你看看我……你不认识我了吗？"

陈桂抬头看了一眼梦苏，嘻嘻笑了起来："你吃过蚂蚁吗？"

梦苏不知如何是好，与麦秋实面面相觑。

陈桂突然打开玻璃瓶瓶盖，拿出一只蚂蚁就扔进了嘴里，十分享受地嚼了起来。一边嚼还一边冲着梦苏笑。梦苏看得目瞪口呆，回过神来，过去想夺下玻璃瓶，陈桂不干，拼命护住手里装蚂蚁的玻璃瓶……

麦秋实看向一旁的区达铭："老区，这是怎么回事？陈桂怎么突然变成这样了？"

区达铭一脸无辜地说道："我也不知道啊。我看她最近实在太难受了，今天就带她出去转转，想让她散散心。出门的时候还好好的，谁知道在外面走着走着突然就变成这样了……"

麦秋实满怀狐疑地说："突然就变成这样了？"

区达铭点点头："是啊，我也不知道是怎么回事。可能小远走丢的事给她的打击太大了，让她心里的压力太大了。"

麦秋实越发地怀疑，他仔细地打量着陈桂，然而从她那痴傻的表情和动作里，麦秋实什么都看不出来。

梦苏双眼无神地坐在椅子上，显然还没能接受陈桂疯了的现实，麦秋实皱着眉头来回踱步。

"我觉得很可能还是和区达铭有关。你想啊，陈桂是一个很要面子的人，有时也很虚荣。区达铭不但是她热爱的人，更是她崇拜的人。如果……如果她真的发现区达铭有什么变节行为的话，她一定承受不了，一定会崩溃的。"

梦苏点点头，他俩都明白，陈桂突然发疯，肯定与区达铭有关，但她如今什么都说不出来。就算明白罪魁祸首是谁，他们也无能为力。

俩人正一筹莫展之际。传来几声敲门声。麦秋实和梦苏一愣，互相看了一眼。敲门声又响起，从那长长短短的节奏里听出是约定的暗号，麦秋实示意梦苏过去开门。

来人是古大章。

陈桂隔着玻璃瓶看蚂蚁："……这个是公的……这个是母的……公的和母的办婚礼，生孩子，生了一窝小蚂蚁……"

区达铭在一旁望着陈桂，眼里忍不住流露出一丝恻隐的目光，叹了口气，想起了早上的情形……

"开枪啊，叛徒！朝我开枪吧……"

看着陈桂疯狂的样子，区达铭再也压抑不住心里积蓄已久的愤懑，他冲着陈桂吼道："你别逼我！你以为杀人有那么容易吗？啊？是，我是叛徒，我是不要脸！可你为什么要跟着我？为什么要看见我跟袁昌见面？为什么？啊？"

陈桂忽然冷静了："就为了这个，你就要杀了我？"

"没办法，你知道了不该知道的东西，如果不杀了你，我就完了，彻底地完了，知道吗？"

陈桂定定地看着他，不知不觉已泪流满面："我太傻了！太傻了……我爱了你那么多年……"

"你的偶像是那个威风八面，能说会道，能给你带来种种好处，满足你那可怜的、可怕的虚荣心的区达铭，是你眼里的高级干部，不是叛徒！可我是他娘的叛徒，叛徒！"他走近陈桂，神色几经变换，最终定格在凛冽杀意上，"我知道，尽管我是个叛徒，一天都没爱过你！可要我亲手杀掉一个深爱自己的女人，我的良心也不好受……可是，为了保护我自己不被老麦他们发现，我只能这样，知道吗？哦，对了，你不是说过吗，一个大男人关键时刻就是不能优柔寡断，就是要硬起心肠。我知道我对不起你，阿桂，可是我实在是没有别的办法了……"

说着，他又举起枪，恶狠狠地盯着陈桂。

看着黑洞洞的枪口，看着区达铭因为心虚、害怕而变得扭曲的脸，陈桂忽然尖声大笑起来……在那荒野上，那笑声听上去很是瘆人。

区达铭不禁感到毛骨悚然："你、你笑什么？"

陈桂不说话，脸色煞白，两眼直直地盯着区达铭，一步一步朝他走了过去。区达铭看着陈桂的样子，心中越发地恐慌，不由自主地后退。陈桂一步上前，忽然抓住区达铭手里的枪管。

"不就是沉塘吗？老娘也不是没沉过，来吧——"她看着区达铭，脸色一变，"你不是阿生？你是什么人？为什么要冒充我的新郎官……"

区达铭看着陈桂，目瞪口呆。

陈桂走近区达铭，眼里满是好奇："你是什么人？你为什么要拿着这个破东西看着我？没见过我啊？"她说着，抓住区达铭手里的枪就要丢在地上。区达铭不让，陈桂一使劲儿，区达铭就倒在地上，枪甩出去好远。

区达铭一惊，生怕陈桂捡起枪开枪打死自己。不料，陈桂捡起枪看了看，又扔到地上，然后绕着手枪走了几圈，哈哈大笑……区达铭急忙爬起来，捡起手枪。陈桂愣愣地看着他，像看着一个怪物。

区达铭把枪插在腰带上，小心翼翼地问道："阿桂……你知道我是谁吗？"

陈桂凑近区达铭看了看，"哼"了一声："你不就是麦家那个烂了良心的负心汉吗？害得碧青守了一辈子活寡！还敢来问我你是谁？"

区达铭明白了，陈桂已经精神错乱！

他不死心，又问了一句："你知道梦苏是谁？还有老麦——麦秋实，你知道麦秋实是谁吗？"

陈桂满眼迷茫："我要吃巧克力，小远说巧克力比糖好吃，他不知道躲到哪儿吃巧克力去了，这个小淘气……"

区达铭放心了，笑道："好，我带你去买巧克力！"

他话音未落，陈桂忽然孩子一样笑着跳着跑了："我有巧克力吃了，我有巧克力吃了！"

"嘻嘻嘻……"

陈桂的嬉笑声将区达铭从回忆中唤醒，看着她如今一副孩童般的样子，区达铭心里掠过几丝怅惘，他喃喃自语道："我承认自己是一个混蛋，我知道你全部心思都在我身上，可我从来没有把你当回事……前面我说要和你举办婚礼的话也是哄你的……如果你现在能好起来，说不定我可以给你一个机会，弥补过去的无情……不不，你不能好起来，你必须沉默，永远地沉默……唉，你真是一个苦命的女人……"

陈桂毫无知觉，嘻嘻笑着逗弄玻璃瓶里的蚂蚁。

古大章此次来广州有一个重要任务，一份重要文件要送往中央苏区，但鉴于目前交通线问题频发的现状，他决定将文件交由麦秋实和梦苏直接送到中央苏区。麦秋实灵光一闪，想出一个试探区达铭的方法。

梦苏不愿让陈桂继续留在区达铭身边，，决定将她送进春晓的颐养院。陈桂抓着门框死活不愿意出门，她大呼小叫、又哭又闹。几个护工使劲将陈桂架出大门，七手八脚地将她强行推进了救护车，将门关上。

站在一旁的梦苏、春晓目睹这一情景忍不住背过身拭去了眼里的泪。春晓即将上车之际，突然转身冲着区达铭大吼："你祸害了梦苏，现在又来祸害阿桂，你会遭到报应的！"车开走时，区达铭脸色煞白。

梦苏看了他一眼："老区，我们走走吧。"面对梦苏少有的邀约，区达铭有些受宠若惊，忙不迭地跟着她走去。

"……小远的事，有什么线索了吗？"

这个话题使区达铭心中也不免沉痛："别提了，这些天我没有一刻停止找儿子，把我所有的关系都用起来了，车站、码头、江边，大街上、小巷子里，到处都找遍了……唉，可惜到现在都还没有什么消息。"

梦苏定定地望着他，眼里泪光闪闪："区达铭，不管我们之间怎么样，你知道这个孩子是我的命根子……现在我成宿成宿地睡不着觉，在街上一看到四、五岁的小男孩就受不了……他一天不回到我身边，只要我活着，就会一直找下去。"

区达铭也陷入一个父亲的痛苦中，他坚定地表示不找到小远决不罢休。

梦苏有些感激地看了区达铭一眼，转而露出了些许为难的神色。

"只是，这几天我可能有点顾不上，找小远的事还要你多操心。"

区达铭问她怎么了。

"明天中午有个任务……"

区达铭有些狐疑："任务？我怎么不知道？"

"我也不太清楚，是古大章交代的。"

"古大章？他来广州了？"

梦苏点点头。

区达铭表面装作很平静："什么任务，需不需要我帮忙？"

"不用，就是去怀明书店交接一份非常重要的文件。"

区达铭心中暗喜，但刻意掩饰着："哦，既然组织上没有安排我参加这次行动，我也不好插手，你千万要注意安全啊。"他顿了顿，"任务最重要，找孩子的事你不用担心，有我呢。"

梦苏笑了笑，看了一眼区达铭，转身离开。

区达铭望着梦苏的背影，心中五味杂陈。

"……不行，这太危险了！"

古大章怒气冲冲地说道："你设的这个局是一把双刃剑，如果区达铭没有叛变，那么，你去一趟也无妨，就当是去那儿散散步；但如果他已经背叛了革命，那么你走进怀明书店那座小楼，就等于是自投罗网！"

"为了党组织和地下交通线的安全，只有豁出去了，必须冒一次险。"麦秋实坚持自己的观点毫不动摇。

古大章看着麦秋实，知道他是不会再改变主意了，他颓然坐下，思忖良久后眼睛一亮："要不我去吧。你是整条交通线的负责人，万一发生什么意外，怎么对组织上交代？"

麦秋实摇头："不，你有你的工作，我有我的安排。"

"可……"

麦秋实打断了他的话："就这么定了，到时候你做好接应就是了。"

面对麦秋实坚定的态度，古大章说不出话来。他整理了一下自己的思路，决心周密地安排计划中每一个环节，绝对不让麦秋实出任何意外。

两个人小声地商讨着第二天的安排……

此时的区达铭正和袁昌在一起。他向袁昌汇报了怀明书店的任务。袁昌有些犹豫不定，

"你刚才说的那个消息可靠吗？"

"应该可靠。"

"古大章到了广州，让麦秋实和梦苏执行任务，为什么不通知你？"

"其实也正常。我是汕头大站的站长，广州不属于我的工作范围，而

麦秋实是整个交通线的负责人，各个站的工作都归他管。"

袁昌想了想，还是觉得这个任务很蹊跷，他隐约感觉梦苏和麦秋实已经察觉到了区达铭的身份，为什么还会把这个任务泄露给区达铭呢？

区达铭的解释是小远走丢给梦苏刺激太大，让她无暇考虑别的事情了。

袁昌半信半疑，但还是认为宁可错杀一千，不可放过一人，两人随即部署起明天的抓捕事宜……

第二天，怀明书店附近，一辆汽车缓缓驶来。麦秋实下了车，环顾一圈四周，没有察觉异样，便朝怀明书店走去。他一边走过一边似乎不经意地将目光投向书店二楼的窗台——看见窗台上摆着一盆花，那是事先约定的联络暗号。但那花摆放的位置好像又有些不对劲。他停下了脚步，找了一个隐蔽处，反复观察书店所在的那座三层小楼，但还是无法确定，楼里到底有没有出什么问题……

麦秋实琢磨了一阵，离开街角，朝书店后门走去。

周围静悄悄的。

麦秋实猛地冲到书店的后门，快速地掏出一把铁锁，动作麻利地将后门锁住，然后按约定的暗号揿响了门上的电铃……

门铃一响，霎时楼里响起一阵轰轰隆隆的杂沓的脚步声，似乎有好多人正沿着木楼梯往下奔跑；随着凌乱的脚步声，还能听见有人在兴奋地嚷嚷："上钩啦，上钩啦！弟兄们准备好……"

他一听这动静，立刻回头拼命奔跑。

楼里的特务拉不开后门，只好在里面"嘭嘭"地拼命乱踢乱敲。埋伏在书店外的特务原本主要盯防前门，守在后门的并不多，现在跑出来朝麦秋实边追边打枪。

麦秋实一边奔跑一边回头开枪还击，这时，古大章的汽车快速冲过来，停在麦秋实身边。麦秋实跳进车里，汽车飞驰而去。

等到埋伏在楼里的敌人终于踹开了后门，在书店前门附近蹲守的大队敌人也赶过来，追到一个十字路口时，古大章和麦秋实乘坐的汽车早就消失得无影无踪了。

区达铭的叛变终于得到证实，上级发出紧急通知：凡是区达铭知道的联络点一律撤销，凡是他认识的人都紧急撤离。

敌人展开大搜捕，区达铭彻底撕下伪装，亲自带领军警和特务抓人，不少没来得及转移的同志被抓走。

一条小船趁着夜色离开岸边，驶向远方。

梦苏、麦秋实、古大章和几个地下党员挤坐在小船上，他们远远地看着灯火阑珊的广州，听着不时传来的零星的枪声，看着夜空中隐隐闪烁的火光……

"好险啊，差点就跑不出来了。"

"区达铭彻底撕下了所有的伪装，像一条疯狗一样，亲自带着军警和特务去地下交通站和秘密联络点抓人，好些没来得及转移的同志都被抓走了。"

"欠下的这些血债，以后一定要让他还！"

梦苏没有说话，她靠在麦秋实的肩上，遥遥地望着渐行渐远的广州城，眼里泪光闪烁，但却流露出倔强、不屈的眼神。

已被任命为国民党专员的区达铭站在办公室的窗口，远远地看着灯火阑珊的广州城，表情十分复杂。

"你在看什么呢？"

区达铭愣了一下，转身一看，袁昌站在他身后含笑看着他。

区达铭结结巴巴说自己在看抓了多少共产党。袁昌嗤笑一声，一语道破他正在嫉恨已经逃跑的梦苏和麦秋实。见自己的心思被他说中，区达铭并没有恼羞成怒，他承认了袁昌的说法，"我知道，我和梦苏之间的关系算是彻底完蛋了！可我不能就这么便宜了姓麦的！大不了鱼死网破，我得不到，宁肯把她毁了，别人也休想得到！"

袁昌暗暗吃了一惊："哦，你怎么毁了她？"

区达铭诡秘地一笑："我已经放出话了，说当初在监狱里，沈梦苏和我一起背叛了共产党。这些年来我对地下交通线搞的很多破坏活动，她都知道，而且都参加了……"

梦苏风尘仆仆地赶回了长兴大站，看见几个人在一起说什么，便笑着走过去，想和他们打招呼。但等她走到跟前时，那几个人却不说话了，都变得神情异样，有的故意望向别处，有的用冷冷的目光看着她。梦苏碰了个钉子，无趣地站了一会儿，只好转身讪讪地走开了。

这时，老胡刚好走了过来，梦苏高兴地迎上去想相跟他打招呼。没想到老胡也用怪异的眼光看了她一眼，转身走开了。梦苏感到莫名其妙，抢上几步，拦住了老胡。

"老胡，怎么回事啊？我到瑞金去送文件，走了一段时间。怎么一回来大家看我的眼神都不对了，连你都不理我了？"

老胡迟疑地望着梦苏，拿不准该跟她说什么。他想了想，朝四周看了看，小声跟梦苏嘀咕了一阵。听了老胡的话，梦苏气得浑身发抖。

"区达铭太毒了！"

老胡叹了一口气："有的人说叛徒的话不可信；可也有人说'无风不起浪'。总之，那些风言风语传得到处都是，而且越传越厉害。"

梦苏傻眼了，完全没想到会这样。

"老麦呢？他不是和你一起去中央苏区送文件吗？"

"我们送完文件回来的路上，他接到通知，到特委去了。"

老胡看着梦苏，眼神很复杂："我估计他也是为这事……你要做好思想准备。"

梦苏的心里顿时罩上了不祥的阴影。

闽西特委的领导办公室里，麦秋实、老谢，以及一位领导在一起谈话。

麦秋实神情激动："……我了解梦苏，她绝对不可能背叛革命！"

"你怎么能这样肯定？"

"从她到广州上坤雅女中的第一天起，我就和她在一起，一步一步看着她走过来的……"

"她和区达铭一块儿蹲监狱的时候，你也和她在一起吗？"

麦秋实说不出话来。

领导语气放缓："我知道沈梦苏是个好同志，可说句你可能不爱听的话——她和区达铭连孩子都生了，关系毕竟很不一般！区达铭叛党投敌，她能一点儿感觉都没有？一点儿情况都不了解？一点都没有参与吗？"

麦秋实据理力争："可是按照常理，如果梦苏真的背叛了革命的话，敌人一定会千方百计地进行掩盖，绝对不会让她轻易暴露。但现在的情况是，区达铭却故意大肆张扬，好像唯恐天下人不知道似的……这种做法不符合逻辑，也很不正常！"

领导看了麦秋实一眼，没说话。

老谢给麦秋实递话："那你说说，区达铭为什么要这么做？"

麦秋实分析区达铭有两个目的：一是为了把水搅浑，引起组织内斗；二是想把梦苏逼上绝路，让她走投无路，幻想她能回到区达铭的身边……

"如果我们真的怀疑梦苏，就正好上了区达铭的当，上了敌人的当！难道我们对一个同志长期建立起来的信任还抵不过叛徒的一句话吗？"

领导久久不语。

……

麦秋实站在领导办公室门口，焦躁不安地走来走去。门开了，老谢走了出来。他的眼神平静无波，"书记终于同意了，暂时先不抓捕、也不审查沈梦苏。"

麦秋实松了一口气。

"但是必须停止她的一切工作。"

麦秋实的心又揪了起来："就没有别的更好的办法了吗？"

老谢瞅着麦秋实："办法？办法倒是有一个……"

"您说。"

"除非她能杀了区达铭！"

麦秋实先是一愣，随即愤怒道："她一个弱女子，一个当妈的人，怎么可能……再说，区达铭公开叛变以后，已经变得穷凶极恶。他欠下那么多血债，知道我们不会放过他，身边肯定有人保护。让梦苏一个弱女子去暗杀他，不是以卵击石吗？况且，那个人还是她孩子的父亲！"

老谢盯着麦秋实，声色俱厉："正因为区达铭是她孩子的父亲，梦苏才会比别人更有条件、更有机会接近他，也更容易下手！要我说，这不但是考验她的最好机会，也是证明她清白的最好机会。如果她连这个勇气都没有，或者不愿意杀掉区达铭这个败类，就恰恰说明她确实有问题！"

"老谢……"

"你先别激动。也可能我们对她的怀疑是错的，也可能她确实有委屈。

但领导刚才也说了，现在的情况实在是太复杂了，我们一时真的无法辨别真假，无法弄清事实的真相。而目前的形势又非常严峻，蒋介石的围剿与中央苏区的反围剿正在差之毫厘失之千里的节骨眼儿上。在这样的形势下，我们要做的首要工作就是采取一切措施，想尽一切办法，不惜一切代价，保证组织的纯洁，保护通往中央苏区的命脉……"他顿了一下，神情肃穆，"要和这个大局比起来，个人的一切都算不了什么。别说梦苏，就是你、我，在这伟大而历经坎坷的革命事业面前，也要随时做好准备，准备牺牲自己的一切！"

老谢言辞恳切，麦秋实无言以对。

此外，老谢还通知麦秋实，由于交通站相继出现问题，中央交通局决定撤销这条中央交通线。今后物资和人员运输转道走湘鄂赣、闽东北等其他路线。麦秋实和古大章即将调往其他交通线……

"你们走了……那我呢？"

梦晓呆呆地望着刚刚返回长兴的麦秋实，一脸迷茫。

麦秋实不知说什么好。

梦苏喃喃自语："组织上是不是不要我了？"

麦秋实心里同样难过，却什么都无法说。

"小远丢了，工作不让干了，同志们不相信我了，组织上抛弃我了……我、我还有什么，还有什么呀！"

麦秋实看着她不知所措的样子，既心疼又无奈："不，你千万不要泄气，要受得了委屈，要相信党，相信组织最终会了解你，信任你的！"

梦苏再也忍不住了，猛地扑进麦秋实怀里，号啕大哭起来。

许久，哭声渐渐小下来，她挣开麦秋实，擦了擦眼泪，忽然变得十分冷静。

"你走吧，别让老胡他们等久了。"

麦秋实告诉她自己做善后工作，最后撤离，走之前会把梦苏送到广州与春晓团聚。

"我不去。"

麦秋实急了："这怎么行呢？交通站撤了，所有的同志都离开了。你一个人举目无亲、无依无靠地留在这荒僻的大山里，怎么行啊？"

梦苏反问麦秋实交通站有没有恢复的可能。麦秋实想了想，给出了肯定的答案。

"长兴地处三省交界，不但地理位置重要，商贸流通繁荣，而且，敌人的防守相对薄弱。无论从哪方面看，毫无疑问，都是通向中央苏区的最佳中转站，是任何别的地方都无法替代的。"

"这就是我要留下的原因。"

麦秋实不解。

梦苏告诉他，被区达铭诬陷后，同志和组织都不信任自己，这样不明不白地走了，以后就更说不清楚。

"我要留在长兴，继续收集这里各方各派各个势力的各种情报和信息，等待长兴交通站重新启用的那一天，用实际行动向组织表明，我是清白的。"

麦秋实看着梦苏，发现就在刚才还在号啕大哭的梦苏，忽然变得异常的坚强，坚强得有点儿不可思议。

撤离的日子终于到了，老胡率领队伍即将离开，麦秋实为他们送行。临别前，老胡踌躇再三，到底还是对麦秋实叮嘱道："你一定要说服梦苏，千万千万不能让她一个人留在这儿。她要是不愿意，就是抬也要把她抬到广州去。"

麦秋实笑了，点了点头。

梦苏没有去送老胡等人，因为她不知道该以什么样的态度面对曾经的战友。她一个人站在长兴大站临时驻地，看着曾经人来人往、热闹一时的驻地现在变得空空荡荡、冷冷清清……梦苏心里有一种说不出的伤感。

"看到了吧，队伍一走，什么都没了。"麦秋实走上前来，与她站在一起。

"看到了，可我永远不会忘记那人来人往、热火朝天的时光。"

麦秋实扳过梦苏的身子，紧紧盯着她的眼睛："梦苏，就听我一句话，走吧。刚才老胡也说了，坚决不同意你一个人留在这里，就是抬也要把你抬到广州去。"

梦苏笑了笑："秋实，大家的好意我领了，可我真的不想离开。"

"梦苏，你就听我一句话行不行啊？长兴毕竟是赤白交界地区，周围鱼龙混杂，环境太复杂了。失去组织的依靠，你一个人留在这里实在是太危险了！而且……情急之下，麦秋实脱口而出，"本来现在就有不少人在怀疑你，如果你再不听从安排，执意要留在这条曾经往来频繁的情报通道上，难免会让一些人产生误会，以为你有什么其他图谋，引起更多的猜疑……"

听着麦秋实的话，梦苏脸色慢慢变得冷峻起来。

"……为了不引起完全没必要的猜测和怀疑，我还是希望你最好还是先离开这个环境，等目前这股风头过去了再说……"

"是不是连你都在怀疑我？"

麦秋实一时不知该说什么。

梦苏激动地说道："既然连你也不信任我，那么，请你不要再管我的事情了！从今往后，我们也不要再联系了，免得让人怀疑你！"

麦秋实气急："梦苏，你别给我胡搅蛮缠！别的什么都不说，你一个人留在这里，你说我能放心吗？"

梦苏一愣。她知道麦秋实相信她、关心她、爱护她，但从未想到他会将这份关心直白地表达出来，尽管此时的她也需要这份关爱这份温情，甚至比以往任何时候都来得更揪心更迫切。但是，她的决心一定，绝不容许这份温情影响她的决定。

梦苏决绝道："你的好意我领了……但我心意已决，就像当年要逃离惠平镇一样，谁劝也没用！"

麦秋实忽然有些伤感，他哀怨地看着她："连我的话你也不听吗？"

"不是不听，而是……我不想连累你！"她强忍着泪水，"毕竟，我已经失去了组织的信任，如果你还和我来往的话，势必会影响到你的工作。而你的工作我也不是不知道，时时刻刻，都需要高度保密！我现在不能为党工作，已经是万般的无奈，万般的遗憾了……如果你真的为我好，就应该离开我，把工作干得更好，这样，我也就放心了，知道吗？"

麦秋实听着梦苏这番话，无语凝噎……

第三十一章

孤苦

宏济颐养院来了一个意想不到的客人——梦苏。

　　梦苏相比上次来时变化极大，不但憔悴了许多，整个人也完全成了一副村姑的模样。春晓没想到梦苏的状态会如此之差，她以为梦苏是因为小远才来广州的，心里有些愧疚，因为小远还没有线索。谁知梦苏在问过小远的事情后，提出了一个意想不到的请求，

　　"我今天来，是想把阿桂接走。"

　　潘卓南没有发现梦苏的异样，他对梦苏这个提议很是赞成，毕竟长兴的气候更有利于陈桂身体的康复。春晓瞪了潘卓南一眼，转身将梦苏拉了出去。

　　陈桂蹲在一棵树下看蚂蚁，梦苏跟着春晓走了过来。梦苏蹲到陈桂身边轻声唤她的名字

　　陈桂不理她，仍然看蚂蚁。

　　"公蚂蚁，母蚂蚁……"

　　"阿桂，你看看我，你还认识我吗？"

　　陈桂从地上抓起一只蚂蚁塞到梦苏眼前："给你吃——"

　　梦苏看看春晓，伤感而又无奈。

　　"你也看到了，陈桂是个精神病人，到现在连生活都不能自理。你们交通站工作那么忙，每天跑来跑去地执行任务，而且那么危险。你把陈桂接过去，能顾上照顾她吗？"

　　梦苏迟疑了一下，小声对春晓："长兴交通站出事了，以前的交通线已经撤销了。"

　　"啊？怎么回事啊？"

　　"区达铭叛变了。"

春晓大吃一惊，随即又觉得意料之中，她早就觉得区达铭不是个好人。

"那其他人呢？秋实和大章他们呢？"

"他们都转移了。"

春晓听出一些蹊跷："什么意思？他们转移了……那你呢？"

梦苏沉默下来，不再吐露半个字，春晓问急了，她就说一两句话说不清，总之自己现在一个人留在长兴，想把陈桂接过去好好照顾，互相之间也能做个伴。春晓还是担心她一个人在山沟里无法生活

"谁说我是一个人？我这不是想把陈桂接过去吗？"

"你一个人就够我担心的了，还要带上陈桂？算了吧你！"

两人笑闹了一阵，梦苏列举了自己在长兴生活的种种理由，最后正色道："真的没问题，春晓。"

春晓拗不过她，只好同意了。

长兴大站被迫撤销后，党组织在湾子口重建了交通站，老谢和麦秋实大致上考察了一番，无奈地发现这个位置从各方面来说都比不上长兴站。老谢还告诉麦秋实一个更加严峻的现实，区达铭彻底站在反革命的立场后，带着敌人对地下组织进行了疯狂的破坏，导致中央采办处现在很难采购到苏区急需的物资。

"如果把我们的红色交通线比作血管的话，这些急需的物资就是血液，我们现在不但没有血液，连血源都找不到……根本没东西可以给中央苏区输送！明白我的意思吗？"

"明白。我们必须尽快发展新的供货商，组织新的货源。"

老谢问他有什么想法，麦秋实提议去找春晓的父亲欧阳启泰老先生。首先欧阳启泰老先生身体康复后，生意做得更加风生水起。他的怡丰洋行现在是广东省很有影响的进出口企业。他的实业也涉足很多行业；其次春晓以前参加过革命，她丈夫潘卓南先生也曾帮助过组织。虽然春晓现已脱离组织，但这些年来，她和潘卓南一直在经营医院，扶危济困，施行善举，在社会上有着良好的口碑……麦秋实想先去找春晓探探口风。

老谢批准了麦秋实的行动，叮嘱他要克服一切困难完成任务。

"你们都走了，把梦苏一个丢在长兴不管？"

春晓一见刚刚来广州的麦秋实，便怒气冲冲地质问道。

"我也不愿意她留在那儿。我都安排好了派人送她回广州，可她说什么都不走。"他顿了一下，"你又不是不知道，她一旦下了决心，八头牛都拉不回！"

春晓想到梦苏的脾气，也觉得无话可说。

俩人各怀心事，默默地走在颐养院的林荫路上。

春晓回忆起与身边这个人并肩战斗的激情岁月，不由得思绪万千，她压抑着起伏的心潮，让自己平静下来："你对我一向是无事不登三宝殿。现在国民党那边对你们追得那么紧，你还冒险登门，一定有很重要的事情，是不是？"

"你还是那么聪明……我来是想见你父亲。"

春晓不解。

"具体情况我就不多说了，总之，因为区达铭的叛变，苏区的物资供应出现了问题，我们希望以后能从你父亲那里组织一些货源。"

春晓想了想："秋实，别的什么我都可以帮你，唯独这个不行。"

麦秋实愣了一下，他没想到春晓会拒绝他，有些无所适从。

"我父亲的年龄已经大了。表面上很光鲜，也不服老，实际上身体是一年不如一年，再也经不起任何折腾了……不管是为了什么，作为一个女儿，我已经欠他很多很多！还有潘卓南，他人很好，对我也很好，给我带来了安定的生活。作为他的妻子，我不能不考虑一件事情可能对他带来的影响。"

春晓还说袁昌与欧阳家是亲戚，表面上对欧阳家很关心，实则一直盯着参加过革命的春晓，她怕这样一来，会给家人带来意想不到的危险。

麦秋实心里有些沉甸甸的，但他能够理解春晓的心情，他不是那种会让朋友难做的人，所以强作欢颜同春晓道别离开，只留春晓郁郁寡欢地望着他的背影……

北湾镇，不少当地的老百姓围着一家新开的缝纫机铺看热闹。

店铺里，陈桂嘻嘻笑着拿起一件件五颜六色的布料往自己身上披，梦苏时而在案板上搞裁剪，时而走到门口来接待顾客，时而还要管陈桂，忙得团团转。

衣裳前围着三五个穿着讲究的女人，指指点点地看着那几件衣裳交口称赞。

"不错，不错。想不到我们小镇上的人还有这种手艺！"

"是啊，想不到在北湾还能像在广州城里一样时髦。"

一名穿着便衣的保卫干部在人群中打量着梦苏和她的缝纫铺。片刻，他挤出人群，悄悄离开了。

"那个缝纫铺现在成了全镇最热闹的地方，附近的女人们都往那儿跑，以穿沈梦苏做的衣服为荣，说是很时髦。"那名保卫干部正在向老谢做汇报。

"这样也好，你不是说她把陈桂接过去了吗？有这么一个裁缝铺，起码能养活她们。"

"可有人说这恰好证明了沈梦苏确实是一个叛徒，有这种手艺不去广州享福，为什么要留在长兴，一定是为了刺探情报。"

老谢陷入沉思。

湾子口饭店目前是湾子口交通站的所在地。麦秋实陪老谢参观了饭店内外各部分，一起走出来。他向老谢陈述了湾子口交通站的弊病，由于国民党部队重兵长期驻守，群众基础薄弱，组织开展工作的难度很大，相比之下，扼守水路交通要道的长兴被撤实在是可惜。

"我有一种感觉，梦苏的想法是对的，她在长兴的坚守可能是有意义的……不知道她现在在北湾怎么样了。"

老谢告诉他，梦苏把陈桂接到北湾去了，还在镇上开了一家裁缝铺，听说生意很好。

麦秋实开始还担心梦苏一个人留在长兴无法生活，没想到她还挺有办法，既能谋生又能照顾了陈桂。麦秋实称赞道："看来她又进步了，更独立，也更能干了。"

老谢沉思不语。

麦秋实这才看出他有心事，问他原因。

"梦苏执意留在长兴的举动引起了一些争议。我听到一些反映……有人认为她坚持留下是为了刺探情报，觉得她叛变的嫌疑更大了。"

麦秋实一下爆发了："她已经被抛在一边了，一个人孤苦伶仃地被抛在大山里，还要把她怎么样？她是为了心中的信念在苦苦坚守，为什么我们就不能容她呢……"一想到梦苏一个人在山沟里艰难生活，还要忍受别人泼给她的污水，麦秋实就心痛难忍，"不行……我得找个时间去看看她……"

"不行，你不能去。"

麦秋实难以克制自己的情绪："为什么？老谢，难道连你都不相信梦苏吗？"

"不是……"

"既然不是，为什么还不让我去看梦苏？"他大声吼道，"她现在多艰难多不容易，难道这么多大男人都不能帮助她吗？难道你就不能放下领导的架子讲点感情吗？"

老谢也大吼一声："麦秋实，你冷静一点！"

麦秋实胸膛起伏了几下，努力克制住自己。

"说心里话，你对梦苏的感情我理解，我个人也相信她。可我们现在谁也拿不出有利的证据证明她跟区达铭事没有关系，是不是？而区达铭的叛变是个大事件，惊动了中央高层，有关领导下了十分明确的指示，一定要排查清楚，不能漏掉任何一个有疑点的人！"

"就算她有疑点需要审查也没关系，我只是想从生活上关心她一下。"

老谢大怒，他对麦秋实说交通站接连出事，虽然是区达铭背叛造成，但麦秋实也难辞其咎。组织虽然给了他处分，但终究是出于信任才让他担任湾子口站长。这个工作责任重大，在梦苏的嫌疑没有完全消除之前，麦秋实不能和她有任何接触。

麦秋实愣愣地听着，说不出话来。

老谢吐了一口气，语气放缓："你可能会骂我是铁石心肠，我这样做也是迫不得已。想想大革命时期经常在一起的那些人，死的死、散的散……黄启牺牲了，春晓脱离组织了，梦苏被停止工作了，陈桂疯了，区达铭叛变了……现在还在坚持工作的除了你、大章，也没有几个了，你要是再有点什么闪失的话，交通站的工作该怎么办？我们的力量真的损失不起了！所以，我只有硬起心肠……请你原谅我，我也要请梦苏原谅。"

麦秋实听着，沉默不语。

梦苏一如往常去药店给陈桂买药。药店的郎中是个好人，彼此熟稔后，知晓她的难处，说什么也不收她的钱。梦苏推辞一番无果，看到柜台上的药草后灵机一动："你能不能教我认认草药？"

郎中一愣，明白她要上山采药，有些犹豫："教你没问题，可是……上山采药太辛苦，也不安全。"

"没事，你教教我就行了。"

郎中想了想："这样吧，从今天开始，我不收你的药钱，行不行？"

"不行。老欠你的钱，我都不好意思了。"

郎中无奈只得同意。

此后，梦苏每日都去药店跟郎中学认草药，然后上山给陈桂采药，加上缝纫铺微薄的收入，她俩的生活勉强维持了下去。

大山深处。山高林密，道路陡峭崎岖。梦苏奋力攀登，想要够到一支草药。脚下一滑，忽然滑落下山……"

她滚到山下，刚要爬起来，忽然看见一条毒蛇就盘在她眼前，吓得大惊失色，拔腿就跑……

不等跑远，不远处又传来阵阵虎啸，吓得瑟瑟发抖，失声痛哭；"老虎听到哭声，张着血盆大口俯冲过来。"

梦苏来不及躲闪，连声惊叫……

麦秋实惊叫着醒来，霍地坐起，惊醒了老胡。

"又做梦了？"

麦秋实点点头，看上去十分难受。

"又梦到什么了？"

麦秋实向他描述了梦境。

老胡翻身叹了一口气，感慨道："老谢规定不让你去看梦苏，结果呢，她在长兴受苦，你在这里也不得安宁……多少天了，连个安稳觉都没睡过。"

麦秋实默默躺下，朝着窗外的夜空大睁着眼睛，毫无睡意。

傍晚，梦苏背着装满草药的背篓下山。走着走着，她看到坡下有一丛草药，便停下脚步，探身下去采摘，够了半天却没够到。她不甘心，一使劲儿，不料脚下打滑，人栽下山坡，背篓也滚落到坡下……

坡下是一道溪涧，水流湍急，梦苏差点被激流冲走，她在水中拼命挣扎，好不容易抱着一块大石头爬出溪涧，正坐在水边心有余悸地喘息时，忽然传来一阵急促的马蹄声和人的叫喊喧嚣，梦苏抬头一看，只见一群人骑着马远远地飞驰而来。

那是一群土匪。

梦苏害怕地跳起来就跑，但那群人骑着马追上来，将她团团围在中间。

土匪们异常兴奋，纷纷跳下马，嬉皮笑脸、嘴里不干不净地向梦苏围拢过去，好像一群饿鹰扑向一只娇弱的小鸟。一个头领模样的壮汉拨开别的土匪走到梦苏面前。

梦苏躲闪着，但四周被土匪们围住，她无处可躲。

土匪头目狞笑着，向梦苏伸出手去……

正在这时，谁也想不到的一幕发生了：只见看上去手无缚鸡之力的梦苏突然以闪电般的速度出手，从那名匪首身上抽出他的枪，随手一抬，只听"嘭嘭"两声枪响，然后就看见几十米外两只刚刚从草丛里惊飞的野鸡双双跌落下来。

土匪们被镇住了，一个个呆若木鸡，好一阵没回过神来，怎么都搞不明白，一个山野里的村姑怎么会身怀如此绝技。

突然，一个小土匪似乎想起什么，跑到匪首跟前，在匪首耳边低语："这女人好像是原来镇上广天客栈麦老板的人！"匪首打量着梦苏，眼光闪烁不定。

梦苏迎着匪首的目光，强作镇静。

其他土匪有的相互窃窃私语，有的跃跃欲试。

匪首挥了挥手，制止了手下人的蠢蠢欲动。

梦苏在众目睽睽之下慢慢转过身，一步一步地离开。

土匪们愣愣地看着梦苏。

梦苏心里紧张得几乎要背过气去，虽然自己的"虚张声势"暂时将这伙人震慑住了，但万一他们反应过来……毕竟这是十几个张牙舞爪的土匪啊！她不敢再往下想，强迫自己不能有丝毫流露，反而强抑着紧张的心情让自己看上去神情自若，走得不紧不慢，不慌不忙……

她拐过一个弯，转到了山坡后面。

再回头张望，终于看不见那群土匪的人影了，她立刻撒腿拼命地飞跑起来……

等到她上气不接下气地跑回镇上时，天已黑了。梦苏扶住一棵树，大口大口喘着气，感觉浑身瘫软，似乎已耗尽了所有的力气。休息片刻，稍稍恢复了体力，梦苏强撑着朝缝纫店走了过去。

她突然看到缝纫店门口坐了一个人，那人听到她的脚步声，急忙站了起来。

来人是麦秋实。

梦苏又惊又喜，不禁心中一暖，不顾一切地跑过去，扑进麦秋实怀里，不等说话，泪水便涌了出来。

"你怎么……才来……"

她的哽咽声从怀里闷闷地传来，麦秋实心如刀割，他抱紧她："本来，老谢规定不让我来看你，但我太想你了，实在是不放心你……我今天执行完任务回去，实在是忍不住，专门绕了很远过来看看你。"

梦苏突然擦了擦眼泪，从麦秋实怀里挣开。

"你回去吧。"

麦秋实以为自己听错了。

梦苏又说了一遍，同时与麦秋实稍稍拉开了距离。

麦秋实过去拉住梦苏的手："不，你回广州去吧！你知道你待在这里我有多担心！整天吃不好饭睡不好觉，一闭上眼睛尽做你的噩梦。赶快离开这里，带上陈桂去春晓那儿，好不好？"

梦苏强迫自己将已盈满眼眶的泪水咽下，硬是将内心的依赖和冲动强压下去，她推开麦秋实，径自回到了小屋，关闭了所有的门窗。麦秋实愣住了，他拍着门板，小声叫着："梦苏！梦苏……你这是干什么？快开门啊，我有话给你说……"

梦苏靠在门板上，听着屋外麦秋实轻轻但却急促、迫切的敲门声，一声又一声地呼唤着她的名字，几次转过身都想把门打开，但临准备拉开门闩的那一刻，又忍住了……

她低声地对着门外的麦秋实说："秋实，你走吧，我不会给你开门的……其实，我做梦都想让你到我身边来……可你现在是交通站的负责人，而我却受到组织的怀疑，我不能连累你……只要一打开这扇门，也许我的精神就垮了，可能就无法坚持，无法承受这一切了……"

麦秋实听着她的话，抑制不住的心疼："你别强撑着，太苦自己了，哪怕靠在我身上大哭一场，也许会好受一点。"

梦苏心潮起伏，但她压抑了澎湃的心情，冷静地说："不，我不哭，也不需要靠着你。你走吧，去完成你的工作吧。"

说完，她硬起心肠，吹灭了灯，走进了里间。

屋里的灯光一灭，麦秋实的心情也更加暗淡下来，他不甘心就这么离开，一屁股坐到地上，呆呆地望着清冷的夜空……

陈桂沉沉地酣睡，梦苏却无法入眠，她坐在木板床边，默默地倾听着屋外麦秋实发出的细微声响……听了半天，门外好像没什么动静了，梦苏便摸黑爬到窗前，透过窗子，看见麦秋实一动不动呆呆地坐在门口的石板上，梦苏捂住嘴，不让自己的哭声传到外面。

门外，麦秋实坐在门口，靠在门板上，不知不觉地睡着了。

屋里，梦苏坐在木板床边，呆呆地看着窗子透出了鱼肚白色。

当天空撒下第一缕光线，麦秋实醒了过来，他站起来，想了想，走过去轻轻敲了敲门，轻声说道："梦苏，我走了。你放心，我会好好工作的。你要照顾好自己。"说完便转身走了。即将看不到缝纫铺时，他回头望了一眼，眼神里满是掩饰不住的疲惫和无奈。

屋里，梦苏看着麦秋实无奈离开、踽踽独行的背影，感觉自己的心一下子空了，她再也控制不住自己，放声痛哭起来……

集市上，行人熙熙攘攘，叫卖声此起彼伏。

一对夫妻拉着一个小孩正在买什么东西，梦苏看见那个小孩时突然愣住了——那孩子长得太像小远了！她不顾一切地跑过去，喊着小远的名字，拉住那小孩，小孩一看梦苏的样子，一下吓哭了。小孩的父母转头看见顿时火了，母亲赶紧拉过小孩，父亲冲着梦苏吼了起来："你疯了！什么小院大院的，这是我们的孩子。神经病！"

孩子的父亲一吼，梦苏才不甘地离开孩子。

这时，却见陈桂慌慌张张地跑过来，不等梦苏说话，拉着她跑到路口。

陈桂用手指了指远处："就在这里，小远来找你。"

梦苏伤感地笑了，她觉得陈桂了解她思念小远的心情，有意来安慰她的。可小远是在广州丢的，怎么可能跑回长兴呢

陈桂傻呵呵一笑，又说："阿桂想小远！"梦苏一喜，试探地问她阿桂是谁。陈桂用手指指自己的鼻子："阿桂！"

梦苏惊喜交加，陈桂的病终于有起色了。

夜深人静，陈桂早已酣然入睡。

梦苏迷迷糊糊睡着，仿佛看到麦秋实悄无声息地来到自己身边，恍惚中看到了他温柔的目光，梦苏不由自主地开始向他倾诉心中的苦闷。他曾经说过，"要追求真理，要追寻理想；为了信仰，可以出生入死，哪怕流血牺牲也在所不惜……"梦苏不明白，自己一直按着他说的去做，怎么人生道路却越走越艰难了？

"我已经被孤零零地遗忘在这偏远的深山小镇。包括你在内，昔日的战友和朋友都一个一个地离我而去……我感到自己的人生就像被这无边的大山、无边的暗夜重重围困，看不到一点儿出路，看不到一点儿光亮。我不明白，为什么命运要一步一步把我推向如此残酷的绝境……你说，在这样的情况下，我还能坚持下去吗？"

麦秋实微笑着注视着她。

梦苏被他的目光所鼓励，说出了内心深处的痛苦："……我生命中最亲的两个人——相依为命的孩子不知所踪，和深爱的恋人之间总是阴差阳错，怎么都无法走到一起……"

麦秋实长叹一声，正要说什么，却没有发出声音。

梦苏一着急，却突然醒了。

她有些不甘心，支起身子四下寻找，然而到处都看不到麦秋实的身影。

梦苏很是失望，彻底清醒过来，思绪也无奈地回到现实中。她转过头看了陈桂一眼，不由叹了口气，轻声地说："阿桂呀阿桂，有时候我倒挺羡慕你的……"

话音未落，忽然听见远处传来一阵刺耳的枪声！

梦苏一惊，跳下床，走到已透出麻麻亮色的窗户前朝外张望，街上看不出什么异样，但枪声仍从大山的方向不时传来，持续不断。

梦苏急忙穿好衣服，拿起一个竹篮，看了看依然酣睡的陈桂，转身快步出了门。

朦朦胧胧放亮的天色中，一个人在树林茂密的枝叶间，像猎豹一样拼命奔跑，一群国民党士兵又喊又叫，穷追不舍……

梦苏此时拿着竹篮正在林中穿行。

又一阵激烈的枪声传来，枪声近了许多，梦苏紧张地躲在灌木丛后，只见前面不远处出现了一群国民党士兵，一个个正朝着山坡下射击，一阵激烈的枪声响起。

枪声渐消，国民党士兵们嘈杂的叫嚷声传到梦苏耳朵里。

"打死了没有？"

"打死了，肯定打死了！"

"要不要下去看看？"

"不用看，十几支枪，别说是个人，就是头豹子，也给它打成筛子了！"

几个士兵朝崖下探头张望。

"这么高的坡，就是打不死也得摔死。"

十几个士兵从悬崖上退下来，从山坡上往回走，嘻嘻哈哈地从灌木丛旁经过。

灌木丛后的梦苏将身体藏得更低，紧张地屏住呼吸，大气也不敢出……

过了好一阵，听到大呼小叫的喧嚣和杂乱的脚步声渐渐远去，梦苏才小心翼翼地从灌木丛后出来，走到悬崖边向下看去，只见枝叶盘根错节，雾气弥漫，看不清崖下的情形。

梦苏在附近徘徊了一阵，发现了一条通向悬崖下的小路。她顺着这条小路，抓着裸露在崖壁上的树根和藤蔓，艰难地一步一步向着谷底爬下去……

　　梦苏在谷底四处寻找，不时被密布的藤蔓和石块绊倒，磕磕绊绊地找了好一阵，却一无所获。她走到一条小溪旁，正准备洗把脸时，忽然看见溪水里有一道血迹像一蛇一样"游"了过来。

　　一见血迹，梦苏忽然感到一阵眩晕。

　　她坐在溪边定了定神，等神志清醒一些，便顺着血迹找了过去。果然发现小溪旁躺着一个男人，浑身是血，身上背着一个布袋，从他身上淌下的鲜血还在一点一滴地渗进溪水中。

　　一见鲜血，梦苏又是一阵反胃，差点儿呕了出来。她赶紧蹲下身，使劲洗了洗自己的脸，才感到清醒了一些。当她将那个人扶起，看到他的面孔时，却大吃一惊！虽然那张脸上现在糊满鲜血和泥污，但她还是一眼就认出来，他竟是古大章！

　　梦苏急忙喊他的名字，但无论梦苏怎么喊，古大章一直人事不省。她在古大章的鼻孔前试了试，发现他还有微弱的呼吸，于是在附近找了一圈，采来一把草药，揉碎了敷在古大章的伤口上。待鲜血初步止住以后，她试图把古大章背起来，却感觉格外沉重，根本背不动。他的两只胳膊和身上背的布袋都硬邦邦的。

　　梦苏好奇地解开布袋一看，里面装的竟全是金条；再掀开他的衣服，她更是吃惊——只见古大章的胳膊上缚满了大洋，两边加起来足有几百个，把胳膊上的皮都磨破了……她想了想，把捆在古大章身上的金条和银圆都取下来，装到一个包袱里，把包袱捆紧，背在自己身上。然后使出全身力气，吃力地将古大章背到背上。古大章本就身材高大，又身受重伤，加上那些金条和大洋，负在身上更加沉重。孱弱的梦苏一步一挪，走走歇歇，在崎岖的山路上艰难前行……

　　突然，前方传来说话声，梦苏一惊，赶紧把古大章藏在一片草丛中，自己也躲到一块大石头后面。

　　说话人走近，原来是几个国民党士兵。他们一边用枪杆朝旁边的树丛中捅着，一边骂骂咧咧地从梦苏和古大章藏身的地方走过，个个都是一脸不情愿的样子。

"当官的也真是，好不容易淹死了，还要尸体干吗？这不是拿我们弟兄们耍着玩吗！"

"少啰唆，就你牢骚多！长官说这个共产党很重要，活要见人，死要见尸。"

一个士兵说着，手中的枪筒捅进草丛，伸到了梦苏的鼻子前，差一点就捅到她脸上。梦苏屏住呼吸，一动不敢动。

士兵们发着牢骚渐渐走远。等他们的身影消失了，梦苏才又吃力地背起古大章，艰难地沿着山路一步一步向前走去。

气力快要用尽时，梦苏艰难地将古大章慢慢放下来，自己身子一软，靠着一棵大树瘫坐下去。她闭上眼睛，靠在树上大口大口地喘息。

突然，附近传来人声和脚步声。梦苏警惕地转头观望，发现这里已靠近山脚，附近的山路上不时有砍柴人和山民经过。她想了想，站起来用挖药的铲刀将四下里的衰草割下，抱过去盖在古大章身上，将他的身体遮住。

忙完这一切，她抬头看了看亮晃晃的日头，疲惫地坐到地上。

夜幕笼罩下的小镇一片阒寂，灯火稀疏。梦苏背着古大章一步一晃地走来，几乎每走一步都要积攒很大的力量……

郎中听到敲门声，急忙过来打开门。只见梦苏满身是汗，背着一个高大粗壮、血迹斑斑的男人跌跌撞撞地闯了进来。

郎中大吃一惊！

"这位先生真是命大，从那么高的崖上摔下，五脏六腑没有大的损伤，身上也没有枪伤，最主要的伤是几处骨折。"给古大章简单处理完伤口的郎中对梦苏说道。

梦苏松了一口气。

"不过，虽然没有生命危险，但他的伤还是算重的，胳膊和腿上都有骨折，先在我这里治疗一段时间吧。"

梦苏连连感谢。

郎中笑道："别客气。你们当初在广天客栈的时候，对周围的老百姓那么好，现在有难，我理当尽心相助。不过你心里也要有个准备呀，他的伤必须静卧休养，伤筋动骨一百天，要恢复好还需要很长一段时间。"

梦苏点点头。

缝纫铺里，陈桂穿着一只鞋，正在使性憋气地乱扔东西。梦苏拖着几乎散了架的身体走了进来，一看陈桂把房子弄得乱七八糟，不由一愣。

一见梦苏，陈桂突然"哇哇"叫着，挥手噼里啪啦朝梦苏打去。梦苏一边抵挡，一边向她道歉，陈桂叫着，打得更狠了。

梦苏忍受着陈桂的暴怒和拳脚，拖着疲惫的身子走进厨房……

夜阑人静，吃饱喝足的陈桂睡了过去。

梦苏拿出那个装着金条和大洋的沉甸甸的包裹在房间里来来回回转了好多圈，到处都没有找到合适的地方。最后，她的目光落到里间小屋的顶棚上……

第二天，梦苏正在铺面房的案板上裁剪，郎中急急地走来，暗暗向她递了个眼色。梦苏会意，朝四周看了看，见没人注意，引郎中进了里面小屋。

一进屋，那郎中便急急说道："镇上来了好多白军，到处搜查，会不会是找你们那位同志的？"梦苏望向窗外，也看到了端着枪拦住路人盘查的国民党士兵，心里一沉。

正当她束手无措之际，那名郎中说道："我以前采药的时候发现了一个地方……"

第三十二章

机会

郎中所说的地方是个隐蔽的山洞，梦苏和他趁着夜色将古大章抬进了洞里。两人将一切都安顿下来，古大章也已苏醒，看见梦苏和郎中，眼神里透出诧异。郎中借口出去采药，给他们一个单独说话的空间。

　　古大章忽然意识到什么，急忙摸自己的胳膊和身上，梦苏知道他在找什么，告诉古大章钱已经藏起来，等他养好伤就物归原主。

　　古大章稍稍安下心来，望着梦苏，张了张口，还是没说出话来。

　　梦苏见他为难的样子，会心一笑："老古，我知道你很矛盾，也很为难……"

　　"梦苏，其实我个人和麦秋实一样，相信你是无辜的……"

　　梦苏接着他的话说道："但你是组织里的人，自然也会受到种种怀疑的声音的影响；你又必须遵守纪律，对不对？"

　　古大章勉强笑笑，样子很无奈。

　　"我这伤要多长时间才能好啊？"

　　"伤筋动骨一百天，你身上好几处骨折呢，郎中说要慢慢静养。"

　　"可、可我有任务啊！"

　　古大章不甘心地挣扎着想坐起来，却完全不能动弹。

　　梦苏宽慰他越心急身体恢复地越慢。这个山洞只有自己和老郎中知道，老郎中和以前长兴交通站的同志关系很好，完全靠得住。他只管安心养伤。

　　她说完就离开了，古大章望着她走出山洞。想起了上一次与麦秋实见面的情景……

　　古大章不相信梦苏是叛徒。当他得知梦苏被独自留在长兴后，气愤不已："老麦，我们能不能做做工作，拿点对梦苏有利的证据回来？让她一个人待在长兴也不是个办法。"

麦秋实早就想过这个方法了,他摇摇头,向古大章解释,只有区达铭和袁昌能证明梦苏在狱中的情况,袁昌不必说,区达铭又是陷害梦苏的罪魁祸首,这个方法是行不通的。

"我现在真是后悔啊,当初要是早点重视老周、老姜,还有梦苏反映的情况,早点下功夫调查,说不定就能避免后来的很多损失了。唉……"

古大章咬牙切齿地骂道:"这个叛徒,太可恨了!早晚有一天我要宰了他……怎么办?难道让梦苏就这样一直被怀疑?被抛弃?"

"说实话,包括老谢在内,很多同志都不相信区达铭的那些鬼话。可在目前的情况下,谁都不敢冒险……所以,只有等待时机,等待对她有利的转机了……"

麦秋实眼神显得意味深长……

——想着他的话,躺在山洞里的古大章的脸上满是困惑……不知不觉,闭上眼睛睡着了……

深夜,袁昌正在给区达铭下达任务。

"有线索表明,他们可能重建了交通站,但具体在什么地方还不知道,需要进行侦察,你了解共产党建立交通站的思路和工作方式,所以此事由你来负责。"

他想起最近追铺的那个共产党员还没有抓到,神色更加郁郁。

"……通知各部,不惜一切代价,一定要找到这个人,活的要人,死的要尸。搞清楚他是从哪儿来的,说不定这是一条重要线索,能挖出他们新的交通站,这样才能赶尽杀绝。另外,你时不时地要盯一下长兴,即使我们已经把那儿的赤色火苗扑灭了,也要防止死灰复燃。"

"是!"

当古大章再一次睁开眼睛时,明亮的晨曦已从洞口射进来,将洞中照亮。梦苏已经坐在他的身边,正微笑地望着他。看见他醒来,梦苏从篮子里拿出一个碗。

"醒啦？昨晚睡得还好吗？"

古大章咧嘴笑了一下，算是回答。

梦苏将古大章的头垫高一点，端起碗准备给古大章喂饭："饿了吧？来，先吃点东西。"

见梦苏要喂自己吃饭，古大章十分不习惯，别别扭扭想阻止，无奈全身都不能动弹，稍一使劲儿，疼的龇牙咧嘴，根本受不了。

梦苏笑了一下："别不好意思了，老古。不管你是不是还怀疑我，我们毕竟是多年的战友，我总不能见死不救，不能看着你饿肚子吧？是不是？来，张嘴……就算是看在老麦的份儿上，你也得把肚子吃饱，尽快把身体养好。"

古大章不再拒绝，张开嘴，尽可能自然地配合着梦苏。见他的态度有所转变，梦苏也很高兴，等他吃完了，梦苏也不多说话，快快地收拾好碗筷，提着篮子就走了。

古大章看着梦苏的背影，心里是既感动又复杂……

此后，梦苏每日按时给古大章送饭。早晨，她的衣裳被露水打湿了，中午，她的手背上尽是伤痕；晚上，她的脸色疲惫，脚步沉重。这一切都被古大章看在眼里……

这天，古大章吃完饭，梦苏利索地收拾起碗筷，准备离开时，古大章叫住了她。

梦苏愣了一下，不解地看着古大章。

他迟疑半天，吞吞吐吐地说："对……对不起……"

梦苏笑了："你只管放心，不管你相信不相信我，我都会把你照顾好，直到你彻底恢复健康。"

古大章一怔，也微笑道"梦苏，感谢你这么多天无微不至的照顾，也请你原谅我的无理……哦，还有老郎中，我也感谢他……"

"感谢什么呀，都是我们应该做的。"

"梦苏……我做了一个决定……"

梦苏不解地看着他。

"我不知道我现在决定相信你是不是一个错误，但我就这么决定了……"

梦苏愣了一下，转过身去，好一阵都一动不动，当她再转回身时，眼睛红红的，眼眶里盈着泪水。

她含泪微笑："你终于……我还以为你永远不会相信我呢。"

"真的对不起，梦苏……"

梦苏摇摇头："我要感谢你对我说这些，老古！我一定会用自己的行动证明你的决定是对的。你有什么事需要我去做，我一定竭尽全力。"

古大章告诉梦苏，当下组织急缺经费，因此要想方设法将那些金条和大洋交给上级。自己负伤不能行动，如果让梦苏去新的交通站报告显然违反规定；可如果不让她去，又无法让组织上了解自己的情况。正当古大章一筹莫展之际，梦苏突然有个想法，

"你把现在的情况写一封信，我帮你把信送给老麦，你觉得怎么样？"

"这倒是一个办法。"

古大章正要写信，突然皱起了眉头，他有些尴尬地对梦苏说道："梦苏，我……我不会写……"他眼睛一亮，"要不……我说，你来替我写？"

梦苏有点儿犹豫："这合适吗？"

"可那些字认识我，我不认识它们，只能干瞪眼，没办法啊……再说，不管谁来写，把情况说清楚不就完了吗？"

梦苏只好同意。

闽西特委办公室，老谢正在看梦苏的那封信。

"这封信是梦苏写的？"

他对面的一名保卫干部答道："是啊。她拿着这封信到湾子口交通站去找麦秋实，但老麦正忙着组织新的货源，当时不在湾子口。"

老谢有些生气："这个古大章，我还以为他已经到了中央苏区呢！他怎么能随随便便就把新交通站的地址和联系方式告诉梦苏呢？"

"就是因为这个，湾子口的同志们十分警惕，迅速把信转了上来。"

老谢又看了一眼手里的信，随后把信放到桌子上，低头不语。

保卫干部认为，不管信里说的是不是事实，但梦苏忽然出现在湾子口，确实很不正常，这根本不符合组织给交通站制定的纪律和规定。

他还告诉老谢，湾子口的同志们对这件事争论得很激烈，有人认为信

里说的是实情，古大章可能身负重伤，迫不得已才让已经停止工作的梦苏采用这种非常方式和组织进行联系。但更多的人表示怀疑，信是梦苏写的，不能证明是否出自古大章的授意，说不定他已经牺牲了，甚至叛变了。如果是那样的话，就意味着湾子口交通站已经暴露了，这样一来，新建立的交通线又面临着极大的危险……

老谢沉默不语。

麦秋实回来后，老谢就将他叫到特委办公室，正当他有些摸不着头脑时，老谢给他看了那封信。

"信确实是梦苏写的，反映的情况……我觉得也属实，我们应该赶快派人去长兴看看！"

"会不会有诈？"

麦秋实一下激动起来："怎么可能有诈呢？古大章是个老同志，梦苏即便是被停止了工作，可到目前为止，不但没做任何对不起组织的事儿，反而冒着生命危险救了老古，这样的人怎么可能欺诈组织呢？"

"别激动，老麦！你的心情我理解，我也宁愿相信梦苏写的都是实情。可问题是，如果这是个圈套，那就不是一两个人的问题，也不是一个湾子口交通站的问题，更不是几两黄金、几块大洋的问题，而是好不容易才建立起来的新的交通线……"

麦秋实不说话了，半晌，他闷声说道："那怎么办？"

"既然形势这么复杂，我的意思就是，先放一放再说……"

"放一放？如果信里说的都是真的呢？"

"要是真的就好了。"

麦秋实看着老谢，有些不明白他的意思。

老谢满是皱纹的眼睛里流露出几丝睿智的神采，他告诉麦秋实，如果古大章和梦苏都是真正的、能够经受住考验的共产党员，他们就会自动找到组织而不是要组织冒着极大的危险去联系他们。事实上，老古已经把湾子口交通站的地址和联系方式告诉了梦苏，而梦苏也已经去过湾子口交通站。如果湾子口交通站平安无事，如果他们能顺利地、尽快地把党的经费送到这里或者中央苏区，那就说明组织对他们，尤其是对梦苏的怀疑是错误的。这正是一次帮助梦苏洗清嫌疑的好机会。

"可是……"

"老麦，能做出这样的决定，我已经是下了很大的决心了。"老谢正色道。他给麦秋实布置了两个任务。首先要尽量说服欧阳启泰先生向苏区供应物资；其次，因为梦苏和古大章这封信的出现，湾子口交通站一下就被推到了风口浪尖。不管这封信是真是假，麦秋实都要做好湾子口交通站的保密和安全工作……

"还有一句话我必须当面给你说清楚。"

麦秋实看向老谢。

"没有我的指示，你要再敢擅自离开工作岗位私自跑到长兴去看梦苏的话，我绝不会给你再留任何情面，一定要严肃处理！听明白了没有？"

麦秋实一怔，没再说话。

静夜，从古大章那里回来的梦苏，一想到他的伤势有了好转，脚步不由得轻快了许多。不料，一迈进裁缝铺里屋的门，却看见又是一片狼藉，陈桂把饭菜弄得满地都是。

梦苏急忙蹲下收拾："阿桂，你怎么又不听话了？给你准备的饭你怎么一口都不吃啊，还到处乱扔……"收拾干净后，她走进裁缝铺的灶房，将锅里热着的野菜团拿出两个，端到了陈桂面前。

没想到陈桂挥起胳膊，一巴掌将她手里的碗打翻，嘴里嘟囔着："阿桂不吃……阿桂不吃……"

野菜团子滚到了地上，梦苏急忙蹲下，将其一个一个捡起来，陈桂却不让，梦苏捡一个她丢一个，还用脚使劲踩。

梦苏吼道："陈桂，你给我住手！"

陈桂一愣，傻傻地看着梦苏。梦苏气得不知如何是好，忽然将手里捧着的、刚刚捡起的、陈桂踩过的野菜团子塞到嘴里，大口大口、狼吞虎咽地吃了起来。陈桂见状，号啕大哭起来。

梦苏强压住心里的酸涩，把陈桂像孩子一样揽在怀里："阿桂不哭，不哭……我也不想让你吃糠咽菜，可我现在实在是没办法，我们没钱了，就裁缝铺那点收入，交了房租就剩不了多少了，要给你看病，现在又有老古，老古受伤了，很重的伤，需要营养……"

她再也说不下去，眼睛红红地落下泪来。两个人抱在一起哭成一团。

梦苏再去山洞照顾古大章时，为了防止陈桂在家里闹，就把陈桂带上。

这天，梦苏和陈桂在帮古大章翻身。他翻身时碰到了伤口，痛得龇牙咧嘴，陈桂却呵呵地笑。古大章瞅了一眼陈桂，郁闷地说："现在就你还笑得出来……"

梦苏笑道："她现在什么意识都不清楚，就剩高兴了，就让她乐吧。"

古大章掩饰不住心中的焦急："你说组织是怎么搞的？信递上去都这么多天了，怎么一点儿消息都没有？"

梦苏也觉得事情不对劲，但不知道该怎么安慰古大章，"要不要我再去看看？"

古大章感觉组织之所以迟迟没有消息可能跟梦苏有关，但话到嘴边又忍住了，"不用了信送到了，你的任务就完成了。"

梦苏看到古大章有些复杂的神情，仿佛感觉到了什么，她有些惴惴不安地问道："不会是因为我吧？"

古大章不想让梦苏伤心，假装听不懂她的话，岔开了这个话题。

梦苏勉强一笑："那就再等等看吧。我去采药了，让阿桂在这儿陪着你吧，把她一个人留在裁缝铺我实在是不放心……中午我不一定能回来，你们两个自己吃饭。"

她说着从竹篮里取出两个饭碗，特意将其中一个碗放到古大章身旁："这一碗是你的。"又将另一个碗放到稍远的洞壁处，对陈桂说道："阿桂，这碗饭是你的。一会儿自己吃。"

古大章不见梦苏的午饭，问她吃什么。她说了句"我带干粮了"便提着篮子出了山洞。

中午，古大章端起饭碗正要吃，却发现对面的陈桂抱着她的饭碗一脸苦相。她嘟囔着："阿桂不吃……阿桂不吃……"古大章看出了陈桂碗里的端倪，招呼她过来。拿过陈桂端的碗，一看里面装着的野菜团子，他顿时明白了，不由一阵心酸。

他把梦苏特意留给他的那碗米饭端给陈桂："给，你吃这碗吧。"陈桂接过米饭，呵呵笑着，狼吞虎咽地吃起来。

傍晚，梦苏提着篮子走了进来，高兴地说道："今天运气真好，山上到处都是草药，采都采不过来——"

她的话音瞬间消失了，因为她看到古大章靠在山洞的墙壁上，身边放着两个饭碗，一个碗里已经空了，另一个碗里放着两个小小的野菜团子。

古大章正愣愣地看着两个饭碗。

"老古……"

古大章瞪着梦苏，突然爆发了："叫我干什么？你把我古大章看成什么人了，啊？你和陈桂吃糠咽菜，却让我顿顿吃白米细面！你这样待我，我还是个男人吗？还是共产党员吗？"

梦苏有点儿害怕，解释道："不是你说的这样，也就是今天，为了方便……"

古大章打断她："别再骗我了，梦苏！老郎中刚才来过，你的情况我都知道了！"

梦苏一愣。

"我什么都知道了！梦苏，我知道你不容易！一天到晚，不但要忙缝纫铺的活计挣钱，还要上山采药、熬药、照顾我。回到家里还要做饭，照管陈桂……你的裁缝铺本就收入微薄，现在除了交房租，还要养活三个人，并且要管我和陈桂看病吃药……虽然老郎中已经尽量少收、甚至不收你的费用，但你的开销依然入不敷出。为了给陈桂吃药，为了给我补充营养，你不但变卖了一些值钱的东西，就连一些不值钱的生活用品都拿去卖了……就这样，还在拼命地多接活计，常常熬夜熬到深夜，给人裁剪，替人缝补……我是个大男人啊，梦苏！你这样心力交瘁，你这样劳累自己，你叫我这脸面往哪儿搁呀！"

他再也说不下去了。

梦苏并没有流露出雪冤后的激动，她轻轻地笑了笑："老古，既然你都知道了，我也就不瞒你了。我现在确实很困难，可我心甘情愿！我说过，我要用我的实际行动，证明我对党的忠诚……"

古大章忽然抓住梦苏的胳膊："别说了，梦苏，扶我起来，我这就去找老谢！"

不料，一使劲儿，他却重重地摔了一下，疼得叫了一声。

梦苏赶紧扶住古大章："快躺下，老古！你千万别操心我的事儿。我承认，我是有委屈，可你更需要休息。"

"我不躺，我要去找老谢，我要指着鼻子骂他，这么好的同志，为什么不能为党工作？为什么还要受自己同志的怀疑？"

梦苏一笑："别骂老谢了，你刚来的时候不也在犹犹豫豫地不敢相信我吗？"

古大章难为情地摸摸鼻子："我……我有不相信你吗？"说话间，他的手撑住地想往后靠靠。不料，手却被一个东西刺了一下，拿出来一看，是一根簪子，一下愣了。

梦苏认出这根簪子是自己的，惊讶道："簪子？它怎么在你这里？"

古大章又变得沉重起来："不是我……是老郎中替你从当铺赎回来的。他说你给他说过，这是你妈妈留给你的唯一纪念物……"他把簪子递给梦苏，嘱咐她不要再往当铺跑了。

梦苏接过簪子，鼻子一酸，她没想到在自己最困难的时候还能碰到这样善良的人，心里充满了感激。

古大章忽然想到了什么："老郎中给我说了，除了他，你还联系了不少过去的积极分子，是这样吗？"

梦苏点点头，交通站一撤，这些人都散了，但他们心里还在想着组织。一个叫余良顺的船工帮她把过去的好多骨干都串联起来了。古大章听后十分激动，他认为长兴有这样好的群众基础，如果组织得好，争取干点成绩出来，

"没准儿长兴大站就能恢复！"

"太好了，我做梦都在想着这一天呢！"

陈桂看着地上成群结队的蚂蚁，突然说："这是公蚂蚁……这是母蚂蚁……公蚂蚁、母蚂蚁生小蚂蚁……"

追捕的那名共产党员活不见人死不见尸，让袁昌感到几分蹊跷。他和区达铭商议后一致认定此人很可能被救走了，区达铭下令重点搜索长兴周边的几个村镇，特别是诊所和药铺，看有没有收治过负枪伤的人。袁昌还是担心长兴这边出问题，他让区达铭保持关注，绝对不能让交通站在长兴

死灰复燃，决不能影响到剿匪大计。

古大章靠在洞壁上，给陈桂回忆广州起义时的战斗往事。

"广州？大革命？你还记得吗？我们一起在工厂发动工人闹罢工？你一开始还不愿意，害怕罢工影响你的收入……后来你想通了，闹起罢工来比谁都积极，还做梦苏的工作，让梦苏不要给春晓他爸干活，记得吗？"

陈桂摇摇头，忽然做了一个打枪的姿势："砰——砰砰——砰砰砰……"

古大章笑了："对对对，那是广州起义的时候，你表现得太勇敢了，和教导团女兵班一起坚守在街巷……我们都以为你牺牲了，没想到你却活了下来。那个时候，你真的很了不起！"

陈桂好像听懂了古大章的话，傻呵呵地看了古大章一眼，端起身边一个碗要给古大章喂药。古大章无奈，张开嘴喝了一口。陈桂一下乐了，"嘻嘻嘻"笑了起来。

梦苏提着篮子走进来。

"干什么呢？这么热闹？"

古大章告诉她刚才聊广州起义时，陈桂给他学打枪的声音，好像想起了什么。

梦苏惊道："是吗？"

古大章点点头："不光这个。你不在的时候，她还帮我翻身、收拾东西；你进来的时候，她正在给我喂药呢！"

梦苏笑了，她揶揄道："阿桂见了你就是不一样，看来我真的应该早点儿把她带上来。"古大章一咧嘴，刚想说什么，外面忽然传来一阵枪响，包括陈桂在内，三个人都是一愣！

梦苏让古大章看着陈桂，自己跑出了山洞。

追击古大章的那名军官带着一队人马冲进医馆，里里外外翻了个底朝天。老郎中想要制止，被军官一把抓住。

"老家伙！有人揭发你收留了一个共产党的伤病员，说，有没有？"

郎中连连否认，"啪"的一声，军官就扇了老郎中一个耳光。他恶狠狠地说道："还给我嘴硬！"转身对他的手下喝道，"搜！"

国民党士兵们在各处翻箱倒柜地搜查起来。

老郎中没经过什么事，被这阵势吓坏了。他以为自己救古大章的事情已经暴露，猛然转身朝街上跑去。军官立马率领手下追了出去。眼看他要跑进小巷，军官下令开枪，老郎倒地毙命。士兵将尸体拖走，地上只留下一摊血迹。

围观的群众悄声议论：

"啊，人被打死了……"

"太可怕了，老郎中人那么好……"

梦苏走过来，听到群众的议论，只觉得如晴天霹雳；再看到地上的血迹，不禁一阵眩晕，她急忙扶住旁边的树干，好不容易感觉清醒了一些，泪水汹涌而出……她怕被旁人发现，急忙低下头，抑制着自己的情绪，转身想要离开。

突然，一名男子从围观的人群中出来，指着梦苏喊了起来："她是共产党！"

梦苏一惊，周围的人们都愣住了，目光齐刷刷地落到梦苏身上。

"你认错人了，我根本就不认识你。"

"就是她！她是广天客栈的人，广天客栈里面的人都是共产党，我给他们运过机器！"

"你别胡说八道了，我听不懂……"

正当她转身欲走时。那名军官带着几个士兵冲过来，一拥而上，把梦苏扭住。她挣扎着说自己只是个裁缝。那个军官没有理会，厉声让士兵将她带走。

时间慢慢过去，古大章焦急地望着光线越来越昏暗的洞口。陈桂又在闹，不停地摔东西。古大章怎么阻止都不管用，她摔摔打打，越闹越厉害。

古大章情急之下，忽然学打枪的声响："叭，叭叭……"陈桂一下不闹了，呆呆地望着他。古大章学了枪声又学炮声……陈桂在"枪炮声"中变得很安静，神情很是肃穆。

古大章眼眶湿润了，喃喃地说："阿桂啊，你的魂儿是不是丢在广州暴动那会了？"

傍晚的余晖从杂物间不大的窗户外漏了下来，远远可以看到外面站岗的荷枪实弹的国民党士兵。一辆小汽车开进这座守卫森严的兵营，区达铭神气十足地从车里走了下来。打死老郎中的军官带着几名士兵早就等在门口，见他下车，急忙迎了上去。

"带我去看看那名女共党。"

军官急忙给他带路。

"梦苏……怎么是你？"

梦苏万万想不到竟然在这里见到区达铭，看到他身穿国民党的军服，她无比愤怒，却什么都说不出来，只是冷冷地看着区达铭。

那个军官在一旁看看梦苏，又看看区达铭："区专员，你们认识？"

"你们先回去避一下，我要和她单独谈谈。"

杂物间只剩下他们两个人后，区达铭蹲到被捆绑的梦苏跟前："真没想到会这样和你见面……我一直以为你回广州去了，你怎么还待在这儿呢？长兴站不是已经被摧毁了吗？"

梦苏把脸转向一边。

"麦秋实他们都跑光了，就你一个孤零零地留在长兴吗？"

梦苏忍无可忍："你滚！"

区达铭不怒反笑："梦苏，你对我的态度就不能好点吗？"

"一看到你我只有恶心、仇恨！你这个可耻的叛徒、小人！不但自己背叛了革命，还无中生有、红口白牙地诬陷我……我生活中一个又一个不幸都是你造成的，你把我拖入不幸的深渊，带给我终生难以洗刷的耻辱！区达铭，你这个混蛋！你这个魔鬼……"

区达铭咧嘴一笑："你有情绪我可以理解，也许你现在还不能理解我，不过我确确实实是为你着想，确确实实是为你好啊！"

他的无耻让梦苏简直无语，她一时都不知说什么了！

"据我所知，共产党的组织根本就不信任你了，早就把你像抹布一样给抛弃了。人家都把你抛弃了，你还上杆子守在这鸟不拉屎的破地方干什么？他们给我说，你还开了个什么缝纫铺？你说你一个大户人家的千金小姐，怎么把自己弄成一个下人了？你说你受这个罪干什么？这是何苦呢！"

梦苏狠狠地瞪着区达铭。

"你别再遭罪干什么革命了，只要你跟我走，我马上在广州买一所大宅子，雇几个老妈子，像伺候皇后一样伺候你，以后你什么都不用干，就在家当阔太太……"

他一边说着一边观察梦苏的神情，但她毫无反应。

"现在袁参谋长也在帮我们找儿子，等把他找到，我一定要让他享尽荣华富贵……"

区达铭提到儿子，深深地刺痛了梦苏的心，她忍无可忍，怒斥道：

"你还好意思提儿子！要不是看见你叛变投敌，陈桂能把儿子弄丢吗？我如果有一把枪，先打死你，再让外面的白军把我打死！我宁肯死，也永远不想再听你说任何话，永远不想再看你一眼！"

"梦苏……"

"滚！"

梦苏宣泄着满腔的仇恨，几乎是歇斯底里地嘶喊起来，那近乎疯狂的状态把区达铭给吓住了。

他慌忙退出了房间。

傍晚，区达铭以梦苏被共党抛弃，没有利用价值为由，释放了她。梦苏站在军营外，摸着被捆麻的胳膊，心里五味杂陈……

傍晚，一辆小汽车开进宏济颐养院大门，忽然又倒了回来，春晓匆忙下车，潘卓南也跳下车，跟着跑了过来。两人跑到大门外，抱起一个倒卧在草丛里的脏兮兮的孩子。

看门人感慨，附近的老百姓都养成习惯了，一有要死的病孩子就往颐养院送，怎么劝都没用。潘卓南嘱咐他，再有人送就收下，救人一命是行善积德的事。

春晓用手在孩子鼻子底下试了试，发现还有气。几个人急忙将孩子送到了急救室。手术过后，孩子已无大碍。他的脸已经洗干净了，正睁着眼睛滴溜溜地打量着周围。

春晓看了看病床上的孩子，忽然愣怔住了。

春晓看了看躺在病床上的孩子，忽然愣怔住了，继而失声惊叫："小远！"

潘卓南一惊，仔细打量着病床上的孩子，确实有几分小远的样子。

春晓俯身望着孩子，"小远，你还记得阿姨吗？还有这位叔叔，我们都是你妈妈的朋友。"

那孩子眼睛睁得大大地望着春晓，没有说话。

"小远，你怎么了？怎么不说话啊？你知道你妈妈有多想你吗？她都快急疯了！"

春晓说着，自己忍不住哭了起来。

潘卓南猜测孩子可能遭了不少罪，也可能受过什么刺激。现在不能和他多说话，要好好休息。春晓点点头，还是止不住地落泪："我就是觉得……这孩子太可怜了……梦苏太可怜了……"

潘卓南柔声安慰她，春晓这才破涕为笑，她决定过几天等孩子的病情稳定了，亲自把他送到长兴，给梦苏一个意想不到的惊喜……

傍晚，梦苏惊魂未定地跑回缝纫铺，一进门，就发现原本整洁的房间变得乱糟糟的。她知道这里已经被敌人搜查过，心里一紧，急忙架起梯子爬上顶棚，看到顶棚上藏着的东西完好无损，这才放下心来。

她从顶棚上下来，挪开梯子，简单将屋子收拾了一下，就到灶房做饭。正当她在灶房忙着的时候，忽然听到了一些动静，她一转头，不禁吓得浑身一哆嗦——区达铭不知什么时候站到了她身后。

"你、你……你怎么来了？"

"俗话不是说，救人一命胜造七级浮屠嘛！好歹我也救了你一命，你怎么对我说话还是这副口气？"他四下环顾着裁缝铺，"这就是你的裁缝铺？就是这么个破地方？"

梦苏冷冷地看着他。

他四处走动，边走边说："刚才我去了你们的广天客栈，别说人，连一条狗都看不见。换句话说，长兴大站确实已经消失了……我就纳闷，交通站没有了，昔日的同志也不见踪影了，你怎么还要待在这么个破地方？"他揭开锅盖，发现锅里只有几个已经冰凉的野菜团子，脸色忽地变了，"梦苏，你、你就吃这个啊？你怎么能这么对自己不负责任呢？这、这他娘的是人吃的东西吗？"他'咣'的一声扣上锅盖，"不行，你马上跟我回广州！"

梦苏转过身去，忽然想起了麦秋实转述老谢的话：只要自己杀了区达铭，组织才会相信自己是清白的。她的眼神渐渐起了变化。

区达铭浑然不觉，继续一个劲说着："梦苏，我确实不是东西，确实诬陷了你，可我没别的目的，就是想和你在一起！我实在是没有别的办法，哪怕到死你都恨我，我都愿意和你在一起！愿意让你天天恨我、天天骂我……可老谢他们呢？麦秋实他们呢？还有那么多所谓的同志们呢？就我一句话，就把你抛弃了？就把你过去所有的功劳苦劳全他娘的都给抹杀了？就把你孤零零地扔在这大山里，吃着野菜团子，住着这四面漏风的破房子……"

梦苏已经听不清他在说些什么，脑子里只有那句"只要你亲手杀了区达铭，就能证明你是无辜的……"这句话不停地在梦苏的脑海里回响，声音越来越大，她的脑袋都要爆炸了……

梦苏猛地从灶旁的角落里抽出一支手枪，对准了区达铭。

他正说得起劲，忽然看见黑洞洞的枪口和梦苏愤恨的目光，一下子吓蒙了……

傍晚，古大章靠在洞壁上，听见洞口处有动静。只见陈桂抱着一堆野果走进山洞。他焦急到了极点，忙开口问道："你去哪儿了？梦苏有消息吗？"问完后他才意识到什么，拍了拍自己的脑袋，自嘲道："瞧我这脑子，我都快变得和你一样傻了……"

陈桂"哗啦"一下把野果全丢在古大章面前，拿起一个野果，不由分说就往古大章嘴里塞。

"吃！吃药！"

古大章嘴里被塞满野果，差点噎住："嗯，好，吃药……"他好容易咽下嚼碎的野果，这才缓过气来，"你真不傻，说了什么让你不高兴的话就没好果子吃……"

话音未落，陈桂将又一把野果塞到古大章嘴里："吃，吃药！"他连忙接住："好好好，吃药，吃药……"

两人吃了一阵儿野果后，陈桂忽然做了一个手势，意思是要古大章翻身。古大章明白了，缓缓躺在地上，不等躺好，陈桂就要给他翻身。古大章努力配合着陈桂，翻了一个身，陈桂感觉很有成就感，笑嘻嘻地看着他。

古大章向陈桂竖起大拇指："陈桂真厉害！"

他一表扬，陈桂又要古大章翻身，古大章没办法，只好笑着继续配合陈桂，边翻身边说着鼓励的话。

"陈桂真行！"

陈桂忽然不动了，傻呵呵地看着古大章，一时间，神采奕奕，眉目含情，就像一个羞涩娇媚的小女子一样，谁也看不出她是一个精神病患者。古大章心里不由自主地动了一下。

他心里暗暗下着决心："陈桂啊，现在我动不了，你照顾我；等以后我伤好了，我就好好地照顾你，照顾你一辈子……"

惠平裁缝铺灶房内，区达铭吓呆了，他万万想不到梦苏会突然拿枪对着他，急忙求饶道："梦苏，求求你，求求你别开枪……我做这一切都是为了你啊，我控制不了自己对你的感情……我知道你瞧不起我、厌恶我、恨我，连我都看不起自己，下了无数次决心，告诉自己放弃，可我根本控制不了自己，我……我还是爱你，为了你我什么都干得出来！"

"你没有资格在我面前说'爱'字！你自己知道，你给予我的，从一开始到现在除了伤害就是耻辱！我说过了，再也不想看到你，再也不想听到你说话！"

她说着就要扣动扳机。区达铭彻底慌了，"扑通"一声跪倒在地。

"梦苏啊，我知道你恨我，你恨我是应该的，我该！你打死我我活该！可千错万错我们毕竟还有个儿子啊……就是看在儿子的份上，你也不至于这么绝情吧？你今天打死我，从今天起小远就没爸了呀……"

梦苏僵住了。

区达铭太了解梦苏了，他知道梦苏不管多么仇恨自己，儿子始终都是她心里的最疼！

他淌下几滴眼泪，做出一副悲痛欲绝状："我们的儿子可怜啊，到现在都没有一点音讯，还不知道在哪儿流浪，不知道有没有吃的，有没有喝的，不知道遭了多少罪啊……我毕竟是小远的亲爸，除了你，没有比我对他更操心更担心的了……要不然这样，你再容我一些日子，让我再好好找找儿子，等把小远找到了，让他回到你身边，我也就安心了，到那个时候你再杀我也不迟！我保证，到那时你要杀我，我眼都不眨一下……"

听着区达铭的话，梦苏只觉得头晕目眩，浑身发软……

区达铭见状，急忙打开随身带来的包裹，拿出小孩的玩具、穿的衣服等等。

"你看看，你看看，这些都是我为儿子买的，都是广州才有的最新的东西……多少天了，不管走到哪里，随时随地，我都把它们带在身上，就怕找到我儿子时我儿子没衣服穿，没玩具玩……"他拿出一双儿童皮鞋，"你再看看，这儿还有一双小皮鞋，这么多天不见，我儿子肯定长高了，长大了，以前那双皮鞋穿上肯定小了，得换双大的了……"

梦苏再也忍不住了，她大喊一声："你闭嘴！"

话音未落，"砰"的一声，枪响了……然而由于梦苏浑身发颤，手也抖得厉害，子弹射偏了，擦着区达铭的耳朵飞了过去，区达铭吓得脸色煞白，一下趴到了地上。

手枪从梦苏手里滑落下去，梦苏弯腰去捡。区达铭乘机急忙爬起，狂奔着冲出了屋子。当她捡起手枪时，区达铭已经不见了，只听到铺面房门重重的一响。

梦苏颓然跌坐到地上……

不知过了多久，天已经晚了，四周一片阒寂。梦苏一激灵，忽然清醒过来，发现枪还握在自己手里，急忙收起。她里里外外走了一圈，确定房子内外没有什么异样，急忙走回灶房。

将刚才做好的饭菜装好带上，便匆匆忙忙出了门。

月光下，树影摇曳，山风飒飒，山林中不时传出动物的长啸。天已完全黑下来，大山被笼罩在漆黑的夜幕中。梦苏点燃一根火把，沿着山路疾走。当梦苏打着火把走进山洞时，发现古大章已撑得靠在洞壁上直打嗝。她正感到奇怪时，古大章喊道："快让阿桂把那些野果子拿开，现在看见它们我就吐酸水……"

话音未落，陈桂又将几颗野果塞到古大章嘴里。

"陈桂吃药……"

古大章勉为其难地嚼着野果，神情痛苦不堪。梦苏一下子笑了。

"阿桂恢复得越来越好了。"

古大章点点头，因为嚼着野果含糊不清说道："嗯，虽说翻身翻得勤了点，喂吃的也喂得多了点，但好歹阿桂一直在照顾我。"

"这下我就放心了。我被抓走这一天多真是急死了，最担心的就是你们两个，害怕你没吃没喝的，又怕阿桂犯病乱跑……"

"什么？你被抓了？"

古大章大吃一惊。

陈桂举着火把在洞口附近采摘野果。她一边采着野果，一边笑个不停。

洞里的气氛却很沉重。

"老郎中死了……敌人是在搜我，是我连累了他。"古大章眼里一片悲恸。

"我赶过去的时候他已经被拖走了，我只看到了地上一大滩血……他刚帮我赎回了母亲的簪子，我还欠他那么多药钱……"梦苏的眼圈红了。

"老百姓有句话，只要骨头在，不怕不长肉。我们一定要给老郎中报仇！"

梦苏点点头。

古大章突然想起什么："你说敌人把你抓走了，那你又是怎么跑出来的呢？"

梦苏犹豫了一下，还是没有说出区达铭和她见面的事，她借口敌人以为她真是裁缝，就将她放了，古大章没再说什么。

办公室里，袁昌正在埋头看着一份文件，区达铭走了进来，向他报告那名共产党员还是没抓到。

"哦，不是听说他们抓了一个女共党吗？"

区达铭一愣，转而佯装不屑地说手下抓了个女裁缝冒充女共党。

"女裁缝，这么巧？是在惠平裁缝铺抓到的吗？"说完他玩味地看着区达铭。区达铭矢口否认，并岔开了话题，

"经过多个渠道了解，共党在长兴镇的地下交通站确实已经取消了，根本不存在什么死灰复燃的问题！"

袁昌大喜。

他兴奋地告诉区达铭，蒋总司令对共匪发动的第四次围剿（1932.12）已经开始。如果区达铭汇报的情况属实，他将调动驻扎在汕头、潮州、长兴附近的所有机动部队开往前线，增援围剿部队。

区达铭讪讪笑道："当然，我哪敢谎报军情啊！"

这天，梦苏正在柜台上忙活着，余良顺急急忙忙走来。梦苏看出他有事，示意他到里屋。一进屋，余良顺便高兴地告诉梦苏，驻扎在镇子附近的国民党都撤走了

梦苏又惊又喜："真的？"

"千真万确！我和几个船工亲自送他们过的韩江。我问他们去干什么？还回不回来，他们说他们要到瑞金打红军去，不回来了！"

梦苏高兴过后，想到山上雾气大，不利于养伤，趁此机会正好将古大章转移到山下。她与余良顺商议后决定再去国民党驻扎的营地确认一下，等到天黑再将古大章接到镇上。

傍晚，梦苏和余良顺到山洞将国军去江西打红军的消息告诉了古大章。

古大章神情黯然，感慨道："你们不知道，因为蒋介石的封锁，苏区中央红军的条件其实非常非常的艰苦，尤其是弹药，严重匮乏！每次战斗，营以上干部每人才能分到十颗子弹！其余人的武器大都是大刀长矛……蒋介石一而再再而三地对苏区进行围剿，虽然前几次都取得了胜利，可战斗那个惨烈，简直难以想象！往往是杀敌一万自损八千，一场战斗下来，到处都是敌人的尸体，到处也都是我们自己同志的尸体……"一想到蒋介石马上要采取行动，组织上迫切需要购买枪支弹药、医疗器械，而这么多经费搁在这里却派不上用场……古大章不由更加着急。

梦苏赶紧宽慰古大章："不说这些了，老古，咱们先下山吧。"

古大章一愣，没反应过来。

梦苏向他解释，国军一撤走，镇上就安全了。山上毕竟湿气太重，不利于养伤。古大章有些迟疑，他不想再因为自己给其他人带来不便。梦苏

告诉他，长兴交通站虽然撤销了，可群众基础还在，大家的心并没有散。余良顺随声附和。

古大章不再犹豫："好，听你们的，下山！"

湾子口交通站里，老谢和麦秋实站在一起说话，俩人脸色都很焦灼。

"反围剿的战役已经打响了，苏区中央严令我们，务必想尽一切办法，尽可能多、尽可能迅速地组织各种货源，不惜一切代价，保证作战部队的物资供给！"

麦秋实点头："我明白！"

老谢叹了一口气，他知道麦秋实已经尽了最大的努力，但就目前严峻形势来说，这些还远远不够。他由衷地向麦秋实表达了自己的感谢。不等麦秋实再说什么，他转身离开。

"如果有空，也到长兴去看看。"

麦秋实一愣，看向老谢的背影，心里忽然有些感动。

古大章近来很焦虑。

梦苏送去的信如石沉大海，再没有半点音讯。眼下唯一能联系上组织的办法就是他亲自将经费送到苏区，洗清梦苏的嫌疑。因此连日来他努力锻炼，争取能够早日痊愈，行动自如。

这天，在梦苏的搀扶下，古大章开始在屋内慢慢地学起步来。陈桂则在一旁孩子似的嘻嘻笑着。

一阵敲门声传来。

梦苏一愣，自己早已关了铺门，还专门在门上挂了'打烊'的牌子，一般来做衣服的人一见牌子就离开了。她和古大章对视了一眼，都看到了对方眼里的惊疑不定。陈桂似乎也明白了什么，不再傻笑了，看看梦苏又看看古大章，一声不吭。

敲门声持续响着。

梦苏小声说："我出去看看。你先躺下，万一有人进来看见，就说是我家亲戚，来看病的。"她扶古大章躺下后走到灶房，从角落里摸出那把手枪，揣到身上。她深呼一口气，做好了最坏的准备。

敲门声更响、更急了。

梦苏高声道："来了。"然后急步走出灶房，向铺面房走去。

她忐忑不安地打开门，不由愣住了，只见门外站着春晓和背着一个小男孩的潘卓南。梦苏惊诧万分，急忙招呼他们进来。春晓等人进了屋，潘卓南把背上的孩子放到地上。梦苏的目光落到那孩子身上，仿佛一瞬间失去了心神，整个人都僵住了。

春晓指着梦苏对那孩子："快，叫，叫妈妈……"那孩子怯怯地看着梦苏，一个劲往后缩。这时，陈桂"哇哇"叫着从里屋跑了出来。古大章也扶着墙壁跌跌撞撞地走出来，拉住了她。孩子见到这么多人，有些害怕，使劲往春晓怀里躲。春晓搂着孩子，指着梦苏："几个月不见都不认识了？路上我怎么教你的？快叫啊……"孩子怯生生地望着梦苏，在春晓的一再催促下，终于喊出一声："妈妈……"

听到那清脆、童稚的一声"妈妈"，梦苏只感觉巨大的激动袭来，她一阵眩晕，瘫软在地，昏了过去。

"梦苏！梦苏……"

潘卓南急忙对梦苏进行急救。

就在众人乱作一团时，突然又响起了敲门声。

屋里的人都一愣，赶紧噤声，面面相觑。春晓过去，小心翼翼地打开门，门外站着的竟是麦秋实。

春晓惊讶道："是你？"

麦秋实走进裁缝铺，一眼看见昏厥在地上的梦苏，急忙扑过去喊她的名字，见她没有反应，便抬起头问潘卓南："这是怎么了？她怎么会这样？"

"她看到小远，太激动了……"

"小远？"麦秋实的目光落到那个孩子身上，"小远找到了？在哪儿找到的？"春晓告诉他发现小远的前因后果。

麦秋实仔细端详着那孩子："和过去相比……好像有点变样儿了。"

春晓告诉他，孩子这段时间一直在外面流浪，没吃没穿，可能被折磨得有点儿变形了；再说这个年龄正是长得快，变化大的时候，但大的模样还是没变。

麦秋实望着孩子，点点头。

潘卓南给梦苏做了一个简单的检查后，有些沉重地说道："梦苏昏倒还有一个更重要的原因，就是长期操劳过度，严重的营养不良。若再这样下去，身体的损伤不但难以恢复，没准什么时候就会彻底垮掉。"

众人这才注意到屋子里家徒四壁的情景……

麦秋实抱起梦苏，眼圈红了："梦苏，我对不起你！"

古大章也细数着梦苏的苦楚："老麦啊，你终于来了！你知道这段时间我们是怎么过来的吗？为了坚守在长兴，为了给我养伤，给陈桂治病，梦苏吃了多少苦，受了多少罪……我来这么长时间了，梦苏没吃过一顿饱饭，她把仅有的一点粮食给我吃，有时让陈桂也吃一点……而她自己，一直吃野菜团子，喝野菜汤……"

不等他说完，麦秋实的眼泪夺眶而出："梦苏，怪我，怪我啊！我总是瞻前顾后，想得太多，太犹豫、太懦弱，不仅不能保护你，反而……在你面前，我有愧啊……你醒醒吧，梦苏！今天我就把你和小远接回去，哪怕受批评，哪怕挨处分，我都不会让你再离开我半步，不能再让你吃这样的苦了……"

麦秋实动情地说着，古大章、春晓、潘卓南个个眼含热泪，为之动容。

陈桂变戏法一样从口袋里掏出一个野菜团子，跪到梦苏跟前，把野菜团子往梦苏嘴里塞。

"陈桂吃药！吃药！"

春晓见状，实在受不了了，哭得稀里哗啦的。她抹了一把眼泪："秋实，今天我们大家都在这里，得为梦苏想个办法，不能让她再这样下去了！"

麦秋实顿了一下，哽咽着："不用想办法，今天我就带她、小远，还有大章、阿桂回去。"

梦苏渐渐苏醒过来，望着眼前的孩子和麦秋实，仍觉得恍然如在梦中……她忽然一把抱住孩子放声大哭，好像要把长久以来郁积的痛苦和委屈全都宣泄出来，又好像生怕小远再次消失……

孩子怯生生地说："妈妈……"

麦秋实看着紧紧抱着孩子的梦苏，心如刀绞。

梦苏突然想起了什么似的，支撑着站起来朝里屋走去。大家跟着梦苏走进里间。梦苏要去搬梯子，麦秋实抢上一步搬起梯子。梦苏让他把梯子架在木梁上，自己一步一步爬上了木梯。大家不知道梦苏要干什么，疑惑地望着她沿着梯子爬上去，掀开了顶棚的木板。

梦苏从木头顶棚上取出了一个很沉的包裹。当她从梯子上下来，打开包裹后，众人都惊呆了，那包裹里全是金条和大洋！

当着麦秋实的面，古大章把金条和大洋数了一遍，然后把这些钱捧到麦秋实面前："这就是我受伤前运送的党的经费，一文不少，现在全部交给你！"

麦秋实捧着那沉甸甸的包裹，喉头哽咽，泪水再次模糊了他的视线。

"还有什么需要调查的呢？这就是一个共产党员对组织和革命事业无言的忠诚啊！"

目睹眼前发生的这一幕，春晓和潘卓南的内心都感到了前所未有的冲击！春晓喃喃道："守着这么多的金子和银圆，梦苏、大章和陈桂的生活竟过得如此贫寒！陈桂有病，老古有伤，而梦苏宁可饿伤自己，积劳成疾，对党组织的经费也不动用一分一毫……真不敢相信，她为什么会有这么大的毅力？"

潘卓南动容道："这就是信念的力量。从梦苏、老麦、大章身上，我相信了，当今的共产党人，确实是一群最优秀的人，一群为了民众而无私奋斗的人。由你们这样的人组成的政党，该有着怎样的力量和生命力……"

听着潘卓南的话，梦苏很是高兴。她抱起孩子，很自然地抚摸着孩子的右腿。蓦地，梦苏的手停下来了，她低头看了看，发现孩子的腿上没有那个被狗咬的伤疤。

她不动声色地打量着孩子……

此时的春晓被梦苏等人坚毅刚强的革命精神所打动，她与潘卓南相视了一眼，都明白了彼此的意思，春晓心里一阵暖流滑过，感觉自己身上的血又热了……

"秋实，我后悔了，后悔当初没有带你去见我父亲。"

麦秋实一怔，继而一脸不敢置信地看向春晓。

"这次回去以后，我和春晓一起给爸爸做工作，争取说服他与你们合作。"潘卓南补充了一句，"如果他老人家确实有什么为难之处的话，我也可以帮你们联系我在商界的朋友。"

麦秋实激动地握住潘卓南的手，由衷地向他表示了感谢。春晓半开玩笑地说道："赶快把梦苏带走，否则，我绝不会帮你。"

麦秋实愣了一下，大声对众人说道："刚才春晓说了，让我把梦苏带走，否则就不帮我。我现在当着大家的面保证，我今天就把梦苏和小远带走！"

大家都为梦苏感到高兴。

春晓笑道："大家都听到了啊！走，梦苏，我去帮你收拾东西。"

不料，梦苏的表态却令所有的人大吃一惊："不，我哪儿都不去，我就留在长兴……"

傍晚，梦苏和春晓在池塘边漫步。春晓觉得长兴的条件太艰苦，梦苏既要谋生又要照顾生病的陈桂，实在太困难了，于是劝梦苏早日离开。梦苏婉言拒绝了，在坤雅读书时学滑冰教会她一条：在哪儿跌倒要在哪儿爬起来。她要用实际行动，用自己的工作成绩，甚至以鲜血和生命来证明自己的清白，证明自己是一个真正的共产党人！

春晓愣愣地望着梦苏："你准备用什么样的实际行动呢？"

"长兴大站虽然撤销了，但长兴的位置非常重要，是别的地方无法取代的……我想把被区达铭和袁昌破坏了的长兴交通站恢复起来！"

春晓惊讶地看着梦苏，仿佛第一次认识她。当初是自己影响着梦苏参加革命。谁想到，曾经柔弱、怯懦的梦苏因完全投身于理想而变得成熟、勇敢、坚定、执着。自己却因为这些年的生活遭遇曾经茫然、迷失，现在梦苏倒反过来引领着自己去走一条新的道路……

正当春晓感慨万千时，梦苏打断了她的思绪，

"不说这些了。我叫你出来是想告诉你……那孩子不是小远。"

春晓大吃一惊："什么？"

"孩子跟小远长的确实很像，但小远的右腿上有个疤，是被狗咬的，这孩子没有。"

春晓听她这么一说，也想起来那孩子见到梦苏那副怯生生的样子，完全像看见一个陌生人。她无奈地叹道："怎么会这样……唉，那就只有我和卓南再把他带回去了。"

第三十二章 机会

763

晚上，麦秋实和古大章在谈话，其他人在逗孩子玩。

不知什么原因，孩子忽然哭开了，不管几个人怎么哄，他都哭个不停。梦苏突然想到了区达铭买来的东西，不假思索地拿出了那些玩具、童装、皮鞋……

孩子看到这些，果然不哭了。

麦秋实盯着她拿出来的玩具、衣服和皮鞋，脸色渐渐变得严峻起来。梦苏注意到了麦秋实的脸色，意识到自己做错了什么，但已没法收回那些东西了，不禁有些惴惴不安。麦秋实向梦苏递了个眼色，转身走出了屋子。梦苏急忙跟出去。

一到屋外，麦秋实张口便问："给孩子的那些东西是哪儿来的？"

梦苏没有说话，但神情有些不自然。

"那些玩具，还有衣服、鞋子的样式都很新，肯定不是在镇上能买到的。即便是能买到，你们的日子过得这么艰苦，哪儿有钱买那么贵的东西？"

梦苏张了张嘴，不知该如何开口。

"是不是区达铭买的？"

梦苏迟疑了一下，点了点头。

麦秋实努力控制着自己的情绪，问她和区达铭还有没有来往，梦苏急忙摇头。

"那是什么时候的事？"

"大概……十几天以前。"

"他来做什么？"

梦苏结结巴巴地向他讲述自己被国民党军抓走，后又被区达铭释放的经历。

"他和你说什么了？"

"也没说什么，就是让我跟他回广州，我拒绝了……后来，他就让他们把我放了。"

麦秋实满腹狐疑："就这么把你放了？"

梦苏也不知道怎么回事。她说自己惦记着陈桂和大章，跑回铺子里，装了些吃的，准备给他们送到山上去。没想到还没来得及出门，区达铭突然又来了。

"他跟到这儿来了？"

梦苏点头。

麦秋实思忖，区达铭肯定是知道梦苏还留在北湾镇以后不放心，过来看看到底长兴大站是不是真的撤走了……

"……他还是说让我跟他去广州，我气得不得了，就掏出藏在屋里的一把枪，想一枪打死他……他害怕了，跪在地上求我，说他怎么到处找小远，还拿出这些东西，说他一直都带在身上，等找到小远要给换上新衣服、新鞋子……"

"你就下不去手了，没开枪？"

梦苏忍不住浑身哆嗦："开了，但我当时心很乱，整个人都晕乎了，子弹没打中他，他就趁机跑了……"

麦秋实听完后皱着眉头来回踱步。梦苏看着他，心里充满了愧疚："秋实……对不起……"

麦秋实长叹一声："你呀，你对不起的不是我呀……"他不知该说什么了，转身欲走，梦苏看出了他深深的失望，心肝俱裂地叫了一声："秋实！"

麦秋实站住了，却没回头。

梦苏上前刚想说什么，春晓、潘卓南带着那个孩子走了出来。他们要趁有渡船的时候回广州，麦秋实看到他们带着孩子有些不解，春晓小声告诉他孩子不是小远。

双方道别后，梦苏去送春晓等人。麦秋实看着他们离开后，来到古大章的屋子里。

"我有要紧的话要跟你说！"

第三十三章

阴谋

傍晚，梦苏领着春晓、潘卓南走到渡口。那里停了一艘渡船，一些乘客正陆续上船。

梦苏站下，认真地对春晓说道："春晓，不管周围环境有多么险恶，不管生活多么艰难，一想起关键时候你总是竭尽全力帮助我，我的心里就觉得特别踏实。这辈子有你这样的好朋友，我真的觉得特别满足。谢谢你，春晓！"

春晓笑道："不管这世界怎样变化，我们姐妹的感情永远不会变。我爸爸妈妈也一直惦记你。不管任何时候，不管在什么地方，别忘了你在广州有一个家。"

梦苏感激地点头，两个好朋友情不自禁地拥抱。抱着孩子站在一旁的潘卓南笑吟吟地望着她们。

船家在催促他们上船。

春晓、潘卓南带着孩子排队准备上船。

梦苏在一旁陪着他们，她的目光若有所思地落在那个孩子身上，孩子也正睁着亮晶晶的眼睛望着她。

梦苏心里一动："要不，让孩子留下吧。"

春晓不同意梦苏的决定。古大章一时半会儿还不能行走，再加上阿桂的拖累，梦苏的负担已经很重了，再来一个孩子，她怎么顾得过来？

"也就是多一双筷子的事。"梦苏坚定地说，"有我们一口吃的，就绝不会让这孩子饿肚子我把这孩子留下照顾好，就算是积德行善，如果真有什么福报的话，希望我的小远也能遇到好心人，希望有好人家能收留他，抚养他长大成人。"

潘卓南明白了梦苏的心思，"那就让这孩子留下吧。小远不在，有他在身边，也可以给梦苏做个伴儿。"

春晓走到那孩子面前："你愿意跟妈妈留在这里吗？"孩子看看春晓，又看看潘卓南，懂事地朝梦苏点点头，喊了一声："妈……"

梦苏一激动，眼泪差点儿流下来，一把抱住了那孩子："我的好孩子……"

"……这么说，区达铭不但放了梦苏，还追到这儿来，送给小远买的东西，而梦苏手里拿着枪，竟然把区达铭给放走了？"

"她说她开枪了，但没有打中。"

古大章为梦苏辩白，区达铭毕竟是她孩子的父亲，而小远又很黏区达铭，父子之间的感情很深。要是有一天小远回来了，知道自己的父亲是被母亲亲手开枪打死的，她怎么面对自己的孩子？她确实有自己的难处。

"共产党员都是人，都有儿女情长的一面，但做事总要有原则吧！区达铭是叛徒，出卖组织，出卖同志，双手沾满了鲜血，对这样的人怎么能心慈手软呢？"

"我也说不好……唉，这事要是传出去，梦苏可真是说不清楚了！"

麦秋实懊恼道："是啊，本来梦苏就因为区达铭受到牵连，已经被停止工作了。很多人都在怀疑她，领导上也因为她而发生争论，因此特委领导曾经明确指示，让她寻找机会杀死区达铭，没想到机会出现了，竟出现这样的情况……组织上和同志们要是知道了，肯定更觉得梦苏有问题，真不知会给她带来什么样的后果。"

麦秋实看到那笔完好无损的经费时，以为终于可以证实梦苏是清白的；可高兴了没多久，又突然发生这样的事情，他感觉自己的心就像从高高的山顶突然掉进了万丈深渊。

这一切，也使局面变得更加复杂……

古大章正靠在床头想心事，梦苏抱着大远走了进来。

梦苏四下看看："秋实呢？"

"走了。"

古大章疑惑地望着梦苏抱着的孩子："这孩子……"

第三十三章　阴谋

769

"哦，从现在起，他就是我的孩子，他叫大远。"

不等古大章说什么，陈桂跑了过来，嘴里念叨着"小远要吃巧克力"抱着大远出去了。

屋里只剩下古大章和梦苏，两个人一时沉默。

"梦苏啊，你怎么那么糊涂呢？"

古大章忍不住先开了口，他告诉梦苏，很多人都怀疑麦秋实为她辩解，领导几次警告，不许麦秋实私自到长兴来看她，但是他却冒着极大的风险过来，希望能证明梦苏的清白，早日取得组织的信任，恢复工作。没想到一来却遇到了这样的情况。

梦苏的内心被铺天盖地的内疚湮没了，她颤抖着嘴唇，说不出话来，古大章一见她这个样子，急忙安慰她麦秋实冷静几天就没事了，但她可能还要在长兴坚持一段时间。

梦苏点点头："没关系，已经坚持那么久了，我可以继续坚持，就让党再多考验我一段时间吧。"

"嗯，我相信你能经受住考验的。"说着他拿起几块银圆递给梦苏，"把这个收起来。"

梦苏一愣。

"是他们留下的，春晓和潘医生给了五块，秋实给了两块，总共七块。"

梦苏感动地接过银圆。

老谢的办公室桌上放着一堆金条、银圆。

他拿起一根金条看着，十分感慨："真是难为梦苏了！受了这么多委屈，还做出了这么大的贡献，真是难能可贵，难能可贵啊！"他提议立即恢复梦苏的工作。

麦秋实有些犹豫，但还是没把区达铭的事说出去。他提出如今形势复杂，任何决定都应该慎重。梦苏在北湾一直和过去的交通员、接头户保持联系，如果她能一直坚守住那块白区里的根据地，也是在为组织做贡献。

老谢虽然有些不忍，但为了组织，还是同意了。

这日，春晓和潘卓南带着麦秋实来见欧阳启泰，众人围坐在客厅里。

"老伯，您老见多识广，德高望重，尤其在广东商界，可谓一言九鼎。我们目前的处境春晓和卓南可能都给您讲过了，我就不说了。为了革命大业，我们现在很需要得到您的帮助。将来，我们会还给你一个崭新的世界！"

欧阳启泰转向潘卓南："哦，他说的，你相信吗？"

潘卓南点点头："我信，爸爸。别的我不太了解，但这次长兴之行给我的印象非常深刻，我所见到的、感受到的，足以说明共产党人是最有信仰、最值得信赖、最出类拔萃的人，也是当今唯一能给中国带来希望的人！"

欧阳启泰思忖片刻，又转头问春晓："你呢，春晓？"

"爸爸，你还记得梦苏吗？"

欧阳启泰当然记得，当年闹罢工的时候，谁都不理自己，唯有她不离不弃，洗衣做饭，打扫卫生，后来还冒着危险找来潘卓南给自己看病……

"就是她，我的好姐妹，因为区达铭的叛变而受到了牵连，在不被组织信任的情况下，不但默默地坚守在长兴，而且还冒着被抓的危险，照顾着一个精神病人和一个负了伤的交通员，把仅有的一点点粮食都给了他们；她守着十几根金条，上百块银圆，自己却吃糠咽菜，不动一分一文，因为那些金条和银圆是共产党的经费。秋实要带她离开长兴，却被她拒绝了。"

欧阳启泰好奇道："为什么？"

"她告诉我，她在长兴坚持下去，是要用实际行动证明自己的清白，她宁肯用鲜血和生命证明她是一个真正的共产党人！"

欧阳启泰惊讶了："竟有这样的事？"

春晓点点头，她问欧阳启泰，那么一个弱女子都有这么大的毅力、这么大的决心，他们一个组织、一个政党，为什么就不能给大家带来一个崭新的世界呢？

欧阳启泰笑了。

百货公司仓库里，一队工人正将货物从仓库搬出，装上货车。欧阳启泰亲自站在一旁督促装货。麦秋实站在他的身边，一边看着手里的清单一边点货。货车开到码头，工人们将货物卸下，又运上停在码头上的货轮。

一轮红日下，一艘货轮在江上缓缓航行……

五金电器商店里，一个店员正在清点一些准备发出的货物。柜台后，会计和出纳正在核对账目。店内一派繁忙景象。

突然，一群便衣特务拿着枪冲进来。店员等人急忙夺路而逃。特务们开枪射击。乱枪中，店员、会计和出纳一个个中弹倒地。

特务们在店内翻箱倒柜地搜查。一个特务从柜台上搜出一摞摞账单，交给特务队长。

袁昌死死第盯着桌上放的一堆账目单，脸色铁青。区达铭在一旁觑着他的脸色小心翼翼第向他汇报："我们破获了一个共产党的交通站，估计是个中站，那是一家五金电器商店，店里的会计和出纳都被打死了，发现了这些账目。我们顺着账目调查到这些基本都是怡丰商行下属的公司和商店。也就是说欧阳启泰一直在和苏区进行贸易活动，而且贸易的数量很大。"他建议直接抓捕欧阳启泰及其下属，

袁昌脸色冰冷，思忖了片刻，否决了区达铭的提议，不谈欧阳器泰在广东的影响力，杀了一个欧阳启泰，谁知道会不会出现第二个，第三个欧阳启泰？他仔细分析了目前的局势后，突然想起一个人来，

"那个叛变过来的交通员叫什么？"

"胡定。"

袁昌心里突然生出一个绝妙的计划……

蒋介石对中央苏区进行的四次围剿都宣告失败，如今又开始发动第五次围剿。国民党根据一个德国人的提议，设计了"铁桶战术"，在瑞金四周布置了三百多道铁丝网，三十多重碉堡线，对苏区发动了疯狂进攻。

严峻的战争形势促使麦秋实又一次来到广州。

"前线的战斗进行得异常艰苦卓绝，伤亡也十分惨重……所以，我们需要大量的药品、医疗设备和器械。"麦秋实急切地说道。

欧阳启泰点点头"：这个你放心，我会尽我所能，帮你们尽快落实物资。"

"谢谢老伯！到时候会有一个叫胡定的人来和你联系。

不日，胡定在区达铭的带领下来到了袁昌办公室，

"欧阳启泰给麦秋实弄了一批进口药品，还有医疗设备和器械。因为这批药品、医疗设备和器械比较先进，差不多都是洋货，欧阳启泰就从他女婿潘卓南的颐养院找了两名技术员，准备和这批物资随行，一同前往江西苏区，以便调试那些设备，教授使用和维护的方法。"

他局促不安地汇报道。

袁昌冷笑了一声："老家伙想得倒很周到啊。什么时候出发？"

"今天晚上。"

胡定的任务是去欧阳启泰的手下领取货物，再去颐养院接那两名技术员。袁昌据此随即做出了部署和安排……

傍晚，胡定领着两名技术人员刚一走进茶房包间，门后突然闪出两个彪形大汉，闪电般地扑向两名技术员。大汉手起刀落，只见鲜血喷溅，两名技术员一声都没来得及哼，就倒下了。

胡定吓得脸色苍白。这时，区达铭笑嘻嘻地走了进来，后面跟着两个便衣人员。一番交谈后，胡定带着这两名"技术员"走出了茶馆。

两名假技术人员跟着胡定和运输物资的队伍从某交通站出发，沿着新的交通线向江西方向进发。他们一路走一路暗中留下记号，区达铭带领人马沿着那些记号远远跟随，记下了所经路线和沿线的所有交通站点。袁昌率领另一支队伍跟在区达铭后面。

在一站又一站地下交通员的护送下，假技术员和物资一程一程前行，忽而在江上航行，忽而步行穿越密林，忽而在小溪里漂流……终于到达了湾子口。

麦秋实和老胡等人负责接应技术人员和物资，他们热情欢迎技术员等人的到来。老胡负责运送物资，麦秋实则负责护送两名"技术员"。因为"技术员"不可告人的目的，麦秋实一行人与老胡的队伍距离逐渐拉大。

两名"技术员"一路不怎么说话，麦秋实以为他们有些不习惯，便尽量找些话题缓解一下气氛。

"老潘还好吗？"

"好，好！"

"春晓呢？"

"也好。"

"知道我们这次运送的是什么东西吗？"

"是一些进口的医疗器械和药品。"

"老潘给你们怎么交代的？"

"也没怎么交代，就让我们过去给他们说说，这些东西该怎么使用。"

对话似乎并没有问题，但麦秋实心里总觉得有些地方不对劲，以春晓夫妇和他的交情，对方什么都没交代似乎有些奇怪。

麦秋实向前走去，走了一段发现那两人没跟上来，回头一看，却见两个"技术员"躲在一片茂密的枝叶后面不知在干什么，麦秋实忍不住心中一凛，不由警觉起来。

傍晚，麦秋实看着两个"技术员"的背影，故意朝前面的老胡喊道：

"老胡，歇会儿，让大家喝口水，休息休息再走。"

老胡一听，有点纳闷。还没到休息的时间啊。他身旁的小叶猜测麦秋实可能有什么事情，就朝他走了过去。

麦秋实一行人正坐在地上休息，他很自然地把一个水壶递给其中一个"技术员"。

"你们这些搞技术的，不经常参加体力劳动，有点儿吃不消吧？"

"噢，还行。"那名"技术员"接过水壶猛喝了一阵，递给另一名"技术员"。另一名"技术员"接过水壶喝了几口，笑道："他行，我可不行，快累趴下了！"

麦秋实作好奇状："老潘平时也不组织你们锻炼锻炼？"

"锻炼个屁，老潘就知道赚钱！"

麦秋实一怔，呵呵一笑。另一名"技术员"看了说话的那名"技术员"一眼，后者急忙改口："有时也锻炼锻炼，打打羽毛球什么的，关键是我太懒，基本上都不参加。"

麦秋实点点头表示理解，让他们多休息一会儿。他径自坐到箱子边，看着一个箱子上的英文说明，不经意念了起来，他故意念错几句话，那两个"技术员"没有任何反应。

麦秋实心里有数了，看了小叶一眼，小叶心领神会。他装作很有兴趣的样子问道："听说现在有一种消炎药特别好使，咱们这次运送的药品里面有没有这个消炎药？”

"有啊，我听老潘说了，给你们的全是最好的、最先进的药。"

"那药叫什么名字？"

那名"技术员"眼里闪过一丝慌乱："哎呀，这个、这个……你看我这脑子，昨天还在用来着，怎么现在就想不起来了。"

另一名"技术员"冷冷地瞅了他一眼，麦秋实看到了，不动声色地笑了笑，站起来招呼众人出发。

队伍开始前进。

麦秋实还是走在后面，有一搭没一搭地和两个"技术员"闲聊。小叶趁他们没注意，跑回了老胡身边，小声地把刚才的情况告诉了老胡。老胡心里一惊，叮嘱小叶密切注意麦秋实那边的情况！

此时区达铭正带领着队伍紧紧跟随着"技术员"留下的标记。

山林深处，一支队伍正在急速行进。

走到一岔路口，麦秋实故意紧走几步，和两个"技术员"拉开了距离；等走过岔路口拐上另一条路时，他悄悄回头，恰巧看见两个"技术员"正在路边一棵树上用刀刻着什么。

等他们赶上来时，麦秋实忽然捂住肚子叫了起来。

"哎哟，我这肚子，怎么忽然这么疼啊！"

一名"技术员"急忙问他怎么了。

麦秋实一副痛苦难忍的样子："不知道咋回事。哎哟，不行，你们先走吧，我得处理处理这肚子。"说完跑到路边树林里蹲了下来。

看着他的样子，两名"技术员"半信半疑地向前走去。

麦秋实看见两人跟着队伍走远了，站起来顺原路跑回那棵树跟前，看见树干上的树皮被刀划掉了一块，这显然是个记号！他正要离开那棵树去追赶队伍，忽然看见那两个"技术员"举着枪朝自己走来。

麦秋实镇定地问道："你们两个……究竟是什么人？"

一名"技术员"冷笑一声："是什么人，你已经知道了，还用问吗？！"他说着就要开枪。在这一瞬间，麦秋实猛地将他扑倒在地，扭做一团，另一个人见状想要开枪，却无从下手，眼见自己的同伙被麦秋实掐住脖子快要喘不过气来，便扑上去，三人扭打在一起……

老胡等人正带着队伍一路前行。小叶忽然发现麦秋实和那两个"技术员"都不在了，心里一下警觉起来。就在这时，从后面隐隐传来麦秋实和两个"技术员"的打斗声。老胡支棱着耳朵一听，心说不好，马上招呼武装护送人员往回跑去。

麦秋实拼力与两个"技术员"搏斗，终因一对二而渐渐处于下风。两个"技术员"合力将麦秋实压在身下，拔出刀来正要对麦秋实下手时，老胡、小叶带着武装护送人员赶到，砰砰两枪，结果了两个"技术员"的性命。

小叶从两个"技术员"身上翻出证件一看，脸色大变。

"站长你看，他们是国民党的谍报人员！"

麦秋实看了一眼证件，顿时明白了。组织内部有人叛变，将技术员换成谍报人员，他们跟着队伍沿着交通线一站一站走过来，一路都在做记号、发信号，说明周围很可能还有他们的大部队，他们一直保持着联系。这样一来，不仅这批物资有问题，只怕整个交通线岌岌可危。

他的脸色顿时冷峻起来。

老胡等人也明白敌人可能早就获悉了行动计划，都有些手足无措。这时，麦秋实提出一个方案，启用已经废弃的长兴交通站，改从以前的老路线进入苏区。

小叶有些不解："行吗？长兴站早就撤销了啊！"

"交通站是撤销了，可梦苏和古大章还在那里。"

小叶不同意，他的理由很充分，梦苏至今仍是通敌的怀疑对象。

麦秋实认真地看着他："梦苏是清白的，我可以用性命担保！"见他有些不悦，小叶不再说话了。

处理完技术员的尸体，掩盖好痕迹，队伍开始向长兴急速行进。

傍晚，区达铭率领他的人马一路追踪而来，走到岔路拐弯处，却找不到那两个谍报人员留下的记号，他的手下在路边的树上、草丛到处察看。不一会儿，有人从草丛里拖出了那两个谍报人员的尸体，区达铭大吃一惊！

山路另一边，袁昌收到区达铭的电报，大发雷霆："告诉他们，务必找到共匪交通站运输队伍的去向，然后全力追击，彻底消灭！就那几个破人，还让他们跑了不成！"

区达铭拿着袁昌的电报，看着眼前的岔路口很是为难。这个时候探路的排头兵折回来了，说是在通往南去的路上发现了模模糊糊的脚印，区达铭大喜过望，问向导往南通向哪里。

向导想了想："好像是通往长兴的路……没错，是通往长兴的路。"

区达铭一愣，忽然哈哈大笑起来。他暗忖："麦秋实啊麦秋实，你骗不了我，你想返回长兴，然后再走那条老路……好，老子奉陪到底！"他命令部队立即改道，向长兴开进。袁昌收到了区达铭的电报，于是麦秋实率领的运输队、区达铭率领的人马、袁昌率领的部队都在全力赶往长兴……

傍晚，梦苏正在灶房给古大章和陈桂做饭，大远跑了进来："妈妈，妈妈，来人了……"

大远话音未落，麦秋实已经匆忙走了进来。梦苏一愣，麦秋实顾不上寒暄，急切地说道："你出来一下，有紧急任务！"

梦苏赶紧放下手里的活，跟着麦秋实走到外屋，她发现屋里除了老胡，还有小叶等几个不认识的人，个个脸上都是一副焦急的样子。麦秋实向众人介绍了梦苏，介绍到小叶时，他却像没听见似的，把脸转向一边，弄得梦苏有点儿尴尬。

麦秋实正色道："小叶，我给你说过，除了我，这里就只有梦苏知道我们过去的那条老路，连老胡都不知道。"

小叶冷冷地说："不管怎么样，我还是觉着让她带路不合适！"

"就因为她受到一些人的怀疑吗？"

"麦站长，她不是被一些人怀疑，而是被组织怀疑；组织，组织，这是很严重的事！"

"可现在的问题是敌人就在我们身边，没准儿他们已经跟着我们到达长兴地界了！"

"正因为如此，更不能让她带路。"小叶乜了梦苏一眼，"她要是……把我们带到敌人的陷阱里怎么办？"

梦苏听到他的话，差点儿气晕过去，扶着墙跑进灶房。麦秋实满脸铁青，呆呆地站着……

傍晚，区达铭率领他的人马在一个路口停下。不多会儿，袁昌的队伍赶了过来。区达铭忙跑上前迎接。袁昌看了看周围，不明白他为什么停在这里。区达铭解释这个路口就是从长兴通往他们中央苏区的入口。袁昌大喜，他的眼睛闪过一丝厉色，命令道："给我全力追击！这回说什么也不能让他们跑了！"

　　"是！"

第三十四章

昭雪

梦苏从灶房出来，盯着小叶："你把你刚才说的话再说一遍！"

小叶一怔，毫不示弱："再说一遍又怎么样？你要把我们带到敌人的陷阱里怎么办？这些药品、这些医疗器械都是欧阳老先生冒着危险给我们从香港弄来的最先进的设备。前方在打仗，我们的战士在流血，在牺牲，苏区所有的同志都在眼巴巴盼着我们能尽快把这些药品和医疗器械运送过去……"他转向麦秋实，"麦站长，我不管你们原来是什么关系，也不管梦苏真的是不是有问题，我只想告诉你，我不但是你的副手，更是一个党的地下工作者，我要对党的事业负责！"

"小叶，你说得好，我一定要让你对党的事业负责到底！"梦苏说完转身又进了灶房。

麦秋实不知她进屋干什么，趁机劝说小叶，在组织没有做出结论之前，不能放弃对梦苏的信任，而且如今情况十分危急，大家没有别的任何选择，只能让梦苏带路。

小叶依旧不同意。

麦秋实眼见时间一分一秒地过去，众人脸上渐渐生出一片焦灼之色，他心知不能再等了，于是严肃地说道："小叶同志，时间紧迫，我们不能再这么争执下去了。你的意见可以保留，但我是站长，在这里必须一切都听我的命令！"

"站长，我虽然是你的助手，可组织上派我来的时候专门有过交代——对于你的错误的、甚至是危险的决定，我必须制止，可以不听！"

"噢？你在监视我？"

"不是监视，是监督。"

麦秋实一顿，几乎怒吼起来："怎么可以这样对我……"

这时，梦苏从灶房出来，拿出一把手枪，重重地拍在小叶面前："小叶同志你看好了，现在我就把我的枪交给你，如果在途中发现我有什么可疑的地方，有什么对不起组织的行为，你随时可以用这把枪打死我！"

小叶一下呆了，怔怔地看着梦苏。

麦秋实也愣怔住了。

梦苏问麦秋实："可以出发了吗？"麦秋实深深地看了她一眼，招呼队伍出发。梦苏正要出门，忽然想起什么，忙叫过大远，叮嘱他到山上转告古大章，自己带着麦秋实等人给人送东西去了，说完她紧赶几步，走在麦秋实他们的队伍前头，渐渐消失在暮色之中。

晚上，古大章带着陈桂，正在给余良顺等几个骨干分子说着什么，大远气喘吁吁地跑了进来。

"妈妈让我告诉你，她带麦叔叔他们给人送东西去了。"

古大章心里一突，急忙询问大远具体情况，大远也不清楚，只知道"麦叔叔"一行人人数众多，挑着担子，还拿着枪。古大章明白肯定有事发生了，他不再迟疑，让余良顺等骨干分子将赤卫队员迅速集合起来。

余良顺应声后拔腿往山下飞跑。

袁昌和区达铭率领队伍一路疾行，追了半天却没发现麦秋实和运输队的踪影，他们正感到奇怪时，前方刚好出现一个三岔口。这下区达铭彻底迷失方向了。大队人马滞留在路口，乱糟糟地不知该往哪里走。

就在袁昌的脸色越来越阴沉时，队伍后面的一个士兵跑了过来。

"报……报告长官，共、共军的运输队，就在我们后面！"

袁昌有些不敢置信，问他有没有看清。士兵连连点头，并说带路的好像是个女的。区达铭恍然大悟，他告诉袁昌这支运输队肯定到镇子上找沈梦苏去了，毕竟她熟悉去苏区的那条路。弄清原委后，袁昌放心了，他冷冷一笑："共党最拿手的不就是伏击战吗？今天我们也伏击他们一回，让他们乖乖地钻进口袋，然后三面夹击，全部消灭！"

"是！"

傍晚，梦苏领着老胡以及挑着担子的运输人员在山路上急行。麦秋实、小叶带着武装护送人员跟在他们后面负责掩护。小叶一脸狐疑，边走边警惕地往两边山上察看。

袁昌躲在高地的山石后面，居高临下看着梦苏、老胡带领的运输队一步步走近，看着麦秋实和小叶带着武装护送人员进入了他的"口袋"，嘴角浮出一丝得意的微笑。等到梦苏、麦秋实和那些挑着担子的运输人员、武装护送人员全都钻进自己的"口袋"后，袁昌突然喊了一声"打"！山谷顿时响起了激烈的枪声……

古大章带着余良顺等赤卫队员正在山路上急行，前方忽然传来一阵枪声。古大章急忙招呼余良顺等人，众人加快了步伐。他们有的拿着长矛，有的拿着土枪，但更多的是提着大刀，还有一个背着军号跟在古大章身后。

谁也没有想到，陈桂气喘吁吁地跟在他们后面。她跑着跑着，忽然爬上山坡，顺着另一条路跑去……

枪声一响，小叶马上回头冲着麦秋实大喊："看到了吧，麦站长，这就是你找的向导，把我们引进敌人的陷阱里了！"

麦秋实一下懵了。梦苏也傻了，她实在不知道这些敌人是怎么冒出来的。

小叶举枪便要向梦苏射击，梦苏本能地躲到一块山石后面，吓得哭了起来。麦秋实一边指挥护卫队员拼命还击，一边掩护运输人员突围。激战中，一个挑货的队员中弹倒在梦苏身边，梦苏捡起担子挑到自己肩上，冒着枪林弹雨往前突去……

突然，脸色铁青的麦秋实挡住了梦苏的去路。

"你给我说说，这是怎么回事？"

梦苏慌乱地说道："我、我不知道……我真的不知道。秋实，请你相信我……"

"我相信你！我到死都相信你！可是——"他指着周围山头，"我们进了敌人的伏击圈，这该怎么解释！"

梦苏委屈得直哭："秋实，我真的不知道……"

麦秋实痛苦地说道："好几个同志牺牲了……你让我怎么相信你呢？"

梦苏看到麦秋实身后，突然喊道："秋实！身后……"

区达铭出现在麦秋实身后，用枪指着他。

"别动！"

麦秋实迅速转身，也把枪口对准了区达铭。

区达铭眼珠子一转，一边拿枪指着麦秋实，一边对梦苏说道："快过来，不是说好了跟我回广州去吗？啊？放着好日子不过，跟他们一起混什么？不就是一个麦秋实吗？至于吗？啊？"

梦苏这才明白都是区达铭设的套，她气恨至极，搬起一块石头，用力朝区达铭砸去；区达铭一躲，石头没有砸中。

"你这个不要脸的东西，可耻的叛徒！"

区达铭哈哈一笑："我可耻？我叛徒？你让麦秋实说说，咱俩到底谁可耻？谁叛徒？好端端的一个运输队，没有你的指引怎么会钻到我们的口袋里？嗯？"

梦苏差点气晕过去："你、你这条恶狗……"

麦秋实一边用枪与区达铭对峙着，一边判断着梦苏的表现。

梦苏无助地跪倒在地，绝望地大喊："朝我开枪吧，秋实……开枪打死我，赶快带着队伍突围……如果有来世，沈梦苏再和你做夫妻……"

麦秋实、区达铭都为之一震。

"还愣着干什么？快朝我开枪啊……"

梦苏对麦秋实爱的表达点燃了区达铭的疯狂，他突然掉转枪口，准备向朝梦苏开火。在这千钧一发之际，麦秋实终于明白了梦苏的无辜。他抢先朝区达铭开火，不料子弹卡了壳；麦秋实飞身扑过去挡在了梦苏身前。区达铭手中的枪响了，子弹打中了麦秋实……

麦秋实倒在地上，梦苏疯了般扑在他身上，想要抱起他。她声嘶力竭地喊着麦秋实的名字。

麦秋实睁开眼睛："对不起……梦苏，我、我错怪了你……"

梦苏哭喊道："你为什么不打死我啊？秋实，你为什么不打死我！"

麦秋实看着她，嘴角浮出一丝微笑："梦苏，我、我答应你……答应和你……做、做夫妻……"

麦秋实的身体在往下沉，梦苏使劲地抱着他，撕心裂肺地哭着。

区达铭冷笑着，举枪对准梦苏："真感人啊，临死了还要做夫妻，我怎么就没有这份待遇……好吧，我就成全你们！"他说着就要扣动扳机，谁想到陈桂突然出现了。

她死死地盯着区达铭，喊着"叛徒！区达铭，你这个狗叛徒"发疯般朝他扑了过去。区达铭没想到陈桂会突然出现，更没想到陈桂会扑向自己，慌乱中本能地把枪指向陈桂，扣响了扳机。

陈桂中枪，一个趔趄几乎栽倒。

梦苏迅速从地上捡起一支枪朝区达铭射击，子弹打中区达铭的肩窝，区达铭摇晃了几下，又站稳了身子。

袁昌从对面看到这一幕，急忙指挥手下朝梦苏她们这边开火。

陈桂强撑着负伤的身体，踉踉跄跄地又朝区达铭扑去。

"区达铭，你这个狗叛徒！我要杀了你，杀了你这个叛徒……"

区达铭后退着，又狠狠朝陈桂开了一枪。陈桂摇摇晃晃，倒在了血泊中。梦苏给枪上膛，再一次瞄向区达铭时，他已经逃进树丛，不见了踪影。梦苏扔下枪，扑过去呼唤陈桂，陈桂已经没有了呼吸。

梦苏抱住陈桂痛哭……

躺在一旁地上的麦秋实清醒过来，叫着梦苏的名字。梦苏急忙匍匐到麦秋实跟前。麦秋实用微弱的声音嘱咐她："快，组织同志们……战斗……突围……"

梦苏站起来大喊："同志们，跟敌人拼了，冲出去……"

老胡、小叶率领队员们一边向敌人猛烈还击，一边后撤。

梦苏把麦秋实的一只胳膊往自己肩上一架，紧咬牙关，半是背、半是拖地带着麦秋实往外突围。在山地高处的袁昌发现了梦苏他们，一挥手，子弹密集地飞向梦苏和麦秋实身边。梦苏赶紧卧倒在地，麦秋实趴在梦苏身上，用身体护着她。

袁昌再一挥手，敌人从三面高地上俯冲下来，将梦苏和麦秋实他们团团围住。

老胡、小叶等人已经杀红了眼，正准备与扑过来的敌人拼个你死我活，这时山谷忽然响起了嘹亮的闽西主力红军的冲锋号！同时，古大章带着赤卫队员也冲了过来……

麦秋实嘴角浮出一丝微笑："主力，我们的主力部队……"随即晕了过去。

袁昌听到红军的冲锋号声，一下子懵了。他听出这是这是闽西主力红军的冲锋号声，正有些踌躇不定的时候，山林中再一次响起了激越的军号声。袁昌一咬牙，命令部队撤退。国民党官兵们闻声，跟着袁昌潮水般退去……

梦苏、古大章等人赶紧跑到麦秋实身边。古大章紧紧抓住麦秋实的手："老麦，老麦，你没事吧？"麦秋实睁开眼睛："老古，谢谢你的……冲锋号……"

两个赤卫队员扛着担架跑来，梦苏和大家一起把麦秋实放上担架，抬走。小叶走几步又返了回来，挡在了梦苏面前。

他迟疑了一会儿，拿出那支手枪，交给梦苏，疚愧地说："对不起，梦苏同志……"

梦苏接过枪，一下哭了。她哽咽着说道："刚才要是有这把枪，区达铭就跑不了……"

小叶眼神里充满了愧疚："是我错怪你了，梦苏同志……区达铭他躲得了初一躲不过十五，迟早会被我们消灭！"他顿了一下，"现在请你在前面带路，我在后面负责掩护！"

梦苏含泪点头，大步往前跑去。

傍晚，梦苏和麦秋实默默地走在长兴的江边，两人神色都十分忧郁。

梦苏站住，望着远处的叠嶂山峦，眼里满是迷茫。良久，她叹了口气："为什么会失败呢？"

"在后方医院的时候，我听一起养伤的同志讲，对于这次围剿，蒋介石是不惜血本，光对中央苏区就动用了 50 万兵力……但也有我们自己的原因，在王明'左'倾冒险主义思想的影响下，李德等人先是推行'军事冒险主义'策略，后来在敌人的猖狂进攻面前又采取'拼命主义'，最后发展成'逃跑主义'，最终导致第五次反围剿失败。"

谈到最后，两人的心情都很沉重。

"好了，不说这些。现在中央红军马上就要转移了，组织已经决定，你我可以前往中央苏区，跟着红军主力转移。"

"是不是都要走？"

"那倒不是，老谢和大章他们都会留下来，坚持敌后斗争。"

"我可以不走吗？"

麦秋实一愣，问梦苏是不是因为区达铭和小远才留下来。

梦苏点点头："上次没有打死区达铭，我很懊悔，我必须要再找到他；还有小远，至今都没有消息，我心不甘啊……"

"那你可得有精神准备，留在敌后，困难和危险都是很大的。"

梦苏笑了笑，她相信不管多大的困难，多大的危险，自己都能扛得住。她更相信中央红军，相信麦秋实很快就会回来……

她深情地看着麦秋实："不管多久，我会一直等你，等你回来！"

两个人紧紧相拥在一起……

傍晚，春晓在缝纫铺里和大远说话。

梦苏从外面回来，看到春晓，惊喜道："你怎么来了？"

两人寒暄了一阵，春晓说明了她的来意。原来她听说组织要转移，和潘卓南商议后，准备把大远接到广州去。毕竟他们这一走，归期不定。

梦苏一笑："我不走了。"

"你不走？真的？秋实呢？老古呢？他们走不走？"

"秋实走，老古不走，我也留下了。"

春晓明白了，梦苏要留在长兴进行敌后斗争。她用崇敬的目光看着梦苏，感慨道："你太伟大了，梦苏！"但转瞬间，她又皱起了眉头，红军主力转移后，显而易见，敌后斗争的危险和困难一定会加剧，她为梦苏感到担心。

梦苏看出了她的担忧，安慰道："没关系，我死都死过好几回了，还怕什么呀？革命一定会成功的，我也一定能等到秋实胜利归来……"她莞尔一笑，"是不是？"

春晓双手抱住梦苏，沉默许久，说："我想去看看陈桂。"

陈桂的墓地上袅袅燃着一炷香火。古大章默默地坐在一旁，不知他这样已经陪伴了多久。听到梦苏和春晓的脚步声，他抬头看了她们一眼，起身慢慢离去。

梦苏和春晓站在陈桂的墓前，眼睛都湿润了。她们怀想着三个人一路走来的青春岁月，不禁泪流满面……

微风掠过池塘，水面泛起几丝涟漪。身穿军装的麦秋实与梦苏告别。

麦秋实将那把折扇拿出来给梦苏看，梦苏展开，见上面新写了几行字，那是一张婚帖……

她一头扑到麦秋实怀里，潸然泪下……

麦秋实紧紧抱着梦苏，强忍住泪水说："梦苏，等着我回来，那时革命成功了，我们举办一个隆重的婚礼！"

梦苏点点头："等你，我一定等你……"

麦秋实转身离开。梦苏看着他渐行渐远，快要消失在自己的视线的时候，突然不顾一切地朝麦秋实追去。

她一声声呼喊着："秋实……秋实……"

麦秋实跟上了队伍，队伍的影子宛如长龙，若隐若现……

第三十五章

胜利

十五年后，一九四九年十月

五岭山脉中，解放大军浩浩荡荡地南下。

骑兵部队骏马奔驰；炮兵部队的一辆辆炮车隆隆前行；而疾步行进的步兵们，不少人身上也是崭新的美式装备。虽然个个都满身征尘，但看得出，这支部队经过十几年的征战，已经鸟枪换炮，发展壮大。

一名军官向已升为政委的麦秋实汇报，队伍已行进至广东境内。

麦秋实走下车，走到山道边远眺，只见远处一重又一重的山峦，到处云遮雾障，如同那如梦如烟的往事，麦秋实不由陷入沉思……

那名军官望着麦秋实："首长，您离开广东多少年了？"

麦秋实感叹道："十五年了……从当年去中央苏区，然后跟随中央红军长征以后，就一直没有回来过。"

这时，电讯处长跑过来，"报告，兵团指挥部来电。"麦秋实从对往事的怀想中回过神来，接过电报一看，惊喜异常。

"快，立即向各部队传达！"

另一处山路上，一个宣传队员站在山路旁的土坡上，兴奋地对着滚滚向前的铁流高喊着："同志们，新中国成立了，名称是中华人民共和国，10月1日在首都北京举行了开国大典……"

行进的队伍立即沸腾起来，官兵们狂喜地跳起来，尽情欢呼。

麦秋实走来，望着这欢腾的场面，不由得百感交集，眼中噙着泪水……

层峦叠嶂的五岭群山中，解放大军的队伍逶迤绵长。一个又一个山头上，到处都能听到宣传队员的宣讲声、官兵们欣喜的回应声——"新中国叫中华人民共和国"；"10月1日开国大典"；"北平……北京"；"国旗是五星红旗"……这些声音和"毛主席万岁！""共产党万岁！""中华人民共和国万岁！"的欢呼声交响在一起，在一个个山头间遥相呼应、回荡着，传向遥远的天际……

一辆汽车驶进国民党广州卫戍司令部大门，袁昌从车中下来，匆匆走进大楼。他神情严峻，步履沉重。副官看到袁昌向他低语了几句，袁昌应道："让他到我办公室来。"说完一改刚才沉郁的神情，显出情绪高昂的样子，朝自己的办公室走去。

不一会儿，区达铭来到袁昌的办公室，袁昌很热情地迎过来与他握手，区达铭却显得神情恍惚，惶惶不安。他张口便问共产党建国的事情，待袁昌确认过后，他难掩失魂落魄，瘫坐到椅子上。

袁昌故作不屑地说十几年前共产党在江西建立的苏维埃共和国没过几年就亡了。如今美国仍在支持国民党，胜负还未定呢。

区达铭显然已听腻了这套说辞，眼睛里流露出不屑的神色。

袁昌斜睨着他："你是不是现在觉得自己押错了宝，后悔当年投靠了我们啊？"

区达铭急忙否认。

袁昌看了他一眼，告诫他如今革命形势已进入最危险的阶段，党国必须要上下一心，精诚团结，誓死保卫广州。区达铭冷哼一声，显然对保住广州不抱多大希望。

袁昌眼里闪过一丝冷光："实在保不住的话，就把一切都毁掉！"

"毁掉？"

"对，大桥、发电厂、水厂、电报局、报社、广播电台……通通炸掉，大爆炸、大毁灭，把一个烂摊子丢给共产党……我今天找你来，就是要布置这个事情。"

他和区达铭互相注视着，目光中有失落有惶恐，更有困兽犹斗的挣扎……

夜色昏暗，两个人来到梦苏家门口，在门上敲出联络暗号。

片刻，房门开了。梦苏看到站在门口的中年人，不禁又惊又喜。"老谢，是你啊？快进来。"

早在几天前，古大章和梦苏就接到组织通知，有华南分局的领导从香港过来，却没想到来人正是老谢。久别重逢的喜悦洋溢在每个人的脸上。

　　寒暄过后，众人谈到了革命形势，当老谢说毛主席在北京宣布中华人民共和国成立时，梦苏眼圈红了，忍不住啜泣起来

　　"这么高兴的时候，怎么还哭了？"

　　古大章理解梦苏的心情，他向老谢解释道，梦苏这十几年能够坚持下来，实在是不容易。以前在长兴的交通站，后来去了东江纵队，抗战胜利东纵北撤后又回到广州。兵荒马乱的年月里，一个女人，一边要领导地下斗争，一手还拉扯大孩子，她过得太艰难了

　　老谢也被勾起内心的感触，他明白，正是有古大章和梦苏这样的同志固守敌后，广州的地下党组织才始终在继续活动，坚持斗争，直至革命形势好转。

　　"你们二位功不可没呀。"

　　梦苏克制住自己，擦了擦眼泪："这是省委领导，还有其他同志一起努力的结果。"

　　老谢此次来还有一个重要任务，据情报显示，一旦守不住广州，国民党准备在溃退的时候实施大爆炸、大破坏，重点目标是广州的大桥、发电厂、自来水厂、广播电台、机场和码头……华南分局要求广州的地下党组织在这最关键的时候，一定要采取强有力的行动，发动群众，在大军到来之前，粉碎敌人的破坏活动，保卫广州，迎接最后的胜利。

　　梦苏和古大章互相看了一眼，坚定地说道："我们一定完成好组织交给的任务！"

　　这时，门上又传来联络暗号的敲击声。

　　梦苏过去打开门，一个青年走进来："妈。"梦苏慈爱地看着他，将他带到屋内。她向老谢介绍了这个青年人，原来他是大远。古大章称赞他既是地下学联的积极分子，又是梦苏工作上的得力助手。

　　老谢打量着风华正茂的大远："梦苏，你培养了一个优秀的革命接班人啊，马上要建设新中国了，正需要这样的年轻一代啊。"

　　大远有些羞涩地笑了笑，他告诉梦苏，广州现在物价飞涨、金圆券贬值，普通百姓的薪水却很低，学校的教授准备罢教抗议。地下学联决定发动各

校同学举行游行，声援中大教授。老谢听后决定让地下工委发动各厂工人，和学生一起游行，以扩大声势和影响。

大远高兴道："那太好了。"

他看出这个会议很重要，说完正事后礼貌地打声招呼，就退出了房间。

他走后，老谢迟疑了一下，问道："……梦苏，小远还是一直没有找到？"梦苏难过地摇摇头，屋里的气氛顿时沉闷起来。

老谢暗恨自己多嘴。他突然想起一件事，猛地拍了下脑袋："看我，有个好消息差点都忘了说了——秋实率领人民解放军的一个师已经到了花县……"

梦苏叫了一声，猛地站起。这消息太突然，太让她震惊了，她一下子呆愣在那儿。花县距广州只有几个小时，麦秋实要回来了……

梦苏这才有些反应过来，她想在老谢和古大章面前克制自己，但却怎么都控制不住，泪水一个劲地从眼中奔涌出来。

此时，花县城边一处高地上，一场战斗刚刚结束，仍能听到零星的枪声，硝烟正在渐渐散去。一队队被解除武装的国民党兵俘虏被解放军战士押解着颓丧地走过。

麦秋实正在临时指挥所里看着作战地图，参谋长走进来，汇报了战况。麦秋实点点头，说道："向兵团首长请求批准我率部立即向广州进军，我们要成为进入广州城的第一支部队。"参谋长应声离去。

麦秋实打开公文包，拿出那把折扇小心地打开，扇子上的字迹已显陈旧，唯"婚帖"二字依然清晰。

他走到窗旁，朝广州方向眺望，难掩急切的神情。

广州的一家米店外排着长长的买米的队伍，每个人背着大大的包袱，或手里提着大捆的钞票。不断有人排到队尾，买米的队伍仍在延长。

阿芸急急地朝卖米的地方跑去，快要到米店时，她突然被脚下凹凸不平的石板绊了一下，一个趔趄摔倒在地，手里抓着的包袱也摔了出去，包袱被摔得散开，里面装得满满的金圆券摔出来，散得到处都是。

阿芸生怕有人趁火打劫来抢钱，一下慌了，差点哭起来。她身边一个男青年见状急忙捡起一摞钱跑过来交还给阿芸。阿芸一愣，感激地说道："谢谢你！"

男青年笑了笑，又跑开去捡其余的钱。阿芸也急忙埋头去捡那一张张散落的金圆券。就在这当口，几个人从他们身旁经过，跑过去站到了买米的队伍后面，眼看买米的队伍越排越长，还在忙着捡钱的阿芸一脸无奈。

捡完钱后，阿芸和那个男青年一前一后排在了队伍里。买米的队伍依然排得很长，好不容易轮到阿芸了，她急忙打开包袱，拿出两大捆金圆券。然而这时伙计却拿起插在米上的价格牌，返身回店里去了。

正在买米的人们议论纷纷的时候，米店伙计从店里又出来了，他将价格牌重新插到米上，然而价格牌已经涂改过了，米价又涨了一番。

"怎么又涨价了？"

"金圆券在贬值，不值钱了，不涨价能行吗？"

阿芸没想到米价会涨得这么快，她结结巴巴地说道："我、我快到的时候摔了一跤，有几个人就排到我前面去了，不然这涨价就轮不到我……"

伙计一脸不耐烦："你到底买不买？"

阿芸眼圈红了："我阿妈一直生病，家里弟弟妹妹还小，我还在读书，全靠我阿爸一个人挣钱养家，日子过得特别紧张，好容易才凑了这些钱买米……"她忍不住哭了起来，"我怎么那么不小心啊，都快到了摔了一跤……这一跤把两斤米都摔没了……"

伙计的脸色没有丝毫改变，一个劲儿催着她快点儿买，排在队伍后面的一些人也不耐烦地嚷嚷起来。

这时，排在阿芸后面的那个男青年走过来，将自己手里拎着的一捆金圆券放到桌上，和女孩的钱一起推到米店伙计面前，对米店伙计说道："给她称米吧。"

阿芸一愣，急忙推辞道："不不，不用……"

"拿着吧，你家老老小小的人多，我就光棍一个，怎么都能对付过去。"

两个人推辞半天，阿芸只好接受，她问那名男青年叫什么，住在哪儿，以后好还他的钱。男青年只说自己叫坤仔就转身跑开了……

阿芸望着坤仔的背影……

第三十六章

团圆

麦秋实在指挥所外焦急地徘徊。

他的队伍离广州只有一步之遥，主动请战的电报已发了好几封，兵团首长的回音却一直是原地休整待命。参谋长说兵团首长有意让 127 师先进广州，这个师前身是叶挺独立团，当年是从广东出发北伐的，参加了'八一'南昌起义，又上井冈山，参加长征，如今作为四野的主力师再打回广东，政治意义非同一般。

麦秋实当初是特意要求带手下这个师的，因为这个师应该最先打进广州，谁知人算不如天算，自己还是没能第一个进入广州，麦秋实难掩沮丧……

梦苏和老谢在中央公园的一颗玉兰树下接头，交流完工作后，梦苏正要走，又有些犹豫的站住了。老谢见状问她是不是还有事。梦苏有些不好意思地问道："你说秋实带着部队已经到花县了，那儿离广州也就是几十里地……这都过去好几天了，怎么还没他们的消息啊？"

老谢告诉她麦秋实的队伍还在花县休整待命，"要不，你抽个空去趟花县，先去看看秋实。"

梦苏摇头拒绝了，眼下工作正是最关键的时候，她不能离开。

老谢看着她，突然叹了一口气："梦苏啊，这么多年，我心里对你们的事一直有些过意不去，如果不是我们错点鸳鸯谱，你和秋实的感情可能不会经历那么多波折……不会苦苦等他十五年。"

"您别那么想……"梦苏望着头顶的玉兰树，早已褪去青涩的脸庞一片平和："我现在完全理解了——当时是大革命失败以后，形势那么危险，组织上为了工作做出那样的安排，也是迫不得已。再说，这么多年的革命历程，我们是一步一步走过来的，深知其中的艰难。其实，就算我和秋实当初正式结婚了，以后照样要经历长久的分离和巨大的波折……也许，在这样动荡的时代里，在推翻反动统治的革命洪流中，这是我们个人必须付出的代价，必须经受的苦难吧。"

老谢看着她，欣慰地笑了。

"根据我们得到的消息，阎锡山'内阁'还在做垂死挣扎，打算10号那天在绥靖公署大礼堂举行'双十节'庆祝大会，还准备组织几千人在中山纪念堂举行纪念大会，进行反共宣传。我们学联的几个同学商量了一下，准备把声援学校教授'罢教'的行动扩大为全市工人和学生的联合大游行，就在10号当天，从绥靖公署大礼堂游行到中山纪念堂，面对面地向国民党反动派进行抗议……"

梦苏望着说话的大远，看上去似乎有些走神。

大远发现她的异样，问她怎么了。

"哦，没什么……你接着说……"

大远觑了他一眼，小心翼翼地问道："妈，您是不是又在想我小远弟弟了？"

梦苏有些惊讶，她正要说些什么，大远抢先开了口：

"有时候您看我那种眼神……我知道其实您是在想念小远。虽然您说得不多，但我在您身边长大，其实我什么都知道……我知道我今天的这一切本来都应该属于小远弟弟，如果当年不是他走失的话，春晓阿姨不会阴差阳错地把我带到您的身边，您也不会将错就错地把我收留下来。如果不是这样，也许我到现在还在饥寒交迫地流浪，说不定已经冻饿而死，不在这个世界上了……"

梦苏的眼圈红了："别说了……抗日战争都过去了，国民党也要败退了，小远一定是被好心人收养，现在已经躲过枪林弹雨长成和你一样棒的大小伙子了……"

大远笑了笑，眼神里透出坚定："妈妈，我到您身边时已经记事了，所以我什么都懂得……我相信小远弟弟也肯定记得自己的妈妈，他一定一直在找您……马上就要解放了，许多亲人都会重新团聚在一起。您千万不能放弃希望，我也会和您一起一直寻找下去的。"

梦苏一把搂住他，呢喃道："好孩子……"

中山大学的一间教室里，昏暗的灯光下，学生和工人模样的青年们满满地挤了一屋子，大远正在人群中间讲话，布置游行活动的安排。

"……到时候，我们也撒传单，也到中央公园演话剧，搞音乐表演，就是要和敌人唱对台戏，他们搞反共宣传，我们就大张旗鼓地宣传我们的新中国……"

坤仔坐在人群中，认真听着大远的讲话。

就在这时，外面响起警笛声，又传来几声枪响。一个青年学生冲进来，说外面来了好多军警，众人立马朝教室外跑去。

夜色中，开会的学生和工人们四处奔逃，军警们如猎犬围捕猎物一般追击、抓捕着青年们。大远试图冲出包围圈，但不管朝哪个方向跑总有军警堵截过来，时而还有枪弹射来，大远慌忙躲避。

一个同学向大远呼喊："大远，大远，朝那边跑！"

恰好跑到大远身旁的坤仔听到了同学的喊声，他似乎受到了某种触动，情不自禁地对大远说道："你叫大远啊？跟我的名字很接近，我本来的名字叫小远，是小时候我阿妈给起的……"

大远不由一愣，转头借着暗淡的路灯光看到了小远……但他还没来得及反应过来，一阵枪弹突然射来，擦着他们的头顶飞过，惊叫声中，原本挤在一起的一群同学一下炸了锅，四散逃去。

大远突然醒悟过来，四下张望，已看不到那个自称小远的青年的身影了。他不甘心，也顾不得自己逃跑了，寻找起小远来，不停地喊着："小远，小远，你在哪儿？"

然而，听不到任何应答。

就在这时，几个军警冲过来抓住了他……

区达铭走进办公室时，袁昌正一动不动地站在一幅广州地图前。屋子里笼罩着一股末日的气息。

他听到区达铭进来后转过身，告诉他卫戍区李司令已经召开高级幕僚会议，宣布从即日起放弃广州，安排撤退和破坏广州的事宜，自己具体负责实施。

说到最后，他紧紧盯着区达铭："老区，你负责的那片区域，可以开始行动了！"

虽然早有思想准备，但当末日真的来临时，区达铭仍然产生透彻骨髓的绝望感，他颓然地坐了下去。片刻后，他突然想起了什么，猛地抬起头："……袁副司令，我跟了你十几年了，你对党国的忠诚老天爷看得见，我为党国效力也十几年了，没有功劳还有苦劳……我们也都得为自己留条后路，总不能坐以待毙吧？"

袁昌猛地一拍桌子站起。

"越是在国家危难之时，越是要知其不可为而为之，方显尽忠报国之英雄本色。如果都不忠不义，苟且偷生，本党如何能领导全国军民戡乱到底，如何能匡救我中华民族于不坠！"

面对他的慷慨激昂，区达铭只觉万分无奈。

"报告，兵团首长来电。命令我们立即开拔，追击敌人！"

麦秋实惊喜道："太好了，去广州？"

"不，是往佛山、三水方向，我们的下一步任务是进军广西，追击白崇禧的桂系部队。"

麦秋实愣住了，神情中既有接受任务的兴奋，也难免有一丝失落……

中央公园的白玉兰树下，老谢再一次和梦苏见面。

"敌人的末日就要到了——上级已经来了通知，人民解放军的先头部队明天就可以进入广州。"

梦苏激动地追问："秋实要带着部队进广州了？"

老谢避开她的眼睛："……噢，是四野的另外一个师，好像秋实带的那支部队要去别的地方执行任务，暂时不进广州。"

梦苏脸上难掩失望……

她克制着失落的情绪，振作起精神："没事，那么久都等过来了……不管怎么样，最困难的时候都坚持过来了，现在全国都解放了，我想，我和秋实相聚的日子不会太远了。先不说这个了，老谢，你还是交代任务吧。"

老谢看了她一眼，眼里满是钦佩。他告诉梦苏，国民政府和国民党部队已经在大规模溃逃了，据可靠情报，明天，在广州的国民党主力部队将全部撤退到珠江以南，主要从黄沙车站逃跑，还有一部分通过海珠桥到珠江以南。上级要求梦苏等人组织得力人员前往沙河、黄沙和海珠桥等几个地点，给进城的解放军部队担任向导，提供各种帮助，使大军能尽快地追击逃跑的国民党军队。

"败退的敌人很可能狗急跳墙，搞各种破坏活动，告诉同志们要当心。"

"是。"

分别时，老谢问起前几天敌人突然包围中山大学，逮捕了数名师生和开会工人的事。

"听说其中还有大远？"

梦苏一脸忧虑地点点头。

老谢安慰她明天大军就进城了，大远他们很快就能自由。

"组织上正在想办法，发动所有的力量，一定要保证这些同志的安全。"

麦秋实率领的部队浩浩荡荡地行进着。

经过一个三岔路口时，麦秋实乘坐的吉普车放缓了速度。坐在司机身旁的参谋长回过头来，指着其中一个路口，告诉麦秋实那条路通往广州。

麦秋实默默地向广州的方向望了望，神情有些惆怅。片刻，他看向参谋长，语气坚定地说道："全速前进！"

"是！"

吉普车驶过了那个去往广州方向的路口，沿着另一条道路加速驶去，车后扬起了一片灰尘。随后解放大军的队伍经过那个通往广州的路口，朝着另一个方向疾速前进着。

珠江两岸挤满了逃跑的国民党部队，乱哄哄的，车声人声响成一片。

江上有不少渔船，其中一艘船上，几个青年男女围在梦苏身边，其中就有阿芸。梦苏沉默着，神情肃穆地望着浑浊的江水。

"梦苏阿姨，你还在为大远哥担心吗？"

梦苏抬起头，打量阿芸，神情困惑。

阿芸微笑着向她介绍了自己，原来她是坤雅女中学生会的，也参加了地下学联，大远为工作的事经常指导她们。梦苏内心泛起一阵涟漪，注视小芸的目光显出一缕亲切。

"哦，你是坤雅的？"

阿芸点点头，她说同学们都知道梦苏是坤雅的第一届毕业生，老师们经常讲麦秋实，梦苏，还有师郁烈士的事迹，学校的革命传统就是从那时候传下来的。

梦苏被勾起遥远的回忆，她和阿芸亲切地交谈起来。

江边，远处隐隐可见海珠桥的身影，珠江两岸仍有国民党的残兵败将在狼狈逃奔。

古大章带着几个青年工人等在江边，工人中赫然有张熟悉的面孔，正是大远那晚遍寻不得的那个人——坤仔。

小船已靠近了海珠桥。

梦苏对周围几个年轻的同学说道："前几天的'中大事件'，大多数地下学联的骨干都被国民党反动派逮捕了，现在为了迎接解放，只能把你们这些年轻的力量推到前沿，你们害怕吗？"

阿芸喊道："不怕，我们虽然年轻，但是革命的热情一点不亚于哥哥姐姐们。"

其余几个学生也高声附和。

就在这时，传来一声惊天动地的巨响，如同大地震一般，江面掀起巨大的波浪，梦苏她们坐的小船剧烈地摇晃起来，船上的人不由发出尖叫声。梦苏和孩子们不知发生了什么事，紧紧抱在一起，试图稳住身体，但船还是被巨浪掀翻了，梦苏和船上的人都落入水中。

混乱中，传来怒骂声："狗日的国民党，把海珠桥炸断了……"

江边的坤仔等开始被这突如其来的爆炸震慑了，等反应过来，立刻毫不迟疑地跳入江中救人。

场面十分惨烈，烟尘弥漫在天空，残断的钢铁、水泥砖块四散横飞……

岸边的房屋被震毁，江上许多船只被炸沉或被气浪及波浪掀翻，江水被鲜血染红，到处漂浮着尸体和残破的船板，无数的人在江中挣扎着，大声呼救，到处是震天的哭声……

阿芸在江水中沉浮，想呼救但一张嘴就灌下许多江水；梦苏游过来，托起她向小船游去。费劲地将阿芸推上小船后，她转身又向另一个落水的群众游去，但却体力不支，渐渐地向水下沉去。

船上的阿芸见状，急得大喊，却无能为力。

就在梦苏要沉入水中时，坤仔突然游到梦苏身边，托住了她。船上的阿芸看见，惊喜地大喊："坤仔，快救她！"坤仔托着梦苏向小船游去。已极度疲乏的梦苏只感到被一只强壮的胳膊托起，被带着朝前游弋……

阿芸在船上拉，坤仔在下面推，梦苏被救上了小船。

梦苏稍稍缓过气来，看到了仍在水里的将自己救上船来的那个虎头虎脑的年轻人："小伙子，谢谢你！"

坤仔朝梦苏和阿芸笑笑，转身游开，救别人去了。不一会儿他救的人就已装了满满一船。

坤仔转身还想去救人，但他的体力显然已支撑不住了，身体软软地向水中沉去。梦苏、阿芸等人急忙将坤仔拉上了船。

坤仔趴在船上大口大口地喘气。梦苏坐在他身旁，为他按摩胳膊放松肌肉，不知为什么，她心里对这个虎头虎脑的小伙子涌起一种特别的疼爱。坤仔感觉有些不好意思，想坐起来。

梦苏嗔怪道："别动。"

坤仔顺从地趴在那儿不动。

梦苏为坤仔按摩着，目光无意中落到了他的腿上，突然她像被电流击中了一般，浑身都僵硬起来——只见坤仔湿淋淋的小腿上，有一块疤，而那块疤的形状正是梦苏无比熟悉的——十几年来这块疤印在梦苏脑海里，刻在她心里，无数次地在她的梦里出现……

巨大的震惊和喜悦让梦苏一时几乎反应不过来，她战栗着正想对坤仔说些什么……正在这时，江面上又传来"救命"的呼喊声。

坤仔一听到呼救声，忽地坐起，毫不犹豫地跳入江中。

梦苏眼睁睁地看着坤仔向在江中呼救的人游去……这时小船陷入江心

漩涡，船体一阵摇晃，船上的人又是一阵混乱和惊叫，梦苏急忙指挥阿芸等划船，掌稳舵……

等她好不容易指挥大家把船划出险境，将船稳住时，再在江面上张望寻找，但坤仔的身影已经不见了……

梦苏急切地问阿芸："你认识刚才那个小伙子？"

阿芸说自己只知道他叫坤仔，其他什么也不知道。

梦苏奋力划船，一边划船一边四下张望、大喊："坤仔……坤仔……"

宽阔的珠江上，到处都是破烂的船板、密密麻麻的尸体、落水者和救人者，看不见坤仔的身影……

上岸后，梦苏急切地奔走着，看到每一个从江中上岸的人都扑过去，看到不是她要找的人就迫不及待地发问。

"你看到一个小伙子了吗？脸圆圆的，虎头虎脑，腿上有一块疤……"

她得到的反应无一例外的都是摇头。

阿芸走了过来："我在那边找遍了，都没有……奇怪，他会去哪儿呢？他会不会……"她不敢再往下说，脸上显现出担忧的神色……

梦苏突然神经质的一声大叫："不——"随后喃喃道，"他就在这儿，他肯定在这儿，我看到他了，明明看到他了……"

阿芸对梦苏异样的表现感到诧异："阿姨，你怎么了？"梦苏没有说话，她颓然地坐下，目光仍然不甘地四处搜寻。

这时，古大章急匆匆地跑过来。

"大军马上就过来了……"他奇怪地望着梦苏，"你怎么了？"

古大章的出现似乎让梦苏从一场梦境中醒来，她拼命地调整自己，渐渐克制了情绪。

"没什么，没什么……"

"那我们就去迎接大军吧，带他们去追逃跑的敌人，多消灭几个狗日的……"他再次感觉梦苏不对劲，"你行吗？"

梦苏振奋起精神："我行，走！"

解放军临时作战指挥部来了一个意想不到的客人。

"我二几年就入党了，在早期的党组织里负责工人运动。"

区达铭对面的军官不由得肃然起敬。

"……这就是我在沙面罢工中的演讲。当时我一讲完，只听周围响起山呼海啸般的欢呼，工人和学生们群情激奋……沙面罢工你听说过吗？"

军官有些茫然。

区达铭做出理解状："那时你还年轻。北伐你知道吧？"

军官连忙点头："当然知道了。"

"北伐的时候我亲自上前线，率领铁道交通队破坏敌人的铁路，阻挡军阀的援兵……"他讲得滔滔不绝，军官脸上一副敬佩和尊敬的表情，恭敬地听着。

就在这时，门外又响起"报告"的喊声。一名战士报告说广州地下党的负责人来了，军官有些抱歉地请区达铭稍等一下。

当古大章和那名军官进屋后，办公室里早已空无一人，房间的后窗户却大敞着。

古大章和军官对视了一眼，都感觉有些不对劲。

傍晚，区达铭惶恐地回到他的住处，正在开门，两把枪突然抵到了他的头上，区达铭偷眼一看，两个彪形大汉从两边挟持住他，不禁浑身僵住了。

两个大汉将他推搡进屋，只见袁昌站在屋里正死死地盯着他。

"竟然想去向共军投诚！凭这个我就可以一枪崩了你。"

区达铭几乎瘫在地上："求求你，求求你……"

袁昌冷冷地说道："我不会让你死得这么痛快，我还想跟你好好说道说道呢。"

他用枪示意区达铭在自己对面坐下。区达铭两股战战，几乎要滑下椅子去。

袁昌玩弄着手枪，冷笑道："我很好奇，你这猪脑袋到底是怎么想的？就凭你这么多年对共产党干的那些事，你现在倒过去还来得及吗？共产党的广州地下组织能饶了你这个大叛徒吗？你跟了我十几年，我们也算是荣辱与共，也算是朋友了，你给我说句真心话，行吗？"

区达铭把脖子一梗，一副豁出去的样子："反正是个死……不管你说得再好听，党国现在是完蛋了，没指望了，共产党的胜利是挡不住了，他们这天下是坐定了……"他又惶恐地看向袁昌，"是你让我说真心话的……"

袁昌不动声色："是真心话，接着说。"

"我本来想，解放军刚刚进城，到处都一片混乱，我去摆摆自己的老资格，说不定能混过去，给我开个证明什么的，然后我就远走高飞，躲到一个谁也不认识我的地方去……"

袁昌嗤笑一声，打断了他的话："你呀，说你是猪脑子还算抬举你了，你整个就没脑子！就算是你现在蒙混过关，以后共产党腾出工夫来，清算旧账怎么办？你躲得了初一还能躲得过十五？共产党从特科开始，还有他们搞的那些运动，对叛徒从来都是残酷镇压！你这种老资格，在战犯管理所里一关就是一辈子！"

区达铭心里一颤，说不出话来。

"就算共产党这回在军事上打赢了，就能坐稳天下吗？昨天海珠桥爆炸就是给他们的一个警告。接下来，其他的要害目标还会接二连三地爆炸。我们已经安排了大批的潜伏人员，还给各乡的'反共救国军'、'自卫队'留了大量武器弹药。这个烂摊子就够他们收拾了；何况还要重振经济，共产党大多数都是泥腿子出身，他们行吗？"

区达铭的心里更乱了。

"退一万步说，就算共产党真的胜了，得了天下，那胜利你也看不到了，和你没关系了！"他举起枪对准了区达铭，"你再敢对党国有二心，明年的今天就是你的忌日。你要知道，命没了，什么都等于零！不把现在这关过了，将来什么都没有！"

"所以，眼下你的面前只有一条路……"

区达铭彻底垮了。

袁昌见他脸色灰白，又给了他一颗甜枣："当然，只要你完成了任务，就是党国的功臣，我们是不会不为他考虑出路的。"

区达铭猛地抬头，一脸希冀地望向袁昌。

"重要的几个目标——发电厂、自来水厂等都在你负责的区域内。"

袁昌告诉他所有的行动组都在明天行动。他要让明天的广州遍地开花。火车已经不通了，后天中午之前，卫戍区的精锐部队和各行动组成员到天字码头，去往香港的最后两班船将在中午一点前开船。他已经做好安排，剩下的就看区达铭了。

区达铭眼睛里隐隐透出几丝疯狂……

临时指挥部里，参谋长正向麦秋实做报告。

"电报上说，国民党政府正在撤离广州，但留下了很多力量对城市进行破坏，现在广州的形势非常复杂，兵团首长要求我们立即回师广州，保卫新生的人民政权，保护好这座南国最大的都市。"

麦秋实点点头："通知各部队，立即开拔，向广州进军！"

古大章一直在想那个突然出现又突然消失的"老革命"，参加过沙面罢工……参加过北伐……他的心里渐渐浮现出一个人的形象……

正在他要找昨天那名军官确认一下的时候，一名战士匆匆进来，"我们刚刚抓住了广州卫戍司令部副司令袁昌的副官，从他身上搜出一份计划，显示敌人今天要破坏城里的一批重要设施，包括发电厂、自来水厂、广播电台……"

古大章霍地站起……

一群青年从广州公安局看守所内走出来，梦苏率阿芸等青年在大门外迎候，大远向梦苏冲过来，一把抱住了她，"妈……"梦苏也心疼地搂住他。

几个人谈起了最近的局势，大远正欣喜于解放军进城时，突然想起什么："对了，妈，我可能见到小远了。"

梦苏一惊："什么……在哪儿？"

"就在学校，我们被捕的那个晚上，他应该是来开会的。警察来抓我们的时候，他对我说了一句话，他说：'我本来的名字叫小远，是小时候我阿妈给起的'。"他望着梦苏，一脸严肃，"妈，你不觉得这句话有些奇怪吗？在看守所这几天，我一直在想他为什么要这么说。我感觉，第一，他现在不叫小远；第二，他长大以后妈妈就不在身边了……妈，说不定他真是我的小远弟弟。"

梦苏有些急切地问道那个男孩现在在哪儿。

大远摸了摸头，无奈地说道："后来警察把我们冲散，就找不到他了……"

梦苏又一次陷入了失望。

正在这时，古大章匆匆赶来，"刚刚得到情报，敌人今天要对一些重要设施搞爆炸。"说着将情报递给梦苏。

梦苏看完情报后，和古大章商议，将得力人员分成几个小组，和部队一起行动，一方面带路，另一方面发动这些地方的群众起来保卫自己，粉碎敌人的阴谋。

古大章想了想："好，我去通知……呃，我去自来水厂吧。"

"那我去发电厂。"

一群工人在坤仔的带领下在广州发电车的各个车间内外搜寻。

"坤仔，你怎么又跑来了？身体行不行啊？"

"没问题。"

"又说没问题，前两天在珠江上，你自己身子软得都往水下溜了，还想去救人呢。要不是老古让我们硬把你拉上船送到医院去，今天可能就见不到你了。"

坤仔笑了笑

突然，一个黑影从角落里蹿出，朝车间外夺路而逃。工人们急忙追出去。那人在前面狂跑，正是区达铭。工人们在后面猛追，纷纷喊着："抓住他！"

区达铭边跑边朝后面追赶的人开枪。

梦苏、大远、阿芸等和一队解放军战士冲进大门。听到枪声，梦苏等人一愣，和解放军战士们加快脚步，向枪响的地方跑去。

另一边，区达铭慌不择路，跑进一个车间，坤仔等工人飞跑着追了过去。一进车间，只见庞大的机器在轰鸣，却看不到任何人影。几个工人分散开，到车间的各个角落去搜索。

坤仔观察了一下四周，对一个被机器挡住的角落产生了怀疑，他朝那个角落走去……

这时，梦苏、大远、阿芸等人跑进了车间。阿芸眼尖，一眼看到了坤仔，指着他失声喊道："坤仔！"

大远顺着阿芸手指的方向一看，惊讶地对梦苏："妈，他就是那个小远……"

梦苏定睛一看，认出他正是船上那个青年，心里涌起一种激动，身体都禁不住微微战栗起来。

这时，坤仔正一步步靠近那个角落。

突然，区达铭从那个角落里闪出。看见猛然出现的区达铭，梦苏一怔。区达铭举起枪对着坤仔，欲扣动扳机……

梦苏见状，飞快地掏出手枪，对着区达铭射击……

两人手里的枪几乎同时响起……

稍倾，只见区达铭的身体缓缓滑倒在地上……

原来，梦苏眼疾手快，射击时抢先了一点；而区达铭因为中枪，开枪时手一抖打偏了，子弹从坤仔的头边擦过。

区达铭躺在地上喘息着，血从他胸口涌出。坤仔看着地上的区达铭。梦苏了走过来，区达铭两眼死死地望着她，费力地说道："梦、梦苏……"

梦苏弯下腰，提起坤仔的裤腿，露出了他小腿上的伤疤——那正是小远小时候被狗咬伤留下的疤痕。

梦苏凝望着坤仔，抑制不住内心的激动。

坤仔奇怪地望着她。

梦苏指着坤仔对区达铭说："看看，他是小远……"区达铭显然吃了一惊，吃力地抬起头，眼中闪出既欣喜又极为复杂的目光……他深深地望着小远，艰难地吐出两个字："儿……子……"

那回光返照的光芒很快从区达铭眼中消逝，他倾尽最后的力气，又看了梦苏一眼……终于头一歪，死去了。

小远似乎明白了什么，望望死去的区达铭，又抬起头望着梦苏。

梦苏一步步向小远走近……

广州码头上，不远处的江边停泊着一艘轮船，长长的汽笛鸣响，显示就要开船了。

码头上一片混乱，溃败的国民党官兵、缠着绷带或拄着拐杖的伤员、拖着孩子的家眷……争先恐后地涌向栈桥往船上挤。

袁昌站在码头上，朝远处张望着。几声汽笛，一声比一声急促。他看看怀表，再也等不下去了，转身踏上栈桥，走上船去。

广州街道满是招展的旗帜，数不清的横幅、标语……锣鼓喧天，欢呼声、口号声响彻云霄。此时，正在举行解放军的入城仪式。

解放军官兵整齐地列队行进在广州的街道上，威武雄壮。

麦秋实骑在马上，行进在队伍的前列。望着眼前这座自己亲手解放的熟悉而又陌生的城市，不禁百感交集。

街道两旁挤满了欢迎的人群，群众载歌载舞，呼喊口号，热情地迎接解放大军。春晓和潘卓南也在欢迎的人群中。

街边，梦苏在领着阿芸等青年扭着刚刚学会的北方秧歌。解放军队伍中的麦秋实和街边扭秧歌的梦苏的目光相遇了……

解放大军的队伍继续行进着，街边的秧歌舞依然热闹、喜庆，但麦秋实和梦苏的目光却交织在一起，缠绵着，久久不能分开……

陶陶居酒家里张灯结彩，到处贴着大红喜字。宾客盈门，气氛热烈。济济一堂的来宾中有春晓、潘卓南和他们的几个孩子。

在这样的氛围中，古大章微微有些伤感——他想到了陈桂。

在大家的欢呼声中，新郎麦秋实和新娘梦苏被簇拥到台上。

主婚人老谢走到前面，大家安静下来。

老谢清了清嗓子，大声说道："我主动要求，一定要当这个主婚人。因为十几年前，出于工作的需要，我曾经亲手拆散了他们两个，现在我必须亲手把幸福还给他们！"

麦秋实笑道："老谢，别这么说。当年就算我们结了婚，在那样腥风血雨的年代，也不可能得到真正的幸福。"

梦苏点点头："对。现在解放了，劳动人民都过上了新的生活，我们两个在一起，才会有真正的幸福！"

他们俩的话引来一阵热烈的掌声和欢呼声。

这时，大远、小远、阿芸一起走过来。

大远看着麦秋实和梦苏，微笑着说道："爸，妈，祝福你们！"

小远、阿芸有些羞涩地叫道："爸，妈，祝你们幸福。"

老谢一脸疑惑。

麦秋实指着小远说道："你还不知道吧？这是小远！"老谢惊喜地看着小远。梦苏指着阿芸道："这是小远的对象，他们两个也快结婚了。"

　　老谢望着眼前这特殊组合的一家人，喜悦之外多了几分欣慰，充满感慨地说："你们这一大家人……可真是好啊！"

馍

创美工厂出品

出 品 人：许　永

责任编辑：许宗华

特约编辑：云泽晨

营销编辑：王佩佩

封面设计：海　云

内文制作：石　英

责任印制：梁建国 潘雪玲

发行总监：田峰峥

投稿信箱：cmsdbj@163.com

发　　行：北京创美汇品图书有限公司

发行热线：010-53017389　59799930

创美工厂　　　创美工厂
微信公众平台　官方微博